일간 이슬아 수필집

일간 이슬아
日刊 李瑟娥
과월호 판매
당신의 매일로 매일 글을 보내드립니다.
일간 이슬아
日刊 李瑟娥
아무도 안 청탁했지만 쓴다!
날마다 뭐라도 써서 보낸다!
티끌 모아 학자금 대출 갚는다!
한 달 구독료 1만 원
(연재는 셀프)
2018년 5월호 구독자 대모집
월화수목금 연재! 매월 20편의 수필!
5월 3일 신청 마감
5월 7일 연재 시작
6월 1일 연재 종료
짧지도 길지도 않은 수필을
한 편당 500원에 만나보실 수 있는
절호의 찬-스!
※ 재미도 감동도 없을 수 있습니다.
(연재는 셀프)
2018년 6월호 구독자 대모집
당신의 매일로 매일 글을 보내드립니다.
(연재는 셀프)
일간 이슬아
日刊 李瑟娥
신문방송학 전공했으나
신문도 방송도 잘 몰라...
학자금 대출만 이천만 원 쌓여...
할 줄 아는 거라곤 수필밖에 없어...
태산같은 학자금 대출!
티끌모아 갚는다 이제!
월화수목금 연재!
매월 20편의 수필!
아무도 안 청탁했지만 쓴다!
날마다 뭐라도 써서 보낸다!
한 달 구독료 1만 원
짧지도 길지도 않은 수필을
한 편당 500원에 만나보실 수 있는
절호의 찬-스!
2월 11일 신청 마감
2월 12일 연재 시작
3월 9일 연재 종료
※ 재미도 감동도 없을 수 있습니다.
8월호 구독자 모집
일간 이슬아
日刊 李瑟娥
아무도 안 청탁했지만 쓴다
날마다 뭐라도 써서 보낸다
한 달 구독료 1만 원

서문

현재의 이슬아가 과거의 이슬아를 가공하여 미래의 이슬아에게 전송한다. 미슬이가 어떤 세상에서 누구랑 연결될지 현슬아는 아직 모른다.

미슬아, 천천히 와줘.

현슬아는 그렇게 속삭이며 자기 이름을 적지만 그 순간도 즉시 과슬이가 된다.

매일 용기를 내서 썼다.

2018년 10월
이슬아

차례

2018년 4월

2018년 5월

2018년 6월

2018년 7월

2018년 8월

2018년 3월

1.
오늘의 침실

스물일곱 살이 되었지만 여전히 혼자 자는 게 무섭다. 혼자 산 지 오래 됐는데도 그렇다. 안심할 수 있는 상대를 만나면 남녀노소 국적을 불문하고 내 침실에서 자고 가기를 권유해왔다. 반했는지 혹은 안 반했는지에 따라 침대에서 재우기도 했고 침대 아래에 이부자리를 깔아주기도 했다. 엄마는 내가 너무 쉽다고 말했다. 세상이 어려우니까 나라도 쉬우면 좋지 않을까. 함께 잔 상대들 중 나를 심하게 망친 사람은 다행히 아직 없다.

어제 내 집에서 자고 간 사람은 몸이 두꺼웠다. 그 몸에서 나보다 가느다란 부위는 한 군데도 찾아볼 수 없었다. 그저께 자고 간 사람은 어떤 과장도 없이 좋은 노래를 할 줄 알았다. 개랑 같은 노래를 함께 흥얼거릴 때 나는 자꾸 미소가 삐져나와서 볼이 얼얼했다. 그끄저께 자고 간 사람은 눕자마자 거의 5초 만에 잠드는 사람이었다. 내가 아무것도 안 입은 채 옆에 누워 있어도 누군가는 그렇게나 빨리 잠들 수 있다는 사실을 받아들이고 심호흡을 하면서 새벽을 보냈다. 나흘 전에 자고 간 사람은 어려서부터 아토피 피부염을 앓아왔다. 그는 새벽 내내 자기도 모르게 상처를 낼만큼 몸을 세차게 긁었다.

위 네 사람은 동일인물이다. 요즘 나는 몸이 두껍고 편안하게 노래를 흥얼거리고 5초 만에 잠이 들며 저도 모르게 제 몸에 상처를 내며 자는 애를 좋아하고 있다. 아마 오늘이나 내일도 걔는 내 집에서 자고 갈 확률이 높고 그런 날이 늘어날수록 나는 그에 대해 잘 설명하게 되거나 어쩌면 아마도 그 반대일 것이다. 사랑하는 것에 대해 잘 이야기하는 것은 내가 무척 잘 하고 싶어 하는 일이고 거의 매번 실패하는 일이다.

이틀에 한 번쯤 그 애의 일터에 들른다. 일터가 다방이라 조금 다행이다. 사무실이나 식당이나 공사장 등 다른 직장이었으면 이만큼 자주 놀러 가지 못했을 것이다. 모두가 조금 한가하게 앉아 차나 술을 마시는 장소에 걔가 있으니 보고 싶을 때면 잠깐 고민하다가 가벼운 발걸음으로 찾아갈 수 있다. 내가 너무 한가해 보일까 봐 조금 걱정하며 그의 일터를 향해 걷는다. 한가한 게 아니라 유능한 건데. 하지만 다시 생각해보니 한가해 보이는 건 너무나 멋진 일이다. 다방에 입장하면 손님이 있든 말든 걔는 나를 꽉 안아주고 볼을 비빈다. 그럼 나는 순식간에 한가해지고 무능해진다. 걔가 내 앞을 혹은 내 뒤를 안고 있는 동안엔 내가 뭘 얼마나 잘 하는지는 잠시 아무 상관 없어지는 느낌이다. 동시에 나는 내가 나라는 사실에 안도한다. 그런 희귀한 순간은 남을 통해서만 아주 가끔 가능해진다.

밤마다 걔는 항상 나보다 먼저 잠든다. 나는 손등으로 그 애의 넓고 두꺼운 등을 한참 쓰다듬다가 따라 잠드는데, 잠결에 걔가 짧은 경련처럼 뒤척이는 소리라든지 자기 턱과 어깨를 세차게 긁는 소리 때문에 내 얇은 잠의 껍질은 자주 바스락거리고 금이 간다. 무겁고 뜨거운 눈꺼풀을 들어 올려 그 몸에 새로 생겨난 생채기들을 본다. 그럼 자동으로 내 손을 뻗어 그 애의 손을 막게 된다. 더 이상 스스로를 세게 긁지 못하도록 말이다. 그는 잠 속에 머물고 있으므로 둔하고 무력하게 저지당한다. 세게 긁어놓은 부위에 내 연한 손바닥을 방패처럼 대놓고 나는 다시 잠든다. 잠들면서 그런 옷을 만드는 상상을 한다. 아기 옷 중 손끝 부분까지 동그랗게 막혀 있는 우주복이 있는데 그것을 이 성인 남자의 사이즈로 제작하면 어떨까. 나는 꿈에서 의류회사 직원과 미팅을 하기도 한다.

사람들은 왜 대부분 자고 일어나면 얼굴이 조금 강아지 같아지는 걸까. 오늘 아침 내 옆에서 자는 이 애는 조금 발발이 같이 생겼다. 어제는 차우차우같이 생겼었는데…. 애가 보기에 내 얼굴은 어떤 동물을 닮아있을까. 침실 밖에서 이 사람에 대해 이야기할 때에는 '개'라고 부르지만 침실 안에서는 '애'라고 부르게 된다. 내 침대의 사이즈는 고작 슈퍼싱글이라 서로를 개라고 말하기엔 너무 간격이 좁기 때문이다. 아침에 우리는 번갈아 가며 눈을 떴다 감았다 한다. 내가 눈을 감았을 때 애는 머리맡으로 손을 뻗어 좋은 음악을 튼다. 이 시공간이 너무 안전하고 따뜻해서 나는 마음 한편에 불안을 느낀다. 뭐라도 말하지 않고는 못 참겠다.

있잖아.

응.

그래도 어쨌든 다 혼자지, 그치?

나는 혼자가 너무 싫은 나머지 괜히 그렇게 말한다. 내가 이런 질문을 하면 애는 조금 웃으면서 나를 엄청 세게 껴안는다. 안 그래도 무겁지만 허벅지는 근육 덩어리라 특히 더욱더 무겁다. 그 몸의 센 포옹을 감당하다가 숨이 막혀서 나는 갑자기 조금 혼자이고 싶어져 버린다. 애는 아무렇지도 않게 내가 마음의 균형을 찾도록 도와준다. 순식간에 혼자여도 괜찮다고 믿게 된 나는 평화로운 마음으로 애랑 먹을 아점 메뉴를 고민한다. 우리는 둘 다 오후에 일을 시작하고 자정 넘어서 마칠 예정이다. 오늘은 애한테 같이 자자고 말하지 말아야지, 라고 다짐한다. 안 말할 자신이 아침에는 있는데 밤에도 있을지는 모르겠다.

2018.02.12.月.

2.
화살기도

새해가 시작되면 두려움과 기대를 갖고 사주를 보러 가곤 했다. 무엇을 조심해야 할지 무엇을 계속 힘차게 해나가면 좋을지 남의 입으로 듣고 싶었기 때문이다. 명리학자들은 내 사주를 푼 뒤 이런저런 이야기를 들려주었다. 그들이 격려하듯 혹은 타이르듯 내 인생을 해석하고 예측하는 음성을 듣는 동안엔 어쩐지 뒤가 든든해지는 기분이 들었다. 나에게만 적용되는 이야기는 한마디도 없는 듯했지만 괜찮았다.

올해 초에도 한 명리학자를 찾아갔다. 처음 보는 그녀에게 내가 말했다.

선생님. 저 어떻게 할까요?

대답을 다 믿을 것도 아니면서 그렇게 묻곤 했다. 뭐라고 부를지 모르는 어른은 그냥 선생님이라고 불렀다. 먼저 선 자와 날 생 자로 이루어진 호칭이니까. 어떻게 하냐는 건 너무 게으른 질문이기 때문에 물론 그녀는 대답하지 않았다. 나는 궁금한 것 하나를 구체적으로 물어보았다. 나의 부업에 관해서였다.

내 주업은 연재 노동이고 부업은 부끄럽지만 글쓰기 수업이다. 연재만으로는 생활이 불안해서 스물세 살 때부터 사부작사부작 해온 일이었다. 그 부업은 주업보다도 더 자주 날 두렵게 만들었다. 아이들이나 청소년들이나 이삼사오십 대의 어른들 앞에 서서 어쨌든 뭔가를 입밖으로 소리 내어 말해야 했으니까. 고정적인 수입을 벌어다 주는 고마운 일이었지만 나는 자주 살얼음판을 걷는 느낌으로 수업에 갔다. 글쓰기에 대해 아는 게 별로 없는 데다가 여러 사람 앞에서 말실수를 할까 봐 늘 걱정이 되었기 때문이다. 사람들의 말하기 방식을 신중파와 경솔파로 굳이 분류해야 한다면 내 말하기는 명백히 경솔파에 가까웠다.

그러니까 말로 먹고사는 게 불안하다는 거지?

선생님이 물었고 나는 그렇다고 대답했다.

선생님이 나를 보며 말했다.

나는 어떻겠니….

우리는 잠시 서로를 마주 보다가 웃음을 터뜨리고 말았다. 사주풀이도 직업 중 하나라는 걸 그제야 깨달았다. 녹록지 않은 일이기도 할 것이었다. 선생님은 피곤한 표정으로 말했다.

말을 많이 하면 실수도 무조건 많이 하게 되어 있어. 그러니까…

그녀는 담담한 목소리로 마저 말했다.

수업에 들어가기 전에 화살기도를 해. 사주 보러 온 손님들 마주하기 전에 나도 화살기도를 올리거든. 내 어리석음으로부터 나를 지켜달라고.

이내 선생님은 나를 둘러싼 기운들에 대해서 많은 해석을 덧붙였다. 내게는 목(木)의 기운이 충만하다는 이야기가 주를 이뤘다. 그러나 내 머릿속에선 그 분이 사람들 앞에 서기 전에 영혼의 활을 당겨 신에게 기도를 쏘아올리는 장면만이 계속 재생되었다.

사주를 보고 온 후 나는 일을 시작하기 전에 기도라는 걸 하게 되었다. 아이들을 만나러 여수로 가는 기차에서. 중년의 선생님들을 기다리는 내 서재에서. 이삼십대 여자들이 모여 있는 카페 앞 횡

단보도에서. 청소년들을 만나러 영등포로 가는 택시에서. 밤마다 도둑의 복장으로 갈아입고 주님께 지혜를 갈구하는 천사소녀 네티처럼 기도했다. 말실수하지 않게 해주세요. 모르는 것에 대해서 함부로 말하지 않게 해주세요. 부주의하게 판단하지 않게 해주세요. 빈말을 줄이게 해주세요. 안 웃긴데 일부러 웃지 않게 도와주세요. 안 좋은데 좋다고 말하지 않게 해주세요. 제 어리석음으로부터 저를 지켜주세요.

부업 전의 기도가 익숙해지자 주업을 시작하기 전에도 기도를 하게 되었다. 창피한 것을 그만 쓰게 해주세요. 세상에 쓸모 있는 걸 쓰게 해주세요. 언젠가는 동어반복 말고 전복적인 이야기를 쓰게 해주세요. 느끼한 문장 안 쓰게 해주세요. 아니 그냥 우선 꾸준히 쓰게 해주세요. 마감 시간 안 넘기게 도와주세요.

부업과 주업 이외에도 기도할 것은 물론 많았다. 여름이 되기 전에 맨손 턱걸이에 성공하게 해주세요. 제 친구 울이가 그만 아프게 해주세요. 적어도 왜 아픈지라도 알게 해주세요. 프랑스로 떠나는 나의 스승이 찬란하게 살도록 해주세요. 지나간 애인의 일상이 윤택해지도록 도와주세요. 지금의 애인이 제 앞에서 실컷 웃고 실컷 울도록 도와주세요. 탐이가 올해도 건강하고 통통한 고양이로 살게 해주세요. 엄마랑 아빠한테 항상 예쁘게 말하게 도와주세요. 바라고 기도할 만한 일들은 끝이 없었다. 기도만으로도 하루를 채울 수 있었지만 기도 말고도 할 일은 많았으므로 생각 날 때마다 재빨리 화살을 쏘듯 단기 속성으로 기도했다. 손을 모으지는 않았지만 분명 빌었다.

그러니까 어떤 욕심과 두려움 앞에서는 꼭 짧은 기도를 하게 된 것이다. 신이 어디에 있는지 어떤 형상인지 혹은 있는지 없는지조차도 알 수 없었다. 적어도 내가 생각하는 모양의 신 같은 건 아마 없으리라. 기도의 대상은 그저 내 몸인 것 같았다. 내 어리석은 몸으로부터 내 영혼을, 혹은 내 어리석은 영혼으로부터 내 몸을 지켜달라는 기도였다. 그런 숱한 기도들에도 불구하고 나는 경솔한 실수들을 끝없이 반복하게 되는데….

2018.02.13.火.

3.
유일무이

얼마 전 나는 초등부 글쓰기 수업에 들어가 칠판에 의문문 하나를 적었다.

나는 왜 유일무이한가?

그날의 글감이었다.

문장 아래에 한자로도 유일무이를 적었다. 지금껏 유일무이의 '유'는 '있을 유'자인 줄 알았는데 칠판에 적기 전에 불안한 마음이 들어서 검색을 해보니 '오직 유'자였다. 검색 안 했으면 창피할 뻔했다. 오직 유, 한 일, 없을 무, 두 이.

우리는 각자 왜 오직 하나뿐인가. 아이들은 자신의 몸을 살피기 시작했다. 자기에게만 있는 점, 자기만의 휜 손가락, 자기만 가진 무릎의 딱지, 자기에게만 난 사마귀 같은 걸 찾아서 신나게 쓰기 시작했다.

대부분이 자기 몸의 고유한 특징들을 바쁘게 찾고 있는 동안 한 아이는 다른 걸 적어서 내게 들고 왔다. 그는 열한 살 김지온이었다. 지온이의 원고지에는 이런 글이 적혀 있었다.

'나 김지온은 유일무이하다. 왜냐하면 네 살까지 우리 형의 조수였기 때문이다. 그것도 일반 박사의 조수가 아닌 다섯 살 돌팔이 박사의 조수였다. 형은 지금으로 따지면 나한테 생체 실험을 한 것이었다. 다섯 살의 돌팔이 박사는 지금 열세 살의 레고 박사가 되었다. 박사는 바뀌었지만 난 계속 조수이고 형을 도와준다. 구 년 동안 조수로 살아온 나는 유일무이하다.'

또한 그는 이렇게 적기도 했다.

'나는 우리 학교에서 제일 안 좋은 선생님 반의 학생이다. 그 선생님은 나대는 애를 마구 때린다. 그런 장면을 직접 보고 무서움과 우스움을 느낀 나는 유일무이하다.'

그 문장들을 읽고 기억하게 되었다. 우리를 고유하게 하는 이유의 대부분은 타인에게 있다는 걸 말이다. 남과 연결되어 있기 때문에 나는 이따금 겨우 특별해지곤 했다. 세계에 오직 나만 있다면 고유성이랄지 유일함이랄지 그런 말들은 태어나지도 않았을 것이다. 우리의 존재는 타인과 맺는 관계에 의해 끊임없이 새롭게 구성되는데, 그건 축복일까 저주일까?

지온아. 좋은 걸까, 나쁜 걸까?

내가 묻자 열한 살 김지온은 어깨를 으쓱했다. 스물일곱 살의 나도 어깨를 으쓱했다.

김지온 다음으로는 열세 살 기세화가 내게 원고지를 들고 왔다. 그녀는 자신의 유일무이함을 이렇게 증명했다.

'내 유일무이함을 찾기란 힘들다. 그렇지만 나 기세화는 우리 반 어떤 애의 비밀을 유일하게 들은 사람이다. 어제 체육 시간이 끝나고 교실로 올라갔을 때 그 애가 울면서 나에게 비밀을 털어놓았다. 나는 그 이야기를 듣고 깜짝 놀랐다. 하지만 그것은 비밀이어서 여기에 쓰지는 않겠다.'

글은 그렇게 끝이 나 있었다. 나는 나보다 세 배는 우아한 열세 살의 얼굴을 바라보았다. 우리는 시시때때로 특별해지거나 흔해질 수 있는 사람들이었다. 그러나 어떤 이야기는 너무나 힘이 세서 우리를 그 이야길 듣기 전과는 다른 사람으로 만들어버릴 수 있었다. 비밀은 대부분 그런 속성을 가졌다. 그녀가 쓰지 않았으니 나는 그 비밀이 뭔지 결국 알 수 없다. 나는 아는 일보다 모르는 일이 많아서 미치지 않고 살아갈 수 있는 것일지도 몰랐다. 그녀만큼이나 우아한 사람에게 내 비밀을 털어놓고 싶었다.

2018.02.14.水.

4.
놀래키는 위로

기차를 타고 여수에서 서울로 퇴근하던 중 아주 오래된 친구로부터 카톡을 받았다.

〈야 너 키스 잘하냐 키스를 잘 한다는 건 뭐냐.〉

우린 둘 다 키읔을 남발하며 웃었다.

나는 썼다.

〈내가 키스에서 조아하는 순간은 윗입술이랑 아랫입술을 서로 조금씩 먹다가 둘 중에 아무나가 심하게 시작할 때야.〉

친구도 썼다.

〈나는 키스가 끝나는 순간을 조아해 왜냐 키스는 언제 무슨 이유로 끝나는 건지 아직도 모르겠기 때문…〉

〈그러게… 모르겠네…〉

〈암튼 나는 끝날 때 아랫입술을 가볍게 깨무는 것과 엄지로 살짝 닦아주는 것을 조아함 그러니까 이제 끝이야 라는 내용이 담긴 무엇을 내가 하는 걸 조아한다는 거임.〉

나는 친구가 누군가와 키스를 끝맺는 장면을 상상해보았다. 그러다가 정말로 궁금해졌다.

〈근데 진짜 키스는 도대체 왜 끝나는 거냐〉

친구가 적었다.

〈어떤 이유로 누가 원해서 끝나는 건지 매번 모름… 난 일단 목에다 키스하려고 입술에서는 끝나는 걸로 알고 있음;;〉

〈ㅎㅎ;;〉

〈ㅎㅎ;;;〉

우리는 멀리 떨어져 있고 아무 말도 하지 않았지만 둘 다 키스가 하고 싶어졌음을 느낄 수 있었다.

그러고 보니 우리는 예전에 술 먹고 슬픈 김에 키스를 해본 적이 있었다. 불 꺼진 친구 방에서 취한 채로 잠을 청하는데 서러운 기억이 물밀듯 밀려와 자꾸만 눈물이 났다. 친구의 베개가 내 눈물로 흠뻑 젖고 있었다. 친구는 내가 우는 걸 자주 봤으니까 어둠 속에서도 내 표정을 선명하게 그렸을 것이다. 숨이 찰 만큼 심하게 울자 옆에 누워 있던 친구가 내 몸통 위로 올라와 키스를 하기 시작했다.

나는 너무 큰 충격을 받은 나머지 서러운 일들을 순간 죄다 까먹고 말았다.

내 얼굴에 입술이란 게 있다는 사실이 창피하고 좋았다. 키스도 키스지만 그 애 가슴이 너무 부드러워서 깜짝 놀랐다. 너무 예쁘고 몰캉몰캉해서 아슬아슬한 촉감이었다. 난 이것도 모르고 지금까지 왜 남자랑만 잔 거냐. 좀 억울한 심정이 되었다. 이제부터 여자랑 사랑하고 싶다고 잠시 생각했다. 하지만 내가 반했던 여자들 중 내게 반한 사람은 아무도 없었다. 그녀들이 나를 아끼고 좋아한다는 건 알 수 있었다. 좋아하지만 연애나 키스나 섹스를 하고 싶지 않은 것은 분명했다. 민첩하고 섹시하고 영민한 여자들 앞에서 나는 유독 바보 같아졌다. 여기서 바보란 지나치게 많이 맞장구 치고 많이 웃는 사람을 말한다.

난데없는 키스가 끝날 무렵 나는 충격과 긴장과 쾌락 때문에 반쯤 정신이 나가 있었는데 친구의 정신은 너무도 또렷해 보였다. 우리 사이에서 뭘 모르는 쪽은 언제나 나였다. 뭘 모르는 사람은 자주 속수무책으로 놀라기 마련이었다. 나를 온갖 방식으로 놀리고 놀래키는 친구를 껴안고 혹시 앞으로도 또 할 거냐고 물었다. 이제 우리가 종종 키스 및 섹스를 하는 사이가 될지도 모르겠다고 생각했기 때문이다. 하지만 친구는 아무렇지도 않은 얼굴로 다음엔 안 할 거라고 대답했다. 그리고 내일 아침으로는 백반을 먹으러 가자고 말했다. 나는 많이 민망했고 조금 안심했다. 자꾸 한숨을 쉬며 웃게 됐다. 우리는 그 후로도 각자의 사랑을 일구거나 망치면서 지냈다.

사실 키스는 그렇게까지 치명적인 무엇이 아닐 때가 많았다. 하기 직전까지는 꼭 중독될 것만 같고 못 멈출 것만 같은데 막상 시작되면 끝없이 하기가 더 어려운 일이니까. 그런데도 나는 항상 키스를 과대평가하곤 했다. 키스 전후로 돌이킬 수 없는 관계가 될 것처럼 믿었다. 민첩하고 섹시하고 영민한 여자들이 나에게 반하지 않았던 건 이제 보니 당연했다. 그녀들을 깜짝 놀라게 할 실력이 내겐 없었다.

그날 이후로 키스를 조금은 과소평가하고 싶어졌다. 그래야 나도 언젠가 누군가에게 위로 같은 키스나 키스 같은 위로를 줄 수 있겠지. 누군가를 놀래켜서 슬픔을 까먹게 할 수도 있겠지.

2018.02.15.木.

5.
점잖은 사이

반한 사람이랑 밥을 먹을 때면 젓가락질을 태어나서 처음 하는 것만 같다. 음식을 집어서 입에 넣는 일이 그렇게 어색할 수가 없다. 뭔가를 자꾸 흘리고 묻히느라 정신이 아찔해지고 그러다 보면 체하게 된다. 나를 긴장하게 하는 사람이랑은 되도록 밥 약속을 피하고 커피 약속을 잡아야 한다.

연초의 어느 날에도 커피 약속을 향해 빠르게 걷고 있었다. 개를 만나러 가는 길에 어쩐지 마음이 불안했다. 새삼 너무 좋을 것 같아서였다. 전철역에 다다르자 저 멀리 그 애가 서 있는 모습이 보였다. 나는 '윽….' 하며 개를 향해 걸었다. 가까워질수록 내 불안의 근거가 선명해졌다. 그 애를 보자마자 엄청 자주 만나고 싶은 마음이 들었기 때문이다. 그 욕망은 나를 신나게 만들 수도 있지만 더없이 쓸쓸하게 만들 수도 있었다. 엄청 자주 라는 건 도대체 얼마큼인가.

그건 어느 저녁에 만나서 이야기를 나눌 경우 그 애가 부디 막차를 놓치기를 바랄 만큼이란 거였다. 새벽 무렵 내 집으로 데려와서 내가 가진 가장 큰 옷을 개한테 빌려주게 되기를, 서로의 몸에 하고 싶은 짓을 다 해보다 잠들기를, 해가 중천에 뜰 때까지 늦잠을 잔 뒤 이불 속에서 배달 음식 메뉴를 같이 고르게 되기를 소망하는 것이었다. 그런 밤과 새벽과 아침을 지겨워하지도 않고 자꾸자꾸 바란다는 뜻이기도 했다.

나랑 걔랑 어쩌면 하게 될 수도 혹은 영영 안 하게 될 수도 있는 사랑에 대해 몹시 빠른 속도로 상상해보았다. 두려워하며 걔를 향해 계속 걸었다. 오늘의 인사를 건네기 직전이었다. 그 애 얼굴과 몸과 자세와 옷과 머리카락과 손과 귀와 등을 바라보며 도착해갔다. 뭐가 남다른 것일까? 아직 잘 설명할 수 없었다.

꽉 껴안으면서 인사하면 오바겠지?

대신 걔의 한쪽 팔을 꽉 붙잡으며 인사했다.

안녕! 되게 좋다!

걔는 팔을 붙잡힌 채 당황하며 "그러게!"라고 대답했다. 나는 네가 좋다는 것이었는데 걔도 같은 뜻일지는 알 수 없었다.

우리는 좀 걸었다. 각자 코트 주머니에 손을 찔러넣고 근황을 나누었는데 주머니 속 내 양손에 힘이 잔뜩 들어가 있었다. 겨우 팔이긴 했지만 걔 몸을 만져본 것은 아까가 처음이기 때문이었다. 걔 몸의 모든 부분은 나보다 두꺼운 듯했다. 그 모양이 멋지고 바보 같고 하마 같았다. 차우차우나 곰 같기도 했다. 그 애는 두꺼운 주제에 조금 멋지고 점잖은 몸놀림으로 내 옆을 걸었다. 그 몸으로 어떤 스물아홉 해를 보내왔는지 죄다 알고 싶어져서 마음이 급했다.

나는 갑자기 미래로 점프하는 상상을 해보았다. 나는 미래의 나를 미슬이(미래의 슬아)라고 부른다. 미슬이는 그 애 팔을 괜히 툭 치거나 옆구리를 찌를 수도 있었다. 전철이나 버스에서 손가락으로 천박한 농담을 주고받을 수도 있었다. 경솔한 말투로 상대를 놀리고 패러디할 수도 있었다. 미래에서 우리는 서로를 간혹 함부로 대할 수 있는 신뢰가 쌓인 사람들이었는데,

그 미래가 올지 안 올지는 알 수 없었다. 없을지도 모르는 미래를

현슬이 혼자 연습하는 동안 그 애는 차분한 목소리로 어떤 불란서 작가의 그래픽 노블에 관해 이야기하며 걷고 있었다. 친구로 지내온 반 년 동안 걔는 많은 작품에 관해 이야기해왔다. 내가 아는 것들도 있었고 모르는 것들도 있었다. 걔는 나보다 본 것도 많고 그린 것도 많았다. 나도 그래픽 노블을 좋아하지만, 그치만, 이런 점잖은 대화를 그만하고 싶었다. 무례하고 엉망이어서 짜릿한 사이가 되고 싶었다. 나는 속으로 외쳤다. '야! 만화가 그렇게 좋냐!'

하지만 꾹 참고 겉으로는 점잖게 질문했다.

넌 왜 만화를 시작하게 됐어?

우리는 서로가 1990년대 초반에 태어난 비디오 대여점 세대 키즈임을 기억해냈다. 걔랑 나는 잔뜩 손때가 타 있으며 가끔 코딱지가 묻어 있기도 한 만화책 수백 권과 비디오 수백 편 속에서 정서적으로 풍요로운 유년기를 보냈다. 어렸을 때 좋아한 만화책과 애니메이션 들을 신나게 얘기하며 카페로 갔다.

하지만 만화를 좋아하는 사람들이 모두 만화를 그리게 되는 건 아니잖아?

내가 묻자 걔가 대답했다.

그렇지. 근데 초딩 때 어느 날 문득 루피와 피카츄를 나란히 그려 보고 싶었던 거야.

서로 다른 만화의 주인공을 만나게 하는 건 작가의 수많은 태동 방식 중 하나일 것이다. 그 애가 종이 하나를 꺼내 '원피스'와 '포켓몬스터'의 주인공을 나란히 그리자 몇몇 애들이 몰려와 신기해하며 구경했다고 한다.

때로는 교복 입은 고교생이 등장하는 하이틴 로맨스 만화를 그리기도 했댔다.

초딩이 그리는 고딩 연애물이라니… 그 만화는 제목이 뭐였어?

제목은… '물음표' 였어.

우리는 둘 다 낄낄대며 웃었다.

맞아, 사랑은 역시 느낌표가 아니고 물음표지, 라고 하면서 걜 놀렸다. 등을 살짝 때리면서 웃고 싶었지만 아직 때리기에는 선부른 사이였다.

정확히 언제가 처음인지는 본인도 모르는 것 같았지만 아무튼 그런 식으로 걔는 창작자가 되기 시작했을 것이다. 나는 나를 창작자로 만들었던 이야기들도 떠올려보았다. 걔랑 그런 얘길 한참 하고 싶었다. 각자의 몸을 정면으로 통과한 이 세상의 수많은 이야기들을 말하느라 막차를 놓치고 싶었다. 하지만 아직 겨우 낮이었고 우리는 아마 저녁이면 헤어질 것이었다.

나는 언제 좋아한다고 말해야 하는지 궁금해하며 점잖게 커피를 홀짝 홀짝 마셨다. 커피만으로도 체할 수 있을 것 같았다.

2018.02.16.金.

6.
미끄러지는 연습

열 살 무렵부터 엄마가 골라준 옷을 안 입게 되었다. 일곱 살 때부터 서서히 그렇게 되어온 일이었다. 내 마음에 드는 청바지와 스웨터 위에 아동용 더플코트를 입고 학교에 가면 반에는 서른다섯 명쯤 되는 아이들이 앉거나 서거나 뛰고 있었다.

나는 긴장을 많이 하는 편이었다. 너무 눈에 띄기 싫어하는 동시에 너무 눈에 띄고 싶어서 경직된 초등학생이었다. 자리에 조용히 앉아 교실의 아이들을 여러 방식으로 분류하며 마음의 평화를 찾곤 했다. 그 방식 중 하나는 어른이 골라준 옷을 입고 오는 부류와 자기가 고른 옷을 입고 오는 부류를 나누는 것이었다. 옷이 얼마나 많은지와도 상관없었고 얼마나 좋은 옷인지와도 상관이 없었다. 다만 자기 모습이 어떻게 보이는지 아는 애와 모르는 애가 있었다. 그걸 모르는 애는 남에 대해서도 뭘 모를 게 분명했다. 나는 적어도 자기 옷을 직접 골라 입고 등교하는 애랑 놀고 싶었다. 그 옷이 우스꽝스럽대도 좋았다.

그 교실에서 봄, 여름, 가을을 보내자 내 옆에는 몇몇 남자애들과 여자애들이 가까이 와 있었다. 우리는 수업이 끝나면 운동장 구석에서 비밀 얘기를 하고 놀았다. 우리 중 누군가가 이렇게 말하는 식이었다.

비밀 얘기할래?

그러나 만날 새로운 걸 말할 만큼 비밀이 많은 애는 없었다. 누구도 아직 원하는 만큼 비밀스럽지는 못했다. 할 말이 떨어진 사람은 남의 비밀에 관해 이야기해야 했다.

겨울이 시작될 무렵 우리 중 한 명이었던 태우라는 남자애가 내 책상에 쪽지를 두고 갔다.

나 너 좋아해.
쭉 좋아해왔어.
네 마음이 궁금해.
태우가.

내가 머리카락을 단발로 싹둑 자른 지 며칠 안 됐을 때였다. 휑한 목덜미를 만지며 태우에 대해 생각했다. 글씨가 형편없었지만 태우는 공부를 잘했다. 작은 키로도 항상 축구 경기에서 중심을 맡았으며 말을 할 때 늘 상대를 똑바로 쳐다보았다. 하지만 비밀을 말해야 하는 순간에 태우는 눈을 내리깔고 심드렁하게 운동장 땅바닥을 긁었다. 비밀 같은 걸 도대체 왜 만날 물어보는 거냐며 여자애들을 원망하는 표정이었다. 그리고 아주 멋진 연청색 바지를 자주 입었다. 태우가 입는 옷들은 신한아파트에서 열리는 오일장에서 그의 엄마가 산 것이었다. 우리 엄마도 같은 곳에서 내 옷을 사다가 태우 엄마랑 담소를 나누곤 했다. 우리는 그런 식으로 옷이 생겨났지만 적어도 아침에 서랍에서 옷을 고르는 건 본인들이었다. 나는 태우 때문에 조금은 비밀스러운 사람이 된 것 같아 답장을 써서 태우 사물함에 넣었다.

고마워.

나도 네가 좋아.

슬아가.

서로 좋아한다고 말한 열 살들. 이제부터 무엇을 해야 할까? 그건 걔도 나도 잘 몰랐다.

학교 운동장에서 주위를 둘러보면 멀리엔 산이 보였고 가까이엔 공사현장이 보였다. 이미 지어져 있는 중흥아파트와 신한아파트와 경향아파트 사이로 영어 이름으로 된 아파트들이 새로이 올라갔다. 그 옆으로는 서울춘천고속도로가 생겨나는 중이었다. 나와 태우와 친구들은 학교 앞에서 500원짜리 컵 떡볶이를 사먹고 힘껏 매워하며 저 멀리 깎여가는 산허리과 즐비한 포크레인들을 보았다. 높아지는 콘크리트와 넓어지는 아스팔트도 보았다.

그런 공사현장들 틈에 작은 개울이 하나 있었다. 좀 있으면 말라버릴 것 같은 수심 50cm짜리 개울이었다. 겨울이 되자 그 개울물은 꽝꽝 얼었다. 떡볶이를 먹고 나서 우리는 혀를 내밀고 언 개울을 향해 걸었다. 걷는 길에 친구들은 나와 태우를 앞서 걷게 한 뒤 언제 손을 잡을 거냐고 물어봤다. 태우랑 나는 각자의 주머니에 손을 찔러 넣고 걸음을 재촉했다. 항상 주인공이 되고 싶으면서도 그렇게 주목을 받으면 재빨리 세상 어느 구석으로 숨고 싶었다.

개울은 꽤나 그럴듯한 빙판이 되어 있었다. 여섯 명쯤 되는 아이들이 개울 근처에 백팩과 신발주머니를 내려놓고 조심조심 빙판에 입장했다. 빙판의 면적은 우리 교실 세 개를 합친 정도였다. 모두 각각 다른 모양의 운동화를 신고 양손을 벌린 채 조심조심 빙판 위를 걸었다. 얼음 위를 걷는 것에 금방 익숙해진 애들은 꽤 빨리 뛰었다. 뛰다가 급정거를 하며 선 채로 멋지게 슬라이딩하고 그러다 중심을 잃어서 엉덩방아를 찧었다. 친구들이 웃고 놀리고 다시 일어나고 또 넘어지는 와중에 태우가 왔다.

미끄러우니까 조심해.

그는 내게 주의를 주었다.

미끄러우니까 조심하라는 건 아빠에게서 자주 들은 말이었다. 당시에 나는 아마추어 아이스하키 선수의 딸이었고 기억이 시작될 무렵부터 스케이트를 탈 줄 알았다. 하키뿐 아니라 피겨나 스피드스케이트를 신고도 익숙하게 달릴 줄 알았다. 그런 건 하나도 안 중요했다.

왜냐하면 우리는 미끄러지려고 여기에 온 거니까. 빙판 위에서 손을 잡는 것은 너무 당연했다.

우리는 나란히 얼음 위를 산책했다. 난 일부러 넘어지지는 않았지만 평소보다 부주의한 인간인 채로 걷고 있었다. 넘어질 것 같을 때 최선을 다하지 않는다는 말이었다. 최선을 다했다면 난 분명 넘어지지 않았다. 태우도 마찬가지일 것이다. 얼음 위에서 최선을 다하지 않은 덕분에 우리는 서로 일으켜주고 옷에 묻은 눈도 털어줄 수 있었다. 해질 때까지 그러다보면 심신이 이완되고 노곤노곤해졌다. 기분 좋게 지친 채로 집에 돌아가 각자의 엄마가 차려준 밥을 먹었다.

그래서인지 우리는 얼음이 넓게 언 날에도 좁게 언 날에도 개울에 갔다. 얼음의 면적이 우리집 화장실만큼 적은 날에도 필사적으로 빙판에 갔다. 굳이 그 좁은 얼음 위를 걸으려고 했다. 안 넘어지려는 포즈를 취하면서. 사실은 미끄러지고 넘어지고 싶어 하면서.

하지만 지구가 자전하고 공전함에 따라 날이 풀리고 있었다.

이제 어디에서 미끄러져야 할까.

봄이 오는 것을 조금은 아쉬워하며 우리는 열한 살이 되었다.

2018.02.19.月.

7.
헤엄치는 연습

열한 살 봄부터 수영장에 다녔다. 나는 아마추어 아이스하키 선수의 딸이기도 했지만 그 전에는 수영 강사의 딸이었기 때문에 웬만큼 헤엄칠 줄 알았다. 아빠는 내가 더 멋지고 정확하게 헤엄칠 줄 알길 원했고 엄마는 내 체력이 더 튼튼해지길 원했고 나는 태우가 좋았기 때문에 이견의 여지 없이 수영 강습에 등록했다.

태우는 수영 말고도 다니는 곳이 많았다. 합기도와 영어와 중국어와 수학과 논술을 배우러 다니느라 인사도 없이 하교하는 날도 있었다. 어린이의 일과란 대체로 그렇게 흘러가는 듯했다.

월, 수, 금요일 오후마다 집에 책가방을 내려놓고 수영 가방을 챙겨서 체육센터로 갔다. 수영장에서는 날 긴장하게 만드는 냄새가 났다. 간단한 샤워를 하고 분주히 수영복을 입을 때면 왠지 세상은 혼자 살아가는 거라는 생각이 들었다. 수영복과 실리콘 모자는 너무도 쫀쫀하여서 매번 인상을 쓰고 낑낑대며 착용해야 했다. 아빠가 골라준 네이비색 아레나 수영복과 검정 수모는 꽤 멋진 복장이었지만 그걸 입는 모습은 약간 애처로웠다. 강습 첫날에 짧은 테스트를 거쳤고 선생님은 나를 중급반에 들어가게 했다. 태우가 있는 반이었다.

열 명가량의 초등학생들이 모인 중급반 레인에서 태우는 파란색 삼각 수영복을 입고 첫 번째 순서로 서 있었다. 수영 선생님들은 가장 잘 하는 사람을 맨 처음에 출발하게 시켰다. 수영복 차림의 개랑 내가 같은 물속에 있다는 것만으로도 어떤 피로를 느꼈다. 부끄러운데 안 부끄러우려고 마음을 다잡느라 수영을 시작하기 전부터 진이 빠졌다. 중간에 합류한 나는 일곱 번째 쯤에 엉거주춤 서 있다가 출발했다. 그러다 보면 50분 강습 내내 태우랑 눈 한번 안 마주치고 끝나는 경우가 많았다. 내가 물속에 고개를 넣고 저쪽 끝을 향해 헤엄칠 때 태우는 이쪽 끝을 향해 헤엄쳐왔다. 내 앞에는 애들이 다섯 명이나 있었다. 만약 그들보다 빨라진다면 어쩌면 나는 태우의 바로 뒤에 서게 될 수도 있을 것이었다.

나는 좀 필사적으로 수영에 임하기 시작했다. 수영이란 건 너무 이상했다. 뜨고 싶을수록 가라앉고 힘줄수록 둔해지고 급할수록 느려지는 운동이었다. 전신의 힘이 늘어야 했지만 동시에 힘을 빼기도 해야 했다. 그래야 물의 저항을 최대한 덜 받는 채로 빠르게 나아갈 수 있었다.

그 원리를 온몸으로 이해할 때쯤 선생님은 태우 바로 뒤에 나를 세웠다. 나는 태우보다 아직 빠르지 못했고 그러고 싶지도 않았다. 내가 먼저 출발하게 된다면 태우에게 엉덩이와 발바닥 등을 보여주게 되기 때문이었다. 물론 그가 굳이 안 볼 수도 있는데 아무래도 무심코 보게 될 가능성이 컸다. 내가 태우를 쳐다봤던 것처럼 말이다. 태우는 전신이 까무잡잡했고… 엉덩이가… 엉덩이가… 작고 탄탄했다. 태우의 엉덩이를 봤으며 그 엉덩이의 모양을 파악했다는 사실이 한동안 잘 감당되질 않았다. 나는 태우 뒤에 숨죽이고 서 있다가 그가 힘차게 벽을 딛고 출발하면 약 사오 미터쯤 간격이 벌어지길 기다렸다. 그리고서 나도 힘차게 벽을 딛고 출발했다. 출발하는 순간은 기분이 좋았다. 출발만 잘 하면 헤엄치지 않고도 레인의 3분의 1 지점까지 빠르게 도달할 수 있었다.

배영을 다시 배우던 날에 나는 내 몸이 내 마음보다 앞서고 있다는 걸 알았다. 그런 멋진 일은 흔치 않았다. 마음이 몸보다 앞서서 곤란하고 어설픈 경우가 대부분이었다. 하지만 배영을 할 때면 내 생각보다 그리고 내 마음보다 내 몸이 빨랐다. 다른 어떤 영법보다도 편안하면서 쏜살같았다. 수영장의 높은 천장에 규칙적으로 새겨진 타일들을 바라보며 슉슉 위로 위로 나아갔다. 바다사자가 된 것 같았다.

그러다 갑자기 별안간 세상이 아작나는 느낌이 들었다.

앞서 헤엄치던 태우의 발에 내 정수리를 세차게 얻어맞은 것이었다.

좋아하는 남자애가 힘차게 구르던 발에 머리를 치이면 기분이랄게 생길 여유가 없었다. 기분이라는 건 감각을 인지하고 해석하고 난 뒤에야 겨우 시작되니까. 나는 머리를 감싸 쥐고 가까스로 정신을 차렸다. 태우가 쩔쩔매며 미안하다고 사과하는 목소리가 들렸다. 가까이서 들려오는 것 같기도 하고 멀리서 들려오는 것 같기도 했다. 오 미터 뒤에서 출발했는데도 태우를 따라잡을 수 있는 영법은 배영밖에 없었다. 그건 태우가 얼마나 가까이 있는지 볼 수 없는 유일한 영법이기도 했다.

2018.02.20.火.

8.
눈물 가리는 연습

내 머리를 발로 찬 이후 태우의 수영은 왠지 전보다 더 빨라진 것 같았다. 그에게 걷어차인 뒤 나는 앞사람에게 지나치게 가까워지거나 지나치게 멀어지지 않도록 주의했다. 물 위에 누워서 그 거리를 계산하기란 쉽지 않았다. 앞사람이 좋아하는 남자애일 경우 더욱 그랬다.

50분간의 강습이 끝나면 중급반 선생님은 우리를 레인의 시작점으로 모두 불러 모아 둥글게 서게 했다. 그리고 양옆 사람이랑 손을 잡으라고 시켰다. 나는 왼손으로 모르는 여자애의 손을, 오른손으로 태우의 손을 잡았다. 얼음 위에서 잡을 때와는 또 달랐다. 태우는 물에 잠겨 있는 내 손을 전기 게임을 하듯 꽉꽉 누르며 장난치기도 했다. 우리가 강강술래를 하듯 원을 만들며 서 있으면 선생님은 말했다.

하나둘셋 하면 화이팅 하고 끝내는 거야.

나는 화이팅이라는 말이 그렇게 좋지는 않았지만 별수 없었다. 우리는 물속에서 손을 잡고 선생님의 하나둘셋 소리를 들었다.

화이팅!

을 외치는 순간에는 꼭 힘이 빠졌다. 어떤 애는 손을 올리면서 외치고 어떤 애는 손을 내리면서 외쳤기 때문에 원이 엉망이 되었다. 그래도 화이팅인데 당연히 손을 올려야 하지 않나, 싶었던 내가 힘차게 올리는 타이밍에 태우는 힘차게 내리는 식이었다.

수영 강습이 끝나고 덜 마른 머리로 밖에 나가면 역시 덜 마른 머리로 나를 기다리는 태우가 보였다. 수영장 입구 옆엔 500원짜리 닭다리 튀김을 파는 작은 포장마차가 있었다. 거기에선 이 세상 누구라도 그냥 지나치기 힘든 냄새가 났다. 태우는 매번 말했다.

닭다리 먹자.

우리는 매번 닭다리를 먹었다. 냅킨에 쌓인 뜨거운 닭다리를 뜯으며 아파트 단지를 향해 나란히 슬렁슬렁 걸었다. 내가 킥보드를 가져온 날에는 다 먹을 때까지 태우가 날 기다려주기도 했다. 한 손에 닭다리를 든채 다른 한 손만으로 킥보드를 몰기는 어렵기 때문이다.

그 시기에 나는 하루에 다섯 끼 정도를 먹었다. 수영하고 나면 그렇게 허기질 수가 없었다. 그야말로 대식가의 나날을 보냈다. 남동생의 말에 의하면 그 무렵 나는 구역질이 나기 직전까지 밥을 먹었다. 그런데도 군살 하나 없었다. 태우도 비슷했다. 수영은 그런 운동이었다. 혹은 우리가 자고 일어나면 새잎이 돋아 있는 교실 뒤 강낭콩처럼 빠르게 자라는 건지도 몰랐다. 그러나 매일 보는 사이라서 실감할 수 없었다.

여름이 되자 태우와 나는 나란히 상급반으로 올라갔다. 상급반에는 세차고 빠른 접영으로 레인을 질주하는 고학년 초등학생들이 있었다. 우린 아직 4학년이었고 상급반 선생님은 무서웠다. 자세가 틀리거나 속도가 뒤처지면 아이들을 물로 때렸다. 수영 선생님들은 손을 아주 조금 움직이고도 세고 빠른 물세례로 상대를 정확히 가격할 줄 알았다. 물로 맞는 것은 손으로 맞는 것보다는 나았지만 잘못 맞으면 입에 물이 들어가 콜록대기 일쑤였다.

나는 무섭거나 슬프면 속수무책으로 눈물이 나버리는 사람이었다.

그것은 지금도 비슷하다.

상급반 레인에서 선생님에게 혼이 날 때 나는 생각했다. 물속에서 울면 안 들킬지도 몰라. 혼나다가 눈물이 나면 나는 무릎을 굽혀 물속으로 얼굴을 푹 담가버렸다. 그럼 눈물인지 수영장 물인지 아무도 구분할 수 없을 테니.

하지만 태우는 알아채는 것 같았다. 내가 눈물을 수영장 물에 씻는 날이면 그는 화이팅 하는 시간에 내 손을 평소보다 세게 붙잡았다. 나는 울었다는 걸 들킨 게 부끄러워서 윗배가 울렁거렸다. 그래서 혼이 날 때면 꼭 물안경을 썼다. 아예 아무도 내 눈을 보지 못하도록 말이다. 하지만 물안경을 끼고 울어도 태우는 알아채는 것 같았다. 그런 날이면 그가 닭다리 먹자고 말하는 대신에 벌써 닭다리를 사놓고 날 기다리고 있었다.

눈물을 재빨리 닦아도 왜 운 자국은 선명하게 남는 걸까. 나는 닭다리를 뜯으며 내 눈물을 미워했다. 그러느라 또 울 것 같았다. 울 것 같을 땐 닭다리의 맛이 느껴지지 않았다.

그렇게 일주일에 세 번씩 수영을 다녔다. 비가 오거나 눈이 오는 날에도 갔다. 별생각 없이 계속했다. 선생님께 혼이 나고 가끔 울고 눈물을 가리는 데 실패하면서도 그냥 갔다. 날마다 조금씩 태우의 팔다리가 길어지고 내 팔다리도 길어졌다. 그러자 가을이 되었고 우리는 시 대회에 출전하게 되었다. 태우는 접영 종목 선수였고 나는 배영 종목 선수였다. 수영 경기장으로 가는 길에 차 안에서 본 태우의 까무잡잡한 목은 예전보다 조금 굵어진 것 같았다.

2018.02.21.水.

9.
외박 (上)

처음으로 집에 돌아가기 싫었던 건 일곱 살의 어느 날이었다. 사촌 자매네 집에는 우리 집엔 없는 팩 게임기가 있었다. 걔랑 나란히 앉아 게임을 하고 노느라 저녁이 되어도 집에 가기가 싫었다. 엄마가 당숙모에게 전화를 걸어 나를 데리러 가겠다고 말했지만 나는 당숙모 옆에 앉아 이 집에서 자고 가겠다고 떼를 썼다. 당숙모는 엄마를 설득한 뒤 전화를 끊고 나를 잠옷으로 갈아입혀주었다. 잠옷에서는 사촌의 살냄새가 났다.

사촌과 밤 열 시까지 팩 게임을 하다가 당숙모가 깔아준 이부자리에 누웠다. 처음 보는 무늬가 새겨진 이불에서는 더욱 심한 사촌 냄새가 났다. 좋거나 싫다는 느낌 이전에 너무 낯설어서 가슴이 철렁했다. 그 냄새를 맡자 사촌의 생김새와 말투와 식성과 걸음걸이와 사소한 습관이 죄다 실감 났다. 말하자면 투머치인포메이션이 순식간에 밀려온 것이다. 살냄새란 무지막지한 데가 있었다. 어쩐지 서글퍼서 사촌 몰래 울다가 잤다. 생애 첫 외박이었다.

그후 이십 년간 몇십 번의 결정적인 외박을 더 했다.

얼마 전에는 옥인동에 갔다. 많이 춥던 겨울밤이었다. 내 옆에는 목이 두꺼운 스물아홉 살의 남자가 걷고 있었고 난 걔가 너무 좋은 나머지 매달리다시피 팔짱을 꼈다. 누가 보면 거의 업혀 가는 것처럼 보였을 수도 있다. 그 애의 목은 사실 긴 편인데 두께 때문에 길다는 사실을 간과하기 쉬웠다. 개를 따라 모르는 동네의 모르는 길을 걸었다. 몇 개의 간판을 지나치며 그는 자신과 상관있는 가게들에 대한 이야기를 들려주었다. 나는 그렇구나, 그렇구나, 하며 따라가다가 처음 보는 빌라에 입장했다. 좀 긴장이 되어서 앞서 계단을 오르던 개 엉덩이를 괜히 푹 찔러 보았다. 개는 화들짝 놀라 엉덩이를 가리며 뒤돌아보았고 나는 무슨 일 있었냐는 듯한 얼굴로 계속 따라 올라갔다. 개가 미심쩍어 하며 익숙한 동선으로 자기 집의 현관문을 따는 동안 나는 낯선 선생님을 따라 복도를 걸어온 전학생처럼 개 뒤에 서 있었다.

현관문을 열자 거실에는 예쁜 색 전등 하나가 켜져 있었다. 그가 낮에 출근하며 집을 나설 때 모르고 혹은 일부러 켜놓았을 것이다. 그건 내가 사랑에 빠진 동안 집을 나설 때 하는 일과 비슷하다. 밤에 애인이 오겠다는 약속이 딱히 없는 날에도 작고 노란 조명과 디퓨저 가습기를 켜놓고 외출한다. 애인이 안 올 수도 있지만 어쩌면 올 수도 있기 때문이다. 뭔가를 사랑하기 시작한 사람들은 작은 가능성에도 성실해진다.

운동화를 벗으며 실례하겠다고 괜히 말해보았다. 처음으로 개네 집에 발을 들인 순간 나도 모르게 쪼그려 앉아 바닥을 만져보게 되었다.

너희 집 마루 되게 좋다…

그 집에서 내가 처음으로 내뱉은 말이었다. 만약 돈이 많아지면 내 집에 깔고 싶은 재질의 마루였기 때문이다. 하지만 나는 쭉 월셋집에 살아왔고 앞으로도 꽤 오랫동안은 그럴 예정이었다. 내 것이 아닌 집의 바닥을 새로 하는 건 어렵겠지. 그런 생각을 하며 천천히 개네 집을 구경했다. 혼자 살기엔 넓은 집이었다. 자동으로 그런 질문이 튀어나왔다.

전세야, 매매야?

그 애는 매매라고 대답했다. 나는 옥인동에서 이 평수의 집을 매매로 얻을 경우 대략의 시세가 얼마일지 가늠해보았다. 그가 이 집에 살게 된 경위가 궁금했지만 아직 다 물어볼 수는 없었다. 어쨌든 돈은 너무 좋다고 생각하며 걔네 집 거실에 벌러덩 누워보았다. 내가 얼마나 속물인지 걔가 알까 궁금했다. 숨겨지지도 않고 숨길 생각도 없으니 이왕이면 빨리 알았으면 했다.

누워 있는데 기분이 이상했다. 걔네 집 마루 위에서 옆으로 천천히 데굴데굴 굴러가며 이 기분의 정체가 뭔지 살펴보았다. 사오 년짜리 연애를 끝내고 이 남자앨 사랑하기 시작해서인가? 구르는 와중에 그건 아니라고 생각했다. 거실의 이쪽 끝에서 저쪽 끝까지 내 몸을 열 바퀴 이상 옆으로 굴릴 수 있었다. 끝까지 다 굴렀을 때 나는 내 기분이 왜 이상한지 거의 다 알게 되었다. 생각해보니 자기 집에 혼자 사는 사람을 좋아한 게 난생처음이기 때문이었다.

나의 지난 애인들 중 온전한 자기 집이 있는 사람은 아무도 없었다. 10대든 20대든 30대든 대체로 그랬다. 부모가 중산층이 아닌 이상 이 시대의 청년이 자기 힘으로 집을 얻기란 너무도 어려운 일이었다. 내가 기를 쓰고 일찍 독립한 것은 바로 그래서인지도 모른다. 집 없는 연애는 자주 속상하니 말이다. 가난했던 전 애인들을 생각하며 현 애인의 집 바닥을 굴러다녔다.

거실엔 커다란 텔레비전이 있었다. 하지만 걔는 텔레비전을 거의 보지 않는 게 확실했다. 자주 보는 사람이라면 텔레비전을 등진 자리에 의자와 테이블을 배치할 리가 없었다. 우리는 그 테이블에 앉아서 담배를 한 대씩 피웠다. 샤워를 하고 영화를 보기로 했다.

걔네 집 화장실 샤워기는 폭력적일 만큼 수압이 셌다. 흔한 자취방에서는 겪을 수 없는 강도의 수압이었다. 나는 아주 세고 뜨거운 물을 콸콸 맞으며 낯선 샴푸랑 낯선 바디워시로 샤워를 했다. 그 애 체취의 근거들 중 일부를 확인할 수 있는 시간이었다. 다 씻은 뒤 갈아입으려고 걸어놓은 옷가지들을 주섬주섬 집어 들었다.

그러나 습기 찬 화장실에서 옷을 입는 건 성가신 일이었다. 아무리 뽀송뽀송한 옷으로 갈아입어도 조금은 축축해지기 마련이니. 집도 넓고 둘 밖에 없는 김에 나는 그냥 알몸으로 거실에 나갔다. 걔는 침실에서 걸어 나오다가 나를 보고 눈이 조금 커졌다. 앞으로 종종 보게 될 텐데 이왕이면 빨리 익숙해졌으면 했다. 처음 방문한 다른 사람의 집을 알몸으로 걸어 다니는데 하나도 두렵지 않다는 게 이상했다.

2018.02.22.木.

10.
외박 (下)

걔는 내 몸이 멋지다고 말했다.

걔보다도 짧은 내 머리와 다부지게 발달된 내 등을 보며 그런 말을 했다.

뒤에서 볼 때 가끔 기분이 이상해지기도 해.

그러다 시선을 내리면 내 성별을 실감하게 된다고 했다. 한때 나는 성별이 짐작되지 않는 몸이 되기를 바랐다. 내가 아는 여자애들은 대부분 타고난 몸을 오랫동안 미워하며 자라곤 했다. 어떻게 하면 남의 눈을 빌리지 않고 나의 몸을 볼 수 있을까. 아직 나는 그래 보질 못했다. 당연하고도 어려운 그 자유를 분명 희망하고 있지만 내 몸에 히스테릭했던 평생의 습관이 쉽게 어디 가지는 않을 것이다.

하지만 이 남자애랑 놀면서 나는 내 몸이 아무래도 좋다는 느낌을 자주 받았다. 걔 엉덩이가 내 엉덩이보다 빵빵해서 일지도 모른다. 아니면 걔 몸에 붙은 군살들을 사랑하다가 내 마음이 이완된 것일지도 모른다. 혹은 걔가 나를 아끼고 칭찬하는 방식이 훌륭해서일 수도 있다. 요즘은 그저 팔과 어깨에 약간 더 근육이 붙기를 희망하며 매일 철봉에 매달린다.

걔네 집 거실을 알몸으로 돌아다니며 스트레칭을 하다가 옷을 입었다. 그는 오래된 앨범을 내 앞에 가져왔다. 90년대에 현상된 사진들이 얇은 비닐 속에서 낡아가고 있었다. 유년기의 그 남자애를 한 장 한 장 천천히 구경했다.

입술 위에 점들은 어렸을 때부터 있었구나.

응, 그랬어.

어떤 사진에서는 '나는 예수님이 좋아요'라고 적힌 반팔티를 입은 그 애가 턱을 괴고 앉아 있었다. 어떤 사진들에서 걔는 당시 단짝이었던 여자애와 손을 꼭 붙잡고 있거나 한 의자에 나눠서 앉아 있었다. 심지어 한 훌라후프 안에 둘이 함께 들어가 있기도 했다.

아무리 좋아도 훌라후프를 같이 돌릴 수는 없지 않아?

내가 묻자 갠 어깨를 으쓱했다. 다음 장에서는 어린 그가 아주 예쁜 멜빵을 입고 어떤 산의 큰 바위 위에 위풍당당하게 앉아 있었다. 자꾸 웃음이 나왔다. 한편으로는 가슴이 조금 저릿했다.

왜 좋아하는 사람의 어릴 적 사진을 보면 조금 슬퍼지는 걸까. 과거로 가서 걔를 꼭 안아주고 싶은 마음이 든다. 내가 어떻게 해볼 수 없는 과거도 감히 사랑하고 싶어진다. 시간 앞에서는 누구나 무방비 상태니까. 성장은 대부분 타의로 이루어지니까. 누구에게나 있을 유년기가 아득하게 느껴졌다.

그 애 엄마와 아빠의 사진도 오래 보았다. 그 애가 어디에서부터 잉태되어 이만큼 자란 것인지 역추적하는 마음으로 꼼꼼하게 보았다.

유전자란 정말 놀랍다. 하지만 끝까지 다 알 수 없는 것이기도 했다. 세피아 톤 사진 속에 서 계신 그 애 할아버지의 모습은 자이언티와 조금 닮은 듯했다.

우리는 앨범을 다 보고 영화를 반쯤 보다가 졸았다. 내가 먼저 졸린 숨을 들이쉬고 내쉬자 걔가 조용히 수면등을 껐다. 예쁜 조명이 꺼지는 기척을 들으며 걔를 껴안고 잤다. 몸에 힘이 다 빠진 상태로 잠들었기 때문에 아무 꿈도 기억하지 않은 채로 푹 잘 수 있었다.

아침에 먼저 깬 것은 나였다. 언제나 그렇듯이 말이다. 일어나보니 하마 혹은 차우차우를 닮은 남자가 세상 모르고 자고 있었다. 그 얼굴을 한참 구경하다가 조용히 걜 흔들었다.

얘.

그는 자면서 대답했다.

응?

서재 구경해도 돼?

그럼.

잠결에 한 대답임이 분명했다. 어쨌든 동의를 얻은 나는 잠결에 훌렁훌렁 벗어놓은 옷을 다시 입지 않고 거실로 나갔다. 거실에서는 걔가 쓰는 향수 냄새가 조금 났다. 향수병은 테이블 위에 있었다. 그걸 아주 조금 칙칙 뿌리고 기분 좋게 매운 냄새를 입은 채 서재로 걸어갔다. 얼마나 추운지 살피기 위해 서재의 창문을 여니 인왕산이 보였다.

서재에는 한국에서 구할 수 없는 만화들이 많았다. 걔가 프랑스에 살 때 사 모은 유럽의 그래픽노블이었다. 불어로 되어 있어서 내가 읽을 수 없는 것들도 많았지만 어떤 좋은 만화는 텍스트를 이해하지 못해도 좋은 이야기인 것을 알 수 있었다. 아직 잠들어 있는 걔는 글 없이도 좋은 만화를 그릴 줄 알았다. 그가 최근에 그린 것들은 특히 그랬다. 반면 나는 글 없이는 만화를 한 발짝도 진행하기 어려웠다. 내가 만화를 할 줄 모른다는 증거이기도 했다.

처음 와본 집에서 아무것도 안 입고 엎드린 채 처음 보는 책들을 읽으며 좋아하는 애가 다 자기를 기다리는 그 아침에 나는 많이 평안했다. 그건 아마 돌아갈 내 집이 있기 때문인 듯했다. 그 집엔 엄마도 아빠도 없지만 내게 필요한 것들이 내 방식대로 배치되어 있었다. 독립을 시작한 이래 지난 7년간 꾸준히 추가하고 정리해온 살림이다. 아마도 사랑은 몹시 위험한 일일 텐데 각자 온전한 자신의 집을 가진 채로 시작한다면 그나마 조금 안온할 수 있을지 몰랐다. 해가 점점 중천에 뜨고 있었다. 나는 사랑에 대한 모든 불안을 까먹고 개를 깨우러 갔다. 얼마나 좋은 잠을 자고 있든간에 더 기분 좋게 만들 자신이 있었다.

2018.02.23.金.

11.
잉태

엄마는 나를 가지던 때를 정확히 기억한다고 말했다.

1991년의 어느 가을밤이었고 서울시 동대문구 답십리에 지어진 오래된 주택 반지하의 방바닥 위였다고 한다. 여름 내내 꺼두었던 보일러를 슬슬 돌리기 시작한 계절. 한껏 데워진 방바닥 위에서 엄마와 아빠는 뜨겁게 껴안았을 것이다.

역동적인 수축과 이완,

격정적인 들숨과 날숨

같은 것을 조금 상상하다가 난 순식간에 피로해져서 관뒀다. 거의 모든 일에서 구체적인 걸 선호하는 나지만 부모의 섹스를 상상하는 일에서 만큼은 잠시 흐릿해지는 게 좋겠다. 아무튼 언젠가 아빠가 지나가듯 했던 말에 의하면 그날 섹스가 끝나고 엄마는 지나치게 명료한 얼굴을 하고 있었다. 평소엔 풀어진 얼굴로 천장을 보다가 금세 코를 골며 잠들곤 했는데 그날 밤엔 이상하리만치 또렷했던 것이다. 엄마는 차분한 목소리로 아빠에게 말했다.

딸을 가지게 된 것 같은 기분이야.

아빠는 그 기분을 믿지 않은 채로 잠들었다. 그 무렵 엄마는 꿈에서 과수원을 자주 거닐었다고 한다. 동그랗고 빨갛고 윤기 나는 사과들을 따서 광주리에 한가득 담았댔다.

믿어도 그만 안 믿어도 그만인 이야기들을 나는 좋아한다. 옛날 옛적 코끼리가 진흙 위를 밟고 지나가다가 생긴 커다란 발자국을 어떤 여인이 밟고 지나갔더니 임신이 됐다더라는 식의 터무니없는 탄생 설화도 좋다. 탐라에서 가장 크고 거대했던 설문대 할망이 한라산을 깔고 앉아 제주도를 탄생시키고 뒤엎은 이야기도 좋다. 엄마는 사과 따는 꿈을 꾼 뒤 나를 낳았고 내가 제일 좋아하는 과일은 사과지만 그 인과관계는 진실이랑 아무 상관 없을 수도 있다. 그저 가끔 나의 엄마 옆에 무심히 누워 내가 어디에도 없었을 때의 이야길 주워들을 뿐이다.

엄마는 먼 과거를 이야기할 때도 주저 없이 그 얘길 향해 달려간다. 그녀에겐 직시란 어려운 일이 아닌 듯하다. 그녀는 땀 흘린 채로 방바닥에 누워 잉태를 직감했던 과거의 자신을 선명하게 회상한다. 두 사람의 젊었던 몸과 그들이 살던 안방의 구조를 상상하다가 그땐 방에 침대가 없었느냐고 내가 물었다.

아니. 있었지.

근데 왜 방바닥에서 했어?

그러게. 분명 침대에서 시작했는데…

엄마는 말끝을 흐렸다. 나는 이마를 짚었다.

임신 중에 엄마는 입덧이 심했다. 엄마의 엄마의 엄마도 그랬다. 그래서인지 대부분의 음식을 입에도 못 대고 냄새도 못 맡았다. 유일하게 입에 대고 넘길 수 있었던 건 막걸리였다. 엄마는 임신 초기에 막걸리로 영양을 보충하며 연명했다. 내게 문제가 있다면 아마 그 막걸리 때문일 것이다.

태어나보니 집에는 엄마 아빠 말고도 많은 어른들이 있었고, 내 이름에 한자를 붙여준 건 아빠의 아빠, 그러니까 할아버지였다. 그는 내 이름을 큰 거문고 슬(瑟)자와 예쁠 아(娥)자로 지었다. 몇천 번의 호명 이후 난 스스로를 슬아라고 인지하게 된다. 자신을 슬아라고 믿게 된 나는 십 년은 대가족 속에서 십 년은 핵가족 속에서 그리고 칠 년은 독립해서 살았다.

그 이름으로 살아온 지 이십 몇 년 만에 문득 의아해졌다. '예쁠 아'는 어째서 '계집 녀'와 '나 아'자가 합쳐진 모양의 한자인가. 그리고 뜬금없이 거문고는 웬 말인가. 여전히 답십리에 살고 있는 할아버지에게 전화를 걸었다.

할아버지. 제 이름에 왜 거문고를 넣은 거예요?

그는 여느 때처럼 맨손체조를 하다 전화를 받았는지 헐떡이며 대답했다.

너 거문고 소리 들어본 적 있니?

나는 잠시 생각해봤다.

아뇨.

그는 주저 없이 말했다.

그 소리가 인마, 심금을 울려 인마.

나는 안 들어봐서 뭐라고 할 말이 없었다. 심금을 울린다니 대단하긴 한데 나의 할아버지는 원체 지나치게 잘 감동하는 경향이 있었다. 하지만 그건 나도 마찬가지다. 그러고 보면 나를 낳고 키운 어른들의 기질은 대체로 결핍보다는 과잉에 가까웠다. 식탐이든 성욕이든 표정이든 정서든 말이든 간에 모자라기보다는 넘쳤다.

자주 듬뿍듬뿍 말하는 어른들 속에서 자랐다. 그리고 지금은 빈말을 줄이는 연습을 하며 살아가고 있다. 그래야 나와 나를 둘러싼 이들에 대해서 제대로 전할 수 있을 테니 말이다.

2018.02.26.月.

12.
조부

반백 년 전에 찍힌 사진 한 장을 보며 나의 기원을 가늠해본다. 1966년 어느 여름날 을왕리 해수욕장의 한 장면이다. 사진 속에서는 젊고 다부진 몸의 남자들이 모래사장에 엎드려서 팔씨름을 하고 있다. 가장 큰 근육을 가진 오른쪽 남자가 나의 할아버지다. 그는 팔씨름에서 져본 적이 없다. 그날의 을왕리에서도 그랬다. 할아버지는 이 사진을 과거의 통조림이라고 말한다.

팔씨름을 시원하게 이기고서 그는 친구들과 해수욕을 즐긴다. 짠물에서 힘차게 수영을 한 뒤 근처 민박집에서 하루를 묵으며 짧은 휴가를 보낸다. 결혼을 이미 했거나 아직 하지 않은 40년대생 남자들. 그들의 아내나 연인은 해수욕장에 없다. 새댁이었던 나의 할머니는 임신한 채 집에 있다. 할아버지 말에 의하면 그 시절 여자들은 그런 여행을 잘 가지 않았다. 놀러 가기 전날 그와 그녀는 시장에 가서 을왕리에 가져갈 벤또를 위해 장을 봐놓았다. 달고 짜게 조릴 감자와 나물로 슴슴하게 무칠 무 같은 걸 사다 놓고 잤다.

그리고 다음 날 아침, 둘은 그만 늦잠을 잔다. 그러느라 벤또를 싸지 못한다. 할아버지는 벤또 없이 을왕리로 간다. 할머니는 집에 남아 라디오를 들으며 노래를 한다.

어떤 신혼부부의 한때. 내 아빠가 잉태되던 시절의 이야기.

그로부터 오십 몇 년이 지난 지금까지도 할아버지는 그때와 비슷한 근육량을 유지하고 있다. 매일 운동을 해왔기 때문이다. 직원이었던 시절에나 사장이었던 시절에나 아침마다 시간을 쪼개어 산에 오르거나 자전거를 타거나 인라인 스케이트를 타거나 평행봉 위에서 자세를 단련했다. 밖에 나갈 수 없는 날엔 집에서 맨손체조를 하며 몸을 썼다.

할아버지가 오랫동안 꾸준하게 단련해온 몸을 보며 나는 그가 내게 물려준 것 중 일부를 실감한다. 그의 몸만큼 우락부락하지는 않지만 배와 허벅지를 늘 딴딴하게 긴장시킨다는 점에서 나는 그를 닮았다.

내가 말을 배우기 시작할 무렵 그는 내게 누구를 어떻게 호명해야 하는지 가르쳤다. 작은 아빠와 작은 엄마. 당숙과 당숙모. 고모와 삼촌. 이종사촌과 고종사촌. 외할아버지와 외할머니. 외삼촌과 외숙모. 오빠와 언니. 당연해 보이는 명사들을 습득하며 자랐다. 그는 또한 세상 만물에 대해서도 열렬히 설명했다. 설렁탕은 어디 가게에서 먹어야 하는지, 소고기는 마장동 어느 가게에서 사야 하는지, 과일은 경동시장 어느 즈음에서 골라야 하는지 일러주었다.

그는 60년대 서울시 종로구를 성공적으로 통과한 상인이었다. 70년대부터 작은 가게를 열어 자동차 부속품을 팔았고 그 가게에서 번 돈으로 아들 셋을 키웠다. 아들 삼 형제는 모두 상인으로 자랐다. 그들 셋은 각자 다른 것을 팔면서 살고 있고 나는 그중 첫째 아들의 딸이다. 첫째인 아빠는 셋 중 유일하게 문학에 심취했다. 문학을 좋아하는 아빠를 할아버지는 몹시 못 미더워 했다. 아빠는 20대 중반까지 소설과 할아버지와 세계 사이에서 방황하다가 나를 가진 뒤 본격적인 생계인이 되어갔다. 나는 상인들 사이에서 자랐다.

할아버지는 내게 박리다매를 권하지 않았다. 값싸고 자잘한 걸 여러 개 팔 생각하지 말고 비싸고 큼지막한 것을 가끔 파는 고가 정책을 지향하라고 했다.

하지만 나는 박리다매가 좋았다. 왜냐하면 질에 자신이 없기 때문이다.

그래서 한 편에 오백 원씩 받으며 매일 여러 명에게 글을 보낸다. 양으로 승부를 보기 위해 매일 쓴다. 내 글 한 편은 포장마차에서 파는 계란빵보다 싸고 오뎅 한 꼬치보다도 싸다. 오뎅보다 맛있는 글을 쓰기란 쉽지 않지만 재고가 남지 않는다는 점에서 나는 디지털 메일링이 무척 고맙다.

할아버지에게 글쓰기란 돈벌이와 무관한 일이었다. 그래서 나는 스물두 살에 〈한겨레21〉에서 단편소설로 작은 등단을 했을 때 할아버지에게 꼭 자랑을 하고 싶었다. 상금이 백만 원이었기 때문이다. 하지만 내가 누드모델 일을 하면서 쓴 단편 소설이라 그에게 보여줄 수가 없었다. 게다가 할아버지는 한겨레를 좋아하지 않았다.

상을 받은 소설을 보여줄 수는 없었지만 그 후에도 이런저런 연재를 하며 보증금을 벌고 월세를 냈다. 그런 생활을 오 년째 이어가자 할아버지는 내가 어쩌면 여류작가가 될지도 모르겠다고 말했다. 나는 여류작가를 작가로 정정해주고 싶었지만 그가 여류작가에서 '여'를 유독 길게 말했기 때문에 가만히 있었다. 그 말이 할아버지를 더욱 자랑스럽게 만드는 게 분명했기 때문이다. 그가 늘 해왔던 방식으로 날 사랑한대도 나는 아빠처럼 상처받지 않을 수 있었다. 할아버지가 통과했던 것과는 아주 다른 시스템 속에서 먹고살기 때문이다.

고명딸인 나는 할아버지 체제의 대가족을 떠나 어디로 가고 있는 걸까. 내 존재가 그로부터 온 것은 아니지만 그를 통해서 온 것은 분명하다. 자식은 부모를 닮고 부모는 그의 부모를 닮는다. 하지만 오랜 세월이 지난 뒤 후손의 모습은 조상을 닮아 있지 않기도 하다.

유전은 인간이 지겹도록 반복하며 경험하는 마술이다. 서로 완벽하게 똑같은 개체가 이 세상에 없다는 사실은 나를 잠깐씩 놀라게 한다. 자아에 대해 생각할 때마다 나는 할아버지부터 기억하기 시작한다. 그는 나를 키운 사람 중 가장 오래된 어른이니까. 자아에도 덧셈법과 뺄셈법이 적용된다면 그는 어릴 적 내게 아주 많은 것을 더하거나 곱했다. 요즘 나는 그가 해놓은 것 중 많은 것을 빼거나 나눈다. 빼지 않고 두는 것들도 있다.

통화할 때마다 할아버지는 내게 물구나무 연습을 잘 하고 있는지 꼭 묻는다. 내 친구 중에 벽에 기대지 않고도 물구나무를 똑바로 설 수 있는 사람은 거의 나밖에 없다고 나는 대답한다. 할아버지는 앞으로도 쭉 그렇게 하라고 당부하며 전화를 끊는다.

2018.02.27.火.

13.
당신의 자랑 (上)

1999년의 등산

이거 구하느라 얼마나 돌아다녔는지 몰라 인마.

할아버지는 어제의 고생을 이야기했다. 그는 동대문 중앙시장과 평화시장과 황학동과 동묘 앞을 온종일 돌면서 땀을 한 바가지 넘게 흘렸다고 말했다.

사람이 어쩜 그리 많던지! 내가 찾는 건 어쩜 그리 없던지!

내 얼굴을 쳐다보고 한 말은 아니었지만 나 들으라고 하는 소리였다. 1호선 전철 안에는 사람이 꽤 많았고 우리는 전철 안 노약자석 앞에 서 있었다. 그는 짧은 팔을 위로 쭉 뻗어서 천장에 달린 손잡이를 잡았고 손잡이에 손이 닿지 않는 나는 쇠로 된 봉을 잡았다. 지하철은 철컹철컹 소리를 내며 달렸다.

노약자석은 자리가 비어 있었지만 할아버지는 앉지 않았다. 자기는 노약자가 아니기 때문이라고 했다.

내가 돈이 없어서 그렇게 돌아다닌 게 아니야. 이건 돈 주고도 사기가 힘들어 인마. 시장에서 발품을 팔아야만 구할 수 있어. 니 사이즈에 맞는 거는 매장에서 팔지를 않으니까.

할아버지의 목소리가 점점 커졌다. 나는 할아버지의 소매를 잡아 당기며 말했다.

알았으니까 조용히 좀 해.

그는 서운한 표정으로 입을 다물었다. 나는 약간 미안한 마음이 들어서 잠시 후 시큰둥하게 물었다.

그렇게 구하기 힘든 거야?

할아버지와 나는 동시에 내 발을 내려다보았다. 거기엔 밤색 가죽 등산화가 신겨 있다. 그는 기다렸다는 듯 숨을 크게 들이쉬며, 그럼 인마! 하고 외쳤다. 할아버지는 갑자기 손잡이에서 손을 떼고 내 발 옆으로 쭈그려 앉아 뒤꿈치 쪽을 살폈다. 그 전철에서 쭈그려 앉은 사람은 할아버지뿐이었다. 나는 눈치를 보며 할아버지를 나무랐다.

왜 앉고 그래!

할아버지는 등산화를 신은 내 오른발을 자기 손에 받치더니 뒤꿈치 쪽에 찍힌 상표를 보여주었다.

이거 봐라, 이거 봐. 도이터 라고 적혀 있는 거 좀 봐봐라 인마. 도이터가 무슨 뜻이냐면 독일 애들이 만들었다는 뜻이야. 너 인마 독일 애들이 어떤 애들인지 아니?

나는 무심히 딴 데를 봤지만 할아버지는 아랑곳하지 않고 계속 설명했다.

독일 애들은 지구상에서 제일 꼼꼼해. 걔네가 만든 물건은 얼마나 튼튼한지 망가뜨릴래야 망가지지를 않어. 그런 민족이 만든 게 이 신발인데, 도이터 등산화 중에 이백십 사이즈는 우리나라에 몇 개 있지도 않어 인마. 어른 사이즈야 많지. 근데 애들 등산화는 잘 안 만든다. 왠지 아니?

나는 목에 힘을 주고 대답했다.

몰라!

할아버지는 바닥을 짚고 일어나서 말했다.

그야 당연히 애들은 등산을 안 하니까 그런 기라. 산에 애들 있는 거 봤니? 못 봤지? 산에는 어른 밖에 안 가.

나는 한숨을 쉬었고 그는 계속했다.

그런데! 우리 이슬아가 누구냐?

이제 그만 좀 말해.

이슬아는 이씨 집안의 고명딸이지! 유일한 기지배! 이슬아는 다른 애들이랑 다르게 산도 엄청 잘 탄단 말이야. 왜냐? 내 손녀니까. 알평대군의 후손이니까. 그렇다면 인마, 나는 누구냐?

정답을 할아버지의 입으로 듣고 싶지가 않아서 나는 최대한 어떤 감흥도 없이 대답했다.

할아버진 도봉산 다람쥐잖아…

흡족한 얼굴로 그가 웃었다.

도봉산 다람쥐와 나는 전철에서 내렸다. 1호선 도봉역이었다. 산 가까이에 있는 역에 오니 오히려 산이 어떻게 생겼는지 알 수가 없었다. 산은 멀리 있을 때만 세모나게 보이는 것이었다. 가까이에 있는 도봉산은 결코 한 덩어리로 보이지 않았고 얼마나 크거나 높은지 짐작할 수도 없었다. 우리는 역에서 산 아랫자락까지 걸었다. 필요한 모든 짐은 할아버지가 멨다. 할아버지는 짧은 다리로 빨리도 걸었다. 나는 종종 뛰어야만 그 걸음을 따라잡을 수 있었다. 해가 쨍한 여름이었다. 벌써 이마에 땀이 흘렀다.

산 초입에 있는 무수골 매표소에서 우리는 한 부부를 만났다. 보신탕 가게 아줌마 아저씨 부부였다. 그들은 답십리 시장 골목의 끝에서 보신탕집을 했다. 오늘 할아버지와 함께 산을 오르기로 한 사람들이었다. 커플 등산복을 입은 것 같았다. 아줌마가 내게 말을 걸었다.

공주님이 여기까지 웬일이야?

그 시절엔 어딜 가나 공주라고 불렸다. 다른 여덟 살배기 여자애들도 마찬가지였을 것이다. 옆에 있던 아저씨는 내 머리를 쓰다듬으며 몇 학년이냐고 물었다. 나는 군자초등학교 일 학년이라고 대답했다. 아줌마가 할아버지를 보며 부인은 어디 두고 손녀와 오셨냐고 물었다. 할아버지는 그 질문을 기다렸다는 듯 야심 차게 대답했다.

부인 하나 새로 얻었지요. 어린 여자로.

그가 웃기지도 않은 이야기를 하며 호탕하게 웃는 동안 나는 앞서 걷기 시작했다. 210mm짜리 도이터 등산화를 신고 숲길을 밟았다.

뒤에서 걷던 세 어른은 내 등산화 얘기를 하기 시작했다. 할아버지가 바라던 일이었다. 보신탕집 아저씨가 말했다.

공주가 아주 멋진 걸 신었구만 그래.

내 뒤통수에 대고 말하긴 했지만 할아버지 들으라고 한 말이었다. 할아버지는 신발 이야기를 다시 시작하기 위해 입에 침을 발랐다. 어쩜 그렇게 자신에 대해 많이 알리고 싶어 하는지 신기할 따름이었다.

저 신발은 돈 주고도 못 사는 거예요.

할아버지가 자랑스럽게 말했다. 앞서가던 내가 찬물을 끼얹었다.

돈 주고 못 사긴 왜 못 사. 그럼 할아버지는 뭐 주고 샀는데.

할아버지는 아랑곳하지 않고 신발 자랑을 이어갔다.

저거를 사려고 어제 황학동이랑 동대문이랑 신당동을 다 돌았어요. 난 또 어설픈 거는 안 사잖어. 반백 년 넘게 산을 타다 보면 등산화를 척 보기만 해도 고급인지 저급인지를 다 알아요.

보신탕집 아저씨 아줌마와 나는 할아버지의 침 튀는 자랑을 들으며 이십 분쯤 산을 올랐다. 멀리서 쏴－ 하는 소리가 들려왔다. 소리는 점점 가까워졌다. 나무들 사이를 헤치고 계속 길을 가니 폭포가 하나 나왔다. 시끄러운 물소리가 끊이지 않고 들려서 귀가 멍해졌다. 할아버지의 우쭐한 목소리가 들리지 않으니까 오히려 좋기도 했다.

그러나 나의 할아버지는 폭포 소리를 뚫을 만큼 커다란 목소리로 외쳤다.

여기가 원앙폭포인기라! 이 폭포 물이 을매나 맑냐면은 그냥 바로 떠먹어도 될 만큼 맑어. 내가 도봉산에 스무 살부터 다녔으니까 그동안 마신 원앙폭포 물만 해도 몇십 리터 될끼라.

그렇게 말하고서 그는 개울가로 뛰어가 폭포에서 떨어진 물을 꿀꺽꿀꺽 받아먹었다. 옆에 있던 아줌마와 아저씨는 뒤에서 말을 주고받았다.

노인네가 참 정정해, 그치.

아침마다 운동을 억수로 하시니까…

너무 심하게 하는 건 아닌가 싶어.

그래. 뭐든 정도껏 해야지.

나는 심드렁하게 폭포 옆 바위에 걸터앉아 있다가 다시 앞서서 산을 올랐다. 가파른 경사가 시작되고 있었다. 경사가 급해질수록 산길의 폭은 좁아졌다. 그 등산에서 살갑고 귀여운 손녀의 역할을 할 생각은 추호도 없었지만 그렇다고 체력이 약해 빠진 애로 보이기는 싫어서 이를 악 물고 산을 올랐다. 뒤따라오던 세 명의 어른들은 답십리 시장 사람들에 대한 이야기를 나누다가 산을 씩씩하게 오르는 나를 칭찬했다. 할아버지는 그게 다 자기 피를 이어받아서 그런 거 아니겠냐며 한 번 더 강조했다.

내가 도봉산 다람쥐 아닙니까.

보신탕집 아줌마 아저씨는 맞지요, 맞지요, 하면서 거들었다. 나는 그 소리들로부터 멀어지기 위해 최대한 앞서 걸었다.

그러나 경사가 급하고 산이 험해서 만만치가 않았다. 헥헥거리며 숨을 거칠게 쉬어도 숨을 다 쉬지 못하는 느낌이 들 만큼 가빴다. 이미 땀범벅이 된 얼굴을 쳐들고 위를 보니 절이 하나 보였다. 절까지는 백 개도 넘는 가파른 계단이 이어져 있었다. 막막했지만 할아버지보다 느리게 가는 건 싫어서 안간힘을 다해 계단을 하나둘 올랐다. 삼십 계단쯤 올랐을 때 나는 눈앞이 빙글빙글 돌만큼 숨이 턱까지 차올랐다.

그때 뒤에서 성큼성큼 나를 따라잡던 할아버지가 갑자기 두 손을 내 엉덩이에 탁 대더니 힘차게 밀기 시작했다.

할아버지가 이렇게 밀면 이 세상에서 못 갈 데가 없어 인마!

그 순간 나도 모르게 꼭지가 돌았다.

할아버지의 성급함과 짐작도 못할 애정의 크기가 부담스러운 데다가 나를 그런 식으로 만졌다는 게 너무나 짜증이 난 것이다. 나는 내 엉덩이에서 할아버지의 손을 뗀 뒤 뒤돌아서 할아버지에게 쏘아붙였다.

왜! 만져!

땀범벅이 된 할아버지가 당황하며 나를 보았다. 나는 한 번 더 소리를 질렀다.

내! 엉덩이! 왜! 만지냐고!

그러고서 그의 가슴팍을 미친 듯이 마구마구 때렸다.

2018.02.28.水.

14.
당신의 자랑 (下)

1999년의 하산

할아버지는 하마터면 계단에서 자빠질 뻔했다. 헥헥대며 뒤따라오던 보신탕집 부부가 할아버지를 뒤에서 받쳤다.

공주님이 왜 이러실까! 산도 잘 타는 우리 공주님이!

보신탕집 아줌마가 나를 타일렀다. 나는 그 손도 뿌리치고 그 자리에 털썩 주저앉아버렸다. 그리고 할아버지가 오늘 들은 말 중 가장 상심할 만한 말을 내뱉었다.

난 더 안 가.

할아버지는 믿지 못하겠다는 표정으로 물었다.

뭐라고?

이제 한 발짝도 더 안 갈 거라고. 할아버지 때문에 짜증 나니까.

할아버지는 웃으며 나를 타일렀다. 이제 조금만 더 가면 절이 나온다고, 절에 가면 약수터도 있고 쉴 수도 있다고 말했다. 나는 듣지 않고 말했다.

안 간다고 했지.

그는 어느새 애원하는 눈빛이 되어 있었다.

제발 더 올라가자 인마. 나를 봐서라도.

나는 눈에 힘을 주고 말했다.

할아버지를 보니까 더 올라가기 싫은 거야.

그는 처진 어깨가 되었다. 설득을 포기한 듯했다. 할아버지는 멋쩍게 웃으며 보신탕집 부부에게 말했다.

내일 한 냄비 사러 갈게요.

아줌마와 아저씨는 얼른 내려가시라며 손을 흔들었다. 우리는 보신탕집 부부와 작별했다. 나는 할아버지 얼굴을 보지 않고 앞서 하산하기 시작했다. 어느샌가 할아버지가 뛰어와서 내 손을 잡았다.

너한테서 냄새 나 인마!

나는 할아버지의 손을 뿌리치며 발끈했다.

냄새는 무슨 냄새!

할아버지는 내 바지를 가리켰다.

너 아까 주저앉은 자리에 똥 있었어. 바지에 묻어가지고 냄새가 아주 지독하다고.

나는 황급히 엉덩이를 보았다. 엉덩이 쪽 바지에 정말로 똥이 덕지덕지 묻어 있었다. 울고 싶은 기분이 되었다. 내가 해결할 수 없는 일 같았기 때문이다. 나는 바지에 똥을 묻힌 채로 원앙폭포까지 갔다. 폭포 앞에서 할아버지는 내 등산화와 바지를 벗겼다.

팬티 차림이 된 나는 아아악 소리를 지르며 큰 바위로 달려가서 숨었다. 바위 너머로 빼꼼 고개를 내밀자 할아버지가 빨래하는 모습이 보였다. 그는 어디선가 나뭇가지 하나를 꺾어 와서 등산화 밑창 사이 사이에 끼어 있는 똥을 쑤셔 빼내고 있었다. 똥 묻은 바지도 억척스럽게 씻었다. 맘 같아서는 혼자 먼저 가버리고 싶었지만 팬티 차림으로는 어디도 갈 수 없다는 게 분했다. 내 나이가 싫었다. 등산 따위를 따라가야 하고 옷에 뭐가 묻으면 누가 벗겨주고 씻겨줘야 하는 처지가 짜증 났다. 팬티만 입은 채 큰 바위 뒤에 숨어서 할아버지에게 소리쳤다.

이제 그 물 못 마시겠네!

폭포 아래서 내 바지를 빨래하던 할아버지가 소리쳤다.

뭐라고?

나는 더 크게 소리쳤다.

그 물에 할아버지가 똥 묻혔으니까 이제 마시지도 못 하겠다고!

할아버지는 빨래하다 말고 웃었다. 그는 똥을 헹궈낸 바지와 등산화를 들고 개울에서 나와 온 힘을 다해 짜기 시작했다. 할아버지의 꽉 쥔 주먹 사이로 개울물이 뚝뚝 떨어졌다. 할아버지는 악력이 셌다. 그가 한 모금 마시고 잠가놓은 사이다 페트병은 내가 죽을 힘을 다해도 열 수가 없었다.

우리는 다시 무수골 매표소로 내려왔다. 젖은 바지와 축축한 신발을 신고 걸으니 기분이 아주 구렸다. 할아버지는 잠시 화장실에 다녀온다고 말했다. 나는 매표소 표지판 앞에 서서 괜히 등산화로 땅을 툭툭 때렸다. 오랫동안 화장실에서 나오지 않는 걸 보니 할아버지는 아마 똥을 싸는 모양이었다. 나는 한숨을 쉬며 다시 한번 내 바지의 물기를 짰다. 집에 갈 때까지 마르지 않을 것 같았다. 화장실에서 할아버지가 나오는 모습이 보였다. 그는 짧은 다리로 성큼성큼 빨리도 내게 걸어왔다. 할아버지가 종일 메고 있던 가방이 눈에 들어왔다. 무거워 보였다. 그 안에 뭐가 들어있냐고 물어보기가 겁났다. 가방을 풀면서 그는 한 번 더 상심할 게 분명했다. 뭐든 간에 새벽부터 일어나 열심히 싸왔을 테니까.

뭐가 있냐고 묻기도 전에 할아버지는 가방을 내려놓고 지퍼를 열었다. 그 안에서 핫브레이크 두 개를 꺼냈다. 그게 내가 제일 좋아하는 초코바인 걸 그는 알았다. 나는 핫브레이크를 건네받으며 물었다.

원래 어디에서 먹으려고 했어?

우이암 가서 꺼내려고 했지.

우이암이 어딘데.

할아버지는 걸음을 멈추고 뒤를 돌아서 손가락으로 먼 곳을 가리켰다.

저기 보이는 큰 바위. 소 귀 같이 생겨서 우이암인 거야.

나는 저만치 있는 우이암을 쳐다보았다. 꽤 멀어보였지만 내 걸음으로 못 갈 거리는 아닌 것 같았다. 그러나 왠지 그와 나는 다시 우이암에 가지 않을 것 같았다.

우리는 다시 1호선 도봉역을 향해 터벅터벅 걸었다. 할아버지의 걸음도 평소만큼 빠르지 않은 걸 보니 서두르고 싶은 기분이 아닌 듯했다. 이제 겨우 점심 즈음이었다. 아침에 역에서 내렸을 때보다 할아버지가 조그맣게 느껴졌다. 문득 아까 할아버지의 가슴팍을 마구 때린 게 생각났다. 그 생각을 떨치려고 나는 아무 말이나 했다.

내가 정상까지 올라갔으면 좋았을 거야?

좋았을 거지.

올라가서 야호도 했을 거야?

도봉산 다람쥐는 야호 같은 건 안 해. 그런 건 산에 처음 온 애들이나 하는 거지.

할아버지의 가방엔 4단 도시락이 그대로 들어 있었다. 그날 그가 도시락에 뭘 싸 왔는지 나는 지금도 모른다. 그날 이후로 할아버지는 나를 안주 삼아 술을 마셨다. 새시 가게 사장이나 타이어 가게 둘째 아들을 불러다 놓고 삶은 북어를 뜯으며 그런 얘기를 끝없이 늘어놓는 것이었다.

우리 집에 기지배가 하나 있는데, 걔는 답십리 이 동네에서 제일가는 꼴통인기라. 기지배라고 부르면 마룻바닥에 오줌을 갈겨놓질 않나, 비싼 돈 주고 피아노를 사줬더니 엄정화 노래만 듣지를 않나… 얼마 전엔 같이 도봉산엘 갔는데 글쎄 이 기지배가 올라가다 말고 당장 내려가겠다고 떼를 쓰는기라. 나를 막 때리면서 한 발짝도 더 올라가지를 않겠다는기라 이 자식이…

그게 도봉산 다람쥐와의 마지막 산행이었고, 내가 그의 자랑이 되기까지는 오랜 세월이 필요했다.

2018.03.01.木.

15.
당신의 애지중지

할아버지는 그 집의 마룻바닥을 아꼈다. 답십리 자동차 부품 상가 어느 골목에 당신 집을 지어 올리던 1993년에 큰맘 먹고 비싼 돈을 들여 깔아놓은 원목마루라고 했다. 그는 매일같이 걸레를 들고 광이 나게 바닥을 닦았다.

집안에는 네 명의 어린이가 있었다. '희'자 돌림의 남자애 세 명. 그리고 나. 90년대 초에 태어나 한 집에서 유년기를 보낸 우리 네 명은 할아버지에게 마룻바닥이 얼마나 각별한지 잘 알고 있었다. 그래서 가끔 일부러 그 마룻바닥에 똥이나 오줌을 싸놓았다. 누군가가 무엇을 가장 애지중지하는지 그래서 무엇에 가장 취약한지 어린이들은 본능적으로 간파하곤 했다. 배설물을 발견한 할아버지가 콧김을 내뿜으며 노발대발했을 때는 우리가 이미 낄낄대며 옥상으로 도망간 뒤였다. 할아버지는 인상을 쓴 채 걸레를 들고 와서 뜨끈뜨끈한 똥오줌을 닦아냈다.

마루에서 똥을 다 걷어내고 난 뒤에도 역한 똥냄새는 잘 사라지지 않았다. 마루와 마루 사이엔 기다랗고 좁은 틈이 있었는데 그 틈마다 꼼꼼하게 똥이 끼어 있었기 때문이다. 비싼 원목마루 사이에 낀 똥가루는 할아버지를 미치게 했다. 그는 마루에 무릎을 꿇고 앉아 한숨을 쉰 뒤 일어나 부엌에서 이쑤시개를 가져왔다. 이쑤시개를 들고 쪼그려 앉아 마루 틈에 낀 똥을 일일이 빼내는 데 또 한참이 걸렸다. 많은 이쑤시개가 그 짓에 쓰였다. 끝이 갈색으로 물든 이쑤시개들이 마루 위에 쌓여 있는 것을 보고 삼십대 초반의 삼촌은 헛구역질을 몇 번 했다.

어우, 드러워서 애새끼들이랑 같이 못 살겠네.

할아버지는 삼촌에게 대꾸하지 않고 묵묵히 똥을 긁어낸 뒤 마루를 닦았다. 집안의 어른 중 할아버지만이 그걸 했다.

할아버지가 광이 나게 닦는 건 마룻바닥뿐만이 아니었다. 그는 집안에서 온갖 비싼 화분들을 애지중지 키웠는데 매일같이 물을 주고 영양제를 꽂는 것도 모자라 기름 묻은 행주로 화분의 이파리 하나하나를 정성스럽게 닦아주었다. 집안의 식물들은 전부 반짝반짝 윤이 났다. 할머니는 그걸 보고 혀를 찼다.

노인네가 시간이 남아 도나, 왜 풀에 광을 내고 지랄이야.

그럼 옆에서 레고를 하던 어린 남자애들이 꼭 그 말을 한 번씩 따라 했다.

맞아, 지랄이야.

지랄이야.

지랄!

그래도 그는 마룻바닥과 풀에 광내길 멈추지 않았다. 할아버지는 뭐든 열심히 아끼고 사랑하고 관리했다. 때론 상대가 도망가고 싶을 만큼 그렇게 했다.

천둥번개가 치는 날이면 집안의 어린이들은 일제히 울음을 터뜨렸다. 장마철의 어느 밤이었다. 거센 비가 쉴 새 없이 내리고 있었다. 번쩍하고 창밖이 잠깐 하얘졌을 때 나와 세 명의 남자애들은 모두 침을 꿀꺽 삼켰다. 빛보다 느린 소리가 도착하기까지의 짧은 사이 동안 두려워하며 있었다. 몇 초 뒤, 대단한 굉음이 집안을 송두리째 흔들었다. 엄청나게 큰 산이 폭발하여 무너져내리는 것만 같은 소리였다. 우리는 그게 너무 무서워서 입을 쫙 벌리고 엄마를 부르짖으며 울었다. 작은 엄마와 엄마는 곤히 자느라 잘 깨지 않았다. 그럴 땐 잠귀가 밝은 할머니와 할아버지가 거실로 나왔다. 할머니는 원래 위로에 취약한 사람이라 거실에 나와서도 딱히 하는 일은 없었다. 그녀는 우는 손자들을 보며 딴 짓을 할 뿐이었고 할아버지만이 우리를 모아 놓고 이야기를 하기 시작했다.

인마들아. 잘 들어 봐라. 천둥이랑 번개는 뭐냐면 하느님이 하늘에서 방귀 끼는 거야.

우리는 그때 방귀라는 말을 너무 좋아했기 때문에 울다가 웃었다.

하루는 초등학교에서 돌아와 집 현관문을 여는데 아빠가 뒤에서 내 눈을 가렸다. 나는 아빠의 손에 가려진 채로 조심조심 걸어 집으로 올라갔다. 뒤에 있는 아빤 내 걸음에 맞추느라 평소보다 작은 보폭으로 걷고 있었다. 아빠 손에서는 담배 냄새랑 양면테이프 냄새가 났다. 방금 전까지 가게에서 테이프를 포장하고 있었을 것이다. 매일같이 쿵쾅쿵쾅 오르락내리락하던 집인데 눈을 가리고 올라가니 집 냄새가 평소보다 짙게 느껴졌다. 우선 원목마루 냄새가 났다. 할아버지가 그토록 쓸고 닦고 광내는 그놈의 원목마루 말이다. 신발장에서는 잡다한 발 냄새가 났다. 열한 명의 신발이 한 데 섞여 있으면 어느 게 누구 발 냄새인지 알 수가 없었다. 나는 그 신발장에 샌들을 벗어놓고 계속 눈이 가려진 채 거실로 들어갔다. 거기에서부터는 할아버지 냄새가 났다. 할아버지가 거실에서 키우는 고무나무 화분 냄새도 났다. 어디선가 낯선 나무 냄새도 났다. 아빠의 목소리가 들렸다.

이제 눈 떠봐.

아빠가 내 얼굴에서 손을 뗐다. 내 눈앞에는 고동색 피아노가 있었다. 엄청 컸다. 아빠가 말했다.

할아버지가 큰맘 먹고 산 거야.

할아버지는 소파에 앉아 웃고 있었다. 그가 얼마나 이 순간을 기다려왔는지 알 것 같았다.

얼마야?

내가 묻자 어디선가 삼촌이 나타나 대답했다.

백만 원도 넘어 이 기지배야.

나는 아직 백보다 큰 수를 잘 알지 못했다. 피아노는 정말 큰 나무 덩어리였다. 할아버지가 약간 조급한 말투로 말했다.

이제 피아노를 배우면 너는 이제 아주 고급의 여자가 되는 거야 이제 인마.

할아버지는 뭔가 가슴 벅찬 일이 생길 때마다 '이제'라는 말을 남발하곤 했다.

다음 날 우리 집엔 피아노 선생님이 왔다. 선생님은 첫 수업 날에 할아버지와 할머니와 아빠와 엄마와 작은 엄마와 작은 아빠와 삼촌에게 말했다.

여덟 살은 피아노를 시작하기에 좋은 정말 나이예요.

나는 그녀에게 피아노의 기본을 배웠다. 선생님은 다정했고 좋은 냄새를 풍겼지만 피아노는 딱히 재미가 없었다. 그날 밤 엄마가 나를 재우러 왔을 때 나는 말했다.

엄마. 알아둘 게 있어.

엄마는 약간 불길한 표정을 지으며 물었다. 내가 뭔가를 알아둬야 한다고 말할 땐 이미 마음을 굳혔으며 누가 아무리 나무라도 뜻을 굽힐 생각이 없는 상태라는 걸 엄마는 알기 때문이었다.

뭔데?

나는 피아노 안 해.

엄마는 눈치를 살폈다. 내 눈치가 아니라 옆방에서 자고 계신 할아버지가 들을까 봐 눈치를 보았던 것이다. 그녀는 내가 피아노를 배우든 말든 상관하지 않는 사람이었지만 할아버지가 피아노 치는 내 미래를 얼마나 기대하고 있는지 알기 때문에 간이 콩알만 해졌던 것이다. 엄마는 그 집에서 자그마치 10년째 성실한 맏며느리로 복무 중이었다.

다음 날 아침상에서 나는 같은 얘기를 꺼냈다. 그러자 삼촌이 밥을 먹다 말고 나무랐다.

기지배야 너 피아노가 얼마짜리인지나 알아?

거실에는 고동색 피아노가 위풍당당하게 놓여 있었다. 할아버지는 순식간에 너무도 서운한 표정이 되었다.

밥을 다 먹고 방에 들어가서 카세트 플레이어에 엄정화 3집 테이프를 넣고 빨리감기를 눌렀다. 몇 초 정도 누르고 있어야 그 노래가 나오는지 외우고 있었다.

왜 하필 나를 택했니 그 많은 사람들 중에서 –

엄정화의 노래 중에 나는 〈배반의 장미〉를 가장 좋아했다. 누워서 그 노랠 따라 하며 발목을 까딱거렸다.

저녁이 되자 할아버지는 거실에서 술을 마시기 시작했다. 그가 매일 하는 일이니 새삼스러울 것은 없었다. 다만 그날부터 할아버지는 나에 대한 실망을 안주 삼아 술을 마셨다. 그는 거실에서 큰 소리로 나를 호출했다.

이슬아!

그럼 나는 그 앞에 가서 앉아야 했다. 그럼 할아버지는 나를 한참 본 뒤 내게 말했다.

배신자…

여느 때처럼 나는 그가 술 마시는 걸 쳐다보았다. 그의 기대에 충족하지 않을 때의 쾌감은 아주 불안하고도 짜릿한 것이었다.

이후 피아노는 어린이들의 벤치로 쓰였다. 우리는 백만 원도 넘는 벤치 위에서 온갖 더러운 장난들을 치며 놀았다. 이십 년이 지난 지금 그 피아노는 온데간데 없고 나란히 성인이 된 네 명은 만날 때마다 맞담배를 피우며 할아버지에 대한 농담을 한다. 여전히 많은 것을 애지중지하기 때문에 그는 우리 사이에서 언제나 금세 놀림감이 되어버린다.

2018.03.02.金.

16.
미스테리 드라마

무엇이든 이야기할 준비가 되어 있는 사람 한 명과 무엇도 굳이 이야기하고 싶지 않은 사람 한 명을 알고 있다. 전자는 나의 할아버지고 후자는 나의 할머니다.

40년생인 할아버지에게 질문을 건넬 경우 그는 입에 침을 바를 가능성이 높다. 들려줄 게 많은 사람의 입안에서는 침이 잘 고이기 마련이다. 할아버지처럼 자신의 인생을 이미 서사화한 사람이라면 더욱 그럴 테다.

그보다 5년 늦게 해방둥이로 태어난 45년생 할머니에게 질문을 건넬 경우 그녀는 높은 확률로 마른기침을 할 것이다. 특히 진심을 조금이라도 말해야 하는 질문을 건네면 그녀는 꼭 기침을 한다. 7년 전부터 나는 그녀에게 꾸준히 여러 질문을 건네왔는데 그녀가 만족스러운 대답을 주는 일은 몹시 드물었다. 본인에 관해 이야기해야 할 때면 그녀는 이렇게 일축했다.

기침 나. 그만해.

내가 할머니에 대해 아는 사실의 대부분은 할아버지 입을 통해 들은 것이다. 그는 자기 자신에 대해 이야기하는 것만큼이나 자기 아내에 관해 이야기하는 것도 좋아한다. 그가 그녀를 처음 만난 것은 1966년 서울 방산시장 어느 골목의 라디오 가게에서였다. 그 가게엔 청계천 복개 공사 현장에서 불도저를 몰던 청년이 한 명 있었다. 할아버지는 그 청년의 친구였다. 할머니는 그 청년의 사촌 동생이었다.

스무 살이 된 할머니는 고향인 부여 집에 있다가 처음으로 서울에 올라와 지내던 참이었다. 사촌 오빠네 집에서 사촌 형제의 밥을 해주고 공동수조에서 물을 길어다 놓았다. 평화시장 자동차 부품상가 직원이었던 할아버지는 친구의 라디오 가게를 자주 들르다가 할머니의 얼굴을 보게 된다. 그 과정을 그는 '라디오 가게에서 자연히 만난 일'이라고 설명한다.

둘은 자연히 만나 극장 구경을 가고 남산 같은 데도 괜히 갔다. 당시 할아버지는 이류 극장과 삼류 극장 사이를 뛰어다니며 탐욕적으로 하루 여섯 편의 영화를 보던 사내였다. 할아버지는 할머니를 보고 '미완의 여자'라고 생각했다. 그래서 자기에게 맞게 수정하고 보완할 수 있을 것 같았댔다. 허리가 가늘고 몸이 야리야리해서 좋았댔다. 할머니는 할아버지를 보고 '돈 열심히 벌고, 뭐 굶지는 않을 남자'라고 생각했다.

그래서 결혼한 거냐고 물어보자 할아버지는 대답했다.

몸을 섞으면 꼼짝없이 결혼해야 한다는 생각이었어.

할머니는 옆에서 기침했다.

몸을 섞고 말았던 둘은 1966년 12월 남산 드라마 센터 예식장에서 결혼을 한다. 식을 올린 뒤 둘은 친구들이랑 택시 서너 대를 타고 남산 한 바퀴를 돈다. 그리고 워커힐 호텔로 신혼 여행을 간다. 광나루에 있는 그 신축 호텔로 신혼 여행을 가는 게 당시 유행이랬다.

호텔 방에서 할아버지는 삼각대 위에 카메라를 고정하고 타이머를 맞춘 뒤 몇 장의 사진을 찍는다. 50년 뒤 나는 그 사진들 속의 두 사람을 보고 놀라서 말을 잃게 된다. 너무 야해서.

평화시장에서 산 잠옷을 각자 입고 카메라를 바라보지 않은 채로 사진을 찍은 두 사람. 카메라를 정확히 의식하는 사람들만이 카메라로부터 자연스럽게 시선을 돌릴 줄 알지 않나. 이 사진을 통해 나는 두 사람이 입으로 말하지 않은 드라마를 조금 추측하다가 만다. 이때는 나의 아빠가 이미 할머니의 배 속에 있었다. 할아버지는 자신에게 '미완의 여자'였던 할머니에게 맞춤 제작한 옷을 입히는 것을 즐겼다. 할머니가 입었으면 하는 모양의 원피스를 종이에 스케치하고 그 위에 체크무늬 패턴을 그려서 옷가게에 가서 옥양목 천으로 제작해달라고 주문했다. 기획하길 좋아하는 키 작은 남자 옆에서 할머니는 결혼 생활을 시작한다.

신혼여행에서 돌아온 둘은 명륜동에 있는 8만 원짜리 전셋집에서 살림을 차린다. 8만 원이 월세가 아닌 전셋값이라는 사실에 나는 놀라고 만다. 당시 자동차 부속 가게에서 일하던 할아버지의 월급은 1만 5천 원이었고 쌀 한 가마의 가격은 7천 원이었다. 할아버지는 월급의 70퍼센트를 저축하며 살았다. 그렇게 자수성가했기에 그는 저축하지 않는 21세기 청년들을 이해하지 못한다.

와중에 할머니는 집에서 살림하고 밥하고 아이들을 키우며 세월을 보냈다. 이 세월의 디테일을 너무도 듣고 싶지만 할머니가 늘 이젠 다 잊었다고 일축한 뒤 입을 다물기 때문에 나는 아직 쥐뿔도 모르는 상태다.

두 사람이 결혼식을 올린 남산의 예식장은 80년대에 이르자 서울예전으로 바뀐다. 그 대학 문창과에 그들의 첫째 아들이 입학한다. 그는 나의 아빠이기도 하다. 아빠는 문학을 전공하며 소설을 읽고 연애를 하고 방황을 하고 자퇴를 한다.

90년대 초부터 할머니는 3대가 모여 사는 대가족의 어른이 된다. 어른, 아이 포함 열한 명이 사는 4층 집이었다. 그녀는 2층 안방에서 텔레비전을 보면서도 전 층의 모든 소리를 듣는 사람이었다. 현관문 앞에 자전거를 대는 소리와 계단을 밟고 2층으로 올라오는 발걸음 소리만 들어도 열한 식구 중 누가 집에 도착한 것인지 매번 정확히 알아맞혔다. 모든 식구들이 그녀의 특출난 청력에 혀를 내둘렀다.

아들들이 결혼하자 그녀의 가사 노동량은 현저히 줄었다. 며느리들이 집에 들어왔기 때문이다. 할아버지가 장을 보고 엄마들이 밥을 하는 동안 할머니는 텔레비전으로 가요 프로그램이나 드라마나 레슬링 경기를 보았다. 근육질의 여자들이 서로를 때려눕히고 주먹질하는 광경을 그녀가 별 반응 없이 바라보던 모습은 내게 익숙하다. 희로애락이 얼굴에 잘 드러나지 않는 할머니는 드라마를 보고도 잘 울지 않았다. 드라마를 보고 우는 것은 할아버지였다.

90년대 중반의 가족 드라마에는 최수종과 하희라와 채시라가 자주 나왔는데 할머니는 나보고 채시라를 닮았다고 했다.

눈이랑 입술이 여우같이 쪽 찢어진 게 똑 닮았댔다.

그 말은 왠지 칭찬이 아닌 것 같았다. 하지만 할머니가 내게 직접적인 코멘트를 한 건 아주 희귀한 일이었다.

할머니를 따라 시장에 가면 그녀는 꼭 나보다 5미터는 앞서 걸었다. 키가 작지만 비율이 좋은 그녀는 길고 날씬한 다리로 저만치 앞에서 혼자 갔다. 혼자 빨리 가면 뭐가 좋냐고, 어차피 같은 가게 가는데 나란히 가면 안 되냐고 내가 뒤에서 소리치면 그녀는 마른기침을 하곤 아주 조금 속도를 줄이다가 다시 본인의 속도로 걸었다.

나는 그녀에게서 늘 어떤 건기를 느낀다. 도무지 여운이라는 걸 남기지 않는다는 점에서 나의 할머니와 나의 아빠는 닮았다.

모든 것을 지나치게 드라마틱하게 만드는 남자와 모든 것을 지나치게 별일 아닌 것으로 만드는 여자가 어떻게 그리 오래 함께 살 수 있는 것일까. 아니 어쩌면 바로 그래서 함께 오래 살 수 있었던 것인가.

'나는'으로 시작하는 이야기를 하지 않고선 못 배기는 할아버지와 모든 이야기의 주어를 타인으로 설정하는 할머니. 이 조합은 언제나 내게 미스테리다. 그녀에게 이야기란 도대체 무엇일지 궁금해하곤 한다. 50년간 시청해온 모든 드라마를 시냇물처럼 졸졸 흘려보내고 자기 자신에 관해 물어보면 다 까먹었다고 일축하고 마는 그녀에게 이야기란 무엇일까. 자기 목소리란 무엇일까. 할머니가 기침 없이 목소리를 내는 때는 두 가지 경우이다. 남 얘기를 할 때. 노래를 부를 때. 그녀가 남의 언어를 빌리는 순간 나는 이제 더욱 유심히 듣게 된다.

2018.03.05.月.

17.
웅이

내 아빠의 이름은 상웅이다. 서로 상(相) 자와 수컷 웅(雄)자를 쓴다. 아빠의 이름을 생각할 때마다 엄마가 그를 부르는 음성이 자동으로 떠오른다. 상웅 씨, 상웅 씨이~ 하는 목소리. 이응이 많은 이름이라 본의 아니게 콧소리가 섞여서 애교스러운 호명이 된다.

아빠는 1967년 명륜동의 한 산부인과에서 태어났다. 내색 없는 여자와 내색이 지나친 남자의 첫째 아들이었다. 그는 '웅이'라고 불리며 무럭무럭 자랐다. 할아버지는 웅이가 국민학교도 들어가기 전 어느 날의 모습을 선명하게 기억하고 있다. 일곱 살 무렵 웅이는 센베이 과자를 무척 좋아했다. 시장에서 얇게 구워서 파는 갈색 과자 말이다. 할아버지는 가게에서 사먹고 오라며 동전을 조금 쥐여주었고 웅이는 집을 나섰다. 그런데 어쩐지 해가 지도록 웅이가 돌아오지 않았다. 할아버지는 걱정이 되어 밖에 나가보았다.

깜깜한 길을 한참 걷자 저 멀리 골목길 어귀 전봇대 밑에 어린 웅이가 서 있었다. 그는 밝은 조명 밑에서 뭔가를 유심히 읽고 있었다. 할아버지가 다가가서 자세히 보니 그것은 센베이 과자가 담겨 있던 종이봉투였다. 책장이나 폐지를 한 장씩 떼어서 풀로 붙여 봉투로 쓰던 시절의 이야기다. 봉투를 붙이는 일을 부업으로 삼아 돈을 버는 사람들도 있었다. 웅이는 그 봉투에 적힌 재미난 이야기들을 읽느라 시간 가는 줄도 몰랐던 것이다.

할아버지는 청계천 8가 헌책방을 돌며 안데르센 동화 전집을 구했다. 아들들이 읽기 좋게 그림도 있고 글도 있는 걸로 사주고 싶었다. 양손에 잔뜩 들어도 다 들고 갈 수가 없어서 결국 용달차를 불러야 했을 만큼 많은 동화를 구매했다. 그 동화 전집을 죄다 읽은 건 첫째 아들인 아빠뿐이었다. 둘째 아들이랑 셋째 아들은 읽지 않았다. 둘째는 원체 책 같은 건 안 읽는 남자애였고 셋째는 국민학교에서 반공어린이상을 받았지만 책에 심취하지는 않았다.

삼 형제는 닮은 점이 거의 없었지만 스케이트를 잘 탄다는 점만은 비슷했다. 겨울마다 할아버지는 세 아들을 데리고 상계동 스케이트장에 갔다. 넓은 논에 물을 대서 얼린 곳이었다. 삼 형제는 그곳에서 가장 멋지게 스케이트를 타는 청소년들이었다. 언제부턴가 스케이트장 주인은 삼 형제에게 입장료를 안 받기 시작했다. 잘 타는 사람이 자주 오는 게 스케이트장 영업에 도움이 된다고 생각했기 때문이다.

아빠는 보성고등학교에 진학했다. 동아리를 선택하는 시간에 아빠는 신문반을 골랐다. 그것은 할아버지의 기분을 못마땅하게 만들었다. 책을 많이 읽는 것까지는 좋았지만 진로를 글과 관련된 것으로 정하기를 바라지는 않았기 때문이다. 게다가 신문반에 들어간 이후 아들의 성적이 떨어졌기에 더욱 마음에 들지 않았다.

신문반엔 후배를 때리는 선배들이 많았다. 신문반이 아니더라도 그런 선배는 어디에나 많았을지 모른다. 아빠는 선배들에게 자주 빠따를 맞으며 교지에 실릴 기사를 썼다. 동문에 관한 소식, 학교 화장실 보수 소식, 영어 선생님 득녀 소식에 관한 글들이었다. 가끔은 교육 정책에 대한 사설을 쓰기도 했다.

아빠는 왜 신문반에 들어갔을까.

잘 모르겠다.

그런데 나도 중고등학교 내내 어쩐지 교지편집부에 있었다. 학부 때 전공도 신문방송학이었다. 4년 동안 대학을 다니고 졸업했는데 아직 신문도 방송도 뭔지 잘 모르겠다. '기사 작성과 편집' 강의를 들을 때 스트레이트 기사를 써서 과제로 제출했는데 내 기사를 읽은 교수님이 말했다.

기사를 쓰랬더니 왜 소설을 써와?

그때 내가 소설가가 되고 싶다는 걸 알게 되었다.

이후 장래희망을 말해야 하는 순간마다 나는 소설가가 되고 싶다고 말했다. 내가 사랑하는 소설가들의 얼굴과 문장들을 떠올리며 힘주어 말했다. 입으로만 떠벌리면 민망하니까 여러 출판사에서 진행하는 소설 창작 수업을 찾아 들으며 습작을 하기도 했다. 몇 편의 이상한 소설을 쓰면서 차츰 내가 소설을 쓸 줄 모른다는 것을 알게 되었다. 픽션에 유독 무능한 건지도 몰랐다. 별수 없다는 느낌으로 지금은 이렇게 수필을 쓰고 있다. 미래에는 꼭 소설도 쓸 줄 아는 사람이 되고 싶다.

1980년대에 아빠는 소설을 아주 많이 읽는 청년이었다. 그리고 2010년대인 지금 그는 '오늘의 유머'를 읽는 중년이다. 그 청년에서 이 중년이 되기까지 아빠가 거쳐온 직업은 열다섯 개쯤 된다.

자동차 부속 가게 직원 (흑룡상회)

양면테이프 가공 (대훈실업)

장애인 수영 강사 (정립회관)

일반 수영 강사

유아 수영 강사

강원도 영월 동강 래프팅 가이드

아마추어 아이스하키 선수

각종 막노동 (콘크리트 타설)

벽난로 (영업, 상담, 시공, A/S)

상가 전문 부동산 직원

지역 광고잡지 제작 영업

국내 산업잠수사 (전국 각종 댐, 발전소, 저수지, 항구)

해외 파견 산업잠수사 (아프리카 앙골라 해안에 빠진 배 인양 작업)

대리운전 기사

행사용품 렌탈 사업 (영업 및 설치)

문학청년이었던 그가 위 직업들을 통과하면서 몸과 마음이 어떻게 변해왔는지 나는 언젠가 꼼꼼히 듣고 기록해보고 싶다. 요즘 나는 아빠가 서 있는 모습을 물끄러미 볼 때가 많다. 아빠 뒷모습이 아직 젊다고 느껴져서다. 그의 길고 다부진 다리는 날씬하게 쭉 빠져 있고 그의 두피엔 아직 흰머리가 없다.

그의 가방엔 다용도 맥가이버 칼과 일제 손톱깎이와 좋은 이쑤시개가 언제나 준비되어 있다. 플라스틱으로 된 그 이쑤시개의 한쪽 끝은 뭐든지 쑤셔버릴 것같이 강한 검 모양이고 다른 한쪽 끝은 아주 샤프한 솔 모양이다. 한 마디로 이와 이 사이에 어떤 성가신 이물질이 끼어있든 간에 완벽히 제거할 수 있는 무적의 이쑤시개다. 아빠랑 같이 식사를 마친 날이면 나는 꼭 그걸 하나 달라고 요청한다. 그럼 그는 이쑤시개를 내 손에 건네며 말한다.

내가 진 – 짜 아끼는 건데, 딸이라서 한 개 나눠준다.

나는 피식 웃고 넘어간다. 아빠는 날마다 유머를 시도한다. 그의 유머는 대체로 길다. 그래서 대체로 실패한다. 기승전결이 있다는 게 문제일지도 모른다. 빵 터질 마지막을 단단히 준비해놓은 채로 이야기를 시작하기 때문이다. 아빠가 유머를 시작할 때 청자인 나는 늘 불안을 느낀다. 이야기의 초반과 중반을 지나는 동안 나는 예감한다.

'안 웃길 것 같은데…'

내 심드렁한 표정에도 불구하고 아빠는 꿋꿋하게 유머의 끝을 향해 이야기를 이어간다. 예측 가능한 결말을 향해 예측 가능한 속도로 간다. 다 듣고 나면 역시 안 웃기다. 나는 예의상 아주 조금 웃는다. 안 웃는 것만 못한 웃음이다. 내가 그렇게 대충 웃어도 아빠는 괜찮아 보인다. 나는 내심 그가 '오늘의 유머'를 끊었으면 하고 바란다.

비록 안 웃기기는 해도 그를 사랑할 이유는 아주 많다. 나랑 맞담배를 피우니까. 사시사철 내 노브라를 지지하니까. 무엇보다도 매일 부지런히 삶을 맞이하는 사람이니까. 그는 휴일에도 일찌감치 일어나 담배를 피우며 똥을 싸고 샤워를 한다. 그러고는 검고 숱 많은 머리를 깔끔히 넘긴 뒤 한 시간 넘게 베이스 기타 연습을 한다. 아마추어 직장인 밴드에서 베이스를 맡고 있기 때문이다. 아빠가 둥둥거리는 와중에도 엄마는 곤히 늦잠을 잔다. 아빠에게 예술적 재능이 있는지는 모르겠지만 그는 뭔가를 날마다 꾸준히 할 줄 아는 사람이다. 예술적 재능은 오히려 엄마에게 있다. 하지만 그녀가 날마다 뭔가를 꾸준히 연습하는 일은 드물다.

해가 중천에 뜰 때쯤 연습을 마친 아빠는 "복권 사러 가야지~" 하며 자리에서 일어난다. 그가 매주 5천 원씩 로또를 산 지는 십 년이 넘었다. 그에게 있어 희망이란 무엇일지 나는 잘 모르겠다. 현관문을 나서면서 아빠는 밖에 버려야 할 재활용 쓰레기를 두 봉지 챙겨서 나간다. 내가 아는 희망은 오히려 거기에 있다. 재활용 쓰레기를 잘 분류하고 때맞춰 버리는 모습 말이다. 아빠가 현관문을 닫는 소리에 엄마가 깬다. 그녀는 느지막이 일어나 아침을 뚝딱 차린다. 이것은 주말 낮마다 반복되는 풍경이다.

오늘 아침 엄마는 아빠에게 장래희망을 물었다.

아빠가 되물었다.

그걸 고민하기엔 좀 늦은 것 같지 않아?

엄마는 장래희망은 어느 나이에나 유효한 질문이라며 생각해보라고 했다.

아빠는 생각해보더니 건물 관리인이 되고 싶다고 대답했다. 정확히는 딸이 사는 건물의 관리인을 하고 싶댔다.

아빠에겐 딸은 있지만 건물은 없다. 그는 50대 초반이고 노동해야 할 날은 아직도 많이 남아 있다. 웅이의 건투를 빌며 나는 그저 내 월세를 열심히 벌고 있다.

2018.03.06.火.

18.
복희

한동안 복희를 쓰지 못했다. 그간 복희에 관해 내가 쓴 모든 글이 별로라고 느껴졌기 때문이다. 그녀에 대해서는 유독 최상급 표현을 남발하고 말았다. 내가 세상에서 가장 사랑하는 남이어서 그랬을지도 모른다. 오랫동안 복희에 대한 글을 쓰고 만화도 그렸지만 나는 가능하다면 그 모든 자료를 영구적으로 삭제하고 싶다. 다시 한다면 더 잘 해볼 수 있다고 말하고 싶다. 필연적으로 실패하겠지만 그래도 다시 시작해본다.

복희는 1967년 가을, 충남 공주에서 태어났다. 웅이가 서울 명륜동에서 태어난 해이기도 하다. 두 사람은 모두 첫째인데 복희의 부모와 웅이의 부모는 비슷한 점이 없다. 서로 다른 부모 아래서 둘은 무척 다른 사람으로 자라난다. 부모뿐 아니라 그들을 키운 풍경도 다를 것이다. 웅이를 키운 도시와 복희를 키운 농촌은 길도 건물도 냄새도 주업도 부업도 이웃도 집도 간식도 다를 테다.

복희 유년기의 정확한 좌표는 충남 공주시 이인면 용성리 잣골. 그녀는 잣나무가 많은 동네에서 가난한 남녀의 첫째 딸로 태어나 자랐다. 태어나보니 가난이 디폴트였기 때문에 복희는 그것으로부터 새삼 상처받지 않았다. 잣골의 사람들은 모두 복희를 알았다. 복희를 부르는 목소리는 날마다 어디서나 들려왔다. 충청도 사투리가 심한 잣골 어른들은 '희'자 발음을 어려워했다.

복크이야~

복희의 이름은 꼭 이렇게 들려왔다. 자기 이름을 어떻게 발음하든 복희는 상냥하게 대답하고 어른들에게 먼저 질문을 건넸다.

예~ 진지 잡수셨어유? 장에 다녀오세유? 오늘 갱일이에유, 반갱일이에유?

어린 복희의 얼굴은 빵빵하게 익은 홍시 같았다.

잣골에는 잣나무뿐만 아니라 감나무도 많아서 복희는 많은 단감과 홍시를 먹고 자랐다. 그녀는 초등학교 때부터 본격적으로 부엌일을 했다. 부뚜막 아궁이에 나무를 때서 보리밥을 하고 그 불이 꺼지면 숯 위 남은 열기에 뚝배기를 올려 찌개를 끓였다. 암만 가난한 집도 마당엔 늘 장이 있었다. 된장, 고추장, 간장, 첨장 등 복희 엄마와 할머니가 담가놓은 것이었다. 김치와 시래기와 무말랭이와 말린 나물도 언제나 있었다. 끓여 먹거나 지져 먹을 때 참기름을 넣으면 그렇게 고소할 수 없었다. 귀하니까 한두 방울씩만 넣어야 했다. 참기름은 조금만 넣어도 음식을 확 살렸다. 복희는 날마다 밥을 지어서 동생 세 명의 입에 풀칠을 해주었다.

그로부터 40년이 지난 지금까지도 복희는 많은 이들의 끼니를 지으며 지낸다. 복희가 잘 하는 것은 아주 많은데, 음식 하는 일에서는 특히 찬란하고 탁월하다. 한 명리학자는 복희의 사주에 도마와 식칼이 있다고 말했다. 복희는 텔레비전을 보다가 시골과 산과 들과 노인이 나오면 무조건 채널을 고정한다. 화면에 초가집이나 부뚜막이나 장독대 같은 게 등장하면 프로그램이 끝날 때까지 시청한다.

복희가 국민학생이었을 때 그녀를 특히 예뻐한 건 국어 선생님들이었다. 그래서 복희는 시 낭송하는 일이 많았다. 복희는 산문보다는 운문이 좋았다. 많은 이들 앞에서 운문을 잘 살려 읽는 법을 그녀는 알았다. 그녀는 작은 마을의 작은 학교에서 듬뿍 촉망받으며 중학생 시절까지 지냈다. 70년대였다.

그러다가 80년대 초 복희네 가족은 여러 복잡한 사정에 떠밀려 도망치듯 서울로 집을 옮겼다. 복희는 서울에 있는 고등학교에 진학했고 도시의 커다란 학교와 수많은 인원 속에서 길 잃은 심정이 되었다. 서울에는 복희보다 뭘 잘 하는 사람이 아주 많았다. 복희는 자기 존재가 작고 애매하고 사소하다고 느껴가며 충청도 말씨를 서울 말씨로 고쳤다. 서울에 와보니 가난이란 건 모두에게 디폴트가 아니었다. 그녀는 자신의 집이 상대적으로 무척 가난하다는 걸 실감했다. 그 무렵에 사실 복희는 아주 아름다워지고 있었다. 동시에 전에 없이 의기소침했다.

열아홉 살 때 복희는 국어교사가 되고 싶었고 관련 학과를 갈 수 있을 만큼 성적이 좋았다. 대학 합격 통지서가 복희네 집에 도착했다. 하지만 등록금을 낼 돈이 복희네 집엔 한 푼도 없었다.

어떤 행운도 일어나지 않은 채로 등록금 납부 기한이 지나갔고 복희는 대학생이 되지 못했다. 그날 복희는 소주 세 병을 들고 다락방에 올라가 문을 걸어 잠근 뒤 3일간 나오지 않았다. 3일 뒤 다락에서 내려온 그녀는 비빔밥을 양푼 한가득 비벼 먹고 구직을 시작했다.

한편 웅이는 시를 써서 서울예전 문예창작과에 입학했고 잠자리 안경을 낀 채 은둔형 대학 생활을 시작했다. 복희와 웅이. 아직 서로를 알지 못했던 두 사람이 처음 만나는 순간을 상상해본다. 만약 두 사람이 같은 학교의 학생이었다면 어땠을지.

만약 복희가 대학생이 되었다면, 그래서 캠퍼스를 걸을 때 웅이 곁을 스쳐 지나갔다면 웅이는 높은 확률로 그녀를 돌아보았을 것이다. 웅이 아닌 누구라도 그녀를 돌아보지 않기란 어려웠을 테니까.

그녀는 작고 동그랗고 탄력적이어서 자꾸만 다시 보고 싶어지는 사람이었다. 책갈피에 복희 모습을 인쇄해 코팅해도 이상하지 않을 만큼 복희는 예뻤다.

복희는 아마 웅이를 돌아보지 않았을 것이다. 작고 마른 체구의 웅이는 구석에서 책을 읽고 담배를 피우고 성냥갑을 모으는 학생이었다. 그는 우울감에 대해 잘 알았다. 여자의 아름다움에 대해서도 조용히 일찍이 실감했다. 대학에서 그는 찌질한 남자가 등장하는 실패담들을 썼다.

문학을 전공했다면 복희는 과연 어떤 글을 썼을까. 그게 너무도 궁금해질 때가 있다.

두 사람이 실제로 처음 만난 것은 1986년 봄. 각자 고등학교를 졸업하고 막 스무 살이 되던 해이다. 웅이와 복희는 답십리 자동차 부속 상가에서 만났다. 웅이는 대학생인 동시에 흑룡상회의 직원이었고 복희는 그 옆에 있는 진양상회의 경리였다. 가게에서 그녀는 '미스 장'으로 호명되었다. 커다란 상가 동네를 빽빽하게 채운 수많은 가게에서 여자 노동자는 아주 드물었다. 그곳은 귓등에 담배를 꽂은 남자들의 일터였다. 웅이 역시 그 일터의 남자 중 하나였다.

흑룡상회에 있던 웅이는 어느 봄날에 가게 밖을 유유히 걸어가던 복희를 보게 된다. 웅이가 보기에 투피스를 입은 복희는 몹시 예쁘고 조심스럽고 야했다. 이 무렵 복희 모습은 잣골 살던 시절의 복희와는 달랐으나 웃는 눈 모양과 탱탱한 뺨은 여전했다. 그 아름다움은 웅이만 알아볼 수 있는 것이 아니었으므로 상가의 여러 남자들은 일이 없어도 괜히 진양상회를 들락날락했다. 진양상회의 김 사장은 구애의 눈빛을 보내는 수많은 이들을 종종 내쫓아야 했다. 그는 자신의 경리 직원을 아꼈다. 부지런하고 야무지기 때문이었다.

웅이가 복희를 선택한 것에 대해서 나는 궁금해한 적이 없다. 내가 궁금한 것은 복희가 왜 웅이를 선택했는지에 대해서다. 그녀는 도대체 왜 말라깽이 웅이를 사랑하게 된 것인가! 둘의 역사를 쓸 때 나는 늘 이 질문에서부터 출발한다.

2018.03.07.水.

19.
어떤 여성의 날

며칠 전 집에서 애인이랑 놀고 있는데 복희에게서 카톡이 왔다.

〈어마어마한 비밀 알려줄게.〉

그냥 비밀이라고만 했어도 충분히 궁금했을 텐데 어마어마하기까지 하다니 나는 즉시 답장하지 않을 수 없었다.

〈모야 모야~〉

〈얼굴을 봐야 말할 수 있어.〉

복희는 이따금 이런 식으로 밀당을 한다.

애인과 게으름을 피우다가 그를 보낸 뒤 저녁에 복희네로 갔다. 복희랑 웅이가 함께 사는 집은 내 집으로부터 걸어서 오 분 거리다. 망원동에서 우리는 각자의 월세를 내며 살고 있다.

부모네 집에 도착하자 복희는 돼지 주물럭과 김치찌개를 해놓고 나를 기다리고 있었다. 쉰두 살의 복희는 검고 길고 숱 많은 생머리를 오랜 세월 유지해오다가 최근 칼단발로 싹둑 잘랐다. 목선을 훤히 드러낸 복희에게 물었다.

비밀이 뭐야? 내가 아는 사람 얘기야?

복희는 호기롭게 대답했다.

아는 사람이 문제가 아니야 지금.

우리는 밥상에 마주 앉았고 복희는 자신의 한쪽 눈동자를 가리키며 이야기를 시작했다.

누구의 얼굴에나 동공 있지? 동공.

응.

동공에서부터 코끝까지의 거리 말이야.

응.

그게 바로 뭐냐면!

응!

남자의 경우 그 거리의 길이는~

응~

풀 발기 했을 때의 고추 둘레와 같대.

나는 잠시 할말을 잃었다.

진짜야?

진짜래.

누가?

상웅 씨가 인터넷에서 보고 말해줬어.

아빠는 어디서 봤대?

몰라. 어디서 기사로 읽은 연구 결과래. 턱이나 발 크기로 예측하는 거는 다 틀렸대. 실험 결과 사천 명인가 사만 명인가가 정확히 일치했대.

엄마. 사천 명과 사만 명은 너무 달라. 열 배나 차이 난다고. 아니 그보다 사천 명이나 이게 일치할 리가 있어?

연구 결과 그렇대!

난 이 비밀이 대단한 정도는 차치하고 우선 신뢰가 가지 않았다.

지름이 아니고 둘레 얘기하는 거 맞지?

응. 기둥의 둘레 말이야.

근데 이게 바로 그 어마어마한 비밀 얘기야?

응. 나야 뭐 이미 늦었지만 너에겐 정말 필요한 정보일 것 같아서.

그러게. 자보지 않고도 얼굴만으로 둘레를 대략 짐작한다면 어쩌면 아마도 편리할 수 있겠다.

복희의 밥이 맛있었기 때문에, 그리고 우리의 대화가 다음 주제로 신나게 넘어갔기 때문에, 나는 복희의 비밀 얘길 금방 잊었다.

그날 밤 나는 애인의 집에 또 놀러갔다. 거실 테이블에 앉아 이런 저런 얘기를 하다가 나는 갑자기 애인의 동공과 코끝에 주목하게 되었다.

혹시 줄자 있어?

내가 묻자 애인은 어디선가 30cm 자를 가져왔다.

나는 줄자로 애인 얼굴 한가운데를 사선으로 쟀다.

애인은 영문도 모르는 채 눈동자와 코끝 사이를 측정당했다. 그 간격은 생각보다 길지 않았다. 얼추 가늠해봐도 이 길이가 그것의 둘레일 리는 없었다. 짧아도 한참 짧았다.

복희가 말한 비밀은 완전 엉터리다. 역시 말도 안 된다. 인터넷이라는 거대한 시공간에서 복희가 정보를 받아들이는 방식은 매우 걱정스럽다. 그녀는 디지털 리터러시를 체화하지 않았다. 이를테면 자신이 보는 페이스북 피드가 모든 페이스북 유저들에게 동일하게 보일 거라고 믿는다. 슬아야 너도 오늘 페이스북에서 그 영상 봤지? 라고 매번 묻지만 대부분은 내가 모르는 영상이다. 복희는 페이스북을 떠도는 이상한 영상과 게시물들을 순순히 수용하곤 했다. 그때마다 나는 있지도 않았던 신문방송학도로서의 사명감을 발휘하며 믿음직스럽지 않은 매체들의 구리고 나쁜 게시물을 잘 분간해야 한다고 잘난 척을 했다. 몇 년 전까지 복희는 자신이 컴퓨터에서 메일창을 켜놓지 않으면 다른 이로부터 이메일을 받지 못한다고 믿었다. 나는 열심히 설명했지만 복희는 잘 이해하지 못하겠다며 되물었다.

내 컴퓨터가 꺼져 있어도 메일을 받을 수 있다고?

그렇다니까.

어떻게 그럴 수가 있지?

봐봐. 엄마가 하루종일 우편함 앞에 서 있지 않아도 집배원 아저씨가 편지를 잘 두고 가는 거랑 똑같은 거야.

복희는 그제야 "아~" 하고 고개를 끄덕였다.

일부러 챙겨보지 않아도 많은 보도를 자동으로 보고 듣게 되는 세상에서 복희와 나는 살고 있다. 그것들은 너무 많아서 우리는 대부분의 소식들을 무신경하게 흘려보내지만, 둔하고 게으른 우리조차도 멈추고 보게 만드는 보도들이 많은 요즘이다.

오늘 아침 밥상에서 복희는 최근에 본 인터뷰들에 관해 이야기를 했다. 우리는 많은 보도를 함께 보며 말을 잃고 한숨을 쉬고 울음을 참고 화를 내는 나날을 보내고 있었다. 다 보고 난 뒤에는 큰 목소리로 이야기를 시작하게 됐다. 인터뷰 속 그녀들에게 빚지고 있는 것 같아서 우리는 평소보다 더 크게 말했다. 언젠가 집밖에서도 이런 얘길 크게 하게 되기를, 그래서 복희와 나의 목소리가 필요한 곳에 보탬이 되기를 바라며 계속 말했다.

오후에는 복희랑 영화관에 갔다. 다니엘 데이 루이스의 은퇴작을 보러 가기 위해서였다. 사실 우린 집에서 그 영화의 예고편을 보고 소리를 마구 질렀었다. 복희도 나도 그가 정말 미쳤다고 생각했다. 너무 아름답고 섹시했기 때문이다.

도대체 언제적 다니엘 데이 루이스는데 아직도 이렇게 심하게…!

57년생 배우에게 감탄하느라 67년생 복희는 말을 잇지 못했다. 아름답고 섹시한 남자를 큰화면으로 보기 위해 우리는 각자의 집 청소를 마치고 서둘러 지하철을 타고 광화문에 갔다. 날이 좋았다.

봄이다, 그치.

그러게. 봄이야.

그런 말들을 주고받으며 걸었다.

씨네큐브를 향해 걷는 길에 커다란 구호와 함성이 들려왔다. 우리가 아침 밥상에서 얘기하던 것들을 확성기로 외치는 여자들이 그곳에 있었다. 영화 시간이 임박해 있었지만 우리는 그 행렬을 아주 천천히 지나칠 수밖에 없었다.

엄마. 거의 모든 연령대의 여자들이 모여 있어.

내가 말하자 복희가 대답했다.

그럴 수밖에.

복희는 조금 울음을 참고 있는 것 같았다. 그리고 부끄러워하고 미안해하는 것 같았다.

우리는 복잡한 마음으로 깜깜한 영화관에 들어갔다. 예상했던 것만큼 아름다운 남자가 은막 위를 돌아다녔고, 그 남자는 피그말리온 마냥 한 여자를 자기 조각상처럼 소유해갔다. 익숙한 전개였다. 그런데 어느샌가 그 여자는 생생하게 살아 돌아다니며 자기 창조주처럼 보이는 남자를 마구 조각하기 시작했다. 너무 사랑해서 벗어날 수 없으므로 망쳐버리는 동시에 구원했다. 그녀가 그를 살렸다가 죽였다가 다시 살리는 모습을 보면서 우리는 너무나 놀라버렸다.

영화관에서 나오자마자 복희는 그 여자가 광주리를 들고 독버섯을 따러가는 모습을 흉내냈다. 나는 마구 웃었다.

모든 연인은 서로의 광기를 일면 참아주고 있어.

그래도 아직 쌀쌀한 저녁 길을 걸으며 복희가 말했다.

2018.03.08.木.

20.
호언장담

잘할 수 있다는 말을 많이 내뱉으며 살아왔다.

오목을 겨루기 전에. 훌라후프 시합을 하기 전에. 아무런 지침 없이 수육을 삶을 때. 원고 청탁을 받을 때. 웹툰 계약서를 쓸 때. 집주인에게 청소와 살림 실력을 어필할 때. 친구들과 뭔가를 도모할 때. 물속에서 오래 숨을 참을 때.

실제로 자신이 있는지와는 별로 상관이 없었다. 호언장담하면서 상대를 설득하는 동시에 스스로를 설득하는 것이었다. 저 잘할 수 있어요. 나 잘할 수 있어. 주문을 걸듯 그렇게 말하면 진짜로 잘하게 될 것만 같았다.

잘할 수 있다고 해놓고 못해버린 일들은 물론 셀 수 없이 많다. 너무 많아서 대부분 까먹었을 지경이다.

청소년 시절 짝사랑하는 상대에게 고백할 때도 비슷하게 말했다. 내가 널 많이 좋아하고 있다고 우리가 사귄다면 정말 좋을 거라고 장담했다. 너에게도 나에게도 무지 좋을 거라고 설득했다. 열아홉 살 때까지는 주로 짝사랑밖에 안 했기 때문에 그런 말을 할 일은 많았다. 무색하게 거절당한 적도 많았지만 복희한테 안겨서 울고 나면 좀 괜찮아졌다.

젊은 시절 복희가 헤어지자고 했을 때 웅이가 그녀를 설득한 방식도 비슷했다.

나랑 계속 만나면 정말 재밌을 거야.

그 말을 듣고 복희는 고개를 갸우뚱했다.

무슨 자신감이지?

그녀는 궁금해서 웅이를 조금 더 만나보기로 했다. 재밌는 건 정말 좋은 거니까. 하지만 장담했던 것만큼 웅이가 재밌지는 않았다. 도대체 재미란 무엇일까. 청년 웅이는 중년 웅이보다는 웃겼으려나. 무슨 배짱으로 재미를 약속할 수 있었을까. 나는 웅이가 터무니없이 용감하다고 생각했다. 그런데 생각해보니 내가 바로 그런 사람이었다. 내 남동생도 비슷한 걸 보니 이 기질은 웅이가 물려준 문제적 유전자인 듯했다.

복희는 호언장담을 잘 하지 않았다. 하지만 나는 복희에게 많은 호언장담을 했다. 독립을 할 때. 누드모델을 시작할 때. 혼자 외국에 갈 때. 약간 위험한 만남을 할 때. 복희가 걱정스러운 얼굴로 바라보면 나는 말했다.

엄마. 나는 이 일이 나한테 분명 좋을 거라는 걸 알아.

복희는 되물었다.

뭘 그렇게 알아? 어떻게 알아?

나는 일말의 염려 없이 대답했다.

만약에 틀렸다고 해도, 미래의 내가 잘 감당하겠지. 미래의 슬아가 알아서 할 테니까 걱정 마.

나는 언제나 미슬이를 믿었다.

하지만 대개의 경우 미슬이는 생각보다 무능했다.

미슬이가 현슬이로 다가오는 날에, 그러니까 호언장담이 실패로 돌아가서 상처를 받은 날에 나는 꼭 복희에게 가서 울곤 했다. 복희는, 그럴 줄 알았다. 내가 뭐랬니, 같은 말은 한 번도 하지 않았다. 그냥 나를 안아주고 따뜻한 차를 내주었다. 그녀를 정서적 베이스 캠프로 두는 한 나는 한참 더 실패해볼 수도 있을 듯했다.

허나 실패는 역시 쓰라린 일이기 때문에 웬만하면 위험 요소를 잘 피해 가고 싶기도 했다. 스무 살부터는 내가 반한 사람보다 내게 반한 사람이 더 많아졌다. 그래서 나 좋다는 사람 중 가장 좋은 한 명을 골라가며 사귀었다. 한동안 호언장담하거나 설득할 필요가 없었다. 남들의 호기로운 장담과 설득을 경청하는 척하며 거드름을 피웠다.

하지만 스물일곱의 어느 날 나는 어떤 애한테 심하게 반해버렸다. 걔도 나한테 반했는지는 알 수 없었다. 반했다고 해도 나만큼 심하게 반했을 것 같지는 않았다. 아주 오랜만에 짝사랑인의 심정을 체감했다.

코가 깨진 기분으로 서점에 갔다. 짝사랑인은 가만히 있으면 자신의 서러운 사랑 얘기에 매몰되어버리므로, 재빨리 세상의 다른 이야기를 읽으면서 마음의 균형을 찾을 필요가 있었다. 스스로 마음을 다스릴 줄 아는 나의 지혜에 거듭 감탄하며 신중히 책을 골랐다.

막 구매한 좋은 책 한 권을 들고 서점 구석 의자에 앉았다. 좋아하는 소설가의 신작이었다. 호기롭게 읽기 시작했다.

한 쪽도 제대로 읽히지 않았다.

5분도 안 돼서 나는 책을 덮었다.

좇됐다고 생각했다.

서점 구석의 의자에 앉아 책을 덮고 눈을 감고 끙끙 앓았다. 걔가 보고 싶어서, 당장 찾아가서 아무 말이나 하고 싶은 마음을 참느라, 삭신이 쑤셨다. 짝사랑인에게 시간은 매우 이상하게 흐른다. 믿을 수 없이 느리거나 빠르다.

정상적인 독서 생활을 위해서라도 나는 이 사랑을 꼭 성공하고 싶었다.

걔를 만나서 커피를 마시던 날에 내 마음을 말하기로 했다. 좋아한다는 말을 최대한 특징 없는 말투로 말하고 싶었다. 느끼하게 말하면 너무 창피할 것 같았기 때문이다. 하지만 어떻게 말해야 안 느끼할지 도무지 알 수 없었다.

별수 없이 그저 조… 좋아해… 라고 말하려던 차에 생각해보니 누군가에게 좋아한다고 말하는 건 5년 만이라는 걸 깨닫게 되었다. 지난 5년간 한 명 하고만 연애했기 때문이다. 그런데 적어도 네 번 이상의 연애를 겪은 느낌이었다. 한 사람이랑도 여러 번의 다른 사랑을 하게 된단 걸 지난 연애에서 처음 배웠다. 하지만 그건 어디까지나 내 사정이고 내가 누굴 5년 동안 사랑하다 왔든 5일만 사랑하다 왔든 얘 앞에서는 뭐든지 처음이었다.

내가 좋아하는 거 아냐고 물었다. 그 외에는 아무 말도 생각이 안 났기 때문이다. 걔는 모른다고 했다. 나는 좋아하고 있다고 힘주어 말했다. 그러자 걔는 거의 못생겨 보일 정도로 놀란 표정을 짓더니 양손으로 얼굴을 가렸다. 곧이어 걔는 자기도 좋아하고 있다고 말했다. 나는 속으로 으악 하고 소리를 질렀다. 이 상황이 너무 남사스러워서 죽고 싶었고 살고 싶었다.

서로 좋아한다고 말한 이십대 후반들은 이제 무엇을 하면 되는 건지. 주변에는 미끄러지기 좋게 얼어 있는 개울도 없었고 빙판에 갈 그럴싸한 핑계도 없었다. 걔랑 나는 같은 수영장에 다니지도 않으니까 내가 얼마나 유유히 빠르게 물살을 가르는지 보여줄 일도 없었다. 그보다 저녁을 먹을 시간이었다. 우리는 시장에서 순대랑 어묵이랑 고로케 등을 사서 내 집으로 갔다. 하지만 순대도 어묵도 고로케도 당최 무슨 맛인지 느껴지지 않았다. 우리가 연애 같은 걸 하게 될지 궁금해하느라, 그게 얼마나 좋을지 예상하느라, 나는 정신이 없었다. 하지만 걔의 의중은 아직 알 수 없었고 곧이어 걔가 떠나야 할 시간이 믿을 수 없이 빠르게 다가왔다. 외투와 가방을 챙기며 걔는 일어났고 나는 마음이 급해졌다.

그 애가 내 집을 떠나기 전에 나는 뭐라도 말해서 설득하고 싶었다. 아무 말이나 생각나는 대로 주워 말했다.

나한테 사랑받으면 네 인생 더 윤택해질 거야!

그러자 걔는 알쏭달쏭한 표정을 지었다.

속으로 엄청 건방지다고 생각하는 중이었다는 걸 훗날 전해 들을 수 있었다.

난 그것도 모르고 힘주어 다시 말하고 있었다.

진짜야…

그 애는 "알았어" 하고 말한 뒤 웃음을 짓고 내 집을 떠났다. 걔는 웃을 때와 안 웃을 때 표정의 차이가 큰 편이었다. 그래서인지 걔가 웃을 때마다 나는 좋아 죽을 것 같았다.

현관문이 닫혔다.

현관문 안쪽에서 나는 한 번 더 중얼거렸다. 진짠데…

걔 발소리가 멀어지고 나는 시 하나를 떠올렸다. 진은영 시인이 쓴 것이었다. 그 시의 문장 중 몇 줄을 나는 선명히 기억하고 있었다.

> 네가 나의 애인이라면
> 너는 참 좋을 텐데
>
> (…)
>
> 네가 나의 애인이라면 얼마나!
> 너는 좋을 텐데

조만간 그 시를 걔한테 조용히 읽어줄 미래가 오기를 희망해보았다. 남의 글을 빌려 말하는 내 호언장담을 듣고 걔는 아마 웃을 테고, 나는 꿋꿋하게 물을 것이다. 정말 좋지 않냐고. 내가 너의 애인이어서 너는 얼마나 좋으냐고.

하지만 믿을 수가 없었다. 실은, 내가 나라서 싫은 날이 수두룩했기 때문이다.

2018.03.09.金.

[첫 달 연재를 마치며]

스무 번째 글 발송을 마친 뒤 메일을 적습니다. 매일 쓰는 사람이 되는 게 장래희망 중 하나였는데요. 절대 못할 것만 같았으나 구독료를 보내주신 여러분들 덕분에 얼떨결에 성공해버렸습니다. 아슬아슬한 연재였지만 지각하지 않고 펑크내지 않고 무사히 마쳐서 다행입니다.

약속한 분량은 원고지 8매 분량이었는데 쓰다 보니 매번 길어져서 원고지 20매가 훌쩍 넘는 글들을 매일 보내곤 했습니다. 앞으로는 한 편의 분량이 너무 많아지지 않도록 노력하려고 합니다. 그래야 매일 읽기에도 매일 쓰기에도 좋으니까요. 짧고 좋은 글을 쓰는 게 너무 어렵다는 걸 매일 깨닫는 한 달이었습니다.

가끔 피드백을 보내주시는 분들이 계셨는데요, 매번 답장을 드릴 수 없어서 마음을 다 전할 수는 없었지만 칭찬도 비판도 따뜻한 말도 냉담한 말도 모두 모두 감사했습니다. 덕분에 더 힘내서 썼고 더 열심히 고쳤습니다. 날마다 노트북 앞에서 가장 크게 느끼는 감정은 두려움입니다. 많이 겁나고 많이 어려웠습니다. 앞으로도 계속 겁나고 어려울 것 같습니다.

그럼에도 불구하고 꾸준히 오랫동안 쓰고 싶습니다. 일주일 쉰 뒤 다시 연재를 시작할 예정입니다. 페이스북과 블로그와 인스타그램 계정을 통해 다음 달 구독자를 모집하겠습니다. 갚아야 할 학자금이 아직 많이 남아 있으니 힘내서 이 프로젝트를 더 이어갑니다. 학자금 대출을 다 갚고 나서도 이어간다면 좋겠습니다.

글을 보낸다는 제 약속을 믿어주시고 선불로 구독료를 입금해주셨던 첫 달 구독자 분들께 마음 깊이 감사드립니다. 이어질 연재도 구독해주시기를 강렬하게 희망합니다!

그럼, 평안한 봄 보내세요.

고맙습니다.

2018.03.10

첫 달 연재를 마치며

이슬아 드림

2018년 4월

21.
꿈꾼이

무슨 꿈 꿨냐는 질문으로 시작하는 아침을 나는 좋아한다. 그런 질문을 건네면 내 옆에 누운 애는 아직 잠에서 덜 깬 채로 느릿느릿 지난 꿈을 더듬기 시작할 것이다. 이른 아침 그 애의 눈과 코와 입술과 볼은 어김없이 부어 있다. 빵빵하게 부푼 얼굴로 새벽에 꾼 꿈을 상기하는 걔 모습을 나는 가까이서 쳐다본다.

그 얼굴은 뭔가 하마적이다.

하마적인 그 애가 움, 움, 이러면서 꿈을 더듬는 동안 나는 웅, 웅, 이러면서 앞으로 들을 얘기에 관해 성급히 맞장구를 친다. 선명하게 기억나는 대목에 접어들면 그 애의 의식은 빠르게 선명해진다. 뭉뚱그려 발음되던 무의식의 언어들이 어느새 명료한 의식의 언어로 전환되어 내 귀에 쏙쏙 꽂힌다. 꿈 이야길 내게 들려주다가 그 애의 잠은 어느새 달아난 듯하다. 이런 식으로 걔가 깨어나는 걸 목격하는 게 좋다.

나는 잊을만 할 때쯤 한 번씩 무서운 꿈을 꾼다. 귀신이나 사람이나 맹수에게 쫓긴다든지, 화염 혹은 방사능에서 벗어나지 못한다든지, 어두운 골목에서 더럽고 추한 성추행을 당하는 식이다. 정체 모를 불안감에 내내 시달리기도 한다. 모든 종류의 서스펜스에 취약한 나는 서서히 나를 옥죄는 불길한 느낌 때문에 극심한 스트레스를 받는다. 이 꿈은 너무 무서워서 더는 못 꾸겠다 싶을 때쯤 몸에 힘을 빡 줌으로써 겨우 잠에서 깨며 벗어나진다. 그렇게 깨고 나면 누구에게라도 힝! 하며 안기고 싶다. 이마에 삐질삐질 맺힌 식은땀도 누가 닦아주면 좋겠다고 바라게 된다.

하지만 혼자 자는 날에는 그럴 수가 없다. 셀프로 꿈과 맘을 추슬러야 한다.

자주 꿈생활을 기록하는 편이다. 꿈생활은 때때로 성생활보다 인상적이다. 어떤 꿈은 내게 분명히 뭔가를 말하려는 것만 같다. 아이폰 메모장에 기록을 차곡차곡 쌓아가면서 꿈에 대한 기억력이 갈수록 더 좋아졌다. 잘 기억했다가 이웃집 복희네서 밥을 얻어먹는 아침에 이야기를 전한다. 지난밤 꿈에 등장한 교수나 맹수나 건물주나 야한 사람에 대해 열심히 설명하면 복희는 내 꿈이 가진 길조나 흉조를 파악해가며 열렬히 듣는다. 그녀 역시 왕성하게 꿈을 꾸는 사람이다. 복희는 원래 꿈에서 능숙하게 날 줄 알았다고 한다. 아무리 악랄하고 끔찍한 놈들에게 쫓기더라도 궁지에 몰리면 언제든 하늘로 슝 날아서 도망치곤 했댔다.

하지만 요즘엔 어쩐지 잘 안 날아진댔다. 날긴 나는데 예전만큼 높고 빠르게 비상하지 않는댔다. 설상가상으로 복희를 쫓던 자들이 언제부턴가 날기 시작했다. 원래는 날 줄 모르던 놈들이었는데 말이다. 그래서 그녀는 더욱 빠르게 잘 날아야만 하는데 자꾸만 가라앉는 데다 속력마저 줄어서 마음이 초조하댔다.

아무래도 살이 쪄서 그런 것 같아.

복희는 그런 얘길 하며 밥을 먹는다.

가끔은 꿈 전문가가 진행하는 팟캐스트를 듣곤 한다. 그 방송의 제목은 '천몽야설'이다. 천몽야설을 진행하는 그 전문가를 나는 마음속으로 꿈 선생님이라고 부른다. 꿈 선생님은 나른한 목소리로 세상의 온갖 꿈을 분석한다. 그녀는 꿈을 꾼 사람을 '꿈꾼이'라고 호명하는데 나는 그 말이 왠지 너무 이상하고 좋다. 꿈꾼이라니.

꿈선생님이 말하길, 꿈은 우리가 무엇을 어떻게 오해하고 있는지를 이미지로 압축해서 보여준댔다. 무의식이 꿈꾼이의 수준에 맞게 영상을 띄워주는 것이랬다. 동시에 꿈은 꿈꾼이가 이미 잘 아는 얘기는 또 하지 않는댔다. 꿈을 꾸는 것만으로도 자신에 대해 새로운 경험을 하는 거라고 꿈선생님은 말한다. 마치 헬스장에 가는 것처럼 우리 마음의 근력이 길러진다고, 한 번도 살아보지 못한 자신이 되어보면서 숨겨진 창조성과 잠재력이 건드려진다고, 그녀는 설명한다.

헬스장 얘기가 나와서 말인데 몇 년 전 나는 몹시 강해지고 싶어서 열심히 헬스장에 다녔다. 각종 기구에서 정확한 자세로 운동하는 법을 배우며 날마다 기구의 무게를 무겁게 올리고 체지방을 줄이고 근육량을 늘렸다. 근력 운동을 마친 뒤엔 러닝머신 위에서 유산소 운동을 했다. 앞에 달린 텔레비전을 별 생각 없이 보면서 한참을 뛰는데 화면에서 김연아가 나왔다. 그녀의 수많은 전설적인 경기 중 하나가 재방송되고 있었다. 그 영상을 보는데 왠지 눈물이 났다. 지독하게 탁월하고 아름답기 때문이었다.

처음엔 그저 감탄스러워서 눈물이 한두 방울 흘렀는데 그다음엔 스스로가 싫어서 눈물이 났다. 살면서 한 번도 저런 경지에 올라본 적이 없고 앞으로도 그럴 자신이 없었다. 일주일 중 5일을 헬스장에 다니며 몸을 갈고 닦아도 그녀만큼 아름다울 수는 없을 게 분명했다. 나는 그냥 나 말고 김연아가 되고 싶었다. 나는 왜 김연아가 아니고 나인가. 나는 왜 피겨를 안 타고 글을 쓸까. 그런 생각을 하며 울었다. 울면서 달렸다.

그날 샤워를 하면서 운동이란 매우 피로한 일이라고 느꼈다. 김연아가 되고 싶긴 하지만 내가 아는 김연아가 되기 위해 그녀가 반복해온 훈련은 전혀 하고 싶지 않다는 것이 나란 인간의 문제인지도 모른다. 아니면 탁월해지고 싶어서 안달 난 게 문제일 수도 있었다. 내 문제는 그것 말고도 많지만 어쨌든 나는 은퇴한 김연아가 되고 싶었다. 자신의 분야에서 모든 걸 이룬 이후의 사람이 되고 싶었다. 그녀의 최대 적은 그녀 자신이었는데 그마저도 월등하게 이겨버렸으니, 그녀가 더 이상 뭘 이루지 않아도 뭐라고 할 사람은 아무도 없었다. 그런 다음이라면 여생을 어떻게 살아도 좋지 않을까.

김연아 말고도 내가 되고 싶은 남의 목록은 다음과 같다.
결혼 전의 탕웨이
첨밀밀 시절의 장만옥
데이비드 오 러셀 감독과 일하던 시절의 제니퍼 로렌스
(중략)

하지만 나는 영영 나다.

꿈을 꾸면서 자아가 확장되는 느낌을 받는 날도 있지만, 너무 나다운 꿈을 꿔서 민망한 날이 더 많다. 나란 사람은 꿈도 고작 이런 것을 꾸는구나, 생각하며 잠에서 깨는 것이다.

나는 지칠 줄 모르고 계속 내가 된다.

그 사실이 지겨워 죽겠을 때가 있다.

그래서 자꾸 남의 꿈에 관해 묻는 것일지도 모른다. 나는 나에 대해 놀랄 일이 많지 않으니까. 나는 대부분 내가 아는 나니까. 스스로가 예상치 못하게 훌륭해서 깜짝 놀라는 경우는 극히 드무니까. 스스로를 재발견하는 일은 주로 남을 통해서 이루어진다. 내가 좋아하는 남이 나에게 무슨 꿈 꿨냐고 물어봐주면 새삼 기분 좋게 꿈을 더듬거리기 때문이다. 그제야 겨우 예의를 갖추고 자신을 살피는 것이다. 살피고서 뭔가를 말하는 동안 아주 잠깐 내가 모르는 자신이 될 때가 있다. 남들 중에 나를 지겨워하지 않는 자가 있다는 건 얼마나 다행인가. 그런 남을 계속 만나고 싶어서, 나 역시도 누군가에게 그런 남이고 싶어서 그렇게나 연애에 열심이었는지도 모른다.

2018.03.26.月.

22.
유예

몸이 아플 때마다 꼭 생각나는 일들이 있다. 어디가 어떻게 아픈지에 따라 다른 기억이 떠오르는데 음식을 먹다가 모르고 혀를 깨물 때는 꼭 복희가 얼굴을 찡그리는 모습이 머릿속에 재생된다. 유치원 때 나는 혀 깨무는 실수를 자주 하는 아이였다. 식탐이 많아서 밥을 먹을 때 마음이 앞섰기 때문이다. 그럼 저작의 리듬이 꼬여 음식물과 함께 내 살을 꽉 씹기 일쑤였다. 음식을 씹던 힘으로 혀나 입술을 깨물면 이루 말할 수 없는 고통이 입안을 가득 채웠다. 그 안에 맵거나 짜거나 신 음식물이 있을 경우 상처 난 자리는 더욱 끔찍하게 아렸다. 밥을 먹다가 입을 틀어막고 그렁그렁한 눈으로 복희를 바라보곤 했다.

그럼 내 엄마 복희는 꼭 자기가 혀를 씹은 것처럼 고통스러워했다. 얼굴을 있는 대로 찡그리고는 세상에 얼마나 아프냐고, 어쩌면 좋으냐고 외치며 나를 감쌌다. 내 고통을 확인한 것만으로도 복희가 몹시 고통스러워해서, 심지어 복희의 고통이 내 고통보다 큰 것처럼 느껴지기까지 해서, 나는 당황하느라 고통을 잠시 까먹은 적도 있다.

그 이후로 혀를 깨물 때마다 꼭 복희가 생각난다. 어른이 되어 복희와 한참 멀리 떨어진 대륙을 여행하던 때에도 혀만 깨물면 복희

얼굴이 떠올랐다. 내가 아플 때 복희만큼 아파해주는 사람은 세상에 또 없을 것이다. 그런 사람이 한 명이라도 있다는 게 가끔은 기적처럼 느껴진다. 혹은 한 명보다 많지 않아서 다행이기도 하다. 내 아픔이 누군가에게 그대로 전달되는 건 아주 슬픈 일일 테니 말이다.

복희가 내 아픔을 알아주는 것만큼 나도 복희의 아픔을 알아주고 있을까.

그렇지 않은 것 같다.

복희가 아프면 물론 나도 아프지만, 복희보다 더 아파본 적이 없는 것은 물론이거니와 복희만큼 아파본 적도 없다.

나는 그저 영원한 짝사랑을 하고 있어.

라고 복희는 아무렇지도 않게 말한다.

복희에게 내 아픔이 덜 전염되었으면 하고 나는 바란다. 하지만 자신의 의지와는 상관이 없는 문제라고 그녀는 대답할 것이다.

복희가 했던 것을 나도 반복하게 되나.

그 미래가 두렵다. 그리고 기다려진다. 실은 누구를 사랑할 때마다 내 유전자와 걔 유전자를 믹싱하는 상상을 해본다. 내가 이 얘길 할 때마다 한숨을 쉬는 절친들의 얼굴이 지금 막 떠오르고 있다. 미슬이를 지나치게 신뢰하는 현슬이를 복희 다음으로 우려해온 자들이다. 그들은 내가 엄마가 되지 않거나 최대한 늦게 되기를 바란다.

물론 유전자를 섞는 상상을 하는 것일 뿐 정말로 믹싱을 실천하지는 않을 것이다. 적어도 가까운 미래의 일은 아닐 테다. 부모가 되길 희망하는 사람은 드물다. 생명을 낳고 감당하는 일에 자신감을 갖기 어려운 세계이고 여러모로 부모가 되지 않는 편이 안전한 선택으로 느껴진다. 나의 20대 친구들 열 몇 명을 모아봐도 미래에 아이를 꼭 낳고 싶다고 말하는 사람은 나뿐이다.

출산 이후로는 처음부터 다시 사는 느낌이 들 것 같은데, 안 해봐서 쥐뿔도 모르겠다. 복희에게 받은 것과 비슷한 사랑을 언젠가 나도 누군가에게 주고 싶다고 말하자 현 애인은 고개를 절레절레 저었다. 그가 우려하는 내용의 대부분은 나도 짐작할 수 있는 것들인데 난 왜 그 일을 언젠가 하고 싶을까. 정신이 나간 것인가. 결국 누구랑 그 엄청난 행복과 고통을 함께 누리게 될지 궁금하다.

하지만 아무리 생각해봐도 복희만큼 할 자신이 없다. 웅이만큼 할 자신도 없다. 30대 미슬이는 어쩌면 해낼 수도 있겠으나 현재 해내고 싶은 일은 전혀 아니다.

20대 후반의 현슬이는 그래서 콘돔을 사러 간다.

집 근처 성인용품점은 깔끔하고 예쁜 상점이다. 여러 가지 기구를 한참 구경하고 콘돔에 대해서도 자세하게 문의한 뒤 카운터에 몇 가지 상품을 올려놓았다. 콘돔이 진열되어 있는 벽면에는 '노콘노섹'이라는 문구가 크게 적혀 있었다. 계산하려는데 직원 분께서 물었다.

혹시 이슬아 씨 아니세요?

나는 당황해서 아니라고 말하고 싶었지만 우물쭈물하다가 맞다고 대답했다. 우머나이저 샘플을 열심히 작동시켜본 것이 조금 부끄러웠다.

그분이 친절하게 두둑히 챙겨준 콘돔 샘플들을 들고 성인용품점을 나오면서 나는 정관수술한 애랑 연애하고 싶다고 생각했다. 안심하고 연애하다가 걔랑 만약 결혼하고 싶어질 경우 다시 풀면 좋겠다. 그게 서로의 심신에 이로운 일일지도 모른다. 한때는 경구피임약을 매일 복용했는데 약이 몸에 잘 맞지 않아서인지 며칠만에 쓰러져서 응급실에 갔다. 피임이란 정말 피곤한 일이다. 임신이라는 심하게 부담스러운 가능성을 늘 품고 있다는 것도 정말 두려운 일이다.

복희의 사랑 얘기가 어째서 나의 피임 얘기로 마무리되는가. 그것은 내가 언젠가 마주할 아주 큰 사랑을 유예하고 싶기 때문이다. 그 사랑이 매우 결정적일 것이 짐작되므로 반드시 미루고 싶다. 남자가 복용하는 피임약 출시가 국내에서도 곧 이루어진다는데 도대체 그 미래는 언제 오는가.

2018.03.27.火.

23.
해피 아워

살면서 해본 가장 비싼 선물은 30만 원짜리 호텔 숙박권이야. 시간과 공간을 선물할 수 있다는 건 돈의 좋은 점 중 하나잖아. 그날은 너의 스물 몇 번째 생일이었고 나는 당시 월급의 반의 반을 써서 하루치 숙박권을 결제해두었지. 좋은 호텔에 가보는 건 처음이고 큰 돈을 쓴 터라 몇 주 전부터 가슴이 뛰었어. 알다시피 나는 각종 첫 경험에 돈을 아끼지 않는 경향이 있잖아.

그런데 호텔에 가기 전 날 전라남도 여수에 내려가서 일하다가 심한 몸살을 앓기 시작했어. 혼미한 정신으로 온종일 글쓰기 수업을 한 뒤 겨우 퇴근해서는 근처에 있는 숙박지 중 가장 싼 게스트하우스에 가서 잠을 청했지. 예산을 호텔에 미리 써버려서 지갑이 넉넉지 않았거든.

추운 게스트하우스에서 오들오들 떨면서 밤을 지냈고 너의 생일 아침이 밝았어. 기운을 차리기 위해 게스트하우스 앞 목욕탕에 가서 몸을 씻다가 너무 어지러워서 타일 바닥에 엎어졌지 뭐야. 목욕탕의 할머니들이 어서 병원에 가라며 콜택시를 불러주었지. 일요일 낮이었는데 여수 전남병원 응급실은 꽤 붐볐어. B형 독감이 유행이던 무렵이었어. 몽롱한 정신으로 응급실 침대에 누워 검사를 받아보니 나 역시도 B형 독감이었어. 독감은 몸살보다 훨씬 독하단 걸 그날 알았어.

약을 처방받고 일어나서 서둘러 인천공항으로 향했어. 예약해둔 호텔이 그 근처였으니까. 너는 내가 준비한 일정이 무언지 모르는 채 남색 코트를 입고 공항에서 날 기다리고 있었는데 내가 몹시 초췌한 몰골로 나타나자 표정이 빠르게 굳었어. 조금 화가 난 것 같기도 했어. 내가 무리하는 걸 원치 않았을 거야. 생일이고 뭐고 간에 내가 어서 쉬기를 바랐겠지.

계획대로 호텔에 가고 싶어서 내 몸이 실은 얼마나 멀쩡한지 열심히 어필했지만 너는 믿어주지 않았고 그냥 집에 가서 약 먹고 자자고 했어. 내가 거의 울상이 된 채로 설득하자 너는 마지못해 호텔로 향했어. 내 커다란 배낭을 대신 들어주었지.

그리하여 우리는 호텔에 입장했어. 호텔에 대해 무리하게 노력했던 건 호텔을 잘 몰라서였겠지. 몇 번 가봐서 잘 아는 곳에 대해서는 그렇게까지 애쓰지 않을 텐데.

모텔과는 달리 어떤 찌든 내도 배어있지 않은 깔끔한 방에 짐을 풀어놓고 우리는 호텔 맨 윗층으로 올라갔어. 그곳에서 네 시부터 여섯 시까지 치즈와 와인이 무한으로 제공된다고 쓰여 있었거든. 호텔에서는 그것을 해피 아워라고 했어. 고객이 붐비지 않는 시간대에 음료와 스낵을 제공하는 서비스랬어.

식당 선택에 있어서 너는 언제나 '무한'이라는 말에 약했어. 무한리필 삼겹살, 무한 리필 막창, 소주 무한제공 같은 문구에 쉽게 현혹됐잖아. 그런 말들이 네게 확실한 이득을 약속할 것처럼 느끼는 듯했어.

반면 나는 '무한'이라는 말이 붙으면 무조건 불신하고 보았지. 식재료의 낮은 퀄리티를 대충 가리기 위한 말처럼 느껴졌어. 자기가 얼마큼의 양을 먹고 싶은지 아직 모르는 이들을 살살 꼬시는 전략 같았어. 그런 식당에 시간 제한이 붙어있을 경우 더욱 마음이 불편했어. 먹는 일에 있어서는 '많이'도 싫고 '빨리'도 싫었기 때문이야.

하지만 호텔에서 무한정 제공된다고 한 치즈와 와인만큼은 우리 둘의 기분을 동시에 들뜨게 했지. 레스토랑에 마련된 뷔페 테이블 위에는 구경해본 적 없는 온갖 치즈들이 즐비했어. 마음대로 따라 마실 수 있는 와인도 열 몇 병이나 놓여 있었어. 우린 신이 나서 접시 한 가득 치즈를 담고 잔에 와인을 따랐지. 잔을 부딪힌 뒤 홀짝홀짝 와인을 마셨어. 치즈도 야금야금 먹었어.

한 다섯 조각을 먹은 뒤에 내가 말했어.

느끼해서 더 못 먹겠어.

네가 살짝 웃었어.

점잖게 웃었어도 너 역시 느끼해 한다는 걸 알 수 있었어.

무리해서 다 먹을 필요는 없다고 내가 거듭 말했지만 너는 자기 앞에 있는 음식을 남기지 않는 사람이니까 아마 다 먹을 것 같았어. 치즈를 너무 많이 먹으면 이따가 방귀가 계속 나올 거라고, 아주 지독한 냄새일 거라고 난 엄포를 놓았지. 그럼에도 불구하고 너는 결국 다 먹었어. 나는 궁금했어. 너는 곧 치즈 냄새와 비슷한 방귀를 뀌게 될까? 그때까지 너는 내 앞에서 방귀를 뀐 적이 없었거든. 그건 지금까지도 마찬가지지만 말야. 네가 그런 사람이란 사실이 아직도 신기해. 방귀를 트지 않았다고 완전무결한 사람인 건 아니지만 어쨌든 5년간 철저히 방귀를 관리한 점만은 대단해.

우린 높은 건물의 옥상 레스토랑에서 꾸덕꾸덕한 치즈를 꾸역꾸역 먹었지. 우리가 나눌 수 있는 대화의 겨우 2~3단계에 해당하는 것들을 주고받으며 서로의 얼굴을 보다가 치즈를 보다가 와인잔을 보다가 창밖을 내다보았지. 호텔 밖에는 넓은 비행장이 있었어. 생각보다 가까운 거리에서 비행기들이 이륙하고 착륙했지. 그 풍경은 아주 광활하고 이색적이었지만 선불리 아름답다고 말하기엔 뭐했어.

그래서 그냥 와인을 몇 모금 더 마셨지 뭐.

우리 사이에 정적이 흘렀을 때, 그래서 다시 둘 다 창밖을 내다보았을 때 네가 갑자기 내게 고개를 돌리고 말했어.

우리 좀 봐.

나는 그게 무슨 뜻인지 알아서 똑같이 따라 말했어.

그러게. 우리 좀 봐.

처음 가본 장소에서 처음 맛보는 음식들을 나눠 먹으며 처음 보는 풍경을 내다보는 동안 우리는 잠시 서로가 새삼스러워졌어. 우리가 모르는 우리였기 때문에 어색했어. 그런 우리를 잠깐 3인칭으로 보자는 제안이었지. 우습고 촌스러운 우리를 좀 보라고. 이런 식으로 준비된 행복 앞에서 우리가 얼마나 서툰지를.

여행지에서 행복해지는 건 의외로 어려운 일이지. 미리 돈을 지불했으니까 행복하지 않으면 안 될 것만 같잖아. 적어도 들인 돈만큼은 행복해야 할 것 같아서, 망치면 안 될 것 같아서 초조하잖아. 한 번도 안 배워본 춤인데도 좋은 합으로 멋지게 같이 춰야 할 것 같잖아.

가슴 한편에 작은 긴장을 품고 너랑 호텔에서 하루를 묵었지. 행복해지기 위해 열심히 애쓰면서 말이야. 그런 애를 쓰는 동안 나는 거짓말처럼 하나도 안 아팠어.

다시 아프기 시작했던 건 체크아웃을 하면서부터야. 독감이 어떻게 하루 동안 정지할 수 있었던 건지 이해가 안 되지만 나는 그날의 내 몸에게 고마워. 내 몸을 무시한 내 정신에게 고맙다고 해야 더 정확할까.

그게 벌써 3년 전 일이야. 까먹고 있던 그날을 갑자기 다시 기억하게 된 것은 내가 3년 만에 다시 독감에 걸렸기 때문이지.

맞다, 그런 일이 있었네, 하고 이불 위에 누워 식은땀을 흘리며 생각해. 아픔을 기억해내는 일에 있어서 내 신체는 내 정신보다 유능한 것 같아. 기억력이 나쁜 머리가 조금 다행스럽게 느껴지기도 해. 잘 망각했기 때문에 반복했던 사랑들이 있으니까. 서로가 서로를 어떻게 괴롭혔는지 금붕어처럼 까먹고는 다시 시작했지.

너의 모든 기쁨과 모든 슬픔, 그리고 그사이 모든 결의 감정을 하나도 놓치고 싶지 않아서 전전긍긍하던 몇 년이 있었어. 헤어지는 건 그런 짓들을 딱 관두는 일인데 그걸 관두는 나를 도저히 믿을 수가 없던 몇 개월도 있었네. 제일 열심히 했던 일이 내 손을 떠난다니 이상하고 슬펐어.

해피 아워라는 게 얼마나 어려운 일인지, 독감을 다시 끙끙 앓으며 나는 기억해내.

돈이 없어서, 혹은 돈이 있어도 시간이 없어서, 혹은 돈도 시간도 없어서, 혹은 돈도 시간도 있는데 마음이 없어서, 혹은 마음이 있긴 있는데 엇갈려서, 우리는 행복을 우리 것으로 만드는 것에 자주 실패해. 내 맘이 당신 맘과 다르고, 자꾸 눈을 피하고, 우린 서로 모르고, 그게 제일 그렇지 뭐. 그 밖에 수많은 이유들로 쉽게 언해피 아워를 보내. 행복이라는 희귀한 순간이 얼마나 우리 손에 잘 안 붙잡히는지 붙잡았다가도 어느새 달아나 있고 의도치 않은 순간에 습격해서 놀래키는지 알다가도 모르겠어. 해피같은 말에 딱히 집중하지 않게된 지 오래야. 이제는 그저 아워를 생각해. 섣부른 기대와 실망 없이 의젓하게 시간을 맞이하고 흘려보내는 사람이 되고 싶으니까. 평생 못 될 것 같지만 말야.

2018.03.28.水.

24.
생소한 아름다움

누군가를 알아가는 동안 수많은 이야기의 도움을 받는다. 그간 보고 들어온 이 세상의 이야기들 말이다. 예를 들어 홍콩 영화를 열심히 보지 않았다면 알 수 없었을 종류의 미(美)가 있다. 미국 시트콤을 보지 않았다면 알아듣지 못할 농담들, 남미 소설을 읽지 않았다면 알아보지 못할 관능들, 디즈니를 보지 않았다면 느끼지 못했을 낭만들, 한국 드라마를 보지 않았다면 질색할 수 없었을 느끼함들.

이야기들은 내가 모르는 멋과 미를 가르쳐주었다. 세상엔 이런 종류의 멋짐도 있다고, 이런 모양의 아름다움도 있다고, 슬픔의 이유는 이만큼이나 다양하다고, 혹은 악이 이렇게 쉽고 흔하다고.

읽고 보고 들은 것들이 내 안에 크고 작게 남아 어떤 이를 만나고 해석하는 순간마다 알게 모르게 도움을 주거나 방해를 한다. 이를테면 그 남자애는 약간 한국 민속촌의 엑스트라 머슴처럼 생겼다고 말하게 되는 식이다. 사극의 텍스트가 아니라면 난 그 사람을 그런 식으로 이해하거나 오해할 일도 없었을 것이다.

친구 중에 미학을 전공한 애가 있다. 편의상 그녀를 댐이라고 부르겠다. 내 친구 댐이가 미학과에서 뭘 배웠는지 나는 잘 모른다. 그녀가 아주 많은 것들에 대해 잘 이야기한다는 것만 안다. 댐은 언제나 나보다 더 탁월하게 무엇을 해석하는데 그 이유는 걔가 나보다 더 많은 이야기를 알기 때문이라고 나는 생각한다. 그녀는 이십 몇 년간 온갖 영상들을 시청하며 엄청난 양의 참고자료를 마음속에 쌓아왔다. 댐이가 그 자료들을 활용하고 인용해서 무언가에 대해 성실하게 이야기하는 모습은 아주 익숙하다. 걔는 누군가의 좋음을 잘 설명하는 일에 평생을 바쳐온 것 같다. 좋은 게 왜 좋은지 정확하게 말하는 연습을 계속해왔고 갈수록 더 잘하게 되었다.

아름다움은 학습하는 것이기도 하다는 걸 나는 댐을 통해 배웠다. 그녀의 지성이 아니었으면 그녀가 알아보지 못했을 사람이 있을 수도 있다. 지성이 아니었으면 피하지 않았을 사람도 있을 것이다. 지성이랑 전혀 상관없이 사랑하게 된 사람도 물론 있을 테다.

댐의 친구들은 그녀의 편애 속에서 어떤 보호를 받는다. 나는 10대 때 내 몸의 미를 겨우 학습하게 되었다. 나는 그 시절 아주 통통했고 통통한 내 몸을 미워하느라 기력의 대부분을 소진하며 지냈다. 온갖 매체에 등장하는 대부분의 여자가 그렇듯 나도 마르고 싶었기 때문이다. 그 옆에서 댐이는 현재의 내 몸이 얼마나 아름답고 야한지 매일 지치지도 않고 말해주었다. 통통하기 때문에 가질 수 있는 어떤 미의 모양을 내게 그려주었다. 걔가 말해주기 전까지 나는 그게 아름다움인지도 몰랐다.

댐은 친구들의 고유한 얼굴과 몸과 기질에 대해 흔하지 않은 말들로 감탄하곤 했다. 그녀가 발명하고 건네준 칭찬 때문에 덜 울게 된 이들은 아주 많다.

나도 댐이처럼 많은 참고자료를 가지고 싶어서 그리고 아름다움을 잘 학습하고 싶어서 영화를 보고 책을 읽고 노래를 듣고 여러 가지를 한다.

어제 본 영화에서는 내가 잘 모르는 아름다움이 나왔다. 생소한 모양이라서 미인지 아닌지 알아차리는 데 몇십 분을 보냈다. 유심히 보다 보니 그것은 분명 아름다웠다. 아주 아름다운 사랑이었다. 깜깜한 극장 안에서 가슴에 두 손을 올리고 영화를 보았다.

그러다 핸드폰의 진동이 느껴졌다. 평소라면 당연히 전화를 꺼두었겠지만 어제는 그러질 못했다. 내가 요즘 사랑하는 애한테서 중요한 전화가 걸려올지도 몰라서, 전화를 놓치면 걔가 다시 안 걸지도 몰라서 겁이 났기 때문이다. 전화는 하필 그 순간에 걸려왔고 나는 민폐를 끼치며 그리고 옆에 앉은 남자의 발을 살짝 차며 영화관에서 나왔다. 짧은 통화를 마치고 다시 조용히 상영관의 문을 열자 영화관 뒤 커튼 사이로 엔딩 크레딧이 올라가고 있었다.

조명이 다 켜지고 나서 자리로 돌아가 옆 사람에게 사과를 했다. 중간에 부산스럽게 나가서 정말 죄송하다고 발로 차서 더욱 죄송하다고 말했다. 그는 괜찮다고 한 뒤 이렇게 말했다.

그보다 제일 중요하고 아름다운 장면을 놓치셨네요. 나가셔서 안타깝다고 생각했어요.

이제 그 사람을 좋아할까 생각해볼 정도로 그는 친절했다. 하지만 마지막 장면을 놓쳤어도 안타깝지 않았다. 영화가 가르쳐준 사랑의 모양이 몹시 새롭게 아름다워서 이미 충분한 것 같았다.

영화관에서 나와 이대에서 망원동까지 한 시간을 걸으며 나는 사랑하는 애를 생각했다. 너를 좋아하기까지 나에게 얼마나 많은 이야기가 필요했는지. 너를 이해하기까지 얼마나 더 많은 이야기가 더 필요할지. 널 알아보려고 내가 그동안 이런 것들을 보고 듣고 읽어온 것만 같다고 섣불리 믿게 됐다. 그럼에도 불구하고 얼마나 참고자료가 모자란지 모른다고 한숨을 쉬었다.

왜냐하면 모두가 그렇듯, 너는 아직 누구도 쓰지 않은 얼굴이니까. 너의 아름다움은 사실 어느 이야기에서도 본 적 없는 것일 테니까.

우리는 각자 고유하고 무수히 다른 삶을 살고 있어서 같은 얼굴을 발견하기란 오히려 쉽지 않을 것이다. 누구의 얼굴이든 그래서 조금 생소할 것이다. 그 얼굴들이 가진 생소한 아름다움을 늦지 않게 알아채는 연습을 지치지 않고 계속하고 싶다.

2018.04.02.月.

25.
도란도란

어떤 사람이 너를 향해 걸어올 땐 그 사람의 엄마의 엄마의 엄마의… 그리고 아빠의 아빠의 아빠의… 그 머나먼 유전자의 역사까지도 그 사람 뒤에서 함께 오고 있는 거야.

라고 나의 스승 어딘은 언젠가 내게 말했다.

그 말을 듣고 너무 아득해서 속이 좀 울렁거렸다. 울렁거리지만 자주 궁금한 일이기도 했다. 나는 왜 하필 이런 내가 됐는지, 너는 왜 하필 그런 네가 된 건지, 우리가 대대손손 물려받아온 유전자를 거꾸로 탐색해보면 조금은 대답할 수 있을 것만 같아서.

나랑 요즘 가장 친하게 지내는 애의 생김새는 자주 하마처럼 보인다. 실례지만 편의상 그를 하마라고 부르겠다. 하마는 얼마 전 충남 예산군 삽교읍에 다녀왔다. 삽교에서 혼자 사시는 할아버지의 아흔 번째 생신날이었기 때문이다.

아흔 번째라니.

나는 하마를 따라 그의 할아버지 댁에 가고 싶다고 속으로 생각한다. 요즘 걔가 가는 곳이라면 어디든지 따라가고 싶은 데다가 아흔 살 할아버지의 이야기를 듣고 싶어서다. 얼굴도 모르는 분이지만 왠지 뭐라도 선물하고 싶어지는 건 왜일까.

하지만 할아버지 생신 모임의 참석자는 하마와 하마의 아빠 둘뿐인 데다가 두 부자가 친하지 않아서 내가 끼기에는 애매한 자리일 테니 나는 그냥 가만히 있기로 한다. 하마가 다시 서울로 돌아왔을 때 내게 삽교에서의 이야기를 도란도란 들려주기를 바라며 기다린다.

하마의 아빠가 하마의 엄마와 이혼하며 집을 떠난 것은 하마가 아주 어릴 적의 일이라고 했다. 이혼 후 그는 엄마 손에 컸는데 그녀는 하마가 우유부단해지거나 여려지는 순간마다 아빠를 닮아 나약하다며 질색했다고 한다. 하마는 자랄수록 목소리가 아빠와 똑같아져서 엄마뿐 아니라 친척들도 놀랐댔다.

하마가 아빠를 다시 만난 것은 스무 살 이후의 일이다. 십몇 년을 떨어져 살아서 서로 거의 모르는 사람 같았댔다.

하마와 하마의 아빠. 두 남자는 이제서야 이야기를 시작하는 중이다. 아주 가끔 만나 밥을 먹고 커피를 마신다. 그리고 생신이랄지 명절이랄지 하는 날에는 함께 차를 타고 할아버지가 계신 교외로 가곤하는 것이다.

명절에 모이는 건 세 남자뿐이기 때문에 본인들이 직접 밥을 차리고 치운다. 할아버지는 아흔 살 치고 정정하시지만 최근엔 허리가 아프셔서 부엌일은 주로 하마가 도맡아 한댔다. 하마의 부엌일은 할아버지 눈에 미덥게 비친다.

상을 치우고 세 남자는 낮잠을 잔다.

서로 친하지 않은 세 남자가 삽교의 한 작은 집에 나란히 누워 낮잠을 자는 모습을 나는 상상해본다.

뭔가 귀엽고 불안하고 그렇다.

낮잠을 잔 뒤 할아버지와 하마는 집 앞 카페에 간다. 동네의 선한 부부가 운영하는, 작은 벽난로에 장작을 때는 그런 카페다. 카페에 마주 앉은 두 사람은 서로에게 질문을 건넨다.

할아버지의 역사에 관심이 많은 하마는 언제부턴가 그에게 많은 것을 묻기 시작했다. 할아버지의 성함은 김동원. 동원참치 할 때 동원이라고, 어린 하마에게 설명해주시곤 했다. 하마의 조부 동원은 1920년대 생이며 배운 청년이었다. 월남전에서 통역사로 계셨고 최근까지도 아침마다 영자신문을 읽으셨다고 한다. 전쟁에서 돌아온 후 할아버지는 말없이 몇 년 동안 어딘가에 잠적하기도 했다. 그래서인지 하마의 아빠와 할아버지는 서로 친밀하지 않다. 하마와 아빠가 친밀하지 않듯 말이다.

한편 동원의 아내, 그러니까 하마의 할머니는 현재 삽교 근처에 있는 요양원에 계신다. 그녀는 치매를 앓는 중이시라고 한다. 이제 그녀가 알아볼 수 있는 얼굴은 할아버지와 하마 둘뿐이다. 하마가 요양원에 가면 할머니는 꼭 이렇게 묻는댔다.

음악은 언제 들려줄 거니?

하지만 하마는 음악을 한 적이 없다. 어렸을 때부터 만화 덕후였다. 그는 친절하게 정정한다.

음악이 아니고 그림이에요, 할머니.

그러니?

네.

그런 대화를 주고받은 뒤 하마는 할머니 손을 잡고 있다가 돌아온댔다.

다음에는 그냥 노래를 불러드려도 좋겠다고 나는 생각한다. 하마는 노래를 잘 하니까. 하마는 언젠가 한 번 내 옆을 걷다 휘파람을 분 적이 있다. 하마의 휘파람 실력은 탄탄하여서 그의 노래만큼이나 정확하게 들려온다. 그날 그가 휘파람으로 부른 멜로디는 어딘가 익숙하게 애절한 노래였다. 이게 무슨 노래더라? 생각해보니 그것은 김범수의 '보고 싶다'였다. 그 노랠 진지하게 휘파람으로 불다니… 매우 실없어 보였다.

하지만 한국 발라드 특유의 뽕끼에 쉽게 취해버린 우리는 곧 코인노래방에 갔다. 노래방에서 나는 하마에게 '보고 싶다'를 부르라고 했다. 그가 만날 유튜브로 프랑스나 벨기에 같은 유럽 나라의 우아한 뮤직비디오를 자주 보여주곤 했기 때문에 김범수는 너무도 의외의 선곡이었던 것이다.

알고 보니 하마는 보고 싶다를 잘 불렀다. (이러면 안－ 되지만－죽을만큼－ 보－고－ 싶다－) 걔나 나나 90년대 초 한국에서 태어나 세기말과 세기초의 발라드를 함께 듣고 자랐던 거다. 꼭 누구 한 명이 죽어야만 완성되었던 그 시대의 애절한 발라드. 이름만 들어도 왠지 기구해지는 포지션, 더크로스, 엠씨더맥스, 버즈, 네미시스 등의 노래를 메들리처럼 읊으며 웃었다.

하마 할아버지의 애창곡은 무엇일까. 궁금하다.

다시, 삽교의 한 카페에 마주 앉은 20년대 생과 90년대 생을 생각한다. 그곳에 다녀온 날엔 하마가 내게 도란도란 이야기를 들려주기 때문이다.

할아버지는 하마에게 말한다.

내 손자라서 그런 것인지는 모르겠지만 너는 참 잘 생겼다고.

하마는 잘 생겼다는 칭찬을 곤란해한다. 그 말이 틀렸다고 생각하기 때문이다.

할아버지는 아이를 낳을 생각이 있느냐고 묻는다.

지금은 없다고 하마가 대답한다.

왜 없는지 할아버지가 넌지시 묻는다.

이 시대엔 아이를 낳는 것보다 낳지 않는 것이 어째서 더 나은지, 자기가 무엇에 자신이 없는지 하마가 대답하고 할아버지는 듣는다.

말을 하는 와중에 하마는 아흔 살의 남자와 토론 비슷한 것이 가능하다는 사실에 놀란다. 하마의 이야길 끝까지 경청한 할아버지는 그렇구나, 하고 대답한다. 그리고는 찬찬히 이렇게 말을 잇는다.

하지만 산다는 건 아주 외로운 일이란다. 오늘처럼 네가 와주는 날은 이렇게 좋지만, 네가 다시 떠나고 나 혼자 집에 남으면 이루 말할 수 없이 외로워.

그 앞에서 하마는 말을 잃게 된다고 한다.

나는 하마 옆에 누워 하마의 미래를 생각해본다. 노인이 된 하마의 모습은 열심히 상상해보아도 아직은 잘 그려지지 않는다. 하마 역시 산다는 건 아주 외로운 일이라고 언젠가 말하게 될까. 이루 말할 수 없을 만큼 외롭다는 말을 진정으로 이해하게 될까.

그것은 알 수 없다. 내가 짐작할 수 있는 건 하마는 미래에도 큰 목소리로 떠들지 않을 거라는 것, 탈모로 고생하지는 않을 거라는 것 정도이다. 얼마나 먼 미래까지 하마랑 내가 친하게 지낼지도 모르는 일이다. 몇 년 동안 각별한 사이일 수도 있지만 어쩌면 오늘 심하게 싸워서 내일부터 안 볼 수도 있다.

하지만 하마와 하마를 둘러싼 이야기를 듣는 요즘이 나는 좋다. 개랑 놀다 보면 이 세계가 이전과는 좀 다른 방식으로 인지되곤 한다. 하마의 눈과 귀를 빌려서 무엇을 보고 듣는 동안엔 외롭거나 허무할 겨를이 없다. 그러니까 웬만하면 오랫동안 사이좋게 지내자고, 서로의 이야기를 도란도란 계속 나누자고 말하고 싶다. 오늘은 그런 마음이다.

2018.04.03.火.

26.
이웃집 부모

나의 부모 웅이와 복희는 알몸인 채로 누워 텔레비전을 함께 보곤 한다. 텔레비전에서는 문재인 대통령과 김정숙 여사의 모습이 등장하고 있었다. 둘은 기품 있는 자세로 걸으며 사람들에게 인사를 건넸다. 그러자 복희가 상체를 일으켜 자세를 바르게 고치고는 말했다.

내가 만약 영부인이 된다면… 살을 빼는 게 좋겠지?

옆에서 삐딱하게 누워 핸드폰을 만지던 나는 안 빼도 된다고 말하려다가 귀찮아서 말았다.

전기장판 위에 앉아서 복희는 사람들을 향해 미소를 건네는 영부인의 모습을 연기했다. 밝고 우아한 얼굴로 손을 흔들며 최대한 많은 이들과 눈을 마주치려는 모습이었다.

영부인 흉내가 아니더라도 평소 그녀는 거울을 보며 혼잣말을 할 때가 많았다. 여러 가지 버전의 인사를 연습하는 듯했다. (안녕하세요? 안녕하세요~ 안녕하세요!) 거울 속 자신을 보며 매번 다른 인사를 건네는 복희의 생명력은 매번 신기하고 이상하다.

한편 웅이는 말 없이 텔레비전을 보았다. 지난 28년간 그녀의 생명력에 익숙해진 탓에 옆에서 복희가 뭘하든 그는 초연하게 자기 할 일을 할 수 있게 되었다.

복희는 말했다.

영부인이 되더라도 내 덧니는 그대로 둬야겠다!

웅이는 복희의 커다란 덧니를 보며 물었다.

왜?

기자들이 이렇게 물어볼 거야. 영부인님, 왜 교정을 하지 않으시나요? 그럼 나는 이렇게 대답할 거야.

복희는 목소리를 가다듬고 말을 이었다.

그건 마치… 가지런히 쌓여 있는 쌀가마들 위에 한 가마를 더 얹은 것 같은 기분이라서요~

복희는 자기가 한 말에 자기가 웃었다. 웅이도 좀 피식거리다가 결국 둘은 서로의 알몸을 때리며 낄낄댔다.

그런 장면을 일주일에 몇 번을 보며 지낸다. 둘의 결혼 생활이 지속되는 이유는 서로를 여전히 웃겨 하기 때문일지 모른다.

난 복희의 밥을 얻어먹으러 그들 집에 자주 방문한다. 원래는 나도 매일같이 부엌에서 온갖 음식을 뚝딱 차려 내놓는 유능한 자였으나 부모가 근처로 이사 온 이후로 내 부엌엔 오직 커피와 술만 남게 되었다. 부모가 가까이 있으면 어쩔 수 없이 조금 무능해지는 것 같다. 부엌일을 안 함으로써 벌게 된 시간에 대신 더 열심히 돈을 번다. 많이 벌게 되면 복희의 계좌로 식비를 많이 송금하고 싶다.

내가 차린 것보다 더 맛있을 게 분명한 밥을 먹기 위해 아침마다 부모네로 뚜벅뚜벅 걸어간다. 가끔은 운동 삼아 전력 질주로 뛰어갈 때도 있지만 원하는 만큼 달리기에는 조금 짧은 코스다. 요즘엔 벚꽃과 목련이 한창 피어나고 있어서 뛰지 않고 걷게 된다.

낡은 빌라 계단을 밟고 올라가 신발장에 들어서서, 슬이 왔어요! 라고 말한다. 복희는 너무나도 맛있는 냄새 속에서 뭔가 부지런히 볶거나 끓이거나 튀기느라 여념이 없고 웅이는 옆에서 업무 관련 통화를 바쁘게 하고 있다. 만약 웅이가 바쁘지 않을 경우 그는 높은 확률로 내게 이렇게 묻을 것이다.

슬이~ 오늘은 무슨 자랑할 거냐?

그럼 나는 망설이지 않고 웅이에게 오늘의 자랑을 늘어놓는다. 자랑을 하루라도 거르면 몸살을 앓는 인간이라서 그렇다. 자랑할 게 하나도 없는 그런 하루란 무수히 많다. 그런 날에 코딱지만 한 자랑거리라도 찾아낸다. 오늘 아침의 쾌변, 인스타그램을 무려 하루나 하지 않은 것, 턱걸이를 3개월째 연습하고 있는데 아직 한 개도 못하지만 완전히 포기하지는 않은 것, 편의점에서 담배를 살 때 아직도 신분증 검사를 받는 것, 데이팅 어플에서 매칭된 사람과의 우스운 채팅 내용 등 부모 앞에선 하찮은 일도 자랑이 될 수 있다.

허파에 바람 든 사람처럼 자랑을 늘어놓고 나면 하루를 시작할 마음의 균형을 찾게 된다. 이 배설을 한 후에야 그나마 멀쩡한 사람으로 하루를 지낼 수 있을 것 같은 기분이 든다. 의젓하게 원고를 마감하고 글쓰기 수업을 하러 전국 각지로 출근하고 초딩과 중딩과 고딩을 만나고 이삼사오십 대의 여자들을 만나고 글을 쓰고 만화를 그리고 인터뷰를 하러 나갈 정신이 겨우 드는 것이다.

허영과 광기를 맘껏 드러내도 되는 상대가 부모인 것은 얼마나 감사한 일인지. 이런 나를 받아주는 사람이 세상에 둘이나 있다는 게 얼마나 다행인지.

내 자랑이 끝나면 웅이는 오늘의 유머 속 유머를 전한다. 복희는 어제 망원시장에서 본 웃긴 사람 얘기를 전한다. 그리고 각자의 하루 일정을 공유한 뒤 우리는 헤어진다. 이 작은 일과는 내가 온 힘을 다해서 지켜내고 싶은 일상 중 하나이다.

2018.04.04.水.

27.
지난 바캉스

영화 '프라하의 봄'의 마지막 장면에 대해 복희는 종종 이야기했다. 그 장면에서 다니엘 데이 루이스와 줄리엣 비노쉬는 저녁 내내 한참을 잘 놀고 집에 돌아가는 중이다. 둘은 기분 좋게 소진되어 있고 파티에서의 흥으로 충만해서 말이 없다. 조용한 행복이 그들의 작은 차 안을 가득 채운다. 말 안 해도 서로 아는 것 같은 미소가 오간다.

그 길에서 둘은 사고로 죽는다. 정말이지 갑자기 죽는다. 그리고 영화가 끝난다. 생이 얼마나 귀하고 덧없는지 알게 될 때마다 복희는 그 엔딩이 생각난다고 말했다.

복희와 웅이에게도 그런 한때가 있었을까. 이를테면 스물네 살 때 다녀온 신혼여행이랄지. 둘은 빨간색 봉고차를 타고 청평으로 가서 오래된 작은 호텔에 하루를 묵었댔는데. 그 호텔의 창밖으로는 호수가 보였댔는데. 신혼여행에 웅이는 유재하 테이프를 복희는 로버타 플렉 테이프를 챙겨갔었댔는데.

복희와 웅이는 여행에서 무사히 돌아와 슬이와 찬이 남매를 낳고 지금까지 살고 있다.

잊을 만할 때쯤 한 번씩 웅이는 복희에게 제안하곤 한다. 가을에는 여행을 가자고, 세부나 방콕 같은 따뜻한 기후의 도시로 가서 수영복을 입고 바다 수영을 하고 스쿠버 다이빙도 하자고 그녀를 꼬신다. 가을이어야 하는 이유는 그때가 1년 중 웅이가 휴가를 낼 수 있는 유일한 시기라서다. 웅이는 1년 중에 몇 주 빼고는 트럭에서, 도로 위에서, 각종 현장에서, 쉬지 않고 일하는 사람이다.

복희는 웅이의 여행 제안에 대체로 시큰둥하다. 행복을 찾으러 어디론가 가는 사람이 아니기 때문이다. 그녀는 앉은 자리에서 행복을 일군다. 어떤 집에 살든 어떤 곳에서 일하든 그녀가 가는 곳이면 꼭 풍요가 따라다닌다. 어렸을 때 만화로 읽은 그리스 로마 신화에서 데메테르가 등장할 때마다 나는 그녀가 복희를 꼭 닮은 신이라고 느꼈다. 데메테르처럼 유능하고 풍성한 손을 가진 복희는 편안한 집을 두고 여행에 돈을 쓰는 것을 무척 아까워한다.

반면 웅이는 종종 혼자 낚시를 하러 가는 사람이다. 젊었을 땐 김화영 교수의 『행복의 충격』을 탐독했다. 그 시절 어느 신문사의 작은 공모에 투고하여 수상 상금으로 유럽 여행을 다녀오기도 했다. 유럽 관광지를 돌아다니다 들른 식당에서 이해하지 못하는 메뉴판을 보고 음식 주문에 실패해 느끼한 피자를 한 접시 먹고 탈이 나본 적 있는 20대였다. 하지만 이국적인 성당 앞에서 멋스러운 남방을 입고 독사진을 찍은 20대이기도 했다. 이후로도 웅이는 자주 타국에 낭만을 품었다. 특히 에메랄드빛 바다에 대해 각별한 설렘을 가졌다.

여행에 관해서는 복희와 웅이의 마음이 다른 것이다.

하지만 여행이란 서로에게 어떤 장면을 선물하는 것이니까, 나는 가끔 복희와 웅이가 여행을 갔으면 하고 바랐다.

이 가족이 멀리 움직이려면 웅이와 슬이의 추진력이 필요하다. 멀리 떠나는 일에 두 사람이 가장 먼저 설레기 때문이다. 엄마 복희는 먼저 나서지 않고 아들 찬이는 가족 일에 크게 관심이 없다.

부녀가 경제적으로 살짝 무리한 결과 작년 가을엔 겨우 가족 여행을 다녀올 수 있었다. 흔치 않은 일이었다. 50대 복희와 웅이. 20대 슬이와 찬이. 뿔뿔이 흩어져 각자의 월세를 내고 따로 사는 네 사람이 열흘을 함께 붙어 있는 건 거의 20년 만이었다. 우리 남매가 아주 어렸을 때 동해안에 다녀온 것이 마지막이었으니까.

네 사람은 오랜만에 함께 짐을 쌌다. 비행기를 타고 다낭 공항에 내려 호이안의 시골 마을에서 머물렀다.

웅이는 여행 사진을 페이스북에 올리고 싶어 했지만 복희는 질색을 했다. 그녀는 자기 사진을 찍지 말아달라고 당부했다. 자신이 뚱뚱하다고 생각하는 데다가 인터넷에 그 어떤 자랑도 하지 않는 사람이기 때문이다. 내가 옆에서 아무리 예쁘다고 말해도 소용이 없었다. 그러거나 말거나 웅이는 복희 말을 한 귀로 흘리고 아내와 자식들이 배경으로 있는 자신의 셀카를 찍어 에스엔에스에 업로드하곤 했다. 그럼 나는 아빠에 대한 정을 담아 좋아요를 눌러주었다. 그 자랑으로 웅이가 행복해진다면 기쁜 일이었다.

20대 후반의 슬이는 인스타그램 헤비 유저이고 20대 중반의 찬이도 비슷하기 때문에 호이안에서는 각자의 피드가 풍성해졌다.

에스엔에스를 즐기는 세 사람이 핸드폰을 숙소에 두고 수영을 하던 순간이 생각난다. 수영 강사이자 산업 잠수부였던 웅이로부터 우리 남매는 각종 영법의 자세를 교정받고 있었다. 내 비키니는 거의 찌찌랑 똥꼬만 가릴 정도로 면적이 작았다. 수영 실력과 수영복의 면적은 반비례한다고 웅이가 주장했기 때문이다. 내 동생 찬이는 강렬한 빨간색 수영복 팬티를 입고 힘차게 헤엄을 쳤다.

그동안 복희는 숙소의 발코니에서 우리를 내려다보았다. 거기가 더 시원해서라고 그녀는 말했지만 지나치게 작은 면적의 비키니를 입는 것이 민망해서 그랬던 것 같다.

어느 숙소에 가든 복희는 조식으로 제공되는 뷔페 식사를 다섯 접시 이상 먹었다. 그녀는 잘 모르는 나라의 잘 모르는 과일과 채소와 양념을 두려워하지 않았다. 처음 먹어보는 음식을 먹으며 이것이 자기가 아는 재료와 어떻게 비슷한지 꼭 말했다. 이건 약간 단감이랑 당근을 섞어 놓은 맛이야! 아주 밍숭맹숭한데 왠지 또 먹고 싶어! 이건 말하자면 베트남식 젓갈이야! 라고 코멘트하는 식이다.

그녀는 자신의 이름처럼 복스럽게 음식을 먹은 뒤 해가 져서 아무도 없는 수영장에서만 수영을 했다. 나는 비키니 입고 수영하는 복희의 모습이 좋았다. 한국에서는 볼 수 없는 모습이었다.

복희가 외국에서만 보여주는 모습이 몇 가지 있었는데 그중 하나는 뭔가를 하고 싶다 혹은 하기 싫다는 의사 표현을 미루지 않고 즉시 내뱉는다는 점이었다. 여행지에 와서까지 지나친 배려로 시간을 허비하지 않겠다는 의지로 보였다.

네 사람 중 음식 선택에 있어 가장 보수적인 사람은 웅이였다. 그는 빵과 잼과 버터 그리고 냉동제품처럼 보이는 딤섬을 주로 접시에 덜어왔다. 찬이와 나는 고기 요리에 대해서만 겁이 없었다. 우리 중 가장 여행에 최적화된 사람은 어쩌면 복희였는지 모른다.

하루는 넷이 자전거를 타고 호이안의 시골길을 한참 돌아다녔다. 숙소에서 빌린 자전거였다. 맨 앞엔 찬이, 그다음엔 나, 그다음엔 복희, 그다음엔 웅이가 달리고 있었다. 운전을 가장 잘하는 두 사람이 맨 앞과 맨 뒤를 지켜야 한다는 게 웅이의 생각이었다. 찬이의 뒤를 따라가며 오랫동안 그 애의 등을 보았다. 남동생의 뒷모습을 그렇게 오래 본 건 처음이었다. 익숙했고, 좀 웃겼고, 사랑하기 때문에 왠지 슬펐다.

출발할 때는 비가 오지 않았는데 멀리 나오고 나니 폭우가 쏟아지기 시작했다. 숙소로 다시 돌아가기엔 너무 멀리 온 터라 쉴 곳을 찾기 위해 우리는 계속 페달을 밟았다. 비가 너무 세고 시끄럽게 왔기 때문에 뒷사람이 뭐라고 하는지 잘 들리지 않았다. 눈을 뜨기 어려울 만큼 거센 비였다.

네 사람이 폭우를 맞으며 일렬로 자전거를 타고 바다가 보이는 논길을 달리던 중 복희가 신기해하며 외쳤다.

옆에 새우 양식장이 있어!

앞서가던 나는 그 말을 듣고 옆을 바라보며 외쳤다.

이게 정말 새우야?

나를 앞서가던 찬이가 뒤를 보며 외쳤다.

뭐? 세우라고?

그러고선 찬이가 브레이크를 밟았다. 그가 밟자 나도 브레이크를 밟았다. 결국 네 사람 모두 자전거를 세웠다.

맨 뒤에 있던 웅이가 의아해하며 물었다.

왜 세운 거야?

넷 다 잠시 어리둥절해하며 서 있었다. 옆에는 베트남의 황소가 나무 아래에서 비를 피하며 눈을 꿈뻑이고 있었다. 소 옆에서 우리는 얼굴에 흐르는 빗물을 닦아냈다.

그 순간은 딱히 행복인 것 같지도 불행인 것 같지도 않았다. 그냥 가족 오락관 같았다. 하지만 어쩐지 그런 생각이 들었다.

언젠가 우리가 죽는다면, 눈앞에 지금 이 순간이 주마등처럼 스쳐 가지 않을까.

알 수 없는 일이지만 말이다. 이 여행은 짧을 것이었다. 돌아가서 지내야 할 일상에 비하면 거의 찰나일 것이었다.

2018.04.05.木.

28.
옷과 무대

1999년 샛별 유치원 재롱잔치에서 나는 오즈의 마법사 노래에 맞춰 춤을 췄다. 노란색 쫄쫄이 상의에 하얀색 레이스 치마를 입고 아래엔 타이즈를 신고 머리엔 연두색 고깔모자를 썼다. 처음 발라본 빨간 루즈의 맛이 낯설고 불쾌해서 입술을 위아래로 어색하게 벌리고 있던 게 생각난다. 그나저나 재롱잔치라는 말은 좀 우스운 것 같다. 재롱잔치라니…

아무튼 그 잔치에서 춤을 추기 위해 네 명의 여자애들이랑 나란히 무대에 올랐다. 나의 할머니, 할아버지, 엄마, 아빠, 남동생, 작은엄마, 작은 아빠, 삼촌을 포함해 몇십 명이나 되는 관객들이 객석에 있었다. 사람들이 나를 쳐다보기만 하면 몸을 배배 꼬며 고개를 아래로 떨구곤 했다. 주목받는 게 너무 어려웠기 때문이다. 감당할 수 있는 관심은 엄마의 사랑 정도였다. 유치원에서 발표를 해야 할 때면 아주 곤란했다. 마이크를 건네받느니 차라리 죽는 게 나을 수도 있었다. 즉흥성은 내게 결여된 기질인 듯했다. 재롱잔치의 춤은 몇 주 전부터 반복해서 연습한 안무라서 덜 떨릴 것도 같았다. 의상 때문에 그나마 출 수 있었다. 옷과 모자와 화장 뒤로 숨는 느낌이었다. 일종의 분장이었기 때문에.

무대에 오르자 익숙한 반주와 노래가 흘러나왔다. (캔자스 외딴 시골집에서 – 어느 날 잠을 자고 있을 때 –) 친구들처럼 나도 외워놓은 춤을 추었다. 객석에서 웃고 있는 가족들의 얼굴이 보였다. 그때 구레나룻 쪽에서 탁 하고 뭔가가 끊어지는 소리가 들렸다. (무서운 회오리바람 타고서 –) 연두색 고깔모자가 내 발치로 턱 하고 떨어졌다. 얼굴에 고정되어 있던 모자의 고무줄이 끊어져버린 것이었다. (끝없는 모험이 시작됐지요 –)

내 이마와 정수리와 머리통 전체가 훤히 드러났고 갑자기 모든 사고가 정지했다. 난데없이 대머리가 된 기분이 들었다.

나는 그 자리에 딱딱하게 굳은 채로 멈췄다. 음악은 계속 흘렀고 옆에 있던 여자애들은 안무를 계속했지만 나는 어찌할 도리가 없는 기둥처럼 서 있었다. 옆에서 햇님반 선생님이 외쳤다. 슬아야! 그냥 해! 그냥 계속해! 객석에서는 가족들이 애타는 표정으로 나를 봤다. 나는 그저 어정쩡한 자세의 조각상처럼 굳었다.

1절이 지나가고 2절이 지나가고 노래가 다 끝날 때까지, 그래서 사람들이 박수를 칠 때까지 같은 자세로 무대에 서 있었다. 애들이 퇴장할 때쯤 겨우 발을 움직여 무대에서 내려왔다.

그 기억은 꽤 오랫동안 나를 숨고 싶게 만들었다. 모자 하나 떨어졌다고 온 동작을 멈추고 정지해 있을 필요는 없다고 선생님은 알려주었지만, 내 세계에서 모자가 떨어지는 일은 일어나선 안 되는 재난이었다.

초중고등학교에서 크고 작은 무대를 거치며 나는 임기응변이라는 것을 느리게 체화했다. 재롱잔치 때 내가 움직일 수 없었던 이유는 온 세상에게 내 실수를 들킨 것 같아서였다. 그러나 자라면서 중요한 사실을 알게 된다. 온 세상은 내게 딱히 관심이 없다는 것을. 내게 관심을 보이는 사람과 동물과 장소 등은 사실 아주 적었다. 세상의 극히 일부여서 오히려 외로울 지경이었다.

재롱잔치의 그 무대로부터 15년 뒤 나는 누드모델로 데뷔한다.

첫 번째 이유는 시간을 벌고 싶어서였다. 스무 살에 선택할 수 있었던 몇 안 되는 직종 중 시간 대비 가장 높은 수익을 가져다주는 일이어서다. 두 번째 이유는 내 몸에 용기를 주고 싶어서였다. 체형과 체중에 상관없이 시간 약속을 잘 지키기만 한다면 누구나 누드모델로 일할 수 있었다. 수없이 그려지다 보면 내 몸을 오랫동안 미워한 역사와 무사히 작별할 수 있을지도 몰랐다. 누드모델이 되는 것은 간단한 일이었다. 한국누드모델협회에 찾아가 면접을 보고 통과되면 잠깐의 교육 기간을 거친다. 첫 크로키 무대 데뷔 날로부터 누드모델 생활이 시작됐다.

협회의 모델로 소속되어 2011년부터 2014년까지 3년을 일했다. 전국을 돌아다니며 각종 화실과 미술학원과 게임회사와 문화센터에서 옷을 벗고 많은 이들에게 그려졌다. 그때부터 쭉 쓰리잡 체제로 인생이 굴러갔다. 20대 초반엔 대학을 다니며 잡지사 막내 기자와 글쓰기 수업 조교와 누드모델 일을 했고, 이십대 중반부터는 글 작가와 만화 작가 그리고 글쓰기 수업 교사 일을 했다. 옷을 벗고 무대에 올랐던 시간보다 먼저 떠오르는 건 버스나 전철이나 택시나 고속버스나 기차를 타고 출퇴근했던 시간이다. 누드모델을 필요로 하는 공간은 전국 각지에 있고 협회에서는 일을 랜덤으로 주기 때문에 서울 경기권뿐 아니라 지방에 갈 일도 많았다. 모델용 가운과 타이머를 가방에 챙기고 터미널에서 버스를 타면 창밖으로 점점 듬성듬성한 풍경이 지나갔다. 좌석에 푹 기대어 일할 때 배경으로 틀어놓을 음악을 선곡해두곤 했다. 약속 장소에 한 시간쯤 일찍 도착해서 무대의 세팅을 살피고 충분히 스트레칭을 하고 담배를 피웠다. 시간 약속을 철저히 지키는 게 너무도 중요한 직업이었다. 모든 일이 그렇지만 말이다. 화실과 입시학원에서는 주로 크로키 모델로 섰다. 그리는 호흡이 빠르므로 1분, 3분, 5분마다 포즈를 바꿨다. 입상과 좌상과 와상 자세를 골고루 취해가며 멈춰 있었다. 유화 모델로 설 경우 네 시간 동안 같은 포즈로 멈춰 있어야 했다. 30분마다 5분씩 쉬었지만 어쨌든 몸의 코어에 내내 힘이 들어갔다. 그림 모델로 서면서 내 몸엔 전에 없던 근육들이 붙었다.

입을 다물고 잘 멈춰 있는 건 생각보다 적성에 잘 맞았다. 나를 향한 촘촘한 시선과 묵직한 공기에 둘러싸이는 시간이었다. 말로 된 언어를 잠시 잊는 것 같았다. 내가 공부하던 문장과 단어들이 멀리 흐릿해졌다가 퇴근길에 다시 생생하게 돌아왔다. 조소 모델로 일하는 날에는 내 온몸에 석고를 붙여 본을 뜨기도 했다. 네다섯 명의 작업자가 달라붙어 구석구석 빠짐없이 석고 천을 발랐다. 차갑고 말랑한 석고 천이 뜨겁고 딱딱하게 굳어가는 동안 나는 머리를 질끈 묶은 채로 눕거나 엎드려서 가만히 있었다. 그렇게 만든 내 알몸의 조소 상이 인천 어느 공원에 세워져 있다는데 안 가봐서 실제로 본 적은 없다. 커다란 게임 회사의 캐릭터 디자인 부서에 들어가 누드모델로 서는 날도 있었다. 그 무대에 가면 각종 총과 검과 활과 창 등의 소품이 놓여 있었다. 처음 갔을 땐 그러한 무기 소품을 어떻게 써야 할지 몰라 당황스러웠다. 유년기 이후로 전투적이거나 역동적인 몸짓을 해본 적이 없어서였다. 거듭 무대에 오르면서 소품도 차츰 손에 익었다. 내 몸이 감당하지 못할 롱소드나 장총 같은 무기는 굳이 안 집어도 된단 것도 알게 되었다.

한 번은 예술의 전당에서 어떤 오페라 공연의 모델로 서기도 했다. 이탈리아 감독이 총연출을 맡은 커다란 극이었는데 난 그곳에서 인디언 분장을 하고 걸어 다니거나 뛰어다니는 단역이었다. 대사는 없고 몸짓만 있었다. 가발을 쓰고 진한 화장을 했지만 몸에는 실오라기 하나 걸치지 않았다. 예술의 전당 무대는 살면서 올라본 무대 중 가장 커다랗고 웅장했다. 무대도 대단했지만 관계자가 아니라면 들어가볼 수 없는 대기실과 분장실과 비밀 통로와 지하 계단과 흡연실의 구조가 몹시 재밌었다. 너무 넓고 복잡해서 쉬는 시간마다 산책해도 매번 새로운 공간을 찾아낼 수 있었다. 감독을 맡은 이탈리안 남자가 틈만 나면 내 볼에 입을 맞추고 허리와 엉덩이를 만졌기 때문에 나는 평안을 찾아 재빨리 무대 뒤 복도로 사라지곤 했다. 그렇게 큰 무대에 오르는 게 조금도 떨리지 않았던 가장 큰 이유는 대사가 없어서였다. 또 다른 이유는 맨몸이어서였다. 모르는 외국 배우들 사이를 헐벗고 걸어 다니는 건 좀 신나고 홀가분했다. 아무 것도 안 입어서 오히려 분장 같고 거짓말 같았다. 15년 전 재롱잔치 땐 모자의 고무줄이 떨어진 것만으로도 얼음처럼 굳었었는데. 그사이 내 몸엔 무슨 일이 벌어진 것일까.

모델 일을 그만둔 지 한참 지난 어느 날이었다. 복희네 집에서 만화를 마감하던 중이었다. 안방에서 텔레비전을 보던 복희가 소리쳤다.

슬이야, 텔레비에 너 나와!

말도 안 된다고 생각하며 안방으로 들어가 봤다.

정말이었다.

화면 속에서 벌거벗은 내가 맨몸으로 춤추고 걷고 뛰었다. 곱슬머리 가발을 쓰고 인디언 화장을 한 채 고풍스러운 계단을 오르내리거나 나무 탁자 위에 걸터앉는 등의 동작을 했다. 예술 관련 채널이었고 3년 전 예술의 전당 오페라극의 녹화본이었다.

맨몸으로 텔레비전 속을 활보하는 과슬이.

저땐 엉덩이가 엄청 컸네, 라고 복희가 말했다.

지금도 만만치 않아, 라고 현슬이인 내가 말했다.

하지만 저땐 더 풍만했어.

그건 그래.

기분이 이상하다.

그러게. 이상하네…

더욱 이상했던 건 나의 음부가 블러 처리된 점이었다. 활발히 움직이는 역할이었기 때문에 나를 따라 뿌연 모자이크도 부지런히 돌아다녔는데 그렇게 필사적으로 가리니까 뭔가 더 수상해보였다. 그치만 만날 봐온 내 몸이라 딱히 큰 감흥은 없었다. 복희는 빨래를 개기 시작했고 나는 작업하던 만화를 마저 마감했다.

내 만화 원고에는 여느 때처럼 날 닮은 애가 등장해 말하고 듣고 쓰고 있었다. 내가 가장 잘 그릴 수 있는 것은 나였다. 나 빼고는 죄다 못 그린다는 말이기도 하다.

남을 쓰고 그리는 일은 언제나 어려웠다. 나는 나만 아니까. 남은 모르니까. 타인에 관해서 쓰는 건 자주 실패로 끝났다. 다른 사람이 되어보려 시도하고 썼던 대사와 문장들은 꼭 어설펐다. 어설프지 않으려면 아주 주의 깊어야 하고 부지런해야 했으나 나는 남을 쓰는 일에 있어서 성급하고 게을렀다. 내가 얼마나 나밖에 모르는 사람인지 독자들에게 뽀록나며 창피를 당했다. 매 문장에서 밑천을 들켜버린다니 글쓰기란 지독하게 두려운 일 같았다.

두렵기 때문에 우선 나에 관해 쓰곤 했다. 그것 역시 어려웠다. 사실 나도 나를 잘 몰랐기 때문이다. 나란 사람의 구성은 가족과 사회와 정치와 국가와 환경과 과학과 시대의 맥락 속에서 해석되어야 했다. 세상 속 나의 좌표를 알려면 우선 세상에 대한 이해가 있어야 하는데 그건 평생 계속해야 하는 공부였다. 세계에 대한 알량한 이해를 바탕으로 자기 얘길 쓴 게 내 글쓰기의 출발이다.

나에 대한 글을 쓰려고 하면 자동으로 하품만 나오던 무렵부터 겨우 남에 대해 쓰기 시작했다. 내가 주인공인 글이 몹시 지겨워졌기 때문이다. 사랑하는 남들에게서 발견한 나만 알기 아까운 이야기들을 잘 전하고 싶어졌다. 그러려면 우선 잘 묻고 잘 들어야 할 것 같았다. 언제부턴가 나는 풍성한 질문을 가진 사람이었다. 타인에게서 들은 대답을 언젠가 잘 옮기기 위해 아주 많은 메모를 했다.

하지만 진실은 질문만으로 알아지는 게 아니었다. 공들여 질문을 준비하고 묻고 듣고 글로 옮겨도, 전해지지 않는 것들이 대부분이었다. 나는 그게 내 몸의 무능함이 아닐지 의심했다. 내 눈과 내 귀와 내 목소리와 내 동작의 한계 같았다. 다른 몸이라면 같은 이야기도 다른 식으로 해석했을 테다.

내 필터링을 거친 이야기들이 지겹고 미울 때마다 나는 말을 참고 사람들 사이에 알몸으로 서 있던 때를 생각한다. 가운을 벗고 무대에 오르면 여러 사람이 둘러앉아 몇 시간 동안 내 알몸을 그렸다. 연필이 종이에 닿는 소리를 들으며 시선 속에서 멈춰 있는 동안엔 아무런 이야기도 생각하지 않았다. 다시 옷을 입고 무대에서 내려오는 길에는 나를 둘러싼 그림들을 무심히 바라보았다.

나를 그려놓은 그림들이었는데 어쩐지 모두 그들 자신을 조금씩 닮아 있었다.

허리가 긴 사람은 내 허리를 실제보다 더 길게 그려놓았고, 입술이 두꺼운 사람은 내 작은 입술을 실제보다 더 도톰하게 그려놓았다. 코가 높은 사람이 그린 나의 코는 실제보다 오뚝하였고 미간이 가까운 사람이 그린 나의 미간은 실제보다 가까웠다.

누구나 남을 볼 때 자기 모습에 통과시킨다는 점을 두 눈으로 확인했을 때 나는 조금 위안이 되었던가. 아니 조금 슬펐던가. 그런 그림들을 3년 동안 구경하자 나는 내 알몸만은 정말로 잘 그리게 되었다. 그건 객관이라고 부를 수도 있을 것 같았다. 내가 확보한 몇 안 되는 진실이었다.

2018.04.06.~08.30

[친구 코너를 개설하며 공지드립니다]

안녕하세요. 이슬아입니다.

4월호를 구독해주시는 분들 덕분에 감사한 마음으로 매일 쓰고 있습니다. 격려의 메일을 보내주시는 분들과 제 글의 모자란 부분을 짚어주시는 분들께 매번 답장드리지 못해 아쉽고 죄송합니다. 글로 다 적지 않아도 맘속으로 많이 격려받고 반성하고 다짐하고 힘내곤 합니다. 고맙습니다.

연재의 규칙 중 수정하고 확장하고 싶은 부분이 있어 메일드립니다. 지금까지는 주 5회씩 저의 글을 보내드렸는데요, 앞으로의 연재에서는 그중 주 1회를 제 동료 창작자들의 지면으로 할애하고 싶습니다. 이제부터 제 글은 일주일에 네 편을, 제 친구들의 글은 일주일에 한 편을 보내드리려고 합니다.

그 이유는 두 가지입니다. 첫 번째로는 이 연재 프로젝트의 지속을 위해서입니다. 저는 〈일간 이슬아〉 연재가 지속 가능했으면 좋겠습니다. 일주일에 다섯 편의 수필을 쓰다가 제 몸과 마음과 기억과 시간이 급하게 소진될까 봐 걱정됩니다. 평일 중 하루라도 글을 묵혀둘 여유가 생긴다면 더 좋은 문장을 쓰게 될 확률이 높아질 것 같습니다. 또한 덜 지친 심신으로 더 오래 연재를 이어나갈 것 같습니다. 공부하고 보고 듣고 읽고 말을 망설이는 시간이 저를 지탱할 것입니다.

두 번째로는 제 동료 작업자들의 좋은 글들이 더 많은 이들에게 읽혔으면 하는 마음 때문입니다. 10대 때부터 지금까지 같이 글을 쓰고 피드백을 나눠준 이들이 없었다면 저는 아마도 꾸준히 쓰지 못했을 것입니다. 동료들에게는 좋은 글이 여러 편 쌓여 있지만 저와 마찬가지로 연재를 청탁받지 못하거나 지면이 마땅치 않아서 읽힐 기회가 적었습니다. 구독자님들 덕분에 저에겐 메일링을 통한 지면이 생겼으니 이제는 제가 직접 그들에게 청탁하여 원고를 모셔올 계획입니다.

청탁에 응하여 원고를 기고해주는 필자에게는 〈일간 이슬아〉 구독료의 일부를 나눠 지급할 것입니다. 제가 신문과 잡지에 글을 연재할 때 받았던 고료는 200자 원고지 기준 1매당 1만 원입니다. 물론 그보다 덜 받은 적도 많지만, 저는 매당 1만 원이 집필 노동에 대한 최소한의 고료라고 생각합니다. 그보다 더 값싼 가격으로 동료들의 원고를 모셔오진 않겠습니다. 가능하다면 그보다 좀 더 높은 원고료를 지급하고 싶습니다.

저에 대한 애정으로 구독권을 구매하신 분들도 계실 테지만 구독자님들에게 그보다 더 중요한 것은 좋은 글을 자주 받아 보고 싶은 바람일 거라고 짐작해봅니다.

저는 제 글을 읽는 것보다 친구들의 글을 읽는 시간이 더 좋을 때가 많았습니다. 그들의 원고가 구독자 분들께 부끄럽지 않을 글들이라는 확신이 들기 때문에 이 코너를 열기로 결정했습니다. 친구들의 글과 나란히 놓여도 괜찮을 만한 글을 쓰도록 저는 더 분발하게 될 듯합니다. 제 글이 가진 모자람을 돌아보고 함께 성장하고 싶습니다.

소개될 필자들은 주로 20대 친구들이며, 제가 글쓰기 수업으로 만나는 10대 아이들이나 혹은 삼사오십 대 선생님들의 글도 간혹 소개할 수 있습니다. '일간 이슬아 친구' 원고 발송 요일은 매주 달라질 예정입니다.

그들에게 제 프로젝트의 지면을 일부 할애하고 원고료를 지급하는 이 결정을 부디 따뜻하고 너그러운 마음으로 받아들여주시면 좋겠습니다. 구독자님들께는 좋은 글들을 다양하게 받아볼 반가운 기회가 되기를 바라고, 글 쓰는 친구들에게는 힘 나는 기회가 되기를 바라며 저는 공들여 청탁을 준비하겠습니다.

2018.04.11
이슬아 드림

* 실제 연재에서는 동료의 글을 일주일에 한 번씩 소개했습니다만, 저작권 등의 이유로 이 단행본에는 싣지 않았습니다. 총 열 세번의 코너에서 이다울, 양다솔, 박상희, 김도연, 하야티, 가재, 휘, 김사슴, 강산의 작품을 소개했습니다.

29.
즉흥의 쓸모

혹시라도 누가 나에게 삼행시를 시킬까 봐 걱정하며 살아왔다. 갑자기 대답해야 하는 상황이 너무 두려웠기 때문이다. 어떤 단어로 운을 뗀다고 해도 난 우물쭈물할 게 분명했다. 흥으로 가득 찬 자리에서 나 하나 때문에 마가 뜨는 상황은 정말이지 곤란할 것이므로 필사적으로 삼행시를 피해왔다. 다행스럽게도 삼행시의 유행은 언제부턴가 잠잠해졌다.

하지만 언제 누가 기습적으로 삼행시를 요구할지 몰라서 유튜브에 삼행시를 검색하기도 했다. 박명수의 레전드 삼행시 시리즈 클립을 여러 번 다시 봤다. 어떤 단어를 줘도 즉시 아무 말이나 내뱉는 그가 천재 같아 보였다. 내게 아예 없는 재능이었다.

초등학교 때 수련회를 가면 캠프파이어에 불을 지필 무렵부터 긴장이 되었다. 이따가 장기자랑 무대에서 누가 나에게 춤 추라고 시킬지도 모르기 때문이다. 최대한 구석에서 존재감을 지우며 앉아 있었지만 구태여 나를 무대로 끌어올리는 친구들이 있었다. 뜸을 들일수록 상황이 더욱 악화될 게 뻔하므로 뭔가를 하고 내려왔다. 뭘 했는지는 잘 기억이 안 난다. 터질 것처럼 뜨거웠던 내 볼의 온도만 생생하다. 한 번은 매우 심하게 리듬을 타고 춤을 췄는데 무대에서 내려올 때 어쩐 일인지 브래지어 끈이 풀려 있었다.

아무튼 즉흥적인 일에 젬병이라는 얘기다. 많은 사람 앞에 서는 것은 어렵지 않다. 무대와 마이크도 편안하게 쓸 수 있다. 말과 글, 혹은 몸과 포즈, 혹은 노래나 안무가 준비되어 있을 경우엔 긴장 없이 무대에 오른다. 그러나 갑자기 춤을 춰보라고 시킨다면 그저 도망치고 싶어진다. 차라리 엉덩이로 이름을 쓰고 내려오고 싶다. 뒤돌아서 ㅇ…ㅣ…ㅅ…ㅡ…ㄹ…ㅇ…ㅏ… 라고 쓰고 상황이 해결될 수 있다면 좋겠다. 빼지 않고 즉시 보여줄 수 있는 장기라고는 고작 물구나무서기 정도인데, 어디 가서 그걸 장기자랑이라고 보여줄 수는 없는 노릇이다.

멍석 깔아줬을 때 뭔가를 바로 딱 보여주는 사람들은 정말 멋지다.

나의 현애인 하마는 나보다 낯을 가리는 편이다. 모르는 사람을 알아갈 때 쉽게 피로를 느낀다. 나는 하마보다 붙임성이 좋고 여러 사람과 오래 대화해도 잘 지치지 않는다.

그런데 하마는 지하철에서 춤을 출 수 있다.

지하철을 타고 가던 중 춤을 춰보라고 아무 생각 없이 시켜봤는데 걔가 진짜로 열심히 춤을 춰서 난 너무 놀라버렸다. 그 칸에서 서 있는 사람은 우리 둘뿐이고 나머지는 모두 앉은 채여서 다들 하마의 춤을 한참이나 잘 볼 수 있었다. 그가 리듬 타는 모습을 상상해보지 않았기 때문에 처음 봤을 때 몹시 짜릿했다.

어떻게 그럴 수 있냐고 묻자 하마는 아무렇지 않게 대답했다. 어차피 지나칠 사람들인데 뭐.

한 번은 길을 걷다가 하마가 소리를 지르며 걸어보자고 내게 제안했다. 번갈아 가면서 아-! 하고 소리를 내지르되 상대방보다 크게 질러야 한다는 게 규칙이었다. 처음엔 작게 시작했지만 차례가 왔다 갔다 할수록 우리 둘의 목소리는 점점 더 커졌다.

아!

아아!!

으아아—!!!

으아아아아—!!!

하며 괴성이 쌓여갔다. 그럴수록 나는 자꾸 눈치를 보며 걸었다. 사람도 없는 길이었는데 목소리가 잘 나오지 않았다. 결국 하마의 무지 큰 비명과 함께 게임이 끝났다. 이상한 음성이었지만 누가 그렇게나 시원하게 내지르는 소리를 듣는 것만으로도 가슴이 통쾌했다. 둘만 있는 길에서 소리도 크게 못 지르다니 난 정말 쫄보라고 생각하며 마저 걸었다. 마지막으로 크게 소리를 질렀던 적이 언제였나. 기억도 잘 나지 않았다.

또 다른 길에서 우리는 여느 때처럼 쓸데없는 얘길 나누고 있었다. 몇 번이나 나눠본 대화처럼 익숙한 패턴으로 흘러갔다. 내가 무슨 얘길 건네든 하마가 계속 예측한 대로 대답하고 반응하길래 나는 무시하며 응수했다. 네가 그럴 줄 알았다고. 또 그렇게 대답할 줄 알았다고.

거듭 무시를 받던 하마는 잠자코 있더니 갑자기 내 갈비뼈 부분을 양손으로 움켜쥐고 날 통째로 번쩍 들어 올렸다. 난데없이 공중에 뜬 나는 놀라서 이상한 소리를 내며 웃었다. 걔가 땅에 내려주기 전까지 잠시 혼이 빠진 느낌이 들었다.

예측 불가능한 짓이었던 것만은 분명했다. 꼼짝없이 농락당하고 졌는데도 기분이 너무 좋다는 게 이상했다.

하마가 일하는 다방의 테이블에서 나는 여러 편의 글을 완성했다. 한가할 때마다 가서 책을 읽었고, 한가하지 않을 때는 거기에서 글을 썼다. 〈일간 이슬아〉의 글들은 자정 직전에 아슬아슬하게 겨우 마감될 때가 많았다. 연재의 제목을 '일간 아슬아슬'로 바꾸는 게 더 적절할 것 같았다. 자정이 다가올수록 혼신의 힘을 다해 뭔가를 쓰는 나를 바라보며 하마는 능숙하게 주방일을 했다. 내가 하는 짓들 중 가장 즉흥적인 것은 글쓰기일지도 몰랐다. 매일 뭘 쓸지도 모르면서 시작하니까.

자정 직전에 글을 발송한 뒤 마감을 마치면 나는 잠시 멍을 때린다. 노트북 너머로 하마도 마감을 하고 있다. 주방 마감이다. 설거지를 하고 커피 머신과 생맥주 기계를 청소하는 와중에 하마는 가끔씩 춤을 춘다. 두꺼운 애가 잔망스럽게 리듬을 타서 나는 꼭 웃게 된다. 심지어 좀 잘 춘다는 점이 더 웃기다. 춤을 구경하다가 나는 즉흥적으로 개 엉덩이나 겨드랑이나 찌찌를 공격한다.

우리는 서로 다른 용기를 가지고 살아간다.

2018.04.12.木.

30.
여수 전야

내일은 오래 해온 일을 그만두는 날이다. 오늘 밤은 편지를 쓰며 보낸다.

동이 틀 때까지 약 40통의 편지를 완성해서 리본으로 예쁘게 묶을 것이다. 아침엔 이 편지들을 들고 용산역에 가서 여수행 기차를 타야 한다. 여느 토요일마다 그랬던 것처럼. 2014년 여름에 수업을 시작했으니 햇수로 5년간 여수를 오갔다.

나는 그 수업을 '여수 글방'이라고 불렀다. 거기엔 나를 기다리는 애들이 40명 가까이 있었다. 10살부터 19살 사이의 아이들이었다. 그들에게 이슬아 선생님이라고 불리며 글쓰기 수업을 해왔다. 열 몇 명씩 세 반으로 나눠 한 번에 두세 시간씩 수업했다. 여수를 오간 횟수는 백 번이 넘는다.

여수로 가기 전날 밤엔 언제나 긴장이 되었다. 새벽같이 일어나 먼 길을 가야 하니까. 서울에서 여수까지 버스로는 4시간 반, 기차로는 3시간 반, 비행기로는 40분이 걸렸다. 커다란 백팩에 수업 때 읽어줄 책과 수업용 옷과 세면도구와 안대와 담요를 챙겨 버스나 기차에 올랐다. 출퇴근할 때 입는 옷은 따로 있었다. 왕복 9시간의 이동 시간 동안 지치지 않으려면 최대한 편하고 따뜻한 옷을 입고 집을 나서야 했다.

광명을 지나 익산을 지나 전주를 지나 남원을 지나 순천에 다다를 무렵이면 기차 화장실에서 옷을 갈아입고 선크림을 바르고 스트레칭을 한 뒤 역에 내려서 글방으로 찾아갔다. 여수 시내 골목에 있는 글방 공간에 도착하면 토요일 아침의 늦잠을 포기한 졸린 눈의 아이들이 앉아 있었다. 그들이 게으름을 포기한 걸 후회하지 않을 만한 시간을 만들어주기 위해 애쓸 필요가 있었다.

수업이 시작되면 피로를 느낄 새가 없었다. 살아 움직이는 아이들이 바로 앞에서 뭔가를 기다리고 있기 때문이다. 말하거나 쓸 준비가 된 이들이었다. 수업은 근황 토크로 시작되었다. 지난 2주간 자신에게 있었던 일 중 아무거나 두 가지를 말하는 시간이었다. 부회장 선거에 나갔다가 떨어진 11살의 근황, 처음으로 귀를 뚫은 13살의 근황, 좋아하는 아이돌 그룹이 컴백해서 기쁜 14살의 근황, 유튜브에 자기 채널을 만든 14살의 근황, 교복이 불편해서 학교 측에 항의한 16살의 근황, 남자친구와 헤어지고 노래방에 다녀온 17살의 근황, 지진 때문에 일찍 하교한 18살의 근황. 모두가 자기 소식을 주기적으로 업데이트해주었고 수다만으로 수업을 다 채울 수 있을지도 몰랐다.

수다가 한바탕 지나가면 나는 칠판에 오늘의 글감을 크게 적었다. 그 글감에 관한 나의 이야기를 샘플로 하나씩 들려주고는, 당신들은 이 단어와 관련해서 어떤 경험을 가지고 있는지 물었다. 그럼 아이들은 쓰기 시작했다.

오전에 시작된 수업은 저녁 무렵에 끝났다. 끼니를 대충 때우고 역으로 가서 기차나 버스를 탔다. 서울에 오면 자정이 넘어 있었다. 격주 토요일마다 반복해온 일과다. 사랑하는 일이기 때문에 꾸준히 했다.

하지만 여수에 다녀온 주말의 일요일엔 녹다운되어 아무것도 못

할 때가 많았다. 작년부터는 여수에 다녀올 때마다 몸에 많이 무리가 와서, 오랜 고민 끝에 이 일을 그만두기로 했다.

수업에서 나는 아이들에게 자신이 쓴 글을 앞에 나와서 읽게 했다. 부끄럽고도 즐거운 일이므로 매번 그렇게 시켰다. 물론 그날 쓴 글이 너무 맘에 들지 않으면 미리 손을 들어 낭독을 패스할 수도 있었다.

낭독이 시작되면 웃을 일이 많았다. 글로 누군가를 웃기는 게 얼마나 어려운데 그 어려운 걸 그들은 자주 해냈다. 나는 언제나 가장 먼저 웃는 사람이었다. 참을 수 없을 만큼 웃긴 문장들이 그들 입에서 자주 튀어나왔다.

그들 중 몇몇은 자신이 쓴 글을 낭독하다가 종종 울기도 했다. 우는 걸 보고 곧바로 안아주고 싶은 맘을 참고, 글을 마저 읽도록 기다려주는 것도 사랑임을 나는 배웠다. 아이는 내가 건넨 티슈로 눈물을 닦고 마이크에 떨리는 숨을 내쉬면서 끝까지 자기 글을 읽고 내려왔다.

글을 쓰고 낭독해준 그들에게 매번 다르게 고유한 칭찬의 말을 건네는 게 내가 할 일이었다. 아주 유심히 들어야 했다. 준비된 말이 넉넉해야 했다. 평소에 부지런히 읽어놔야 했다.

하루는 의성어와 의태어를 함께 배우는 날이었다. 휘청 휘청. 터벅 터벅. 씩씩. 고래고래. 아웅다웅. 깨작깨작. 그렁그렁. 으흐흑. 한국어는 의성어와 의태어가 풍부한 언어였다. 그날은 글을 쓰는 대신 모두가 자리에서 일어나서 의성어와 의태어를 몸으로 표현하며 놀았다. '총총' 걷거나 '히죽히죽' 웃거나 '꺼이꺼이' 우는 척을 하며 몸을 쓰다가 헤어졌다.

2015년 4월엔 칼럼 한 편을 수업에 가져갔다. 304명의 이름으로만 전문이 채워진 칼럼이었다. 빼곡히 적힌 그 이름들을 우리는 함께 소리 내 읽기로 했다. 이름들이 너무 많아서, 읽어내려갈수록 가슴이 터질 것 같았다. 전부 다 읽기까지 생각보다 더 오랜 시간이 걸렸다. 그러나 하나의 생에 비해서 우리의 낭독은 너무 짧은 시간이었다. 지나가는 줄도 모르고 사는 그런 시간일 수도 있었다.

'하나하나 이름을 적다가 오래 울었다. 304개의 우주가 우리 눈앞에서 속수무책으로 사라졌다. 그게 세월호 참사다.'

칼럼의 마지막 문단이었다. 울면서 읽은 아이도 있었고 울지 않고 읽은 아이도 있었다. 그러나 이것이 도대체 얼마큼의 일인지 우리는 그날 겨우 조금 안 것 같았다. 모두가 자신의 웃음소리를 낮추었다.

다른 날의 수업에서는 다시 크게 웃었다. 아이들은 모두 웃음소리가 달랐다. 재채기하는 소리도 달랐다. 어떤 애의 재채기는 '흐엥취풍' 하는 소리가 나서 매번 모두를 웃겼다. 그들에게선 각자 다른 냄새가 났다. 검사를 맡으러 원고지를 들고 걸어오면 나는 내 옆에 의자를 하나 내주었다. 나란히 앉아 함께 글을 퇴고하는 게 수업의 일부였다. 원고지 위 문장들을 파란색 볼펜으로 수정하면서 나는 그들의 냄새를 맡았다. 과자 냄새, 틴트 냄새, 새옷 냄새, 땀 냄새, 사춘기 냄새. 누구에게서 무슨 냄새가 나는지 다 외워버리고 말았다.

그들도 이제 내 냄새를 외웠을 것이다. 내가 쓰는 바디로션 냄새, 혹은 옅은 향수 냄새, 혹은 한적한 골목에서 피우고 온 담배 냄새를 여러 번 맡았을 테니까. 그들은 내가 얼마나 악필인지 안다. 칠판을 가득 채운 내 글씨를 처음엔 잘 못 알아보았지만 이제는 수월하게 읽어낸다.

아이들은 계절이 다르게 키가 자라고 얼굴이 변했다. 목소리가 탁해지며 말수가 줄어드는 남자애들. 더 이상 엄마에게 머리 손질을 맡기지 않는 여자애들. 그들의 변해가는 옷차림을 보았다. 쌓여가는 음악 취향과 늘어나는 어휘들을 보았다. 처음 만났을 때 초등학생이었던 애가 중학생이 되는 과정과 고등학생이었던 애가 스무 살이 되는 과정을 보았다. 그동안 나는 스물세 살에서 스물일곱 살이 되었다. 내 20대의 절반을 함께해준 이들에게 내일 작별인사를 하러 간다. 나는 울보니까 아마도 울 것이다. 울까 봐 걱정되는 게 아니라 내 눈물의 이유를 몰라줄까 봐 걱정이 된다. 슬퍼서가 아니고 고마워서 우는 건데.

울먹거리는 동안에는 내 고마움의 디테일을 다 말할 수가 없을 테니까 대신 나는 편지를 쓴다. 한 명 한 명의 이름을 부르며 시작하는 편지를. 이름을 적고나서 떠오르는 수많은 말 중 가장 좋은 것들을 골라 적기 시작한다. 마지막 여수전야가 이렇게 지나가고 있다.

2018.04.13.金.

31.
편지의 주어

14살 남자애 김온유에게 나는 썼다.

차를 타고 고속도로나 도시를 달릴 때면 차창에 얼굴을 바짝 댄 채 도로의 자동차들을 하나하나 살피는 온유야. 그러다 희귀한 차를 발견하면 '눈과 입과 귀와 마음으로 다할 수 없이 좋아한다' 고 너는 적었지.

혹은 밤하늘을 보면서 너는 항상 그런 생각을 한댔어.

한순간에 한 천체가 사라진다면 어떻게 될까? 우리 눈앞에 보이는 1, 2등성 별들이 순식간에 다 터진다면?

그런 질문을 한 뒤 너는 네가 읽은 것과 들은 것들을 총동원해 열심히 답을 쓰곤 하지. 넌 늙은 베텔게우스 별이 네가 죽고 나서 터지기를 빌다가도, 어차피 그 별은 우리와 몇십 광년이 떨어져 있으니 지금 당장 터져도 세월이 많이 흐른 뒤에야 지구인들이 실감하게 될 것을 기억해내잖아.

나는 우주에 대해, 별에 대해, 중력에 대해 너에게 물어보는 순간이 좋아. 너는 항상 나보다 더 많이 알고 있으니까. 이 세계의 크기에 대해. 지구와 다른 행성 간의 거리에 대해. 그 거리를 횡단

하는 기술의 한계에 대해. 네가 가진 질문들과 부지런한 탐구력이 얼마나 근사한지 너도 알고 있어?

네가 레고와 자동차를 사랑하는 건 어쩌면 필연일지도 모르겠어. 버릴 것 하나 없이 매끈한 그것들의 구조와 최대 속도에 네가 매료되는 이유를 짐작해보곤 해. 네가 세계를 인지하는 방식을 나도 배우고 싶어. 너의 눈으로 세상을 본다면 나는 지금보다 더 좋은 글을 쓸 텐데.

12살 남자애 범정우에게도 나는 썼다.

정우야. 네 글을 다 읽을 무렵에 나는 항상 웃게 돼. 왜냐하면 네 글은 자주 똑같은 문장으로 끝나기 때문이야. 너는 늘 이런 식으로 마치잖아.

'동생은 무슨 생각을 하는 걸까? 나는 그것이 궁금하다.'

'온유 형은 글을 쓰며 무슨 생각을 했을까? 그것이 궁금하다.'

'작가가 이 사진의 제목을 왜 이렇게 지었을까? 나는 그것이 궁금하다.'

나는 웃으면서 생각했어.

'그러게. 나도 그것이 궁금하네'라고.

나의 글쓰기 스승들 중 한 분이 그랬어. '작가는 첫 문장과 마지막 문장을 준비하는 사람'이라고. 나는 언젠가 정우의 단골 마지막 문장이 단골 첫 문장으로 바뀌게 될 미래를 기대해보곤 해. 그렇다면 정우의 호기심 이후의 행보를 나는 읽을 수 있겠지. 무언가를 궁금해하기 시작하면 우리는 움직이게 되잖아. 호기심은 사랑의 시작이니까. 정우가 좋아하는 것들에 대해서 더 많이 더 오래 읽고 싶어.

편지를 쓰는 동안 생각했다. 이건 주어가 '너'인 문장을 자주 쓰게 되는 장르라고. 영영 나로밖에 못 사는 나에게 편지 쓰기는 그래서 다행으로 느껴진다.

누구를 사랑할 때 나는 첫째로 걜 보는 게 좋아서 황홀했다. 걔가 먹고 자고 말하고 듣고 쓰고 읽고 그리고 일하고 옷을 갈아입고 샤워하고 키스하고 자고 잠꼬대를 하고 다시 깨어나서 살아가는 모습. 잠시 내가 나라는 걸 까먹을 정도로 그 모습이 멋지고 귀엽고 한심하고 좋았다.

그다음엔 걔가 나를 본다는 사실이 황홀했다. 걔가 내 앞에 앉아 들어본 적 없는 이야기를 해주고, 나랑 눈을 마주치며 차 마시는 걸 바라보는 것. 혹은 내 눈을 마주치기만 하고 아무 말도 안 하는 걸 바라보는 것. 그래서 나를 더욱 못 참게 하는 것. 걔 눈에 내가 어떻게 비칠지 상상할 때면 너무 기대되고 너무 불안했다. 예쁠까 봐. 아님 사실은 별로일까 봐. 좋은 섹스란 나르시시즘의 극치일지도 몰랐다. 상대 앞에서 내가 야할 걸 확신하는 순간에만 가능했다. 네가 그렇게 봐주는 동안엔 내가 아는 나보다 근사해질 수 있다.

그다음으로는 뭐가 황홀했냐면, 걔가 하는 말을 들으면서 그의 기분과 그의 사고의 지도를 따라가는 게 황홀했다. 사랑은 어쩌면 그 사람의 눈으로 세계를 바라보려고 애쓰는 것, 걔가 되어 살아보는 상상을 끝없이 해보는 것일지도 몰랐다. 그가 살아온 우주를 조금 공유하는 동안 나는 겨우 넓어지고 깊어졌다. 지금까지 뭘 몰랐는지 알게 됐다. 뭘 더 알고 싶은지도 알게 됐다.

남이 주어인 편지를 수십 통 쓰면서 내가 주어인 편지를 상상해 보았다. 어느 날 누군가가 나에게 그런 것을 쓴다면 나는 몹시 부끄러울 것이다. 그러나 사실 속으로는 평생의 자랑으로 기억할 것이다. 그 문장이 얼마나 사실과 가깝든 멀든, 나를 주어로 한 문장에 마침표를 쓰기 위해 그가 들인 정성이 고마울 테니까.

네가 주어인 문장을 틀리지 않기 위해 나는 열심히 너를 기억한다. 내가 본 네 모습이 네 눈에도 미덥게 비치기를, 그걸 부디 나의 과장과 친절 혹은 다정으로 폄하하지 않기를, 나의 정확한 안목이라고 네가 믿을 수 있기를.

너를 믿게 하려고 나는 열심히 고민하고 쓴다. '너는'으로 시작하는 편지를.

2018.04.15.日

32.
흩어지는 자아

운동장의 수많은 인파 속에서 복희를 기다리던 유년이 내겐 있다. 운동회가 열리는 가을은 1학년부터 6학년까지 전교생이 죄다 쏟아져나와 모래 먼지 이는 운동장에서 율동을 하고 시합을 하고 도시락을 먹는 계절이었다. 그 사이에서 나는 복희가 언제 오나 하고 오매불망 기다렸다.

복희는 늘 조금 늦었다. 그녀가 시야에 나타나기 직전까지 난 그녀를 죽도록 미워했다. 혹시라도 안 올까 봐 미리 미워하느라 마음이 지쳤다. 복희는 뭔가를 자주 까먹는 엄마였다. 1학년인 나의 신발주머니를 챙겨주는 일이나 내 생일이나 내 나이 등을 왕왕 까먹었다. 핸드폰을 잘 잃어버리는 사람이기도 했다. 오늘이 운동회라는 걸 그녀가 까먹었을지도 몰라서, 모든 애들이 부모랑 밥을 먹는데 나는 같이 먹을 사람이 아무도 없을 수도 있어서 울먹거리며 복희를 기다렸다. 만약 그녀가 정말 오지 않는다면 난 수돗가에 가서 수돗물을 틀고 오열했을 것이다.

그러다 사람들 틈에서 그녀가 명랑한 얼굴로 나타나면 나는 가슴이 먹먹해서 딴 데를 봤다. 복희는 딱 달라붙는 티셔츠에 하이웨스트 청바지를 입고 하이힐을 신고 학교에 왔다. 화려한 옷이 아닌데도 눈에 띄는 맵시였다. 내 앞에 도착하기까지 그녀 뒤로 여러 시선들이 따라붙었다. 직전까지의 원망과 이제 맞이할 기쁨 사이에서 나는 어떤 표정을 지어야 할지 잘 선택하지 못했다. 그 사이의 합의점을 찾아 애매하게 신경질을 내고는 복희 손을 잡고 돗자리 위에 앉았다.

4단 도시락통을 열면 먹음직스러운 음식들이 가득 차 있었다. 그러나 수저가 없었다. 복희는 그런 식이었다. 어머, 헤헤, 하고 웃으며 옆자리 학부모에게 나무젓가락 한 짝을 빌려 반으로 뚝 잘라 나에게 나눠줬다. 그러고선 내게 오늘의 컨디션과 운동회의 경과 등에 대해 다정하게 물어보았지만 나는 새침하게 도시락을 먹으며 복희의 말을 씹었다.

다 먹을 즈음엔 학부모 달리기 경주가 열렸다. 모든 엄마들이 참여해야 했다. 킬힐을 신고 출발선에 서는 복희를 보며 나는 마음이 불안했다. 빨리는 안 달려도 좋으니 부디 넘어지지만 말길, 나를 창피하게 만들지 말길 기도하며 멀리서 서 있었다. 탕! 하고 출발신호가 울리면 복희를 비롯한 서너 명의 엄마들이 뛰기 시작했다. 나란히 서 있던 삼사십 대 여자들 사이에서 검은 티에 청바지를 입은 여자가 홀로 앞서나갔다.

복희는 압도적으로, 정말이지 압도적으로 빨랐다. 34인치 가슴과 24인치 허리와 36인치 엉덩이와 탄탄한 허벅지를 날렵하게 놀리며 결승선을 향해 달리는 복희를 나는 까치발을 들고 바라보았다. 주위를 둘러보자 운동장에 있던 모두가 복희를 바라보고 있었다. 그 순간 복희의 존재감이 얼마나 뚜렷했는지 기억한다.

초등학생이었지만 그런 생각이 들었다.

여기서 이럴 사람이 아닌 것 같은데…

어디서 뭘 할 사람이어야 한다는 건지는 알 수 없었다. 분명한 건 지금보다 더 주목받아야 하는 사람이라는 느낌이었다.

정작 복희는 딱히 그럴 생각이 없어 보였다. 수월하게 1등을 하고 숨을 후 내뱉은 뒤 내가 앉은 돗자리로 와서 도시락을 치웠다. 그러고 집에 가서 설거지를 하고 다시 여러 끼의 밥을 차리며 십몇 년을 보냈다.

하지만 그녀는 자주 그런 질문을 했다.

사는 게 뭘까 슬아야. 어떻게 사는 게 맞는 걸까.

내가 태어나기 전인 80년대 말에도 그녀는 궁금했댔다. 대학을 못 가고 경리로 취직하던 무렵이었다. 어떻게 살아야 할지 모르겠다고 말하는 복희에게, 근처 다방 언니는 그런 말을 했다.

복희 너는 얼굴도 예쁘고 날씬하니까. 항공대에 가면 좋겠다.

당시 스튜어디스는 꿈의 직업이었다. 언니는 한 가지가 걸린다는 듯 덧붙였다.

근데 키가 작아서…

그 말에 복희는 조금 부끄러웠지만 항공대에 가면 좋겠다는 말만은 두고두고 기억했다. 사람들은 스무 살의 복희에게 탤런트 해도 되겠다는 말을 종종 건네곤 했다. 탤런트가 될 수 있을지, 만약 정말 된다면 어떨지 스무 살의 복희는 조금 궁금했다.

그래서인지 어느 날 복희는 버스를 타고 방송국에 가기로 했다. 케이비에스 탤런트 공채 모집을 하던 시기였고 복희는 원서를 내보고 싶었다. 복희가 살던 답십리 쪽방에서 여의도 케이비에스까지는 버스를 몇 번 갈아타야 했다. 상경한지 몇 년 되지 않아 아직 서울 지리가 익숙지 않았다.

버스를 타고 여의도를 가는 길에 복희는 몇 번이나 길을 헤맸다. 케이비에스가 어디냐고 몇 번을 물어가며 찾아갔을 것이다. 여의도 한복판을 한참 헤매다가 복희는 해가 다 져서야 커다란 방송국에 도착했다. 건물 안에 들어섰을 땐 저녁 7시였다.

지원서 접수 마감 시간은 6시였다. 복희는 지원서를 내지 못했다. 지금도 그녀는 여의도가 낯설고 어렵다.

방송국에서 나오는 길, 케이비에스 건물 근처에서 복희는 한 여자를 보았다. 아주 예쁜 여자였다. 어디서 본 듯한 얼굴이었다. 곰곰 생각해보니 당시 방영하던 드라마에서 조연의 친구로 나오는 배우였다. 복희는 생각했다.

조연의 조연도 이렇게 예쁘다니. 난 역시 안 되겠다.

그로부터 30년이 지난 지금, 복희는 안방에서 텔레비전을 보고 있다. 복희만큼 금방 웃고 쉽게 우는 시청자를 나는 알지 못한다. 복희는 가끔 생각할까. 그녀가 될 뻔한 자신의 모습을. 놓쳐서 날려버린 기회와 가능성들을. 그게 아쉬울까. 혹시 아무렇지도 않을까.

복희 나이의 반밖에 안 살아봤는데도 나는 내가 될 뻔했던 내 모습을 자주 그린다. 유치원 때 글쓰기로 칭찬받지 않았다면, 만약 춤추기로 칭찬을 받았다면, 어쩌면 나는 무용수가 될 수도 있지 않았을까 하는 가정 같은 것 말이다. 복희도 그런 가정을 할까. 다시 어려진다면 그녀가 어떤 인생을 택하고 싶은지 궁금하다. 그녀의 유년기에 대해 나는 자주 묻게 된다. 뭘 잘하고 싶었는지, 무엇으로 칭찬받고 싶었는지 물어보면 복희는 뜬금없이 그 시절 시골 풍경을 이야기한다.

충남 이인면 용성리 잣골 논밭 한복판에 있던 원두막에 관해. 여름에 그 원두막에 누워서 들으면 사방으로 소리가 얼마나 꽉 차는지에 관해. 무슨 소리가 그렇게 컸냐고 물으면 복희는 자연은 원래 시끄러운 법이라고 대답한다. 무성한 풀과 꽃과 나무에서 나는 소리, 개구리와 귀뚜라미와 새와 소가 우는 소리, 땅에서 나오는 열기의 소리, 일몰의 소리, 바람의 소리. 시각과 후각과 청각을 다 채우는 그 소리들. 자연 속에 혼자 누워 있을 때 복희는 자아가 다 흩어지는 느낌이었다고 말했다.

꼭 내가 없는 느낌이었어. 내가 없는데 아주 충만한 느낌이었어.

그녀는 자신의 유년을 그렇게 증언했다.

페이스북과 인스타그램과 트위터와 카카오톡에 끊임없이 접속하지 않고는 하루도 못 견디는 나는 그 느낌이 뭔지 짐작도 안 갔다. 내가 아는 건 인터넷 곳곳에 흩어지는 자아의 감각뿐이었다.

2018.04.18.水.

33.
언익스펙티드 머니

하루는 집 근처 찻집에 혼자 앉아 있었다. 커다란 창 너머의 소나무들을 바라보며 커피를 마시는데 누군가 내 어깨를 톡톡 쳤다. 머리칼이 풍성하게 곱슬거리는 사람이었다. 그는 내게 이슬아 씨 아니냐고 물었고 나는 맞다고 했다. 그는 잘 보고 있다고 말했고 나는 너무 감사하다고 말했다. 어색하고 황송한 상대에게는 너무 라는 말을 유독 남발하게 된다. 몇 초의 정적이 흐르는 동안 생각해보니 그가 뭘 잘 보고 있다는 말인지는 몰라서 물어봤다.

봐주셔서 너무 감사해요. 근데 무얼 보셨나요? 혹시 제 만화 보셨을까요?

아뇨. 만화는 아직 안 봤어요.

다행이네요. 글 읽어주셨나 봐요. 저는 글 봐주시는 게 더 좋아요.

글도 아직 안 읽어봤어요.

아? 네… 그러면, 어…

약간의 의문 속에서 다시 정적이 흘렀고 그가 힘주어 말했다.

인스타그램에 올리시는 얼굴 사진들 잘 보고 있어요. 제가 얼빠라서…

나는 갑자기 그 사람이 이 세상에서 제일로 고마워졌다. 내가 그리는 만화도 모르고 쓰는 글도 모르는데 얼굴만으로 좋아해준다니 최고의 일인 것 같았다. 인스타그램 중독자인 것을 창피해할 겨를도 없이 감격에 겨워 그에게 말했다.

정말 감사합니다!

그는 가방을 주섬주섬 뒤지더니 지금 가진 게 이거밖에 없다고 말하며 작은 종이 하나를 건넸다.

오늘 샀는데 이거라도 받으세요.

받아 보니 로또 복권 구매 용지였다. 두 자릿수들이 열 맞춰 인쇄되어 있었다. 남이 복권을 줘서 기분이 이상해졌다. 그가 복권과 함께 구매했을 대박적인 행운에 대한 일말의 기대도 함께 선물받은 느낌이었다. 내가 물었다.

만약 당첨되면 어떡하죠?

그가 대답했다.

당첨금을 받으셔야죠.

당첨금을 혹시 나눠드려야 하나요? 반반 나누면 적당할까요?

아뇨. 다 가지세요.

최소한 10퍼센트라도 떼어드려야 되는 거 아닐까요?

괜찮아요. 이제 슬아 씨 복권이에요.

그는 곱슬머리를 치렁거리며 나무 계단을 밟고 유유히 카페를 나갔다.

여태껏 나는 남에게 복권을 받아보기는커녕 내 돈 주고 복권을 사본 적도 없었다. 복권은 나의 아빠 웅이나 사는 거였다.

아는 남자애 중에서도 복권을 꾸준히 사온 애가 있긴 했다. 걔랑 걔 친구는 이런 대화를 주고받는댔다.

어차피 복권은 되느냐 안 되느냐 둘 중 하나잖아?

응.

반반의 경우니까 내가 당첨될 확률은 무려 50퍼센트인 셈이지.

오, 그렇네.

그렇지?

그럼 만약 너도 나도 복권을 산다면? 내 확률 50퍼센트까지 더할 경우 우리가 당첨될 확률은 100퍼센트인 거 아닐까?

오호라?

한심하다. 내가 복권을 살 일은 앞으로도 없을 것 같았다. 물론 곱슬머리 님이 준 복권은 예외이므로 잘 간직하기로 했다. 지갑에 복권을 넣었다. 수요일이었고, 토요일까지는 사흘이 남아 있었다.

사흘 동안 나는 평소처럼 출근을 하고 수업을 하고 퇴근을 하고 연재를 하고 집안일을 하고 데이트를 하며 지냈다. 그 와중에 가슴 한구석엔 다음과 같은 문장이 도사리고 있었다.

'토요일부터 나는 벼락부자가 될 수도 있다.'

마음의 준비를 해야 했다. 당첨자로서 살아갈 인생에 대해 충분히 시뮬레이션해봐야 만일의 경우 어리석은 실수를 저지르지 않을 것이다.

수목금요일을 지나 토요일 저녁이 되자 좀 비장한 사람이 되었다. 중대한 사건을 앞둔 자세로 홈플러스에서 장을 보고 있었다. 스마트폰으로 로또 당첨번호를 확인할 준비를 마쳐놓고는 애써 태연하게 과일 코너를 둘러보았다.

만약 된다면… 그렇다면!

일단 내 학자금 대출 2천5백만 원과 엄마아빠의 오래된 빚을 갚는 것이 우선이었다. 그다음에는 월세가 더 이상 나가지 않도록 전셋집을 구할 것이었다. 전셋집만 있어도 일을 줄일 수 있을 터였다. 심신이 아플 때는 일을 쉴 수도 있겠지. 돕고 싶은 사람들의 얼굴도 아주 많이 떠올랐다. 그다음의 소비는 천천히 생각해봐도 좋을 듯했다. 편의점에서 제일 싼 와인만 마셨는데 당첨자가 된다면 세상 사람들이 맛있다고 하는 와인들을 섭렵해보고 싶었다. 그리고 망고를 몇 박스씩 사서 매일 먹고 싶었다. 너무 맛있는데 겁나게 비싸서 엄두를 못 냈기 때문이다. 지금도 과일 코너엔 샛노란 망고 두 개가 과대포장 속에서 진열돼 있었다.

시간을 보니 드디어 8시 30분을 지나고 있었고 로또 당첨방송이 시작됐다. 나는 지갑에서 로또 용지를 꺼냈다. 달큰한 망고 냄새를 맡으며 스마트폰으로 당첨번호를 확인했다.

한 개의 번호만이 일치했다.

복권이 당첨되지 않았으므로 망고는 사지 않았다. 5,900원짜리 와인을 사서 백팩에 담고 담배를 피우며 집에 걸어갔다.

곱슬머리 님은 가정법의 즐거움과 동시에 가정법의 피곤함 또한 선사한 걸지도 몰랐다. 그가 어쩌면 누릴 수도 있을 뻔한 대박적인 가능성을 죄다 내게 준 것은 어쨌든 고마운 일이었다. 다음 날에도 나는 연재 노동을 계속했다. 느린 속도이겠지만 어느 날의 미슬이는 빚을 다 갚겠지. 먼 미래겠지만 운이 따라준다면 전셋집도 구할 수 있겠지. 까짓것 망고 정도는 머지않은 미래에 사 먹어버릴 것이다.

2018.04.20.金.

34.
좋아해줘

소설을 잘 쓰고 싶었다. 작가가 되고 싶게끔 만드는 문장들이 대부분 소설책에 있었기 때문이다. 소설가가 되려면 소설을 쓸 수 있는 정신과 신체가 있어야 할 텐데 내겐 둘 다 없었다. 우선 소설을 쓸 수 있는 몸이라도 만들기 위해 달리기를 시작했다. 1년간 매일 3킬로에서 7킬로 사이를 달렸다. 2016년 봄부터 겨울까지 그랬다.

1년 뒤엔 소설을 쓸 줄 모르는 달리기의 고수가 되어 있었다.

매일 달리면 다리도 다리지만 무엇보다도 배가 몹시 탄탄해진다는 걸 알게 되었다. 무리 않고 천천히 달릴 때 가장 오래 달릴 수 있게 된단 것도 알게 되었다. 그러나 소설을 어떻게 쓰는 건지는 아직도 모르겠다.

지금은 매일 달리지 않지만 여전히 꽤 뛸 수 있다. 이젠 수필부터 잘 쓰고 싶어졌고 소설은 오래 배우고 연습하고 싶다.

다음으로 잘하고 싶은 건 철봉이었다. 난데없이 턱걸이가 멋져 보였기 때문이다. 빈약한 상체 근육도 기를 겸 매일 철봉에 매달리고 턱을 걸기 위해 힘을 썼다.

반년 뒤엔 철봉에 오래 매달릴 순 있으나 여전히 턱걸이는 한 개도 못하는 사람이 되어 있었다. 반년 전과 거의 다를 바 없다는 얘기다.

달리기를 매일 할 때나 턱걸이를 매일 할 때나 인스타그램에 날마다 그 경과를 찍어 올렸다. 내 계정을 팔로우하는 사람들은 내 신체가 어떻게 달라지는지, 운동 실력이 얼마나 느는지 혹은 안 느는지 꾸준히 확인할 수 있었다.

글을 잘 쓰려면 인스타그램부터 끊어야 한다고 친구들은 말했다. 나도 동의하는 바였다. 끊는다면 정신이 지금만큼 산만하게 흩어지지 않을 테고 스마트폰에 할애하는 시간이 줄어들 것이다. 그렇게 확보한 시간을 과연 글쓰기에 들일지는 모르겠지만 적어도 같은 서랍을 쉴 새 없이 열었다 닫았다 반복하듯 인스타그램을 들여다볼 일은 없을 테다.

하지만 어언 4년째 거의 매일 인스타그램에 접속하고 있다. 살면서 해본 가장 꾸준한 일일지도 모른다. 관심받으면 좋기 때문이다. 자랑 없이는 하루도 잘 못 보내는 사람이라 그렇다.

사람들은 외로울 때 무얼 하면서 혹은 무얼 안 하면서 견딜까. 나는 외로울 때마다 인스타그램에 뭔가를 올렸다. 혹은 아주 신날 때도 올렸다. 아무도 없는 집에 혼자 누워서도 여러 사람들로부터 관심받을 수 있으니 에스엔에스는 정말 편리하다. 누군가랑 연결되어 있다는 위안도 받았다. 자아를 멀리멀리 전송하는 기분으로 게시물을 올리고 다른 사람들의 게시물에 반응했다. 어떤 교수님은 그것을 '신체의 외부화'라고 명명했다. 그 밑에 나는 '페로몬의 디지털화'라고 덧붙이고 싶다.

외롭거나 신날 때마다 웹에 자아를 흩뿌린 결과 어느새 내 계정에 업로드된 사진은 1200개도 넘는다. 게시물이 그렇게나 많다는 사실은 나를 왕왕 창피하게 한다. 내가 관종임을 나도 알고 내 팔로워들도 안다. 창피한데도 계속하게 하는 인스타그램의 활력이란 무엇인가. 누워 있던 사람도 일어나게 만드는 그 활력. 어떤 좋아요는 하루를 해낼 용기를 준다. 어떤 댓글은 외우고 지침으로 삼을 만큼 따뜻하고 현명하다. 날 전시하고 싶은 허영과 동시에 매일 확인하고 싶은 남들의 계정 때문에 끊을 엄두가 나지 않는다. 좋아하는 남들의 자랑을 보면 즐겁기 때문이다.

친구 중에서 드물게 에스엔에스를 전혀 하지 않는 이들도 더러 있다. 하다가 끊은 이도 있고 애초부터 안 한 이도 있다. 그중 한 명은 '정말로 기억되고 싶어서' 에스엔에스를 안 한다고 말했다. 에스엔에스로 연결된 사람들끼리는 잊혀질 틈이 넓지 않으니까. 그리워할 겨를이 없으니까.

또 다른 친구는 내가 소설가가 되기엔 이미 지나치게 노출되어서 곤란하다고 말했다. 내 블로그와 페이스북과 인스타그램 계정 모두가 아주 활성화되어 있기 때문이다. 소설가는 이야기 뒤로 숨을수록 유리한 사람이니까 나는 이미 글렀댔다. 차라리 본인 고유의 캐릭터를 드러내며 수필을 쓰는 편이 나을 것 같댔다.

에스엔에스 생태계 속에서 활발히 게시물을 올리며 매일 수필을 쓰는 일 또한 자주 위험한 일로 느껴진다. 많은 곳에 내 이미지의 조각들을 노출해놔서 언젠가 미슬이가 이것으로 고통받을 날이 올지도 모른다고 짐작한다. 하지만 현슬이는 자주 미래를 낙관하기 때문에 그냥 지금 하고 싶은 것들을 하며 지낸다.

픽션이냐 아니면 논픽션이냐에 관한 질문을 받을 때마다 가슴이 답답해진다. 나와 내 주변과 내 시선에 관한 글을 쓴다고 해서 그게 논픽션인지는 의문이다. 같은 일을 함께 겪은 사람들도 나와는 다르게 쓰고 가공할 것이다. 누구나 각자의 픽션으로 이야기를 완성할 것이다.

하마가 말했다.

그럼 이렇게 대답해. …ㄴ픽션작가라고.

뭐라고?

…은픽션…

그는 논픽션의 논을 대충 흐려서 발음하고 있었다. 거의 '응픽션' 이라고 들렸다. 픽션이라는 건지 아니라는 건지 헷갈렸다.

그 이후로 나도 최대한 얼버무리고 있다.

저는 …응픽션 작가에요…

라고 대답해버린다.

인스타그램도 안 끊고 자신이 드러나는 수필도 매일 쓴다. 논픽션이라고 생각할 수도 픽션이라고 생각할 수도 있는 불특정 다수에게 여러 편의 이야기를 보낸다. 텍스트와 이미지를 날마다 온갖 곳에 노출하면서도 망하지 않을 수 있을지 모르겠다. 하나도 안전하지 않은 느낌이다. 분명한 건 봐주는 사람들이 주는 원동력으로 해내는 일들이 많다는 점이다.

의젓한 어른, 그러니까 엄살도 자랑도 덜한 사람이 된다면 나를 덜 드러내고도 충만할 수 있을까? 나 아닌 것의 존재를 조용히 음미하며 시간의 흐름 속에서 유예될 수 있을까? 내가 뭘 잘하거나 못 하는지 힘주어 말하지 않고도, 탁월해지기 위한 조급함 없이 하루를 잘 마무리할 수 있게 될까? 좋아해달라고 끊임없이 바라지 않을 수 있을까?

2018.04.21.土.

[4월호 연재를 마치며]

안녕하세요, 이슬아입니다.

3월 26일부터 시작한 이번 연재가 어느덧 마무리되었습니다. 이 달에도 총 스무 편의 수필을 보내드릴 예정이었으나 두 편이 추가되어 스물두 편을 드렸습니다. 그간 약 3번의 지각이 있었고 최대 6분 지각했습니다. 한 번도 지각하지 않고 싶었는데 지각해서 부끄럽고 죄송합니다. 하지만 덕분에 매일 쓸 수 있었습니다. 정말 고맙습니다.

겨우 두 달을 해본 것이지만 매일 쓰는 것은 여전히 계속 어려웠는데요, 쓰는 근육이 더 늘어난다면 좋겠습니다.

일주일 쉰 뒤 5월호 구독자를 다시 모집할 예정입니다.

녹음해두고 잔뜩 메모해두었지만 잘 쓸 자신이 없어서 아직 쓰지 못한 이야기들이 있습니다. 5월에는 그런 이야기들을 서툴게라도 시작해보고 싶습니다.

신규 구독을 신청해주시는 분들도 물론 감사하지만 더 감사한 건 재구독을 해주시는 분들입니다. 이번에 읽어주셨던 분들이 다음에도 읽어주시기를 간절히 바라고 있습니다. 보이지 않는 독자님들의 품에서 격려받고 혼나고 자라고 배우는 느낌입니다.

메일함에 모인 여러 제안들에 답을 쓰며 며칠을 보낸 뒤, 곧 5월 모집 공지 올리겠습니다.

한 달간 감사했습니다. 평안한 봄 보내시면 좋겠습니다.

2018.04.21.

이슬아 드림

2018년 5월

35.
도망치는 건 부끄럽지만 도움이 된다 (上)

우리 셋이 여행을 떠난 건 판문점 선언 다음 날이었다. 나와 류와 울. 세 사람의 국적이 남한임을 알게 된 일본인들은 대부분 뉴스를 봤다며 축하한다고 말했다. 오사카 교외의 허름한 이자까야 벽에 달린 텔레비전에서도 문재인과 김정은의 얼굴이 자주 등장했다.

간사이 국제공항의 인포메이션 코너에서는 한 일본인 직원 분이 우리 셋을 번갈아보며 궁금해하는 표정을 지었다. 큰 남자애 양 옆에 작은 여자애 두 명이 딱 붙어 있어서 궁금하다는 표정이었다. 큰 남자인 류는 왼쪽에 있는 울을 가리키며 카노죠라고 말했고 오른쪽에 있는 나를 가리키며 도모다찌라고 말했다. 맞다, 우리는 서로 도모다찌였지. 연인 한 쌍과 함께 여행 온 것이라는 자각이 내겐 없었다. 그냥 삼 남매의 여행 같았기 때문이다. 혹시 직원 분의 눈에 나는 깍두기처럼 보였을까? 나도 서울에 애인 있는데… 그저 류랑 울이 나를 좋아해줘서 함께 왔을 뿐이라고 말하고 싶었다.

직원 분은 왠지 웃음이 꽉 찬 얼굴로 나를 보고 있었다.

나도 웃을 수밖에 없었다.

헤헤…

우헤헤…

그녀와 나는 마주보며 계속 웃었다. 웃는 거 말고 할 줄 아는 말이 없었다. 중학교 때 외운 말이 몇 개 있긴 했다. 하이, 아리가또, 스미마셍, 사요나라, 오이시, 다이스키… 끝이었다.

우리 중 일본어에 능통한 사람은 류뿐이었다. 그는 풍채가 좋은 스물여섯 살의 남자로서 3개 외국어에 능통한 자인데, 어휘가 편안한 순서는 영어 > 일본어 > 중국어였다. 그는 학업과 일 등 여러 피치 못할 사정으로 당장 군대에 갈 수 없는 상황이었으나 몇 주 전에 입영 통지서가 떡하니 날아와버렸다. 미룰 수 없는 상황이었다. 병무청에 전화해 당장의 입대를 피할 수 있는 최후의 방법을 묻자 병무청 직원은 해외 출국뿐이라고 대답했다. 입대 당일 날 급하게 일본으로 출국하는 류를 따라 그의 여자친구 울도 짐을 챙겼다. 둘의 절친인 나도 덩달아 짐을 쌌다. 류의 임시 도망이 외롭지 않도록 두 여자가 돈과 시간과 마음을 썼다. 판문점 선언은 어제였지만 류는 대학 졸업 후 군대에 가야만 할 것이었다.

오사카에 도착한 이래로 류의 뒷모습을 자주 보았다. 그가 앞장서서 길을 찾고 간판을 읽고 식당과 숙소를 찾고 티켓을 끊는 등의 안내를 했기 때문이다. 뒤에서 본 류의 귀는 잘생겼고 뒷통수는 단정했으며 등은 정말이지 넓고 넓었다.

류의 옆에서 나란히 걷는 스물다섯 살 울의 등은 류의 삼 분의 일밖에 되지 않았다. 작고 가느다랗고 아름다운 몸이었고 나는 다시 태어날 수 있다면 울의 외모로 환생하고 싶다고 중학교 때부터 생각해왔다. 울의 아름다움은 아무랑도 비슷하지 않았다. 류의 눈에도 그렇게 보일 것 같았다. 류와 울은 1년 전 나의 소개로 서로를 처음 만났는데 처음엔 류만 울에게 반하고 울은 딱히 관심이 없었다. 구애 과정에서 상심한 류의 푸념을 듣는 것은 내 몫이었다. 성심성의껏 듣는 척하면서 내심 징징대는 남자는 정말 지루하다고 생각했다. 반년간 류가 꾸준히 구애한 결과 둘은 각별한 사이가 되었다. 내가 좋아하는 두 사람이 연인이 돼서 기뻤고 더 이상 류의 푸념을 듣지 않아도 돼서 기뻤다. 아주 큰 남자와 아주 작은 여자가 사랑을 하고 있네, 그런 생각을 하며 일본의 시골길을 뒤따라 걸었다.

스물일곱 살의 나로 말할 것 같으면 이곳에선 아무 것도 하는 게 없었다. 이쪽이야, 저쪽이야, 하는 류의 말을 듣고 아무 생각없이 따라다닐 뿐이었다. 아주 무능해지는 느낌이었는데 그게 무척 좋았다. 뭐든지 다 읽을 수 있는 서울에서는 그렇게까지 멍해지기도 어려웠다. 간판 속에 적힌 일본어들은 내게 그림처럼 보였다. 멀뚱멀뚱 걸으며 류가 머리를 풀가동하는 걸 지켜보았다. 류는 길을 찾고 통역을 하고 울을 챙기는 와중에도 간판 위에 앉은 새를 발견하는 걸 잊지 않았다. 어, 제비다! 하고 말하는 식이다. 제비인 줄 어떻게 알았냐고 물어보면, 날개가 부메랑 모양이잖아, 하고 대답했다. 그는 어릴 적부터 각종 동물에 관심이 많아 수십 편의 동물 다큐를 시청해왔다.

우리 셋은 나이와 기질과 식성 등 모든 것이 달랐지만 쉽게 피로해진다는 점만은 비슷했다. 그래서인지 6일간의 여행 스케줄은 아주 헐렁하게 짜여졌다. 와카야마 현의 한적한 시골에 자리잡은 목재 주택에 짐을 풀었다. 숙박비는 신촌의 모텔 값보다 훨씬 쌌다. 방이 하나였으나 서로를 신경 쓰지 않고 편히 옷을 갈아입고 잤다. 가운데에 울이가 누웠고 오른쪽에서는 내가, 왼쪽에서는 류가 그녀를 껴안고 잠에 들었다.

아침이 왔음을 느낀 건 숙소에 드는 빛 때문이 아니라 소리 때문이었다. 옆에서 웅웅거리는 음성이 들렸다. 류와 울이 대화하는 소리 같았다. 잠결이라 뭐라고 말하는 건지 잘 알아듣지는 못했다. 둘은 한참이나 더 대화했고 나는 잠에서 완전히 깨어 눈을 떴다. 그런데도 둘의 말은 알아들을 수가 없었다.

웅웅…웅웅웅? 궁웅금긍웅ㅇ우…

우우웅? 웅웅. 웅궁!

이런 식으로 들려왔다. 고개를 돌려 확인해보니 둘은 누운 채로 얼굴을 가까이 맞대고 대화 중이었는데 충격적인 것은 입을 전혀 벌리지 않고 있다는 점이었다. 아침 입냄새를 서로에게 끼치지 않으려는 것이었다. 나는 놀라움을 금치 못하고 둘을 바라보았다. 복화술만으로도 대화가 매우 오래 진행되었기 때문이다.

음큼은 듬슴윽음름 믐금끄? (아침은 도시락으로 먹을까?)

움…금큼음긍금크. (음… 괜찮은 것 같아.)

그런 식이었다.

헐렁한 일정 가운데서도 나의 아침 달리기는 계속되었다. 키이타나베라는 작은 동네를 아침마다 뛰었다. 높은 건물이 없는 바닷마을이었다. 숙소 앞엔 오래된 신사가 있었고 바다는 걸어서 5분 거리였다. 외국인은 커녕 현지인의 인적조차도 드문 그 동네를 여유롭게 달렸다. 미세먼지가 없어서 호흡하기 좋았다. 냉방도 난방도 필요하지 않은 계절이었다.

뜀박질에 취미가 없는 류와 울은 내가 달리는 동안 벤또집에서 도시락을 사서 숙소로 돌아갔다. 슬렁슬렁 다 뛰고 뒤이어 숙소에 가면 류와 울은 이미 식사 중이었다. 나도 옆에 앉아 내 도시락을 풀기 시작했다.

류의 도시락엔 고기 한 점이, 울의 도시락엔 밥 세 숟갈이 남아 있었다. 울이 류의 도시락에 젓가락을 가져다대자 류는 마치 낯선 고양이를 경계하는 개처럼 낮게 으르르르 소리를 냈다. 그는 온갖 동물 흉내에 탁월한 자였다.

울이 공격적으로 젓가락을 들고 말했다.

너 아까 내 꺼 한 점 먹었잖아. 그러니까 하나 줘.

류가 방어적으로 젓가락을 들고 말했다.

그러고서 너도 내 꺼 한 점 먹었잖아. 그러니까 1대 1이잖아. 지금 니가 가져가면 2대 1이니까 환율이 맞지 않잖아.

울이 분한 표정을 지으며 말했다.

나눔이라는 거 몰라?

큰 단어를 들이대는 건 그녀가 불리하다는 증거였다.

그때 류가 나를 보며 말했다.

슬이가 슬이 도시락에서 반찬 한 점 나한테 나눠주면 내 꺼 너한테 줄게.

두 사람이 동시에 나를 봤다. 난 한숨을 쉬고 된장국으로 목을 축인 뒤 튀김 하나씩을 나눠주었다. 류는 그제야 울에게 반찬 한 점을 나눠주었다.

일본의 도시락에는 아주 작은 것들이 쫑쫑 담겨 있었다. 일본인들이 무를 쓰는 방식이 흥미로웠다. 얇게 채 썰어서 달고 짜게 조린 것은 맛있었고 덜 익힌 채로 시게 양념한 것은 별로였다. 가장 맛있는 건 두부 반찬이었다.

다음 날 아침에도 우리는 벤또집에 갔다. 한적한 시골길 아침, 각자의 도시락을 사들고 가는 길에 류가 물었다.

우리 반찬 공유 경제 할래?

내가 대답했다. 아니.

류가 콧구멍에서 김을 뿜으며 말했다. 그렇게 질색할 건 없잖아.

울이 덧붙였다. 슬이가 질색하지는 않았어. 그냥 아니라고 했을 뿐이지.

내가 덧붙였다. 침 섞이는 게 싫어.

둘이 잠시 침묵하더니 속삭였다.

슬이는 깍쟁이네.

슬이 깍쟁이야.

그것은 사실이었다. 초등학교 때는 더욱 심했다. 나는 누가 훔쳐볼까 봐 필사적으로 자기 공책을 가리는 여자애였다. 내 급식판에 누가 손을 대면 식사를 멈추는 어린이였다. 내 본질이 그 모양이란 걸 오랫동안 숨겨왔는데 둘 앞에서 숨기기는 이제 글러버린 것 같았다.

신사 앞 벤치에 앉아 도시락을 풀었다. 옆에서는 어떤 할아버지들이 공원 앞에 욱일승천기를 달고 있었다. 내가 내 도시락을 먹고 둘은 서로의 도시락 속 반찬을 한입씩 번갈아가며 먹는 동안 나는 친구가 없었던 초등학교 저학년 시절을 회상했다. 류와 울은 가라아게 한 조각도 돌아가며 야금야금 나눠 먹고 있었다. 둘은 연인이었다. 저것은 연인이라서 가능했다.

생각해보면 나도 하마랑은 가라아게 한 점을 나눠 먹을 수 있었다. 설마 내가 하마의 침과 류의 침을 다르게 느껴서 그러는 것인가? 하마랑은 키스하는 사이고 류랑은 안 하는 사이라 그런 건가. 하지만 울이랑은 왠지 키스할 수도 있겠다는 생각이 들었다.

나는 내 친구들의 침맛을 상상해보았다. 도대체 입을 맞추고 서로의 입술을 물고 혀를 넣고 목을 잡고 귀를 만지는 건 얼마나 이상한 일인가. 사람들의 입속 침과 세균에 대해 생각해보다가 갑자기 입맛이 떨어졌다. 역시 키스는 남사스러워. 다시는 하지 말까?

그럴 리가 없었다. 그날 아침엔 양치를 열심히 했다. 해변에 가기 위해 각자의 수영복을 챙겼다.

2018.05.07.月.

36.
도망치는 건 부끄럽지만 도움이 된다 (中)

목적지는 시라하마 해변이었다. 물안경과 비키니 수영복과 편의점 팩와인과 돗자리를 챙겨 시골버스에 실려갔다. 키이타나베에서 동승한 동네 주민들과 함께였다. 버스나 기차에 탈 때마다 나는 조용히 바나나를 까먹었다. 배가 고프면 손이 떨리고 화가 나기 때문이었다. 울은 더 심각했다. 속이 유독 예민한 그녀는 허기를 그대로 두면 위 통증이 심해졌고 그 이후에는 음식을 먹어도 제대로 소화하지 못했다. 너무 배고파지기 전에 살짝 요기를 해두는 게 필수였다. 우리는 각자의 불건강을 잘 알고 있었다. 아플 때 남에게 얼마나 폐를 끼치는지 알아서 두렵기 때문에 스스로의 컨디션을 늘 살폈다. 나는 일본의 편의점을 들를 때마다 비상약처럼 바나나를 구비해 들고 다녔다. 한 개씩 살 수도 있었지만 꼭 세 개씩 포장되어 있는 걸 샀다. 내가 배가 고플 무렵이면 울도 배가 고플 게 분명한 데다가 우리 둘이 먹고 있으면 류도 '나도 한 개만'이라고 말할 것이므로.

시골버스 안에서 바나나를 까먹은 뒤 류는 시라하마를 가사로 한 노래를 지어불렀다. 시라하아마~ 라고 잊을 만하면 한 번씩 흥얼거렸다. 그는 사실 노래를 무척 잘하는데 진지하게 부르는 경우는 드물었다. 애니메이션의 성우처럼 과장되게 부르기 일쑤였다. 함께 탔던 승객들이 버스에서 하나둘 내리고 버스 안엔 우리밖에 남지 않았다. 한 아이 엄마가 두고 내린 보온병이 버스 바닥을 데굴데굴 굴러다니자 류가 그걸 주워 버스 기사에게 공손히 가져다주었다. 그가 통역을 맡은 건 여러모로 우리를 안심시켰다. 외국어로 소통할 때 언제나 예의 바르게 말하고 듣는 애였기 때문이다. 차창 밖으로 바다가 보이자 나는 우와아 하면서 짝짝짝 박수를 쳤고 울은 소리 안 나게 박수를 쳤다. 울은 공공장소에서 소란을 떠는 법이 없었다.

버스에서 내리자 완연한 여름 날씨였다. 시라하마 해변은 한산했다. 아이들을 데리고 놀러 나온 가족 몇 팀과 연인 몇 쌍과 몇 안 되는 외국인들뿐이었다. 울은 다홍색 원피스 수영복으로, 나는 밤색 비키니로 갈아입었다. 류는 쫄사각 수영팬티에 하와이안 남방을 걸쳤다. 수영복의 면적은 수영 실력과 반비례하는 법이라고 나의 아빠 웅이는 강조하곤 했다. 그에게서 헤엄을 배운 나는 언제나 최소한의 면적만 가리는 수영복을 선택하곤 했다. 한편 프랑스의 소설가 미셸 투르니에는 수영복의 면적이 그 사람의 재산에 반비례한다고 말하며 이렇게 썼다.

> 때문에 아주 큰 부자들은 아예 벌거벗고 헤엄친다. 부자들은 물론 수영을 할 줄 알기에. 가난한 사람들은 수줍다. 추위를 타고 겁이 많다. 그래서 세상의 첫날처럼, 세상의 마지막 날처럼, 아주 조금씩만 해변으로 걸어나가본다.

언젠가 읽은 그 구절을 떠올리며 나는 풍덩풍덩 바다에 입수했다. 뒤따라 바다로 들어온 울이 말했다.

슬이야! 물이 너무 차가워!

나는 울을 배꼽까지 물에 잠기는 깊이로 데려오며 안심시켰다.

헤엄치면 안 추워져.

우리 둘은 어푸어푸 수영을 하며 놀았다. 온 사방이 출렁이고 있었다. 우리들은 너무 작아서 바다의 아주 끝 모서리에서도 이렇게나 온몸이 세차게 흔들렸다.

그동안 류는 물 밖에 있었다. 혼자 뭘 하나 봤더니 아주 작은 새우 시체와 모래에 파묻힌 물고기 뼈 등을 찾아서 모으는 중이었다. 물고기의 뼈는 꼭 인조 모형처럼 온전한 형태로 보존되어 있었다. 나는 모래사장에 그런 게 있는 줄도 몰랐다. 그는 울에게 쥐어줄 아름다운 빛깔의 돌들도 모았다. 한편 해변의 스피커에서는 어쩐 일인지 빅뱅의 지나간 히트곡이 작게 흘러나왔다.

물에서 다 놀자 울과 나는 모래 위에 누워 몸을 앞뒤로 태우기 시작했다. 햇빛도 모래도 따듯해서 편안하게 힘을 풀고 있는데 옆에서 울이가 덜덜 떨었다. 울은 더위도 추위도 심하게 잘 탔다. 날이 더웠지만 찬물에 들어갔다 나왔기 때문에 체온이 쉽게 올라가지 않는 듯했다. 나는 울의 원피스 수영복 어깨끈을 풀어 배꼽 아래로 내려주고 그 위에 나의 망사 나시를 입혔다. 젖은 수영복을 입고 있는 것보다 아예 벗는 게 덜 추울 것이기 때문이다. 맨살은 태양 아래에서 금방 데워졌다.

아까보다는 덜 추워하며 모래 위에 누워 있는 울 옆에서 류와 나는 따끈따끈한 모래를 양손으로 퍼날라 그녀 몸 위에 덮어주었다. 따끈따끈한 모래란 우리가 아직 밟지 않은 모래, 태양 아래에서 젖은 적 없이 계속 데워진 모래를 말했다. 울의 온몸을 뜨신 모래로 덮으며 류와 나는 어떤 평안을 공유했던 것 같다. 적어도 지금은 울이 많이 아프지 않았고 우리가 해줄 수 있는 게 있어서.

울의 아픔은 우리 셋에게 자주 화두였다. 그녀가 너무 오랫동안 너무 매일같이 너무 지겹도록 아파왔기 때문이다. 울이 앓아온 지병을 명확히 설명하는 건 어려웠다. 분명한 건 그녀의 통증이 너무나 실재한다는 걸 류와 내가 안다는 거였다. 울이 아프느라 많은 일들을 손에서 놓은 지난 2년 동안 그녀의 수많은 재능에 대해 생각했다. 아프지 않았다면 그녀가 쓸 수 있었을 글, 그릴 수 있었을 그림, 읽을 수 있었을 책, 만날 수 있었을 사람, 벌 수 있었을 돈 같은 걸 상상하다가 그만두곤 했다. 여러 일들을 보류하고 유예하면서 울이 얼마나 초조하거나 지쳤을지는 나라도 다 알지 못했다.

이 여행에서 가장 중요한 건 울의 몸에 탈이 나지 않는 것이었다. 그걸 류도 알고 나도 알았다. 목과 어깨의 끔찍한 통증과 걸핏하면 탈이 나는 위장에도 불구하고 울은 남들 생각을 하느라 바쁜 애였다. 자기가 실례를 범했을지 모르는 타인들에 대해, 혹은 지나고보니 미안한 일들에 대해.

작년 이 맘 때 나는 신촌 세브란스 응급실에 실려간 적이 있었다. 갑자기 뱃속 모든 장기가 뒤틀리고 꼬이는 듯한 고통 때문에 숨이 안 쉬어졌다. 검사해보니 난소에 있던 물혹이 터졌댔다. 입원 다음날 통증에서 겨우 벗어나 정신을 차리고 울에게 전화를 걸었다.

울아. 나 난소에 물혹 터졌어. 물혹이라는 게 있는 줄도 몰랐는데 터졌다니 어이가 없지 뭐야~

하며 웃었다.

그러자 전화기 너머로 울이 오열하는 소리가 들렸다. 나는 개가 우는 소리에 깜짝 놀라 도대체 왜 우냐고 물었다. 꼭 울의 물혹이 터진 것 같았다. 각종 통증에 시달리며 지겹게 앓아온 동안 울은 남들의 통증에 대해서도 극도로 예민한 사람이 되어버린 것 같았다. 자기가 아프니까 남들 아픈 것도 남 일 같지 않은 듯했다. 그 과정을 류와 나는 'I 역지사지 You'라고 불렀다. 울의 시도때도 없는 역지사지가 걱정스러울 때도 있었다. 자기밖에 모르는 사람의 건강과 평안이란 것도 있기 때문이다.

울을 보며 나는 아픈 사람의 다정이란 걸 배웠다. 허리 디스크가 있는 사람이 꼭 좋은 의자를 손님에게 내어주는 다정 같은 거. 아무리 즐거운 자리여도 피곤해 보이면 어서 집에 들여보내는 다정 같은 거. 누군가가 무리하기 전에 재빨리 알아차려주는 다정 같은 거. 남의 아픔을 내 아픔처럼 맞이하는 마음의 품을 울에게서 확인해왔다.

아름다운 시라하마 해변에서 나는 울의 젖은 수영복을 벗겨주고 따신 모래나 슬쩍슬쩍 덮어주었지만, 울과 함께 사는 류가 해야 할 일은 그보다 훨씬 더 많고 촘촘할 것이다. 아픈 본인인 울이 해야 할 일은 그보다도 더 많고 끝없을 것이다.

그 지난한 과정에서 내 몫은 그리 크지 않아 보였다. 내가 없었어도 전개되었을 여행, 내가 없었어도 계속될 그들의 연애라고 생각하면 치사하게도 내 맘은 조금 가벼워졌다.

2018.05.08.火.

37.
도망치는 건 부끄럽지만 도움이 된다 (下)

해수욕을 마치고 걸어서 온천에 갔다. 바다가 보이는 노천탕이었다. 류는 한 무리의 일본 남자들과 함께 남탕에 입장했다. 가죽으로 된 상하의를 입고 할리 데이비슨을 타고 온 자들이었다. 그들 사이에서 알몸으로 탕의 한 구석을 얌전히 차지하고 앉아 있을 류를 생각하면 웃음이 났다. 류는 덩치가 컸지만 힘 부리는 데에는 젬병인 남자애였다. 그 기질이 우리 셋을 절친으로 만든 것 같기도 했다. 남탕과 여탕 사이에는 돌로 된 벽이 한 겹 놓여 있어서 서로를 볼 수는 없었지만 자세히 귀 기울이면 일본 아저씨들의 수다 소리가 들렸다.

한편 여탕에는 다양한 연령의 여자들이 몸을 담그고 있었다. 아이를 데려온 사람과 혼자 온 사람과 무리지어 온 할머니들이 보였다. 울과 나는 최대한 바다에 가까운 물속에 앉아 몸을 녹였다. 울은 바다를 보고 있었고 나는 탕 속 여자들의 알몸을 보고 있었다. 서로 다른 체형과 피부결을 힐끔힐끔 구경했다. 어린 남자애 옆을 지키는 한 엄마의 몸을 유독 오래 바라보았다. 어떤 에너지로 꽉 차 있는 몸이었다. 바다를 보는 울의 등도 보았다. 야위었고 아름다웠다. 개 등을 꼭 껴안은 다음 먼저 탕에서 나와 담배를 피웠다.

저녁이면 반복되는 일과가 있었다. 류가 울의 몸을 주무르는 일이다. 두 사람은 오래전부터 날마다 그래온 것 같았다. 저녁이면 쉽게 굳어지고 아파지는 울의 목과 어깨를 류가 큰 손으로 힘껏 안마했다. 안마는 30분 가까이 이어지곤 했다. 매일 남을 30분 넘게 주무를 수 있다니 신기했다. 둘은 서로에게 돌봄 제공자였다. 힘이 남는다면 나는 류의 어깨를 주물러주고 싶었다. 내 악력으로는 류의 어깨를 잘 풀어줄 수도 없는 데다가 조금 귀찮기도 해서 노트북으로 할일을 했다. 여러 출판사로부터 도착한 이메일 수십 통에 대한 밀린 답장을 쓰는 일이었다. 어떤 회사의 어떤 편집자와 첫 책을 내게 될지 아직은 정해진 게 없었다. 어떤 책을 만들고 싶은지 스스로도 잘 모르기 때문이다.

다음 날 아침엔 집 앞 신사에 들렀다. 신사에는 근사한 나무가 여러 그루 있었다. 윤이 나는 나뭇잎들을 수없이 보았다. 커다란 나무의 기둥을 만지며 신사를 걸었다. 기둥의 둘레를 한 바퀴 도는데 스무 걸음이 넘게 필요한 나무도 있었다. 나로선 나무의 속도를 짐작하기 어려웠다. 아주 느리게 아주 오랫동안 자라는 점이 언제나 신기했다. 일본 여행에서는 두 권의 책을 읽었는데 그중 하나는 나쓰메 소세키의 『산시로』였다. 『산시로』를 반까지 읽으면서 이 소설이 느리게 흘러가는 소설임을, 주인공이 한 권에 걸쳐서 아주 조금 변하는 소설임을 알아챘다. 한 사람이 조금 변하기까지 이렇게나 많은 장면이 필요하다.

신사에서 5분만 걸으면 해변이었다. 개를 데리고 산책하는 동네 주민들이 드문드문 보였다. 해변 앞 그늘에서 셋이 좀 누워 있었다. 정말로 잠들 줄 몰랐는데 까무룩 졸았다. 아무 데서나 잘 자는 걸 보면 난 두 사람이 편한 모양이다. 졸다가 류가 깨워서 해변 앞 다방에 들어갔다. 거기에서도 『산시로』를 마저 읽었다. 책장에 닿는 빛이 너무 아름다워서 글자가 눈에 안 들어왔다.

숙소의 앞마당에는 큰 거북이가 돌아다녔다. 수풀 속 거북이를 바라보며 셋이 담배를 피우곤 했다. 와카야마 현의 조용한 키이타나베라는 동네를 뒤로 하고 오사카 시내로 이동했다.

버스로 두 시간을 달려 오사카 시내에 오니 별수 없이 민첩해졌다. 시내의 풍경은 을지로나 충무로나 명동 같았다. 아무튼 종로구적이었다. 와카야마에서는 아주 차분하게 가라앉은 채로 천천히 걷다가 졸다가 했는데 오사카 시내에서는 걸음도 시선도 두뇌 회전도 빨라졌다. 통역은 여전히 류가 도맡아했지만 내가 알아볼 수 있는 체인점과 쇼핑몰이 눈앞에 즐비했기 때문에 생각을 멈출 겨를이 없었다.

시내에는 메이드복을 입은 채 팻말을 들고 서 있는 여자들이 많아서 조금 놀랐다. 우리는 '돈키호테'라는 만물상에 들어갔다. 그야말로 온갖 것들을 다 파는 5층짜리 상점이었다. 나는 그곳을 구경하다가 사가미 0.02mm 콘돔을 샀다. 라지 사이즈를 집어들던 순간 어느새 류와 울이 옆에 와 있었다.

류가 나를 보고 말했다.

크신가봐?

울이 류를 보고 말했다.

우리는 그냥 미디움으로 살까?

둘은 미디움 사이즈의 콘돔 한 팩을 집었다. 두 사람이 영양제를 고르러 가는 동안 나는 성인용품 코너를 구경했다. 일본 남성 위주의 섹시란 구시대적이고 촌스럽다고 느꼈다. 안대를 하나 사고 싶었는데 죄다 호피무늬가 새겨져 있어서 안 샀다. 호피무늬의 성인용품은 뭔가 창피하다. 초라하게 야성적이다.

한편 울은 영양제를 골랐는데 그 영양제에는 결제완료 태그가 붙어 있었다. 류는 계산하지 말고 그냥 들고 나가자고 말했다고 한다. 물론 농담이었다. 울은 그런 농담조차 안 하는 사람이었다.

그 옆에 난 없었다. 옆에 있었다면 아마 진심으로 그냥 들고 나가자고 말했을 거였다. 나는 자주 양심을 버리는 자다. 큰 상점에 대해서는 특히 파렴치했다. 내 마지막 도둑질은 스물한 살 때 인도 바라나시에서였다. 상점에서 가죽 가방을 하나 훔쳤는데 그날 게스트하우스에서 끊임없이 악몽을 꿨다. 방망이를 든 인도인들에게 쫓기는 꿈이었다. 그들은 가죽 가방을 훔친 코리안 영 걸을 수색 중이었다. 빠른 경제 개발과 민주화 때문에 그 나라 국민들은 교양이 없다고 욕하는 소리를 꿈에서 들었다. 그날 이후로 도둑질을 끊었다. 복희는 내게 도둑질이란 영혼이 가난해지는 일이라고, 품위를 잃는 짓이라고 가르쳤다. 류는 초등학교 때 이후로 도둑질을 해본 적이 없댔다. 울은 살면서 한 번도 도둑질 해본 적 없댔다. 품위란 도대체 뭘까. 도대체 난 왜 이 모양일까. 그런 생각을 하는데 옆에서 류가 깐죽댔다.

우리 중에서 제일 품위 있는 건 역시 슬이지.

왜?

슬이는 아침마다 혼자 달리기하거나 요가한 다음 차 마시면서 창밖을 우아하게 바라보잖아.

류는 내가 홀짝홀짝 차 마시는 모습을 흉내냈다. 컵을 양손으로 감싸쥐고 뜨거운 차를 후후 불며 창밖을 바라보는, 말하자면 고상떠는 모습을 패러디했다.

오사카에서도 우리는 작은 원룸에 함께 묵었다. 숙소에서는 두 사람이 음식을 나눠 먹는 모습을 자주 목격했다. 류가 컵라면을 먹기 시작하면 울이 합류하는 식이었다. 류가 발끈했다.

너는 왜 자꾸 컵라면을 네가 안 사먹고 내가 먹을 때 뺏어먹어?

울이 씩씩댔다.

잉! 편의점에서는 사고 싶은 생각이 안 든단 말야! 네가 먹고 있을 때만 먹고 싶어져!

류가 따졌다. 왜 네가 직접 사먹지는 않는 거야?

울이 반박했다. 뺏어 먹을 때만 맛있으니까!

둘은 작은 컵라면을 번갈아가며 한 입씩 먹었다.

류가 재촉했다. 빨리 먹어!

울이 억울한 표정을 지었다. 왜?

류가 더 억울한 표정을 지었다. 너만 배고파? 나도 배고파!

꿋꿋하게 면발을 후루룩 들이키는 울을 보며 류가 중얼댔다.

너 진짜 앞으로 음식 사서 꺼내 먹기만 하면… 그땐 죽었어… 다 뺏어먹을 거야…

그러자 울이 발끈했다.

야! 내가 그저께 산 곤약젤리도 니가 삼 분의 일 뺏어 먹고, 어제 산 로얄 밀크티도 이 분의 일 뺏어 먹고, 감자 샐러드도 이 분의 일 뺏어 먹었거든?

둘은 아침엔 복화술로 대화하고 저녁엔 서로를 안마해주고 아끼고 돌보지만 점심엔 컵라면을 들고 티격태격한다. 세 가지 모습 모두 지극히 그럴 법했다. 나는 상관하지 않고 옆에서 바나나를 까먹었다. 여행 내내 우리는 형제 많은 집의 자식들처럼 식탐이 늘었다.

그날 저녁엔 내가 밥을 사기로 했다. 까먹고 있었지만 셋 중 내 나이가 제일 많았고 돈 버는 데 가장 오랜 시간을 들이는 자였다. 여행에서 한 끼쯤은 호화로운 식사를 하고 싶기도 했다. 우리는 시내 한복판에 있는 회전초밥 집에 갔다.

오늘만큼은 돈 신경 쓰지 말고 양껏 먹어.

내가 호쾌하게 말했다.

셋은 각자의 취향대로 초밥을 골라 먹기 시작했다. 울이 참치 초밥을 세 접시째 천천히 비우고 내가 우나기 초밥을 두 접시째 천천히 음미하고 있을 무렵 옆으로 고개를 돌려보니 류는 벌써 일곱 접시를 비우고 있었다. 나는 마음이 조금 불안해졌다. 한 접시에 400엔이 넘는 초밥도 있었다.

15분이 지나자 류가 비운 접시는 그의 턱 밑까지 쌓아올려져 있었다.

내가 다섯 접시를 먹고 울이 여섯 접시를 먹는 동안 류는 무려 열다섯 접시의 초밥을 먹은 것이었다. 그가 먹어치운 초밥만 계산해도 5천 엔이었다. 한화로 5만 원인 것을 알게된 나는 속으로 읊조렸다.

시발…

카운터에서 내가 세 사람 몫의 저녁 값을 8천 엔 넘게 지불하는 동안 류는 잘못을 저질렀음을 인지한 개처럼 초밥집 입구에서 안절부절 못 하며 서 있었다. 그는 자꾸 셀프로 자기 머리를 딱콩 딱콩 하며 때렸다. 마치 자율배식이 안 되는 개 같았다. 갑자기 류가 내 남동생처럼 느껴졌다. 내 실제 남동생과는 닮은 점이 없었지만 어쨌든 그는 나를 친밀한 누나처럼 여기는 듯했다. 류에게 다가가 말했다.

너 정말 내가 편하구나.

류는 손으로 하트를 만들며 애교를 부렸다. 순식간에 8천 엔을 쓴 나는 류를 조금 미워하고 많이 귀여워하며 숙소로 돌아갔다.

그날 밤에도 류는 울을 안마했다. 초밥을 열다섯 접시 먹은 힘으로 더 힘차게 안마하는 것 같았다. 옆에서 나는 다음 날 혼자 먼저 귀국할 준비를 하며 짐을 쌌다. 그러다 둘은 어떤 일로 조금 싸우기 시작했다. 며칠 전 지나간 일에 대해 서운했다는 얘길 울이 꺼냈고 류는 잠자코 들었다. 잠자코 듣다가 류가 말했다.

울아. 이젠 그러지 않을게. 다음엔 꼭 잘할게.

좁은 방에서 둘은 눈을 똑바로 바라보고 말을 하고 있었다. 서로에게서 도망치지 않는 두 사람이었다. 옆에서 짐을 싸던 나는 가슴이 아파졌다. 저렇게 단순하고 묵직하고 확실한 문장으로 이루어진 사과를 목 빠지게 기다리던 나날이 기억나버려서다. 말 뿐이래도 말이다. 가끔은 그 애 앞에서 오랫동안 섀도우 복싱을 하다가 관둔 느낌이었다. 이제는 끝나버렸으니 어쩔 수도 없는 일이다.

내 눈가가 그렁그렁해진 걸 알아챈 류가 말했다. 울어도 돼, 슬이야.

난 속으로 생각했다. 내가 왜 슬픈지도 모르면서! 그러나 그때부터 어쩐지 안심이 되어 눈물이 뚝뚝 떨어졌다. 부끄러웠지만 도움이 됐다. 지나간 그 애한테 이제 나는 더 이상 사과받고 싶은 마음이 없다. 만약 사과를 받는다면 기쁘지 않고 조금 슬플 것 같다. 내가 원하는 게 그 애한테 없다는 게 실감 나서.

예전에 류와 울과 나는 어떤 모임에 놀러간 적이 있었다. 그 모임의 구석 자리에 앉아 있던 박서련이라는 이름의 작가가 자신이 쓴 시 한 편을 낭독했다. 열 몇 명의 사람이 둘러앉은 자리였다. 그녀가 쓴 시를 듣다가 나는 난데없이 눈물이 펑펑 쏟아져서 부엌으로 슬쩍 도망쳤다. 부엌에서 코를 풀며 엉엉 울었다. 류는 그날의 나를 생생하게 기억하고 있었다.

다 울고나자 울이 나를 안아주었다. 일본에서의 다섯 번째 밤이 그렇게 지나갔다. 류와 울. 두 사람은 컵라면 가지고 매일 싸웠지만 어쨌든 서로에게 축복인 순간이 잦은 것 같았다. 둘의 연애는 서로를 확장시키기도 하고 축소시키기도 하겠지만 어쨌든 서로가 아니면 안 되는 순간들이 무수해 보였다.

다음 날 새벽, 내가 누워 있던 라꾸라꾸 침대를 조용히 접고 짐을 챙겨 숙소를 나왔다. 류와 울은 아직 새근새근 잤다. 인사도 없이 둘을 두고 나오는데 걱정이 하나도 안 됐다. 잠에서 깨면 둘은 여느 때처럼 복화술로 대화를 시작할 것이다. 내가 함께 잘 땐 하지 못했던 키스를 할 수도 있다. 제 삼자로 합류했다가 적당할 때 빠지는 기분이 너무나 가벼웠다. 나도 내 사랑을 하러 서울로 얼른 가고 싶었다.

2018.05.09.水.

38.
밤 산책

시청역 케이에프씨 앞 나무에 기대어 책을 읽으며 하마를 기다렸다. 읽고 있던 책장에는 인생 최초로 불안을 느낀 날에 관해 적혀 있었다. 작가는 시간이 한참 지난 후에야 그 감정의 정체가 불안이었음을, 불안 중에서도 타인들의 기대에 부응하지 못할까 봐 생긴 불안이었음을 알아채고 이름 붙일 수 있었다.

그런 불안은 나에게도 무수했다. 매일의 연재에도 있고 나무에 기댄 채 하마를 기다리는 지금 이 순간에도 있다. 갑자기 조금 매운 향수 냄새가 났다. 고개를 돌려보니 내가 기댄 나무 기둥의 반대편에 하마가 서 있었다. 언제 온 거지? 내가 눈치챌 때까지 시치미를 떼고 내 포즈를 데칼코마니처럼 따라한 모습에 웃음이 났다. 책을 가방에 넣고 하마랑 걷기 시작했다. 저녁 바람이 선선했다. 걷다가 덕수궁에 다다랐을 무렵 하마에게 말했다.

연인이 덕수궁 돌담길을 걸으면 헤어진다는 설을 말하던 어른들이 있었어.

그래?

이상하다고 생각했어. 문제는 덕수궁 돌담길이 아니잖아. 거의 모든 연인은 원래 헤어지기 마련이잖아.

맞아. 어떤 식으로든 연애는 끝나니까.

평일 밤의 성곽은 한적했다. 생각해보니 10대 때 첫사랑이랑도 이 길을 걸어본 적이 있었다. 그다음에 사귄 애랑도 걸어봤고, 그 다다음도, 그 다다다음도, 그 다다다다음도… 서울 시민들에게 만만한 길이었고 그들 모두와 헤어졌다. 하마 역시 이 길을 지난 연인과 걸어봤을 확률이 높다. 지나가는 바람에서 봄밤 냄새가 났다. 나는 혹시 기시감이 드나? 아닌 것 같았다. 하마의 모습이 어디선가 이미 본 것처럼 느껴지지는 않았다. 여전히 하마를 잘 모르는 데다가 우리는 이제 막 오늘의 이야기를 시작하고 있었다.

점점 덜 모르고 싶어서 이야기를 쌓아가며 길을 걸었다. 나는 반바지에 자켓에 운동화를 신고 하마는 녹색 셔츠에 검은 바지에 오래된 가죽 신발을 신고 걸었다. 대화의 지분이 균등했다. 경복궁 담 밖으로 기다란 꽃나무 가지가 삐져나와 있었다. 성곽을 걷는 우리는 다 알 수 없을 테지만 궁 안엔 아주 오래된 에너지가 맴돌고 있을 것이다. 벽 너머에서 나는 겨우 오늘의 일을 말했다. 낮에 잠깐 본 어떤 어린 남자애에 관해서였다.

다섯 살쯤 되는 애였어. 해바라기씨 모양의 초콜렛을 들고 카페 안을 돌아다니던 그 애가 부주의하게도 초콜렛 알갱이들을 바닥에 와르르 쏟아버린 거야. 옆 테이블에 있던 나랑 내 친구들이 쪼그리고 앉아 손으로 쓸어 담았어. 그러고선 담배를 피우러 나갔어. 초콜릿을 죄다 쏟은 사고를 치고도 아무런 죄책감이 없어 보이는 그 남자애가 우리에게 성큼성큼 다가오길래 담배를 껐어. 그 앤 한 손으론 내 친구의 손을 잡고 다른 한 손으로는 땅바닥을 가리켰어. 바닥엔 아스팔트 사이로 삐져나온 작은 풀이 있더라. 그 풀이 자기 거랬어. 우릴 데리고 다니면서 자기 거라고 정해놓은 또 다른 풀들을 계속 보여줬어. 태권도 형아네 집이 어딘지도 알려줬어.

하마가 웃었다. 그리고 하마랑 친한 어린 남자애에 대해서 내게 말해주었다. 그 애는 하마가 일하는 다방에 자주 온다. 그 애 엄마가 하마를 가리키며, 형아는 뭐하는 사람이지? 라고 물어보면 걔가 형아는 만화 그리는 사람이라고 대답한댔다.

하마는 걔한테 물었댔다.

너는 뭐하는 사람이야?

그럼 걔는 이렇게 대답한댔다.

나는 티비 보는 사람이야.

한 번은 그 애가 엄마 얼굴을 그리는 모습을 하마가 옆에서 지켜본 적이 있댔다. 아이는 종이 위에 엄마의 눈코입과 앞머리를 그려넣고 있었다. 그러다가 손길이 살짝 멈칫했다. '엄마 오늘 머리 묶었는데, 묶은 머리는 어떻게 그리지?' 생각하는 것 같았댔다. 뒤로 질끈 묶은 머리가 정면에선 보이지 않으니까.

그 애는 아무렇지도 않게 종이를 확 뒤집었다. 그러고 뒷면에 엄마의 묶은 머리를 슥슥 그려넣었다. 그림은 순식간에 양면이 되고 입체가 되었다.

하마는 말했다.

그런 걸 옆에서 보면 얼마나 눈부신지 몰라.

아이를 가지고 싶냐고 내가 물으면 하마는 그 애가 겪을 아픔들 상상돼서 너무 겁난다고 대답했다.

하지만 그것들 말고, 그 애가 겪을 황홀도 있을 거잖아.

내가 말하자 하마가 고개를 끄덕였다.

있겠지.

예상할 수 있는 고통들에도 불구하고 생이 살 만한 거라고 믿게 될 때 아이를 낳기로 결정할 것 같다고 나는 말했다.

그 미래가 올지 안 올지 모르지만 적어도 가깝지는 않을 것이므로 우리는 각종 피임법에 대해 상의하며 걸었다. 더 걷고 싶어서 계속 얘기하고 더 얘기하고 싶어서 계속 걷다보니 어느새 청와대 앞이었다. 다리가 아파서 벤치를 찾아 앉았다. 벤치에서도 이야기가 계속 쌓여갔다. 말하고 듣느라 시간을 잠시 까먹었다는 걸 알았다. 좋은 한때를 보내는 동안 나는 꼭 시간을 상기하며 작은 불안을 느꼈다.

모든 게 끊임없이 지나가기 때문이다.

나는 하마의 커다란 몸통을 꽉 껴안으며 괜히 크게 불러봤다.

야!

걔도 크게 대답했다.

왜!

내가 말했다.

시간이 무참히 흘러가고 있잖아!

하마가 말했다.

그러게, 정말 무참하네!

꽉 껴안은 하마의 몸통에서는 내가 좋아하는 냄새가 났다. 단단하고 넓은 하마의 가슴팍에 내 얼굴을 묻고 중얼거렸다.

이렇게 무참하게 흘러가는 와중에 너랑 같이 있는 게 좋아.

하마가 못 알아듣고 물었다.

뭐라고?

다시 말하기엔 느끼해서 그냥 아니라고 얼버무렸다.

하마가 나를 가만히 보다가 말했다.

아름다워.

그러자 나는 울고 싶었다.

우리가 앉은 벤치 위에 꽃나무가 흐드러졌다. 이런 날도 있구나, 하고 생각했다. 1년에 한 번 꿀까 말까 한 꿈 같았다. 오늘의 이 행복이 혹시 날 달라지게 만들지 궁금했다.

그날 나는 하마의 집으로 들어가지 않고 내 집으로 돌아왔다. 불안하지 않았기 때문이었다. 개를 꼭 껴안고 자지 않아도 괜찮은 날은 흔치 않다.

전철을 타고 내 집에 와서 보일러도 에어컨도 틀지 않은 채로 침대에 누웠다. 앤 카슨의 시를 읽으며 잠을 청했다. 내일은 하마랑 자야지, 하고 다짐했다. 책 속에서는 앤 카슨이 이렇게 말하고 있었다.

왜 그를 사랑했느냐고?

아름다움 때문이었다. 그건 비밀이랄 것도 없다. 나는 아름다움 때문에 그를 사랑했다고 말하는 것이 부끄럽지 않다.

그가 가까이 온다면 다시 그를 사랑하게 될 것이다. 아름다움은 확신을 준다. 알다시피 아름다움은 섹스를 가능하게 한다.

아름다움은 섹스를 섹스이게 한다.

만약 이걸 이해하는 사람이 있다면

쉿, 넘어가자.

2018.05.10.木.

39.
어떤 드라이브

빗소리에 잠에서 깼다. 침실 공기가 싸늘했다. 발치로 내려가 있던 이불을 끌어올려 내 몸과 하마 몸을 푹 덮었다. 하마는 잠에서 깨어나며 나른한 짜증을 냈다. 비가 와서 실망스러운 듯했다. 하마 몸통 위에 내 몸을 포개고 엎드린 채로 개를 달래며 말했다.

막상 일어나서 가면 좋을 거야.

어젠 날씨 정말 좋았는데, 하며 하마는 내 가슴팍에 얼굴을 댔다. 샤워를 하고 고양이가 저녁까지 먹을 밥을 넉넉히 채웠다. 하마는 비둘기색 셔츠를 나는 분홍색 스웨터를 입고 현관을 나섰다. 집 앞 빵집에서 산 커피랑 아몬드 크로아상을 품에 안고 복희네 집으로 걸었다. 복희 차를 빌려서 가기로 했기 때문이다. 우산 하나를 나눠 쓰고 걷느라 하마 왼쪽 어깨가 축축하게 젖었다.

복희 대신 웅이가 나와 있었다. 차 키를 건네며 웅이가 하마에게 물었다.

너 운전 괜찮겠냐?

하마가 대답했다.

괜찮을 것 같아요. 삽교까지는 자주 왔다 갔다 해서요.

내 아빠 웅이와 내 애인 하마는 고작 세 번쯤 마주친 사이였다.

굳이 빨리 친해질 필요는 없어서 나는 둘을 그냥 어색하게 두었다. 나와 달리 하마는 호언장담하는 법이 없었다. 괜찮겠지, 하고 옆에서 말했지만 사실 나도 아는 바가 없었다. 하마가 모는 차를 타본 적이 없었기 때문이다.

운전석엔 하마가 조수석엔 내가 탔다. 복희 차가 익숙지 않은 하마는 시동을 걸기까지 한참 헤맸다. 웅이가 차 뒤에서 지켜보고 있기 때문일지도 모른다. 조금 버벅대며 겨우 출발했다. 나는 안전벨트를 괜스레 다시 한 번 확인했다. 애랑 서울 밖으로 나가는 건 처음이었다.

걱정되지?

강변북로에 들어설 무렵, 미숙한 드라이버 하마가 거듭 내게 물었다.

아니, 괜찮아.

라고 말해놓고 나는 왜 오늘 죽고 싶지 않은지에 대해 자세히 설명했다.

있잖아, 나는 연재도 해야 하고… 출근도 해야 하고… 집에 고양이도 있고… 사랑하는 사람들도 있고… 아직 하고 싶은 것도 많고… 알지?

하마는 알지, 알지, 하며 조심스레 차를 몰았다. 너무 겁이 많은 초보 운전자라서 오히려 걱정이 안 됐다. 수영을 좀 하는 사람보다 수영을 아예 못 하는 사람이 물에서 사고가 덜 나는 원리와 비슷해 보였다.

날이 내내 흐리고 비가 내려서 와이퍼로 앞 유리를 닦아가며 차를 몰았다. 다른 차들이 편하게 추월하도록 하마는 가운데 차선을 선택해 가고 있었다. 고속도로의 이중삼중 추돌 사고를 예방하기 위해 앞차와의 안전거리 유지도 넉넉히 했다. 양옆으로 차들이 쌩쌩 달렸다. 빗길이라 그런지 달리는 차 뒤로 물보라와 안개 구름 같은 것이 뿌옇게 뒤따라 다녔다. 하마가 말했다.

저 차들, 뭔가 신선 같지 않아?

듣고 보니 정말 그랬다.

두 시간을 달려 충청남도 예산군 삽교읍에 접어들었다. 사과 직판장이 많은 동네였다. 보이는 집들의 지붕이 죄다 낮았다. 아주 작은 마을에 들어서서 주차했다. 여지없는 시골이었다. 차에서 내려 어떤 집 앞으로 하마가 나를 데려갔다. 작고 낡은 집 앞에 '김동원'이라는 궁서체 명패가 붙어 있었다. 미닫이문을 열자 허리가 무척 굽은 할아버지 한 분이 계셨다.

하마의 할아버지였다. 실례지만 그분을 하마라버지라고 줄여 부르고 싶다. 우리가 서울에서 삽교까지 차를 몰고 온 것은 이분을 만나기 위해서다.

하마라버지께서는 누추한 집이라고, 그치만 노인이랑 누추한 집은 어울린다고 말씀하셨다. 문턱이 높고 천장이 낮은 방에 들어가 앉았다. 방바닥이 뜨끈뜨끈했다.

하마가 부엌에 과일을 가지러 간 사이 나는 하마라버지께 내 소개를 했다.

할아버님, 제 이름은 이슬아예요. 하마를 좋아해서 만나고 있어요.

그렇구나. 반가워요 이슬 양. 와줘서 고마워.

내 이름을 오해하는 사람은 그분 말고도 종종 있었으므로 굳이 정정하지 않고 대화를 이어나갔다.

이슬 양은 혼자 사나?

네. 독립해서 혼자 산 지 오래되었어요.

라고 대답해놓고 금방 멋쩍어졌다. 나의 '오래'라는 시간이 그의 앞에서는 너무 미약할 것 같았기 때문이다. 왜냐하면… 그는 아흔 살이니까.

우린 다 혼자 사는구나, 라고 하마라버지는 아무렇지도 않게 웃으며 말했다. 하마가 옆에 와서 사과를 깎기 시작했다. 나쁘지 않은 솜씨였다.

하마가 말했다.

맑은 날 와서 산책도 하고 그랬으면 좋을 텐데, 비가 와서 아쉬워요.

하마라버지가 말했다.

맑은 날엔 그나마 괜찮은데 비가 오면 기분이 적적하고 그래. 이런 날에 오니 나는 더욱 좋아.

오늘 아침 하마의 짧은 짜증을 기억하며 내가 말했다.

저희가 오늘 오길 정말 잘했네요!

하마가 작게 웃었다.

아흔 살의 하마라버지가 이 집에 혼자 사는 건 하마의 마음을 종종 무겁게 했다. 하지만 하마의 집으로 하마라버지를 모셔와 같이 사는 건 쉬운 일이 아니었다. 무엇보다 하마라버지께서 삽교를 떠나기 싫어하셨다.

잠시 침묵이 이어졌다. 가방에서 내가 만든 앨범 하나를 꺼냈다.

할아버님. 작은 선물을 준비했어요.

하마라버지께서 종종 유에스비에 저장해놓은 하마 사진을 컴퓨터에 연결해 꺼내어보신다는 얘길 듣고 만들어간 사진집이었다. 앨범의 겉표지엔 'Moments of Hama'라고 적어두었다. 하마라버지께서 그 문장을 읽고 웃으셨다. 젊은 시절 월남에서 통역관으로 일하셨던 분이다.

맨 앞장에는 짧은 편지를 적어두었다. 근시가 있으실까 봐 큼직큼직한 글자로 썼다.

'올해 1월부터 5월까지 찍은 하마 사진들을 할아버님께 선물로 드리고 싶어서 모아보았어요. 누군가의 사진 모음이 선물이 될 수

있다는 건 아름다운 일 같아요. 제가 좋아하는 하마의 모습들이 할아버님께도 기쁨이 되길 바라며.'

앨범을 들고 하마라버지께서 말씀하셨다.

고맙다. 감동적이구나.

그의 언어는 너무나 깔끔하고 명료했다. 내가 아흔 살이라면 저렇게 말할 수 있을까?

편지 뒤에는 무려 70장의 하마 사진이 이어졌다. 인화해서 수첩에 풀칠해 붙여놓은 그 사진들을 할아버지께서는 한 장 한 장 오래 보셨다.

하마라버지께서 30년 전부터 지내온 그 방에는 키 작은 문이 하나 있었고 그 문틀에는 짧은 금이 몇 줄 그어져 있었다. 어릴 적 하마의 키를 표시해둔 금이었다. 하마가 태어나기 전부터 그는 이 집에 사셨으니까 하마의 유년기를 종종 지켜보셨을 것이다. 1998년과 2000년의 정수리 위에 펜을 대고 표시하셨을 눈금들이 문틀에 있었다. 어느 순간부터는 하마의 키가 문보다 훨씬 커지고 말았다. 오늘 하마는 그 문을 통과할 때마다 머리도 허리도 숙여야 했다.

앨범을 다 보신 하마라버지는 중간의 어떤 페이지를 다시 펼쳐서 텔레비전 앞에 놓아두셨다. 나랑 하마가 같이 담배를 피우며 웃고 있는 사진이었다. 그는 치매로 요양원에 계신 할머니 얘길하셨다. 월드컵 때면 우리나라 이기게 해달라고 얼마나 큰 소리로 응원을 하고 기도를 했던지, 하고 회상하셨다. 둘이 살다가 혼자 사니까 처지가 좀 그래, 하고 말씀하셨다.

하마도 할머니 얘길했다. 두 분이 같이 살던 시절에 할머니가 이 집 부엌에서 간이로 분식집을 하셨다고 했다. 어릴 적에 놀러 오면 꼭 라볶이 냄새가 났다고 했다.

우리는 바로 옆에 있는 카페로 자리를 옮겼다. 카페의 이름은 삽교 커피였다. 그곳에 가는 길에 하마가 내게 말했다.

할아버지가 오늘 조금 달라.

뭐가?

할머니 얘길하시잖아. 원래는 잘 안 하시거든. 너를 봐서 그런가봐.

작은 동네라 그런지 카페의 주인과 이웃집 사람들은 모두 할아버지를 알았다. 하마라버지께서 검지 손가락 하나만 펴도 따뜻한 아메리카노 한 잔을 가져오는 주인이 있는 카페였다. 테이블에 앉아 셋이서 이런저런 얘길 나누었다. 하마라버지는 하마를 보고 이 세상에서 가장 잘 생겼다고 말했다.

나도 옆에서 거들었다.

저도 하마가 잘 생겨서 좋아요

그러나 미의 기준은 모두에게 다른 거라고 하마라버지께서 말씀하셨다. 콩깍지임을 아시는 듯했다.

하마가 말했다.

할아버지 젊었을 때가 훨씬 잘 생기셨어요.

내가 고개를 끄덕였다.

그건 그래요.

통역관으로 일하시던 시절, 군사학교에 계시던 시절, 그리고 대사관에서 일하시던 시절의 사진을 보고 한 말이었다. 지금은 이렇게 인자한 모습인데 오래된 사진 속에서는 어쩐지 날이 선 얼굴의 청년이 곧은 자세로 서 있었다.

1929년에 태어나 살아가는 2018년은 도대체 어떤 느낌일까.

하마라버지 몸에 남아 있는 몇 발의 총탄과 국가 유공자의 연금과 이주해서 지냈던 나라들을 이야기하시다가, 그는 잠시 화장실에 다녀온다고 하셨다. 그동안 천천히 이야기 나누고 있으라고 꼭 오래 걸릴 것처럼 말씀하시고는 카페를 나가셨다.

그사이 하마 눈에서 눈물이 뚝뚝 떨어졌다.

여기에 몇 번이나 더 이렇게 올 수 있을지 모르겠다고 말하며 울었다.

걔가 울기 시작할 때마다 나는 놀랐지만 한편으로는 작은 안도를 느꼈다. 그가 울 줄 아는 사람이라는 것에 대해.

울음에 있어서 대부분의 남자가 무능한 것 같았다. 울 수 있는 능력을 잃지만 않아도 남자들이 그렇게까지 멍청해지지는 않을지도 몰랐다. 물론 고작 그 이유가 다일 리는 없다.

아무튼 우는 하마 앞에서 나는 갈수록 덜 놀라고 더 빨리 안아주게 된다. 나보다 두 살이 많은, 몸이 두껍고 등이 넓은 애. 내 앞에서 자주 긴장을 풀어주는 애.

한참 만에 화장실에서 나온 하마라버지와 함께 국밥을 먹으러 갔다. 우산을 씌워주고 느리게 발을 맞춰 걸어가는 하마의 옆모습을 오래 보았다.

국밥을 드시며 하마라버지는 내가 입은 스웨터의 색이 꼭 진달래 같다고 말씀하셨다. 힘든 세상에서 서로 의지하고 힘이 되라고 했다. 젊을 때의 하루하루가 얼마나 감사한지 모른다고 하셨다. 너무 늦기 전에 가라고도 말씀하셨다. 해가 지고 있었다.

하마랑 오랫동안 친하게 지내게 되면 할아버님 또 뵈러 올게요.

나는 그와 가볍게 포옹했다. 허리가 무척 굽으셔서 할아버지 얼굴이 내 어깨 아래에 닿았다.

하마는 2주 뒤에 아빠와 함께 이곳에 또 올 예정이었다. 서울에서의 돈벌이와 작업과 생활과 관계들 사이에서 시간을 내 충청남도 예산군 삽교로 오는 하마의 일상을 새삼 헤아려보았다. 혈연이라는 게 뭔지, 왜 애쓰게 되는 건지, 알 것 같다가도 잘 모르겠는 기분이었다. 하마가 말했다.

프랑스에 살 때는 2년이나 안 찾아뵀는데도 할아버지 생각 잘 나지도 않았어. 최근에 자주 왔다 갔다 하니까 이제야 많이 생각나는 거야. 할아버지를 직접 보게 되니까, 알게 되니까, 죄책감이 들어.

그 말을 듣고 잘 모르기 때문에 게을러지고 편해질 수 있는 마음에 대해 생각했다.

우리는 타인을 만날 준비가 얼마나 되어 있나. 우리 일상에 남이 앉을 자리라는 것은 얼마큼인가. 만나서 마주 앉아 이야기해도 진짜로는 안 만나지는 만남도 많은 것 같았다. 누구의 마음에나 용량의 제한이 있고 체력의 한계도 있고 관계 말고도 애써야 할 것이 많기 때문이다. 그 와중에 하마가 힘을 내어 굳이 만나는 몇 안 되는 사람들이 있었다.

넓은 하늘이 서서히 어두워지는 것을 바라보며 왔던 길을 되돌아갔다. 이날 나는 하마랑 하루종일 나란히 앉아 있었다. 삽교로 가는 차 안에서, 할아버지 앞에서, 다시 서울로 돌아오는 차 안에서. 마주 보고 차를 마시는 것과도 다르고 영화관에 앉아 있는 것과도 달랐다. 그것은 드라이브의 구조였다. 마주 보지 않고 서로를 꽉 껴안지도 않은 채로 오랫동안 달렸다. 같은 노래랑 같은 장면을 보면서. 그러나 각자 딴 생각을 하며. 그러다가도 잠깐씩, 정말 잠깐씩 동기화된 것처럼 같은 생각을 했던 것도 같다.

2018.05.14.月.

40.
미래로 보내는 돈 (上)

친척을 만나기 전이면 괜히 맘이 싱숭생숭해지는 건 왜일까. 혈연과 결혼 등으로 건너 건너 연결되어 있긴 하지만 실은 서로 잘 모르는 사람들이라 그런 것 같다.

출근하기 전에 잠깐 외숙모와 큰이모를 만나기로 했다. 지난 구정 때 보고 세 달 만이었다. 만남을 주선한 것은 43살의 외숙모였다. 그녀는 오랫동안 보험 일을 해왔다. 49살의 큰이모는 외숙모의 지도를 통해 보험 설계사가 된 지 세 달째였다.

집 근처 단골 식당에서 풀어진 표정으로 두 여자를 기다렸다. 내게는 휴식과도 같은 표정이었다. 창밖으로 외숙모의 차가 등장했고 나는 활짝 웃기 위해 얼굴 근육을 움직이며 둘을 마주할 준비를 해봤으나 어쩐지 힘이 잘 나지 않았다. 배와 허리의 통증 탓이었다.

여느 때처럼 활기찬 목소리로 외숙모가 나타났다. 하이톤으로 따발총처럼 빠르게 말하는 분이었다.

어머슬아야반갑다!아니여기근처를빵빵돌았지뭐니간판이너무작아서말이야아까여기라고생각은했는데글쎄그냥지나쳐버렸다니까!저기까지갔다가유턴해서돌아서온거야~앉자앉자우리뭐시킬까여기맛집이니?뭐가맛있는지추천좀해줘홍대근처에맛집이많다고하던데

나는잘몰라서~

빠른 와중에도 모든 발음이 정확해서 내 귀는 쉴 틈이 없었다. 빈틈도 없어서 말과 말 사이에 맞장구를 치지도 못했다.

뒤따라 큰이모가 들어왔다. 큰이모의 발음은 분명한 법이 없었다. 그녀를 보면 굼뜨고 더디게 움직이는 나무늘보의 생이 떠올랐다. 늘 한 박자 느리게 반응하고 되물었다. 명료하고 분명한 복희와 그녀가 친자매라는 게 새삼 의아했다. 큰이모는 출퇴근을 하고 두 아이를 키우고 살림을 하느라 나무늘보만큼 오래 잘 수는 없었다. 오늘따라 눈 밑이 피곤해 보였다.

엔간해선 말의 주도권을 놓치지 않는 자와, 단 한 번도 말의 주도권을 쟁취해보지 않았을 듯한 두 사람이 내 앞에 앉아 주문한 메뉴가 나오길 기다리고 있었다. 그들은 오늘 내게 연금보험을 들으라고 권유할 것이다. 외숙모가 주된 설득을 맡고 큰이모는 옆에서 느리게 거들 것이다.

그것은 식사 후에 벌어질 일이므로 우리는 밥을 먹는 동안에는 근황 이야기를 나누는 게 적절했다.

외숙모, 잘 지내셨어요? 아픈 곳은 없으세요?

나야괜찮지뭐~일하구그러느라바쁘지그래도벌수있을때벌어야지않겠니노후자금도모아놔야하구…당장지금생활비가없어서가아니라미래를위해서열심히투자하고있어~슬아는건강하니?너옛날에비해살이많이빠졌다얘엄마가걱정하시겠어!요즘에는아픈데없니?

질문으로 끝나기 전에는 끼어들 수 없었다. 바톤이 나에게 돌아온 김에 나는 둘에게 침묵을 줄 만한 대답을 하고 싶어졌다.

오늘은 몸이 좀 안 좋아요. 어제 산부인과에서 루프 시술을 받았거든요.

잉?루우프?니가루프시술을했다고?

네. 확실히 피임하고 싶어서요.

외숙모는 입을 다무는 방식으로, 큰이모는 입을 벌리는 방식으로 놀라는 사람이었다. 외숙모의 빠른 수다를 듣기만 하기엔 출근 전까지 시간이 넉넉지 않은 데다가 오늘의 연금보험 관련 대화에서 주도권을 잃으면 끝장일 것 같아서 굳이 꺼낸 얘기였다. 몇 초 후에 외숙모가 물었다.

아니그러니까루프라는걸나도들어는봤는데그거를뭐야어디다넣는거니?

옆에서 큰이모가 느리게 검지 손가락을 들어 자신의 입속을 가리키며, 여기로? 라고 물었다. 외숙모가 큰이모의 어깨를 빠르게 찰싹 치며, 아유언니도참,그럴리가있어요?세상에! 라고 면박을 주었다.

나는 너무 크게 웃어버렸다.

입에 넣은 건 아니고요… 질을 통해서 자궁 안에 깊숙이 넣었어요. 자궁 내 피임 장치예요. 앞으로 연애를 최소한 5년 이상 할 것 같은데, 피임 걱정하는 게 너무 불안하고 힘들어서 고민하다가 어제 시술받았어요. 원래 하루이틀은 이렇게 아프다고 하더라구요. 내일이면 괜찮아질 거예요.

둘은 한동안 말이 없었다. 외숙모가 한참 만에 말했다.

슬아는참…자유스럽구나!

하나도 안 그래요, 라고 말하며 나는 웃었다. 자유라니. 나랑은 정말 안 어울리는 말이라고 생각했다. 성욕으로부터, 임신의 가능성으로부터, 연애의 기쁨과 슬픔으로부터, 경솔한 섹스를 해버리고 싶은 충동으로부터, 돈으로부터, 그밖에 많은 것들로부터, 자유로운 적이 없었다. 오히려 너무 안 자유로워서 받은 시술이었다.

외숙모는 자신의 딸 얘길 시작했다.

아이고우리지선이는연애라는걸도통안해~대학들어간지이년짼데아직아무도안사귄다니까.딴애들이하나둘남자친구사귀는데도개는안하더라구~나도물론개가막남자만나서자구그런거는안했으면좋

겠지만은자지는않더라도적당히연애경험을하는게좋지않을까뭐그런생각이야너무여러남자만나는건좀그렇지만~

큰이모는 옆에서 고개를 끄덕이며 말했다.

그러다가도… 어느 날 좋은 남자 한 번에 딱 만나서… 결혼하고… 그럴 수도…있구…

외숙모가 말했다.

그쵸언니그럴수도있을것같은데아무튼세상이너무흉흉하니까!통금시간은엄격하게하는편이야~

대화의 지분이 한쪽으로만 기운 것 같아 나는 큰이모에게 질문을 건넸다.

큰이모! 이모는 잘 지냈어?

큰이모는 외숙모보다 나이가 많았지만 나는 어렸을 때부터 이모들과는 친근한 사이였으므로 지금까지도 반말로 대화하고 있다.

응… 나는… 뭐… 재은이가 사춘기라… 만날 싸우고 그러지… 상처도 많이 받아…

재은이는 큰이모의 첫째 딸로 중학생이다. 옆에 있던 외숙모가 말했다.

그런시기일수록대화를많이해야돼요언니.사춘기라서예민하고그럴수록대화를최대한많이하고아무튼지간에서로말을계속해야돼요계속~

외숙모가 그렇게 했다는 것에는 의심의 여지가 없어 보였다.

큰이모는 최근 학교에서 재은이를 속상하게 한 남자애에 대해 느리게 이야기했다. 뭔 얘기인지 파악하기까지 오래 걸렸다. 참을성 있게 듣고 보니 그 남자애가 복도에서 재은이의 엉덩이를 때리고 지나간 사건이었다. 듣고 있던 외숙모가 발끈했다.

재은이엉덩이를?세상에누가여자를때려요어디서여자를때려!초등학생도아니고중학생이면그럼안되지!언니그래서그애엄마한테전화했어요?

큰이모가 머뭇거렸다. 아니… 전화를…

외숙모가 흥분했다. 전화를안했어요?어머나같았으면남자애엄마당장찾아가서난리쳤어~

큰이모가 다시 말했다. 아니… 전화를… 했는데…

외숙모가 추궁했다. 했는데?

큰이모가 마저 말했다. 전화를… 안 받아서… 바쁘신 것 같더라구…

외숙모는 밤늦게라도 전화를 꼭 해야 하며 남자애의 잘못을 분명히 알려야 함을 따다다다 일러주었고 큰이모는 천천히 고개를 끄덕였다. 재은이는 다음 주에 태권도 승급 심사를 받는데 엉덩이가 쑤셔서 잘 안 될 것 같다며 불평한댔다.

나는 큰이모에게 말했다.

이모, 재은이는 태권도를 좋아하나봐.

응… 안 시켰는데도… 재밌는지 잘 다니더라구…

좋네. 운동하는 거 되게 중요한 것 같아~ 특히 청소년기에 꾸준히 하면 기초 대사량도 높아지고 평생 체력의 밑천이 되잖아.

옆에서 외숙모가 말했다.

근데여자애들은해봤자안되는애들도있더라구~우리지선이도중고등학교내내합기도열심히시켰는데여전히약골이야픽픽쓰러져~

딴 얘기를 하고 싶어 외숙모에게 질문을 건넸다.

외삼촌이랑 지명이는 잘 있어요?”

잘있지~우리아들지명이는고등학생인데도벌써진지하게연애를해~저러다결혼한다고할까봐무섭다니까~애들결혼자금생각도미리해놔야되는것같아.지선이는딸이니까 한이삼천정도만준비해줘도괜찮은데 지명이는아들이니까최소육칠천정도는해야되잖아~ 아무래도집은남자쪽에서해야되니까아니이거는남녀차별이아니라남자는그 돈이없으면현실적으로결혼이성사되기가어렵잖니 아유그래서열심히외삼촌이랑나랑벌고있지뭐!

그렇구나…

하고 물을 마셨다. 밥이 어서 나오면 좋겠다고 생각했다. 허리와 배의 통증은 여전했지만 가임 능력이 한동안 차단된 게 다행처럼 느껴졌다. 안전하게 확보한 미래 같았다. 미래 중에서 내가 컨트롤할 수 있는 부분은 거의 없는데도 말이다.

그러나 잠시 후 그들은 더 먼 미래에 관한 이야기를 시작할 것이다.

2018.05.15.火.

41.
미래로 보내는 돈 (下)

12세기 제노바의 상인들은 멀리 떠나는 배에 관해 보험이라는 걸 들기 시작했다고 한다. 해상보험이었다. 혹시라도 있을지 모를 선박 사고의 손해에 대비하는 제도였다. 보험을 들어놓은 해상무역 종사자들은 사고 발생 시 채무의 일부 혹은 전부를 면제받는다는 조항이 있었다. 근대적 의미의 보험이 등장한 건 그때가 최초랬다. 위험을 예측하고 대비하려는 마음의 역사는 오래 전부터 지금까지 계속되고 있다.

오늘 외숙모와 큰이모가 내게 권유한 상품은 연금보험이다. 나는 연금에 대해 아는 게 거의 없었다. 먼 미래에 돌려받는 돈이라는 것 정도만 알았다. 데뷔 이후 국민연금 고지서가 몇 번 날아오긴 했다.

달마다 수입이 있기도 하고 없기도 한 프리랜서 작가에게 연금을 매월 내라는 게 가혹하게 느껴졌다. 원고료 수입이 한 푼도 없던 달에 국민연금공단에 전화해서 내 사정을 말했더니, 전에 고용됐던 연재처에 전화해 해촉증명서를 발급 받아오랬다. 더 이상 그곳에서 일을 하지 않음을 증명해야 한댔다. 이제는 나를 써주지 않는 웹툰 회사에 연락해 해촉증명서를 떼어주실 수 있느냐고 부탁해야 했다. 직원 분께서 친절하게 해촉증명서를 떼어주셔서 다행이었다. 겨우 벗어난 연금의 굴레를 외숙모가 다시 제안하고 있었다.

그니까슬아야네가노인이돼면더이상돈을벌수없을거잖아그치?

네… 아마도요.

은퇴후도생각해야한다는거야~지금은몸도건강하고쌩쌩하겠지만~

저 하나도 안 쌩쌩해요. 자주 아프고요. 난소에 물혹도 터지고 쓸개즙도 종종 역류하고 지금은 자궁도 아프고…

아이고그래슬아야힘들지그래도어쨌든경제활동을계속해야되잖아.

네. 그렇겠죠.

지금보다더힘없고경제적능력이없을때를대비해야돼노후준비를지금부터차근차근시작한다는거지이런게재무설계거든~

외숙모가 입은 폴라티 위에서 얇은 목걸이가 반짝이고 있었다. 화려한 것은 아니었다. 외숙모의 오피스룩은 단정하고 수수한 편이었다. 나는 그녀가 살이 찐 것을 본 적이 없다. 언제나 바쁘게 움직이며 일하고 살림하고 양육하고 친정과 시댁의 어른들을 살갑게 챙기는 분이었다. 그녀만큼 열심히 살 자신이 없었다. 나도 열심히 살긴 하지만 그녀와 같은 방식으로는 자신이 없었다. 웬만하면 파워워킹맘이 아닐 수 있는 방향을 열심히 모색하고 싶었다. 워킹도 좋고 맘도 좋았지만 가능한 덜 파워풀하길 바란다. 갑자기 옛날 생각이 나서 딴 얘기를 했다.

외숙모, 옛날에요, 외숙모가 둘째 임신했을 때 기억 나요.

지명이가졌을때?아유그때고생많이했지~

네. 외숙모 배 불러갈 때 회사에서 일하다가 갈비뼈 부러지셨었잖아요.

아이고그랬지말도마얘~의자에올라가서높이있는서류꺼내다가삐끗했지뭐야정말!

그때 얼마나 힘드셨을까 싶어요. 임신 중이라 엑스레이도 못 찍고 약도 못 드시고…

그랬지…그때갈비뼈도갈비뼈지만출근만하면그렇게하혈을하더라구… 집에있을땐괜찮았는데회사만가면피가쏟아져서일하기가너무힘들었어.습관성유산이될까걱정이었지…근데아유다지난일이지뭐~

외숙모는 늘 저 정도의 말로 시련을 마무리 짓곤 했다. 말이 무지 많지만 실은 엄살도 생색도 없는 분이었다.

생색이 없는 것으로 말할 것 같으면 큰이모는 더했다. 우리 엄마 복희가 아주 어려울 때 그녀가 몇 번 돈을 빌려주었던 것을 나는 기억하고 있었다. 복희만큼이나 그녀도 어려웠는데, 그 와중에도 여윳돈을 선뜻 내어주는 친동생이었다. 복희가 무거운 마음으로, 바로 못 갚을 수도 있다고 말할 때마다 이모는 말했댔다.

언니, 괜찮아. 천천히 해. 나는 괜찮아.

복희가 다 갚을 때까지 이모가 그 돈에 대해서는 일언반구도 하지 않았던 것도 알고 있다. 이모가 둘째를 임신했을 때에는 우리 집에 와서 지냈었다. 입덧이 심한 것은 복희 집안의 내력이었다. 외할머니가 그랬듯, 그녀 딸인 복희가 그랬듯, 큰이모 역시 지독한 입덧에 시달리며 몇 주를 누워 있었다. 내 엄마 복희는 그 옆에서 시중을 들고 이모의 첫째 딸 재은이를 돌보았다.

빈 접시를 사이에 두고 앉아 있는 우리는 어떤 고마움과 미안함과 짠함으로 얽혀 있는 사이였다.

내 마음을 더듬어보았다. 보험도 연금도 관심 없었다. 그건 내가 돈을 모아온 방식이 아니었다. 그러나 무엇보다 오늘 그녀들의 제안을 거절하고 싶지 않다는 걸 알게 되었다. 민망하게 만들고 싶지 않았기 때문이다. 진심을 말할 만큼 친하지 않았기 때문이기도 하다. 문제는 납부 금액이었다. 외숙모가 한 달에 30만 원씩 납부하기를 제안하고 있었기 때문이다.

그건 어려울 것 같아요. 월세만으로도 힘들어요. 제 최선은 10만

원이에요, 외숙모.

슬아야근데십만원내는거랑삼십만원내는거랑나중에혜택이너무 달라. 십만원내서불리는거랑삼십만원내서불리는거랑어떻게같겠어. 눈뭉텅이랑비슷한거거든? 많이부을수록그리고오래부을수록유리한 거야.

그래도 외숙모, 정기적인 지출이 너무 두려워요. 그래서 전세금 모으려고 이렇게 아등바등 버는 건데…

외숙모는 자신과 외삼촌이 아파트를 처음 얻게 된 계기를 열심히 설명해주었다. 아이엠에프 때 매매로 샀던 5500만 원짜리 15평 한신 아파트에 관해서였다. 그 집은 몇 년 만에 3000만 원이 올랐고 외숙모 부부는 서서히 집 평수를 늘려나갔댔다.

서민이부동산으로이득볼수있었던마지막세대였지~ 아무튼지간에슬아야미래를준비해야해. 예를들어너희엄마아빠가교육보험을들어놨으면은슬아네가이렇게학자금갚느라힘들지않을수도있었잖아~

나는 한숨을 쉴 수밖에 없었다. 매순간이 복희와 웅이의 최선이었음을 알기 때문이었다. 만약 최선이 아니었다면 더욱 다행이었다. 언제나 최선을 다해야 한다는 건 얼마나 끔찍한가. 게다가 교육 보험이란 말이 이상스럽게 들리기도 했다.

아무튼 외숙모. 한 달에 10만 원 선이면 계약할 수 있을 것 같아요.

가만히 있던 큰이모가 느리게 한마디 덧붙였다.

10만 원만 부으면… 미래에 후회할 수도 있어… 더 많이 부을 걸… 하고 말이야…

나는 그녀의 손을 덥썩 잡았다.

큰이모. 내가 후회를 안 하도록 잘 살아볼게.

외숙모가 아쉬워하며 계약서를 꺼냈다.

그래. 적은돈이지만노후준비를위해서조금씩붓는거야.

노후 준비라는 말도 이상스럽게 들렸지만 이 자리를 서둘러 무사히 마치고 싶어서 계약서를 확인했다. 계약서의 항목을 보면 보험이란 게 불안에 관한 커다란 산업임을 실감할 수밖에 없었다. 예측 가능한 리스크에 관해 예측 가능한 재화를 설계하는, 정말이지 이상한 구조였다.

계약서에 사인을 하며 나는 마음이 조금 무거웠다. 이 일로 외숙모와 이모를 조금은 원망하게 될까 봐. 10만 원의 저금을 할 수 있는 요즘이라면 괜찮지만, 10만 원조차 너무 아쉬운 달이 곧 올 수도 있다. 매달 다가오는 지출의 순간마다 두 사람을 미워하고 싶지는 않은데, 이것은 너무도 긴 약속이었다. 사랑하는 애인이랑도 이렇게 먼 미래를 약속한 적은 아직 없었다. 약속의 길이가 나를 주저하게 했다. 그저 10년 뒤 미슬이에게 보내는 돈이라고 생각하며 사인을 했다.

미슬아, 천천히 와줘, 하고 내 이름을 적었다.

계약서에 적힌 내 나이는 아직 만으로 25세였다. 연금을 환급 받기로 한 65세까지는 40년이나 남아 있는데 그 미래란 도대체 무얼지 감도 안 잡혔다. 너무 헛되게 느껴져서 물었다.

그런데 제가 65세에도 살아있을까요?

외숙모랑 큰이모가 동시에 쯧! 하고 나를 흘겨봤다.

큰이모가 말했다. 그런 말은… 하지 마…

외숙모가 말했다. 육십오세금방온다금방와!

둘의 반응에 나는 막 웃다가 말했다.

그치만 이모랑 외숙모도 아직 65살까지 안 살아봤잖아~

웃으면서 나머지 공란에 사인을 했다. 만약 65세 전에 사망할 경우 이 보험에 모인 돈은 누가 받느냐고 물었다. 배우자가 없을 경우 부모가 받고, 배우자가 있을 경우 배우자와 부모가 나눠 받고, 배우자와 자식이 있을 경우 부모를 제외한 둘이 받는다고 외숙모는 설명해주었다. 나는 이 연금에 대한 약속을 아마 10년 후나 10년 안에 깰 것 같았다. 정기적금 통장이라고 생각하면 마음이 편했다.

그보다 출근해야 할 미래가 30분 앞으로 다가와 있었다. 외숙모가 차로 영등포까지 태워주기로 했다. 그녀가 네비게이션을 잘못 봐서 양화대교를 두 번이나 되돌아갔다. 차가 속절없이 달리고 있었다.

어머어머어떡하니너늦어서어떡하니~

괜찮아요 외숙모. 딱 맞춰서 도착할 거예요. 날씨도 좋아서 드라이브하는 기분이에요.

오늘 나는 몇 번이나 거짓말을 한 것 같다. 조수석에 앉은 큰이모는 여느 때처럼 말이 없었다.

큰이모, 바쁘겠지만 요즘 날이 너무 좋으니까 가끔 짬 내서 이모부랑 데이트도 하고 그럼 좋겠다!

데이트라는 말에 이모는 작게 웃고는 느리게 말했다.

신랑이랑 나는… 요즘 조금… 소원한 것 같아. 우린 싸우지도 않아… 싸우려고 하면 신랑이 나가버리거든… 그냥 나가버려…

마음이 조금 슬퍼졌다. 그래서 딴 얘기를 했다.

큰이모, 옛날에 있잖아. 이모부랑 이모랑 연애하던 시절 생각 나. 둘이 데이트하다가 우리 집에 놀러왔었잖아. 그때 이모부가 나한테 인라인스케이트 알려줬는데.

그런 게 기억나니…?

응. 기억나지.

운전하던 외숙모가 말했다.

슬아야너는기억력도좋다! 나랑외삼촌젊었을때도기억나니?

그럼요. 외숙모가 외삼촌이랑 연애할 때도 기억 나요. 외숙모 그때 단발머리였잖아요. 얼굴이랑 목소리가 상큼하다고 생각했던 것 같아요. 외삼촌 그때는 하나도 안 뚱뚱했는데, 그쵸. 꽃미남이었는데. 둘이 엄청 닭살 커플이었던 것도 다 기억 나요.

외숙모가 운전대를 잡고 크게 웃었다. 자꾸자꾸 미래를 말하던 두 사람 뒤에서 나는 자꾸자꾸 과거만 말하고 있었다.

2018.05.16.水

42.
물속의 당신

내가 사랑하는 사진 한 장으로부터 이야기를 시작하고 싶다. 사진 속에서 우리는 동해안에 있다. 나는 여섯 살쯤이고 동생은 다섯 살쯤이다. 우리 아빠 웅이는 막 서른을 넘겼을 것이다. 완벽한 구처럼 보이는 웅이의 엉덩이와 확실한 기립근에서 나는 젊음이 무엇인지 다시 기억한다.

웅이는 우리를 점점 깊은 물로 데려가고 있지만 우리는 안전해 보인다. 튜브 매트리스 위에 있으니까. 어떤 도로 위에서도 그가 모는 차 안이라면 아무 걱정 없이 잠들었던 것처럼, 바다 위에 뜬 돗자리만 한 튜브 위에서도 나랑 동생은 나른했다. 물을 익숙하게 느끼도록 도와준 뒤 웅이는 우리에게 헤엄치는 법을 가르쳤다. 몸짓을 가르치기 전에 일러주었던 것은 물에 대한 두려움을 잊지 말아야 한다는 것이었다.

누구나 너무 쉽게 죽을 수 있어. 물에서는 특히 그래.

수영을 잘하는 것보다 중요한 건 물에서 자만하지 않는 것이라고 그는 말했다. 익사 사고 사례에는 수영을 아예 못 하는 사람보다 수영을 조금 할 줄 아는 사람의 비율이 더 높댔다. 웅이는 라이프 가드 취득자였고 장애인과 비장애인을 가르쳐본 수영 강사였다. 그리고 훗날에는 산업 잠수사가 된다. 물에서나 물 바깥에서나 조심성이 아주 많은 그에게서 수영을 배우며 자랐다. 수영장인지 계곡인지 바다인지에 따라 조금씩 다르게 헤엄치게 됐다.

우리 남매가 성인이 되고 나서도 웅이와 물에 들어갈 일이 드물게 있었다. 네 가지 영법을 이미 다 배웠어도 그에게 교정받을 부분은 언제나 남아 있었다. 웅이는 내가 평영할 때 손을 지나치게 곧게 편다며 그것은 정석이긴 하지만 뭐랄까 중급자의 손이라고 말했다.

상급자들은 이렇게 해.

물속에서 그가 악수하듯 양손을 앞으로 내밀었다. 나는 따라 해 보았다. 힘이 많이 들어가면 안 된다고 그가 덧붙였다.

자유형과 배영의 자세는 합격을 받았다. 자신 없던 접영도 합격이었다. 이어서 잠영과 입영을 다시 배웠다. 입영은 물 위에 얼굴만 내밀고 선 자세로 평영 발차기를 한쪽 발씩 번갈아 가며 내딛는 방식이었다. 제대로 하는 사람은 팔을 전혀 움직이지 않고도 자연스럽게 호흡하며 떠 있을 수 있었다. 웅이가 라이프 가드 훈련을 받을 땐 한 시간 동안 입영으로 떠 있는 것이 과제였댔다.

다음으로 배운 것은 퀵턴이었다. 자유형으로 달리다가 벽에 다다랐을 때 최대한 빠르게 그리고 멋지게 턴 하는 동작이었는데 나는 자꾸 벽에 미처 닿기도 전에 턴을 해서 다리를 뻗어도 디딜 곳이 없었다. 전혀 속도를 받지 못하자 웅이가 말했다.

벽에 머리가 부딪칠 것만 같을 때 턴을 해도 늦지 않아.

그러나 그것은 너무 두려운 일이었다.

마지막으로 배운 것은 스타트였다. 물 밖에서 자세를 잡고 손을 뻗은 뒤 입수하려고 하자마자 그가 말했다.

팔을 너무 쭉 펴지 마. 초짜 같아 보이니까.

나는 즉시 팔을 살짝 구부렸다. 웅이는 익숙해진다면 아예 팔을 내밀지 않아도 좋다고 말했다.

먼저 펄쩍 뛴 다음에 공중에서 팔을 펴고 물속에 입수해도 돼.

그는 자신이 말한 대로 시범을 보여주었다. 공중에서 포물선을 그리며 부드럽게 입수했다. 정말이지… 아름답고 깔끔한 스타트 다이빙이었다.

그는 물속에서 뭔가 시범을 보일 때마다 이렇게 말했다.

아가들아. 아빠가 어떻게 하는지 봐.

그럼 나랑 동생은 물안경을 꼈다. 그가 시작하면 우리는 숨을 참고 물속에 얼굴을 넣었다. 물 위에서는 그가 얼마나 잘하는지 다 알 수가 없었기 때문이다. 놓치기 아까운 광경이라 숨을 참고 물속에서 아빠를 보았다. 아빠는 구경하는 우리보다 훨씬 더 오래 숨을 참고 수영할 수 있었다. 그가 헤엄치고 지나간 자리에는 완벽한 모양의 파동이 일정하게 남았다가 사라졌다. 물을 시끄럽게 만들지 않는 몸짓이었다.

그는 6년간 산업 잠수사로 일했다. 산업 잠수사들은 물속에서 담배 피우는 거 빼고는 거의 모든 일을 할 수 있다. 지상의 공사 현장에서 작업자가 하는 온갖 노동을 다 할 수 있다는 말이다. 물속에서 그런 일을 해내는 사람들을 산업 잠수사 혹은 커머셜 다이버라고 부른다.

그들은 해안가 수면 아래로 잠수해 교각과 부두와 항구 등의 커다란 건축물을 세운다. 우리가 아는 물속 구조물들의 모든 뿌리와 기둥은 그들의 작업 결과이다. 바다에 가라앉은 온갖 쓰레기들을 치우기도 한다.

모든 발전소는 물가에 있기 마련이다. 뭔가를 태워서 열을 내든 수력 발전을 하든 발전소에는 바람개비 모양의 커다란 '터빈'이라는 게 필요하다. 물, 가스, 증기 등을 연료로 터빈을 돌리면 전기가 생산된다. 가동될수록 엄청나게 뜨거워져서 그 열을 대량의 물로 자주 냉각시켜야 하므로 발전소는 강가 혹은 해안가에 지어지는 것이다.

나의 아빠 웅이는 원래 산업 잠수사들의 보조로 고용된 사람이었다. 그 역할은 텐더라고 불린다. 텐더는 잠수사들이 물에 들어갔을 때 작업선에서 대기하며 그들의 숨길을 체크한다. 숨을 전달하는 호스와 공기를 압축해 밀어넣는 컴프레서를 확인하며 물속 노동자들에게 숨이 제대로 주입되고 있는지 끊임없이 살펴야 한다. 조금이라도 문제가 생기면 잠수사들은 금세 익사하거나 질식사할 것이다.

텐더 일만 하던 웅이가 직접 잠수를 하게 된 것은 물론 돈 때문이었다. 텐더가 받는 페이의 두세 배쯤 많았다. 생명 수당이기 때문이다. 그 무렵 웅이는 우리 남매를 키우고 빚을 갚느라 열심히 벌어도 부족했다. 수영이 능숙했고 각종 막노동 현장에서 몸으로 익힌 경험이 충분했기 때문에 그는 금방 잠수사가 될 수 있었다.

잠수사들은 잠수복을 입고 장비를 챙긴 뒤 작업선의 컴프레셔와 연결된 호스를 착용하고 입수한다. 공기통의 제한된 공기로는 오랫동안 잠수할 수 없기 때문에 수면 위로부터 공기를 주입받는 호스를 착용해야 하는 것이다. 짧게는 두 시간, 길게는 여섯 시간 동안 물속에서 일한다.

나는 시간에 대해 생각한다. 물속에서의 몇 시간이 어떻게 흐를지 잘 상상되지 않기 때문이다.

웅이는 말했다.

그 시간은 너무너무 외롭고 무서워.

물속은 춥고 깜깜하다. 그리고 온갖 악취가 난다. 서해이기 때문이다. 동해와 달리 뻘이어서 바닷물이 아주 탁하고 시야가 거의 나오지 않는다. 물에 들어간 잠수사가 자기 손을 코앞에 바짝 갖다 대야만 겨우 보일까 말까 할 정도로 시야가 안 좋다.

그런 곳에서 망치질, 삽질, 칼질, 톱질, 용접 등을 하는 게 웅이의 일이다. 돌을 옮기거나 흙을 쌓거나 콘크리트 구조물을 조립하는 일도 한다. 아무도 없는 춥고 어두운 곳에서 기계적으로 단순 작업을 반복하다 보면 머리가 멍해진다. 그럴 때 웅이는 자꾸 생각을 해야만 한댔다. 만약 공기가 끊긴다든지 뭔가 급박한 사고가 생겼을 때 어떻게 물속을 벗어나 수면 위로 올라갈 것인지. 비상탈출을 계속 시뮬레이션해야만 위급할 때 생존할 수 있다.

물속에서 작업을 하다가 잠수사들이 종종 패닉 상태에 빠질 때가 있어.

왜? 라고 내가 묻자 웅이는 무서워서라고 말했다.

어떤 종류든 간에 공포야. 겁에 질리는 거야. 사실은 공기가 안 들어오는 것도 아니고 아무런 문제 상황도 아닌데 그냥, 어둡고 춥고 혼자인 바닷속이 너무 두려운 거야. 정신이 나가면 사람은 호흡이 빨라지게 돼. 숨을 계속 쉬고 있는데도 숨이 빨라져. 사람은 숨을 쉬면서도 질식할 수 있어. 과호흡으로 죽을 수가 있어.

그럴 때 어떻게 해야 해?

내가 묻자 웅이가 대답했다.

잠수사마다 방법이 달라.

아빠는 어떻게 해?

나는 물속에서 들고 있던 장비들을 다 내려놔. 그리고 가까운 기둥을 찾지. 그걸 향해 열심히 헤엄쳐가서 기둥을 온몸으로 꽉 껴안아. 팔이랑 다리를 죄다 그 기둥에 붙이고 꽉 끌어안는 거야. 사랑하는 사람 껴안을 때처럼. 그걸 껴안고 나는 돈 생각을 했어. 보름 후에 월급이 들어온다고. 그 돈으로 할 수 있는 것들을 계속계속 생각했어.

2018.05.18.金.

43.
작업하는 당신 (上)

웅이가 넥타이 맨 모습을 나는 본 기억이 없다. 넥타이를 매야 하는 일에 종사한 적이 거의 없었기 때문이다. 그렇다면 웅이의 작업복은 무엇인가. 그가 노동했던 현장의 종류만큼 다양할 것이다.

산업 잠수사였던 시절 그는 잠수복을 입고 일했다. 잠수복의 종류로는 크게 세 가지가 있다고 웅이는 내게 말해주었다. 가장 흔한 것은 네오플랜 재질 잠수복이다. 이걸 입으면 바깥에서는 물이 들어오지만 다시 나가지는 않는다. 그럼 신체와 잠수복 사이에 아주 얇은 물막이 형성되는데 체온 때문에 물막은 금방 데워진다. 목과 손목과 발목은 노출된 디자인이라서 잠수 신발, 잠수 장갑, 머리에 덮는 후드를 써야 한다.

두 번째는 스펀지 고무로 된 까만 잠수복이다. 해녀들이 입는 것과 같다. 발포 스펀지 고무이며 완전 방수가 가능하다. 보온성이 좋지만 잘 찢어진다. 조금만 스크래치가 나도 벌어진다.

세 번째 잠수복은 드라이 슈트이다. 머리부터 발끝까지 원피스로 되어 있다. 장화까지 달린 일체형 한 벌이다. 사이즈가 커다랗기 때문에 안에 내복을 여러 개 껴입을 수도 있다. 목과 손목과 발목 부분에 밴드가 있어서 물을 완전히 차단할 수 있다. 이 잠수복은 혼자서 착용하기가 어렵다. 누군가가 등 뒤에 달린 방수 지퍼를 있는 힘껏 잠가줘야 한다. 그 지퍼만 30만 원이고 슈트 값은 저렴한 게 150만 원이다. 레저용이 그렇고 산업용은 훨씬 더 비싸다.

웅이처럼 장시간 깊은 물속에서 노동하는 사람들은 이 드라이 슈트라는 것을 입는다. 오리발은 대부분 착용하지 않는다. 해저 바닥에서 선 채로 작업할 일이 많기 때문에 오히려 번거롭다.

입수 전에 웅이는 스트레칭을 해야 한다. 그리고 호흡을 가다듬어야 한다. 그는 들어간 곳에서 다시 못 나올 수도 있다는 생각을 하고 있다. 그렇게 되지 않아야 한다고 마음을 다잡으면서 숨을 들이쉬고 내쉰다.

잠수복을 다 입고 준비를 마치면 웅이는 웨이트 벨트를 맨다. 사람이 맨 몸으로는 깊게 가라앉지 못하기 때문이다. 20킬로그램짜리 납 벨트를 상체 이곳저곳에 분산해서 매단다. 멜빵처럼 매놓는다. 춥지 말라고 내복을 여러 겹 입었듯 장갑도 여러 겹을 낀다. 그럼 손이 이따시만 해진다.

웅이가 입은 잠수복에는 호스가 연결되어 있다. 숨을 쉴 수 있도록 공기를 주입받는 호스다. 산업잠수사들은 공기통을 쓰는 대신, 지상에서부터 연결된 호스를 통해 공기를 주입 받는다. 산소가 아니고 공기다. 100퍼센트 산소만 마시면 사람은 이빨이 다 삭아버리고 죽음에 이르게 된다. 공기를 바닷속까지 밀어 보내려면 매우 큰 압력이 필요하다. 컴프레서가 호스를 통해서 하는 일이다. 일반 호스로 하면 잘 터지므로, 내부 압력을 잘 견딜 수 있는 호스를 써야만 한다.

드라이 슈트를 입고 입수를 한다. 처음 물에 들어갈 때는 춥지 않다. 손이랑 발이랑 얼굴 정도에만 차가움을 느낄 뿐이다. 웅이는 30미터쯤을 하강한다. 최소 그 정도 수심에서 작업을 시작한다.

물속에서 웅이는 자신의 숨소리를 듣는다. 호스를 입에 물고 있어서 말을 할 수는 없지만 들이쉬고 내쉬는 호흡 소리는 끊임없이

들을 수 있다. 물속에서도 살아서 숨을 쉬고 있다. 자기 숨소리 말고 생물들의 소리도 들려온다. 물이 탁해서 다 볼 수는 없어도 들을 수 있다. 물고기가 가까이 지나가는 소리. 물고기 뒤에 남은 물방울들이 흩어지는 소리. 저 높이 수면 위에 배가 지나가는 소리. 그리고 자신이 일하는 소리. 생생하게 들려온다. 물은 소리를 잘 전달하는 입자이기 때문이다.

물속에서 웅이는 냄새를 맡는다. 대체로 악취이다. 바닷속 온갖 쓰레기의 냄새와 바다 짠 내. 가라앉은 배와 같은 구조물에 들어갈 경우 쇳가루의 비린내가 난다.

작업을 하면서 웅이는 느낀다.

손 시려. 발 시려.

몇십 분이 지나면 온몸이 추워지기 시작한다. 최소 두 시간은 견뎌야 하는데 가끔은 물속이 너무 추워서 작업을 계속할 수가 없다. 그럼 웅이는 공구들을 잠시 다 내려놓는다. 웅이가 입은 드라이 슈트의 왼쪽 어깨 부분에는 슈트 내 공기를 조절하는 버튼이 있다. 상황에 따라 주입할 수도 있고 뺄 수도 있다. 입수해서 물에 가라앉을 때는 최대한 공기를 빼놓았다. 부력을 줄이기 위해서다. 물속 압력이 수트를 웅이 몸에 딱 달라붙게 하니까.

하지만 지금 웅이는 너무나 추위를 느낀다. 그래서 어깨 부분의 버튼을 조절해 슈트 안으로 공기를 주입시킨다. 호스를 통해 웅이의 잠수복 속으로 공기가 들어오면, 웅이의 상체가 부– 하고 부풀며 뚱뚱해진다. 공기가 너무 많이 주입되지는 않도록 조절을 잘해야 한다. 너무 많이 넣었다가는 웅이의 몸이 급속도로 수면을 향해 높이 상승해버린다. 많이 넣으면 로켓처럼 수직 상승할 수도 있다. 아주 위험할 경우에만 택해야 하는 급상승이다.

육상에서 내려온 공기는 수온보다 따뜻하다. 웅이의 상체와 잠수복 사이를 따뜻한 공기가 채운다. 하지만 아직 발은 시렵다. 공기가 하체까지 내려가지는 않았기 때문이다. 부력 때문에 공기는 자꾸 위로만 떠오르려고 한다. 웅이는 읏차, 하며 자신의 몸을 거꾸로 세운다. 물속에서 물구나무를 서는 것이다. 그럼 상체에만 몰려 있던 공기가 허벅지로, 종다리로, 발로 올라가서 발가락까지 닿는다. 시렵던 하체를 따뜻한 공기가 감싼다.

웅이는 그렇게 자신의 몸을 데운다. 유영하듯 물구나무를 서며 공기를 골고루 맞이한다.

5분 정도 몸을 데우고는 다시 작업에 임한다.

버튼으로 공기를 다시 쫙 빼면 부풀었던 잠수복이 다시 웅이의 몸에 달라붙는다.

2018.05.21.月.

44.
작업하는 당신 (下)

드라이 다이빙이라는 용어가 있다. 마른 다이빙이라고도 한다.

잠수사가 입수하기 전 아직 육상에 있을 때, 물속에서 할 작업을 미리 시뮬레이션해보는 걸 말한다. 잠수사들은 장갑을 여러 겹 끼는 탓에 양손이 둔해지고 커다래진다. 뚱뚱한 손으로도 아주 작은 볼트를 다룰 줄 안다.

그런 손재주를 두고 손에 눈이 달렸다고 말해.

웅이가 덧붙였다.

드라이 다이빙을 하며 그는 작업의 내용뿐 아니라 비상탈출 방법도 머릿속에 그려보곤 했다. 어떻게 물속을 탈출할지 자꾸 상상해봐야만 정말로 일이 터졌을 때 최대한 빠르게 움직일 수 있을 테니 말이다. 미로 같은 구조의 선내에서 작업할 때 그는 배에서 나가는 경로를 계속 외웠다. 탈출의 지도였다. 출구를 찾지 못하면 죽게 된다. 몸에 주렁주렁 매달린 호스들을 어떻게 꼬이지 않게 처리하면서 나갈지도 생각했다. 수면을 향해 아무리 빠르게 헤엄쳐봤자 호스가 어딘가에 걸리면 몸도 속수무책으로 꼼짝 못하기 때문이다.

그런 공포를 도저히 견딜 자신이 없어서 나는 묻는다.

어째서 산업 잠수 일을 하게 된 거야?

돈 때문에 그럴 수 있었다고 웅이는 대답한다. 능력이 닿는 일이기도 했다. 다른 산업 잠수사들의 동기도 아마 돈 때문이 아닐까 하고 웅이는 짐작해보지만 그들 각자의 계기를 다는 알지 못한다.

국내 산업 잠수사의 인구는 천 명이 안 된다. 수영과 잠수에 능숙한 사람들의 숫자보다 훨씬 적다. 강릉에 있는 한 대학에는 산업 잠수학과가 있고 졸업하면 산업 잠수 자격증이 나오는데, 취득한 학생들을 산업 잠수 현장에 데리고 오면 5분도 안 되어 울며 나가는 이가 태반이라고 할 정도로 험난한 노동 환경이다. 산업 잠수사 중에는 신체의 극한을 경험해본 자들이 많다. 해병대나 UDT나 SSU 출신들.

반면 웅이는 그냥 육군 출신이었고 잠수사가 될 생각은 없었다. 몇 년 전 잠시 일자리를 잃은 그는 텐더로서 잠수사들의 보조 일을 하기 위해 오랫동안 집을 떠났다. 현장은 전라남도 영광에 있는 원자력 발전소였다. 처음 하는 일이었지만 금방 적응해 착실하게 잠수사들을 도왔다. 장비랑 공구 챙겨주고 잠수복 입혀주고 벗겨주고 작업선에서 중요한 일들을 상시로 체크했다. 배 위에서 커피를 타다 주거나 손이 젖어 있는 잠수사들 대신 담배에 불을 붙여서 그들 입에 물려주기도 했다.

웅이는 총 일곱 명의 잠수사 옆에서 텐더 일을 했는데 어깨 너머로 봐도 모든 상황을 거의 다 이해할 수 있을 것 같았다. 작업선에서만 짐작하다가 한 번은 잠수하여 꼼꼼히 확인해보았다. 물속 현장은 웅이가 예상했던 그대로였고 그는 잠수사가 되기로 결심했다. 어차피 집 떠나서 고생하는 거라면 많은 돈을 받고 일하는 게 나았기 때문이다. 일반 레저 잠수 자격증은 이미 취득한 상태였다. 배 위 말고 배 아래에서 노동하기 시작했다.

물속에서 웅이는 단순 작업을 하는 경우가 많았다. 끊임없이 진흙을 파내거나 콘크리트를 계속 옮겼다. 기계적으로 반복하다 보면 머리가 멍해지곤 했다. 추위와 압력과 어둠 때문에 멍해지기는 더욱 쉬웠다. 주변에 무슨 상황이 벌어지는지 놓치는 경우도 왕왕 있었다. 시야가 안보이니까. 어떤 잠수사는 물속에서 멍하게 용접하다가 자신의 호스를 잘라버리는 실수를 저지르기도 한댔다. 그러니 계속 생각이란 걸 해야만 한다고, 사고의 긴장 상태를 유지해야만 한다고 웅이는 말했다.

다시 물 위로 올라갈 때는 무슨 생각했어?

내가 묻자 웅이가 대답했다.

너무너무 빨리 올라가고 싶다는 생각. 그렇지만 마음처럼 빨리 올라가면 안 돼. 참으면서 올라가야 해.

안 그러면 잠수병을 앓게 된다. 잠수사들 사이에서는 그 증상을 '벤즈 먹었다'라고 한다. 잠수병은 압력과 관련된 병이다. 압축된 공기를 오랫동안 들이마시면 질소가 체내에 축적된다. 천천히 물 위로 올라와야 하는 이유는 감압을 통해 그 질소를 몸에서 빼내야 때문이다. 느린 감압 없이 급하게 상승하면 폐포가 터져서 폐가 손상된다. 또한 체내에 갇힌 질소가 빠지지 않고 관절로 옮겨가서 뼈를 썩힌다. 그걸 골괴사라고 한댔다. 질소가 뼈를 썩게 만든다는 걸 나는 웅이에게 처음 배웠다. 감압에 관한 지식이 충분하지 않았던 옛 어촌 사람들 중 뼈가 성치 않은 이들이 특히 많았던 것과 같은 경우랬다.

작업이 무사히 끝나면 웅이는 자신이 머물렀던 수심을 확인한 뒤 정해진 속도로 올라와야 했다. 그 속도란 1초에 15cm씩이었다. 몇십 미터를 그렇게 천천히 올라와야만 한다. 다이빙 테이블에 의한 상승법이었다. 어느 수심에서 얼마나 머물렀는지에 따라 물속에서 멈춰있어야 하는 시간이 과학적 데이터로 정리되어 있었다. 다이빙 테이블이란 그런 규칙에 관한 잠수표다.

15cm는 웅이의 주먹 하나와 대략 비슷한 너비이다.

그래서 웅이는 한 주먹씩 번갈아 잡으며 수면을 향해 상승하곤 했다.

물 위를 향해 수직으로 뻗은 기둥을 차근차근 올라오는 그를 나는 그저 상상해볼 수밖에 없다. 기도하듯 양 손을 모으며 육지로 올라오는 그의 마음을 다 알기가 두렵다.

2018.05.22.火

45.
겁 많은 우리들

7년 전 봄에 나는 서울 남쪽에서 돈을 벌고 학교에 다니는 학부생이었다. 내 동생 찬이는 서울 서쪽에서 알바를 하고 노래를 만들어 무대에 오르는 밴드맨이었다. 내 엄마 복희는 경기도 남양주에서 마트의 빵집 알바와 닭갈비집 직원을 전전하다가 작은 가게를 차려 구제 옷을 파는 상인이었다.

그리고 웅이.

웅이는 전남 영광의 원자력 발전소에서 물속 쓰레기를 치우는 잠수사였다.

각자의 가난을 각자의 방식으로 감당하며 살아갔다. 가끔 행복했고 이따금 견딜 수 없는 날들이 각자에게 찾아왔다. 서로 다 알지는 못했다.

복희는 구제옷 더미 사이에서 땀을 뻘뻘 흘리며 물건을 해와서는 여느 때처럼 가게 문을 열고 옷을 손질하고 있었다. 그때 갑자기 멀리 있던 웅이가 복희 앞에 나타났다. 몇 달간 못 보고 지낸 웅이였다.

복희는 갑자기 나타난 웅이를 보고 너무나 놀라버렸다. 아직 영광에서 돌아올 때가 아닌데 어째서 이렇게 나타난 것인지 의아했다.

고동색으로 그을려진 웅이의 전신을 보며 복희는 물가에 머문 시간의 길이를 짐작할 수 있었다. 그가 몹시 소진되어 있음을 알아보았다. 그 모습은 복희를 겁나게 했다. 무슨 일이 있었는지 웅이는 복희에게 다 말하지 않았다. 웅이가 익사에 얼마나 가까이 있었는지 알게 된 것은 한참 후였다. 몇 번이나 죽음이 코앞에 다가왔었는지 입 밖으로 꺼내기까지 웅이에게도 시간이 필요했다.

영광 원자력 발전소는 어마어마하게 넓은 곳이었다. 총 다섯 개의 거대한 시설이 있고, 한 시설을 청소하는 데에만 한 달이 걸렸다. 청소 중에는 원자로가 가동을 멈췄다. 물속에 있는 커다란 펌프가 거센 힘으로 물을 끌어오기 때문에 입구엔 엄청난 양의 쓰레기들과 뻘 먼지들도 딸려왔다. 펌프 앞에는 필터가 여러 단계로 설치되어 있었는데 웅이가 잠수해서 하는 일이 그 필터를 청소하는 것이었다.

바다에는 물때가 있다. 간조와 만조. 달의 인력 때문에 생기는 조수간만의 차가 서해에는 특히 컸다. 밀물과 썰물에 따라 수심의 높이가 10미터쯤 났다. 그 사이에 정조가 있다. 정조라고 해서 물이 멈추는 것은 아니고 물살이 약한 상태를 말했다. 물살이 아무리 약해도 그 안에 사람이 들어가면 멀리 세차게 떠내려갈 수 있는 상태다. 정조를 기준으로 30분 전에 입수해서 30분 후에 나오는 게 원칙이었다. 하지만 노동 조건상 그렇게 할 수 없었고 웅이를 비롯한 잠수사들은 정조 앞뒤로 2시간, 그러니까 4시간 이상 물에 들어가 일했다.

어느 날, 웅이의 잠수 도중 작업선의 공기 컴프레서가 툭 하고 빠져버렸다. 여느 때처럼 탁하고 깊은 물속에서 일하던 웅이에게 공기가 중단되었다.

헉, 하고 숨을 쉴 수 없었다.

물속에서 호흡이 갑자기 끊겼을 때 사람이 버틸 수 있는 시간은 고작 20초 내외였다. 그러나 웅이가 있던 곳은 수심 삼사십 미터의 깊은 물이었다.

숨을 못 쉰다는 걸 감지한 순간부터 그는 욱, 욱, 하고 발버둥치며 납벨트를 벗었다. 호스도 되는대로 마구 제거했다. 1초라도 빨리 물 위로 올라가야 했는데 오리발이 없어서 올라가는 추진력이 없었다. 아무 것도 보이지 않아 어디가 위이고 아래인지 몰랐다. 수면으로 헤엄치고 있는 건지 수중으로 헤엄치고 있는 건지도 몰랐다. 물속이 너무도 아득하여서 뭔가를 필사적으로 붙잡았다. 손이 얼어서 잘 붙잡히지도 않았다. 굵은 호스를 잡고 그저 안간힘을 쓰며 어디론가 올라갈 뿐이었다. 흙탕물이 웅이 콧속으로 입속으로 마구 들어왔다. 그걸 꿀떡꿀떡 먹어가며 수면을 향해 발버둥쳤다.

웅이가 덜 민첩했다면 몇 초가 더 늦어졌을 것이다. 그 몇 초 때문에 그는 익사하거나 질식사했을 것이다.

살아나온 웅이가 기진맥진한 채로, 더 이상 못하겠다고 말했을 때 아무도 그에게 뭐라고 할 수 없었다. 시체로 나오지 않은 것에 대해 안도할 뿐이었다. 텐더와 다른 잠수사들이 탈진한 웅이의 온몸을 건져올렸다.

웅이가 잠수 일을 그만두고 1년 사이에 정확히 그가 일하던 자리에서 두 명의 잠수사가 목숨을 잃었다.

그리고 또 다른 잠수사가 있다.

깊은 물속에서 너무 많은 이들을 너무 늦게 안아버려서 더 살아갈 힘을 낼 수 없었던 고 김관홍 잠수사라는 사람을, 우리는 알게 되었다. 그는 가라앉은 세월호에 들어갈 때 딱 두 가지만 생각했다고 말했다. 옳은 일인가. 내가 할 수 있는 일인가.

그에 관한 책을 읽는 내내 나는 웅이를 생각했다. 2014년 4월에 내가 아는 사람들은 모두 많이 울었다. 웅이도 마찬가지였다. 회색 바다 한가운데에 침몰한 배를 비추는 화면 앞에서 수건으로 눈물을 닦아가며 펑펑 울던 그를 기억한다. 물속의 공포를 아는 그에게 세월호는 더 구체적으로 끔찍하게 다가왔다. 그때부터 시작되어 아직까지도 계속되는 슬픔이 이 나라에는 있다. 끝나지 않은 질문들과 해결되지 않은 문제들이 있다.

세월호가 침몰했을 때 웅이에게도 제안이 왔었다. 민간 잠수사로 와서 시신 수습에 참여할 수 있겠느냐는 제안이었다. 잠수사들은 그렇게 알음알음 서로에게 일을 연결했다. 웅이가 원자력 발전소에서 일을 그만두고 1년 뒤였다. 웅이는 가지 못했다. 겁이 나서. 죽기 싫어서.

나는 그 선택이 웅이의 가슴에 어떻게 남아 있을지 궁금했다. 옳은 일이고 할 수 있는 일인데도 겁이 나서 가지 못한 것에 대해 웅이는 혹시 부끄러워할까. 하지만 물어보지 못했다. 이 질문이 웅이의 마음을 무겁게 할 것이므로. 그리고 실은 내가 안도하고 있으므로. 그가 가지 않은 것에 대해서.

세월호를 둘러싼 잠수 환경이 얼마나 말도 안 되게 위험했는지 기사와 책과 인터뷰를 통해 읽어왔기 때문이다. 웅이가 원자력 발전소에서 그랬듯, 세월호의 민간 잠수사들도 정조 앞뒤로 몇 시간을 초과 잠수했다. 유독 물살이 거센 부근인데도 그랬다. 그곳에서 일했던 잠수사들은 모두 몸과 마음에 심각한 외상을 입었다. 그들에 관한 책을 아주 느리게 다 읽었다. 무섭고 고통스러운 이야기들이라 빨리 읽어나갈 수 없었다. 겪은 사람도 있고 쓴 사람도 있는데, 나는 고작 읽는 것도 두려워했다. 웅이가 할 수도 있었을 일이다. 그가 갔다면 마주했을 현장이다.

웅이의 발목을 잡은 건 겁이었다. 그가 이따금씩 스스로를 책망할까 봐 나는 마음이 무거웠다.

한 친구는 내게 말했다. 망설이는 자들의 용기도 있는 것이라고. 주저하는 사람들이 할 수 있는 일도 있는 것이라고. 자기 목숨을 조심하고 아끼는 사람이 살아남아 해야 할 일이 또 있는 것이라고.

나는 웅이가 깊은 물속에서 온갖 일을 다 하고도 다시 올라왔다는 사실을 기억하고 안도한다. 주먹을 하나씩 얹어가며 천천히 올라오는 날도 있었고 흙탕물을 먹어가며 발버둥치고 올라오는 날도 있었다. 얼마나 쉽게 숨이 끊어질 수 있는지 그는 몸으로 안다.

우리는 이렇게나 나약하고 가까이 다가온 죽음 앞에서 속수무책이다. 건강과 평안이라는 게 얼마나 희귀한 상태인지, 지속하는 것은 또 얼마나 어려운지 우리는 안다.

그치만 어쨌든 당신과 나는 살아 있다. 살아 있는 내가 살아 있는 웅이를 보고 듣고 있다. 강하고 나약한 당신. 지키고 싶은 게 많은 당신. 그래서 겁이 많아진 당신. 조심하며 살아가는 당신.

그런 당신에 대해 적는다. 이 글을 살아 있는 당신들이 보고 있다. 오늘 밤은 그저 그 사실에 안도한다. 그럴 수 없었던 사람들을 기억한다. 우리가 선 자리에서 무얼 할 수 있는지 생각하며 살아간다.

2018.05.23.水.

46.
양의 간극

양이라는 애에 관해 조금 말해보고 싶다. 그녀는 나의 절친 중 한 명이고 성이 양 씨다. 느낀 만큼 말을 못해서 손해 보는 자와 느낀 것보다 더 말해서 손해 보는 자로 인간을 분류한다면 양은 후자에 가깝다. 커다란 눈코입을 시원시원하게 놀리며 별말을 다 해댄다. 사람 얼굴을 잘 기억하지 못하는 이도 양의 얼굴만은 뚜렷하게 기억할 것이다. 누군가는 그녀를 두고 자우림밴드의 김윤아를 닮았다고 했고, 아만다 사이프리드를 닮았다고도 했고, 사탄의 인형을 닮았다고도 했고, 개구리 공주를 닮았다고도 했다. 내 눈에 양은 그저 양처럼 생겼다.

나의 요즘 애인 하마의 머릿속에도 양의 첫인상은 강하게 자리 잡았다. 그녀가 하마에게 쉴 새 없이 말을 던졌기 때문이다.

'아주 그냥, 남자시네요!'라는 말로 시작해서 '양말이 짝짝이시네요'라든지 '듬직하고 멋스러우시네요'와 같은 마음에도 없는 창피한 소리를 일부러 해댔다. 너스레로 그녀를 이길 자는 없었다. 친구의 애인을 좀 곤란하게 만들기 위한 농담이었으며 실제로 하마는 곤란해졌다. 낯을 가리는 데다가 딱히 대답할 말도 없었는지 그는 계속 가만히 있었다. 가만히 있는 그에게도 양의 폭격은 계속되었다.

하마 씨는 정말 가만히 있으시네요. 대답도 없으시고 미동도 없으시네요. 움직이는 건 귀걸이뿐이네요.

자리에 있던 사람들의 시선이 일제히 하마의 귀로 향했다. 정말 귀걸이만이 귓불에 매달려 달랑거리고 있었다. 모두가 빵 터졌고 하마는 부끄러워했다. 옆에 있던 친구 도이가 그만하라며 양을 나무랐다. 나도 주접떨지 말라며 양을 나무랐다. 도이는 진짜로 나무랐지만 나는 가짜로 나무란 것이었다. 그녀 식의 환대라는 걸 알았기 때문이다. 양을 말리는 척하면서 속으로는 몹시 신나하는 게 내 포지션이었다. 경솔하게 장난치고 싶은 마음은 양에게나 나에게나 있었다. 다만 양이 늘 먼저 아무 말이나 내뱉기 때문에 나는 뒤에서 나무라는 척하며 계속 관전할 수 있었다.

하지만 양의 장난기가 나를 향할 땐 아주 피곤하다. 그녀는 주로 인터넷 세상에서의 내 유명세에 관해 마음껏 놀리곤 했다. 같이 길을 걷던 와중에 갑자기 낯선 사람처럼 내 팔뚝을 살짝 잡으며

저기요, 혹시 이슬아 작가님 아니세요? 저 진짜 팬이에요. 얼빠에요!

라고 말한다든지, 내 인스타그램 팔로워 숫자를 열 배나 부풀려 10만 명이라고 말하는 식이었다. 한술 더 뜨는 것도 모자라 세 술 정도 더 떴다. 한 번은 이렇게도 말했다.

슬아야. 너는 인스타 스타니까 홍대 한복판에 가서 마이크 들고 이렇게 외쳐라. '일간!'이라고. 그럼 사람들이 '이슬아!'라고 환호할 거야. 일간! 이슬아! 일간! 이슬아! Ho~

그러고선 이제 슬아가 건물 한 채 사는 건 일도 아니라며 너스레를 떨었다. 연예계에 진입해 임시완을 만날 경우 사인을 받아달라는 말도 덧붙였다. 너무 허황되어 모두를 헛웃음 짓게 하는 말들이었다. 걔는 늘 내가 실제로 해낸 정도보다 10배 더 부풀려 과장했다. 과장된 칭찬은 들으면 무안했다. 무안하라고 일부러 말했을 테지만 말

이다.

양이 주는 무안을 받으며 그녀의 냉소를 실감하기도 했다. 심하게 칭찬할 경우 말하는 쪽이나 듣는 쪽이나 조금씩 우스워지는 법이다. 양은 쌍방이 깡그리 우스워지면서 끝나는 대화를 즐겼다. 그런 식으로 서로의 경계를 허무는 애였다. 난데없이 훅 들어와 나를 부끄럽게 만들고 크게 웃어버리는 걔가 나는 조금 싫고 너무 좋았다. 걔가 온갖 것들을 다 과장하며 재담을 늘어놓을 때 나는 세상 모든 얘기를 그녀의 입으로 듣고 싶다고도 생각해보았다. 물론 진심은 아니다. 그저 너무 웃겨서 그런 생각을 해볼 때가 있었다. 자신이 과장꾼이라는 걸 계속 티 내는 자의 과장은 오히려 진실을 보여준다. 대놓고 휘청휘청 이리저리 신나게 왜곡하는 입담 뒤에 어쩐지 사실이 가지런히 남아 있는 경우가 있다.

그녀는 또한 성대모사의 귀재였다. 정확했던 적은 한 번도 없지만 남의 얘길 전할 때 꼭 그 사람 성대모사를 꿋꿋하게 매번 시전한다는 점에서 인정해줄 만했다. 사실 그녀의 성대모사는 여자 목소리와 남자 목소리, 두 가지 톤뿐이다. 개개인의 고유성을 대변하기 위해 더 많은 목소리를 만들어낼 것을 친구들은 요구했으나 그녀는 꿋꿋하게 두 가지 톤으로만 상황을 재연함으로써 이야기 속 인물을 납작하게 만들었다. 친구들과 나는 그 납작함이 너무 말도 안 돼서 박수를 치고 깔깔대며 양을 나무랐다. 나무라더라도 양이 계속해주기를 기대하며 나무랐다. 걔는 우리 사이에서 가장 한심한 사람이 되기를 주저하지 않았다.

나는 양이 조선 후기에 태어나 전기수로서 살아가면 어땠을지 상상하곤 했다. 직업적인 낭독가로서 그녀는 소설을 그대로 읽지 않을 가능성이 있었다. 높은 확률로 원작을 훼손하며 전달할 것이었다. 그 전달이 원작보다 재밌을 확률 또한 높았다. 혹은 구전(口傳)을 직업으로 하는 사람이면 어땠을지도 궁금했다. 아무튼 걔가 전하는 얘기는 우스꽝스럽고 엉망인 와중에도 몹시 웃기곤 했다. 내 생각에 양을 적당히 좋아하는 사람은 없어 보였다. 양을 아주 싫어하거나 아주 좋아하거나 둘 중 하나였다.

달변가인 양의 과장된 농담은 언제나 자조를 기반으로 시작되었다. 자기 자신을 매우 우스꽝스럽게 여기는 사람 특유의 막 나가는 화법이었다. 그녀가 가장 잘 과장하는 것은 자신의 변변찮음이었다. 자신의 재능 없음, 자신의 생각 없음, 자신의 경솔함, 자신의 돈 없음, 자신의 아빠 없음, 자신의 이빨 없음, 자신의 색기 없음, 자신의 직장 없음, 자신의 미래 없음을 한껏 희화화했다.

그렇게나 사람을 많이 웃기는 그녀가 실은 얼마나 시니컬한지 알게 될 때마다 나는 놀랐다. 그녀는 자신에게나 남에게나 점수를 잘 주지 않았다. 혹시 남에게 점수를 짜게 주는 자들이 개그도 잘 하는 것인지 나는 궁금했다. 쉽게 점수를 주는 자들은 우스운 포인트를 잘 발견하지 못하니 말이다.

그녀를 포함한 몇 친구들과 함께 글쓰기 모임을 하고 있다. 다섯 명의 여자애들이 정기적으로 목동에 모여 각자 쓴 글을 낭독하고 헤어지는 모임이다. 그중에서 가장 글쓰기에 관심이 없어 보이는 도이라는 애가 어느 날 글을 쓰다 말고 말했다.

소소한 생활용품 아이디어를 생각해봤는데, 특허를 내보면 어떨까 싶어.

내 친구가 특허에 대해 구상해봤다는 사실이 벌써 놀랍고 귀여웠던 나는 궁금한 얼굴로 귀 기울여 들어보았다.

남자는 서서 오줌을 누는 사람이 아직 많으니까, 변기 커버를 올렸다 내렸다 하는 경우가 많잖아. 근데 커버를 직접 만지는 건 비위생적이잖아. 그러니까 버튼식으로 커버를 올렸다 내렸다 조종하는 어플리케이터를 만들면 어떨까.

옆에서 듣고 있던 양이 냉정하게 말했다.

변기 커버 손잡이를 말하는 거라면 시중에 이미 나와 있거든?

내가 끼어들었다.

도이가 말한 아이디어는 변기 커버 손잡이랑은 좀 달라. 커버랑 손이 닿지 않는 곳에 설치하는 기구를 말하는 것 같은데? 진짜 좋은 생각인 것 같아. 앉아서 싸는 남자들이 늘어나고는 있지만 아직은 변기 커버 올리고 서서 싸는 경우가 훨씬 많다고.

그러자 양이 도이에게 말했다.

야. 이슬아한테 사업 아이템 백 개 가져가 봐. 몇 개나 반대하나 보게. 한두 개 빼고 다 좋다고 할 애야.

도이가 빵 터졌다. 나는 양을 째려보았다. 물론 양은 내가 째려볼수록 더 신나게 떠드는 애였다. 나는 째려보는 와중에 웃음을 참느라 애써야 했다.

하지만 도이가 그 아이디어를 생각한 것은 아마 할아버지 때문이었을 거라고 짐작하기 때문에 나는 더 점수를 주고 싶었다. 도이 할아버지는 최근 편찮으셔서 도이네 집에 머물고 계시는데, 몇십 년을 따로 살던 할아버지가 가족 구성원으로 추가되는 와중에 도이도 이런저런 불편함을 느꼈을 것이다. 변기 커버에서 느낀 어떤 번거로움을 할아버지에 대한 불만으로 남기지 않고 생활용품 아이디어 구상으로 승화시켰킨 그녀가 난 그저 놀라웠을 뿐인데! 양은 마치 내가 세상을 보는 눈이 파리스 필터를 낀 것 같다며 놀려댔다. 옆에 있던 또 다른 친구인 황이 예의 느릿느릿한 말투로 물었다.

파리스 필터가… 뭐야?

황은 생전 카메라 어플을 통한 사진 보정 같은 건 안 해봤을 듯한 사람이었다. 에스엔에스를 하지 않는 것은 물론이었고 생전 셀카를 찍어보았는지 아닌지조차 의문이었다.

그런 황과 양은 가끔 만나 목욕탕에 가고 몸보신을 한다. 얼마 전 그녀들은 이틀동안 함께 대추를 달여 먹기까지 했다. 그녀들이 달인 대추차는 흡사 아마존의 늪에서 건져올린 액체처럼 걸죽하고 진했다. 20대 후반으로 접어드는 황과 양은 각종 일에 치여서인지 기력이 예전같지 않아 보인다.

특히 양은 최근 몸에 이상 징후가 보인다. 양이 최근 앓는 불행들은 대충만 전해 들어도 눈물이 나는 일들이다. 그래서인지 그녀는 요즘 자주 몸이 아프다. 몸과 맘에 낯선 방식으로 탈이 나고 있다.

두 여자애가 모여 자신들의 기력을 회복하기 위해 저녁 내내 대추와 도라지와 인삼과 황기 등을 솥째 달이는 모습을 상상하면 뭔가 아주 무해한 느낌이 들었다. 애처롭고 귀엽기도 했다. 양이 날이 갈수록 연애나 고추 없이도 딱히 불만 없이 지내는 느낌이 들어서 조금 부러웠던 동시에 두 사람이 끓인 대추차가 너무 뭔가 마녀 수프적이라 기분이 이상해졌다. 양의 집에는 살림꾼의 도구들이 즐비해 있다.

연애 없이도 풍요롭게 잘 지내는 것처럼 보이는 양과 달리 나는 언제나 누군가에게 반해 있고 그 누군가랑 노느라 인생 대부분을 쓴다. 글쓰기 모임이 끝나고 이제 뭐하냐고 친구가 물어보면 언제나 하마한테 간다고 말하는 식이다.

그런 내게 양은 늘 비슷한 반응을 보인다.

세상 제일 쓸데없는 걱정이 이슬아 걱정이지. 너는 너무 잘 살잖아.

나는 잠깐 반발하고 싶었다. 나도 걱정 받을 만한 일 있는데, 잘 사는 날보다 못 사는 날이 더 많은데, 하고. 그치만 이제는 양의 농담에 너무 익숙해진 나머지 그냥 깔깔 웃고 그녀와 헤어졌다. 목동의 밤, 차들이 쌩쌩 지나다니는 사거리에서 헤어져 각자의 갈 길을 갔다. 나는 하마랑 같이 집에 갈 것이고 양은 혼자 잘 것이다. 양과 헤어지고 양을 잊어버렸다.

그날 밤 하마랑 한참 놀다 잠들려던 참에 다음 날 알람을 맞추기 위해 핸드폰을 확인했다. 양에게서 카톡이 와있었다.

'생각해보니 내가 헛소리를 했어. 너를 걱정하는 건 항상 영광이야. 내가 아무리 힘들어도 널 걱정할 힘은 남겨둘게. 잘자.'

그러니까 나는 양과 친구가 되고서 어떤 간극을 자주 목격하고 있다. 진심과 입담 사이의 간극. 과장과 축소 사이의 간극. 왜곡과 참트루 사이의 간극. 경솔과 신중 사이의 간극. 무심과 다정 사이의 간극. 그 사이를 예측 불가하게 넘나드는 양이 어느 순간 어디에도 치우치지 않고 똑바로 한 문장을 완성할 때가 있었다.

나는 그 문장을 듣는 게 종종 황홀해서 걔를 나무라면서도 만난다. 걔가 얼마나 가짜로 경솔한지 알아서 더욱 마음껏 나무란다.

2018.05.25.金.

47.
행복의 모양

복희가 국민학교 5학년이었을 때 그녀의 담임선생님이 교탁에서 질문했다.

애들아. 행복이란 무엇일까? 우리 한번 생각해보자.

아이들은 조용했다.

와중에 복희의 가슴이 뛰기 시작했다. 열두 살인 복희가 눈을 크게 뜨고 중얼거렸다.

어? 나 아는데…

뭔가 말하고 싶어져버린 나머지 그런 혼잣말이 튀어나왔다. 선생님이 복희를 바라보았다.

그래. 복희가 아는구나. 한번 말해보자. 행복이 뭐지?

복희는 생각을 하며 천천히 말했다.

집에요… 막 피아노가 있고요…

선생님이 되물었다.

피아노?

네. 그리고 옆에서 식구들이…

응, 식구들이?

네. 식구들이 모여서요. 밥을 먹고요… 밥을 먹고…

그다음부턴 할 말이 떠오르지 않았다. 복희는 그때까지 피아노를 실제로 본 적이 없었다. 가끔 학교에서 풍금이나 봤을 뿐이었다. 서울에서 충남 잣골로 전학온 친구네 집에 놀러갔다가 텔레비전 속 드라마에서 피아노를 본 일이 다였다. 복희는 친구네서 처음으로 카레란 걸 먹어보았다.

70년대에 난생 처음 경험한 카레의 맛은 너무도 이상하여서 복희는 몹시 곤혹스러웠다. 아주 지독한 맛이었다. 밥을 남겨서는 안 되었기에 티를 내지 않고 겨우 카레밥을 씹어 넘겼다. 그 집 식탁에서 카레를 꾸역꾸역 먹는 것은 복희뿐이었다. 모두가 자연스럽게 카레를 먹고 텔레비전을 보고 거실과 응접실을 따로 이용하는 집이었다. 복희를 지켜보던 친구네 엄마는 카레가 입에 잘 맞지 않느냐고 물었다. 처음이면 그럴 수 있다고 남겨도 된다고도 말해주었다.

복희는 가난한 자신의 집으로 돌아갔다. 그녀는 카레가 낯설어서 어색하게 겨우 다 먹은 그날이 부끄러웠다. 그리고 행복이란 말에 마음이 앞서서 아무 말이나 시작해버린 그날도 부끄러웠다. 잔뜩 말할 수 있을 것만 같았는데 막상 입을 열고 보니 말할 게 별로 없어 당황스러웠다. 행복은 모방하기도 어려운 일 같았다.

그로부터 40년 뒤의 복희와 나는 이웃 사이로 지내고 있다. 복희에게 피아노가 로망이 아니게 된 지는 오래되었고 이제 그녀가 만드는 카레는 어느 식당의 것보다 훌륭하다.

하지만 그녀에게 사치로 느껴지는 일들은 여전히 많다. 그중 하나는 운동에 돈을 쓰는 것이다. 번 돈의 일부를 꼭 체육관이나 댄스 교습소에 지불해온 나와 달리 복희는 몸을 단련하는 데 돈을 쓰는 걸 사치라고 여기는 것 같다.

그런 복희를 필라테스 학원에 반강제로 데려갔다. 필라테스는 내가 배워본 운동 중 가장 무리 없이 몸을 부드럽고 강하게 만드는 종목이었다. 돈을 많이 번다면 나는 필라테스 1:1 지도를 받고 싶었지만 아직은 어림도 없어서 단체반 수업을 들었다. 동네에 있는 필라테스 학원에 일 년을 다니면서 나보다도 복희에게 더 필요한 운동임을 알았다. 일을 많이 하다가 못 쓰게 된 부위가 복희 몸엔 몇 군데 있었다. 어깨도 돌아가지 않았고 손목과 허리 통증도 종종 심했다. 1차대전 때 부상을 입은 병사들을 위한 재활 운동에서 시작되어 발전한 장르인 만큼 복희 몸을 치료하고 단련하기에 좋을 것이었다.

필라테스 학원의 여자들 사이에 서서 동작을 배우는 복희를 보며 나는 내 엄마가 아주 동그랗고 귀엽다고 생각했다. 동시에 복희는 거울 속 자신을 보며 그런 생각을 했다고 한다.

'나 정말 뚱뚱하다!'

쉰두 살의 복희는 뚱뚱까지는 아니고 통통했다. 그리고 일평생 그래왔듯 자주 덤벙댔다. 그녀에게 필라테스용 발가락 양말을 주며 난 생각했다.

'양말을 왠지 반대로 신을 것 같은데…'

아니나 다를까 그녀는 왼쪽과 오른쪽을 바꿔신고는 우스워진 자기 발가락 모양을 보더니 학원에서 혼자 으흐흐 하고 웃어대기 시작했다. 떠들면 안 되는 분위기라 그녀는 주먹으로 자기 입을 틀어막고 웃었다.

그런 일은 잦았다. 길을 걷다 '엄마가 저기서 넘어질 것 같은데…' 싶으면 그녀는 역시 거기서 넘어지고 웃었다. 동남아시아의 한 마사지숍에서도 '엄마가 코를 골 것 같은데…' 싶었다. 역시 그녀는 마사지숍이 떠나가라 코를 골았다.

복희랑 어딜 갈 때마다 나는 웃음을 참기가 힘들었다. 필라테스 학원에서 그녀가 5분에 한 번씩 저지르는 어이없는 실수들(모두가 왼쪽을 바라보면 혼자 오른쪽을 바라본다거나 모두가 설 때 혼자 눕는다거나 하는)을 발견할 때마다 나는 웃지 않기 위해 애써 다른 여자들의 몸을 봤다.

그녀는 왜 저토록 눈에 띄게 생생한가. 무엇보다 생생한 건 표정이었다. 복희는 표정이 앞서는 사람이다. 말을 내뱉기 전에 그 말에 해당하는 표정부터 먼저 짓는다. 나는 복희가 무슨 말을 할지 2초 전부터 예측할 수도 있었다. 표정이 풍부한 것만으로도 충분한데, 표정이 빠르기까지 해서 복희의 대화 상대는 애가 탈 새가 없었다. 슬플 때나 걱정스러울 때나 놀라울 때에나 감탄할 때나 고마울 때나 사랑할 때나 다 그랬다.

복희가 표정이 없어질 때는 내가 아플 때였다. 나는 재작년부터 일 년에 한두 번씩 응급실에 갈 일이 있었다. 굳은 표정으로 내 손을 잡고 동행하던 복희가 기억난다. 그 와중에 나는 응급실 복도에서 하정우임이 틀림없는 남자를 지나쳤다. 열이 41도인 와중에도 복희의 손을 잡고 물었다.

엄마. 방금 하정우 봤어?

복희는 지금 하정우가 문제냐고 했다. 나는 간호사의 손에 붙들려 피를 뽑았다. 그사이 복희는 잠시 사라졌다가 다시 내 앞에 나타났다. 그러고선 말했다.

내가 방금 다시 보러 갔는데, 하정우 아니거든? 하정우보다 2프로 부족하거든?

병동으로 옮겨져 입원을 하고 환자복으로 갈아입은 채 누워 있는 와중에도 나는 복희 때문에 빵 터지는 순간이 잦았다. 웃으면 아랫배 통증이 너무 심해져서 제발 그만 좀 나를 웃기라고 부탁할 정도였다.

입원실에서 지내던 어느 날 저녁에는 전 남자친구가 문병을 오기로 했다. 내 모습은 수척했고 얼굴색은 흙빛이었고 머리는 산발이었다. 복희는 내가 앉은 휠체어 뒤에서 내 머리칼을 양갈래로 따주기 시작했다. 당시 내 머리 길이는 찌찌까지 내려올 만큼 길었다. 복희가 내 머릴 따준 건 20년 만이었다.

남자친구한테 귀여워 보이라고 따주는 거냐고 묻자, 복희는 안 따도 물론 귀엽다고 했다.

복희의 품 안에서 자라고 그녀의 이웃으로 지내면서 나는 그녀로부터 온갖 종류의 행복의 모양을 배워왔다. 행복인 줄 몰랐는데 행복이었던 것들도 있고 행복인 줄 알았는데 아니었던 것들도 있었다. 그녀가 나보다 더 많은 걸 행복과 감사로 여긴다는 것만은 분명했다.

올해 봄엔 복희네 낡은 빌라 계단을 내려오는 길에 복희가 내놓은 블루베리 나무를 보았다. 죽은 줄 알고 작년 초겨울에 무심히 내놓은 것인데 그 추운 바깥에서 앙상한 가지로 겨울을 죄다 견디고는 얼마 전에 새싹을 틔웠다.

돋아난 이파리들을 보고 복희는 나무에게 너무 많이 미안하다고 말했다. 자신이 이 나무를 보고 배워야 한다고 거듭 중얼거렸다. 밖에서 맨몸으로 겨울을 견디고도 죽지 않은 블루베리 나무처럼 강인해질 자신이 나는 없었다.

나무 대신 나는 그저 복희를 보고 배운다. 눈물을 참지 말라고 가르쳤던 복희. 감잎차를 수시로 달여 먹으라고 가르친 복희. 길에 떨어져 있던 인동초 꽃나무가지를 주워와 화병에 담던 복희. 사십 넘어서 세 평짜리 집에 살면서도 비참함을 모르던 복희. 작은 빌라에서도 온갖 별미의 음식들을 만들어내던 복희. 이름도 복 복 자와 기쁠 희 자로 된 복희. 내 엄마의 이름을 생각하고 부를 때마다 조금 웃게 된다. 나의 가장 오래된 친구 복희랑 앞으로도 여러 행복의 모양을 알아갈 수 있다면. 오랫동안 그럴 수 있다면.

2018.05.28.月.

48.
우리를 빙판에 데려간 사람

내 발 가장자리에는 꽤 두툼한 굳은살이 있다. 내 동생 찬이의 발에도 같은 자리에 굳은살이 있고 내 아빠 웅이의 발 역시 마찬가지다. 우리는 1990년대 중반 무렵에 주말마다 함께 스케이트장에 다녔다. 기억이 시작되었을 때부터 나는 어쩐지 스케이트를 탈 수 있었다.

우리 집은 답십리 자동차 부품 상가 골목에 있었는데 웅이는 월요일부터 토요일까지 그 집에 딸린 작은 가게에서 양면테이프를 팔았다. 자질구레한 부품을 차체에 붙이기 위한 테이프였다. 일요일이면 그는 가게 샷시를 내리고 나와 동생에게 양말을 두 겹씩 신겨주었다. 평소보다 커다래진 발을 신발에 욱여넣고 아빠 차에 올라타는 게 일요일 오전의 일과였다.

우리는 야외 스케이트장에 갈 수도 있었지만 주로 실내 아이스링크로 갔다. 웅이가 말하길 실내의 빙질이 더욱 좋기 때문이랬다. 내 동생이랑 나는 빙질이라는 말이 너무 웃겨서 서로에게 빙질, 빙질이라고 외치며 아빠 차에 실려갔다. 서울에는 고려대학교 아이스링크, 광운대학교 아이스링크, 목동 아이스링크 등 몇 군데의 실내 스케이트장이 있었고 그곳의 풍경이란 대개 비슷비슷했다.

발 냄새 가득한 스케이트 대여소에서 웅이는 자식들의 발 사이즈에 딱 맞는 스케이트를 빌려온 뒤 우리 맞은편에 무릎을 꿇고 앉았다. 180mm짜리 스케이트 밑에는 식칼처럼 보이는 은색 날이 달려 있어서 아주 무시무시해 보였다. 그것이 지나치게 딱딱하다는 사실에 나는 매번 놀랐다. 이렇게 딱딱한 것을 신고 얼음 위를 달린다니 스케이팅이란 끔찍한 짓 같았다. 웅이 몸에는 각종 운동과 노동으로 인한 굳은살이 이미 많았다. 반면 나와 동생은 온몸이 야들야들하고 부드러웠다. 그런 우리의 발에 스케이트를 신겨주던 웅이 모습을 면밀히 기억하고 있다.

웅이는 내 한쪽 발을 가져가 그 위험한 신발을 신기고는 끈을 꽉꽉 조이기 시작했다. 헐겁게 매면 딱딱한 스케이트 안에서 발이 흔들리다 상처가 나기 때문에 아주 꽉 조여야 한다고 강조했다. 그는 스케이트 신겨진 내 발을 자신의 가랑이 사이로 가져간 뒤 허벅지 힘으로 그것을 고정하고는 아주 견고하게 매듭을 짓기 시작했다. 혹시나 스케이트의 날카로운 날이 그의 가랑이 부분 바지를 뚫고 들어가 고추에 상처를 낼까 봐 걱정이 되기도 했다.

그러나 나는 평생 그가 다치는 것을 별로 본 기억이 없다. 그는 모두가 넘어지거나 다치는 상황에서도 잘 다치지 않았다. 그렇게까지 반사 신경이 좋은 인간이 드물다는 것은 자라면서 알게 되었는데 아무튼 웅이의 가랑이 부분은 무사했다. 내 다음은 동생의 차례였다.

내 동생 찬이는 그때 네다섯 살쯤이었고 잠과 삶의 경계가 불분명한 인간이었다. 그는 어디에서나 잘 수 있었고 무언가를 하는 와중에도 동시에 수면 상태일 수 있었다. 웅이가 스케이트를 신겨주는 동안에도 그는 물론 자고 있었다. 그러는 동안 나는 일어나서 스케이트를 신고 걸어보았다. 웅이는 빙판이 아닌 그냥 바닥에서 걸을 땐 두 가지를 명심하라고 했다. 팔자로 걸을 것. 절대로 뛰지 말 것. 그의 지시대로 나는 아이스링크의 복도를 걸어 다니며 핫바와 어묵과 소시지와 우동의 냄새를 맡았다.

졸던 찬이를 웅이가 깨우는 소리가 들렸다. 이제 두꺼운 장갑을 끼울 시간이었다. 장갑을 껴주면서 웅이는 강조했다. 혹시 빙판 위에서 넘어질 경우 최대한 빨리 땅을 짚고 일어나랬다. 빠른 속도로 달리던 다른 스케이터들에게 치일 수도 있고 그들의 경로에 방해가 될 수도 있으므로. 그리고 찬이에게는 특별히 강조했다.

빙판 위에서 졸지 마. 눈 감고 타면 안 돼.

찬이는 눈을 감은 채 알았다고 대답했다.

웅이는 우리를 번갈아 보며 거듭 말했다.

아가들아. 잘 들어. 스케이트는 증－말 위험한 거다.

우리는 그를 바라보았다. 그는 심각한 표정으로 스케이트 날을 가리켰다.

이 날에 손가락이 잘릴 수도 있어.

옆에서 동생이 중얼거렸다.

그런데 왜 타라는 거야…

웅이는 스케이트란 아무래도 꼭 배워야 하는 스포츠 중 하나인 것 같다고 말했다. 그는 해도 그만 안 해도 그만인 이야기를 힘주어 하는 경우가 왕왕 있었다. 우리 앞에 그가 앞장섰다. 이제 들어가자는 신호를 보냈다. 신호는

슬찬!(똑딱)이었다.

'똑딱'은 물론 입속에서 혀로 내는 소리였고 우리는 충직한 개들처럼 웅이를 뒤따라갔다. 두껍고 무거운 문을 열면 차고 건조한 바람이 훅 밀려왔다. 그 앞에는 아주 커다랗고 긴 타원형의 빙판이 펼쳐져 있었다. 우리는 그 세계에 입장하는 방법부터 배워야 했다.

잘 들어. 입구에서는 좌측과 우측을 살펴야 해. 좌측과 우측. 두 번씩. 꼭 사람이 뜸할 때 조심스럽게 아주 조심스럽게 입장해야 해. 그리고 있지, 들어가면 그대－로 벽을 잡고 서 있어. 어디 가지 말고.

알았지?

나랑 찬이는 웅이 말을 그대로 따랐다. 그러다 주위를 둘러보았다. 다른 사람들은 모두 별다른 규칙 없이 그냥 손쉽게 슥슥 빙판으로 입장하고 있었다. 내가 이의를 제기했다.

다들 그냥 들어가는데?

웅이는 말했다.

저렇게 들어가면 다칠 수도 있어.

그는 조리 있게 설명을 덧붙였다. 빙판 위를 여러 사람이 같은 방향으로 빠르게 돌고 있고 거기엔 분명한 흐름이 있댔다. 우리 같은 초심자가 아무렇게나 들어갔다가는 우리가 다치거나 그들이 다칠 수 있기 때문에 조심 또 조심해야 한댔다.

훗날 내가 운전면허를 따야 할 무렵 웅이는 운전에 대해서도 비슷하게 설명했다. 운전을 잘한다는 건 도로의 흐름을 읽는 거야.

나는 그의 옆얼굴을 바라보았다. 그는 아직 목소리가 젊었다. 그는 덧붙였다.

내 운전에 집중하면서도 앞차와 뒤차, 그리고 앞앞차와 뒷뒷차의 전체적인 움직임까지 느낄 줄 알아야 해. 그래야 사고를 예방할 수 있거든.

조수석에 앉아서 나는 웅이에게 스케이트를 처음 배우던 오래전 일요일 낮을 기억했다. 빙판에 진입한 뒤로는 시간이 빨리 흐르곤 했다. 동생과 난 앞으로 뒤로 옆으로 넘어졌다. 웅이는 우리 옆에 가까이 서서 일어나는 법을 알려주었다. 무릎을 꿇고 양손으로 땅을 짚고 일어나야 안전하댔다. 울면서 몇 바퀴를 겨우 돌았다. 우리의 콧물이 인중에서 굳어갈 무렵 웅이는 다시 우리를 벽 쪽으로 데려가 세웠다.

아빠가 하는 거 봐봐.

그는 아주 리드미컬하게 스케이트를 타기 시작했다. 여유 있는 포즈로 그러나 아주 빠르게 그 장소를 달렸다. 웅이는 맨땅 위보다 얼음 위에서 더 잘 걷고 뛸 줄 아는 사람 같았다. 다리를 연속적으로 꼬면서 코너를 돌고 어떤 구간에서는 능숙하게 후진하며 스케이트를 탔다. 잘 타는 사람과 못 타는 사람의 사이를 바람처럼 슉슉 지나쳤다. 심지어 몇 바퀴인지 셀 수도 없을 만큼 빠르게 턴을 할 수도 있었다. 나랑 동생은 벽을 잡고 서서 웅이 모습을 바라보았다. 그때 내가

아빠 춤 잘 추네.

라고 동생에게 말했던 것 같다.

그러다 배가 고파질 때쯤 빙판 밖으로 나갔다. 나랑 동생은 다시 복도 벤치에 앉아 웅이에게 발을 내밀었다. 우리 힘으로는 영영 못 풀 끈이었다.

그가 스케이트를 벗겨줄 때는 발이 너무 아파서 울었다. 신고 있는 동안 마비되어 있던 감각이 따끔하고 쓰리게 되살아났던 것이다. 게다가 우리의 발에서는 아주 끔찍한 냄새가 났다. 두 겹짜리 양말을 벗어보면 안에는 물집이 여러 개 잡혀 있었다. 계속 타다 보면 괜찮아진다고 굳은살이 곧 생길 거라고 웅이가 말했지만 우리는 믿을 수가 없었다.

2018.05.29.火.

49.
절대 안정

오늘은 병실 침대에서 글을 쓴다. 입원한 채로 마감하는 게 처음은 아니다. 아슬아슬한가? 버겁나? 그보다 아픈 와중에도 할 수 있는 일이 있다는 게 다행으로 느껴지는 저녁이다. 일간 연재가 강제하는 활기가 나는 싫고도 좋다. 침대에 딸린 간이 식탁 너머로 내 발이 보인다. 당근색 양말이 신겨져 있다. 복희가 급하게 병원으로 오는 길에 내 집에 들러 챙긴 것인데 실은 하마의 양말이다. 뒷꿈치가 조금 헐렁하다. 환자복도 헐렁하다. 창밖으로 연세대의 전경이 보인다. 하루 종일 캠퍼스를 내려다 봤다. 넓네. 넓다. 넓구나. 말고는 아무 생각도 안 들었다. 몸도 마음도 헐렁해진 것이다.

작년에는 계절에 한 번씩 응급실에 갈 일이 있었다. 올해 봄은 무사히 지나간다 싶었으나 난소에 또 탈이 났다. 그제 새벽 아랫배를 송곳이 쑤시는 듯 고통스러워서 한숨도 잘 수 없었다. 3시 반쯤 아무래도 응급실에 가야겠다고 생각했다. 옆에 누운 하마는 11시간의 노동을 마친 뒤 곤히 자는 중이었다. 그를 깨우지 않고 택시를 불러서 가기로 했다. 문제는 그가 침대 바깥쪽에서 자고 있다는 것. 침대를 벗어나려면 하마의 몸을 넘어가야 하는데 꽤나 두껍기도 하고 배가 너무 아파서 힘을 쓸 수가 없었다. 개 가슴팍에 정수리를 대고 끙끙 앓자 하마가 화들짝 놀라며 깨어났다. 우리는 아무 옷이나 주워 입고 택시를 부르고 고양이 탐이에게 급히 밥을 줬다. 하루만에 못 돌아올지도 몰라서 넉넉히 밥그릇을 채웠다.

거의 기어서 응급실에 들어선 건 새벽 4시 무렵이었다. 하마랑 같이 안 왔으면 나는 지나가는 사람 아무나를 부여잡고 도와달라고 부탁했을 것이다. 아랫배의 통증은 갈수록 날카롭게 잦아졌고 이 고통의 원인을 알기 위해 몇 가지 검사를 받았다. 의사 면담 후 30분 기다리고, 엑스레이 촬영 후 30분 기다리고, 소변 검사 후 30분 기다리고, 피 검사 후 1시간을 기다리다 보니 동이 트고 있었다.

수많은 환자와 보호자 들이 우리를 스쳐갔다. 이마가 찢어진 여자, 혈변을 본 남자, 높은 데서 떨어진 아이를 데리고 온 여자, 구석 벽에 기대어 누운 남자. 그밖에도 온갖 고통을 겪는 환자들이 응급실을 가득 채웠고 모두 우리처럼 기다리고 있었다. 왜 아픈지 알기 위해, 적절한 처방을 받기 위해.

병원이 언제나 그렇듯 아픈 사람에 비해 의료진의 수가 현저히 모자랐다. 적은 인원의 간호사들은 길고 과한 노동량을 감당하느라 지쳐 있었다. 그보다 더 적은 인원의 의사들은 어디에 있는지 얼굴을 보기가 어려웠다. 응급 환자가 된 지 다섯 시간이 지났지만 아직도 나는 내가 왜 아픈지 몰랐다.

응급실 간이 의자에 기대 끊임없이 끙끙대자 하마는 카운터에 가서 진통제라도 놔줄 수 있는지 물었다. 의사 선생님께 물어봐야 한다는 게 간호사의 대답이었다. 하지만 의사의 대답은 바로 돌아오지 않았다. 언제 들을 수 있을지도 몰랐다. 기다림 자체도 힘들었지만 얼마나 기다려야하는지 모른다는 게 더욱 우리를 지치게 했다.

식은땀을 흘리며 하마 목에 걸린 환자 보호자 명찰을 계속 바라보았다. 사이좋게 손을 잡은 펭귄 두 마리 위에 이렇게 적혀 있었다.

Patient friendly

전혀 환자 친화적이지 않은 상황이 다섯 시간째 계속되고 있었다. 페이션트가 명사로는 환자이고 형용사로는 '참을성 있는'이란 사실이 너무 지독하게 느껴진다고 나는 하마에게 말했다. 불어에서도 두 가지 의미가 같은 발음으로 쓰인다고 하마는 내게 알려주었다. 빠씨엉. 빠씨엉. 아픈 와중에도 개가 불어하는 걸 보고 듣는 게 좋았다. 그치만 발이 몹시 시려웠다. 하마한테 내 발을 만져달라고 했다. 개는 곧바로 내 발을 자기 무릎 위에 올려놓았고 양손으로 감싸며 하염없이 주물렀다. 내 발은 작았고 하마 손은 컸다.

하마가 나를 만져주는 동안에는 통증이 잠깐 가시는 것도 같았다. 그사이 잡생각이 들었다. 응급실 하면 청소년기 때 유행했던 '응급실'이란 노래가 생각난다. 들으면 누구나 알 법한 그 후렴.

'이 바보－야 진짜 아－니야 아－ 아직도 나를－ 그－렇게 몰－라－'

나는 언제나 그 부분이 진짜 바보 같다고 느꼈다.

그 한심한 노래도 하마가 불러주면 좋을 텐데 응급실에선 그러면 안 됐다.

목이 빠지게 기다리던 의사가 드디어 나타났고 나는 그에게 자궁 초음파 검사를 받았다. 확인 결과 안에서 뭔가가 터진 모양이었다. 물혹일 수도 있고 다른 것일 수도 있었다. 입원은 확정인데 수술을 할 지 안 할지는 몰랐다. 질 초음파로 확실히 알아봐야 하는데 언제 그 검사를 받을 수 있을지는 미지수였다.

그사이 점심이 지나갔다. 하마의 연락을 받고 복희가 왔고 하마는 떠나야 해서 갔다. 응급실에서 한나절을 함께하는 동안 개 혈색도 흙빛이 되어 있었다. 혈색 좋은 복희가 보호자 명찰을 목에 걸자 내 마음이 조금 안심되었다. 수술을 할까 봐 물도 음식도 일절 입에 안 댄 채로 계속 검사를 기다렸다.

겨우 질 초음파 검사를 받은 건 10시간째였다. 고데기 같이 생긴 초음파 검사기로 질 깊숙한 곳을 확인해보니 복부에 피가 가득찼댔다. 선생님이 설명하길 난소에 상처가 생겨 난포가 터졌는데 가임기 여성이 배란기 때 흔히 겪는 사고랬다.

예방할 수도 없고 예측할 수도 없어요. 그냥 랜덤으로 운이 나쁜 경우라고 생각하세요.

선생님은 아무도 탓하지 않아도 된다는 듯 말했다. 복부에서 스스로 지혈이 되지 않으면 응급 수술을 해야 하지만, 계속 피검사를 한 결과 헤모글로빈 수치가 올라가고 있어서 수술 대신 항생제 치료만 하는 게 좋댔다. 항생제 주사를 맞으며 며칠간 가만히 있으면 복부 내의 피가 자연스럽게 흡수된댔다. 자궁이나 난소의 고질적인 불건강이라기보다는 우연한 사고에 가까운 것이라는 말에 나는 오히려 다행스러웠다.

원인을 알고 진통제를 처방받자 그나마 살 것 같았으나, 병실이 나지 않아 입원 수속을 밟을 수 없었다. 간이 의자에서 졸다 깨다를 반복하며 병실 자리가 나기를 기다렸다. 누군가가 퇴원하거나 중환자실에 가야만 내 자리가 생기는 거랬다. 나처럼 오래 기다린 또 다른 이들 중 몇몇은 인내심을 잃고 간호사와 싸우기 시작했다. 도대체 언제 대답을 주는 거냐고, 병실은 언제 자리가 나느냐고, 응급실 의자는 왜 이 모양이냐고 보호자가 큰 소리를 치자 간호사는 자기도 할 수 있는 게 없다고, 병동에서 연락을 안 준다고, 응급실 의자 자기가 만든 거 아니라고 큰 소리를 쳤다. 멀쩡한 사람도 이곳에만 오면 어떤 병이라도 얻어갈 것만 같았다.

나보다 더 불편한 의자에 앉은 복희는 옆에서 계속 기다리고 기다렸다. 복희의 말과 행동에 자꾸만 웃음이 났다. 하지만 웃으면 배가 찢어질 듯이 아팠다. 배에 찬 피가 복막을 자극해서랬다. 제발 나를 웃기지 말아달라고 사정하며 응급실에서의 시간을 보냈다. 저녁이 지나고 밤이 되었다. 응급 수술의 가능성 때문에 여전히 물과 음식을 한 입도 못 먹은 채 20시간이 흘렀다. 허리가 없는 손으로 노트북을 꺼내 구독자들에게 내가 아끼는 친구의 글을 발송했다. 어느새 자정이었다.

응급실에 온 지 21시간만에 나를 위한 병실이 났다.

허리가 뽀사지기 직전이었다.

휠체어를 타고 병동으로 이동했다. 이 병원에 근무한 지 32년째라고 자신을 소개한 운송 직원이 내 휠체어를 몰아주었다. 복희나 하마가 모는 것과 차원이 다르게 부드러운 운전이었다. 거의 하루만에 허리를 쭉 펴고 누운 뒤 나는 세상 모르게 잤다.

손목이 뻐근하게 쑤시길래 깨어나보니 팔에 항생제가 투여되고 있었다. 도대체 얼마나 독하길래 링거줄로 들어오는데도 이렇게 아플까. 아파도 응급실이 아니어서 그나마 다행이었다. 다시 동이 텄다. 고개를 돌려보니 어떤 여자가 누워 있었다. 우리는 서로 인사를 했다. 50대인 그녀는 얼마 전 자궁 적출 수술을 받았댔다. 올해 여든 살이신 할머니가 그녀를 간병했다.

저희 둘 다 엄마가 와 계시네요. 내가 말했다.

우리 엄만 너무 늙어서 내가 미안하지 뭐. 그녀가 말했다.

간이침대 위에서 코 골고 자는 복희 옆에서 나는 로렌 아이슬리의 책을 읽었다. 제목은 『광대한 여행』이었다. 인류학자인 그는 어느 겨울날 척박한 땅들을 탐사하던 중 꽁꽁 얼어붙은 수로의 물 속에서 메기 한 마리를 발견한다. 산소가 없는 연못 물에 갇혀 봄의 해동이 오기까지 꼼짝없이 거기 있어야만 하는 메기가 그의 맘에 걸린다. 그는 메기를 둘러싼 얼음 주위를 조심스럽게 토막내어 얼음과 함께 그것을 아이스박스에 담아 집에 데려간다. 이 구출은 성공할까? 메기 피부에 닿은 얼음이 다 녹으면 그것은 정말 살아날까?

메기의 기적같은 부활의 순간은 아이슬리의 지하실에서 일어난다. 뭔가가 파닥이는 소리를 듣고 헐레벌떡 내려가자 아이스박스 속에서 메기가 아가미를 헐떡이고 있던 것이다. 그때 메기는 꼭 이렇게 말하는 것 같았다고 아이슬리는 적었다.

"수조!"

그래서 아이슬리는 대답한다.

"알았어. 수조 가져올게!"

그는 공손히 수조를 가져와 메기를 옮긴다.

메기는 그의 집에서 겨울 내내 잘 지내게 된다.

책을 내려놓자 복희가 깨어났다. 아무 말도 안 하고 복희를 바라보았다. 그녀는 내게 "물?" 하고 물었고 나는 고개를 끄덕였다. 내 손이 닿지 않는 곳에서 복희가 물을 떠다주었다.

나는 메기와 다를 바 없었다. 그리고 복희는 인류학자와 다를 바 없었다. 유능한 인류학자는 인간뿐 아니라 세계의 많은 생명들을 살린다.

낮에는 복희의 손에 씻겨졌다. 복부 통증 때문에 모든 움직임이 불편해서 스스로 할 수 있는 일이 한 개도 없었다. 나를 부축해서 목욕실에 데려간 그녀는 내 옷을 훌훌 벗기고 자기 옷도 훌훌 벗었다. 팬티랑 브라자만 입고 나를 씻겼다. 남의 손에 씻겨지는 게 너무 오랜만이라 자꾸 웃음이 났다. 통통한 손으로 내 링거를 조심 조심 다루는 모습도 웃겼다. 잘 다루고 싶어하는 것 같았지만 그녀는 키가 작아 링거를 거치대에 잘 걸지 못했다. 까치발을 들고 링거를 걸기 위해 낑낑대는 모습이 깜찍하고 웃겼다. 웃으면 역시 배가 찢어질듯 아팠다. 나를 그만 좀 웃기라고 거듭 부탁하자 복희가 억울하게 호소했다. 내가 너를 언제 웃겼어? 생각해보니 문제는 복희가 아니라 나였다. 나는 원래 웃음이 헤펐다. 아무도 안 웃는데 나만 웃는 경우가 잦았다. 웃을 때 배에 이렇게나 힘이 들어가는지 평소에는 몰랐다. 웃는 데에도 뱃심이 필요한 것이었다.

저녁엔 다시 하마가 왔다. 내가 일본에서 만 원 주고 사온 헐렁한 구제 셔츠랑 헐렁한 바지를 입고 편한 모습으로 등장했다. 하마의 친구 휘도 왔다. 검은 티에 검은 모자를 쓰고 온 휘의 얼굴은 너무 청초하고 새하얬다. 내 온몸은 하루종일 바닷가에서 놀다온 사람처럼 밤색으로 그을려져 있어서 어쩌면 환자복은 나보다 휘가 입는 편이 더 어울릴지도 몰랐다.

휘야. 넌 아픈 데 없니?

나는 뭐…

걔는 늘 말을 싱겁게 마무리했다. 그치만 휘가 거짓말이나 빈말을 하는 경우는 거의 없는 것 같았다. 과장 없는 사람의 말하기가 싱거운 건 필연일지도 몰랐다. 그래서인지 나는 걔를 좀 신뢰했고 걔가 하는 말에 자주 웃었는데 오늘은 마음껏 못 웃어서 답답했다. 간호사가 등장했다.

복부에 찬 피가 흡수될 때까지 며칠동안 절대 움직이시면 안 돼요. 침대에만 계셔야 돼요.

해서 나는 하마랑 휘가 담배 피러 나갈 때 같이 갈 수가 없었다. 적막한 병실에서 바깥의 일몰을 봤다. 입원 병동의 복도에서 난데없이 주님을 부르는 합창 소리가 들려왔다. 나는 주님에는 관심이 없었지만 베이스에 알토에 소프라노를 얹어가는 그들의 음성이 너무 아름다워서 놀라고 말았다. 실은 조금 눈물이 났다. 그들이 어느 병상에 있는 누구에게 노래를 불러주는지 궁금했다. 나가서 확인해볼 수가 없으므로 나는 그저 빨간 돋움체 글씨로 '절대 안정'이라고 적혀 있는 침대에 앉아 있다.

'절대' 옆에는 무슨 말을 가져온들 어쩐지 말도 안 되는 느낌이 든다. 절대 반지, 절대 자유, 절대 권력, 절대 불안, 절대 찬성, 절대 반대, 절대 진리, 절대 안 돼, 절대 돼… 완벽한 도달이 얼마나 불가능한지 알면서도 통상적으로 쓰는 용어들이 세상에는 있다. 그건 과정에 관한 말들이 아닐까. 입밖으로 내면서 의지를 가지게 하는 여러 단어들. 이를테면 '사랑' 같은 말들. 혹은 '주님'도 그런 말일지 모른다. 뭔지 모를 그 상태에 가까워지기 위해 애쓰게 되는 말들.

절대 안정이 어떻게 가능한 건지는 모르겠지만 절대에 가까운 안정이라도 취하기 위해 나는 소독약 냄새 나는 침대에 얌전히 앉아 어두운 밖을 본다. 오월의 마지막 날이 병원에서 지나가고 있다.

2018.05.31.木.

* 아파서 오늘은 마감이 삼십 분이나 늦었습니다. 죄송합니다. 너그러운 마음으로 이해해주시기를 바라며 원고를 발송합니다.

50.
입원일기

밤새 통증 속에 있었다. 끙끙 앓으며 자는 와중에 하마가 내 온 얼굴에 가볍게 뽀뽀하는 느낌이 들었다. 익숙한 질감의 입술이 부드럽게 닿았다가 떨어졌다가 다시 닿았다. 이렇게 아프고 초췌할 때 여러 번 입 맞춰주는 게 부끄럽고 황홀해서 잠결에 사랑한다고 말했던 것도 같다.

꿈에서는 복희 집을 털러온 도둑을 내 손으로 때려잡았다. 여자로 보이는 행색을 하고 있었는데 그의 얼굴을 세차게 붙잡았을 때 아주 거칠고 까끌까끌한 수염 자국 감촉이 느껴졌다. 체구가 작아서 안심했으나 사실 온몸에 단단히 근육이 잡힌 남자였다. 느낌에 흉기도 든 것 같았다. 겁을 내며 잠에서 깼다.

이 병에 대한 비유일까?

눈을 떠 고개를 오른쪽으로 돌리자 아주 아름다운 색의 일출이 창밖에 펼쳐져 있었다. 이 큰 병원에서 누가 또 일찍 눈을 떠서 저걸 보고 있을까. 오래 머문 사람은 이게 아름다운지 아닌지 볼 겨를이 없을 만큼 지쳐 있을 수도 있다. 병원 생활을 오래 하는 건 너무도 두려운 일이다. 그런 일이 일어나지 않도록 현승이도 미슬이도 잘 해야 할 텐데. 내가 사랑하는 이들도 부디 그래야 할 텐데.

고개를 왼쪽으로 돌리자 간이침대에서 하마가 쿨쿨 자는 모습이 보였다. 꼭 생각하는 사람처럼 손에 턱을 괸 포즈로 누워 잤는데 동시에 코도 골았다. 한참 봤다. 움직일 수가 없으니 달리 할 수 있는 일도 없었다. 어느 순간 하마는 자다 말고 몸을 일으켰다. 그러더니 냉장고에서 초콜릿을 하나 꺼내 우물우물 씹어 먹고는 다시 잤다. 자는 와중에 초콜릿이 왜 필요한 걸까. 궁금해하며 나도 다시 잠들었다. 잠조차 에너지가 드는 행위로 여겨질 만큼 기운이 없었다.

아침 일곱 시. 옆 침대의 보호자인 80세 할머니께서 우리 쪽 커튼을 확 젖히셨다.

밥 먹어. 아침이여.

할머니. 너무 힘들어서요, 조금만 더 자고 먹을게요.

밥을 먹어야 힘이 나지.

그녀는 꼭 우리 외할머니 같았다. 겨우 몸을 일으켜서 확인해본 병원 밥은 너무나 형편없었다. 이 밥보다는 더 양질의 것을 먹어야 기운이 날 것 같았다. 하마는 여전히 쿨쿨 잤다. 그는 이 시간에 밥을 먹는 사람이 아니다.

아침을 안 먹으면 안 괜찮은 사람만이 다른 사람의 아침 식사 여부도 물을 줄 안다. 허기를 잘 못 견디는 울과 내가 서로에게 끊임없이 혹시 배고프냐고 묻는 것과 같다. 섭식과 소화에 있어서 무던한 하마를 조심스레 깨웠다. 걔는 놀란 표정으로 일어나 내 팔을 만지며 물었다. 무슨 일이야?

내가 말했다.

괜찮냐고 물어봐 줘.

하마가 물었다.

괜찮아?

나는 안 괜찮다고 대답했다. 그리고 한 가지 더 부탁했다.

배고프냐고 물어봐 줘.

하마가 물었다.

배고파?

나는 그렇다고 대답했다.

하마는 지하에 있는 식당가에서 내가 원하는 음식을 사 오기 위해 몸을 세웠다. 가기 전에 먼저 나를 화장실에 데려가야 했다. 남의 도움 없이는 화장실에 갈 수 없었다. 하마는 나를 부축해 변기에 앉히더니 바로 옆에 멀뚱멀뚱 서 있었다.

안 나가고 뭐 해?

내가 묻자 하마는 자기 신경 쓰지 말고 편히 싸라고 했다. 표정이 능청스러웠다. 부끄러우니까 얼른 나가라고 내쫓았다. 혼자만 있는 화장실에서 소변 통에 오줌을 누었다. 모든 움직임이 고통스러웠고 배출도 예외는 아니었다. 소변 통의 눈금을 확인하고 오줌을 버리고 손을 깨끗하게 씻고 나왔다. 부축을 받으며 침대로 느리게 돌아갔다. 하마가 소변량 기록표를 들고 왔다.

얼마나 쌌어?

내가 직접 적겠다며 기록표를 빼앗으려 했지만 그는 주지 않았다.

그냥 말해. 내가 적을게. 손에 힘도 없잖아.

평소라면 필사적으로 빼앗아 내가 적었을 것이다. 아니 평소라면 소변량을 기록할 일은 없었을 것이다. 말하기가 싫었지만 힘이 없으니 별수 없었다.

400밀리리터야…

하마는 그대로 받아적었다.

400밀리리터… 시원하게! 하고 중얼거리며 기록했다. 입원은 고통뿐 아니라 수치도 함께하는 일이구나. 침상에 마주 앉아 하마가 사 온 비빔밥과 된장찌개를 먹었다. 먹는 것도 버거웠다. 아주 천천히 힘들게 음식을 씹어 넘겼다. 어제보다 몸이 더 아픈 것 같았다.

출근하는 하마를 누워서 배웅할 때에는 온몸이 전에 없이 쑤셨고 곧이어 도착한 복희를 맞이할 때는 난포가 다시 터졌나 싶을 정도로 아팠다. 체온을 재보니 열이 높았다. 몸살을 앓는 모양이었다. 지나가는 몸살이면 다행인데 혹시 복부 내에서 또 출혈이 있는 것일까 봐 몇 가지 검사를 다시 받았다. 피를 뽑는데 간호사가 자꾸 핏줄을 못 찾아서 엄한 데 여러 번 구멍을 냈다. 참으려고 했지만 굵은 신음이 내 입에서 새어나갔다. 그녀는 너무 미안해하며 선배 간호사를 데려왔다. 짜증스러운 표정으로 등장한 선배는 한 번에 내 핏줄을 찾아 채혈해갔다. 왜 이까짓 일로 자기를 부르냐는 표정이었다.

다음은 소변을 채취할 시간이었다. 침대에서 상체를 일으키지도 못할 만큼 복부 통증이 심해져서 인위적으로 소변을 받아야 한댔다.

어떻게… 하는 거죠?

내가 묻자 여러 번 주삿바늘을 쑤신 후배 간호사가 대답했다.

요도에 관을 삽입하실 거예요.

나는 공포에 떨기 시작했다. 그녀는 도구를 가져왔고 나는 침대에서 바지를 벗은 뒤 다리를 살짝 벌렸다. 옆엔 복희가 매우 불안에 떨며 서 있었다. 그녀의 정신 건강을 위해 잠시 나가 있으라고 했다.

간호사는 차갑고 날카로운 금속이 달린 호스를 내 음부에 삽입하기 시작했다. 나는 소리를 지르는 대신 양쪽 침대 손잡이를 꽉 잡고 심호흡을 하기 시작했다. 후…호… 후… 호… 힘을 풀어야 덜 아플 것이었다. 뭔가가 내 밑으로 쑥쑥쑥 들어왔다.

간호사가 고개를 갸우뚱했다.

소변이 없으신가 봐요. 안 나오네요. 왜 그러지?

나는 망설이다 말했다.

선생님… 거기는 요도가 아니라… 질인 것 같아요.

네?

아무래도 느낌이 익숙해서… 요도는 아닌 듯해요.

간호사는 당황하며 호스를 거두었다.

나는 어떻게 해도 간호사는 될 수 없을 것이다. 이 모든 게 너무 무서워서. 내가 의료계에 종사한다면 많은 이들에게 폐를 끼칠 것이다.

그녀는 몇 번이나 더 내 질 속에 관을 삽입한 뒤 쩔쩔매다가 한참 만에 드디어 요도 삽입에 성공했다. 성공하자마자 바로 알 수 있었다. 너무 끔찍하게 아팠기 때문이다. 요도 끝이 감전되는 느낌이었다. 요도란 게 내 몸에 있다는 게 처음으로 너무 실감 났다. 기진맥진한 채로 누워 열이 내리기를 기다렸다. 시간이 어떻게 지나가고 있는 건가. 오늘은 무슨 요일인가. 아직 금요일이었다. 누운 채로 마감할 글을 썼다. 좋은 걸 쓰는 것보다 펑크내지 않는 게 더 중요했다. 하지만 손에 힘이 없어서 얼마 못 썼다.

양은 내 입원 소식을 듣더니 말했다. 너처럼 온갖 것을 사방팔방에서 다하는 애가 제일 오래 해온 게 단지 손가락만 사용하는 일인 게 웃기다고. 네가 손가락만 움직여도 되는 노동자여서 다행이라고. 양의 말을 듣고 나도 다행이라고 생각했지만 몸이 이 지경이 되고 보니 손가락 쓰는 것도 버거웠다. 정신의 체력도 모자랐다.

저녁엔 웅이가 병실로 왔다. 한참 트럭 노동을 한 뒤였다. 오늘 정말 덥다고 웅이는 말했다. 몸이 땀으로 젖어 있었다. 복희는 웅이의 턱을 만지며 말했다.

자기야. 턱수염 기르지 마. 얌생이같아.

웅이가 되물었다.

얌생이?

응. 차라리 콧수염을 길러.

난 콧수염 말고 턱수염 기르고 싶어.

상웅 씨는 턱이 작으니까 수염을 기르면 더 작아 보인단 말이야.

오히려 턱이 더 커 보이지 않을까?

둘의 실랑이를 들으며 초점 없는 눈으로 누워 있었다. 병원비 납부에 관해 웅이랑 상의를 좀 했다. 꼼꼼하고 든든한 웅이와 다정하고 풍요로운 복희를 가까이 둔 나는 아마 더 많은 걸 잘 해내며 살아갈 수 있을 것만 같은데 아픈 와중에는 뭐든지 힘없이 유예되었다.

밤엔 퇴근한 하마가 왔다. 복희 옆에 누운 나를 하마는 꼭 안아주었다. 며칠째 환자복을 입고 있어서 속상했다. 말끔히 씻고 좋아하는 옷을 입고 활기찬 모습으로 하마랑 길을 걷고 영화를 보고 싶었다. 하마는 얼른 나아서 꼭 그러자고 했다.

어제보다 상태가 안 좋아진 오늘의 나를 보고 하마는 찜찜한 표정을 지었다. 사실 어젯밤 내가 잠깐 병원 밖에 데려가 달라고 하마를 졸랐기 때문이다.

하마는 계속 안 된다고 했었다.

절대 안정이라고 써 있는 거 안 보여?

나는 지치지 않고 계속 졸랐다. 바깥바람을 한 번 맞으면 금방 나을 것 같다고 했다. 하마는 정 그러면 간호사한테 한 번 물어보겠다고 했다. 나는 걔를 말렸다.

미쳤어? 왜 물어봐, 절대 안 된다고 할 텐데.

하마는 어이없어 했다.

나는 그에게 휠체어를 가져올 것을 명령했다.

그는 미심쩍어하며 휠체어를 가져왔다.

나는 간호사들을 지나지 않고 엘리베이터를 타는 경로를 그에게 알려주었다. 하마는 한숨을 쉬며 나를 휠체어에 태우고 몰래 병실을 빠져나갔다. 엘리베이터를 타고 내려가면서 우리는 킥킥댔다. 잠시 청소년의 기분이 되었다. 꼭 조제 호랑이 같다고 하마가 그랬다. 그날 밤엔 병원 밖에서 20분 정도 밤공기를 마셨다. 휠체어에 실린 채로 하마의 노랫소리를 들으며 산책했다.

그때 잠깐 외출한 것 때문에 열이 오른 거 아니냐고 하마는 재차 묻고 있었다. 아무래도 그런 것 같았지만 나는 아니라고 주장했다.

그럴 리가 없잖아. 그렇게 즐거운 일은 나를 아프게 할 수 없어.

하마는 고개를 절레절레 저었다.

하마가 떠나고 어두운 병실에 복희랑 둘이 남았다. 퇴원이 언제인지는 아직 알 수 없었다.

자정이 얼마 남지 않았길래 낮에 쓰던 글을 마저 쓰기 시작했다. 이내 복부가 쑤셔왔다. 오늘은 마지막 편이라 꼭 써야 하는데 통증 때문에 도저히 앉아 있을 수가 없었다. 나는 끙끙대며 누웠다. 누워서 생각했다.

앞으로 오래 할 일이니까 무리하면 안 돼.

배를 붙잡고 고통 속에서 잠에 들었다. 자는 내내 꿈을 꿨다.

꿈에서 나는 어떤 결혼식의 축가를 부르게 되어 있었다. 아는 사람은 다 참석하는 성대한 결혼식이었다. 하지만 나는 통증 때문에 결혼식 20분 전에야 일어나고 말았다. 축가가 나 때문에 펑크 나게 생겼다. 설상가상으로 나의 축가 선곡이 전혀 기억나질 않았다. 내가 뭐 부르려고 했더라…? 식이 코앞으로 다가왔는데 난 일을 망치고 욕먹을 일만 남아 있었다. 그런데 신랑 신부는 누구더라? 미지수였다.

불안에 떨며 잠에서 깼다.

아무래도 내 꿈의 비유력은 너무 단순해 보인다.

아직 해가 뜨기 전이었고 불안에 떨며 메일함을 확인했다. 열두 시 좀 넘어서 지각하며 원고를 보낸 적은 있었어도 이렇게 심하게 늦은 적은 없었다. 아마 나는 여러 방식으로 욕을 먹을 것이었다.

몇 통의 메일이 와 있었다.

대부분 내 난소를 염려하는 내용이었다.

뭔가를 매일 하던 사람이 안 하면 사람들은 걱정부터 하는구나! 욕부터 하지는 않는구나!

이 세계의 친절의 총량에 대해서 나는 다시 생각해보았다. 얼굴도 모르는 이들에게 커다란 고마움을 느꼈다. 간이침대에서는 복희가 쿨쿨 자고 있었다. 정말로 어서 퇴원을 하고 싶어졌다. 퇴원하면 내 아픔에 대해서 그만 얘기할 수 있을 것이다. 나에 관한 일기는 더 이상 안 써도 될 테고, 내 심신으로 통과시키고 싶었던 다른 이야기를 다시 해볼 수도 있을 테다. 적어도 복부에 피가 가득 차 있는 동안엔 내 몸은 어떤 이야기도 못 통과시킬 게 분명했다. 난데없이 그 카피가 생각났다. 깨끗하게 맑게 자신 있게! 이 문장은 생리대 광고가 아니라 회복 중인 환자에게 더 어울릴지도 몰랐다.

깨끗하고 맑은 몸과 마음으로 뭐라도 자신 있게 할 수 있다면. 그것 말고는 아무것도 안 바라는 오늘이다. 병원에서는 기도가 이렇게 단순해진다. 이 기도가 하나도 소박하지 않다는 걸 이제 알겠다.

2018.06.01.金.

[5월호 연재를 마치며]

안녕하세요. 이슬아입니다. 5월호 마지막 원고 발송을 마치고 메일드립니다. 어쩌다보니 최근 글 세 편은 모두 병실에서 마감했습니다. 쓰는 호흡도 잡히고 손도 달궈져 있어서 쉬지 않고 바로 연재를 이어가겠다고 호기롭게 적은 게 불과 며칠 전인데요. 다음 날 급작스럽게 입원을 하게 되었습니다.

한 치 앞도 모르는 인생에서 매일 쓰기를 여러 사람과 약속했다는 게, 그것도 선불로 구독료를 받았다는 게 몹시 두려운 일이라고 응급실에서 거듭 생각했습니다.

그치만 이 연재가 쭉 무사히 이어지기를 누구보다 간절히 바라게 됩니다. 무려 돈을 내고 제 글을 기다려주는 사람이 있어서 얼마나 감사한지 매일매일 생각합니다. 연재를 시작하기 전보다 마음이 단정해진 것만 같습니다.

쓰기 두려웠던 이야기들을 건드려보는 시도를 5월에 종종 했는데요, 원래 쓰던 방식과는 조금 달랐다고 느낍니다. 쓰는 동안 더 어려웠지만 어려운 과제들을 스스로에게 종종 주고 싶습니다. 잘 못 해내더라도 조금만 상심하고 다시 해볼 체력이 받쳐주면 좋겠습니다.

병실에서 많은 이들을 보고, 구독자 분들이 보내주신 메일을 읽으면서, 이 세상에 아픈 사람이 저 말고도 너무너무 많다는 걸 계속 실감합니다. 저를 비롯한 아픈 이들을 위해 화살 기도를 쏘아 올리겠습니다. 저는 머지않아 퇴원할 것이고, 6월호 연재는 돌아오는 월요일부터 예정대로 이어갑니다.

이번 달에 읽어주셨던 분들이 다음 달에도 쭉 읽어주시기를 바라며 5월호 연재를 마칩니다. 많이 고맙습니다.

2018.06.02

이슬아 드림

2018년 6월

51.
견딜 수 없는 대사들

이 초여름, 내 머리를 강타한 노래 한 곡으로 오늘의 글을 시작하고 싶다. 퇴원 수속을 밟고 엄마의 부축을 받으며 집에 가던 길이었다. 며칠간 병원에 있느라 몰랐는데 어느새 세상은 완연한 여름에 접어들고 있었다. 에어컨을 빵빵하게 틀어놓은 택시 안에서 한낮의 라디오방송이 흘러나왔다. 무슨 이야기든간에 말도 안 되게 긍정적으로 마무리해버리는 방송이었다. 아주 기구하고 불행한 사연이라 해도 '그러니까 우리 모두 힘내자구요~' 하는 식으로 끝이 났다. 내 엄마 복희랑 나는 그런 멘트가 불행을 견디는 데에 얼마나 아무짝에도 쓸모가 없는지 이야기했다. 긍정이라는 말도 아까웠다. 우리가 아는 긍정성은 그런 게 아니었기 때문이다. 그럼에도 불구하고 어째서 한낮의 라디오방송 톤은 언제나 이토록 한결 같을까. 가볍고 흔하고 진부한 상투어들에 위로받는 이들이 세상에는 아주 많을지도 모른다.

사연에 이어 신청곡이 재생되었다. 섹소폰 소리와 함께 익숙한 트로트 반주가 시작됐다. 난생 처음 듣는 노래여도 다음 소절의 멜로디를 짐작할 수 있는 건 트로트의 특징 중 하나였다. 노래는 어느새 클라이막스를 향해 달리고 있었다. 여남 트로트 가수가 듀엣으로 이렇게 열창했다.

'아 – 꿀 – 맛 같은! 그대 – 사랑 – 에 – 내 인생!을 – 걸 – 었잖! 아 – '

나랑 복희는 박장대소하기 시작했다. 가사도 멜로디도 뭐랄까 너무 심했기 때문이다. 특히 내 인생을 걸었다는 부분의 음절이 얼마나 구성지게 꺾이는지 우리가 자동으로 혀를 내두를 정도였다. 팔뚝에 닭살도 돋았다. 트로트는 좀 무지막지한 데가 있다. 도저히 빠져나갈 수 없는 멜로디로 청자를 사로잡는다.

택시에서 내릴 때까지도 우리는 그 노래 때문에 낄낄대고 있었다. 싫은 동시에 웃겨서 잊을 수가 없었다. 점심에 잠깐 들은 그 노래는 저녁 무렵에도 우리 귓가에 맴돌았다. 틈만 나면 "아… 꿀맛 같은…" 하고 읊조리게 됐다. 그 구절이 머릿속에 틀어박혀 도저히 나갈 생각을 않았다.

그 후로 이틀이 지난 지금 이 글을 쓰면서도 나는 벌써 세 번 넘게 그 노래를 흥얼거렸다. 더 강렬한 노래가 나타나야만 잊을 수 있을 텐데 꿀맛 같은 그대 사랑에 내 인생을 건 것보다 더 심한 노래가 아직은 생각나지 않는다.

대중가요는 대충 귀를 막을 수라도 있지, 면전에서 직접 듣는 대사는 더욱 곤혹스럽다. 예전에 어떤 남자애랑 세 번째 데이트를 하던 날이었다. 집에 둘만 있었는데 걔가 자신이 제일 좋아하는 영화는 〈7번 방의 선물〉이라고 말하길래 나는 살짝 짜게 식을 뻔했다. 곧이어 걔가 키스를 시작했기 때문에 영화 취향 같은 건 잠시 접어두기로 하고 키스하는 걔를 바라보았다. 내 어깨랑 허리 같은 데를 뻣뻣하게 만지다가 그는 자신의 상의를 탈의했다. 옷을 벗기에는 뭐랄까 조금 이른 타이밍이었는데 상체에 단단하게 잡힌 근육이 멋지길래 굳이 말리지 않았다. 그때 걔는 나에게 이렇게 말했다.

너랑… 하나가 되고 싶어…

나는 속으로 으악 하고 비명을 질렀다. 나랑 하나가 되고 싶다니, 하나가 되고 싶다니… 너무 구리잖아! 섹스를 목전에 두고 들은 말 중 가장 끔찍했다.

아니야… 하나 아니야…

라고 말하며 나는 걔 옷을 다시 입혔다. 섹스는 미수로 끝났고 키스도 중단되었다. 데이트도 그 날로 끝났다.

훗날 이 얘길 들은 복희는 아리송한 얼굴을 했다. 하나가 되고 싶다는 게 뭐가 어떠냐고, 그렇게 싫으냐고 물었다. 나는 고개를 세차게 끄덕이며 그렇게 싫다고 대답했다. 주변 여자애들에게 물어본 결과 하나가 되고 싶다고 했을 때 섹스를 중단하지 않을 애는 거의 없었다. 소름 끼치도록 느끼하고 구리다는 게 모두의 중론이었다.

섹스 중에 들었던 것 중 또 다른 끔찍한 말로는 “아무 걱정 말고 느껴요.” (웩) “많이 아프지?” (하나도 안 아파 인마. 들어온 줄도 몰랐어.), “정말 반가워요.” (나이스투미츄투… 알겠는데 왜 하필 지금…), “너란 여자… 정말…” (으악) 등이 있다. 섹스 중 대사가 좋기란 쉽지 않으니 웬만큼 똑똑하고 야할 거 아니면 차라리 입을 다물게 하고 싶었다. 섹스 전후에 등장하는 진부한 말은 패러디로써만 그나마 좋을 여지가 있는 것 같다. 언젠가 유우머를 아는 남자애랑 잤는데 섹스가 끝나고 걔가 이렇게 말했다.

조… 좋았어?

그 순간 우리는 둘 다 박장대소하지 않을 수 없었다. 걔가 ‘조… 좋았어?’라고 말하며 어떤 한국 남자 군상들을 흉내낸 건지 즉시 알아챌 수 있었기 때문이다. 망설이면서 좋았냐고 물어보는 얼굴들의 대략적인 인상이 암묵적으로 공유되어 있기 때문에 가능한 유머였다. 아무리 느끼한 대사도 우스꽝스럽게 풍자하면 견딜 만했다.

작년 어느 날에는 패션 잡지 「코스모폴리탄」에서 화보 사진을 찍었다. 나의 인터뷰와 사진이 한 페이지를 가득 채우기로 되어 있었다. 스튜디오로 가서 얇은 소재의 아이보리색 바디수트를 입고 몹시 당당해보이는 포즈로 찍혔다. 원피스 수영복과 모양이 비슷한 란제리였다. 당당한 자세로 찍으려고 했던 건 아닌데 포토그래퍼가 자꾸 당당하게 해보자고 하셔서 뭐라도 했다.

몇 주 뒤 잡지를 받아보니 지나치게 자신만만해보이는 내 사진 옆에 이런 문장이 큼지막하게 쓰여 있었다.

'유두가 드러나면 어때서요?'

'저는 누구보다 저 자신을 사랑해요.'

나는 그런 말을 입밖에 낸 적이 없었다. 물론 브래지어를 안 하고 다니지만 인터뷰에서 저런 말은 한 적이 없었고, 누구보다 나 자신을 사랑한다는 말은 더더욱 한 적이 없었다. 야하거나 선정적이어서가 아니라 너무 구린 대사라 견디기 어려웠다. 란제리만 입은 내가 직접 그 문장을 내뱉은 것처럼 편집되어 있어서 곤란했다.

민망하고 창피하였지만 유두 부분은 어찌어찌 참아볼 수도 있었다. 하지만 나를 참지 못하게 한 건 자기애에 관한 언급 부분이었다. 기자님의 질문으로 '다른 사람의 시선에 얽매이지 않고 자신을 사랑할 수 있는 비결이 뭐예요?'라고 적혀 있었다. 물론 나는 그런 질문을 받아본 적이 없었다. 만약 받았다면 그런 비결 같은 건 없으므로 대답할 수 없었을 것이다. 하지만 잡지에는 나의 대답이 이렇게 이어져 있었다.

'사랑을 듬뿍 주는 가족과 친구들 사이에서 자라고 지낸 거요.'

정말이지 큰일이었다. 이 인터뷰 속의 나는 자기애가 흘러넘치며 그 자기애의 비결을 화목한 가족환경과 친구 관계라고 이야기하고 있었다. 모두 내가 한 적 없는 말들이었다. 기자님께서 나를 어떤 식으로 보이게 하고 싶었던 건지 이해할 수 있었지만 나는 이게 무척 폭력적이라고 생각했다. 잡지가 서점에 쫙 깔린 뒤였다. 유두 발언 및 자기애 관련 언급은 내가 전혀 하지 않았으며 기자님이 재량껏 지어낸 부분이라고 정정할 기회는 없을 것이었다.

그 이후로 최종 원고를 내가 한 번 확인하는 조건으로만 인터뷰를 진행한다.

친구들은 그 인터뷰 때문에 한동안 나를 만나기만 하면 '하우두유두'라고 인사하며 놀렸다. 젓꼭지로 놀림받는 것은 아무래도 좋았지만 어떤 태도에 관해 과장되거나 우스꽝스럽게 편집되는 것은 아주 두려운 일이다.

또 다른 잡지 「싱글즈」는 2년 전 나에 관한 인터뷰 기사의 헤드라인으로 '스물다섯 살의 어른 연애, 이슬아'라고 적었다. 이게 무슨 소린가 싶었다. 도대체 어른 연애라는 게 뭔가.

또 다른 바이럴 마케팅 매체에서는 '이야기로 공감을 만들다'라는 문장을 〈일간 이슬아〉 인터뷰 밑에 해시태그로 삽입했다. 나는 그게 무척 위험하게 느껴졌다. 이 연재를 하면서 공감을 만들려는 의도가 없기 때문이다. 일부러 되는 것도 아닐 뿐더러 공감이라는 말을 그렇게나 자주 쓰고 싶지 않다. 내 이야기를 남들이 쉬이 공감해 줄거라고 착각하고 싶지 않으며 나도 아무때나 공감하고 싶지 않다. 공감 능력을 과시하는 이들은 정말 미심쩍다. 공감이라는 게 얼마나 흔치 않게 발생하는지, 얼마나 귀한 순간인지 알기 때문에 남발하기 두렵다. 하지만 그 인터뷰에서는 이야기로 공감을 만든다고 내가 내 입으로 광고하는 것 같아서 매우 부끄러웠다. 해시태그를 지워달라고 요청했지만 그럼 인터뷰 자체를 통째로 삭제해야 한다고 하길래 그냥 말았다.

이런 일들은 비일비재하다. 나를 창피하게 만들고 닭살 돋게 만드는 대사와 문장들 앞에서 이제 나는 즉시 박장대소를 하거나 정색을 하거나 손사래를 친다. 그런 말들은 정말 싫다고, 저리 치우라는 표정으로 상대를 바라본다. 비슷한 것을 같이 싫어하는 자들을 만나면 반갑다. 구린 말들을 함께 나열하며 물개박수를 치고 낄낄대면 아주 통쾌하다. 그러고 나서 내게 남은 말들은 무엇인가. 나는 어떤 말들을 하고 살면 좋을까.

어제 본 영화 〈세레나〉에는 제니퍼 로렌스가 등장했다. 아름다운 모습이었다. 가만히 서 있기만 해도 황홀한데 그 신체로 말도 잘 타고 나무도 잘 패고 사업도 하고 독수리도 잘 길들이고 뱀도 잘 잡았다. 영화에서 그녀는 시종일관 위풍당당하고 유능했다. 그런데 자꾸 세상의 여자들을 하나로 묶어 자신과 비교하며 이런 대사를 말했다.

'난 그런 여자가 아니야.' (I'm not that kind of woman.)

예전이라면 대충 지나갔을 텐데, 어제 본 영화에서는 그 대사가 자꾸 걸렸다.

그런 여자들이란 누구인가.

말을 능숙하게 타고 나무를 힘차게 패고 배포 있게 사업을 늘려가고 독수리를 길들이고 뱀을 잡으면서도 '그런 여자들'과 자신을 굳이 구분 짓지 않는 대사라면 좋을 것이었다. 어떤 혐오도 없이 이야기를 완성할 수 있을까. 무해한 말들로 이루어진 좋은 이야기, 그러면서도 무지 재밌거나 슬프거나 아름다운 이야기를 상상해본다.

2018.06.04.月.

52.
찬이

찬이의 어릴 적 장래희망은 용띠가 되는 것이었다. 그는 만화 드래곤볼에 심취한 채로 세기말을 보낸 숱한 남자애들 중 하나였다. 몇 밤 자야 자신이 용띠가 될 수 있느냐고 할아버지에게 묻곤 했다. 40년생 용띠인 할아버지는 손자에게 자축인묘 진사오미 신유술해로 이루어진 십이지신의 개념을 가르치려 애썼다. 93년생 닭띠인 찬이는 알아듣지 못하고 재촉했다.

아 맷밤 자면 되는지만 말해달라고요…

찬이는 5살 때 새콤달콤을 먹다가 앞니 두 개가 빠지는 바람에 항상 발음이 샜다. 그가 부정확한 발음으로 드래곤볼과 그랑죠와 골드런과 가오가이거와 닌자거북이의 대사를 따라하는 동안 6살인 나는 웅진출판사에서 나온 동화 시리즈를 읽고 엄정화 테이프를 돌려 들었다. 우리는 한 살 터울의 남매였고 나는 1년 2개월치 인생을 찬이보다 먼저 살았다. 집에는 두 명의 남자애가 더 있었다. 경이와 원이였다. 경이와 원이와 찬이 그리고 나는 90년대 초반에 태어나 한 집에서 키워졌는데 집안의 큰어른인 할아버지가 가장 예뻐한 손주는 찬이였다. 그가 찬이를 얼마나 아꼈는지 찬이는 초등학교 저학년 때까지 자기 손으로 뭘 직접 해볼 기회가 없었다. 누구라도 그런 대접을 받으면 왕자병에 걸릴 듯했다. 찬이의 눈망울은 컸고 속눈썹은 길었고 피부는 고왔다. 누구나 찬이를 잘 생긴 어린이로 기억했다.

어째서 찬이만 그렇게 예뻐하는 거냐고, 어느 날 나는 할아버지에게 물었다. 할아버지는 그렇지 않다고 대답하고는

다만 찬이가 내 제사를 지내줘야 하니까 그렇지, 하고 덧붙였다.

할아버지는 어린 손주들 중 찬이 입에 제일 먼저 고기를 넣어주곤 했다. 유치원에 가는 아침이면 찬이의 발바닥이 신발장 바닥에 조금도 닿지 않도록 살포시 안아 운동화를 직접 신겨주었다. 찬이는 어릴 적 요도가 약해서 조금만 웃겨도 바닥에 오줌을 지렸다. 드래곤볼을 보면서는 특히 자주 지렸는데 원목나무로 된 마룻바닥이 연노란색 소변에 젖어가는 걸 보고 할아버지는 어디선가 황급히 걸레를 가져와 꼼꼼히 닦은 뒤 손주의 팬티를 갈아입혀주었다. 오줌을 매번 닦아야 하는데도 그는 언제나 찬이를 위한 드래곤볼을 틀어주었다.

어쩌면 자신의 온몸을 그렇게나 아낄 수 있었는지 아직도 이해가 안 된다고, 성인이 된 찬이는 회상했다.

할아버지는 찬이가 당신의 집안을 빛낼 인물로 자랄 줄 알았다. 그래서 기릴 찬 자와 빛날 희 자로 된 이름을 준 것이다. 스무 살이 된 찬이가 어느 락밴드에서 하모니카를 부는 사람이 된 것을 확인했을 때 할아버지는 실망스러운 얼굴로 손주를 바라보았다. 그는 돈 못 버는 남자와 음악하는 남자를 언제나 멸시했는데 당신 손자가 정확히 그 두 가지를 병행하기 때문이었다. 스물한 살 때 나는 신문방송학과에 입학해 글을 썼다. 할아버지 입장에서는 글쟁이 역시 못마땅한 직업 중 하나였으나 내게는 실망을 드러내지 않았다. 그에게 내 성취는 찬이의 성취만큼 절실한 무엇이 아니었다.

할아버지는 스무 살의 찬이를 위해 당신 집의 옥탑방을 내주었다. 잘 생긴 찬이는 언제나 누군가랑 사랑 비슷한 걸 하며 지냈다. 그

의 옥탑방에는 많은 게스트들이 드나들었다. 찬이가 옥탑방 쓰레기 통에 아무렇게나 버린 컵라면 박스나 맥주캔이나 휴지 같은 것을 할아버지는 이른 아침마다 깨끗이 치웠다. 옥탑방 바닥에 광이 나도록 걸레질 하는 것도 잊지 않았다. 어릴 적 찬이가 지린 오줌을 닦던 그 걸레일지도 몰랐다. 찬이가 요청하지는 않은 사랑이었다.

찬이는 어지르고 할아버지는 치우는 패턴이 1년쯤 반복되던 어느 날, 할아버지가 걸레를 내팽개치더니 찬이를 당신 집에서 내쫓았다. 할아버지는 스스로의 사랑력에 셀프로 나가떨어질 때가 있었다. 찬이와 할아버지의 공통점은 힘이 좋다는 거였다. 특히 팔씨름에 있어서 무패 신화를 자랑했다. 둘이 붙을 경우 승부는 막상막했다. 내쫓던 날 할아버지는 손자의 멱살을 힘껏 잡았고 찬이는 그 손길을 힘차게 뿌리쳤다. 맘 먹고 붙었으면 아주 큰 일이 벌어졌을 테지만 둘은 적당선에서 싸움을 관뒀다.

할아버지가 찬이를 내쫓은 날부터 찬이의 돈벌이 역사가 쓰여졌다. 찬이는 택배상하차, 막노동, 모텔 청소부, 하모니카 강사 등의 직업을 전전하다가 트럭 운전 면허를 땄다. 트럭을 몰게 되고 나서부터 그는 웅이 밑에서 일을 했다. 우리 아빠 웅이는 트럭에 각종 물품을 싣고 전국을 돌고 있었다. 행사가 있는 곳마다 천막 등을 설치하고 철수하는 렌탈 업체 노동을 했다. 그는 어깨도 좁고 키도 작았지만 모든 노동에 능숙했다. 우리는 웅이만큼 완벽한 트럭 드라이버를 본 적이 없었다. 웅이는 찬이를 렌탈 업체의 숙련된 노동자로 키웠다. 찬이는 웅이에게 가끔은 상소리를 들어가며 트럭과 막노동을 몸에 익혔다.

그 일을 하는 동안 찬이는 빠른 속도로 웅이의 얼굴을 닮아갔다. 1년 만에 베테랑이 된 찬이의 실력 중 어떤 면은 웅이보다 뛰어났다. 노동 현장에서 만난 사람들을 구워삶는 점에서 웅이보다 유연하고 압도적일 때가 있었다.

트럭을 몰게 된 이후로 찬이는 조금 다른 찬이가 됐다. 왕자병 시절의 고운 면모가 사라지고 억척스러우며 막강한 기운이 생겨났다. 들개처럼 보이기도 했다. 어쨌든 호기로움을 빼놓고는 그를 설명할 수 없었다.

찬이는 노동도 밴드도 계속 해나가며 20대를 보냈다. 그는 트럭에서 아주 많은 노래를 들었고 아주 많은 노래를 만들었다. 어떤 곡은 너무 아름다워서 나를 울렸다. 가끔은 그가 만든 노래를 내가 편곡해 다시 불러보기도 했다.

나는 종종 찬이 트럭의 조수석에 탈 일이 있었다. 오랜 노동으로 그는 지친 얼굴이었다. 노동과 예술 사이에서 어느 쪽에도 힘내기 어려운 날들이 있는 듯했다. 이제 찬이는 20대 중후반이었다. 운전대를 잡은 그가 난데없이 그런 말을 했다.

이게 다 용이 없어서 하는 짓거리 아니겠냐.

그게 무슨 소리냐고 내가 물었다.

용이 세상에 진짜로 있었으면 난 락 같은 건 안 해.

그렇게 대답하고는 창밖을 지나는 어떤 남자를 가리키며 찬이가 말했다.

저기 봐, 기타 매고 가는 쟤도 용 없어서 저러고 있는 거라니까.

내가 물었다.

용 있었으면 넌 락 안 하고 뭐할 건데?

그가 답했다.

뭐하긴. 용 타겠지.

찬이를 모르는 사람들은 찬이가 하는 말에 웃을지 말지를 금방 결정하지 못했다. 그가 내뱉는 말 중 농담기 없는 말은 거의 없었다. 모든 말에 농담이 함유되어 있는 걸 알아챈 사람만이 맘 편히 웃었다.

그와 함께 보낸 재작년의 성탄절을 기억한다. 그때 우리는 내 집에서 가짜로 성탄 예배를 치뤘다. 크리스찬은 아무도 없었지만 그냥 모여서 캐롤을 함께 부르고 기도 같은 걸 해보았다. 대표 기도는 찬이가 하기로 했다. 그가 눈을 감고 기도를 시작했다.

하느님, 저에게 특별히 많은 동전을 주신 것을 압니다.

도입부를 듣고 나는 어이가 없어졌다. 보증금 500에 월세 40짜리 반지하에서 남자 넷이 모여 살고 있으면서도 자신이 타고난 빛나는 것들을 확신하는 그가 놀라웠다. 그의 기도는 이렇게 이어지고 있었다.

제가 하나의 산등성이를 다 넘기 전에 꼭 다음 산등성이를 보여주시고…

기도를 하는 찬이를 보며 나는 찬이를 위해 기도했다. 하느님. 부디 그에게 너무 많은 산등성이는 보여주지 마세요. 그가 지나치게 강해질 필요가 없도록 도와주세요. 그리고 제 사랑을 그가 자주 기억하게 해주세요.

2018.06.05.火.

53.
가장 빠른 경로

우리는 산속에서 살기도 했다. 2002년 한일 월드컵이 끝난 직후였다. 경기도 변두리 아파트에 있던 짐을 몽땅 옮겨 근처 시골 마을로 이사를 갔다. 물이 많아 이름이 수동면인 동네였다. 축령산 아랫자락에 우리가 살 목조주택이 지어져 있었다. 나는 초등학교 4학년, 찬이는 3학년, 복희와 웅이는 서른여섯이었다. 어째서 갑자기 전원생활을 시작하는 건지 찬이랑 나는 잘 몰랐으나 웅이와 복희가 경제적으로 무리했다는 것만은 알 수 있었다.

새집의 외벽은 레몬색 목재로 둘러싸여 있었고 지붕은 진회색이었다. 남향으로 커다란 창을 내서 빛이 잘 들었다. 마당에는 심은 지 얼마 안 된 잔디가 듬성듬성 올라왔다. 집 뒤엔 숲이 있었고 집 아래엔 계곡이 흘렀다. 가로등 하나 없는 동네여서 밤이 되면 칠흑 같이 껌껌해진 부지에 고라니와 꿩이 자주 출몰했고 멧돼지의 발자국도 가끔 볼 수 있었다.

경사가 꽤 가파른 산 중턱에 지어진 집이라 사륜 구동차가 아니면 마당까지 당도할 수 없었다. 그 무렵 복희는 운전면허를 따 구형 갤로퍼를 몰았다. 미니스커트에 힐을 신고 그 터프한 지프차를 몰던 복희 모습이 생각난다. 웅이는 1톤 트럭을 몰았다. 갤로퍼와 트럭이 주차된 우리 마당 주위로는 드문드문 이웃집도 보였다. 다 합쳐도 다섯 가구가 안 됐다. 그 집들의 마당에도 텃밭과 개와 나무와 벤치가 있었다.

차를 몰 수 없는 우리 남매는 외출하려면 아주 먼 길을 걸어야 했다. 집에서 버스정류장까지 우리 걸음으로 30분이 걸렸다. 하염없이 산길을 내려가면 '왕언니 식당'이라는 허름한 가게가 하나 보였고 그 앞에 간이 정류장이 덩그러니 있었다. 시내로 가는 버스는 너무 뜸해서 한 대를 놓치면 한 시간을 목 빠지게 기다려야 했다. 논밭으로 둘러싸인 정류장에 앉아 지독한 거름 냄새를 맡으며 256메가 엠피쓰리에 담긴 노래를 넋 놓고 듣다 보면 버스가 왔다.

시내에는 찬이와 내가 좋아하는 만화 및 비디오 대여점이 있었다. 아직 망하지 않은 그 대여점의 이름은 '볼거리 한마당'이었다. 거기서 우리는 아주 많은 만화를 완독했다. 대여점 시대의 끝자락이었다.

시내로 나갔다가 돌아오는 길에는 정류장에서 우리 집까지의 길이 또 남아 있었다. 길고 긴 오르막 산길이었다. 아무 생각없이 걸어야 그나마 빨리 도착했다. 집에 도착해서는 삐질삐질 땀이 난 몸을 물로 씻었다.

그런 초여름에 새로운 초등학교로 전학했다. 겨우 분교가 아닌 학교였다. 학년마다 반이 하나밖에 없었고 각 반의 정원은 열 명쯤이었다. 내가 들어간 4학년 교실에는 세 명의 여자애와 일곱 명의 남자애가 있었다. 남자애들은 학기에 한두 명씩 내게 고백을 해왔다. 나는 여자애들 세 명과 들쑥날쑥하고 위태로운 우정을 이어갔다.

논밭 옆 슬레이트집에 사는 그녀들은 내가 사는 목조주택에 한 번 놀러 온 이후 날 공주병이라고 놀렸다. 왜냐고 물으면 매일 다른 옷을 입기 때문이랬다. 복희가 마석 오일장에서 3천 원 주고 산 옷들이라고 말하고 싶었지만 어떤 애의 엄마는 오일장에서 저렴한 딸의 옷을 고를 여유도 없을 수 있었다. 졸업할 때까지 3년간 공주병이라고 놀림받았는데 나는 그때마다 꼭 눈물이 났다. 수치스러웠기 때문이다. 하지만 우는 모습은 더욱 공주병으로 보인다. 나는 공주병의 굴레를 벗어나는 방법이 뭔지 알 수 없었다. 학교에서 돌아와 눈물을 훔치는 나에게 복희는 공주가 왜 나쁘냐고 반문했다.

그 학교에 다니고서 찬이와 내 머리에는 머릿니가 생겼다. 생전 처음으로 참빗으로 머리를 빗어 떨어진 이를 잡고 머리카락에 붙은 서캐를 긁어서 떼어내 눌러 죽였다. 다 죽여도 학교에 가면 또 옮으니 소용이 없었다. 나는 머리를 쉴 새 없이 긁으며 아주 많은 스트레스를 받았는데 찬이는 크게 신경 쓰지 않는 것 같았다. 그 무렵 찬이는 온몸에 살이 올랐다. 그를 보면 사각 뿔테 안경과 뚱뚱하고 그을린 살과 입술 위에 난 큰 점이 먼저 눈에 들어왔다. 아직 자신의 모습에 딱히 관심이 없는지 생긴 대로 지냈다.

등교하려면 산 하나를 넘어야 했다. 집 뒤에 난 산길로 접어들어 20분쯤 숲속을 걸으면 뜬금없는 아스팔트 길이 나타났다. 차가 거의 다니지 않는 도로였다. 작게 뚫린 터널 위에는 멧돼지 전용 다리도 지어져 있었다. 20분 더 걸으면 학교가 나왔다. 복희나 웅이가 차로 학교에 데려다주는 날도 있었지만 별다른 일이 없는 한 우리는 걸어서 학교에 가야 했다. 등교하러 집을 나선 뒤 찬이랑 나는 욕을 한마디씩 내뱉었다. 씨발, 존나 어이없네, 같은 말들이었다. 어째서 학교에 가기 위해 산을 통과해야 하는 것인가. 우리의 처지와 부모를 원망하며 걸었다.

욕을 할 때만 드문드문 말을 섞었고 같이 욕할 게 없을 때는 둘 다 입을 다물고 걸었다. 별일이 없으면 3미터쯤 떨어져 걸었고 싸운 날에는 30미터쯤 떨어져 걸었다. 앞서 걷는 것은 주로 나였다. 나는 찬이보다 다리가 길고 몸이 가볍고 걸음이 빨랐다. 그러다가도 멈춰 설 때가 있었다. 길목에 굵은 녹색 호스 같은 게 꿈지럭대고 있어서였다. 나는 뒤따라오는 찬이를 불러서 그것을 가리키며 뱀 아니냐고 물었다. 우리는 같이 비명을 지르고 부리나케 뛰었다. 녹색 뱀은 슬금슬금 사라졌다.

겨울이 오자 웅이는 우리에게 썰매를 두 개 사다 주었다. 눈이 내리면 우리는 책가방과 썰매를 챙겨 등교했다. 오르막 산길을 조금 오르자 썰매 타기 좋은 내리막 또한 펼쳐져 있었다. 그걸 타고 슝슝 내려가면 평소보다 더 빨리 등교할 수 있었다. 어떤 날에는 썰매를 하나만 챙겨서 우리 둘이 같이 타고 내려갔다. 앞에는 나 뒤에는 찬이였다. 무거운 사람이 뒤에 앉아야 썰매는 더 속도를 내기 때문이었다.

하지만 썰매를 탈 수 있는 날은 1년 중 그리 많지 않았고 우리는 비가 오나 눈이 오나 매일 오래 걸었다. 시골길은 너무도 비효율적인 경로로 나 있었다. 계곡의 물길과 나무와 바위와 논밭의 위치를 피하며 깔린 길이라 무척 돌아가게끔 만들어진 모양이었다.

나는 자주 머릿속에 지도를 그려 버스정류장에 점을 찍고 산 중턱 우리 집에 점을 찍은 뒤 둘 사이를 직선으로 연결해보았다. 그 직선거리가 가장 빠른 경로일 것이다. 그대로만 간다면 15분 만에 집에 다다를 수 있을지 몰랐다.

하지만 그런 직선거리를 보장하는 길은 동네에 없었다. 그저 길이 나 있는 대로 하염없이 돌아서 갈 뿐이었다. 더워하며 혹은 추워하며 걸었다. 자주 짜증을 내고 간혹 짜증을 안 내며 걸었다. 느려터진 경로에 익숙해졌다가 낯설어졌다가 다시 익숙해지며 걸었다. 지름길은 으슥한 숲길에만 나 있어서 혼자 걷기엔 무서웠다. 찬이랑 같이 걸을 때만 샛길에 들어서곤 했다. 혼자서는 별수 없이 땡볕 아래를 하염없이 걸었다. 뺨에 다닥다닥 주근깨가 생겨난 것은 모두 그 시절의 일이다.

2018.06.06.水.

54.
잘 못하는데도 계속 하는 일들

너무 잘하고 싶어서 시작도 못한 일들의 목록을 떠올려볼까. 시작만 한다면 잘 해낼 수도 있을 듯한데 대충 하고 싶지는 않아서 건드리지 않은 그런 일들. 건드리지 않았기 때문에 잘할지 못할지 아직 모르는 일들. 가능성으로 남은 일들.

그 목록에서 실행해본 것 중 하나로는 오래달리기가 있다. 해보니 실력이 나쁘지 않았다. 턱걸이도 있었는데 그 미션은 몇 달간 해보다가 그만둬서 여전히 실패로 남았다. 소설 쓰기도 있었는데 단편 세 편을 써보니 죄다 별로여서 관뒀다. 본격 픽션을 쓸 때 내 문장이 얼마나 엉성한지 확인하며 진땀을 흘렸다. 해보다가 관둔 일들의 목록은 시작도 못한 일의 목록만큼이나 수두룩하다. 막상 해봤는데 잘 못하면 신도 안 나고 심드렁해지기 마련이다.

하지만 잘 못하는데 계속하는 것도 있다. 10대와 20대에 걸쳐 몇 개의 댄스 교습소에 돈을 써본 결과 나는 춤에 소질이 없음을 알게 되었다. 처음 가본 댄스 교습소는 10살 때 다닌 힙합 학원이었다. 랩을 배우진 않았고 드렁큰타이거와 어셔 노래에 맞춰 리듬 타는 동작을 익혔다. 이쪽 벽에서 저쪽 벽으로 걸어가는 법도 배웠다. 선생님이 하라는 동작을 대략 흉내 낼 수는 있었지만 혼자서 응용하여 프리스타일로 추는 시간에 나는 딱 죽고 싶었다. 프리스타일이라는 말은 정말 두렵다. 춤이 아니더라도 그렇다. 쇼미더머니 시리즈를 보면서 남들이 프리스타일 미션을 해내는 장면마다 괜히 내 오금이 저리곤 했다.

스무 살 무렵에는 1년 동안 라틴댄스 교습소에 다녔다. 내 체형에 어울리는 춤이라고 생각해서 많은 돈을 들여가며 등록했다. 라틴 5종목인 룸바, 삼바, 파소도블레, 자이브, 차차차의 스텝과 루틴을 배웠다. 이 장르의 동작과 복장이 내 몸에 어울리는 것은 사실이었으나 내 춤이 멋지지는 않았다. 어느 교습소에나 설치된 전면 거울을 통해 다른 이들이 어떻게 추는지 한눈에 비교할 수 있었다. 날고 기는 라틴 종목 선수들에 비해 내가 얼마나 둔한지 보였다. 동작을 잘 외우는 편이었지만 뭐랄까 특유의 뻣뻣함이 느껴졌다. 라틴댄스를 배우며 내 몸의 어느 부위가 특히 소극적인지를 계속 실감했다. 내 춤이 멋져보인 적은 없었다. 몸치까지는 아니어도 어쩐지 소심하고 경직된 몸놀림이었다. 이 돈을 들이고도 이렇게나 못 하다니. 나는 내가 우스웠다. 돈과 시간과 몸과 마음을 들여도 이렇다 할 성과가 나지 않는 일이 왕왕 있었다.

이후 한참 동안 댄스 교습소에 안 갔다. 언제나 다른 우선 순위로부터 한참 밀려나고는 했다. 운동을 꾸준히 해서 몸에 일정한 근육량이 유지되었지만 춤을 배우지는 않았다. 다만 혼자서 춤을 추는 밤이 간혹 있었다. 집에서 혼자 편의점 와인을 마시며 영화를 보거나 책을 읽거나 아주 긴 채팅을 하다가 취해버려서 추는 춤이었다. 나를 더 빨리 취하게 하는 곡들을 틀어놓고 췄다. 이를테면 구남과여라이딩스텔라의 〈섀도우 댄스〉. 혼자 취해서 추는 춤은 어디에서도 보여준 적이 없다. 좋아하는 사람일수록 그 모습은 못 보여주겠다. 사실 나 스스로한테도 못 보여주겠다. 그래서 취할 때만 추는지도 몰랐다.

5년 만에 새로운 댄스 교습소에 찾아간 것은 긴 연애가 끝나갈 무렵이었다. 새해가 시작되고 있었지만 나는 개 없이 내가 무엇일 수 있는지 모르겠다는 생각이 들었다. 오랫동안 온갖 것을 죄다 공유한 애랑 딱 헤어지고 나면 나한테 뭐가 남을지 궁금했다. 별 게 없을 것 같아 겁이 났다. 많은 걱정과 불안 속에서 아이폰 메모장에 이렇게 적었다.

'올해부터는 춤을 자주 추자!'

왠지 그러는 게 좋을 것 같았다. 동네에 있는 댄스 교습소에 찾아가자 날쌘돌이 같은 선생님이 리듬을 타고 있었고 첫날부터 대책없이 그가 하는 것을 따라했다. 그러는 수밖에 없었다. 춤의 장르는 뉴잭스윙이었다. 제임스 브라운과 바비 브라운을 연상시키는 동작들을 보며 나는 정말 신이 났다.

보면서 신난다고 추면서 신나는 건 아니었다. 춤을 배운다는 건 선생님의 동작과 내 동작 사이의 어마어마한 간극을 견딘다는 의미였다. 나는 내가 물구나무서기와 윗몸일으키기 따위를 잘 하는 건 알고 있다. 하지만 그건 뉴잭스윙 선생님의 동작을 따라하는 것과는 쥐뿔 상관도 없었다.

춤을 별로 못 춘다는 것을 알게 됐을 때 나는 창피했다.

그리고 속이 시원했다.

이렇게 못한다니 마음이 정말 편하구나! 하고 생각했다.

나를 고통스럽게 하는 일은 대부분 내가 조금 잘하는 일이었다. 잘할 걸 알고 못하기 싫기 때문에 기대와 희망과 부담을 놓기 어려웠다. 재능이 나를 부르는 소리가 조금 들려오는 것만 같았다.

하지만 춤에 있어서는 재능이 나를 부르는 소리 같은 건 전혀 들리지 않았다.

뉴잭스윙 학원에서 나보다 못 추는 사람은 아무도 없었다. 가장 느리고 둔하고 바보같은 한 사람이 있다면 두말할 것도 없이 나였다. 그러자 자꾸만 너털웃음이 나왔고… 머리를 긁적이며 그저 남들을 따라하는 수밖에 없었다. 헤헤… 헤… 하면서 계속 틀리고 계속 다시 했다. 엉성하게 선생님을 따라하는 모습이란 아주 멍청했다. 스스로의 모습에 웃음을 참으며 학원에서의 시간을 보냈다. 거기에 있는 동안엔 사유같은 건 끼어들 틈이 없었다. 생각과 언어는 하찮게 느껴졌다. 몸놀림을 모방하고 익히기만 해도 바빴다.

몸이 땀에 흠뻑 젖은 채로 학원에서 나오면 아직 쌀쌀한 늦겨울 바람에 다시 몸을 움츠리게 됐다. 그럼 다시 생각이란 게 들었다. 걔 없이 나는 뭐일 수 있을까. 혼자인 나는 무엇으로 구성되어 있나.

여전히 알 수 없었지만 분명한 건 내 몸이 내 것이라는 감각이었다. 댄스 교습소에서 하는 일이라고는 남의 행동을 따라하는 것이 전부였지만, 신기하게도 그걸 하는 내내 나는 내가 너무 나 같았다. 어떻게 해도 나는 나구나. 이게 내 몸이구나. 내가 마음을 먹어야만 내 몸이 움직여지는구나.

그렇게나 뭘 못하는 와중에도, 내가 아주 오롯해진다는 게 이상했다. 춤을 추는 동안에는 내가 너무 고유한 개인 같았다. 끊임없이 누군가랑 연결되지 않더라도 어쩌면 괜찮을 수 있었다. 잘하지 않아도 좋을 수 있었다. 말은 쉬우나 진짜로는 믿기 힘든 일인데도 그랬다.

2018.06.08.金.

55.
자기소개

복희는 평소와 달리 자주 한숨을 쉬고 있었다. 자꾸만 자신의 이마를 짚기도 했다. 무슨 일이냐고 내가 묻자 그녀는 이렇게 중얼거렸다.

나는 정말 복희가 너무 싫다!

복희가 자신을 복희라고 부른다는 건 부끄러운 일이 있었다는 증거였다. 자기가 남이었으면 하는 소망, 본인이 부디 복희만은 아니었다면 좋았을 거라는 뒤늦은 바람에서 나온 호명이었다. 뭔가를 후회할 때마다 그녀는 복희야, 복희야! 하며 탄식하곤 했기 때문이다.

이야기를 들어보니 복희는 어제 강화도에 다녀왔다. 강화도의 어느 작은 교육기관에서 진행하는 자연 친화적 쿠킹 클래스를 수강하기 위해서였다. 자신의 부엌에서 온갖 훌륭한 음식들을 이미 잘 해내는 그녀가 굳이 강화도까지 가서 그 수업을 들어야 하는지 나는 의문이었으나 음식에 있어서 배움은 끝이 없다고 복희는 생각했다. 하지만 쿠킹 클래스는 정원에 비해 신청자가 많았던 터라, 교육 기관은 면접을 통해 참가자를 선발하기로 했다. 그리하여 복희는 수강생이 되기 위한 면접을 보기 위해 강화도로 향했던 것이다.

망원동에서 강화도까지는 웅이 차로 1시간 반이 걸렸다. 웅이 옆

조수석에 앉아 있던 복희는 조금 긴장한 채로 차에서 내렸다. 면접실에 들어가자 4명의 면접관이 있었고 그 앞에는 3개의 의자가 놓여 있었다. 젊은 여자 둘과 복희가 함께 그곳에 입장했다. 복희는 허리를 곧게 펴고 눈을 동그랗게 뜨고 의자에 앉았다. 중년의 남자 면접관이 면접을 시작했다.

우선 자기소개부터 부탁드립니다. 장복희 씨부터 하시죠.

그 순간 복희는 너무나 당황해버렸다. 뭐라고 자기소개를 해야 할지 몰랐던 것이다.

'자기소개…?'

복희는 그 일이 너무나 새삼스럽고 어렵게 느껴졌다. 52년에 걸쳐 여러 종류의 고된 노동을 해왔으나 이렇게 자기소개를 요구받는 곳에는 지원해본 적이 없었기 때문이다. 갑자기 가슴이 쿵쾅댔고 목과 볼과 귀가 시뻘개졌다. 그녀는 아주 떨리는 목소리로 겨우 말했다.

저는… 그… 서울 망원동에서 온… 장복희이고요… 쉰두 살이고… 딸이랑… 아들을 둔 엄마이고…

그러고서 복희는 다음 말이 생각나지 않아 울고 싶어졌다. 자기 귀로 들려온 자기 목소리가 너무 많이 떨렸기 때문에 몹시 창피하기도 했다. 가슴께랑 얼굴이 모두 화끈거렸다.

여러 가지 일을 해왔지만… 지금은 쉬고 있습니다…

복희가 소개를 마치자 옆 사람으로 차례가 넘어갔다. 20분쯤 더 면접이 진행되었지만 복희는 자기소개 이후의 대화들은 잘 기억나지 않았다. 이 나이 되도록 자기를 소개할 줄도 모른다는 게 그저 정신없이 부끄러웠다.

너무 쪽팔렸어.

복희가 인상을 쓴 채 웃으며 말했다. 복희가 웃어서 나도 웃었지만 사실 가슴이 조금 아팠다. 자기소개를 시킬 줄 예상도 못 했던 사람이라는 게. 자기소개 시간에 말문이 막히는 사람이라는 게.

그녀는 아주 많은 사람 속에서 살아왔다. 모두가 복희와 이야기하는 것을 좋아했다. 하지만 생각해보면 복희는 듣는 쪽일 때가 더 많았다. 어느 자리에서도 자신을 먼저 내세우거나 드러내는 사람이 아니었다. 자기가 뭘 하는 사람인지 혹은 무엇을 잘하는지 같은 건 절대 먼저 설명하지 않았다.

그런 복희에게 자기소개란 너무도 어색한 일일 게 분명했다. 하지만 이 시대의 취업 준비생들이 모두 하고 있는 일이기도 했다. 자기소개를 달갑게 즐기는 사람은 그리 많지 않을 것이다.

복희는 결국 면접에서 떨어졌다. 그리고 지금은 자신의 부엌에서 설거지를 하고 있다. 설거지하다가 면접에서의 자기 모습이 떠오를 때마다 복희야! 하며 탄식을 내뱉는다.

누구에게나 자기소개란 곤혹스러운 일이라고, 나는 복희에게 거듭 말했다.

엄마. 나도 자기소개가 너무 부끄러워.

너는 뭐라고 할 말이라도 있잖아. 하고 있는 연재도 많고… 나는 도대체 망원동에서 왔다는 건 왜 말한 건지 모르겠어. 나이랑 딸아들 얘기도… 도대체 그게 뭐야.

지금까지 엄마가 해온 대단한 일들을 미주알고주알 다 말할 수는 없잖아.

그래도 그냥, 그 질문 앞에서 너무 떨었다는 게 무지 쪽팔렸어.

자기PR이라는 게 흔하디흔해진 이 시대에도 자신을 어필할 언어를 장전하지 않은 자들이 있다. 그중 한 명이 내 엄마다.

나는 복희가 자기소개를 제대로 못 한 게 안타까웠지만 그녀가 그걸 못 하는 사람이라는 게 너무 좋기도 했다. 그러면서도 복희를 위한 자기 설명의 언어들을 선물하고 싶기도 했다.

저녁에는 내 친구 양이 복희 집에 놀러왔다. 복희는 나와 양을 위해 아주 근사한 저녁식사를 뚝딱 차려주었고 우리는 감탄하며 그녀의 밥을 먹었다. 정말이지 살맛 나는 맛이었다. 다 먹고 나서 나는 양에게 말했다.

우럼마 어제 면접 떨어졌다.

그러자 양이 어머머, 어머, 하면서 이야기를 들을 만반의 준비를 했다. 양은 면접 탈락에 일가견이 있었다. 지난 반년간 그녀는 여러 곳에 지원했다가 여러 번 떨어졌기 때문이다. 서류는 다 붙는데 면접은 다 떨어진다는 점이 기구했다. 그녀만큼 유능하고 민첩한 일꾼이 그렇게나 여러 곳에서 떨어진다는 것도 이해하기 어려웠다.

복희가 양에게 말했다.

자기소개 하라고 하니까 왜 눈물이 차오르니? 나 눈물 참느라 혼났어.

양이 고개를 크게 끄덕이며 대꾸했다.

자기소개 정말 좆같죠.

나에 대해 할 말이 너무 없는 거야~

할 말이 너무 많아도 문제에요~

난 중간에 이런 헛소리도 했어. '지금은 집에서 쉬고 있지만… 한때 저는 대가족의 큰며느리였습니다…'

양이 폭소했다.

아니 그 말을 거기서 왜 하시냐고~

복희도 폭소했다.

내 말이!

이어서 양은 자신의 탈락담을 늘어놓기 시작했다. 그녀가 지원한 곳 중 하나는 어느 잡지의 에디터 자리였다. 어느 기업에 지원하느냐에 따라 자신에 대한 소개도 달라져야 한다는 건 모든 취업 준비 교육에서 강조하는 점이었다. 양은 에디터 면접에서 자신이 읊었던 자기소개를 우리에게 들려주었다.

안녕하세요, 저는 양입니다. 여러분. 세계에서 두 번째로 많이 팔린 책이 뭔지 아십니까? 마르크스가 쓴 자본론입니다. 그렇다면 자본론을 편집한 건 누구일까요? 엥겔스입니다. 엥겔스는 마르크스의 에디터였던 것입니다. 에디터는 누군가 혹은 무언가를 주인공으로 만들 줄 아는 사람입니다. 저는 옛날부터 정말 많은 것에 관심을 두고 있어서, 뷔페라는 별명이 붙었습니다.

뷔이페?

복희가 되물으며 깔깔댔고 양은 아랑곳하지 않고 계속했다.

패션, 뷰티, 헤어, 정치, 사회, 경제, 요리, 차, 베이킹, 요가, 거기다 영화, 문학, 미술, 사진, 그리고 여행, 외국어까지 저의 관심사는 넓고 다양합니다. 저는 한 가지만 집중하지 못하는 자신이 불안하기도 했는데요. 그러다 귀사의 잡지를 보며 생각했습니다. 이것이 바로 나의 장점을 살릴 수 있는 일이구나! 저는 아는 만큼 발견할 수 있다고 생각합니다. 엥겔스가 훌륭했기 때문에 마르크스를 알아볼 수 있었던 것처럼요. 저는 제가 발견할 수 있는 수많은 것과 사람들을 멋진 주인공으로 만들 자신이 있습니다. 저는 양입니다. 잘 부탁드립니다.

복희가 배를 잡고 웃으며 말했다.

잘했다 얘!

나는 배를 잡고 웃으며 말했다.

너무 과하잖아!

양은 그런 자기소개를 마친 다음 20분간 어쩐지 얼이 빠진 채로 면접실에 앉아 있었다. 혼신의 자기소개를 마친 뒤 면접을 말아먹은 것이었다. 탈락이 확정된 뒤 면접관 중 한 명은 양에게 말했다.

지원자 중에서 자기소개서는 제일 잘 쓰셨어요. 소개서는 정말 잘 쓰셨는데…

그 말을 듣고 양은 생각했다.

'최고의 자기소개서를 쓰고도 떨어지는 걸 보면 난 정말 면접을 좆같이 봤구나.'

양은 자신의 문제에 관해 복희에게 설명했다.

어쨌든 면접은 뭔가 자신을 벗고 드러내는 자리잖아요. 근데 적당히 세미누드 정도로만 보여줘야 되는데, 저는 목욕탕에 입장하듯이 다 벗은 태도로 면접에 임한 거죠. 도리어 면접관들이 당황해서 '입으세요, 옷 입으세요'라고 하는 느낌이었어요.

복희는 양의 자기객관화 실력에 놀라고는 말했다.

난 정말 설거지를 하다가도 스스로가 너무 부끄럽더라.

내가 물었다.

다시 면접 볼 수 있다면 뭐라고 말하고 싶어?

양이 끼어들었다.

면접관들에게 저처럼 물어보지 그러셨어요. '여러분, 일간 이슬아를 아시나요? 뭐라고요? 아직도 모르신다고요?'

복희가 빵 터졌다. 양이 계속했다.

아니면 이렇게 말하지 그러셨어요. '여러분. 혹시 누군가의 글에 등장해보신 적이 있나요? 저는 최소 백 편 이상의 글에 등장해봤습니다. 제가 등장한 글을 메일로 보내드리겠습니다. 읽어보시죠.'

복희는 숨넘어가게 웃고 있었다. 한참만에 다 웃고서 그녀가 중얼거렸다.

아무튼 정말 어색한 일이야…

양과 내가 중얼거렸다.

자기소개를 기깔나게 잘한다 한들, 그것도 좀 미심쩍지 않아?

그러게.

하지만 우리는 앞으로도 종종 자기소개의 시간을 마주할 것이다. 별수 없이 뭐라고라도 말해야 할 것이다.

2018.06.11.月.

56.
고요의 에너지

여러 10대들의 글을 읽으며 20대를 보내고 있다. 이 일을 한 지 5년째지만 아직도 선생님이라고 불릴 때마다 도망치고 싶어진다. 진짜로 도망칠 수는 없어서 칠판에 내 이름을 적는다. 청소년들이 나를 슬아라고 불러주는 순간이 좋다. 평가해야 한다는 강박이 금세 사라지고 내가 좋아하는 글들을 공유하며 나른한 감상의 시간을 보내고 싶게 하는 호명이다.

여수에는 더 이상 가지 않지만 영등포에서는 여전히 수업을 이어가고 있다. 그곳에도 정들어버린 10대들이 모여 있는데 교실에 도착하면 그들 중 한 명이 묻는다.

슬아, 무슨 차 드실 거예요?

한동안 커피를 끊고 있으니 커피 아닌 아무 차나 주시면 고맙겠다고 나는 대답한다.

따뜻하게요?

네.

그 애가 차를 타러 간 사이 나는 애들이 숙제로 써온 글들을 모아 빠르게 읽는다. 대화할 시간이 충분해야 하니까 읽는 데에 시간을 너무 오래 쓸 수 없다. 속독력은 이 일에 큰 도움이 된다.

찻잔이 내 앞에 도착하고 우리는 근황을 나눈다. 지난 한 주간 있었던 일 중 이렇다 할 만한 일이 있었는지 돌아가며 말하면서 각자의 최근 소식을 간단히 업데이트 해본다. 축하하거나 격려하거나 걱정하거나 웃어줄 만한 일이 있는지를 서로 확인한다.

그러고 나서 오늘 쌓인 글들을 한 편씩 피드백한다. 여러 명의 10대들이 먼저 합평을 하고 이어서 내가 합평하면 다음 글로 넘어간다. 피드백의 권한은 누구에게나 공평하게 주어지지만 가장 많은 말을 하는 것은 나다. 그 자리에서만큼은 가장 집중해야 할 책임과 가장 풍성하게 이야기를 덧붙여야 할 책임이 내게 있기 때문이다. 이것은 나의 글쓰기 스승인 어딘과의 글쓰기 모임에서 7년간 반복해온 일이다. 어딘을 비롯한 스승들이 수업에서 했던 무수한 말들과 인용했던 문장들을 기억하며 나는 교실의 맨 앞자리에 앉아 일을 한다.

시간이 여유로운 날이면 애들에게 즉석 글감을 준다. 내가 칠판에 글감을 적으면 그때부터 아이들은 약 1시간 동안 뭐라도 쓰기 시작하고 1시간 뒤에는 딱 쓴 만큼만 낭독한다. 그것은 나중에 근사해질 수도 있는 글의 초고이다. 이러한 즉석 글쓰기를 통해 애들은 빠르게 초고를 써내는 호흡을 익힌다.

지난주 수업에서는 '그 날 내가(네가) 입은 옷'이라는 글감을 칠판에 적었다. 자신 혹은 타인의 신체와 옷 입기에 관한 글이 될 수도 있었고, 어떤 옷을 입고 나간 날에 겪은 특정한 사건에 관한 글이 될 수도 있었고, 특정한 시절의 기억을 소환하는 글일 수도 있었다. 아이들이 연필로 빠르게 써낸 글을 듣다가 나는 어느 여자애가 쓴 한 문장에 오래 머물렀다. 좋아하는 옷을 입고 종로의 한낮을 오랫동안 산책했던 기억을 적은 글이었다. 중간에는 이런 문장이 있었다.

'그날 나는 혼자 걸으면서 아무와도 생각을 공유하지 않고 세상을 바라보았던 것 같다.'

17살의 그녀는 그렇게 적었다.

나는 부끄러워졌다. 아무와도 생각을 공유하지 않고 홀로 하루를 보낸 적이 언제인지 잘 기억나지 않았기 때문이다. 혼자 어딘가를 걷는 순간은 많았으나 내 생각을 아무와도 공유하지 않은 적은 드물었다. 친구와 가족과 애인과의 카톡 때문이기도 했고 에스엔에스 때문이기도 했고 일간 연재 때문이기도 했다. 끊임없이 어떻게든 나를 드러내며 살았다.

글쓰기 수업을 마치면 자주 서점에 갔다. 피드백 시간에 열심히 내뱉었던 모든 말들이 부끄러워져서다. 서점에서 남의 말들을 읽으며 조급함을 달랬다. 금방 바닥을 보이는 내 밑천을 어서 채우기 위해 용썼다. 남의 말을 듣고 책을 읽는 인풋의 시간보다 나의 말을 하고 글을 쓰는 아웃풋의 시간이 더 길어지면 어김없이 불안을 느꼈다. 헤비 인스타 유저인데다가 일간 연재자인 나는 자발적으로 드러내는 자아의 양이 꽤 많으니까 균형을 찾으려면 아마도 몹시 많이 읽고 듣고 봐야 했다. 그러지 않으면 큰코다칠 것만 같아서.

내 인스타그램 피드에는 게시물이 1200개도 넘게 쌓여간다. 정보를 많이 노출함으로써 내가 겪는 곤란을 하마는 자주 목격하고 걱정한다. 내게 맞는 평안을 잘 찾겠다고 말하며 나는 하마를 안심시킨다.

하마랑은 온갖 주제로 많은 이야기를 주고받지만 우리는 가끔 아무 말도 안 한다. 말 없이 딴짓을 할 때도 있고 말 없이 서로를 볼 때도 있다. 불안하지 않은 침묵이 우리 사이에 자연스레 드나들기까지 그간 많은 언어가 필요했다. 언어가 잘 만나졌던 순간들이 겹겹이 쌓여 우리에게 용기를 준다. 말을 하지 않을 용기를. 어느 순간 아무 말 안 하고도 우리는 너무 괜찮을 수 있다. 가끔 사랑은 그런 침묵을 먹고 무럭무럭 자라나기도 한다.

2018.06.12.火.

57.
꿈생활

꿈을 꾸고 나면 민망해지곤 한다. 스스로가 무척 단순한 인간처럼 느껴져서다. 내 꿈의 비유와 상징은 아주 직접적일 때가 많다. 실존하는 주변인들이 주로 등장하고 그들에게 내가 가진 욕망이 정직하게 티 나는 서사로 진행된다. 두려움과 불안에 기반한 꿈이 대부분이다.

요즘 가장 자주 꾸는 꿈은 일간 이슬아 구독자 명단이 사라지는 꿈이다. 손가락이 미끄러져 엑셀 파일을 엉망으로 만든 것이다. 구독자의 모든 메일 주소를 잃은 나는 꿈에서 겁에 질린 채로 SNS에 사과문을 쓴다.

일주일에 4회씩 만화 연재를 하다가 심신의 체력의 바닥나던 무렵엔 편집자와 담당자가 나오는 꿈을 자주 꿨다. 모든 마감을 마치고 자는 줄 알았는데 알고 보니 마감이 몇 개 더 남아 있다는 내용이었다. 내 만화의 담당자가 "이래서 제가 신인은 안 맡으려고 하는 거예요"라고 하며 날 꾸짖었다. 식겁한 채 아이패드를 켜서는 뭔가를 부랴부랴 쓰고 그리다가 꿈에서 깨는 새벽이 있었다. 데뷔한 지 5년째인데 종종 비슷한 꿈을 꾼다.

그다음으로 자주 꾸는 건 반려묘 탐이에 관한 꿈이다. 나와 4년째 함께 지내는 이 뚱뚱한 회색 고양이가 혹여나 아프거나 병들거나 죽을까 봐 자주 두렵다. 그래서인지 끔찍한 장면이 꿈에 나온다. 회색 톤의 폐허를 걷던 중 나는 아주 찜찜한 느낌에 발걸음을 멈춘다. 뭔가 물컹한 것을 밟아서다. 몹시 불길한 마음으로 아래를 내려다보면 죽은 탐이가 내 발 아래에 놓여 있다. 발바닥으로 느껴지는 탐이의 부피와 살의 질감이 너무 생생하여 나는 비명도 못 지른다. 주변을 둘러보면 탐이 말고도 아주 많은 고양이의 사체들이 널려 있다. 우리 집 근처를 배회하던, 꼭 검은 장화를 신은 것처럼 종아리만 까맣던 고양이도 보인다. 죽은 고양이들 속에서 공포에 질린 채로 꿈에서 깬다. 무의식은 어째서 내가 감당할 수 없는 장면을 보여주기도 하는가.

깨자마자 나는 누운 채로 탐이야! 하고 부른다. 그럼 소파에서 자고 있던 탐이가 침실로 걸어오는 발자국 소리가 들린다. 포도 젤리 모양의 탐이 발바닥이 장판에 닿는 그 소리가 가까워지는 걸 듣는다. 탐이는 낑 소리를 내며 폴짝 뛰어서 침대로 올라온다. 꽉 껴안아 보면 탐이 몸이 엄청 뜨겁다. 사람이 그런 것처럼 고양이도 자는 동안에 체온이 올라간다. 한참 단잠을 자느라 몸이 데워진 탐이를 품에 안고 얼굴을 비빈다. 탐이가 따끈하게 살아 있다는 걸 확인하고 다시 잠드는 새벽도 있었다.

어떤 연애가 한창 끝나갈 무렵이었다. 끝나갔던 이유는 당시 애인이었던 애가 나 말고 다른 애를 훨씬 자주 만나서다. 꿈에서 나는 자꾸만 혼자 애인을 기다리는 중이었다. 기다려도 안 올 거라는 불안에 압도당한 채로 그러나 올 수도 있다는 희망을 버리지 않은 채로 기다렸다. 한겨울 밤에 합정역 근처에 서서 어깨를 웅크리고 추위를 참으며 기다렸다. 그러다 보면 어느새 카톡이 와 있었다. 미안해로 시작하는 카톡이었고 어째서 오늘은 내게 오고 싶지 않은지 그 애의 말투로 적혀 있었다. 나는 비죽비죽 울며 최대한 정제된 말들로 답장을 썼다. 어떻게 써야 그나마 덜 비참한지 고심하며 적었다. 꿈에서 깨면 그게 현실인지 아닌지 헷갈려서 눈물을 닦으며 스마트폰을 확인해야 했다. 다행히 그런 카톡은 안 온 게 맞았지만 실제로 그 애가 내게 안 온 것 또한 맞았다.

연애를 끝내고 나서도 종종 그 애가 꿈에 나왔다. 걔는 내 뒤를 따라 걸어오고 있었다. 다리를 절뚝절뚝 절며 걸었다. 앞서가다 멈추고는 도대체 왜 다친 거냐고 물어보면 알바를 하다가 사고가 났다고 대답했다. 꿈에서 그는 가난하고 아팠다. 그런 애를 뒤로하고 끝내 내 갈 길을 가는데 가슴이 찢어지는 것 같았다. 그럼에도 불구하고 계속 앞을 보고 갔다. 울면서 뚜벅뚜벅 걸었다.

깨어나서도 마음이 아팠지만 내가 뭘 극복해야 할지도 알 것 같았다. 나는 걔를 오랫동안 사랑해온 동시에 오랫동안 연민해왔다. 마치 내 사랑과 다정이 없으면 안 될 것처럼 그 애를 대했다. 그게 나의 오만임을 이제는 알 것 같았다. 나 없이 절대 못 사는 타인은 아무도 없으며 그 애도 예외는 아니라는 걸 꿈을 꾸는 동안 배웠다.

마치 무의식이 의식에게 상영해주는 영화 같아서 나는 꿈을 메모하고 골똘히 복기하며 꿈생활을 이어가고 있다.

오늘은 몽환 수첩 같은 것을 읽기 시작했다. 이탈리아 작가 안토니오 타부키의 『꿈의 꿈』이라는 책이다. 작가는 자신이 사랑한 예술가들의 꿈을 알고 싶다는 욕망으로 이 책을 썼다.

그가 적길, 1890년 안톤 체홉은 아주 산만한 꿈을 꾸었다. 웬 의사가 나타나 그에게 글을 쓰지 말라고 하는 꿈이었다. 와중에 안톤 체홉은 옆에 있던 한 마부의 불행을 직감한다. 마부는 자기 아들의 죽음이 너무 슬퍼서 누군가에게라도 털어놓고 싶다. 하지만 모두가 그를 성가신 사람 취급하여 마부는 결국 자신의 말에게만 슬픔을 털어놓는다. 인간의 눈을 하고 있는, 인내심이 많은 늙은 말에게 이야기를 한다. 안톤 체홉이 오래 바라보자 마부는 미소를 지으며 말한다. 들려줄 이야기가 있다고, 슬픈 이야기지만 아마도 당신은 이해할 수 있을 거라고.

안톤 체홉은 마부에게 말한다.

난 시간이 정말 많고 인내심도 강한 데다 사람들의 이야기를 사랑한다오.

그의 꿈은 그렇게 끝이 난다.

안톤 체홉이 써온 것들과 닮은 것도 같았다. 일상성, 보통 사람들, 가난, 아이들, 삶의 자잘한 것들을 쓰면서 살던 그의 꿈 한 편을 읽는 동안 꿈이라는 것이 점점 더 놀라워졌다. 우리는 자신이 꾼 꿈에도 영향을 받는 존재일까. 본인이 만들어낸 꿈인데도 때로는 남이 들려준 훌륭한 이야기처럼 느껴질 때가 있다.

간혹 내 상상력을 넘어서는 꿈이 찾아오기도 한다. 작년에 꾼 꿈이었다.

꿈에서 나는 좁은 계단을 한참 올라 어느 옥상에 들어섰다. 넓고 따뜻한 하늘로 온 사방이 둘러싸인 그런 옥상이었다. 하늘의 빛과 색이 너무 아름다워서 나는 아이폰을 꺼내 들어 카메라로 하늘을 담으려 했다. 그러나 아무리 애써도 사진이 잘 찍히지 않았다.

꿈속의 나는 생각했다. 사진을 찍는다는 건 모두 과거를 포착하는 것인데, 너무 아름다운 장면은 단 0.1초의 과거도 나에게 허락해주지 않는 것이로구나! 숙연해하며 단념했다. 옥상 한쪽에는 여러 개의 석상이 모여 있었다. 다양한 키, 다양한 성별, 다양한 얼굴의 석상들이 하늘에서 내려온 빛을 받았다. 돌로 조각되어 있어서인지 모두 채도가 낮은 회색이나 상아색이었다. 어렴풋이 그들이 나의 조상이라고 느꼈다.

돌의 형태 속에서 멈춰 있는 그들의 모습을 꼭 기억하고 싶어진 나는 참지 못하고 다시 아이폰을 들었다. 약 열두 개의 석상들이 화면에 들어왔지만 어떤 불가항력에 의해 촬영 버튼은 눌려지지 않았다. 결국 조바심 없이 그저 그들을 바라보기로 했다. 그런데 갑자기 그들 중 가장 가운데에 있던 키 작은 회색 할아버지 동상이 색을 입기 시작했다. 돌하르방 같았던 그가 비생명에서 생명으로 살아나는 순간이었다. 색을 입은 할아버지 동상이 뚜벅뚜벅 내게 걸어왔다. 다가오더니 악수를 청했다. 나는 아이폰을 주머니에 넣고 그의 손을 잡았다. 단단하고 따뜻한 손이었다. 그와 악수를 하며 꿈이 끝났다.

깨어나서는 어마어마한 안정감과 든든함이 나를 감싸는 게 느껴졌다. 그 꿈에서 받은 용기의 유효기간이 아직도 끝나지 않은 것만 같다.

2018.06.14.木

58.
요즘의 평안

서재의 창문을 활짝 열어놓았다. 지금은 금요일 밤이고 창밖에서 사람들이 골목을 지나는 소리가 들려온다. 내가 사는 길목에는 아주 오래된 솜틀집과 호호 이발관과 샷시집과 호시집이 남아 있다. 미성의상실이라는 낡은 수선집도 있는데 그곳을 미성의 상실이라고 틀리게 읽어보는 이들은 나 말고도 많았다. 낡은 가게들 사이로 새로운 가게들도 들어서 있다. 사람들이 줄을 서서 먹는 발리 음식점과 라오스 국수집. 작은 소품 가게들과 빵집. 샷시가게를 개조한 카페와 나무 냄새가 나는 향수 가게. 귀걸이 가게와 옷 가게. 그런 업장들 사이로 오래전에 지어진 3층 건물이 서 있다. 그곳 2층에 내가 세 들어 산 지 2년째다. 골목이 지금만큼 유명해지기 전에 계약을 해서 비교적 싼 월세로 입주할 수 있었다. 내 집의 창문은 방음이 잘 되지 않아서 집안 어디로든 골목에서의 대화가 선명하게 새어들어온다. 오늘처럼 덥지도 춥지도 않은 날에는 종일 창문을 활짝 열고 소리가 들어오도록 내버려둔다. 그럼 나들이하는 이들의 음성, 데이트하는 두 사람의 음성, 하원하는 유치원생의 음성, 자전거 타고 지나가는 중학생의 음성이 들려온다.

해가 지고 나니 창밖의 소리가 잦아들었다. 바람 때문에 무명 커튼이 살랑살랑 흔들린다. 초여름의 밤공기 냄새가 훅 밀려온다. 그 냄새를 맡으며 나는 소파에 누워 글을 쓴다. 앉아서 쓰면 좋겠는데 앉거나 서면 뱃속이 아프다. 난소와 난포의 상처가 다 아문 줄 알고 오늘 낮에 운동을 한 게 문제였다. 난포가 다시 터진 것은 아니지만 아무래도 상처 부위가 건드려진 것 같다. 까불다가 큰코다친 어린애처럼 나는 얌전히 풀이 죽은 채로 최대한 미동도 안 하며 오늘의 마감을 한다. 누운 채로 내 서재를 둘러보면 책들이 있다. 한 번 읽은 책과 몇 번이나 다시 읽은 책과 사놓고 읽지 않은 책들이 나름의 규칙으로 놓여 있고, 그 사이엔 싱싱하게 자라는 화초들이 있다. 자고 일어나면 한 뼘이나 자라 있는 열대식물 알로카시아와 작년에 엄마가 졸업 선물로 사준 스파티 필름은 오래된 애들이다. 지난 주에 양이 퇴원 선물로 준 튤립은 탐이가 닿을 수 없는 곳에 올려두었다. 고양이에게 튤립은 치명적인 꽃이기 때문이다. 문간에는 틸란드시아를 매달아놓았고 내일쯤엔 물을 줘야 한다. 그 아래서 탐이는 코를 골며 졸고 있다. 고양이도 코를 곤다는 걸 탐이를 키우며 알았다. 엎드려 자는 날보다 누워서 자는 날이 더 많다는 점도 신기했다. 나는 탐이랑 비슷한 자세로 벌러덩 누워 이 집을 채우는 풍요를 확인하며 글을 쓴다.

몸 어딘가에 탈이 날 때마다 나는 내 일상이 무엇으로 이루어져 있는지 알게 된다. 내가 사는 골목의 소리와 냄새도 새삼 생생하게 다가온다. 어떤 불편함도 없이 몸을 쓰고 달리기를 하며 지내는 동안엔 무심할 수 있었다. 아랫배의 통증을 회복 중인 요즘엔 내 몸과 나를 둘러싼 시공간을 자동으로 유심히 감각하게 된다.

아까는 친구에게서 카톡이 왔다. 친구는 나처럼 생리 중이었다. 예전에 걔랑 같이 살 때도 생리 주기가 비슷했는데 따로 산 지 몇 년째인 지금도 비슷한 시기에 생리를 한다. 걔는 오늘 양이 많아서 무거운 아랫배를 이끌고 종종걸음으로 집에 가던 중 내게 카톡을 했다. 생리 중에 괜히 말을 거는 건 내가 걔한테 종종 하는 일이기도 하다. 우리는 오늘 둘 다 자궁과 난소가 거사를 치르느라 일상이 조금 번거로웠다. 하지만 친구의 카톡 프로필 사진이 너무 좋아서 나는 자꾸 웃음이 난다. 아주 통통한 버전의 백설 공주 그림이다. 쳐비한 백설 공주가 통통한 팔뚝과 뱃살을 드러낸 채로 자기 입술을 살짝 핥고 있다. 표정이 거의 공격적일 만큼 관능적인데 그게 왜 이렇게 내 기분을 좋게 하는지 모르겠다.

또 다른 친구에게서도 카톡이 왔다. 내가 송금한 원고료로 약을 사고 장을 보고 햄버거를 먹고 책을 사고 파마를 했다는 소식이었다. 걔가 평소에 뭐든 얼마나 아끼는지 알기 때문에 너무도 뿌듯했다. 이럴 때면 나는 돈이라는 게 좋아 죽겠다. 더 많이 벌어서 친구의 일상을 힘닿는 만큼 든든하게 밀어주고 싶다. 친구는 '너 없이 못 살어~'라고 카톡을 보냈다. 그러더니 2분 뒤에 '아니다 슬이 없이도 잘 살아볼게. 그럴게'라고 정정했다.

어서 빨리 몸이 말끔히 나아지기를 소망하며 내가 좋아하는 기억을 더 떠올린다. 어제는 난포가 비교적 멀쩡했기 때문에 하마랑 산책을 갈 수 있었다. 하마 집에서 자고 일어나 삼겹살 김밥을 사먹고는 옥인동 길을 걸었다. 배가 전혀 안 아프지는 않아서 천천히 걷자고 말해가며 걸었다. 하마는 깜빡했다는 얼굴로 매번 속도를 늦춰주었다. 걷는 동안 가랑비가 그치고 날이 갰다. 길을 걷다 하마가 갑자기 치즈 케이크를 사주었다. 비싸고 작았지만 너무 먹고 싶게 생긴 치즈 케이크였다. 그걸 들고 우리는 수성동 계곡 쪽으로 걸었다. 계곡 근처 벤치에 앉아 초여름 냄새를 맡으며 케이크를 야금야금 나눠 먹었다. 어차피 많이 먹기엔 물리는 맛이기 때문에 우리는 케이크의 작은 크기가 아쉽지 않았다. 바깥에서 디저트를 먹는 우리 앞으로 인왕산에서 내려온 할아버지 무리가 지나갔다. 유치원에서 걸어나온 한 무리의 어린이들도 지나갔다. 약속 시간에 늦어서인지 뛰어서 오르막을 오르는 한 여자도 지나갔다. 어떤 수녀님도 지나갔다. 케이크를 다 먹고는 하마가 내 무릎을 베고 드러누웠다. 우리가 자리 잡은 돌 벤치의 표면이 시원하다고 하마가 말했다. 산바람도 불어왔다. 문득 하마를 보니 내가 하마를 처음 만나던 날에 입었던 티셔츠를 입고 있었다. 세 계절이 지나는 동안 티셔츠에는 약간의 보풀이 생긴 것 같았다. 그리고 나는 개 이마와 볼과 코와 머리칼 같은 걸 망설이지 않고 만질 수 있게 되었다. 시간이 쌓인다는 건 이런 것일까? 우리는 벤치에서 같이 노래를 부르다가 수성동 계곡을 보러 갔다. 어떤 책의 작가는 서울에서 가장 좋아하는 장소가 수성동 계곡이랬다. 그 작가와 같은 이유일지는 모르겠지만 나도 그곳이 좋았다. 서울 한복판에서 그런 산자락과 계곡을 만나면 갑자기 마음이 후련해졌다.

수성동 계곡 바로 아래에는 윤동주 하숙집 터도 있었다. 「별 헤는 밤」을 그곳에서 썼댔다. 계곡에서 내려와 그 하숙집을 지나는데 하마가 말했다. 훗날 자신의 이름이 적힌 하숙집 터가 남겨진다면 그곳에는 이런 부연 설명이 붙을 것이랬다.

'이슬아 작가의 절친한 친구였으나 너무나 게을러 생전 글 한 줄 쓰지 않았다.'

그것은 어느 책 한구석에 적힌 볼테르의 친구에 관한 주석을 패러디한 것이었다. 우리는 막 웃으며 다시 하마 집으로 들어갔다. 들어가서는 게으르게도 낮잠을 한 판 잤고 일어나서는 도미노 피자를 시켜 먹었다. 그 하루 동안 우리는 뭐랄까 별 탈 없이 행복했다.

통증을 참으며 그저 가만히 있다 보니 그런 것들이 기억나서, 소파에 누운 채로 요즘의 평안들을 나열한다. 별 탈 없던 나날들이 오늘처럼 별 탈 있는 날을 지탱하는 것 같다.

2018.06.15.金.

59.
손님들

탐이는 집고양이 중에서 가장 많은 사람을 보며 살아가는 고양이일지도 모른다. 나의 집엔 손님이 많은 편이다. 넓은 평수는 아니지만 손님을 많이 들이기 위한 구조로 살림을 배치해두었다. 7명은 족히 둘러앉을 만한 기다란 나무 테이블, 커다란 소파와 많은 의자, 넉넉한 그릇과 컵과 술잔, 손님용 이불과 손님용 옷, 그리고 무수한 것들이 방 3개를 꼼꼼히 채우고 있다. 사람들이 자주 드나드는 집이니까 늘 깨끗이 유지하려고 한다. 손님들 덕분에 나는 집에 관해 심하게 게을러지지는 않는다.

고정적인 손님들 중 한 팀은 '망원 글방'의 선생님들이다. 작년 봄부터 나는 삼사오십 대 여자 여섯 분을 망원동에 있는 내 집에 모시고 글쓰기 모임을 진행해왔다. 2주에 한 번씩 만나서 가장 먼저 하는 건 차를 마시고 담소를 나누는 일이다. 수다가 한바탕 지나가면 내가 준비한 글감으로 그녀들은 글을 쓴다. 쓴 글을 낭독하고 듣고 헤어지는 게 모임의 내용이다. 글감과 차와 원고지를 준비하고 자리를 만드는 것은 나지만 우리는 서로를 선생님이라고 부른다. 다섯 개의 계절이 지나가는 동안 한 선생님은 취직을 했고 한 선생님은 임신을 했고 한 선생님은 이혼을 했고 한 선생님은 12년의 연애 끝에 동거를 시작하셨다.

그것 말고도 크고 작은 변화들이 모두에게 있었다. 선생님들은 자기 삶의 디테일들을 나에게 그리고 서로에게 들려주셨다. 그녀들의 입과 손에서 나온 귀한 이야기가 내게 쌓여가기 때문에 언젠가 자세히 적는다면 좋겠다. 애인도 아니고 친구도 아닌 이들이 황금 같은 일요일 저녁 시간을 내 집에 할애해준다는 게 가끔은 믿어지지 않았다. 선생님들이 내 서재의 테이블에서 써내는 글들은 나를 놀라게 하고 감탄하게 하고 박수치게 하고 울게 하고 웃게 했다. 그녀들에게 첫 번째로 열렬한 독자가 될 수 있어서 기뻤다.

올해 봄에는 출판사 창비에서 망원 글방을 초청하여 낭독회를 했다. 그렇게나 큰 출판사가 이렇게나 작은 모임을 위해 어째서 시간과 공간을 내어준 건지 아직도 이해가 잘 안 되지만 아무튼 고마운 자리였다. 넓고 근사한 홀이었고 청중이 50명이나 왔다. 대부분 우리가 모르는 이들이었다. 작고 낡은 내 집에서만 옹기종기 모이다가 그렇게 본격적인 장소에 처음 가본 우리는 몹시 어색했다. 평소보다 밝은 색의 옷을 입고 오신 선생님들의 모습이 기억난다. 유독 부끄러움이 많은 한 선생님은 낭독할 때 자신의 얼굴에 시선이 모이지 않도록, 손에 들고 읽을 원고 뒤편에 그림을 잔뜩 그려서 가져오셨다. 얼굴 대신 그림을 보라고 말이다. 한 면은 글로 한 면은 그림으로 꽉 찬 종이를 들고 떨리는 목소리로 울음을 참아가며 목소리를 내던 그 날의 선생님을 잊을 수가 없다. 다른 선생님들의 얼굴도 인상적이었다. 그렇게나 집중의 밀도가 높은 낭독회는 처음이었다.

아직 내가 되어보지 않은 나이를 먼저 살고 계신 선생님들 사이에 앉아 말과 글을 듣고 있다 보면 삶을 예습하는 느낌이 들기도 했다. 꼭 지혜의 액기스를 속성으로 전달받는 것 같았다. 내가 아는 어떤 여자애는 자기 언니한테 그런 말을 한 적이 있댔다.

난 가끔 언니한테 삶의 해답지를 받는 느낌이야. 언니 없는 애들은 어떡해.

그 말을 들은 언니는 웃었던 것 같다. 예쁜 말과 선물을 자주 주고받는 걔네를 보며 나는 친자매들이 가끔 부럽곤 했다. 내게는 친언니가 없고 남동생뿐이지만 가끔 망원 글방의 선생님들을 '언니!'라고 불러보곤 했다. 물론 마음속으로만 불렀다. 선생님들의 실패나 성공은 온전히 그들의 것이어서 아무리 좋은 해답지 같은 걸 받는대도 다 내 것으로 할 수는 없을 것이었다. 똑같은 인생은 아무데도 없으니 말이다.

또 다른 고정 손님은 '목동 글방'의 동료들이다. 망원 글방과는 달리 구성원이 모두 20대지만, 이 모임 역시 여자들로 이루어져 있고 모여서 뭔가를 쓰고 낭독하고 헤어지는 점은 같다. 목동에 사는 여자애네 집에서 모이기 시작해서 이름은 목동 글방이 되었다. 하지만 목동 사는 그 애는 막상 다른 애들이 쓰는 동안 담요를 덮고 곤히 잔다. 최근에는 내 집에서 모일 때가 더 많은데 그래도 여전히 목동 글방이라고 불린다. 주말마다 만나서 수다를 떨다가 누군가가 '이제 말은 그만하고 글을 쓰자'고 제안하면 쓰기 시작한다. 밑도 끝도 없이 수다를 더 떨 수도 있을 것 같지만 어쨌든 말을 참고 쓴다. 너무 중요한 이야기는 말 말고 글로 완성되도록 애써본다. 내 글쓰기의 베이스캠프 같은 집단이다. 그들에 대해서도 언젠가 자세히 적어보고 싶다.

모임이 끝나고 손님들이 다 나가고 나면 그들이 다녀간 흔적을 정리하기 전에 소파에 잠시 멍하니 앉아 있을 때가 많다. 그때의 나는 적당히 소진되어 있고 기분 좋은 피로감에 눌려 있다. 이문재 시인의 시에서 읽은 이슬람 속담이 문득 지나가기도 한다. 손님이 오지 않는 집은 천사도 오지 않는다는 문장. 어쨌든 분명한 건 여러 사람이 여기에 와서 뭔가를 쓰고 간다는 것이다. 이 집에선 많은 글이 탄생하고 있다. 안 모였으면 안 쓰고 지나갔을 법한 이야기들이.

미래에 책을 잘 쓰는 사람이 된다면 내가 운영해온 글방들에 관한 책을 꼭 엮고 싶다. 글쓰기 모임을 통해 만난 사람들과 글들을 혼자 기억하기엔 아깝기 때문이다. 선생님들과 동료들과 아이들이 써온 문장들을 떠올릴 때마다 든든한 느낌이다. 내 재능은 '쓰기'보다는 '쓰고 싶게 하기'에 가까울지 모른다. 그들이 쓰는 글을 곱씹다가 며칠이 멍하게 지나갈 때도 있다. 그렇다면 이제 나는 뭘 쓰지, 무슨 얘기를 하면 좋지, 하는 질문으로 자주 돌아온다.

내 집에 들어서자마자 보이는 벽면에는 여자 작가들의 근사한 사진이 몇 장 붙어 있다. 오래된 언니들의 그 사진들은 길 가다가 들른 벼룩시장에서 우연히 산 것이다. 토니 모리슨, 조이스 캐롤 오츠, 실비아 플라스, 앤 섹스턴, 한나 아렌트, 루이스 어드리크 등이 앉아 있거나 서 있거나 웃고 있다. 그중에서도 호숫가에 발을 담그고 있던 그레이스 페일리의 시를 오늘은 옮겨보고 싶다.

제목은 '시인의 대안'.

> 시를 쓰는 대신 / 파이를 만들었지 / 시간은 비슷하게 들었지만 / 파이는 탈고된 작품이 됐고 / 시라면 여전히 갈 길이 멀었겠지 / 몇 날 몇 주 그리고 구겨진 파지 더미 / 파이는 벌써 관중을 열광시키고 있어 / 주방에 흩어진 작은 트럭들과 불자동차 사이에서 / 모두들 이 파이를 좋아할 거야 / 사과, 크랜베리, 마른 살구가 들어 있는 파이 / 많은 친구들이 세상에 왜 / 겨우 하나만을 만든 거냐고 하겠지 / 이런 일, 시에는 일어나지 않지 / 이 아침, 나는 알 수 없는 슬픔 때문에 / 호응하는 구매자를 선택하기로 했어 / 기다리고 싶지 않았지 / 일 주, 일 년, 한 세대 그 언젠가 찾아올 소비자를.

이 풍요롭고도 속상한 시를 읽으며 나도 내 집의 작은 부엌을 돌아본다. 가끔은 문장 대신 음식을 하고 싶다. 손님들에게 글감 대신 좋은 요리를 내어준다면, 사람들을 열광시킬 파이를 굽거나 든든한 저녁식사를 한 상 차린다면, 그건 훨씬 손에 잡히는 행복일 것이다. 글에서는 자주 일어나지 않는 호응을 공유할 수도 있을 테다. 쓰는 대신 파이를 굽는 대안을 택하고 싶었던 그레이스 페일리의 어느 아침 같은 때가 내게도 찾아온다. 그런 날엔 장을 보고 음식을 차리고 하마랑 맛있게 나눠 먹는다. 그러고 나서 다시 쓴다. 어쨌든 마감이 있으니까. 그리고 나를 쓰게 만드는 손님들이 오니까. 글쓰기는 가끔 잔인할 만큼 너무도 혼자의 일인 것 같다. 어떤 수를 써도 결국 혼자 쓸 수밖에 없다. 그러나 적어도 그 시작을 서로에게 기댈 수는 있단 걸 알겠다. 우리는 모두 게으르거나 쓸쓸하거나 나약하기도 하여서 뭔가를 혼자서는 시작하지 못하기 때문이다.

2018.06.20.水.

* 오늘을 포함해 이번 달에는 몇 번이나 발송이 조금 늦어졌습니다. 아직 몸이 완전히 회복되지 않아서인지 쓰는 속도가 평소보다 느립니다. 부디 너그럽게 이해해주시고 읽어주시기를 소망합니다. 늘 고맙습니다.

60.
마담과 다이버 (上)

등장인물 :

한국 여자, 복희. (1967~)

한국 남자, 웅이. (1967~)

베트남 여자, 밍. (1962~)

그리고 한국 기업에서 파견된 직원들, 앙골라 바닷가의 남자들.

이야기의 배경 :

2011년 아프리카 대륙

앙골라의 항구도시 루완다

1

대서양은 1억 5천만 년도 넘게 나이를 먹었다. 사람들은 그 바다를 아틀란틱 오션이라고 불렀다. 평생 하늘을 떠받치고 있느라 고생했던 남자, 아틀라스를 기억하기 위한 이름이었다. 아틀라스가 땀을 뻘뻘 흘리며 천구를 등에 이고 있는 덕분에 하늘이 쏟아지거나 바다가 뒤집어지지 않는 거라고 신화 속의 사람들은 믿었다. 그러나 아틀라스가 돌덩이로 변해버린 후에도 하늘과 바다는 태연히 거기에 있었다. 하늘은 위에. 바다는 아래에.

사람들이 중력을 이해하게 된 건 조금 더 훗날의 일이다. 중력에 의하면 모든 물은 낮은 곳으로 흐를 수밖에 없었다. 세계에는 다섯 개의 거대한 바다가 있었는데, 대서양은 그중에서도 유난히 거대한 바다였다. 명성을 자랑하는 강들이 거기로 흘렀다. 많은 것을 집어삼키며 거칠게 흐르는 무시무시한 강물도 대서양에 진입하고 나면 겸손히 잠잠해지곤 했다.

그 바다에 큰 배가 하나 가라앉았다. 1년 전의 일이다.

가라앉은 배의 이름은 플로팅 도크였다. 길이가 180m, 폭이 40m인 커다란 배였고 365일 제자리에 있어야 했다. 구조라고는 커다란 갑판밖에 없는 플로팅 도크는 평소엔 항구 가까이에 둥둥 떠 있다. 그러다가 망가진 배가 뭍으로 들어올 때면 자신을 물밑으로 가라앉힌다. 콧김을 내뱉고 폐 속에 공기를 빼며 잠수를 하는 사람처럼, 바다로 수욱 들어가서 물에 잠긴다. 망가진 배가 자신의 수면 위로 올 때까지 물 밑에서 기다리는 거다. 배가 도착하면 플로팅 도크는 다시 수면 위로 자신을 떠올려서 배의 바닥을 들어올린다. 하늘을 떠받치는 아틀라스처럼 망가진 배를 업는다.

물 위에 떠 있던 망가진 배는 자신의 아래에 잠복해 있던 플로팅 도크에 의해 갑자기 물보다 높은 곳으로 떠오르게 된다. 망가진 배가 어리둥절해 하는 사이에 육지 사람들이 연장을 들고 배로 다가온다. 배를 고치는 남자들이다. 그들은 플로팅 도크의 갑판 위로 올라가서 선체를 손본다. 마치 땅에 배를 올려놓은 것처럼 플로팅 도크를 발판 삼아 배를 수리한다. 들어 올린 배는 너무 거대해서 수리하는 데에만 수 개월에서 1년이 걸린다.

배가 다 고쳐지면 플로팅 도크는 다시 물속으로 자신을 가라앉힌다. 수욱. 고쳐진 배의 바닥이 다시 수면에 닿는다. 둥둥 뜬다. 배는 다시 바다로 나간다. 잠수하고 있던 플로팅 도크는 다시 자신을 물 위로 떠올린다. 제자리에서 가라앉았다 떠올랐다를 반복하는 배. 그건 어쩌면 앙골라에서 하나밖에 없는 플로팅 도크였을지도 모른다. 플로팅 도크를 만드는 데에는 어마어마한 돈이 들었다.

그걸 가라앉힌 건 앙골라 남자들이었다. 배는 자주 수리해줘야만 하는 물건이다. 바다에서 쓰는 모든 물건은 녹이 슬게 되어 있으니까. 앙골라 정부는 가난했지만 매년 조선소에 예산을 지급했다. 플로팅 도크를 수리하라고 준 돈이었다. 조선소의 간부들은 매년 그 돈을 받아서는 자기 뒷주머니에 넣었다. 플로팅 도크는 오랫동안 수리되지 않은 채 일을 했다. 떠올랐다가 가라앉았다가. 다시 떠올랐다가 가라앉았다가. 그리고 다시 떠올라야 하는데, 어느 날부터 떠오르지 않았다. 물 밑에서 작동을 멈춘 것이다.

앙골라 조선소의 남자들은 기술자들을 불러 배를 건지려고 시도했다. 그러나 물속은 너무나 어둡고 탁해서 아무것도 보이지 않았다. 앙골라의 기술자들은 손사래를 치며 배 건지는 것을 포기했다. 뒷돈을 챙긴 남자들은 진땀을 흘렸다. 망할 위기에 처한 조선소는 얼마 후 한국 대기업의 손에 넘어가게 된다. 조선소를 산 한국 기업의 직원들 중 몇은 가족을 두고 짐을 싼 뒤 앙골라로 와서 일했다. 그들에게 지급되는 출장 수당은 높았다. 앙골라에 온 직원들이 가장 먼저 해야 하는 일은 수준급 잠수사들을 고용해서 플로팅 도크를 건지는 것이었다. 그러나 앙골라에는 그럴 만한 다이버들이 없었다.

산업 잠수사 웅이가 앙골라로 가게 된 것은 그래서다. 그는 바닷속에서 담배 피우는 것 빼고는 모든 일을 할 수 있었다. 삽질, 못질, 땜질, 망치질, 용접, 햄머질. 수중에서 그런 일을 하는 사람은 산업 잠수사라고 불렸다. 웅이의 나이와 그 배의 나이는 같았다. 둘은 1967년에 세상에 나왔다. 그는 자신과 동갑인 배를 건지기 위해 앙골라로 갈 짐을 쌌다. 웅이의 아내 복희도 덩달아 짐을 쌌다. 그녀가 남편과 함께 앙골라로 가는 이유는 고용된 한국 다이버들에게 밥을 해주기 위해서였다. 한 사람은 배를 건지러, 한 사람은 밥을 하러 앙골라로 떠났다. 둘은 앙골라에 대해 아는 게 없었다.

2

지프차가 흙먼지를 날리며 달리고 있었다. 뒷좌석에 앉은 복희는 남편의 팔을 꼭 끌어안았다. 운전석과 조수석에 앉은 앙골라 남자들의 얼굴에 아직 적응을 못 했기 때문이었다. 두꺼운 밤색 입술과 커다란 눈망울을 이리저리 굴리며 이야기를 나누는 모습이 복희 눈엔 생소했다. 그들은 종종 크게 웃으며 의미심장한 눈빛을 주고받기도 했다. 앙골라 국제공항으로 마중 나온 두 남자를 처음 만났을 때부터 복희는 어쩐지 울고 싶은 마음이 들었다. 그들한테서 외국 세제의 냄새가 났기 때문이다. 복희는 낯선 나라의 냄새에 적응을 잘 못했다. 남편 웅이는 오랜 비행에 지쳤는지 냄새고 뭐고 상관없다는 듯 잠을 청하고 있었다. 앙골라 남자들은 거칠게 지프차를 몰기 시작했다. 이 나라의 커다란 항구도시인 루완다로 가야 했다. 낯선 남자들의 수다를 듣던 복희가 웅이에게 조용히 물었다.

저게 앙골라 말이야?

아니. 포르투갈 말이야.

복희는 토끼같이 눈을 뜨고 말했다.

왜에?

왜라는 질문을 길게 늘여서 말하는 건 복희의 습관이었다. 궁금한 정도에 따라서 왜는 왜에에가 되기도 했고 왜에에에에에가 되기도 했는데, 그 백치 같은 질문 습관은 가끔 남편을 미치고 팔짝 뛰게 했다. 웅이는 그것도 모르냐는 듯 낮게 짜증을 내며 말했다.

왜냐니, 앙골라는 400년 동안 포르투갈의 식민지였잖아.

아…

복희는 고개를 크게 끄덕였다. 웅이는 잠수사로서 이 나라를 두 번째로 방문한 것이었으나 복희에겐 모든 게 처음이었다. 아내의 순진무구한 얼굴을 뒤로하고 웅이는 다시 잠을 청했다.

그러다가 문득 20년 전쯤의 일이 떠올랐다. 복희와 웅이가 거실에서 뉴스를 보는데 베트남 전쟁에 참여했던 남자들이 고엽제 후유증으로 고통을 받고 있다는 내용이 방송되고 있었다. 뉴스 하단엔 그런 자막이 떴다.

'고엽제 후유증 비관 자살'

사과를 예쁘게 깎아서 시부모에게 건네주던 복희의 시선이 티브이 화면에 멈췄다. 그녀는 눈물을 글썽이다가 말했다.

세상에… 고엽제 씨가 무슨 후유증으로 자살을 했을까요‥

옆에 있던 시아버지와 시어머니와 남편과 동서가 모두 복희를 바라보았다. 복희는 안쓰러운 얼굴로 티브이를 보고 있었다. 식구들 사이에서 그 일은 오늘날까지도 회자되었다. 웅이는 걱정될 만큼 천진한 복희를 아프리카 대륙의 앙골라까지 데리고 왔다는 사실이 새삼 아득해졌다.

앙골라에는 고속도로라는 개념이 없었다. 대충 포장된 2차선 도로는 상태가 매우 안 좋았다. 지프차는 그 위를 엄청난 속도로 달렸다. 길 옆으로는 사고 나서 작살난 채로 버려진 차들이 보였다. 휴게소 같은 건 없었고 중간중간 움막이 있었다. 그 움막에는 고기랑 생선이 가판대에 아무렇게나 놓여 있었는데, 그 위에 파리가 너무 많이 붙어서 고긴지 파린지 뭔지 구분을 할 수 없었다.

공항으로부터 꼬박 열두 시간을 달려온 지프차가 멈췄다. 루완다에 도착한 모양이었다. 곤히 자던 부부는 얼떨떨한 기분으로 차에서 내렸다. 더운 공기가 훅하고 그들을 덮쳤다. 차 주변은 온통 척박한 대지였다. 대지 위에 있는 것들은 초라했다. 아주 더럽고 허름한 시멘트 건물과 움집 같은 것들. 앙골라 사람들은 거기에 사는 모양이었다. 그 와중에 이질감이 들 만큼 깔끔한 주택 두 개가 보였다. 거기엔 익숙한 한국 기업의 로고가 박혀 있었다.

복희는 그나마 안심이 되었다. 그 집에서 한국 사람으로 보이는 남자가 걸어나오더니 부부를 환영했다.

먼 길 오시느라 힘들었죠? 여긴 진짜 황량해요. 내전이 많아서.

그는 한국 기업의 부장이었다. 웅이가 그와 악수를 나누는 사이 복희는 부장의 얼굴을 오래 보았다. 중공업에 소속된 그는 앙골라에 파견되어 웅이, 복희를 비롯한 같은 한국의 노동자들을 관리했다. 지난 몇 달간 잠수사들은 우울증을 앓았다. 물속 작업 환경이 너무도 열악했고 극심하게 더웠고 너무나 먼 타지였기 때문이다. 게다가 앙골라 음식이 너무 맛없었다. 배 건지는 일만으로도 힘든데 밥까지 형편없으니 그들은 시도 때도 없이 담배를 피우며 한국에 돌아가겠다고 우는소리를 했다. 음식을 잘하는 한국인을 고용한 건 그래서였다.

부장은 부부를 숙소로 데려갔다. 잠수사들을 위한 숙소는 널찍했다. 앙골라 집들은 두 종류로 극명하게 나뉘었다. 하나는 흙바닥에 대충 흙벽돌로 담을 쌓은 집이었다. 집이라고 부르기엔 너무 궁색한 모양이었고 주로 앙골라인들이 살았다. 다른 하나는 유럽인들이 지어놓고 사는 저택이었다. 어마어마하게 비쌌다. 도로 하나를 사이에 둔 아주 다른 주거지였다. 한국인들이 사는 곳은 살 만한 주택이었다.

현관에 들어서자 키가 작고 까무잡잡한 여자가 쪼르르 나와서 인사를 했다. 그녀의 모습이 꼭 70년대 시골 아낙네 같다고, 복희는 생각했다. 쉰 살쯤으로 보이는 그 여잔 수줍게 손을 앞으로 모은 채 가늘게 미소 짓고 있었다. 복희가 먼저 악수를 청했다. 그 여자가 악수를 받으며 말했다.

마담.

복희를 그렇게 부르기로 다짐한 모양이었다. 옆에 서 있던 부장이 그녀를 소개했다.

베트남 사람이에요. 이름은 밍이고요. 저 옆에 있는 직원 숙소에서 가정부 일을 하고 있어요. 그런데 아무래도 베트남 여자라 한국 사람들 입맛은 잘 못 맞추더라고요. 청소랑 빨래는 잘해요. 아주 부지런하고요.

부장은 밍이 전혀 알아듣지 못한다는 듯 편하게 밍에 관해 아쉬운 점들을 얘기했다. 복희는 고개를 밍에게 돌리고 맞잡은 오른손에 힘을 주며 말했다.

밍.

복희가 이름을 부르자 밍이 고개를 끄덕였다. 복희는 잠수사 숙소에 짐을 풀었고 밍은 직원 숙소로 돌아갔다.

3

다음 날 일찍 일어난 복희는 커튼을 열고 창밖의 거리를 바라보았다. 굉장히 이상한 풍경이었다. 가장 이상한 건 거리에 개들이 지나치게 많이 돌아다닌다는 것이었다. 잡종인 게 분명한 개들이 거리를 점령하고 있었다. 그 사이로 고동색 피부의 앙골라 사람들이 눈을 뜬 채 이리저리 돌아다녔다. 복희가 보기에 그들은 딱히 할 일이 없어 보였다. 앙골라 남자들은 죄다 면티 같은 것을 입고 있었는데 뒤돌아보면 등판엔 한국어가 적혀 있기도 했다. 경희 태권도, 물사랑

캠페인 따위의 글씨였다. 한국 재활용 수거함에 모인 옷 중 일부가 이곳으로 기부된 모양이었다. 앙골라 여자들은 커다란 보자기 같은 것을 온몸에 둘러서 옷처럼 입고 다녔다.

저 여자들, 밤엔 저 천을 벗어서 이불로 써요.

잠수사 한 명이 슬쩍 나타나서 말했다. 창밖은 더워 보였다. 평균 온도가 43도라고 했다. 그 기후를 견뎌내는 앙골라 사람들은 피부조직이 조금 다른 것 같았다. 복희는 부엌으로 가 밥을 하기 시작했다. 잠수사들은 복희가 밥 짓는 냄새를 맡고 하나둘 일어나 거실로 모였다. 그리고 복희가 한 음식을 순식간에 먹어치웠다. 석 달만에 맛있는 밥이란 걸 먹어본 잠수사들은 모두 복희에게 엄지손가락을 치켜들었다.

잠수사들이 복희의 음식을 극찬하자 직원 숙소에서도 요청이 왔다. 부장은 복희를 찾아와서 말했다.

사모님. 저희 숙소에도 음식을 좀 해주시면 안 될까요? 밍이 그럭저럭 잘하긴 하지만, 김치 같은 건 전혀 못 해서요.

복희가 앙골라에서 김치를 어떻게 담그냐고 묻자 부장은 숙소 앞에 있는 밭으로 복희를 데려갔다. 그 밭엔 놀랍게도 갓이 자라고 있었다. 몇 달 전 한국 직원들이 여러 가지 배추씨를 비행기로 보내와서 심었다는 것이다. 그러나 배추도 죽고 무도 죽었다. 앙골라의 척박한 땅을 뚫고 자라는 건 갓밖에 없었다.

복희는 그 갓을 뽑아 갓김치를 담갔다. 직원들과 잠수사들과 밍은 앙골라에서 갓김치가 탄생하는 마법 같은 과정을 놀라워하며 지켜봤다. 모두들 침을 꿀꺽 삼켰다. 밍은 부엌으로 가 앙골라 쌀로 밥을 지었고 복희는 접시에 먹음직스럽게 김치를 담았다. 갓김치는 그날 저녁 순식간에 동이 났다. 직원들 역시 복희에게 엄지손가락을 치켜세웠다. 그러자 밍은 조금 새침해졌다. 자기도 그간 열심히 일했는데, 한국에서 온 복희만이 호응을 얻어서일 수도 있었다.

다음 날 복희의 숙소에 전화가 왔다. 복희는 수화기를 들었다가 헬로우라고 해야 할지 모시모시라고 해야 할지 몰라서 그냥 "여보세요" 하고 전화를 받았다. 건너편에서 밍의 목소리가 들렸다.

마담! 김치! 김치!

복희는 의아했다. 김치를 어쩌라는 거지?

마담! 김치! 빨리 와!

밍은 약간의 한국말을 할 줄 알았다. 복희는 5분 거리에 떨어져 있는 밍의 숙소로 가보았다. 부엌에서 밍은 갓에 소금을 뿌리고 있었다. 김치를 절여놓고 복희를 부른 것이었다.

'김치를 가르쳐달라는 것이로군. 제법인데?'

복희는 웃으며 풀을 쑤기 시작했다. 한국에서 가져온 갖은양념들을 모아 버무릴 속을 만들었다. 밍은 옆에서 그 과정을 꼼꼼히 지켜보았다. 복희가 천천히 말했다.

밍. 김치는, 순서가, 중요해.

어떤 외국어에도 능통하지 않은 복희는 별수 없이 밍에게 하고 싶은 말을 한국어로 전했다. 대신 상대의 얼굴을 보고 손을 써가며 아주 천천히 느리게 말했다. 그렇게 말하면 마치 밍이 알아들을 것처럼 또박또박 발음했다. 밍은 고개를 끄덕였다. 그녀는 복희가 보여주는 대로 갓김치의 매뉴얼을 익혔다. 그날 새로 만든 갓김치 역시 헤프게 동났다.

4

복희는 다음 날에도 밍의 전화를 받았다.

마담! 김치! 김치!

복희는 다시 밍의 부엌으로 갔다. 그리고 놀랐다. 어제 대충 알려준 갓김치를 밍이 아주 똑같이 재현해놓은 것이었다.

복희는 생각했다.

'굉장히 머리가 좋은 여자로군'

밍은 갓김치를 딱 차려놓고 복희에게 당당하게 손짓했다. 먹어보라는 뜻이었다. 복희가 맛을 보는 동안 밍은 자신만만한 얼굴로 복희의 얼굴을 바라보았다. 갓김치를 먹어 본 복희의 눈이 동그래졌다. 그녀는 밍에게 말했다.

따봉!

따봉은 두 사람이 공통으로 아는 몇 안 되는 단어였다.

그 후로 복희는 잠수사들의 아침을 차려준 뒤 밍의 숙소로 놀러 갔다. 두 여자는 커피를 마시며 대화를 했다. 한국말과 앙골라말(포르투갈 말)과 영어와 베트남말을 섞어 쓴 대화였다. 복희는 밍에게 갈 때 베트남어 사전과 포르투갈어 사전을 들고 갔다. 밍은 자주 말했다.

마담. 한쿡 남쟈 보니따(아름다워)

앙골라 여자들은 한국 남자를 좋아했다. 비교적 부유하고 깨끗하고 성실한 것으로 보이는 것 같았다. 오랜 내전 때문에 앙골라에는 남자의 인구보다 여자의 인구가 네 배쯤 많았다. 복희가 보기에 그곳 남자들은 무능력하고 무기력하고 책임감이 없어 보였는데, 아무리 대충 사는 남자들도 여자 두세 명을 거느릴 수 있는 듯했다. 밍 역시 앙골라 남자들을 말할 때 엄지를 바닥을 향해 내렸다. 밍은 한국 남자를 좋아했다. 그중에서도 부장을 특히 좋아했다. 밍은 베트남에 남편과 아이들이 있었다.

밍은 아들이 둘이랬다. 아들들은 하노이 대학에 갔댔다. 밍의 남편은 베트남에서 생선 잡는 배를 탄댔다. 그 모든 말들은 손짓과 표정과 쉬운 단어들로 전해졌다. 밍은 베트남 전쟁에서 오빠를 잃었댔다. 밍은 인상을 쓰며 손으로 총 모양을 만들고는 이렇게 말했다.

밍, 브라더, 베트콩, 츄츄츄츄축!!!

(우리 오빠, 베트콩한테 총을 맞았어!)

복희는 고개를 끄덕이며 밍의 말을 들었다. 밍은 가족을 먹여 살리기 위해 이 먼 대륙까지 와서 청소를 하고 밥을 하고 빨래를 하는 사람이었다. 자신과도 비슷한 동기라고 복희는 느꼈다. 그 와중에 밍의 발가락이 자신의 시어머니 발가락과 똑같이 생겼음을 보았다.

두 개의 숙소에서 각각 가정부 생활을 하던 밍과 복희는 어느 날 직원들과 함께 벵길라라는 도시로 외출을 했다. 앙골라에 딱 하나 있는 중국요릿집에 가기 위해서였다. 복희는 한국에서 챙겨온 원피스를 차려입고 갔고 밍은 평소에 입던 옷을 입고 갔다. 남자들은 중국집에서 고추 튀김을 시켰다. 아주 매운 음식이었다. 고급스러운 원탁 테이블에서 그걸 먹던 밍은 너무 매워서 경기를 일으켰다. 복희는 밍에게 물을 건넸다. 밍은 너무 매워서 정신이 없는 나머지 그 물을 식탁에 엎질러버렸다. 그러고는 너무나 곤란해하며 울상을 지었다. 이렇게 많은 사람이 있는 곳에서 자기가 매운 걸 먹다가 물을 엎지르고 컵도 깼다는 사실이 너무나 미안한 것 같았다. 밍이 너무 기가 죽어서 복희 마음이 짠했다.

그 날 이후로 밍은 매운 걸 발견했을 때 복희를 보고

마담. 벵길라!

라고 외쳤다. 무언가를 엎질렀을 때도

마담. 벵길라! 라고 외쳤다.

복희는 그걸 기억하고는 김치를 담글 때 고춧가루를 넣으며 밍에게 물었다.

벵길라? (매워?)

그럼 밍이 고개를 흔들며 말했다.

노 벵길라. 굿. (안 매워. 딱 좋아.)

도시의 이름은 둘 사이에서 다른 감각의 언어로 합의되었다.

밍은 남자 직원들에게 밥을 차린 뒤 언제나 구석의 어두운 곳에 앉아서 혼자 밥을 먹곤 했다. 꼭 낮은 신분의 사람인 것처럼, 혹은 외부인인 것처럼 그랬다. 그것을 본 복희는 밥을 먹다 말고 밍에게 갔다.

밍도 같이 먹어야 해.

밍은 됐다고 손사래를 쳤다.

복희는 밍의 귀에다 대고 한국말로 속삭였다.

밍. 저 게으른 남자들보다 밍이 훨씬 더 훌륭한 사람이야. 밍이 좋아하는 부장보다 밍이 항상 더 훌륭해. 그걸 명심해 알았지?

밍은 고개를 절레절레 흔들었다. 복희가 밍의 어깨를 잡고 다시 말했다.

나를 봐. 나는 교회를 다니지는 않지만 하느님도 알걸? 밍이 얼마나 훌륭한지.

무슨 말인지 다 알아들을 리가 없는데도 밍은 왠지 자꾸만 웃었다.

2018.06.21.木.

61.
마담과 다이버 (下)

5

숙소에서 창밖을 내다보면 대서양이 보였다. 해변엔 꼭 물개 같은 앙골라 남자들과 여자들이 옷을 다 벗은 채로 헤엄쳤다. 부장은 그들이 피임을 하는 경우는 없다고 복희에게 일러주었다. 콘돔을 살 돈이 없기 때문이랬다. 콘돔뿐 아니라 4천 원가량의 약을 살 돈이 없어서 말라리아에 걸리면 죽는댔다. 어떤 바닥재도 깔리지 않은 실내의 흙바닥 위에서 생활한댔다.

산유국이자 다이아몬드 생산국인 앙골라에는 여러 외국 기업들이 들어와 있었다. 자원이 풍부한 나라니까 기업 입장에서는 진출할 이유가 많아 보였다. 호텔이며 학교며 빌딩에 한국 기업의 로고가 찍혀 있는 것을 복희는 심심치 않게 볼 수 있었다. 도로 공사는 거의 중국 기업이 도맡아 했다. 앙골라에 있는 중국인의 인구는 자그마치 백만 명이랬다. 앙골라 정부와 중국 정부 사이에 중요한 체결이 있었댔다.

한편 흙집에서 한국 기업으로 출근하는 앙골라 남자들이 있었다. 조선소에 고용된 남자들은 한국 기업에서 지급하는 유니폼을 입었다. 짙은 회색의 카라티와 곤색 긴바지, 그러니까 한국의 공장 노동자들이 입는 작업복이었다. 그 유니폼을 남자들의 부인들이 엄청나게, 정말이지 엄청나게 깨끗이 빨아서 빳빳하게 다렸다. 한국 기업에 출근하는 건 그 집의 자랑이기 때문이다. 놀라울 정도로 말끔하게 세탁되고 다려진 유니폼을 입고 걷는 남자들을 볼 때면 복희는 앙골라 여자들의 세탁법이 궁금해졌다.

낮에는 정체를 알 수 없는 상인들이 길을 돌아다녔다. 어떤 타국의 기업에도 고용되지 않은 사람들이었다. 여러 연령의 앙골라인들이 뭔가를 들고 나와서 팔았다. 어떤 여자는 등에는 아기를 업고 한 손으로는 바나나 바구니를 이고 다른 한 손으로는 다른 아기 손을 잡고 거리를 걸었다. 어떤 남자는 비닐봉지에다가 얼음을 넣고 그 속에 캔 음료를 넣고 돌아다니며 팔았다. 아이스박스가 없기 때문이었다. 어떤 남자애들은 고추를 보여주고는 돈을 달라고 했다. 그 길의 바로 옆에는 수영장 딸린 유럽풍의 저택들이 있었다.

집과 집 사이에는 바오밥나무들이 흔했다. 오랜 내전으로 숲이 죄다 사라졌지만 이상하게 바오밥나무들만은 많이 남아 있었다. 그리고 많은 개와 많은 파리가 있었다. 앙골라에 오기 전 이유 없이 악어와 코끼리 같은 걸 상상했던 복희는 어안이 벙벙해졌다. 웅이가 복희에게 말했다.

그래도 대서양을 보면서 아침 먹을 수 있는 사람이 얼마나 되겠어?

하지만 복희는 딸과 아들이 보고 싶었다. 물론 웅이도 마찬가지였다. 웅이는 새벽같이 일어나 7시까지 바다로 출근했다. 배가 가라앉은 곳은 숙소에서 차로 30분이었고, 앙골라 기사가 스타렉스를 끌고 잠수사들을 데리러 왔다.

앙골라에 오기 전에 조선소 측이 말하길 아프리카 해안이라 물이 따뜻하댔다. 그래서 잠수사들은 얇은 재질의 잠수복만을 챙겨갔다. 그러나 도착해보니 잘못된 정보였다. 아프리카 대서양이라고 해도 수온이 낮았다. 잠수사들은 한 달간 얇은 잠수복을 입고 개 떨듯이 떨면서 작업해야 했다.

잠수사들은 깜깜한 물속에 들어가서 플로팅 도크를 살폈다. 망치로 치면 벽이 그냥 뚫릴 정도로 녹슬어 있었다. 수중에서 철판을 대고 용접을 하여 수리를 한 뒤 수면 위로 띄우는 것이 대안이었다. 아주 지난한 작업이었다.

그곳에도 겨울이 있긴 했다. 한국의 초가을 정도 기온이 앙골라의 겨울이었다. 잠수사들이 여전히 반바지와 반팔을 입고 출근하는 그맘때, 현지 조선소 직원들은 파카를 챙겨 입고 나왔다. 점심이면 모두 함께 점심을 먹었다. 웅이는 앙골라 사람들이 도시락을 반만 먹고는 남겨서 집에 가져가는 모습을 바라보았다.

그 땅에서 지낸 몇 달 동안 복희와 웅이는 한 번도 싸우지 않았다. 너무 먼 곳에 와 있었으니까. 그리고 웅이가 너무 고되고 위험한 일을 하고 있었으니까. 그래서 복희는 밥을 진짜로 열심히 했다. 아침저녁으로 양배추김치와 오이냉채를 담았다. 직원이 시장에서 사다 준 멸치를 볶고 돼지고기로 제육볶음을 했다. 양배추김치가 질릴 무렵에는 직원 숙소에 가서 갓을 뽑아 갓김치를 담갔다.

6

잠수사들이 배를 건지러 간 낮 동안 복희는 대부분 집에 머물렀다. 외출하기엔 치안이 좋지 않았다. 앙골라 남자들은 우르르 몰려서 노골적으로 복희를 훑어보고 휘파람을 불고 소리를 질렀다. 웅이는 복희에게 집 밖으로 나가지 말라고 신신당부를 했다. 하지만 복희는 너무 심심해서 미치고 환장할 것 같았다. 그리고 밍이 너무 궁금했다.

'그 여자도 나처럼 밥해주러 여기까지 온 거잖아. 온 지 몇 년 됐다는데, 어떻게 지내고 있는 걸까.'

복희 숙소에서 밍의 숙소까지는 빠른 걸음으로 15분이 걸렸다. 찾아가 보니 밍이 있는 직원 숙소는 잠수사 숙소보다 더 넓고 좋았다. 무엇보다 한국에서 배로 날라온 한국 식자재들이 있었다. 앙골라 대형마트에도 없는 것이었다. 복희는 재료들을 더 얻어오고 싶었다. 그럼 잠수사들에게 더 다채로운 음식을 해줄 수 있을 것이었다. 그 중에서도 찹쌀이 필요했다. 앙골라 쌀은 훠훠 불면 날아갈 만큼 찰기가 없어서 찹쌀을 넣어야 그나마 먹을 만해졌다. 이 낯선 땅에서 어떻게 맛있는 한국 음식을 해낼까, 그것이 복희의 최대 고민이었다. 식자재 창고에서 직접 꺼내주는 건 결국 밍이니까 복희는 그 여자와 친해질 수밖에 없었다.

둘은 어느 날 잠수사들이 떠난 부엌에서 채소를 씻고 있었다. 복희가 갑자기 호기롭게 물었다.

밍, 밍 허즈밴드!

밍이 복희에게 고개를 돌렸다. 복희가 당근을 들고 자기 허벅지 사이에 가져다 대더니 물었다.

밍 허즈밴드? (네 남편 고추 이 당근만 하냐?)

그러자 밍이 인상을 찌푸리고 고개를 두리번두리번 거리더니 근처에서 가지를 집어 들었다. 복희의 눈이 커졌다.

가지만 하다고? 리얼리?

그러자 밍이 자신 있게 고개를 끄덕였다. 복희는 뭔가 생각난 듯 말했다.

밍. 앙골라 맨. (앙골라 남자들 꺼 봤어?)

복희는 커다란 애호박을 집어 들어 자기의 허벅지 사이에 갖다 붙이고는 앙골라 남자들처럼 걷는 시늉을 했다. 밍이 웃느라 자지러졌다.

복희는 한술 더 더떠서

밍, 앙골라 도그! (심지어 앙골라는 개들도 고추가 커.)

하며 개처럼 기어가는 시늉도 했다.

둘이 부엌에서 숨이 넘어가도록 웃자 부장이 와서 물었다.

뭐가 그렇게 웃겨요? 그보다 밍이랑 어떻게 얘기가 돼요?

7

세계의 흔한 말들로 온갖 대화를 쌓아가던 밍과 복희는 어느 날 함께 두부를 쑤기로 했다. 앙골라 땅에서 난 콩으로 두부가 만들어질지는 알 수 없었으나 한 번 시도해보는 것이었다. 둘은 밍의 숙소에 모여 땀을 뻘뻘 흘리며 두부를 쒔다. 제법 그럴듯한 모양이 났다. 복희는 이걸 맛있게 먹을 생각을 하며 힘든 줄도 모르고 한나절을 일했다.

다 완성하고 난 뒤 밍이 복희에게 두부를 덜어줄 때였다. 밍은 조금 망설이더니 겨우 한 모의 두부만을 복희에게 나눠주었다. 온종일 함께 만들었기 때문에 적어도 서너 모는 받을 줄 알았던 복희는 순식간에 서운해져버렸다.

'치, 그것 밖에 안 주냐?'

마음이 상한 복희는 사흘간 밍네 집에 놀러 가지 않았다.

그리고 비가 내렸다. 비가 오면 앙골라 사람들은 넋을 놓은 채 하늘을 보곤 했다. 고개를 위로 들고 눈을 끔뻑이며 온몸으로 비를 맞았다.

밍을 찾지 않은 지 사흘째 되던 날 숙소는 온통 빗소리로 뒤덮였다. 복희는 남자들의 아침을 차리고 먹이고 보내고 치운 뒤 소파에서 쉬던 중이었다. 현관 밖에서 밍의 목소리가 들려왔다.

마담!

복희는 화들짝 놀라 소파에서 일어났다. 밍일 리가 없었다. 밍의 숙소에서 복희의 숙소까지 오려면 여러 명의 공안을 지나쳐야 했으니까. 공안이나 경찰은 밍이 제일 두려워하는 종류의 사람이었다. 그들처럼 생긴 사람만 보면 복희에게 가까이 붙고 고개를 숙이던 밍이었다. 베트남에서부터 누적되어온 공포 같았다. 그래서인지 밍은 앙골라의 길을 혼자 다니지 않았다.

복희는 현관으로 나가서 문을 열어보았다. 빗속에서 밍이 서 있었다.

마담!

공안을 마주칠 위험도 무릅쓰고 복희 숙소로 찾아온 것이었다.

마담, 두부 멍짜!

밍은 자기 손에 넉넉히 든 두부를 복희에게 건넸다. 복희는 얼떨결에 두부를 받아들었다. 밍은 자꾸 말했다.

마담. 두부. 두부!

복희는 미안해서 창피했다. 좁은 마음을 그녀에게 다 들킨 것 같았다. 밍을 얼른 집에 들이고 그녀는 부엌에 가서 국수를 삶았다. 뭐라도 대접해야 덜 부끄러울 것 같았다.

둘은 국수와 두부를 배불리 먹고 소파에 널브러졌다. 며칠 만에 만나 웃고 떠들고 밥을 먹었더니 마음이 편하고 나른했다. 숙소에는 오래된 레코드 기계가 하나 있었다. 복희는 거기에 이은하의 엘피를 얹었다. 판이 빙글빙글 돌아가며 처량한 노래가 흘러나왔다.

'아직도 – 그대는 – 내 사랑'

밍은 커피를 마시며 들었다. 이내 서글픈 표정을 짓더니 자신의 양 검지 손가락을 붙였다가 떼며 말했다.

사랑… 니혼…? (이거는 사랑하는 사람이 이별하는 노래지?")

복희는 고개를 끄덕끄덕했다. 니혼 역시 두 사람이 공통으로 아는 단어여서 이혼, 이별, 헤어짐, 떠남 등을 말하고 싶을 때마다 광범위하게 쓰였다.

밍은 촉촉한 눈으로 말했다.

디스 송… 보니따

보니따는 앙골라 말로 아름답다는 뜻이었다. 가족들을 두고 아프리카 땅에 와서 이별 노래를 듣는 두 사람. 보고 싶은 이들은 멀리에 있었다.

'희미 – 한 기억 속 – 에서도 그리움은 남는 것'

창밖으로 쏟아지는 비와 대서양이 보였다. 소파에 앉아 밍과 커피를 마시는 낮도 얼마 후면 끝날 것이었다. 고용 기간이 다 되어가는 복희는 곧 웅이와 함께 귀국할 테지만 밍은 더 오래 그곳에 남아야 했다. 베트남으로 보내야 할 돈을 아직 충분히 벌지 않았으니까.

8

복희가 떠나던 날에 밍은 아주 많이 울었다. 얼굴이 눈물로 콧물로 젖었다. 그 와중에 밍은 복희에게 봉투를 하나 건넸다. 열어보니 봉투엔 50달러가 들어 있었다. 그 돈이 자신보다 밍에게 훨씬 더 큰 액수라는 걸 알아서 복희는 마음이 아팠다. 한국에 돌아가면 나가야 할 돈과 갚아야 할 빚이 많았지만 밍에게 받은 그 돈은 어디에 쓰기에도 미안했다. 복희는 밍을 꽉 껴안았다. 자기보다 나이가 많고 체구가 작고 까무잡잡한 사람을 껴안고 울었다. 밍이 얼마나 훌륭한 사람인지 잊지 말라고 울면서 말했다.

세 달간의 살림살이를 모두 지프차에 실었다. 넓은 바다와 흙바닥과 흙집과 바오밥나무와 개들과 사람들을 뒤로 하고 흙먼지를 날리며 지프차는 출발했다. 징한 앙골라 땅과의 이별이었다. 웅이와 복희는 같은 곳에서 지냈지만 다른 고생과 기쁨을 맛보았다. 복희는 물속에 들어가지 않았고 웅이는 부엌에 들어가지 않았다. 복희는 조선소의 남자들과 이야기하지 않았고 웅이는 밍과 이야기하지 않았다. 한국이 너무나 그리운 것만은 같았다. 두 사람이 앙골라를 그리워할 일은 앞으로 일어나지 않을 것이다.

그러나 복희는 다른 그리움을 한동안 앓았다. 앙골라인도 한국인도 유럽인도 아닌, 낯선 땅에서 자기처럼 이방인이었던 그 베트남 여자가 눈에 선했다. 앙골라를 생각할 때마다. 누군가가 마담이라는 단어를 발음할 때마다.

2018.06.22.金

62.
뜨거운 당신

웅이는 우리 남매에게 도끼질을 가르쳤다. 정확히는 도끼로 나무를 찍은 뒤 도끼의 뒷통수를 해머로 쾅쾅 때려넣어 나무를 쪼개는 작업을 가르쳤다. 15년 전 우리 집 뒷마당에는 패야 할 통나무와 날라야 할 나무 쪼가리들이 수두룩했다. 웅이가 트럭으로 날라온 나무들이었다. 거실에는 벽난로가 있었고 그 난로의 열기로 겨울을 나야 했으므로 나무가 떨어져서는 안 됐다.

철제 벽난로로 말할 것 같으면 웅이가 팔고 설치하는 제품이었다. 당시 그는 작은 벽난로 회사의 영업인이자 시공인으로서 트럭에 난로와 연통을 싣고 전국을 도는 사람이었다. 복희도 웅이와 함께 그 일을 했다. 웅이가 파는 벽난로는 다른 벽난로와는 조금 달랐다. 장판 밑에 깔린 보일러 배관과 난로의 물 펌프를 연결하여 벽난로가 데운 물이 온 집안의 바닥을 데우도록 설계된 제품이었다. 그건 특허로 등록된 기술이었고 전원 주택 거주자들이 난방비를 절약하도록 도왔다.

대신 부지런히 나무를 해야 했다. 나는 내 방에서 심즈 게임에 심취하고 찬이는 찬이 방에서 각종 온라인 게임에 심취해 있을 때 웅이는 꼭 방문을 똑똑똑 두드리며 말했다.

아가들아. 나무 날라라.

그럼 우리는 한숨을 쉬며 목장갑을 끼고 집 밖으로 나갔다. 뒷마당엔 웅이가 알맞은 크기로 패놓은 나무들이 쌓여 있었다. 그것을 벽난로 옆까지 날라서 차곡차곡 쌓아야 했다. 타이어 재질의 커다란 삼각형 소쿠리를 각자 하나씩 들고 나무를 담았다. 많이 담아서 빨리 나르고 다시 게임을 하고 싶었지만 나무라는 것은 너무나 밀도 높은 물질이라 한 번에 많이 들 수가 없었다. 가장 무거운 나무는 참나무였다. 참나무 다음엔 아카시아 나무, 낙엽송, 전나무 순으로 무거웠다.

날라온 나무는 가지런히 쌓은 뒤 크기와 모양을 잘 맞춰서 벽난로 안에 넣고 불을 지핀다. 통나무만으로는 금방 불을 붙일 수 없으니 적절한 불쏘시개를 꼭 깐다. 찬이와 나는 둘 다 토치램프를 능숙하게 다룰 줄 알았다. 부탄가스가 조금 새도록 밸브를 열고 라이터를 켜면 무시무시한 소리와 함께 불길이 뿜어져 나왔다. 연통을 활짝 연 뒤 나무에 불이 잘 붙도록 토치램프로 이리저리 불질을 했다. 나무가 혼자서도 타기 시작할 만큼 충분히 달궈지면 연통을 반쯤 닫았다. 연통이 공기를 빨아들이거나 막는 정도에 따라 불은 거세지거나 시들해졌다.

불 잘 피는 사람이 연애도 잘한다고 복희는 그랬다. 그 문장에 들어간 연애라는 말은 당시의 우리에겐 딱히 탐나는 무엇이 아니었다. 복희는 부엌에서 고구마를 씻어왔다. 난로 상단의 손잡이를 당기면 무언가를 구울 수 있는 공간이 있었다. 고구마를 넣고 조금만 기다리면 말도 안 되게 맛있는 냄새가 났다. 난로의 열기로 구워진 고구마에서는 황토색 단물이 지글지글 흘러나왔다. 우리는 밤고구마보다 호박고구마를 좋아했다. 매일 군고구마를 먹다 보니 박스에 쌓여 있는 수많은 고구마 중에서 무엇이 맛있는 것인지 단번에 고를 수 있었다. 등으로 난로를 쬐며 고구마를 손에 들고 텔레비전을 보는 게 겨울의 저녁 일과였다. 굴뚝으로 나무 때는 연기가 나갔다. 연기에서는 무해한 냄새가 났다.

한동안 우리 남매는 벽난로집 딸아들로 지냈다. 양면테이프집 딸아들이나 수영강사의 딸아들이나 마트 직원의 딸아들이나 구제옷집 딸아들이었을 때도 있었지만 그때는 그랬다. 웅이가 벽난로 일을 관두자 우린 잠수사의 딸아들이 되었다. 중학생인 우리를 두고 복희와 웅이는 아프리카로 떠나야 했다.

몇 달 만에 다시 돌아온 부모의 얼굴은 수척해져 있었다. 아프리카에서 무슨 일이 있었던 건지 우리 남매는 몰랐다. 그저 몹시 고됐을 거라는 것만 짐작했다. 돌아오고 나서도 부모는 힘들어 보였다. 아프리카에서 일한 노동의 대가를 제대로 받지 못했기 때문이다. 몇 달간 생고생하고도 돈을 받지 못 하는 일들이 세상에는 왕왕 벌어졌고 웅이와 복희에게도 그런 일이 일어났다. 바닷속에 들어가 배 가까이에서 가장 위험한 일을 한 다이버들에게도 임금이 제대로 주어지지 않았고, 타지에서 부엌 노동을 한 복희가 임금을 받기까지도 아주 오랜 시간이 걸렸다. 앙골라와 한국 기업과 하청 업체와 잠수사 팀 사이에는 아주 복잡한 이익 관계가 있댔는데 그건 우리가 다 이해할 수 없는 문제였다. 깊은 물에 잠수하여 직접 배를 수리한 웅이조차도 이해할 수 없었다.

웅이는 밖에 잘 나가지 않게 되었다. 밥도 제대로 안 먹고 집 안에서 크게 움직이지도 않았다. 사람을 좌절시키는 건 고생 자체가 아니라 무의미일지도 몰랐다. 알아주지 않는 고생과 보상 없는 노동이 그를 더 이상 힘낼 수 없게 만든 것 같았다. 돈을 받을 거라는 희망 때문에 참을 수 있었던 무섭고 지저분하고 춥고 외로운 순간들을 이제 더는 못 할 것이었다.

하루는 나랑 찬이가 벽난로 앞에서 텔레비전을 보다가 웅이에게 말했다.

아빠, 치킨 먹고 싶어.

웅이는 알았다고 했다. 우리는 텔레비전을 보며 치킨이 오기를 기다렸다. 얼마 후 웅이는 우리에게 와서 말했다.

얘들아. 지금은 아빠가 돈이 없거든. 오늘은 어려울 것 같다.

우리는 알았다고 했다.

그 시간에 복희는 쓰리잡을 뛰고 있었다. 웅이의 몸과 마음이 왜 아픈지 가장 잘 아는 사람이었다. 그녀는 물속에 들어가지 않았기 때문에, 웅이만큼 무섭고 춥고 외로운 일을 마주하지는 않았기 때문에, 그래서 자신은 덜 지친 사람이라고 생각했기 때문에 웅이가 못 일어나는 동안에도 열심히 일했다. 복희는 자기가 웅이보다 힘들 수는 없을 거라고 생각했다. 아프리카에 다녀와서도 돈을 못 받은 것보다 더 끔찍한 일은 없다고 생각했다.

하지만 시간이 흐르고 있었고 삶이 이어지고 있었고 아이들이 자라고 있었고 내야 할 돈이 끊임없이 생겨났고 냉장고에 채워넣어야 할 재료들이 끝이 없었고 갚아야 할 대출금도 태산 같았다. 과거는 더 과거가 되어갔고 현재도 과거가 되어갔고 미래 역시도 계속해서 과거가 되었다. 그녀의 몸과 마음에도 한계가 있었고 아무리 열심히 일한대도 4인 가족이 먹고살기엔 역부족이었다.

여느 때처럼 세 개의 일터에서 일을 마치고 자정 넘어서 돌아온 어느 날 밤, 복희는 누워 있는 웅이를 보았다. 아마 오랫동안 누워 있었을 것이었다. 복희는 부엌에서 혼자 소주를 마셨다. 그리고 누워 있는 웅이에게 가서 말했다.

당신 이제 우리를 사랑하지 않는 거야?

웅이는 아니라고, 사랑한다고 했다.

복희는 자기 가슴을 치며 말했다.

당신이 우리를 진짜 사랑한다면 뜨거워서 누워 있을 수가 없어. 여기가 막 뜨거워서 누워 있을 수가 없어.

쓰리잡을 뛰고 온 사람이 그렇게 말하는 걸 웅이는 듣고만 있었다.

복희는 웅이에게 말했다.

인생에 지름길 같은 건 없어.

그다음 날부터 웅이는 집 밖으로 나가 대리운전 기사로 일했다. 웅이가 일을 하지 않았던 시절이 막을 내렸다. 웅이 인생에서 그런 시절은 유일했다. 한동안 우리 남매는 대리운전 기사와 닭갈비집 직원의 딸아들로 지냈다. 그것 말고도 부모는 너무 많은 일을 하였기 때문에 우리는 숱한 노동자의 이름 아래에서 자식들로 지내며 살았다.

2018.06.25.月

63.
축하와 영혼

초등학교 선생님이 쓰지 말라고 했던 방식으로 첫 문장을 써보고 싶다. 뭐라고 쓸 거냐면,

오늘 나는 돼지갈비를 먹었다.

라고 쓰겠다. 오늘이라는 것과 나라는 것은 너무 당연하니까 그 단어를 넣은 첫 문장은 최대한 피하라고 주의를 주던 선생님의 모습이 기억난다. 그치만 오늘같은 날이 흔치 않은 걸 알기 때문에 망설임 없이 적겠다. 기쁜 날에는 내가 나라는 사실이 다행처럼 느껴지므로 그 말 역시도 오늘이란 말 옆에 나란히 적겠다.

그러니까 오늘 나는, 사랑하는 사람들과 돼지갈비를 먹었다.

나의 남동생 찬이에게 축하할 만한 일이 생겼기 때문이다. 축하의 내용을 설명하는 것은 차치하도록 하자. 우리는 다만 마음껏 축하할 일이 인생에서 그리 자주 발생하지 않는다는 것을 안다. 찬이가 우리를 고깃집으로 소집한 것도 그래서일지 모른다. 복희와 웅이와 나, 그리고 찬이의 애인 귤이가 옹기종기 불판 앞에 모여 앉았다. 우리 사이에 돼지갈비가 지글지글 익어갔다. 불을 능숙하게 지피는 사람들은 고기도 잘 굽기 마련이었다. 찬이와 웅이가 적절하게 익히고 뒤집고 잘라놓은 고기를 복희와 나와 귤이가 주섬주섬 집어

먹었다. 고기를 씹으며 찬이의 위험천만하고 우스운 무용담을 들었다. 커다란 쌈을 입에 잔뜩 넣고도 웃음을 참을 수가 없었다. 이빨 사이에 낀 상추와 고기를 감출 생각도 안 하고 다들 박장대소 하며 밥을 먹었다. 아무튼 잘 됐다, 너무 다행이다, 그런 말들을 하며 식사를 했다.

우리는 가족이어도 서로의 마음 속에 어떤 지옥이 있는지 알지 못하고 지나갈 때가 많았다. 잘 지내는지, 아프거나 슬프지는 않은지 궁금해하면서도 다 물어보거나 다 말해보지 못했다. 오랜만에 만나 긴 이야기를 하면 새삼 놀랄 뿐이었다. 그랬구나, 세상에, 그런 일이 너에게 있었구나, 하고 몇 발짝 늦게 알아주는 것 말고는 달리 할 일이 없었다. 마음을 다해 듣는대도 대부분의 문제들은 철저히 각자의 몫으로 남기 때문이다.

얼마 전 찬이를 만나고 집에 돌아가는 길에 나는 자꾸만 눈물이 났다. 한동안 그의 마음이 슬픔과 실망으로 닳아왔다는 것을 듣게 된 날이었다. 찬이 생각에 눈물을 닦으며 걷는 동안 이상하게도 밤길이 무섭지가 않았다. 평소라면 겁이 나서 걸음을 재촉하거나 택시를 탔을 법한 길인데 그 날은 뚜벅뚜벅 느리게 집까지 걸었다. 슬픔이 공포를 이긴 밤이었다.

그런 날도 있는가 하면 오늘처럼 기쁜 날도 있었다. 나의 오래된 스승인 곽언니가 언젠가 말하길 자신에게 종교가 있다면 그것은 '새옹지마'랬다. 새옹지마를 믿는 동안에는 어떤 일 앞에서도 담대해질 용기가 난댔다. 금방 기뻐하고 금방 슬퍼하는 일희일비적 인간인 나는 가끔 그녀의 말을 떠올리며 마음을 진정시키곤 하지만서도, 오늘 같은 날은 맘껏 들떠도 괜찮을 것 같았다. 『뜻밖의 좋은 일』이라는 책에 나온 장면처럼 나는 찬이를 가로등 불빛 아래 세워놓은 뒤 개주위를 한 바퀴 빙그르르 돌아보고 싶었다. 너는 어쩜 그런 사람이냐! 하고 웃으며 감탄하고 축하하고 싶었다. 아마 낯간지러워서 진짜로는 못할 것이었다.

대신 선물을 사갔다. 집앞 향수 가게에 들러 여러 개의 냄새를 맡아본 뒤 고른 것이었다. 나의 탁월한 형제 찬이에게는 Thief 라는 이름의 향수를 선물했다. 솜씨 좋고 능청스러운 개한테 어울리는 냄새였다. 또렷한 눈빛을 지닌 귤이에게는 Giant Strawberry 라는 이름의 향수를 선물했다. 막강하리만치 건강하고 상큼한 개한테 어울리는 냄새였다. 고마워, 고마워. 그런 말들을 주고 받았는데 사실 우리 몸에 짙게 묻은 고기 냄새에 비하면 향수 냄새같은 건 미약할 것이었다.

고깃집에서 나오자 장마의 바람이 세차게 불었다. 그냥 헤어지기 아쉬웠던 우리는 와인을 마시러 하마가 일하는 다방에 갔다. 거기서도 옹기종기 모여 앉아 와인 한 병을 시켰다. 술이 센 사람은 아무도 없어서 조금씩 홀짝홀짝 나눠 마셨다. 일하던 하마가 우리에게 다가와서 정말 축하한다고 말했다. 축하라는 말을 자주 들으며 오늘이 지나가고 있었다.

나는 찬이에게 고마워졌다. 그가 기쁜 일을 만들었기 때문에. 또한 내가 그의 기쁨에 진심으로 기뻐하는 사람이라는 걸 알게 해주었기 때문에.

그것은 자신에게 영혼을 되돌려주는 일이기도 하다고 아까의 그 책은 말했다. 타인의 슬픔을 슬픔으로, 타인의 기쁨을 기쁨으로 느끼는 능력이 자신에게 있음을 알게 된다면 그건 영혼이 자신에게 돌아오는 일이랬다. 축하와 밥과 술을 듬뿍 나눈 오늘 나는 영혼에 대해 생각하며 혼자 밤을 보낸다. 충만함이 공포를 이긴 밤이다.

2018.06.26.火

64.
미완성 치아

나를 좋아한 사람들은 나의 덧니를 단점으로 여기지 않았다. 단점이 아닐 뿐 아니라 이러한 이 모양이 아주 예쁘고 유일무이하다고 거듭 말해주기까지 했다. 그런 다정한 말들에 기대어 별생각 없이 살다가 턱 통증 때문에 치과를 찾은 스물넷의 어느 날 나는 갑자기 교정을 결심하게 된다. 덧니가 있으면 완벽한 양치를 하기 어려운 데다가 부정교합으로 인해 점점 더 심해질 턱의 통증이 걱정되었기 때문이다. 그즈음 나는 교정비 할부금을 감당할 만한 월 수익을 조금씩 벌기 시작했다.

교정 첫날엔 치아 모양을 기록하기 위한 본을 뜬 뒤 턱관절 사진을 정면과 우측과 좌측에서 찍었다. 입안 가득 젤리 같은 걸 넣고 찍는 신기한 촬영 기법이었다. 적나라한 사진 속 나의 치아 구조는 매우 우스꽝스럽게 보였다. 여기에 은색 교정기를 장착한다면 더욱 우스꽝스러울 게 분명했고 나는 교정인으로 지내야 할 1년 반 사이에 왠지 애인을 잃을 것이라 예감했다. 키스할 때마다 차갑고 딱딱한 금속의 느낌이 전달될까 봐 걱정이 되었다. 그밖에 여러 행위에도 제한이 있을 것이었다. 교정기를 아랫니 윗니에 빡빡하게 장착하던 날에는 몹시 울적해서 세상과 잠시 단절하고 싶었다.

이후 거의 모든 사람과의 밥 약속을 피하게 되었다. 김치찌개를 먹고 나면 은색 교정기 사이에 잘게 쪼개진 김치와 돼지고기와 쌀알과 두부 조각이 다닥다닥 껴 있었다. 참치김밥처럼 여러 음식 재료가 혼합된 것을 먹고 나면 더욱 심각했다. 김과 오이와 당근과 연근과 단무지와 참치와 깻잎과 쌀알과 계란 조각이 골고루 분포되어 있었기 때문이다. 누군가와 함께 식사 중일 때는 웬만해선 말을 하지 않았고 꼭 필요한 말은 입을 가린 채로 했다. 입을 가리지 않은 채로 말해도 상관없는 사람은 엄마와 아빠와 남동생 정도였다. 나는 사람들과 주로 커피 약속만 잡았고 그것은 나름대로 좋은 점이 많았다. 아메리카노는 3천 원에서 6천 원 사이였기 때문에 누구를 만나든 치명적인 지출을 피할 수 있었다. 그리고 탄수화물 섭취로 인한 포만감 때문에 쉽게 나른해지지 않을 수 있어서 좋았다. 혼자 밥을 먹는 시간은 휴식처럼 느껴지기도 했다. 읽을 책을 들고 식당에 가서 밥을 먹고 식사를 마치자마자 화장실로 빠르게 걸어가 꼼꼼하게 양치를 하는 일상이 이어졌다. 그리고 3주에 한 번씩 치과에 갔다.

치과는 압구정역 근처에 있었다. 지인의 추천으로 택한 곳이었다. 살면서 압구정역에 내릴 일은 그다지 많지 않았다. 그 치과는 병원 같기도 했지만 조금은 살롱 같기도 했다. 로비에는 각계각층의 다양한 사람들이 대기 중이었고 의사와 간호사들은 능숙한 태도로 그들을 대했다. 성별과 나이와 직업과 사는 곳에 따라 조금씩 다른 말투를 사용한다고 느꼈다. 그중에서 나는 의사와 간호사 모두에게 얼렁뚱땅 반말로만 이야기를 듣는 20대 중반 마포구 거주 여성이었다. 치과에 갈 때마다 그들은 내게 말했다. 슬아 씨 살 빠졌어. 라인이 더 예뻐졌어. 얼굴이 잘 다듬어지고 있어. 그 말들은 기쁘지도 슬프지도 않았다. 다만 내 인상이 조금 달라지고 있음을 거울을 볼 때마다 알았다. 군살이 죄다 사라지고 얼굴의 일부가 날렵해졌다. 정기적으로 치과에 다니며 누군가에게 꼼꼼하게 이와 잇몸을 관리받는 동안 왠지 신분이 조금 상승한 기분이었다.

이 만족감을 나의 동생 찬이도 알았으면 해서 큰맘 먹고 그에게도 교정을 시켜주기로 했다. 우리의 입매와 치아 모양은 놀랍도록 흡사했기 때문이다. 두 개의 덧니가 정확히 같은 자리에 나 있어서 우리가 활짝 웃는 모습을 보면 누구라도 남매임을 알 수 있었다. 찬이는 나의 권유로 얼떨결에 교정 치료를 시작했다. 치아가 차근차근 가지런해지는 동안 그는 나에게 한결 친절해졌다. 나는 돈이란 너무 좋은 것이라고 느꼈고 더 열심히 일을 하고 싶어졌다. 찬이는 자존심과 자긍심이 강한 사람이지만 내가 호의를 베풀고 싶을 때 선뜻 기회를 주는 사람이기도 했다. 그는 내게 말했다.

누나가 늘어난 수입을 과시하려고 나한테 돈을 쓰는 모양인데, 그런 과시라면 난 더 좋아.

3주에 한 번씩 치과에 가는 날이면 찬이는 트럭을 끌고 집 앞으로 나를 데리러 왔다. 나는 두 사람 몫의 교정비 할부를 매달 내며 그의 트럭을 타고 치과에 다녔다. 찬이는 나보다 한 살 어린데 의사와 간호사들이 그에게는 어쩐지 존댓말을 할 때가 더 많았다. 그의 팔뚝과 가슴을 가득 채운 문신 때문일지도 몰랐다. 그의 인상이 호락호락하지 않기 때문일지도 몰랐다. 아니면 그가 남자이기 때문일지도 혹은 나보다 말수가 적어 보이기 때문일지도 몰랐다.

아무튼 교정을 하는 김에 동생과 정기적으로 만나는 즐거운 나날이었다. 부모는 내게 고맙다고 말했다. 자신과 동생을 위해 큰돈을 썼기 때문이다. 2016년이 되자 우리의 교정 치료는 슬슬 완성되고 있었다.

교정기를 뺄 무렵 의사는 나에게 라미네이트 시술을 강력히 권유했다. 내 치아의 크기가 성인치고 너무나 작기 때문에 앞니에다가 도재 기공물을 붙여서 치아를 크게 만들어야 한댔다. 나는 라미네이트가 뭔지도 모르는 데다가 교정된 치아 모양만으로도 충분히 만족스러웠기 때문에 마다했다. 치과에 갈 때마다 의사는 내가 라미네이트를 꼭 해야만 하는 이유들을 늘어놓았다. 한 것과 안 한 것은 확연히 다를 것이랬다. 나는 내 입 모양이 확연히 달라져야만 하는지 의구심이 들었으나 의사는 라미네이트 시술을 해야 교정의 완성이라고 볼 수 있댔다. 치아가 더 안정적으로 자리 잡는 데다가 미관상으로도 훨씬 보기 좋겠다.

그런가? 하고 마음이 조금 기울 때 즈음 의사는 라미네이트 도재 제작자를 내 앞에 데려왔다. 중년의 남자였다. 그를 앞에 세워놓고 의사는 내게 웃어보라고 했다. 치아를 보여주라는 것 같아서 나는 입을 가로로 길게 벌려보았다. 라미네이트 제작자는 피식 웃더니 고개를 절레절레 저으며 말했다.

해야겠네, 해야겠어.

옆에 있던 의사는 내 말이, 하고 덧붙였다.

그런 얘길 면전에서 들으니 갑자기 라미네이트를 하지 않으면 안 될 것만 같았다.

그리하여 개당 몇십 만 원짜리 시술을 총 네 개의 치아에 받았다. 내 치아의 일부를 갈아낸 뒤 비슷한 색의 매끈하고 단단한 재질을 붙이는 방식이었다. 시술을 받으면서 조금 후회가 들었다. 우라지게 아프고 시렸기 때문이다. 치아를 조금이라도 갈아내는 건 그렇게나 끔찍한 느낌이었다. 몇 번에 걸친 시술이 끝났고 그들의 말에 의하면 나는 이제 완성된 치아를 가지게 되었다.

며칠 뒤 카페에서 샐러드를 먹는데 입속에서 뚜둑, 하는 소리가 났다. 입을 벌려보니 샐러드 그릇 위에 이빨이 떨어져 있었다. 불과 며칠 전에 붙여놓은 라미네이트 이빨이었다. 그게 떨어지자 조금 갈아낸 나의 원래 이빨이 남아있었고 미친 듯이 시려왔다. 갈아낸 이란 몹시 취약한 것이어서 입을 벌리기만 해도 오금이 저릴 만큼 시렸다. 한겨울이라 입에 바람이 들어올 때마다 찌릿찌릿한 통증이 얼굴 아래를 뒤흔들었다. 양손으로 입을 가린 채 치과에 찾아갔다. 의사와 간호사는 내 이빨을 보더니 혹시 딱딱한 것을 먹지 않았느냐고 물었다. 나는 그저 풀떼기를 먹고 있었다고 정직하게 대답했다. 그들은 고개를 갸우뚱했다. 그럴 리가 없는데, 하는 표정이었다. 의사는 새로운 라미네이트 도재를 제작하려면 일주일이 걸리므로 일주일 뒤에 다시 오라고 말하며 나에게 마스크를 주었다. 마스크를 손에 쥐고 치과에서 나오자 다시 겨울바람이 입속으로 불어왔다. 이가 너무 시려서 나도 모르게 눈물이 났다.

마스크를 끼고 집에 가는 길에 나는 부모에게 전화를 걸었다. 당시 그들은 나와는 멀리 살고 있었다. 자초지종을 전하자 너무나 놀라고 속상해했다. 내일이라도 당장 치과에 같이 가잤다. 그러나 다음날은 치과의 정기휴무일이었다. 심란함과 고통 속에서 하루를 기다렸다. 그사이 한 개의 치아가 더 떨어져 나갔다. 두 개의 취약한 생니를 드러낸 채 끙끙 앓다가 해가 뜨자마자 집을 나섰다. 웅이와 복희가 나를 데리러 왔다. 압구정에 있는 치과에 가기 위해 부모는 하루 동안 가게 문을 닫고 서울로 와야 했다.

우리 셋이 굳은 표정으로 치과에 입장하자 데스크에 있는 간호사는 빠르게 표정이 굳었다. 평소라면 살롱의 마담처럼 수다를 주도했을 이었다. 웅이가 그녀에게 물었다.

라미네이트 시술한 책임자가 누구죠?

간호사는 그제야 큰일 났다는 표정으로 의사를 부르러 갔다.

잠시 후 같은 표정을 한 의사가 우리 앞에 나타났다. 의사는 우리 셋을 황급히 상담실로 데려갔다. 로비에서 언쟁이 있을 경우 다른 고객들이 이 의료 사고를 눈치채게 되기 때문이다.

상담실에서 웅이는 의사에게 라미네이트 시술이 어째서 이렇게 엉터리일 수 있는지 물었다. 의사는 말을 더듬으며 뭐라고 뭐라고 대답을 했다. 자기도 이해가 잘 되지 않는다는 표정이었다. 이런 경우는 처음이랬다. 어느새 의사는 손을 덜덜 떨고 있었다. 나의 부모가 혹시 깽판을 칠까 봐 혹은 보상금을 크게 요구할까 봐 걱정이 되는 모양이었다. 내 부모는 깽판을 치기엔 마음이 약한 이들이었다. 옆에 있던 복희는 의사에게 더듬더듬 이런 말들을 늘어놓았다.

딸애가 자기가 혼자 열심히 벌어서, 지랑 동생 교정해준다고 치과 다닐 때 저는 그냥 고마웠어요. 제가 보태주지 못해서 미안했고요… 그런데 이렇게 위험한 시술을 받으며 자기 치아를 깎아냈을 줄은 꿈에도 몰랐어요. 그 시술이 이렇게 허술하게 잘 떨어지는 건 줄 알았으면 저는 뜯어말렸을 거예요. 이빨은 절대 다시 안 나는 거잖아요. 영구치로 평생 살아야 되는데, 그렇게 시술을 추천해주셔놓고, 막 갈아놓으시고, 잘 깨지는 가짜 이빨을 붙여놓으셨다니… 저는 너무 놀랐어요.

복희를 쳐다보기 위해 오른쪽으로 고개를 돌리자 그녀 목 부위가 시뻘겋게 달아올라 있었다. 목소리가 크지 않았지만 진정으로 흥분한 것이었다.

한편 왼쪽에 있는 웅이는 이렇게 묻고 있었다.

그래서 어떻게 하실 겁니까?

왼쪽에 있는 부친과 오른쪽에 있는 모친은 너무나 다른 온도를 지닌 사람이었으나 이 상황이 둘에게 스트레스라는 것만은 비슷했다. 둘 가운데서 내가 입의 통증을 참으며 앉아 있었다. 의사의 동공이 흔들렸고 손도 떨렸다.

오랜 이야기 끝에 의사는 우리에게 시술비 전액을 돌려주겠다고 했다. 금전적인 보상이 그 정도로 합의된 게 다행스럽다는 얼굴이었다. 부모는 수술비 환급 이외의 보상을 더 요구하지 않았다. 문제는 그게 아니었기 때문이다. 새로운 라미네이트를 붙이려면 내 원래 치아를 조금 더 갈아야 했다. 그렇게 해서 다시 시술한 라미네이트가 또 언제 떨어질지는 모르는 일이고, 다시 떨어진다면 치아 삭제량은 더 늘어날 것이었다. 라미네이트란 이토록 허술한 시술인데 원래의 치아를 이미 갈아버린 이상 반복하지 않을 수 없었다.

끔찍한 통증 속에서 시술을 두 번 더 했다. 다시는 떨어지지 않기를 바라며 지냈다. 그야말로 우라지게 아프기 때문이었다.

그러나 며칠 전 쌀밥을 먹는 와중에 입안에서 다시 뚜두둑, 소리라 들렸다. 거울을 보니 이빨이 조각나 있었다.

나와 부모는 1년만에 다시 압구정에 갔다. 치과 건물 앞에 도착하자 웅이는 자신이 화를 낼지도 모른다며 건물 밖에서 기다리겠다고 말했다. 복희가 화를 내지 말자고 미리 언질했는데 웅이는 자신이 없었던 것이다. 복희와 나는 의사와 간호사에게 정중하게 인사를 했다. 복희가 의사에게 조심스레 물었다.

저기… 이빨이 또 깨졌는데… 이것을 정말 어쩌면 좋을까요…?

그러자 의사는 대뜸 신경질을 내기 시작했다. 자신이 수천 번의 라미네이트 수술을 해봤는데 이런 경우는 단 한 번도 없었다며 나를 보고 말했다.

이런 일은 너한테만 일어났어. 너만 그래.

옆에 있던 복희가 물었다.

선생님 말씀은, 이 애의 잘못이라는 건가요?

의사가 힘주어 말했다.

제 잘못이라고 볼 수는 없다니까요?

간호사는 의사와 나와 복희를 황급히 상담실로 들여보냈다. 로비의 사람들이 이 소란을 봐서는 안 되기 때문이다. 의사는 앉자마자 자기 잘못이 아님을 큰 소리로 설명하고 있었다. 그리고 자기가 얼마나 에프터 서비스를 열심히 하고 있는지 선심 쓰듯 말했다.

인간적으로, 저희가 정말 인간적으로 보수를 해드리는 거예요.

복희는 기가 막힌다는 얼굴이었다. 나는 핸드폰을 조용히 꺼내 웅이에게 전화를 걸었다.

아빠가 올라와야 할 것 같아.

웅이는 알겠다고 했다.

의사는 계속해서 흥분하며 거의 화를 내고 있었다. 자기의 시술에 문제가 없었다는 내용이었다. '법적으로' 혹은 '전문적으로' 따져봐도 자신은 떳떳하지 않을 부분이 없댔다. 복희는 당황한 채로 어버버 말을 했다.

그렇게 문제가 없다면… 도대체 이빨이 왜 자꾸 깨지는 건가요… 너무 약한 재질을 쓰신 것은 선생님 잘못 아닌가요…?

그러자 의사가 다시 큰소리를 쳤다. 그는 복희 말의 내용을 전혀 듣고 있지 않았다. 그에게 복희의 말은 말이 아니라 거의 소리처럼 들리는 것 같았다. 나는 그를 보고 말했다.

선생님. 저희는 싸우려고 온 게 아니고요, 치료받으러 온 거예요. 이빨이 깨졌으니까요.

의사는 내게 짜증을 냈다.

너 몇 살이야? 혼자서는 말 못 해? 왜 올 때마다 엄마 아빠를 데리고 와?

나는 의사를 가만히 보았다. 그의 손이 너무나도 심하게 떨리고 있었기 때문이다.

그때 알았다. 이 사람은 지금 겁을 먹었구나. 겁이 나서 큰소리를 치고 있구나. 겁에 질린 개가 사람을 무는 것처럼, 상대가 자신을 제압하기 전에 필사적으로 몸부림치고 있구나. 하지만 의사는 환자나 환자의 부모가 겁나서 큰 소리를 내는 사람이어서는 안 되지 않나.

밖에 있던 웅이가 상담실로 들어오자 의사의 언성이 잦아들었다. 어쩐지 고분고분해졌다. 나는 의사에게 말했다.

선생님, 왜 흥분을 하세요. 그저 이빨이 깨진 이유를 물어보고 있었는데요.

의사는 잠시 눈을 내리깔더니, 작년에 내 부모가 찾아온 이후로

트라우마가 생겨서 그런다고 그 점은 미안하다고 말했다.

왼쪽에 서 있던 웅이가 물었다.

그래서 이빨은 이제 어떻게 하실 겁니까?

의사는 오늘 어떤 보완 시술을 할지 우리에게 설명하기 시작했다. 아주 적은 손상으로 보완하겠다고 말했다. 그것 역시 너무도 못미더웠지만 달리 방법도 없었다. 그의 손이 여전히 떨리고 있었다. 그렇게 손을 떠는 사람한테 내 이빨을 맡겨도 되는 건지 의심스러웠다.

그렇게나 한심한 남자에게 나의 아주 중요한 부분을 의지하고 있다는 점이 심란했다.

상담실에서 나와 나는 치료 의자로 누우러 갔다. 이제는 떨리지 않는 손으로 의사가 내 치아를 보수했다. 언제 또 깨질지 모르지만 말이다. 입을 벌리고 누운 채로 영구치에 관해 생각했다. 어째서 인간은 이가 계속 나지 않는 건가. 상어처럼 혹은 말처럼 이가 빠져도 계속 생기고 자란다면 좋을 텐데. 혹시 그것은 우리가 가차 없는 육식동물이 아니어서인가. 이가 생존을 좌우하지 않게 되어서인가. 그래서 혹시 우리는 아주 잔인할 수는 없나. 아닌가. 이가 아니더라도 무언가를 아프게 물고 뜯는 방법은 많지 않나. 치과에서의 분쟁을 오래 기억하고 싶지가 않아서 웅이와 복희에게 딴 얘기를 하며 집에 돌아왔다.

2018.06.27.水

65.
내 집의 매뉴얼

도이에게.

짐을 싸면서 너에게 편지를 쓴다. 마감이 코앞에 닥쳐야만 글을 쓰기 시작하듯 나는 여행이 하루 앞으로 다가와야만 뭘 챙길까나 하고 슬렁슬렁 캐리어를 꺼내지. 5주간 해외에 머물기 위해서는 어떤 것들이 필요할까? 도이야, 너는 잘 알고 있겠지. 청소년기 때 여행학교를 다녔잖니. 머물기도 잘 하지만 떠나기도 잘 하잖아.

짧은 외출이든 긴 여행이든 네가 집을 나설 때 얼마나 완벽하게 짐을 싸는지 나는 알고 있어. 유비무환의 아이콘 같은 너. 꼼꼼하고 착실한 너. 만약 너에게 로맨스가 쉽사리 일어나지 않는다면 그 이유는 네 일상이 아주 꽉 차 있어서 혹은 네 가방 속이 너무 완벽해서일지도 모른다고 나랑 친구들은 놀려댔지. 헐렁하거나 칠칠맞은 사람은 그 빈틈 때문에 간혹 달콤한 우연의 순간들을 맞이하곤 하잖아.

하지만 도이야, 우리는 알고 있지. 스스로를 잘 돌보는 사람이 타인도 잘 돌본다는 거. 너와의 오랜 우정에서 내 마음이 자주 놓였던 것도 그래서겠지. 친구든 애인이든 어떤 사이든간에 자신과 주변을 잘 챙기는 사람끼리 만날 때 나는 커다란 안도를 느껴. 서로의 빈틈과 구멍과 결핍과 아픔을 똑바로 보는 것도 사랑의 일부라는 걸 알지만, 다른 누구도 아닌 너라서 한 달 넘게 집을 빌려주면서도 나는 마음이 놓여. 보내준 월세는 잘 받았어. 월세 날에 내가 집주인께 잘 송금할게.

내일 짐을 챙겨서 들어온댔지. 복희가 너를 위한 갓김치와 열무김치를 냉장고에 조금 넣어줄거야. 맛있고 칼칼하고 시원하니까 식사할 때마다 곁들이면 좋겠다.

옷방에는 네 옷과 짐들을 넣을 수납 공간을 만들어놨어. 행거와 서랍을 넉넉히 비워놨으니 편하게 쓰길 바라. 그중 한 칸에 채운 옷들은 내가 안 입는 것들이니까 가져도 돼. 혹은 목동 글방 애들이 놀러왔을 때 나눠줘도 돼.

탐이가 몇 주간 너랑 지내게 될 텐데, 우선 나의 고양이를 돌봐줘서 너무 고맙다고 미리 말하고 싶어. 너는 반려견 루를 10년 넘게 키웠으니까 동물과 한 집에 산다는 것이 뭔지 나보다 잘 알겠지. 애견인은 애묘인보다 부지런할 수밖에 없다고 생각해. 고양이보다 개가 더 손이 많이 가는 동물이니까.

그럼에도 불구하고 탐이는 손이 많이 가는 고양이야. 왜냐하면 사랑이 아주 많거든. 사랑이 많다는 건 본인이 줄 사랑이 많다는 것이기도 하지만 갈구하는 사랑의 양이 많다는 것이기도 해. 틈날 때마다 와서 애교를 부리고 자신의 볼과 엉덩이를 쓰다듬어달라고 할거야. 그때마다 탐이의 이름을 불러주며 만져주기를 부탁해.

현관문 열 때에는 탐이가 밖으로 뛰쳐나가지 않도록 주의해야 돼. 쏜살같이 빠져나가거든. 하지만 막상 나가면 어디로 갈지 몰라 해. 오랫동안 집에서 살아서 밖이 두렵거든. 그때 네가 뛰거나 소리치지 않는 게 중요해. 뒤에서 누가 시끄럽게 뛰어오면 그는 일단 도망가고 보더라. 그냥 여유로운 마음으로 '이 녀석, 나갔구나.' 하고 의연하게 뒤를 밟아. 마치 그를 뒤따라 산책하듯 말야. 그럼 어딘가에서 등을 비비고 누워 있을 것이고 그때 살짝 안아서 다시 집에 데려오면 돼.

탐이의 사료는 옷방 7단장 6번째 칸에 있어. 하루에 먹어야 할 할당량은 빨간 주걱 기준으로 한 가득이니까 그것을 적절히 두세 번에 걸쳐 나눠주면 돼. 아마 냉장고 앞에서 자주 야옹댈거야. 그건 냉장고 속에 있는 참치 간식을 달라는 소리거든. 울 때마다 계속 주면 비만이 될 테니까 참치는 하루에 두 번까지만 허락해줘. 한 번 줄 때 대략 티스푼 한가득 정도만 주면 돼. 물그릇은 이틀에 한 번씩 정수기물로 갈아줘.

사료 서랍에는 털을 빗기는 브러쉬가 있어. 내킬 때마다 얇은 부분으로 털을 빗어주기를 바라. 계절이 바뀔 때마다 털갈이를 해서 아마 많은 털이 나올 거야. 다행히 그는 털 빗어주는 걸 무척 즐겨. 탐이 똥오줌은 이틀에 한 번씩 치우면 돼. 부엌 밑 서랍에서 투명봉지 꺼낸 뒤 현관 밖 왼쪽 문으로 들어가면 화장실이 있어. 오줌감자와 똥을 캐서 봉투에 넣은 뒤 일반 쓰레기 봉투에 넣어줘.

그러지 않기를 바라지만 혹시 탐이에게 문제가 생긴 것 같으면 편의점 건너편에 있는 박효리군 동물병원에 데려가길 바라. 수의사 선생님 이름이 박효리일 줄 알았다면 틀렸어. 그녀의 개 이름이 박효리야. 아무튼 친절하고 화끈한 선생님이 계신 병원이야.

탐이 얘기는 이쯤하고, 다음 생명들로 넘어가볼게.

매주 일요일은 화분에 물을 주는 날이야. 화분이 거의 열 개인데 화장실에 죄다 데려가서 샤워기로 듬뿍듬뿍 물을 주면 돼. 서재 문 위에 걸린 세 개의 풀은 일주일에 두 번 개수대의 스텐 그릇에 풍덩 담가놔. 한나절 넘게 담가놔도 돼. 걔들은 물이 많이 필요한 식물이야.

고양이도 있고 화분도 많은 집이라 아주 게을러질 수는 없어. 너에게 일거리를 주어서 미안하기도 하지만 네가 좋아하는 일들일 거라고도 생각해.

도이야. 곧 있으면 망원 한강 수영장이 개장할 거야. 야외 수영장이 코앞에 있어서 나는 이 동네를 사랑하지. 평일 낮에 자주 놀러가길 바라.

식수는 냉장고 옆 브리타 정수기로 거른 물을 마시면 돼. 정수기 위에 새 필터를 올려놨으니까 갈아 끼운 뒤 깨끗한 물을 마시면 좋겠다. 몇 가지 향신료와 기본 식재료는 찬장에 넣어놨어. 각종 차 종류도 준비되어 있단다. 또한 내 옷방에 걸린 옷들 뭐든지 편하게 입어도 돼. 침실에는 이불이 넉넉하니까 손님들을 데려와서 재워도 좋아. 내 침대 커버 위에 탐이 털이 묻어있으니 그 위에 너의 이불 커버를 깔고 자기를 추천해.

음쓰봉과 쓰봉은 가스레인지 옆에 있어. 빨래 건조대는 자리를 차지하지 않기 위해 천장에 설치해놨으니 널기 편할 거야. 휴지랑 빨래 세제는 마침 똑 떨어졌으니 필요한 만큼 사서 쓰길 바라. 소파 커버는 너 오기 직전에 세탁해놨어. 필요하면 끼워서 써. 서재에 있는 화장품이나 로션들 중 필요한 게 있으면 당연히 써도 되고 필요하다면 콘돔도 써도 돼. 사이즈별로 준비되어 있어. 내 수영복이나 물안경이나 스노클도 써도 돼. 이 집의 모든 소모품을 맘 편히 쓰기를 바란다.

망원시장에서 고기를 살 경우 입구에서 두 번째 집이 맛있어. 하모니마트보다 망원시장에서 장 보는 게 더 좋을 거야. 원두 살 때는 집 옆에 있는 피피커피가 너무나 맛있으니 참고해. 혼자 술 마실 때는 녹턴이라는 바에 가면 좋아.

알아. 사실 이 모든 말을 생략해도 네가 잘 지낼 거라는 거. 어쩌면 내가 있을 때보다 이 집의 화분들이 더 무성해지고 탐이의 살도 포동포동 오를지 모르지. 너는 나보다 미더울 때가 많으니까 말야.

나는 너 말고 내가 걱정 돼. 도이야. 5주 동안 해외에서 큰 탈 없이 잘 지내다 올 수 있을까?

꼭 그래볼게!

그 집에서 나는 자주 평안했으니까 너에게 맞는 평안 또한 이어지기를 소망할게. 혼자의 좋음을 실감하는 5주가 되면 좋겠어. 너는 망원동에서 나는 유럽에서 그걸 배워보자. 그리고 우리 아프지 말자. 웬만하면 슬프지도 말자. 만약 슬프게 되면 울음을 참지는 말자.

내 집을 잘 부탁해. 사랑을 담아, 이슬아가.

2018.06.29.金

[6월호 연재를 마치며]

안녕하세요, 이슬아입니다. 네 번째 달의 마지막 원고를 발송한 뒤 메일드립니다. 지난달의 마지막 원고는 병원 침대에서 썼는데 이번에는 인천 공항의 벤치에서 쓰고 있습니다. 5분 후에 비행기에 탑승한 뒤 모스크바를 경유해 제네바로 들어갈 예정입니다. 바쁘고 아프고 황홀했던 올해의 상반기를 정신없이 보내다가 휴가를 시작하게 되었습니다. 5주간 유럽의 이곳저곳을 방문할 계획입니다.

마감해야 할 큰 원고들이 몇 가지 있어서 유럽에서도 아마 자주 읽거나 쓰고 있을 것이고 몹시 오랜만에 오랫동안 혼자일 것 같습니다. 스위스와 이탈리아와 독일과 프랑스에서 마주할 일들이 기대되고 걱정됩니다.

몇 번의 아찔한 경험을 통해 저에게 폐소공포증이 있다는 것을 알게 되었습니다. 공중화장실 혹은 창문이 없는 방에서 숨이 잘 안 쉬어지는 증상입니다. 너무 무서워서 식당 화장실의 문을 온 힘으로 부수고 나온 적이 있습니다. 비행기를 탈 때에도 가끔 호흡이 어려워집니다. 아는 사람이 옆에 있을 경우에는, 아니면 혼자 있더라도 핸드폰을 지참했을 경우에는 아무렇지도 않은데요. 혼자서 핸드폰 없이 꽉 막힌 공간에 있게 되면 어마어마한 공포감에 압도당합니다.

비행기에서는 옆 좌석 사람과 이야기를 나눌 경우에만 다시 숨이 쉬어집니다.

그러니까 이 공포증의 본질은 나와 세상 사이의 연결고리가 없다는 느낌과 관련이 있는 것 같습니다. 내가 여기에 있는 걸 아무도 모른다고 자각할 때 숨이 탁 막히는 것을 보니 말입니다. 핸드폰이 있거나 창이 뚫려 있거나 얘기할 사람이 있으면 즉시 괜찮아진다니 이상하게 느껴집니다.

누군가가 연결되어 있다는 느낌은 어째서 그토록 중요한 걸까요? 그게 차단되었을 때 어째서 호흡이 어려워지는 걸까요?

정신이라는 건 도대체 무엇인지 알다가도 모르겠습니다. 내 상상력으로부터 내 몸을 지키기 위해, 내 몸으로부터 내 상상력을 지키기 위해, 매일같이 일기를 썼던 작가가 생각납니다. 제 글쓰기가 스스로에게 그런 도움이 된다면 좋겠습니다. 나아가 또 다른 것들도 지킬 수 있다면 좋겠습니다. 더 튼튼하고 강한 사람이 되고 싶습니다. 지난 넉 달간 멀쩡히 호흡하며 힘차게 하루하루를 보낼 수 있었던 것 이유 중 하나는 제 글을 기다려주는 분들이 있어서일지도 모르겠습니다. 마음 깊이 고맙습니다.

다가올 7월 그리고 8월 초까지 해외에 있기 때문에 '일간' 연재는 무리일 것 같습니다. 대신 구독료를 낮추고 '주간' 연재를 시작할 계획입니다. 다음 주 중에 7월 연재 관련 공지를 메일로 드리겠습니다.

제네바에 도착하면 6월에 연재했던 글들을 한글 파일과 메일 텍스트로 한꺼번에 모아 발송하겠습니다. 여름이 시작되었네요. 고맙습니다.

2018.06.29

이슬아 드림

2018년 7월

66.
산책의 어려움

1.

가방에 제일 먼저 넣은 것은 책이었다. 총 일곱 권의 책을 챙겼다. 여행이 짧지 않기도 하고 늘 여러 권을 동시에 산만하게 읽어나가기도 해서 넉넉하게 챙겨야 했다. 5주간 무겁게 지고 다녀도 결코 원망스럽지 않을 만한 것들로만 엄선하느라 고심했다. 이 여행에서 나는 자주 혼자일 테고 그때마다 책에 정서를 기댈 테니까. 믿을 만한 목소리들을 데려가고 싶었다. 절대 포기할 수 없는 열 권 중에서 세 권이나 빼느라 힘들었다. 옷과 기타 등등은 금방 휘리릭 챙겼다. 브래지어와 화장품은 챙기지 않았다. 한국에서도 안 쓰니까. 캐리어를 닫고 보니 생각보다 짐이 간소했다. 지난 봄 오사카로 5일 여행 갈 때 챙겼던 짐의 크기와 같았다. 5일 여행하는 짐과 5주 여행하는 짐이 어째서 비슷한 양인 건가. 생활이란 건 5일 단위로 반복되는 일일지도 몰랐다.

일간 연재를 네 달째 이어가는 동안 그런 걱정이 들었다. 일상의 모든 것을 이야기로 만들려고 하는 성급한 사람이 되어온 게 아닐까. 매일 글을 쓰는 것과 쓴 글을 매일 누군가에게 보여주는 것은 아예 다른 일이었다. 당분간 뜸하게 보여줄 수 있다니 다행스러웠다. 무슨 말을 하고 싶은지도 모르면서 뭐라도 쓰는 건 정말 위험하지 않나. 이야기가 내 안에서 고이고 쌓이고 응축되기를 바랐다. 탑승수속을 마치고 씩씩하게 비행기에 입장했다.

입장하자마자 너무 놀라버렸다. 숨이 안 쉬어졌기 때문이다. 나는 가슴을 부여잡고 뒷사람에게 양해를 구한 뒤 다시 출입구 밖으로 나왔다. 기내에는 공기가 없는 게 분명했다. 아무래도 안 될 것 같았다. 비행하다가 죽을 수도 있다는 느낌이 강하게 들었다. 다른 승객들은 아무렇지 않게 입장하고 있었다.

저 사람들은 죽는 게 무섭지도 않나!

여행이고 글이고 응축이고 뭐고 간에 도저히 무서워서 못 탈 것 같았다. 밀폐된 공간에서 질식사하는 내 모습이 끊임없이 상상되었다. 동시에 이 항공권에 들인 돈도 생각해야 했다. 공포 때문에 그 돈을 날릴 수는 없었다. 겨우 벽을 짚고 다시 기내로 들어가 승무원을 찾았다. 에미레이트 항공기라서 그런지 승무원들은 죄다 아랍의 전통의상을 입고 있었다. 지푸라기를 잡는 심정으로 그들 중 한 여자의 손을 잡았다. 이륙까지는 아직 10분 정도가 남아있었다.

저기, 죄송한데…

어디 아프세요?

약간 폐소공포증이 있어서요. 평소에 비행기 탈 때는 괜찮았는데 오늘 이상하게 심해서, 혹시 관련된 약 있으세요?

아뇨, 약은 없는데 어쩌죠?

그럼 혹시 독한 술을 빨리 주실 수 있으세요?

네. 빨리 드릴게요. 뭘로 드릴까요?

꼬냑으로 주세요!

네. 드릴게요.

얼음 없이요. 정말 고맙습니다.

나는 울먹거리며 그녀의 손을 꽉 잡았다.

바쁘실 텐데 너무 죄송해요. 이렇게 하면 숨이 쉬어져요.

그녀는 웃으며 말했다.

잘생긴 남자 옆으로 자리를 옮겨드릴까요?

잘생긴 남자요? 그냥 불친절하지만 않아도 괜찮을 것 같은데, 라고 말하는 사이 그녀는 이미 잘생긴 남자를 찾으러 복도로 나갔다. 몇십 초 뒤 돌아와서는 이렇게 말했다.

안 되겠네요. 남은 좌석이 하나밖에 없어서. 근데 자리가 영 아니네요.

왜요?

양옆 사람이… 영…

나는 고개를 살짝 내밀어 그녀가 가리키는 내 자리를 보았다. 양옆으로는 아랍인으로 보이는 중년 남자 둘이 앉아 있었다. 피부색과 성별과 연령대 말고는 짐작할 수 있는 게 없었다.

저분들이 왜요? 라고 내가 묻자

없던 공포증도 생기겠어요. 라고 그녀가 말했다. 이해되지 않았다. 잘생기지 않았다는 것을 말하고 싶었던 것일까. 그들한테 이래도 되는 건가. 어쨌든 이륙 직전이라 그 자리로 갔다. 복도 쪽 남자에게 양해를 구하고 가운데 자리에 앉았다. 왼쪽 남자는 영어로 된 학술 논문을 읽고 있었고 오른쪽 남자는 이륙 직전에 인사해야 할 사람들에게 애틋한 전화를 하고 있었다. 아마도 아랍어였다. 승무원이 꼬냑을 가져왔고 나는 다급히 원샷을 했다. 양쪽 남자들이 놀라며 돌아보았다. 비행기는 어느새 공중에 떴고 귓속이 먹먹해졌다. 야간비행이 시작되었다. 호흡 곤란이 다시 찾아오기 전에 그러니까 폐쇄된 공간에 관한 공포에 다시 사로잡히기 전에 어서 잠들고 싶어서 꼬냑을 한 잔 더 시킨 뒤 책을 읽기 시작했다. 챙겨온 여러 권의 책 중 공포와 불안이 함유된 문장이 없는 것으로 골라 읽었다. 숨에서 꼬냑

냄새가 났다.

취하기 시작해서인지 기내가 어두워서인지 문장이 잘 보이지 않아 전등 버튼을 눌렀다. 그러자 내 조명이 켜지는 대신 난데없이 오른쪽 남자의 조명이 켜졌다. 나는 깜짝 놀라 사과하며 다시 껐다. 그는 괜찮다고 하며 자기 자리 앞에 있는 조명 버튼을 눌러주었다. 그러자 내 위의 조명이 켜졌다. 전기 배선이 뭔가 반대로 엇갈린 모양이었다. 우리는 피식 웃었다. 보고 있던 왼쪽 남자도 피식 웃었다. 가끔씩 이런 우스운 일이 일어나곤 한다고, 그는 영어로 말을 걸었다. 비행 내내 서로에게 빛이 필요할 때마다 대신 켜주어야 했다.

우리는 다시 조용해졌다. 네 시간 반가량을 그들 사이에 앉아서 갔다. 과묵하지만 필요할 때마다 몹시 친절한 이들이었다. 아주 짧은 대화를 했다는 것만으로도 호흡 곤란이 진정되었다. 여행에서 나를 해칠지도 모르는 타인을 만날까 봐 걱정이었으나 나를 해치는 건 우선 내 정신이기도 했다. 해외에 갈 때마다 내 심약함 때문에 사는 게 버겁게 느껴졌다. 꼬냑 두 잔의 힘을 빌려 잠드는 데 성공했다.

비행기는 두바이에 내렸다. 네 시간의 경유였다. 공항 샤워실에서 따신 물로 몸을 씻었다. 딥디크 매장에서 향수를 구경하다가 흡연실로 찾아갔다. 살면서 본 것 중 가장 멋진 스모킹 룸이 두바이 공항에 있었다. 여러 개의 안락의자와 개인 재떨이와 근사한 테이블과 빵빵한 환풍 시스템과 널찍한 전경이 갖춰진 장소였다. 그곳에 입장해서 담배를 피우자 옆 소파에 앉아 있던 남자가 나에게 불을 빌리러 왔다. 불이 있는데도 불을 빌리러 오는 자였다. 그에게 라이터를 켜주었다. 불에 있어서 야박한 흡연자는 흔치 않았다. 험상궂은 얼굴로 담배를 피우던 사람도 불 빌려달라는 요청에는 선뜻 내주기 마련이었다. 이 정도의 친절을 주고받는 순간이 여행에서 잦을지 궁금했다.

해가 뜨는 걸 보며 다시 비행기에 탔다. 이번에는 숨이 잘 쉬어졌다. 여덟 시간을 날아가자 창밖으로 험난한 산맥과 커다란 호수가 내려다보였다. 스위스에 다다른 것이었다. 모르는 이 나라를 차분히 걸어 다닐 수 있다면 좋겠다고 생각했다.

2.

커다란 캐리어를 끌고 제네바 공항의 출입구로 나갔더니 키 큰 여자애가 내 이름을 불렀다.

스라.

그녀는 동네 마트 가는 차림으로 공항에 나와 있었다. 우리는 서로의 이름을 정확히 발음해본 적이 한 번도 없었다. 그녀의 풀네임은 Aziadé Cirlini 어쩌구였지만 내 발음의 최선은 아지였고 그녀 발음의 최선은 스라였으므로 서로의 호명은 그렇게 굳어졌다.

아지는 이번엔 팔이 부러져 있었다.

1년 전에는 다리가 부러져 있었는데.

깁스한 팔을 만지며 왓퍼킹해픈, 하고 묻자 아지는 설명하자면 길다고 일축하며 갈색 눈알을 빙그르 굴렸다. 얇고 희고 큼지막한 손으로 내 등을 만지며 전철로 데려갔다. 아지 집과 멀지 않은 호텔에 내 짐을 풀고는 산책하러 나갔다. 완연한 여름인데 습하지 않았다. 1995년에 태어난 제네바 토박이로부터 거리의 곳곳을 빠르게 소개받았다. 1992년에 태어난 서울 토박이인 내가 그녀에게 했던 것처럼. 무언가를 강조할 때마다 아지의 눈썹은 활발히 움직였다. 프리다 칼로의 것과 비슷한 갈매기 눈썹이었다.

간판이 사방에 남발되어 있는 서울과 달리 제네바의 건물들은 여백을 넉넉히 남긴 채 서 있었다. 건축에서 쨍한 색을 함부로 쓰지 않는 도시였다. 아지의 키는 나보다 20센티미터나 크고 다리도 몹시 길어서 보폭을 따라잡으려면 평소보다 빨리 걸어야만 했다. 넌 너무 길어, 넌 너무 빨라, 걸을 때 나 좀 봐줘, 하면 걔는 웃으며 속도를 늦춰주었다. 우리는 공원 옆 노천카페에 잠시 앉았다. 지난 1년의 근황을 번갈아가며 나누었다. 못 본 사이 아지는 막 전시를 마치고 대학을 졸업한 뒤 제네바에 생긴 일본 라멘집에서 파트타임으로 일했다. 아시아 음식에 흥미와 애정을 가진 사람이었다. 2년 전 서울에서 같이 살 때 나도 안 하는 오이소박이를 혼자 담그고 깻잎을 간장에 절였다.

아지는 내게 여전히 드래곤과 사귀냐고 물었다. 나는 드래곤과 헤어졌으며 새로운 애를 사랑하게 되었다고 말했다.

그럼 이제 덜 자주 슬프겠네.

나는 그렇다고 대답했다.

자전거를 타고 지나가던 사람이 우리 옆에 멈췄다. 아지네 엄마였다. 서울에서 그녀와 밥을 먹은 적이 있었다. 아지의 엄마는 내 볼에 세 번 뽀뽀를 했다. 도서관에 다녀오는 길이랬다. 내일부터 혼자 3주간 그리스 여행을 가는데 그 여행에 들고 갈 책을 빌렸댔다. 느린 영어로 나에게 근황을 늘어놓고 그녀는 딸과 이야기를 시작했다. 속도가 빠른 불어 대화였다.

아지 엄마가 탄 자전거가 다시 멀어졌다. 그 뒷모습을 보며 복희를 생각했다. 복희가 혼자 여행을 간 적이 있던가. 내가 알기로는 없었다.

우리는 자리에서 일어나 호수를 향해 걸었다. 크고 깊고 맑고 파란 호수가 도시 한가운데에 있었다. 그리고 사람들. 수영복만을 입은 사람들이 거기에 잔뜩 있었다. 집에서 간단한 간식과 술을 싸서 나온 동네 주민들처럼 보였다. 아이부터 노인까지 연령대가 다양했다. 어린애들이 튜브에 탄 채 소리를 지르며 둥둥 떠 있고 어른들은 물가에서 담배를 피우며 수다를 떨었다. 남자들은 수영 팬티를 여자들은 위아래 비키니 수영복을 입은 채였다. 와중에 나의 동공이 조금 커졌다. 가슴을 전부 드러내고 수영 팬티만을 입은 여자들도 꽤 많았기 때문이다. 놀랐고 신이 났다. 수영 팬티만 입고 수영하는 것은 나의 오랜 희망 사항이었다.

우리는 간이 탈의실에 들어가서 수영복으로 갈아입었다. 아지의 가젤같은 몸을 오랜만에 보니 정말 아지구나 싶어 반가운 마음에 한 번 껴안아 보았다. 근처 스피커에서 불어로 된 안내 방송이 흘러나왔다. 무슨 말이냐고 아지에게 물었다.

사자 그림 그려진 옷 입은 여섯 살짜리 남자애가 관리 사무소에서 기다리고 있대. 부모를 찾는대.

꼭 놀이동산의 그것과 비슷했다. 잠시 후 또 다른 안내 방송이 하나 더 흘러나왔고 남자들이 일제히 웅성댔다.

이번에는 뭐래?

방금 포르투갈이 한 골을 넣었대.

이 동네의 호수는 스피커로 많은 것을 중계하는 모양이었다. 한때는 어느 호텔이 이 호숫가 땅 전체를 사려고 했으나 제네바 시민들이 거리로 몰려나와 항위 시위를 했다고 한다. 호숫가를 사유지로 만들지 말라고, 언제까지나 공동의 장소로 내버려두라고. 그 결과 지금까지도 지역 자치 단체가 관리하는 장소로 남아 있다.

비키니 수영복을 입고 걷자 사방에서 날아오는 시선이 온몸에 느껴졌다. 시선의 대상이 되는 것은 서울의 한강 수영장에서도 마찬가지였지만 그 시선들과는 조금 결이 달랐다. 뭐가 다른지 아직 잘 설명할 수 없었다. 주위를 둘러보니 그날 호수에 동양 여자는 나뿐이었다.

호수의 물은 초록빛으로 보였다. 수면 아래의 돌과 수초의 색에 빛이 닿기 때문인 것 같았다. 맑고 깊고 차가운 거기에 들어가 헤엄을 쳤다. 발이 닿지 않는 깊은 곳까지 들어갔다가 나왔다. 머리칼에서 물이 뚝뚝 떨어지다가도 물가에 10분만 앉아 있으면 금세 말랐다. 이 도시는 근사한 계절 속에 있었다. 피부에 묻은 물기가 날아가는 걸 느끼며 아지랑 담배를 피우는데 모르는 사람들이 다가와 아지 볼에 뽀뽀를 했다. 그녀의 이웃들이었다. 셀린, 소피, 노아, 마크 같은 이름을 가진 이들에게 나도 덩달아 뽀뽀 세례를 받았다. 수영복을 입은 그들 볼에도 호수의 물이 묻어 있었다.

아지는 그들에게 말했다.

스라는 2년 전 나의 서울 하우스 메이트였어. 우리는 셰어하우스에서 같이 살았어. 그 집엔 다른 남자 두 명도 함께였어. 고양이 한 마리와 개 한 마리도 있었어. 눈이 먼 개였어. 그 집에서 1년 동안 함께 살았어.

나도 설명을 덧붙였다.

아지가 입주한 뒤로 그 집은 완전히 달라졌어. 아지는 공간을 깨끗하고 생기 있게 만드는 사람이었어. 많은 화분과 그릇과 도자기를 집에 남기고 떠났어.

이웃들은 고개를 끄덕이며 듣고 내가 하는 일에 관해 조금 더 물어보았다. 그 자리에서 중심이 되는 건 조금 버겁게 느껴져서 조금만 성실하게 대답한 뒤 자리에서 일어났다. 그들과 아지가 불어로 빠르게 이야기하는 소리를 뒤로하고 혼자 한낮의 호수를 산책했다.

산책 중에는 호수 위에서 줄 타는 남자를 보았다. 남자는 탄성이 있으면서도 단단한 줄을 양 기둥에 묶어놓고 그 위를 걷고 있었다. 줄은 수면보다 1미터쯤 높았다. 떨어져봤자 물에 풍덩 빠질 뿐이었다. 그는 양팔을 왼쪽으로 오른쪽으로 휙휙 넘겨가며 중심을 잡고 줄 위를 걸었다. 막상 줄에 닿는 부분은 발바닥의 아주 일부일 뿐이지만 그 외의 모든 신체 부위를 힘껏 활용해야만 외줄타기가 유지될 수 있었다.

여러 마리의 비둘기와 여러 마리의 오리도 보았다. 여러 그루의 나무와 여러 명의 몸과 그들이 깔고 누운 돗자리와 수건도 보았다. 서로 다른 체형과 수영복의 무늬도 보았다. 호수 너머로는 고풍스러운 아파트와 빌딩이, 호수 중간에는 하늘로 백 미터쯤 솟아오르는 분수가 있었다. 그런 것들을 둘러보며 천천히 걸었다.

정신을 차려보니 근처 남자들은 죄다 나를 보고 있었다. 그것은 매혹당한 사람의 시선이 아니었다. 어쩔 수 없이 시선을 빼앗긴 게 아니라 그들은 양껏 쳐다보고 품평하고 자기 나라의 언어로 중얼거리고 키득대는 중이었다. 실컷 얕보는 사람의 시선이었다. 그들의 입에서 나오는 휘파람과 알아들을 수 없는 말의 높낮이로도 알 수 있었다. 그 순간 내 체구가 몹시 작게 느껴졌다. 수영복을 입고 있다는 사실이 부끄러워졌다. 모두가 수영복을 입은 장소였는데도 그랬다. 원래 걷던 속도대로 그들을 지나쳤다. 내 뒷통수와 등짝과 엉덩이와 다리에도 시선과 웃음소리가 따라붙었으나 걸음을 재촉하거나 늦추고 싶지 않았다.

다시 자리로 돌아왔을 때 아지 주위엔 더 많은 친구들과 이웃들이 모여 있었다. 그들도 내게 인사를 했다. 자연스러운 뽀뽀 세례를 다시 몇 번이나 받았다. 그들 중 누군가는 나의 주근깨가 아름답다고 말했다. 혼자 했던 짧은 산책에서의 불쾌한 시선과 아지 친구들의 친절한 환대는 같은 장소에서 일어나고 있었다. 아지는 이날만 해도 17명의 이웃을 만났다. 나랑 남아서 저녁을 먹던 중에 그녀는 푸념했다.

Everyone knows everyone.

나는 굴을 입에 넣으며 말했다.

It's a hard place to make secrets.

아지는 고개를 끄덕이며 내가 먹을 굴에 레몬즙을 더 뿌려주었다. 내 몫의 굴을 다 먹은 뒤 호숫가의 스위스 사람들을 멍하니 바라보았다. 주로 백인들이었고 간혹 흑인들이 있었다. 나와 비슷한 피부색은 흔치 않았다. 어느새 저녁 여덟 시였는데 아직 해가 쨍쨍했다. 이곳의 여름은 열 시는 되어야 어두워진댔다. 아직 날이 밝았지만 나는 영어로만 이루어진 대화를 몇 시간째 하다가 피로해지고 말았다. 아지랑 헤어지고 호텔에 들어와 샤워를 했다. 침대에 푹 파묻혀 잤다.

3.

일찍 잠들었기 때문에 일찍 눈이 떠졌다. 한국의 새벽에서도 들어본 듯한 새소리가 제네바 호텔 근처에서도 들려왔다. 정확한 멜로디로 반복해서 우는 새였다. 오랜 비행 때문에 여전히 찌뿌둥한 몸을 풀고 싶어서 티셔츠에 반바지에 샌들을 신고 산책을 하러 나갔다. 호텔은 제네바 기차역 바로 앞이었고 시내의 중심부였다. 출근하는 이들이 드문드문 지나갔다. 아직 문을 열지 않은 가게들이 많았다. 동네의 모습을 살피며 총총 걸었다.

브런치 파는 카페들을 지날 무렵이었다. 골목 한구석에 기대어 선 남자가 있었다. 청바지에 티셔츠를 입은 고동색 피부의 남자였다. 한적한 아침 거리의 사람들을 무심히 지나쳤듯 나는 그를 스쳐 지나갔다. 스칠 때 서로 몸이 닿지 않았다. 별생각 없이 계속 걷는데 등 뒤에서 커다란 목소리가 들려왔다. 그 목소리의 위압감에 화들짝 놀라 뒤를 돌아보았다.

남자는 나를 부른 것 같았다. 불어라서 무슨 말인지 알아들을 수 없었다. 내 온몸을 위아래로 뚫어지게 쳐다보며 아마도 욕설일 것만 같은 말을 내뱉었다. 어제 호수에서 나를 대놓고 웃으며 바라봤던 남자들과는 달랐다. 대놓고 쳐다보는 것은 비슷했지만 이 남자는 거기에서 그치지 않고 내 옆으로 바짝 다가오고 있었다. 나는 겁에 질려서 앞을 보고 빠르게 걸었다. 남자는 어느새 자신의 상체를 내 몸통 옆에 가까이 가져다댔다. 뭔가 천박하게 들리는 말들을 계속해서 중얼거리는 중이기도 했다. 나는 그의 얼굴을 쳐다보지 않고 호텔 입구를 향해 최대한 빠르게 걸었다.

그런 느낌이 들었다. 이 사람은 어쩌면 나를 때릴 것 같다는. 왜일까? 어째서 꼭 한 대 칠 것처럼, 혹은 몸을 세차게 붙들 것처럼 내 옆에 바짝 붙어 따라오는 것일까. 때린다면 그 이유는 무엇일까. 사실 그런 것을 궁금해 할 새는 없었다. 나는 난데없이 그에게 맞을까봐 그저 너무 겁이 났다.

건너편에는 식당 문을 여는 남자가 보였다. 나는 그에게 도움을 요청하는 눈빛을 보냈다. 하지만 그 역시도 날 뚫어지게 바라보던 중이었다. 내 뒤를 따라오는 흑인 남자보다 체구가 작은 흑인 남자였다. 이내 그는 내 시선을 피하고 식당 주방으로 들어갔다. 뒤에 남자는 어느새 내게 마음껏 소리를 지르는 중이었다. 온갖 인상을 쓰며 말들을 퍼붓고 내 몸에 삿대질을 하며 세차게 뒤따라 붙었다. 나는 울음을 꾹꾹 참으면서 계속 걸었다. 드디어 여러 인파가 있는 길에 다다랐다. 나는 가장 첫 번째로 발견한 금발의 중년 여자 옆에 나란히 서보았다. 옆에서 걸으며 아주 살짝 그녀의 팔을 잡았다.

help me.

그녀가 놀라며 나를 보았고, 곧바로 뒤돌아보았다. 아까의 남자가 여전히 소리치며 따라오고 있었다. 하지만 내가 누군가와 함께 걷기 시작하자 그는 속도를 늦추었다. 어느 순간 자리에 서서 소리를 지르기만 했다. 나와 아줌마는 빠르게 그에게서 멀어져갔다. 그는 내게 시선을 둔 채로 뒤돌아 걸었다. 코너를 돌 때까지 집요하게 나를 쳐다봤다.

호텔 방에 돌아와서도 손이 떨렸다. 담배를 피우며 공포로부터 거리를 두고 나니 다음으로 찾아오는 감정은 모멸감이었다. 길거리

한복판에서 누군가가 나를 이렇게 업신여기고 위협했다는 게 아직 잘 믿기지 않았다. 고풍스러운 건물들 사이에 깔린 아름다운 길이었다.

점심에는 공원에서 아지를 만났다. 아지가 듣는 야외 요가 수업을 함께하기로 했기 때문이다. 요가 선생님이 있다는 언덕을 향해 걸으며 내가 말을 꺼냈다. 아지, 나 아침에 조금 무서운 일이 있었어, 하고 자초지종을 대략 설명했다. 아지가 놀라며 물었다.

너 혹시 이상한 곳을 걸어 다녔니?

아니. 기차역 바로 앞에 스타벅스가 있는 골목이었어. 에이치엔앰 바로 뒤였어. 너랑도 걸었던 길이었어. 사람들이 브런치 먹고 커피를 마시는 길 말이야.

그녀는 이상하다는 듯 고개를 갸우뚱했다.

근처에 마약 중독 치료 시설이 있기 때문일지도 몰라. 너를 따라온 남자는 아마 환자일 거야.

그럴 수도 있다고 생각하는 와중에 요가 수업이 시작되었다. 제네바에 사는 백인 여자들이 참여하는 수업이었다. 금발의 선생님이 하는 대로 동작을 따라 했다. 몸 여기저기가 시원해졌다. 아침 산책에서 뻣뻣하게 굳은 어깨랑 목이 풀렸다. 몸을 풀면서 마음의 긴장감도 조금 풀렸다. 아지는 한쪽 팔에 깁스를 하고도 최대한 많은 동작을 따라하는 중이었다. 그 모습이 우스워서 자꾸 웃음이 삐져나왔다. 그녀는 뻣뻣하지만 체력이 강한 가젤 같았다. 우리는 한 시간쯤 그 공원에서 요가를 했다. 끝난 다음엔 손을 모으고 선생님에게 인사를 했다.

수업을 마치고 아지랑 산책을 좀 더 했다. 아지 엄마의 집도 구경했다. 2년 전 서울에서 같이 월세를 나눠 내고 살 때는 몰랐는데 실은 아지가 빼도 박도 못 하게 중산층이라는 걸 알게 됐다. 아지 본가에 있는 고급스러운 가구들을 한참 구경했다. 그러고 다시 나와 동네를 걸었다. 제네바는 얄미우리만치 깔끔하게 구획되고 정리된 동네였다. 그녀와 같이 걷는 동안에는 별일이 없었다. 오늘 아침 겪은 일은 예외적인 일일지도 몰랐다. 길에서 무서운 사람을 한 명 만났다고 생각했다.

4.

다음 날 아침, 나는 쫄바지에 티셔츠에 운동화를 신고 조깅을 하러 나갔다. 어디에서 지내든 일주일에 세 번은 아침 달리기를 하기 때문이다. 제네바는 조깅하기 좋은 도시였다, 호수 근처를 달리는 사람을 위한 도로가 한강처럼 잘 깔려 있었다. 내키는 대로 경로를 정해 뛰어다녔다. 어제 갔던 길만 피하기로 했다. 길을 잃지 않을 자신이 있었다. 호수와 호수 사이를 이은 커다란 다리도 빠르게 뛰며 건넜다. 다리 중간에 다다르자 지반이 마구마구 흔들려서 현기증이 났다. 원래 다리는 조금씩 흔들려야 안전하다고 아지가 말한 게 기억났다.

30분쯤을 가볍게 뛰고 호텔로 돌아오며 마트를 지날 때였다. 마트 앞에서 차를 마시던 한 무리의 남자들이 내게 인사를 퍼부었다.

니 하오, 니 하오!

그러고는 자기들끼리 실컷 킬킬댔다. 나는 말 없이 지나쳤다. 지나치고 나서도 조롱의 소리가 한참 들려오다가 서서히 페이드 아웃됐다. 케밥 집 앞을 지날 때에는 니 하오 대신 휘파람 소리가 들려왔다. 휘파람을 불지 않는 남자는 내 얼굴에 구멍을 뚫을 것처럼 뚫어지게 나를 바라보았다. 스치는 순간에는 입김을 작게 후 불기도 했다. 혹은 경박한 말들을 대놓고 읊조렸다. 소리 내지는 않더라도, 적어도 모두 쳐다보기는 했다. 그 시선마다 각각 다른 농도의 멸시가 섞여 있음을 나는 알게 되었다. 내 몸에 닿기만 해도 위협처럼 느껴지는 시선도 있었다. 외진 장소가 아니었고 모두 시내 한복판의 길에서 일어난 일들이었다. 이곳은 중립국이었던 스위스에서 세 번째로 큰 도시 제네바였다. 종교개혁의 근원지였고 UN 본부가 자리 잡은 곳이었다. 그러나 여성 참정권이 1971년에야 인정된 나라이기도 했다.

쉬고 싶어서 호텔 건물 안으로 들어왔다. 로비에 커다란 소파가 있었고 거기 잠시 멍하니 앉았다. 양복을 빼입은 남자가 다가왔다. 대머리였고 체격이 건장한 중년이었다. 그는 맞은편 소파에 앉아 몇 번 흘끔대다가 말을 걸었다. 그리스인이며 대기업 DaeWoo에서 일하는 사람이라고 자신을 소개했다. 한국을 포함하여 아주 여러 나라를 돌아다니며 일한댔다. 그가 자꾸 다이우에서 일한다고 말해서 못 알아듣다가 한참 만에 그게 대우를 뜻하는 것임을 깨닫게 됐다. 그는 웃으며 설명하듯 말했다.

영어 발음으로는 다이우가 맞아.

자신도 이 호텔에 머문다고 말하며 저녁을 같이 먹지 않겠느냐고 물었다. 나는 선약이 있다고 말했다. 그는 며칠 더 머무느냐고 물었다. 나는 어깨를 으쓱했다. 그는 갑자기 악수하듯 손을 내밀었다. 그 손을 그대로 두면 민망할 것 같아서 아주 살짝 내 손을 가져다 댔다. 그 순간 평생 악수를 거절해본 적이 없다는 걸 알았다. 스스로가 바보처럼 느껴졌다. 도대체 왜 갑자기 악수를 하는 거지?

그가 말했다.

또 보자.

남자는 어깨에 힘을 준 채 내게서 멀어져갔다. 뒷모습에서 스스로에 대한 자긍심이 느껴졌다. 그러나 이건 내게 전혀 로맨스에 해당되는 일이 아니었다. 번거로운 일에 가까웠다. 다음 날 만난 아지에게 물었다.

너 한국에서 지낼 때 비슷한 일이 있었니? 지나가던 남자가 따라온다든지, 소리친다든지, 비웃는다든지, 욕한다든지. 길 걷다가 그런 일 있었으면 말해줘.

아니. 한 번도 없어.

나는 그게 아지가 백인 여자인 것과 상관이 있을지 궁금했다. 이곳을 돌아다니는 내내 내가 황인종의 작은 여자라는 것이 새삼 실감났기 때문이다. 한국의 성추행과 성폭행 양상의 특징이 은밀성과 집단 내 위계성이라면 이곳에서 내가 마주하는 것들은 그보다 더 노골적이고 공개적이었다.

아지는 내 어깨를 쓰다듬으며 너무 겁먹은 채로 여행할 필요는 없다고 했다. 마음을 용감하게 잘 다스리라는 식으로 이야기했다. 그리고 마약 중독자들의 거리를 피하랬다. 하지만 치료 시설과 멀리 떨어진 길에서도 어김없이 반복됐고 나를 향한 크고 작은 위협은 그들의 마약 여부와 상관없어 보였다. 아지는 저녁에 자신의 새로운 셰어하우스로 놀러 와줄 수 있는지 물었다. 친구들과 음식을 만들어서 대접하고 싶댔다. 나는 알겠다고 했다.

5.

저녁 약속 한 시간 전, 시내 한복판에 있는 중국 음식점에 들어갔다. 마음이 힘들 때면 따뜻한 국물을 먹어야 회복되기 때문이었다. 아지가 음식하는 속도가 매우 느리다는 걸 알기 때문이기도 했다. 지금 양껏 먹고 들어가는 게 맞았다. 국물과 소고기로 배를 채운 뒤 창밖을 바라보다가 아지네 집을 찾아갔다. 저녁 초대 시간은 일곱 시였고 나는 일곱 시 삼 분에 도착했다. 아지가 여섯 명의 친구와 함께 지내는 커다란 집이었다. 아지는 그제야 막 요리를 시작하고 있었다. 뭔가를 먹고 오길 잘했다는 생각이 들었다.

두 명의 친구 여자가 부엌일을 돕고 있었다. 그들에게 선물을 건네고 나를 소개했다. 그들의 소개도 들었다. 영어 대화를 주고받던 중 어마어마한 졸음이 나를 덮쳐왔다. 저항할 수 없을 정도였다. 나는 말을 하다 말고 갑자기 소파로 가서 누웠다.

꿈결에 모르는 언어를 발음하는 여러 개의 목소리가 들려왔다. 아마도 불어일 텐데, 불어는 내게 언어라기보다는 소리에 더 가까웠기 때문에 전혀 잠을 방해하지 않았다.

자고 일어나자 여덟 명의 사람들이 바로 옆 식탁에 모여 앉아 있었다. 시간은 여덟 시가 지나 있었다. 그대로 한 시간을 잔 거였다. 창밖은 아직 훤했다. 몽롱한 정신으로 식탁에 갔더니 그들 중 한 남자가 내게 말했다.

good morning.

모두가 웃었다. 나도 멋쩍게 웃었다.

아지가 말했다.

너 정말 아기처럼 자더라. 옆에서 이렇게 떠드는데 한 시간을 푹 자던데.

나는 부은 얼굴로 아지가 만든 음식을 먹기 시작했다. 아지의 친구들은 재미있고 다정했다. 내 접시에 음식을 친절히 덜어주고 질문과 대답을 적절히 건네주었다. 나는 그들의 셰어하우스 생활에 대해 이것저것 물어보았다. 그들은 서로서로 방구를 뿡뿡 뀌며 지낸댔다. 누군가가 내게 물었다.

한국에서는 연인들끼리 방구를 트니?

연인마다 다를 것 같아. 난 아직 안 텄어.

앞으로도 그럴 거야?

응. 최선을 다해볼 거야.

그들이 웃었다. 그 와중에 내가 정말로 말하고 싶었던 건 다른 이야기였다.

있잖아, 얘들아. 사실 지난 며칠간 나에겐 매일 이런 일들이 있었어. 나는 여기서 길을 걸을 때마다 이상한 일을 겪어. 너희가 사는 도시는 나에게 조금 어려워. 한국도 쉽지는 않은데 여기는 차원이 다르게 곤란해.

그들은 대학을 졸업한 이들이었고 말하자면 예술을 하는 진보 그룹이었다. 레이시즘이라는 말을 테이블에 올려놓았을 때 말도 안 된다는 표정을 지었다. 그럴 리가 없잖아. 다들 그렇게 말했다. 창밖으로는 해가 지고 있었다. 나는 깜깜할 때 트램을 타는 게 두려워서 아홉 시쯤 자리에서 일어났다. 다시 모두에게 뽀뽀 세례를 받고 그 집의 계단을 홀로 내려오는 길에 생각했다. 이건 정말이지 쫄보의 여행이고 나는 겁 많은 찌질이야.

하지만 트램을 타고 호텔로 가는 길에 다시 그런 확신이 들었다.

이런 길에서 누가 겁 내지 않을 수 있겠어.

트램에 탄 남자들은 나를 뚫어지게 쳐다보다가 가까이 와서 바짝 붙어서곤 했다. 그들의 가슴팍과 팔과 바지 윗부분 같은 게 지나치게 밀착되어올 때마다 나는 호텔로 순간이동하는 상상을 했다. 제발 내가 내리는 곳에서 그들도 내리지 않기를, 혹은 정류장에 사람이 최대한 많기를 기도했다. 밤거리를 걸을 때면 어깨가 뻣뻣하게 굳었다. 내내 겁을 잊지 못하는 시간이었다. 몸에 잔뜩 힘을 주고 호텔에 당도할 무렵 알았다.

오늘 나는 겁에 지쳤구나.

그 사실이 수치스러워서 술집에 들어가 럼을 시켰다. 누군가는 더 용감하고 능숙하고 유연하게 여행할지도 몰랐다. 나는 어디에서 용기를 얻어야 할지 몰라 조금 취한 채로 푹 자고 싶었다. 럼을 내어온 바텐더는 시키지 않은 술도 한 잔 더 주었다. 서비스니까 고맙다고 말했다. 그는 나를 지켜보다 물었다.

원샷 안 해?

천천히 마실게.

그거 원샷해야 되는 술인데.

그가 빙글빙글 웃었다. 귀찮아서 원샷을 했다. 주변에서는 중년 남자들이 모여 월드컵을 시청했다. 맥주잔들과 담배 연기 사이를 비집고 걸어가 담배 자판기 앞에 섰다. 살펴보니 바텐더가 주는 코인이 있어야만 구매할 수 있는 자판기였다. 코인을 받으러 다시 바로 가는데 술을 먹던 남자가 내게 큰 소리로 말했다.

너 몇 살이야? 식스틴?

거기에 열을 더하라고 나는 대답했다. 남자는 웃으며 내 어깨를 툭툭 쳤다.

그저 네가 성인이 아닐까 봐 그러는 거야. 안전을 위해 물어본 거야.

말 없이 담배를 사서 피웠다. 말 걸려는 남자들이 사방에 득실거렸다. 대화를 해볼 수도 있었지만 높은 확률로 구릴 것이었다. 술집에서도 평안을 찾을 수 없었던 나는 그냥 호텔로 올라가기로 했다. 로비에 입장하자 누군가가 헤이, 하고 불렀다. 돌아보니 아침에 인사했던 대우 다닌다는 중년이었다.

저녁 약속 끝났니? 그럼 여기 앉아봐.

말없이 손을 저으며 그를 지나쳤다. 내가 틀리지 않고 말할 수 있는 영어 문장은 죄다 친절한 말들뿐이었기 때문이다. 오늘 나를 바라본 모두에게 내가 얼마나 만만하게 보였을지 생각하며 침대에 누웠다. 지난 며칠간 나의 생각은 다음과 같이 변해왔다.

제네바의 길거리에서 무서운 사람을 만났다.

제네바의 길거리에서 무서운 사람들을 자주 만났다.

제네바에서는 길거리만 나가면 많은 사람들이 나를 위협했다.

6.

나는 가방에서 로베르트 발저의 책을 꺼냈다. 이곳에서 읽기 위해 챙긴 것이었다. 그는 140년 전 스위스에서 태어난 남자로 여러 권의 재미난 책을 썼다. 그중 한 권이 내가 들고 온 『산책자』이다. 이 두꺼운 책은 재미있고 놀라운 문장들로 가득했다. 그는 평생 가난하고 기구했는데 다만 산책하고 글을 쓰는 일만은 계속했다. 책의 후반부에는 이런 문단이 있다.

> 위원장님인지 세금평가사님인지가 말하기를
> "하지만 당신은 매일 산책이나 다니고 있잖아요!"
> "산책은…" 나는 얼른 대답했다.
> "나에게 무조건 필요한 겁니다. 나를 살게 하고, 살아 있는 세계와의 연결을 유지시켜주는 수단이니까요. 그 세계를 느끼지 못하면 단 한 글자도 쓸 수가 없고, 단 한 줄의 시나 산문도 내 입에서 흘러나오지 못할 겁니다. 산책을 못하면 나는 죽은 것이나 마찬가지고 열정적으로 사랑하는 내 일도 무너져버릴 겁니다. 내가 산책을 못 하고 산책길이 알려주는 신고를 받지 못하면 세금 신고도 더는 없을 것입니다. 소설은커녕 아무리 짧은 글도 더는 쓸 수가 없을 테니까요. 산책을 못하면 관찰을 하지 못하고 연구도 할 수 없게 됩니다."

로베르트 발저는 산책에 대해 이렇게나 필사적으로 주장하는 중이었다. 그만큼 절박할지는 모르겠지만, 나도 산책이 좋았다. 많은 이들에게 그렇듯 내게도 산책은 일상의 일과 중 하나였다. 그러나 스위스에서의 산책은 날마다 녹록지 않았다. 산책자가 될 때면 로베르트 발저가 겪은 것과는 다른 어려움이 따랐다. 그가 산책을 나설 때는 성별이 전혀 문제 되지 않았을 것이다.

친구 댐이가 했던 말을 떠올렸다.

실비아 플라스가 여자 된 몸으로도 제발 산책을 하고 싶다고 절규한 지가 벌써 언제 적 일인데!

그러게 말이었다.

제네바에서 산책할 때마다 내 등은 빼근하게 굳었다. 스스로가 동양의 여자라는 사실을 이렇게나 자주 실감한 적은 없었다. 차별 대상이 차별 주체이기도 하다는 점을 기억했다. 제네바에서 나에게 직접적인 위협을 가한 이들은 대부분 유색인종이고 상대적으로 덜 부유해보이는 이들이었다. 그게 내 마음을 더 복잡하게 했다. 그들은 몸을 가까이 밀어붙이거나 길가에서 괴성을 지르거나 조롱의 소리를 내뱉었다. 그에 비해 백인 남자들은 직접적이거나 노골적으로 어찌하지는 않았다. 다만 시종일관 은은하게 깔린 멸시가 있었다. 아시안이기 때문인지 여자이기 때문인지 둘 다이기 때문인지 몰라도 콕 짚어 말할 수 없으나 석연치 않은 태도였다.

나처럼 둔한 사람도 실감한다면 이건 너무도 분명한 현상이었다. 여권 신장은 백인 여자 중심으로 이루어지지 않았나. 그마저도 갈 길이 멀겠지만 말이다. 다른 인종의 여자들을 떠올려보았다. 나보다 훨씬 불편한 이들도 너무 많을 것이었다. 하마에게 긴 메일을 썼다. 한국 남자 중에서 요즘 내가 제일 좋아하는 애한테 나의 공포와 위축을 설명해보고 싶었다.

다음 날 아침엔 긴 답장을 받았다. 하마가 걱정과 애정을 꾹꾹 담아 밤을 새며 썼을 편지였다. 긴 메일의 일부에서 그는 파리에서 살 때의 기억을 조금 말했다.

그곳의 아름다운 풍경과 삶은 자신을 포함하지 않았었다고, 하마는 적었다. 인정 투쟁을 벌일 만큼의 힘이나 욕망의 구실이 애매했었기에 옅고 넓은 우울함에 자주 오래 잠기곤 했다고도 적었다. 그는 유럽에서 오랫동안 지냈던 동양 남자였고 동양 여자가 마주할 것들은 당연히 더 심할 것임을 짐작하고 있었다. 내 공포의 정체와 그것을 둘러싼 세계를 최선을 다해 해석해주었다.

나를 포함하지 않는 풍경. 나를 포함하지 않는 삶. 나를 포함하지 않는 국가와 지역. 나를 포함하지 않는 계층과 풍요. 나를 포함하지 않는 자유와 존중. 그것에 대한 분노와 슬픔. 혹은 그것조차 되지 못해서 쌓이는 우울. 제네바에서 산책해보지 않았다면 나는 그 우울을 개인 탓으로 돌리는 사람으로 남았을 수도 있지 않았을까.

우울해하고만 있기엔 아직 여행 초반이다. 내 마음은 겁먹은 상태에 더 가까웠다. 무서워하다가 하루가 다 가고 있었다. 몹시 아름다운 풍경과 건물들 사이를 어떤 들뜸도 없이 걸었다. 그 무엇에도 고취되지 않은 채로 스위스에서 일주일이 지나갔다. 그리고 내일을 기다렸다. 정말 무서웠어. 라는 말로 이야기를 끝내고 싶지 않기 때문이었다.

2018.07.12.木

67.
당신 없이 있으니 당신의 눈으로 보게 돼

1.

기차에서 책을 읽으며 국경을 넘었다. 나의 글쓰기 스승 어딘의 원고였다. 개정판 출간을 앞둔 그 원고의 수정본을 손에 든 사람은 지구상에 아직 나밖에 없었다. 작은 출판사로부터 출국 전날에 건네받은 뒤 직접 인쇄소에 가서 제본해온 버전이었다. 스승이 오래전에 쓴 글을 읽으며 이탈리아로 넘어왔다. 내가 아는 여자들과 내가 모르는 여자들까지 죄다 생각 나버리는 글이었다. 읽는 동안 몸살을 앓았다. 이 책을 읽기 이전으로는 돌아갈 수 없을 것 같았다.

마지막 페이지를 덮은 뒤 눈을 감고 어제 저녁을 생각했다. 스위스를 떠나기 전날 제네바에는 폭우가 내렸다. 꼭 베트남에서 맞아본 폭우처럼 무지막지한 비가 쏟아졌다. 우산을 쓰고 아지와 아지의 할머니를 만나러 갔다. 아지 할머니가 나에게 밥을 사주기로 했기 때문이다. 그녀는 눈두덩이에 파란 섀도우를 바르고 실크 소재의 치마를 입고 운동화를 신은 채 느린 걸음으로 레스토랑에 나타났다. 조심스레 그녀 손을 잡고 인사했다. 손의 온도는 찼고 피부는 쭈글쭈글했다. 그녀는 내 볼에 세 번 키스했다. 차갑고 야들야들한 그녀의 빰에서 좋은 냄새가 났다.

아지의 할머니. 그녀의 이름은 엘리사였다. 엘리사는 뭐든 찬찬히 보며 살살 움직였다. 적은 에너지를 신중하게 사용 중인 것처럼 보였다. 저녁식사에 저를 초대해주셔서 정말 기뻐요. 내가 영어로 말하자 그녀는 스페인어로 대답했다. 알아들을 수 없는 말들이었다. 옆에 앉은 아지가 엄한 표정으로 엘리사에게 말했다.

Baba, English. English! (할머니, 영어로 해요, 영어로!)

엘리사는 아차 하는 표정을 짓더니 영어를 시작했다. 스페니쉬에서 잉글리쉬로 전환하는 순간에 그녀가 눈동자를 한 바퀴 또르르 굴리던 표정을 잊을 수 없다. 제네바에 왜 왔냐고 묻길래 당신 손녀가 좋아서 만나러 왔다고 대답했다. 우리 셋은 오랜 시간에 걸쳐 음식을 주문했다. 오래 걸린 이유는 엘리사가 한참동안 와인을 테스트하기 때문이었다. 저녁마다 와인을 꼭 마시는 그녀는 입맛이 아주 까다로워서 웨이터가 몇 번이고 테스터용 잔을 바꿔와야 했다. 옆에 있던 아지는 고개를 절레절레 저으며 말했다. 할머니는 만날 다 맘에 안 든다고 한다니까.

하지만 그녀의 손녀인 아지도 까다롭기는 마찬가지였으므로 나는 벌써 이 집안의 공통 기질 중 일부를 목격하는 듯했다. 숱한 테스트 끝에 엘리사가 드디어 최종 와인을 골랐다. 웨이터가 내 얼굴을 보길래 나는 엘리사를 공손히 가리켰다.

이분이 고른 것과 같은 것으로 주세요.

주문이 끝났다.

2.

나는 엘리사에게 말을 건넸다.

당신이 오기 전에 아지에게 물어보고 있었어요. 당신이 언제 태어났는지.

엘리사는 나를 보고 웃었다.

그게 왜 궁금하니?

당신의 이야기가 언제부터 시작되었는지 알고 싶으니까요.

그래?

그럼요. 예를 들어 저는 1992년 서울에서 태어났답니다. 엘리사는요?

엘리사는 웃으며 자기는 1938년 아르헨티나에서 태어났다고 말했다. 올해 여든이었다. 옆에 있던 아지가 덧붙였다.

우리 할머니는 남편을 세 번이나 바꿨어.

세 여자가 동시에 웃었다. 엘리사가 이야기를 시작했다.

첫 번째 남편은 아르헨티나의 정치인이었다. 그 남자랑 딸을 두 명 낳았는데 둘째가 아지의 엄마랬다. 남편은 군부독재 시절에 이런 저런 일에 휘말려 감옥에 자주 갔다. 그녀는 남편 없이 어린 두 딸을 키웠다. 와중에 남편은 다른 여자와 사랑에 빠졌다. 당시 이혼은 흔한 일이 아니었지만 엘리사는 남편을 떠났다.

두 번째 남편은 유대인이었다. 그와는 자식을 만들지 않았다. 결혼한 지 얼마 되지 않아 그는 어떤 치명적인 병으로 인해 장님이 되었다. 그는 이스라엘로 가서 살면 자신의 눈이 다시 뜨여질 것이라 믿었다. 그러나 엘리사는 이스라엘에서 살 생각이 없었다. 남자는 혼자 거기로 떠나고 엘리사는 딸들과 아르헨티나에 남았다.

세 번째 남편 역시 아르헨티나에서 만났는데 엘리사는 그를 따라 스위스로 이주하게 된다. 그가 스위스 기업 '네슬레'에서 일하게 되었기 때문이다. 두 번의 세계대전 이후 네슬레는 급속도로 성장하고 있었다. 남편이 그 회사에 취직한 것만으로도 엘리사가 딸을 데리고 새로운 나라에 자리 잡을 이유는 충분했다. 오랜 세월이 흐른 지금 남편은 쇠약해진 채로 커다란 집에서 텔레비전만 보고 있댔다. 엘리사는 여전히 경제 활동을 한다.

그녀 입에서 흘러나온 영어를 거칠게 해석해보니 이야기가 이렇게 요약되었다. 스페인어를 구사할 줄 알았다면 이야기의 디테일도 들을 수 있을 테지만 엘리사와 나는 그저 각자의 영어로 최선을 다하고 있었다. 주문한 코스 요리 중 첫 번째 메뉴가 나왔다. 그릇이 크고 양이 적고 가격은 비싼 음식이었다. 아지와 엘리사에게는 이런 식사 코스가 익숙해 보였다. 이 가족은, 그리고 그녀는 어째서 돈이 많을까. 나는 궁금해졌다.

엘리사. 당신은 어떤 일로 돈을 벌어왔어요?

와인을 홀짝 마신 뒤 엘리사가 대답했다.

스위스에 온 뒤로 나는 심리치료 공부를 했어. 많이 공부하고 많이 일했지.

옆에 있던 아지가 덧붙였다.

할머니는 아직도 왕성하게 일하고 있어. 유명한 치료사라서 그녀의 상담 세션은 아주 비싸. 돈 많은 사람들만이 할머니에게 상담받을 수 있을 거야.

나는 엘리사의 얼굴에 어린 지성을 살폈다. 그녀가 영어로 말할 때에는 다 드러나지 않는 예리한 날 같은 것이 눈 아래와 입매에 있었다. 흰 단발머리는 능숙한 드라이질로 손질된 채였다. 아지가 다시 덧붙였다.

할머니는 하루에 두 번씩 옷을 갈아입으셔. 아침저녁으로 다른 코디를 하거든.

나는 놀라웠다.

오늘 입고 오신 옷 아름답다고 생각했어요. 아침에는 뭘 입고 계셨을지 궁금해요.

엘리사가 미소 지었다.

너는 질문이 많구나.

두 번째 요리가 나오고 있었다. 흰살 생선 요리였다.

저는 사람들에게 관심이 많아요. 오래 산 여자들의 이야기는 특히 더.

내가 말하자 엘리사가 물었다.

너희 할머니는 언제 태어나셨니?

부드러운 대구살을 우물우물 씹으며 나는 대답했다.

1945년, 그러니까 할머니 두 분 모두 일본에서 해방될 무렵에 태어났어요. 저는 제 부모와 조부모에 관한 글을 자주 써요. 최근에는 전쟁을 겪은 한국과 베트남의 여자들에 관한 책을 읽고 있고요. 그래서 당신에게도 물어보고 싶은 게 많아요. 제가 아는 여자들의 이야기와 얼마나 다를지, 얼마나 비슷할지 궁금해요.

엘리사가 가벼운 한숨과 함께 대답했다.

다이내믹했지.

그녀는 이주 이후 양육과 돈벌이를 병행하던 시절을 말하기 시작했다. 고생의 이유들에 관한 것이었다. 기억이 생생해질 때면 흥분된 어조로 변하기도 했다. 그때에는 스페인어가 막 튀어나왔다. 아지가 끼어들어서 스페인어를 영어로 통역해주었다. 아지는 영어와 불어뿐 아니라 스페인어도 편하게 구사했다. 엘리사의 길고 긴 썰을 듣는 와중에 세 번째 요리가 나왔다. 난생처음 보는 모양의 디저트였다. 엘리사는 이미 세 잔의 와인을 비운 뒤였다. 나는 겨우 한 잔째였지만 엘리사보다 조금 더 취해 있었다. 위장이 예민한 아지는 술을 한 방울도 마시지 않았다.

물어보는 나와 대답하는 엘리사, 그리고 둘의 대화를 성실히 서브하는 아지. 세 사람의 저녁식사가 천천히 끝났다. 헤어지기 위해 엘리사는 다시 내 볼에 세 번 키스했다. 나는 그녀 손을 잡고 아지가 그녀에게 한 것처럼 작별 인사를 했다.

Good night, Baba.

그러자 아지와 엘리사 모두 푸하하 웃었다. 나는 몰랐으나 Baba는 사실 남자 어른을 뜻하는 말이고 엘리사의 경우 Mama라고 부르는 게 맞았다. 그런데 아지가 유치원 다닐 적에는 그게 헷갈렸는지 자꾸만 Baba라고 그녀를 잘못 불렀댔다. 자신을 남자 어른으로 부르는 실수를 귀엽게 여긴 엘리사는 지금까지도 그 호칭을 즐겁게 허락해왔던 것이다.

둘에게만 유효했던 호명의 역사를 모르는 내가 그저 아지를 따라서 Baba라고 부르며 인사하는 모습이 너무 웃겼던 모양이다. 웃으면서 헤어지고 다시 혼자가 되어 호텔로 돌아가는 길에 내 엄마와 내 할머니들을 생각했다. 일곱 시간 빠른 곳에 있으니 한창 자고 있을 터였다. 제네바도 해가 진 뒤였다.

늦은 밤 트램을 타는 건 여전히 무서웠다. 내 몸에 자기 몸을 가까이 밀착시켜오는 남자들 사이에서 숨죽이고 앉아 있다가 호텔 앞에 당도하여 후다닥 내렸다. 니 하오, 니 하오, 매일 듣는 호명과 웃음소리가 내 뒤를 좇았다. 미행하듯 따라오는 남자들을 애써 뒤돌아보지 않고 거의 뛰다시피 걸어 호텔로 들어갔다. 제네바에서는 하루도 겁을 잊지 못한 채 잠들었다.

다시 해가 뜨고 짐을 챙겨 나왔을 때부터는 아지와 함께였다. 이탈리아로 함께 넘어가서 며칠 같이 지내기로 했기 때문이었다. 몸이 왜 이렇게 무겁나 했더니 생리가 시작되고 있었다. 생리컵을 집에 두고 왔다는 게 그제야 떠올랐다. 아랫배가 묵직하게 아픈 와중에도 나는 새벽같이 호텔 식당에 들러 온갖 과일들을 챙겨나온 터였다. 기차에서 아지랑 나눠 먹기 위해서였다. 걔도 나도 속이 예민한 편이라 아침에 아무거나 주워 먹었다가는 탈이 날 게 뻔했다. 소화하기 부드러운 것들로만 골라 담았다. 하지만 기차역에 도착해보니 아지 손에도 웬 음식들이 들려 있었다. 걔가 챙겨온 것 역시 뭔가 건강하고 부드러운 음식처럼 보였다. 서로가 서로의 아침 식사를 바리바리 챙겨오는 두 사람이 함께 밀라노행 기차를 탔다.

3.

이탈리아 기차는 말도 안 되는 구석이 많았다. 연착은 물론이고 아무 데서나 예고 없이 한참을 멈췄다. 모든 승객이 아리송해하며 어째서 기차가 멈췄느냐고 따져 물을 때쯤 안내 방송이 흘러나왔다. 이탈리아어라서 알아들을 수 없었다.

무슨 말이야?

내가 물어보자 이탈리아어에도 능통한 아지가 대답했다.

선로를 조금 고쳐야 한대. 몇 분이나 몇 시간 정도 멈추겠대.

그녀는 말해놓고도 너무나 어이없어했다.

몇 분이랑 몇 시간은 너무 큰 차이잖아?

옆에 있던 금발의 남자가 중얼거렸다.

안내방송이 아주 시적이네.

내가 말했다.

인도 기차보다는 낫잖아. 적어도 똥오줌 냄새는 안 나니까.

아지가 고개를 끄덕였다.

그래도 난 인도 기차역에서 파는 튀김 좋더라. 먹고 나서 몸에 무슨 일이 생길지는 모르지만 먹을 때만큼은 맛있어.

언제 출발할지 모르는 기차에 내리 앉아 있기도 답답해서 우리는 잠시 내려 바깥공기를 쐤다. 간이역에서는 끝내주게 향이 좋은 에스프레소를 한 잔에 900원에 팔고 있었다. 그걸 홀짝홀짝 마시고 담배를 피웠다. 여전히 시간이 남길래 벤치에 기대어 스트레칭을 몇 세트 했다. 그러고도 기차가 제자리길래 이탈리아의 산자락을 바라보며 멍하니 있었다. '도모도솔라'라는 지명이 적힌 기차역 간판도 물끄러미 바라봤다. 1시간 50분 뒤에야 기차가 다시 출발한다는 방송이 나왔다. 모든 승객이 박수를 쳤다. 기차는 속도를 내어 달렸다.

한 30분 달렸을까. 기차는 황량한 시골 철도에서 다시 멈췄다. 승객들이 동시에 탄식과 야유의 소리를 냈다. 양 손바닥을 위로 쳐들며 어처구니가 없다는 표정을 지었다. 모여서 축구를 보는 사람들의 음성과도 비슷했다. 이탈리아어로 된 안내방송이 또 흘러나왔다.

이번에도 몇 분이나 몇 시간 멈춘대?

아니, 이번에는 20분 동안 정차하겠대.

20분이라는 안내 방송을 듣고는 내 앞에 앉은 남자가 한숨을 쉬며 일어났다. 허리를 피러 밖에 나가려는 모양이었다. 기차가 달리는 내내 그는 노트북으로 뭔가를 쓰고 있었다.

남자가 나가고 몇십 초 정도 지났을까. 갑자기 기차의 모든 문이 쾅 쾅 하고 닫혔다. 그러더니 슬슬 움직이기 시작했다. 승객들의 눈이 커졌다. 20분간 정차한다는 안내 방송이 나온 지 2분도 채 지나지 않은 시점이었기 때문이다. 기차가 점점 속도를 내자 아까 내렸던 남자는 기차 밖에서 창문을 세차게 두드려댔다. 이게 무슨 일이냐고, 당장 멈추거나 문을 열어달라고 외쳤다. 기차는 아무렇지 않게 남자를 버려두고 칙칙폭폭 유유히 떠나버렸다. 기차 안에 있던 승객들은 충격과 동정의 눈빛으로 창밖의 그를 바라보았다. 남자가 두고 간 가방과 노트북이 내 앞 좌석에 덩그러니 놓여 있었다. 그는 이제 어떻게 되는 걸까. 나는 승무원을 불러 그의 짐을 잘 보관하도록 부탁했다. 이 기차는 안내 방송인과 실제 운행자가 아예 따로 일하고 있는 게 분명해 보였다.

4.

연착과 정차와 재운행을 몇 번이나 겪어가며 웅장한 기차역에 도착했다. 천장이 무진장 높았다. 온 사방이 장식적이고 사치스러운 건물이었다. 기차역이 이렇게 궁전 같다니. 기차를 한 번 더 타고 크레마라는 동네로 넘어갔다. 이곳을 배경으로 찍은 영화를 내가 무척 좋아했기 때문이다. 루카 구아다니노 감독의 〈콜 미 바이 유어 네임〉. 영화관에서 그걸 보는 내내 얼마나 황홀했었는지를 기억하며 열심히 이 시골 마을로 찾아왔다. 현지 사람들도 잘 모르는 동네였다. 저녁에 도착했는데도 태양 빛이 위협적일만치 뜨거웠다. 더위에 기가 꺾이지 않게 심호흡을 하며 숙소를 향해 걸었다. 아지는 왼팔에 여전히 깁스를 한 상태라 오른쪽 어깨로만 짐을 졌다. 길에서 스친 크레마의 풀과 꽃과 나뭇잎은 이보다 더 활짝 피기란 불가능해 보일만큼 무성하게 무르익어서 거의 공격적으로 느껴졌다. 아주 화려하고 아주 꽉 찬 생명들. 자연의 대부분이 절정에 다다르는 7월 초였다. 모든 것들이 하루의 열기를 머금은 채 뜨겁고 치열하게 살아 있었다.

절정의 장면은 과일가게 가판대에도 가득했다. 모든 과일의 껍질 밖으로 단물이 삐져나왔다. 그 속이 도대체 얼마나 달지 상상하다가 참지 못하고 무화과를 한 봉지 샀다. 집어 들어 한 입 베어 물면 진득하고 달콤한 꿀 같은 게 손목을 타고 팔꿈치까지 줄줄 흘렀다. 아지와 나는 무화과를 삼키며 서로의 얼굴을 보았다. 둘 다 조금 인상을 쓰고 있었다. 너무 좋은 쾌감을 느낄 때 우리는 왜 조금 인상을 쓰게 되는가. 마치 조금 괴롭다는 듯이. 입이 너무 즐거워서, 최상의 맛이라는 말을 써야 한다면 바로 이 무화과에게 선사해야 될 것 같았다. 태어나서 먹어본 과일 중 가장 놀라웠다.

짐을 풀고 함께 식당으로 갔다. 이탈리아를 여러 번 여행해본 아지는 능숙하게 2인분의 메뉴를 골라 주문했다. 음식이 여러 접시 나오자 이탈리아에 흐르는 어떤 풍요가 실감되었다. 스위스에는 없던 것이었다. 단순히 다양한 재료를 쓰기 때문은 아니었다. 먹는 것을 얼마나 공들여 즐기는 사람들의 나라인지 알 것 같았다. 게다가 모든 채소와 과일이 커다랗고 맛이 좋았다.

음식을 다 먹고 아지랑 맞담배를 피우려는데 담배를 숙소에 두고 왔다는 걸 깨달았다. 아지를 잠시 식당에 남겨두고 혼자 호텔로 걸었다. 아름답고 오래된 건물들 사이에 놓인 한적한 길에 접어들었다. 한두 명의 남자들만이 길을 지나고 있었다.

그러자 난데없이 숨이 잘 쉬어지지 않았다. 거친 회벽을 짚고 잠시 멈춰 섰다. 커다란 누군가가 이 도시 전체를 밀봉하여 공기를 빼내고 있는 것 같았다. 열심히 들숨을 쉬고 날숨을 내뱉어도 호흡이 잘 안 되었다. 숨이 막히고 어지러웠다. 순식간에 겁에 질렸다. 제네바에서 매일같이 내 뒤를 쫓아오거나 몸을 밀어붙이며 위협하거나 소리를 지르거나 욕을 하거나 조롱하며 웃었던 수많은 남자들이 생각났다. 지금 내 옆을 지나는 모르는 남자도 나를 위협할 수 있었다. 그가 나를 때리거나 어딘가로 끌고 가거나 만질 수도 있다는 생각을 멈출 수 없었다. 나는 어떤 남자에게 맞거나 강간당하거나 쥐도 새도 모르게 사라질 수 있었다. 그런 일은 충분히 가능했다. 지난 일주일 동안 겪은 위협은 모두 그 직전까지 벌어졌었다. 무서워서 계속 숨이 안 쉬어졌다. 내가 끔찍한 일을 당하는 동안 아무도 모를 것이라고 상상하면 가슴이 턱턱 막혔다.

필사적으로 사람이 많은 큰길로 나갔다. 호흡이 너무 가빠서 꺽꺽대고 있었다. 사람들을 보며 어떻게든 평안의 증거를 찾으려고 애썼다. 개를 데리고 산책하는 할머니와 유모차를 미는 젊은 아빠와 장바구니를 든 할아버지와 담배를 피우는 여자들을 보았다. 모르는 사람들이었지만 조금씩 진정이 되었다.

평소의 호흡으로 돌아왔을 때 스스로에게 많이 놀랐다. 여행이 끝나고 귀국하면 정신과에 가보는 게 좋을 것 같았다. 비행기나 엘리베이터나 화장실에서만 겪었던 불안과 호흡곤란을 해가 쨍한 길에서 경험한 건 처음이었다. 내 몸과 정신이 잘 이해되지 않았다.

담배를 가지고 아지에게 돌아갔다. 나에게도 낯선 증상을 영어로 잘 설명할 자신이 없어서 그저 걔 손을 잡고 얘기를 들었다. 영어를 내 언어로 만들지 못했다는 증거였다. 나는 영어를 할 때의 표정이 다양하지 않았다. 화나거나 실망하거나 겁에 질린 얼굴로는 영어 문장을 자연스럽게 말할 수 없었다.

포만감을 가라앉히기 위해 우리는 산책을 했다. 크레마의 찬란한 거리를 걷는데 알 수 없는 슬픔 때문에 몸이 젖은 솜처럼 가라앉았다. 겁이 많다는 게, 여행 내내 혼자 걸을 때마다 겁에 질리는 순간이 많다는 게 슬펐다. 화가 나기도 했다.

그리고 무언가가 죄스러웠다. 무엇이 죄스러운 것일까. 국경을 넘으며 완독한 스승의 원고 속 여자들이 자꾸만 생각났다. 만나보지 못했는데 꼭 얼굴을 알 것만 같은 그 사람들. 너무 끔찍한 일들을 정면으로 마주한 사람들. 나보다 몇백 배 커다란 공포에 떨었을 사람들. 그녀들이 여기 있는 나를 본다면 뭐라고 말할까. 이 여행에서 내가 누리는 풍요와 소비하는 돈이 부끄러웠다. 나의 오래된 무지가 지겹기도 했다.

루카 구아다니노 감독이 만든 영화에 나는 유독 취약했다. 그가 만든 영화에는 유럽 중산층의 일상이 끝장나게 멋진 장면으로 구현되었기 때문이다. 영화는 아주 구체적인 부의 모양을 내게 보여주었다. 볼 때마다 나는 그것과 비슷한 삶의 양식을 누리고 싶어졌다. 크레마 같은 동네에 있는 저택과 부엌을 가득 채운 과일들. 손님을 몇 팀이나 맞이할 수 있는 집. 넓은 마당의 살구나무와 벤치. 가까이 호수가 있는 땅. 유럽적인 풍요와 탐미.

그러나 내가 돈을 열심히 벌어서 크레마에 머문다고 해도 그런 영화의 모양은 재현되기 어려웠다. 영화의 백인들처럼 반바지를 입고 자전거를 타고 잘 익은 과일을 먹는다고 해서 그런 삶의 양식을 내 것으로 할 수는 없었다. 동양의 작은 여자가 혼자 한적한 곳을 돌아다니는 건 실제로 몹시 위험했다. 백인 사회와 맺고 있는 관계도 달랐다. 크레마의 푸르스름한 새벽, 반응이 2초쯤 느린 통화에서 하마는 나에게 말했다.

그러니까 슬아야 우리, 환상이라는 걸 잘 다뤄보자.

내가 가진 순진하고 무지한 판타지가 조금 부끄러웠다. 동시에 답답했다. 스위스에서나 이탈리아에서나 길을 걸을 때마다 뭔가 수상하고 위험한 일이 생긴다는 게. 유럽을 혼자 여행하는 동안 이토록 불편하다는 게. 공포가 차곡차곡 쌓여서 난데없이 호흡곤란을 겪는다는 게.

세상이 그러면 안 되는 거잖아.

내가 말하자 하마가 대답했다.

도달해야 할 세상을 믿는 것과 그게 이미 온 것처럼 수행하는 건 달라 보여. 이상적인 세상이 얼마나 멀리 있는지 잘 알아야 할 일이 생기는 것 같아.

하마는 멀리서 당부했다.

겁내는 걸 두려워하지 않았으면 좋겠어.

전화를 끊고 새소리를 들었다. 옆에는 아지가 쿨쿨 자고 있었다. 내가 모르는 불어로 잠꼬대를 하는 중이었다. 우리가 무의식조차 다른 언어로 경험 중이라고 생각하면 아득해졌다.

5.

아침이 오면 아지는 나에게 머리를 묶어달라고 했다. 한쪽 팔에 깁스 중이라 스스로는 할 수 없었기 때문이다. 178cm의 그녀를 내 앞에 앉혀놓고 아침마다 다른 스타일로 머리를 해줬다. 하루는 디스코 스타일로 따주고 하루는 정수리 위에 사과처럼 말아주고 하루는 포니테일로 묶어주었다. 내가 묶어준 머리를 한 아지와 함께 숙소를 나서서 여러 도시를 돌아다녔다.

이탈리아에 머무는 동안 우리는 매일 10킬로미터 넘게 걸었다. 하루를 마치고 호텔 방에 누워 오늘의 도보량을 체크해보면 늘 그 정도였다. 종일 해를 쬐며 걸으면 열 시만 되어도 잠이 솔솔 왔다. 또한 새벽같이 눈이 떠졌다. 일어나자마자 아침을 먹고 또 한참을 걸었다. 상점에 들어가 64유로를 주고 매우 편안한 신발을 사기도 했다. 신자마자 사야겠다는 생각이 드는 그런 제품이었다. 그런 훌륭한 신발들이 그 가게에 아주 많았다. 이 나라는 신발을 정말 잘 만든다고 생각했다. 편안한 이태리 신발을 신고 영어로 수다를 떨며 오래 걸었다. 몹시 오래된 궁전과 성당과 돌길 위에서는 말이 없어지기도 했다. 이탈리아의 모든 길은 아름다워서 시간이 흐르자 우리는 아름다운 길에 감탄하기를 멈추고 말았다.

유럽은 어디든 에어컨을 빵빵하게 틀어놓지 않았다. 그 점이 좋았다. 한국에서는 여름마다 냉방병을 앓아서 늘 겉옷이 따로 필요했다. 원래 여름은 짐을 챙기기에 간편한 계절이었다. 여러 벌을 넉넉히 챙겨도 배낭에서 아주 적은 부피만을 차지했다. 나는 사계절 중 여름을 가장 좋아했는데, 그건 내가 실외노동자로 살아본 적이 없기 때문일지도 모른다. 나의 모부 복희와 웅이는 여름을 두려워했다. 땡볕 아래서 많은 노동을 하다가 몸이 상한 날이 많았다.

나는 그들과 멀리 떨어져 이탈리아 휴양지 바레나의 호숫가 근처에 누워 있는 중이었다. 이제 내 피부는 거의 밤색이 되었다. 보름간 많이 걷고 많이 헤엄치는 와중에 온몸이 균일하게 그을려진 것이다. 그새 머리칼의 길이도 조금 자랐다. 눈 앞에 펼쳐진 꼬모 호수에서는 백인 가족들이 평영으로 헤엄치고 있었다. 나의 부모가 여기 온다면 어떨까. 혹은 하마가, 혹은 내 동생 찬이가, 혹은 내 친구들이 온다면 어떨까. 나는 휴양지의 유럽인들을 구경하다가 제임스 설터의 소설을 읽었다. 소설 속 여자는 이렇게 말하고 있었다.

> (…) 떨어져 지내는 걸 내가 얼마나 끔찍해 했었는지 당신은 알고 있지. 단지 몇 주라도 말이야. 하지만 막상 생각만큼 어렵지는 않아. 그렇다고 당신 생각이 나지 않는 것은 아냐. 오히려 생각을 더 하고 있어. 이 여름은 마치 우리가 함께 있다가 떨어져 있는 긴 하루처럼 느껴져. 당신을 생각하고 음미하는 시간 같아. 우리 함께 바다에 가자고 얘기하곤 했는데, 여기 당신 없이 있으니 당신의 눈으로 보게 돼. 그게 좋아. 당신을 사랑하지 않았다면 이런 느낌은 없을 거야. (…)

옆에서는 아지가 선배드에 누워 비키니를 입은 채 낮잠을 잤다. 그녀는 아주 말랐기 때문에 등뼈의 모든 부분이 선명히 보였다. 허벅지 굵기는 내 것의 반 정도였다. 키는 나보다 한참 컸다. 가젤 같은 몸을 움직이며 제네바의 라멘집에서 일하는 아지의 모습을 상상해 보았다. 주 4회 출근하는 파트타임 잡만으로도 한 달에 200만 원쯤을 번댔다. 그중 60만 원쯤은 국가에 지불하는 보험료로 나간다. 물론 그것은 훗날 아지에게 복지 혜택이 될 것이다. 나는 복희와 웅이, 그리고 내가 아는 이들의 임금도 지금보다 오르기를 바랐다. 그들이 돈을 위해 시간을 다 바치지 않아도 되도록.

잠에서 깬 아지는 나와 함께 물에 들어갔다. 한 팔에 깁스를 하고도 스스럼없이 깊은 물에 풍덩풍덩 들어가 헤엄치는 걔를 보고 나는 깜짝 놀랐다. 꼬모 호수의 물은 차갑고 깊었다. 안전요원 같은 건 없었다.

Azi, be careful, please, be careful!

내가 소리치자 아지는 한 팔로만 수영을 하며 놀리듯 대답했다.

알아요! 옴마! 알겠어요! 할머니!

그건 내가 알려준 몇 안 되는 한국말이었다. 똑똑한 기지배.

한참 수영하고 나와서는 다시 누워서 책을 읽었다. 와중에 지나가는 한 쌍의 여자와 남자를 보았다. 이 외진 마을에서 처음 목격한 동양인들이었다. 그들이 입은 옷 때문에 정확히 한국인이라고 확신했다. 내 부모의 또래였다. 손을 잡은 채로 잠깐 내 앞을 스쳐 갔는데 나는 그들의 뒷모습을 자꾸만 바라보게 되었다. 마치 손을 잡은 지 몇 주 안 된 사람들처럼, 부끄럽지만 너무 소중하다는 듯이 서로의 손을 잡은 채로 있었기 때문이다. 이곳을 너무 즐거운 은신처로 여기며 걷는 듯했다. 며칠 뒤에 끝나버릴 밀회 같았다.

우리 삶이란 게 항상 다른 사람의 손 안에 있지.

다시 책장으로 고개를 돌렸을 때 소설 속 남자는 이렇게 말하고 있었다.

호수 옆 식당으로 저녁을 먹으러 갔다. 호수에서 잡은 생선 요리를 애피타이저로 먹은 뒤 랍스타를 올린 파스타를 메인으로 먹었다. 옆 테이블이 너무 가까워서 거기 앉은 미국 남녀의 대화가 우리 귀에 쏙쏙 박혔다. 아지는 나에게 입 모양으로 말했다.

So cheesy… (엄청 느끼하네…)

아지는 아메리칸 잉글리시 악센트를 싫어했다. 아지의 H 발음은 인상적이었다. 불어가 모국어인 자의 전형적인 영어 발음이었다. 유먼(human), 얼브(herb), 우 노우스?(who knows?) 한편 그녀는 서울 살 때 자신의 한국어 이름을 순자라고 정했었다. 나는 듣자마자 너무 웃어버렸다.

그게 얼마나 오래된 이름인지 알아?

아지는 상관없다는 듯 말했다.

발음이 너무 아름다운걸.

외국인의 귀에 들리는 한국어의 어감은 보기 좋게 예상을 빗나갈 때가 많았다. 해 질 무렵에는 매번 오랫동안 산책을 했다. 아지랑 같이 있으니까 어느 길로 가도 무섭지 않았다. 아지는 내일 제네바로 돌아가니까 둘이 걷는 건 오늘이 마지막이었다. 커다란 호수를 오른편에 두고 일몰을 마주 보며 걸었다. 실크 천 같은 물의 표면에서 냉기가 올라왔다. 길고 곧고 가는 아지의 뒷모습을 오래 바라보았다. 앞으로 또 볼 일이 있을까. 있더라도 최소한 몇 년 뒤일 것이다. 나랑 며칠을 붙어있던 여자애, 입맛이 까다롭고 예민한 여자애. 긍지 높은 여자애. 4개 국어를 자유롭게 구사하는 여자애. 가끔 제멋대로인 여자애. 꽁치 통조림의 국물을 기차 바닥에 그냥 쏟아버리는 여자애. 부잣집 여자애. 누구에게나 커다란 눈을 똑바로 마주치는 여자애. 나에게는 친절했던 여자애. 위에 자주 탈이 나는 여자애.

다음 날 아지와 작별인사를 했다. 개랑 노는 건 이만하면 충분하다는 생각이 들었다. 조금 혼자가 되고 싶었다.

6.

혼자가 되어 걷자 뻔뻔한 이들이 어김없이 다가왔다. 허리가 곧고 멋스러운 셔츠를 바지에 넣어 입은 이탈리아 남자들 중에서도 무례한 자들은 많았다. 남자는 내 앞에 뚜벅뚜벅 다가와 대뜸 외쳤다.

남바르!

왓?

폰 남바르!

전화번호를 달라는 것이었다. 위협적으로 손을 내밀고 있었다. 그의 머릿속에 섹스 생각이 차오르는 게 보였다. 그저 손을 휘젓고

가던 길을 갔다. 그간 길에서 받은 대접에 비하면 이 정도는 양호한 수준같이 느껴졌다. 직접 소리치고 위협하거나 팬티 속에 손을 넣고 따라오지는 않는다는 점에 안도하는 나를 보았다.

7.

가방을 메고 리나테 공항으로 갔다. 출발까지 시간이 남아 있어서, 도착(Arrival)이라고 쓰여 있는 곳에 앉았다. 거기 앉으니 사람들을 구경하느라 책을 펼칠 마음이 들지 않았다. 수많은 상봉 장면이 내 앞에 펼쳐졌다. 오래 전에 본 〈러브액츄얼리〉의 어떤 장면처럼. 하염없이 누군가를 기다리는 사람들이 게이트 앞에 서 있었다. 자동문 사이로 커다란 여행 가방을 들고나온 사람은 고개를 두리번거리며 자신을 기다리는 이가 혹시 있는지 살폈다. 많은 사람 사이에서, 다른 누구도 아닌 바로 당신이 있기를 바라는 얼굴들. 서로를 찾는 그 얼굴들.

그러다가 마침내 발견했을 때 그들은 꼭 울 것 같은 얼굴로 활짝 웃었다. 아마도 무척 오랜만에 다시 만난 듯한 두 사람이 서로를 향해 걸어가는 발걸음을 보았다. 조금 민망해하고 수줍어하면서, 너무 크게 웃거나 혹은 울어버리지 않도록 주의하면서 상대에게 가까워지고 있었다.

그런 사람들을 한참 보는데 왜 이렇게 울 것 같은지. 어째서 마음이 아픈지.

한 여자가 커다란 이민 가방을 공항 바닥에 아무렇게나 떨어트리고는 남자에게 입을 맞추었다. 오랜 딥키스였다. 섹스를 안 할 수가 없을 것 같은 그런 키스였다. 집에 가자마자 함부로 서로의 옷을 벗겨줄 것처럼 입 맞추고 있었다. 그리움 때문에 가슴이 뻐근했다.

어제 읽었던 문장을 기억했다.

여기 너 없이 있으니 네 눈으로 보게 돼. 너를 사랑하지 않았다면 이런 느낌은 없을 거야.

2018.07.18.木

68.
연인들과 이방인들

1.

이곳은 바닥을 친 자들이 오기 좋은 도시랬다. 지치고 파산한 사람, 정신병 이력 때문에 보험 가입을 거절당한 사람, 예술적으로 고갈된 사람, 커리어와 가족 관계와 야망을 잃은 사람. 그런 사람들을 불러 모으는 무언가가 베를린에 있다는 문장을 읽으며 테겔 공항에 내렸다. 월세가 저렴하고 국가의료보험이 있고 인건비가 높게 책정된 곳. 몰락을 끝마치기 좋다는 곳.

몰락까지는 아니었어도 나는 꽤나 지친 채로 버스에 실려 갔다. 3주째의 타지 생활과 영어 대화와 크고 작은 성희롱으로 피로했다. 여행 가방을 질질 끌고 두 사람을 찾아갔다. 심과 한. 그들의 집은 베를린 서쪽에 위치했다. 사실 우리는 거의 초면이었다.

뭐 하면서 지내세요?

더위에 지친 내가 커피 잔들을 사이에 두고 묻자 한이 대답했다.

뭐 안 해요…

속으로 너무 좋다고 생각했다. 이 남자는 아마도 백수구나. 백수 앞이라면 나도 좀 늘어질 수 있겠군. 가능하다면 날마다 낮잠을 자야겠다. 힘든 계절이니까.

우린 대체로 한가하다고, 그러니 편하게 우리 집에 머물며 놀고 쉬라고, 옆에 앉은 심이 덧붙였다. 그녀는 울타리를 낮게 쳐놓은 사람 같았다. 친구와 이웃에게 내어주는 자리가 넓어 보였다. 탁 트인 발성과 흔쾌한 표정으로 듬뿍듬뿍 말하는 심에 비해 한의 음성은 조용하고 망설임이 많았다. 둘은 결혼한 지 2년째인 부부였다.

얼마 전 더위가 심했던 날엔 길을 걷는데 나무들의 껍질이 후드득후드득 떨어지더라고요. 꼭 뱀이 허물을 벗는 것처럼.

길가의 나무를 보며 한이 말했다. 너무 더우면 나무의 껍질도 벗겨진다니 신기했다. 나는 한에게서 내 친구 류의 흔적을 찾아보았다. 아직 잘 모르겠지만 형제인 두 사람은 어떤 유심함 같은 게 닮아 있는 것 같았다. 목을 흠, 흠 하고 가다듬을 때의 소리는 너무 똑같아서 놀라웠다. 세계를 구성하는 여러 요소 중 관심을 두는 순서는 다른 듯했다. 형인 한은 기타와 시타르 등의 악기에 조예가 깊은 반면 동생인 류는 동물박사였다.

작년에 베를린에 다녀온 류는 서울로 돌아와서 독일의 개들을 흉내내곤 했다. 독일의 반려동물은 어릴 적부터 공공장소에 들어서는 훈련을 받게 된댔다. 전철에서나 버스에서나 공원 같은 퍼블릭 플레이스에 있을 때 물의를 빚지 않도록 하는 최소한의 예절교육 같은 것. 그게 어떻게 이루어지는지 자세히는 모르지만 류의 증언에 의하면 독일의 개들은 예의가 바르댔다.

독일은 심지어 개들마저도 좀 경직되어 있었다니까.

라고 말하며 류는 전철에 탑승한 독일 개의 표정과 몸짓을 따라했다. 독일에 안 가봤어도 왠지 알 것 같은 그런 모습이었는데, 실제로 와보니 나는 류가 얼마나 모방의 귀재인지 다시 한 번 깨닫고 말았다. 류가 지었던 기죽은 표정을, 베를린 전철에 탄 개들이 정확히 똑같이 짓고 있었다. 그들은 주인과 함께 차내에 입장하자마자 구석에 딱 자리를 잡고 고개를 약간 숙인 채 조심스레 곁눈질을 했다. 낑낑대거나 움직이지도 않았다. 아무런 소란도 피우지 않고 얌전히 전철 안에 있는 동물들의 모습이 너무도 생경했다.

버스에서 마주쳤던 독일인들은 대체로 무심해보였다. 지난 여행지에서 행인이 건네는 친절과 불친절과 폭력 모두에 피곤해진 나는 독일인들의 무뚝뚝한 표정이 오히려 편안하게 느껴졌다. 그들은 괜히 윙크를 하거나 말을 걸거나 인사하는 일이 잘 없었다.

한편 심이 말하길 베를린에서는 심심치 않게 광인을 만날 수 있댔다. 한은 고개를 끄덕이며 1일 1광인이라고 생각하면 된다고 덧붙였다. 샴푸 거품을 잔뜩 머리에 묻힌 채로 무척 바쁘다는 듯 빠르게 걸어 다니는 사람도 볼 수 있다고. 광인들은 주로 전철역에 많은데 다양한 종류로 이상하댔다. 광인이라는 게 뭔지 잘 모르겠지만 어쩐지 고개를 갸우뚱하게 되는 모습의 사람들을 자주 마주치기는 했다.

나를 쳐다보는 이들은 많지 않았다. 적어도 제네바나 밀라노보다는 적었다. 이곳에는 여러 피부색의 신체들이 있었다. 다양한 국적의 사람들이 베를린으로 이주하여 살아온 것 같았다. 유독 자주 마주치는 이들은 터키인들이었다. 베를린으로 이사 온 이후 중동에 대한 여러 인상을 처음으로 가지게 된 것 같다고 심이 말했다. 척박한 독일 음식 사이에서 외식 문화를 풍요롭게 만드는 것은 베트남과 터키의 음식점들이었다. 우리는 터키식 볶음밥과 양갈비를 뜯으며 자신을 소개했다.

내가 질문을 건넬 때마다 두 사람은 서로에게 익숙하게 공유되어온 이야기에 관해 다시 말해보듯 대답했다. 비슷한 답변이 준비되어 있으므로 둘 중 누가 대답해도 문제없을 것 같은 느낌이었다. 둘이 어떻게 서로를 배우자로 확정했는지 궁금했다. 내게는 두려운 일이기 때문이다. 먼 미래까지 함께 살아갈 단 한 명을 고르는 무시무시한 선택. 커다란 확신 없이는 못 할 것 같았다. 혹은 어떤 불가피함

일지도 몰랐다. 내 앞에 앉은 두 사람의 이유들은 무엇일지 조금 알고 싶었다.

심과 한과 나. 나이는 모두 다르지만 세 사람이 앉은 테이블에 흐르는 기류를 보았을 때 우리는 아마 곧 친구 먹고 지낼 것 같았다.

사실은 언니인 심이 말했다. 언제 말 놓을까요?

사실은 오빠인 한이 말했다. 지금 어때?

내가 말했다. 하나 둘 셋!

우리는 일제히 야! 라고 외쳐보았다. 그때부터 야로 시작해서 냐로 끝나는 수많은 말들을 주고받았다.

2.

독일인들을 대상으로 당신에게 친구가 몇 명인지를 질문한 설문조사가 있었다. 응답자들은 대부분 아주 극소수의 인원만을 친구라고 대답했다. 독일인에게 친구란 꽤나 엄격한 기준을 통과해야 하는 관계일지도 몰랐다. 그들은 친밀함에 관해서 웬만하면 오버하지 않는 듯했다. 친구가 아닌 그저 '지인'을 뜻하는 말이 독일어에는 확실하게 있었다.

그런 나라에서 아주 많은 친구를 손님으로 맞이하며 사는 한국인 두 명이 바로 심과 한이었다. 이 부부가 월세를 내며 살고 있는 베를린의 신혼집에는 여러 사람들이 다녀갔다. 독일에 온 사정은 모두 달랐다. 놀러온 사람도 있고 한국으로부터 도망쳐온 사람도 있고 외로워서 온 사람도 있고 치료받으러 온 사람도 있었다. 나의 경우 이렇다 할 이유는 없었다. 그저 이 집의 가구 배치를 보고 놀랄 따름이었다. 실거주자는 둘뿐이었지만 여러 사람을 맞이하기 위해 준비된 집이었다. 기다란 테이블, 추가할 수 있는 매트리스, 여러 첩의 이

불, 블루투스 스피커와 플레이스테이션과 커다란 화면. 모두 둘이서 만 사용하기엔 아까운 물건들이었다.

거실 테이블에 모여 앉아 마트에서 사온 술을 마시기 시작하면 두 사람의 만담이 시작되었다. 이들은 손님을 웃기기 위한 레퍼토리를 갈고닦으며 지내는 것 같았다. 토크에 있어서 더 거침없는 사람은 심이었으나 나는 대체로 한의 말이 더 웃겼다. 그의 토크는 겁을 내며 결말을 향해 달려가는 식이었기 때문이다. 자신이 못 웃길지도 모른다는 불안을 가지고 말을 하는 자의 소심함. 그 쫄보성이야말로 진짜 코미디였다. 옆에 있는 심은 자꾸만 그를 부추기고 있었다.

슬아한테 그 얘기해줘. 빌렘 얘기.

그 얘기 아직 안 했나?

안 했어. 그 얘기 존나 웃기단 말이야.

알았어. 해볼게.

한은 흠, 흠, 하고 목을 가다듬고는 독백을 시작했다.

3.

우리가 독일의 시골 마을로 여행 갔을 때의 이야기야. 친구네 커플이랑 같이 총 네 명이서 차를 렌트해서 그 지역으로 놀러갔어. 운전은 내 친구 남자애가 했어. 여자 둘은 숙소에 짐을 풀고 나랑 친구는 차를 끌고 멀리 있는 마트를 향해 장을 보러 갔지. 우리 차는 벤츠였어. 딱히 벤츠를 빌리려던 건 아닌데 렌트 업체에서 알아서 업그레이드한 거였어.

한참을 가는데, 갑자기 이상한 소리와 함께 차가 딱 멈췄어. 알고 보니 도로에 웬 바위가 하나 있었던 거야. 그게 벤츠 밑바닥에 딱 걸려버린 거지. 남자 둘이 차에서 내려서 온 힘을 다해 밀어도 차가 꿈

쩍할 생각을 안 했어. 차 바닥은 이미 찌그러졌고.

씨발 좆됐다, 벤츤데 어떡하냐, 진짜 좆됐다 씨발… 그렇게 중얼거리면서 견인차를 불러야 되나 어째야 되나 둘이서 고민했지. 렌트카 업체에 얼마를 물어줘야 하는지 짐작도 안 되고… 아무리 생각해도 답이 없었어. 큰돈을 물어주지 않고도 어떻게 이 문제를 타파할 수 있을까. 우리 다 가난한데 어떡하냐 씨발, 그러고 있었어.

그때 마침 한 독일 할머니가 길을 지나던 중이었어. 우리가 차 옆에서 쭈그리고 낑낑대는 걸 보고 할머니는 가까이 다가왔어. 걱정스러운 표정으로 차를 살피더라고. 참고로 우리 차가 멈춰선 곳을 말할 것 같으면 마치 하이디가 살 것 같은 동네였어. 존나 아름다운 동네였지만 지나다니는 사람이 많지는 않았지.

내가 서툰 독일어로 일일이 설명하지 않아도, 렌트카가 바위에 걸려 길 위에서 빼도 박도 못하는 상태라는 건 할머니 눈에 단번에 보였을 거야. 할머니는 상황을 파악하더니 갑자기 도로 옆에 있는 마당을 향해 이렇게 외쳤어.

빌렘!!!

아마도 누군가의 이름인 것 같았어. 그런데 빌렘 하고 부른지 몇 초 지나지 않았을 무렵에, 갑자기 울타리 너머에서 남자 네 명이 뚜벅뚜벅 나타나는 거야. 빌렘 한 번만 불렀을 뿐인데 네 명의 장정이 등장해서 나랑 친구는 너무 놀라고 말았어.

딱 보니까 할머니의 남편 아들 동생 손자 뭐 이런 느낌의 사람들이었어. 뭔가 험상궂은 인상의 네 명이 다가와서 우리 차를 살폈지. 꽤나 곤란하다는 표정을 짓더라. 남자 넷은 자기들끼리 말을 주고받더니 아까 넘어왔던 울타리를 향해 뭐라 뭐라 소리쳤어.

그러자 울타리 너머에서 웬 통나무 기둥들이 텅… 텅… 하고 넘어오는 거야!

(이 얘기가 벌써 흥미진진해 죽겠는 내가 화들짝 놀라며) 진짜?

(한이 자신 있게 고개를 끄덕이며) 응. 통나무가 넘어오더라고. 그다음에는 철판도 텅… 텅… 하고 넘어왔어.

(더 놀란 내가 재차 물으며) 헐 철판도?

(의심스러운 얼굴로 심이 물으며) 울타리 너머에서 철판도 넘어왔었어?

(살짝 기죽은 한이 머뭇거리며) 아니, 사실… 철판은 과장이었어.

(내가 나무라며) 팩트만 말해.

(심 역시 나무라며) 그래. 야, 괜히 욕심 내지 말고 사실대로 말해.

(한이 반성하며) 알았어. 철판 얘기 빼고 지금까지는 다 실화야! 아무튼 통나무가 울타리 너머에서 넘어왔어. 독일 시골 마을의 장정들이 그걸 낑낑대며 가져오더니 차 밑에 대기 시작했어. 그걸 끼워넣어 받쳐가지고 바위를 어떻게 꺼내볼 생각이었나봐. 이때쯤 다른 마을 사람들도 하나 둘 차 주위로 몰려오고 있었어. 거의 열 몇 명이나 모였어.

그치만 통나무 전략은 생각처럼 잘 되지 않았어. 그때쯤 시니컬한 얼굴의 할아버지가 등장했어. 뭔가 회의론자의 얼굴을 하고 있었어. 독일어라서 알아들을 수는 없었지만 대충 들어보니까, 그렇게는 안 된다, 절대 안 된다, 하고 비관하는 것 같았어.

(내가 고개를 끄덕이며) 어디에나 그런 투덜이가 있지.

(한이 동조하며) 맞아. 그런 회의론자였어.

회의론자를 비롯한 여러 명의 할아버지들이 자기네들끼리 막 열변을 토하기 시작했어. 이 차를 어떻게 들어 올릴 것인가! 어떻게 바위를 쑤셔낼 것인가!

그중 한 할아버지가 뭔가 거대한 도구를 들고 왔어. 차체를 들어 올리는 기구인 것 같았어. 그가 나에게 독일어로 말했어.

이 도구는 차를 들어 올리는 것이긴 한데, BMW용이다, 벤츠용은 아니다, 규격이 맞지 않아서 잘못하면 차체가 완전히 어그러질 수도 있다, 그래도 이 도구를 쓰겠냐, 하고 나의 동의를 구하는 거야.

나는 그러자고 했지. 별수 없으니까.

할아버지는 기구를 사용해 차를 들어 올리기 시작했어.

뚜그덕, 뚜그덕,

하고 엄청 불안정한 소리가 나더라고.

그 와중에 우리의 벤츠가 들어 올려졌어! 다행히 어그러지지는 않았더라!

차를 올리고 나니까 그 밑에 존나 커다란 바위가 있는 거야. 남자들이 삽을 가져왔어. 나는 친구랑 겁나 열심히 삽질을 하기 시작했지. 땀을 뻘뻘 흘리며 삽질로 흙을 파내서 결국 바위를 꺼냈어.

그 순간 사람들이 막 박수를 쳤어. 다들 얼싸안고 환호했지. 나는 너무 감격스러운 나머지 할머니를 껴안았어. 태초에 빌렘을 부른 그 할머니 말이야. 할아버지를 껴안지는 않았어. 그와는 뜨거운 악수만 했어. 내가 아는 온갖 독일어를 동원해서 할머니한테 말했어. 당신들 너무 최고시라고. 정말 너무 최고라고.

그러자 할머니가, 우리 독일인들은 정말 최고지, 이러는 거야. 독일 남자가 최고라는 것을 이 세상에 알리도록 하거라! 이런 느낌으로.

알겠다고, 너무 고맙다고, 이 은혜를 어떻게 갚아야 할지 모르겠다고 나는 독일어로 더듬더듬 말했지. 시간을 확인해보니 7시 55분이었어. 8시에 문을 닫는 마트가 저 멀리에 있었어.

할머니가 말했어.

네가 진정 고맙다면 지금 당장 마트를 향해 달려라. 빨리 가라. 빨리 뛰어가서 뭐라도 사와라!

그래서 우리는 외쳤어. 알았습니다! 그러곤 마트를 향해 차를 끌고 달렸지. 도착하니까 8시 2분이었고 한 아줌마가 마트 문을 닫고 있었어.

친구가 내게 말했어.

너 먼저 내려! 난 차를 대고 있을게!

나는 알았어! 하고 마트 입구를 향해 존나 달렸어. 마트 아줌마가 샷시를 내리고 있더라고. 난 그 아줌마를 붙잡고 헥헥대며 이렇게 사정했어.

쇼핑! 쇼핑! 원 타임! 원 타임! (제발 사게 해주세요! 한 번만! 한 번만!)

내 표정이 너무 절박해보였는지 마트 아줌마가 허락을 해줘서 마트에 입장했어. 사야 할 것들이 주마등처럼 머릿속을 스쳐갔어. 우리가 원래 사려고 했던 식량들이랑 이 마을 사람들에게 돌릴 맥주 한 팩을 계산대에 올려놨지.

장을 봐서 다시 할머니 집 앞으로 찾아갔더니 테라스에서 할아버지랑 밥을 먹고 있더라고. 그들에게 맥주팩을 건네고 수없이 감사하다고 말했어. 존나 고마웠으니까. 결국 벤츠는 아무 문제없이 반납했어.

4.

토크의 결말까지 다 말해버린 한이 술을 들이키는 사이, 옆에 있던 심이 끼어들었다.

아니, 그날 저녁에 남자애 둘이 숙소로 돌아오는데 마치 승리한 전사의 얼굴을 하고 있는 거야. '우리에겐 이야기가 있다!' 하는 비장한 표정으로.

나는 웃느라 볼이 아팠다. 에피소드를 가져온 사람의 자부심을 상상할 수 있었기 때문이다.

한 차례의 토크를 마무리한 한은 휴~ 하며 숨을 돌리고 있었다. 한이 크게 웃을 때면 류가 으흐흐 하고 웃을 때의 소리와 너무도 비슷했다. 그게 유전자 때문인지 혹은 그냥 같은 집에서 오래 함께 살았기 때문인지는 모르겠다. 아무튼 형제나 자매라는 건 묘했다.

한편 심과 한은 혈연이 아닌데도 묘하게 연결되어 있는 듯했다.

한이 한참 만담을 진행하는 와중에 옆에 앉은 심은 마치 야망이 큰 부모의 모습을 흉내 내며 그를 다그쳤다. "야 그 얘기 왜 빼먹어, 그거 말해야지." 하면서 코치했다. 어떤 대목에서 심은 "내가 할게." 하고 토크를 가로채기도 했다. 한이 경험한 이야기이고 심은 그 시공간에 아예 없었는데도 말이다. 둘이 이 얘기를 얼마나 여러 버전으로 자주 나눴으면 심이 대신 말해줄 수도 있을 정도란 말인가. 심이 바톤을 넘기길 요구할 때면 한은 항상 해탈한 표정으로 "그래. 이제 니가 말해." 하며 이야기의 나머지를 토스했다. 토스할 때 한의 얼굴에는 안도가 스쳤다. 부담과 함께 이야기를 여기까지 끌고 온 것만으로도 지쳤다는 얼굴이었다. 한은 말했다.

난 아무래도 심 없는 대화의 장을 잘 못 견디는 것 같아.

그 투샷을 맞은편에서 바라보는 동안 지루할 틈이 없었다. 수없이 서로를 침범하기 때문이었다. 심과 한은 대학의 재즈 동아리에서 만난 사이였다. 전공이 재즈는 아니었으나 동아리에 혼신의 힘을 다한 이들이었다. 심은 주로 노래를 하고 한은 악기를 연주했다. 둘 다 작곡을 하기도 했는데 작곡 스타일은 서로 판이했다. 캠퍼스 커플로 시작해서 많은 음악 공연과 공동 작업을 십 년간 함께 해왔다. 둘은 함께 연주하고 노래하는 게 익숙해 보였다. 시작하자는 신호 없이도 어느새 근사한 연주를 진행하고 있었다. 서로만 아는 박자와 타이밍. 그렇게 완성한 노래들이 둘 사이에 아주 많을 것이다. 재즈가 얼마나 좋은지를 한의 연주와 심의 노래를 들으며 배웠다.

현재 심은 베를린에서 음악 학교에 다니다가 휴학 중이었다. 국공립대학이므로 그녀에게는 의료보험 카드가 발급되었는데 독일 정부는 남편인 한 앞으로도 카드를 한 장 더 발급해주었다. 독일 대학의 학생과 결혼한 남편이라 혜택을 받는 것이었다. 그 카드가 부여한 자격으로 두 사람은 치과도 다니고 정신과도 다니고 무료로 약 처방도 받으며 지냈다.

부부와 있는 건 묘하게 마음이 편했다. 다른 이와 사랑에 빠질 가능성을 모색하기를 어느 순간 멈추고 서로를 확정한 이들 옆에서 나는 왠지 모르게 긴장이 풀어졌다. 둘을 구경하고 웃다가 밤이 후딱 지나갔다.

5.

베를린의 또 다른 이웃으로는 허가 있었다. 몇 년 만에 만나는 친구였다. 베를린에 오지 않았다면 언제 볼지 미지수인 그런 사이. 이 낯선 도시에서 허가 그간 어떻게 지내왔을지 조금 궁금했다. 그녀는 내가 애청했던 드라마 〈선덕여왕〉의 미실을 닮았다. 자기가 어떻게 싸울지 적수에게 미리 알리던 캐릭터. 이 싸움을 시시하게는 만들지 말라고 경고하던 캐릭터. 그 배역을 연기한 강하고 아름다운 고현정과 허의 얼굴은 간혹 겹쳐졌다. 그래서인지 나는 허가 직설적이고 화끈한 말을 내뱉을 때마다 작은 쾌감을 느꼈다. 부부의 집에서 10분만 걸으면 허의 집이 나왔다. 허가 차려주는 밥을 얻어먹으며 그녀의 이야기를 들었다. 그녀는 1년간의 외롭고 고달픈 유학생활을 통해 할머니들에게서 평안을 얻는 법을 터득하게 되었다고 말했다.

독일 할머니들 존나 웃기고 존나 친절해.

나는 고개를 끄덕였다. 독일 할머니들에게만 해당되는 이야기는 아닐 터였다.

허는 길 가다가 맘에 드는 할머니를 만나면 멈춰 서서 할머니의 번호를 따곤 한댔다. 할머니들은 물론 순순히 자신의 핸드폰 번호를 허에게 주었다. 그녀는 한국에서나 독일에서나 할머니들과 순식간에 친해지는 법을 아는 여자애였다.

허는 영혼의 안정을 위해 베를린 할머니들이 모인 곳으로 찾아갔다. 바로 뜨개질 모임이었다. 그곳에는 무아의 경지로 각종 양말과 스웨터와 가방을 뜨며 끝없는 유머를 시전하는 할머니들이 잔뜩 있었다. 뜨개질하는 그녀들의 독일어를 주워들으며 더듬더듬 말하는 와중에 허의 독일어 실력은 조금씩 향상되었다. 허는 할머니들에게 자신이 반한 남자애에 관해 털어놓았다. 몇 년 전 팔레스타인에서부터 온갖 역경을 거쳐 베를린으로 건너 온 남자애였다. 이곳에서 의대를 다니는 학생이기도 했다. 허가 베를린 자연사 박물관의 커다란 공룡 뼈 앞에서 그 남자애한테 고백할 계획이라고 발표하자 할머니들은 뜨개질을 하며 고개를 갸우뚱거렸다.

너는 거기가 로맨틱한 장소라고 생각하니?

한 할머니의 물음에 허는 그렇다고 대답했다. 아주 오래된 것 앞에서 사랑을 고백한다는 게 너무 특별할 것 같다고.

다른 할머니가 딴지를 걸었다.

오래된 것으로 말할 것 같으면, 저기 철도 박물관의 기차도 아주 오래됐는데.

기차랑 공룡 뼈는 많이 다른 것 같다고 허가 말하자 또 다른 할머니가 조언했다.

그러지 말고 일단 키스를 해버려.

뜨개질 모임의 독일 할머니들은 킬킬댔다. 허보다 더 신난 듯한 것 같기도 했다.

팔레스타인에서 온 남자애, 사이드라는 이름을 가진 그 애한테 허가 반한 이유는 여러 가지였겠지만, 그녀는 어느 날의 사이드를 선명히 기억하고 있었다. 친구들과 함께 맥주를 들고 가던 와중에 그들은 육교 위에 쓰러져 있는 한 사람을 발견했다. 들고 있던 걸 죄다 내려놓고 그에게 빠르게 달려간 사람은 사이드였다. 쓰러진 이의 호흡을 확인하고 응급 처치를 하고 구급차를 부르는 등의 일처리를 온 몸과 마음을 던져서 수행하는 사이드의 모습을 허는 지켜보았다. 그날로부터 허는 속수무책으로 사이드를 의식하게 되었다.

그런데 어느 날 학원에서 사이드는 당황스러운 제안을 했다. 그들은 한 시험을 앞두고 있었는데, 시험지의 문제 유출지를 돈을 주고 사겠냐는 것이었다.

허는 자기 귀를 의심하며 그런 건 사지 않겠다고 대답했다. 정직하게 시험을 본 허는 그 시험에서 떨어졌다. 그것은 허에게 억울한 일이 아니었다. 허의 마음을 괴롭히는 건 시험 낙방이 아니라 치팅을 제안한 사이드였다. 허는 사이드가 공부하고 있을 도서관에 찾아갔다. 잠깐 얘기 좀 하자며 그를 불러냈다. 서툰 독일어로 허가 말했다.

네가 그런 제안을 할 때 나는 실망스러웠어.

말로 정확히 안 전해질까 봐 손짓과 발짓을 써가며 말했다. 실망스러웠다고. 능숙하게 독일어를 구사하는 팔레스타인 남자, 사이드는 싱글싱글 웃으며 허에게 물었다.

그 얘길 왜 하고 싶은 건데?

허는 서툰 독일어로 대답했다.

모르겠어. 꼭 말해야 할 것 같아.

사이드는 다시 물었다.

왜 꼭 말해야 할 것 같은데?

허는 대답을 못했다. 하지만 이유는 너무도 간단했다. 허가 그를 좋아하기 때문이었다.

4.

몇 달이 지나고, 모국어를 공유하는 내 앞에서 허는 빠르고 정확한 문장들로 말했다.

사이드를 아예 이해하지 못하는 건 아니야. 여기서 사는 게 나보다 얼마나 더 절박한 일일지 생각했어. 정말 힘들게 이민 와서 살아남고 있는 거잖아. 문제 유출지를 돈 주고 사서 시험에 붙으면서라도 여기에 남아야 하는 상황을 조금은 알 수 있을 것 같아. 우리는 둘이 만나서 종종 놀았어. 나는 갈수록 걔랑 연애를 하고 싶어졌어. 하지만 걔는 자신의 상황이 복잡하다고 말했어. 자기에겐 많은 트라우마가 있고 해야 할 일도 많다고. 그 얘기를 몇 달간 들었어. 언제부턴가 나는 상황에 대해서 그만 말하라고 했어. 모두에게는 각자의 상황이 있고 따져보면 이해 못할 상황이라는 건 없을 거야. 베를린에서 필사적으로 의대에 다니는 상황도 이해해. 얼마나 고단할지. 그치만 어쩌면, 그런 일들과 연애를 병행할 수도 있는 거잖아. 내가 궁금한 건 나에 대한 너의 감정이라고, 힘주어 걔한테 말했어.

유럽에 와서 생각했어. 이 세계가 존나 전쟁 같다는 거. 나에게 팔레스타인은 언제나 먼 이야기였어. 그런데 이제는 난민에 관한 이야기들이 너무 가깝게 다가와. 내가 다닌 어학원에는 시리아를 포함해 여러 나라에서 건너온 난민들이 많았어. 나는 어쩌다가 팔레스타인 남자애를 좋아하게 되었지. 그러자 팔레스타인이란 나라는 나에게 완전히 달라져버렸어. 네이버 검색창에 매일 팔레스타인을 검색하게 되는 거야. 가자지구에서 무슨 일이 일어났는지. 몇 명이 다치거나 죽었는지. 한국에서는 제주도에 난민 5백 명 받는 것 가지고도 이 난리가 일어나는데, 세계적인 난민 문제에 대한 한국인의 인식이란 게 얼마나 협소하겠어. 베를린 전철에서 가끔씩 독일인이 중동 사람으로 보이는 사람에게 소리치는 걸 봐. 너네 나라로 꺼지라고.

다짜고짜 소리를 질러. 그 옆에서 또 다른 독일인이 말려. 그런 말 하지 말라고. 그러다가 독일인들끼리 싸워. 그런 걸 자주 목격해.

한국에 있는 지인들에게, 팔레스타인 남자애를 좋아하고 있다고 말하면 얼마 후에 이렇게 물어봐. 그 파키스탄 남자애랑은 어떻게 됐냐고. 그들에게는 다 비슷비슷한 거야. 팔레스타인이나 파키스탄이나 카자흐스탄이나… 하지만 이제 나한테는 존나 다르단 말이야. 그들은 또 이렇게 물어. 독일에 유학 갔는데 왜 독일 남자를 안 만나고 팔레스타인 남자를 좋아하냐고. 난 그게 무슨 이상한 소린지 모르겠어.

사이드의 집에 놀러갔을 때 걔는 팔레스타인의 역사를 커다란 칠판에 그려가면서 설명해주었어. 어쩌다 그 나라가 이런 상황에 처하게 되었는지를, 멋진 글씨로 적어주었어. 한 번은 같이 타코야끼를 구워 먹었어. 걔네 집에 틀이 있길래. 한국 여자랑 팔레스타인 남자가 베를린에서 타코야끼를 먹는 저녁이었어.

제일 재밌었던 건 내가 경험한 세상이라는 것에 관해 걔랑 토론할 수 있다는 거였어. 서로 살아온 세계가 너무 다르니까 항상 생각이 다르더라. 매일 새벽 다섯 시에 일어나는 사이드는 인간이 게으르면 안 된다고 생각한대. 게으른 것을 너무 커다란 죄악으로 느끼나봐. 하지만 나는 게을러도 되는 세상을 만들고 싶다고 말했어. 모든 사람들이 미친 듯이 노력하는 세상은 나쁜 세상인 것 같다고.

걔는 나를 만나고 한국에 대한 관심이 많아졌어. 책과 인터넷으로 한국에 대해 닥치는 대로 정보를 수집하고, 도서관에 가서 한국인처럼 생기는 사람을 보면 괜히 말을 걸었대. 내가 좋아하는 산울림의 노래 〈너의 의미〉를 걔한테 알려줬어. 걔는 그 노래를 자기도 꼭 부르고 싶다고 말했어. 혼자서 그 노래를 몇 번이나 돌려들으며 영어로 발음을 적더라. 그러고는 통째로 다 외워버렸어. 가사가 무슨 의미인지도 다 공부해왔어. 나랑 이 노래를 꼭 같이 부르고 싶다고 말했어.

같이 있을 때면 걔가 나한테 얼마나 집중하는지 느낄 수 있었어. 내 숨소리 하나하나에도 얼마나 집중하고 있는지를. 걔가 짓는 표정이, 너랑 함께 있는 동안 1초도 불행하고 싶지 않다고, 최선을 다해 이 모든 만남을 행복하게 만들고 싶다고 말하는 것 같았어. 많은 말이 필요하지 않았어. 내가 입을 떼기 전에도 나에게 뭐가 필요한지 아는 것 같았어. 그런 사람을 만나는 건 생에서 흔치 않은 일이잖아.

그가 얼마나 좋은 친구였는지 허는 나에게 이야기했다. 또한 허는 자신이 얼마나 많은 뜨개질을 했는지도 말했다. 사이드와 만나고 싶은데 안 만나질 때마다, 그리고 사이드와의 관계가 자기 맘 같지 않을 때마다 뭔가를 떴기 때문이다. 그녀는 분노와 답답함을 뜨개질로 승화하는 사람이었고 그 결과 아주 많은 양말을 뜨게 되었다. 그렇게 떠진 양말 중 한 켤레를 나는 선물로 받았다. 정말이지 쫀쫀하고 견고한 뜨개양말이었다. 여행에서 마음이 허한 밤마다 그 양말을 신고 잤다.

5.

베를린 거주자들의 묵혀둔 이야기들을 들으며 밤을 보내다가도 아침이 오면 달리기를 했다. 아무래도 나는 그런 루틴에 기대어 살아가는 사람 같았다. 달리다가 과일 가게를 지나치면 단내가 훅 밀려왔다. 단 공기를 마실 때에는 좀 탐욕적으로 숨을 쉬게 됐다. 잘 조성된 공원을 달릴 때면 티팬티만 입고 태닝하는 사람들이 풀밭에 있었다. 친구는 베를리너들이 여름 뽕에 취해 한 해를 살아간다고 말했다. 몇 달 되지 않는 서머타임을 최대한 즐기는 듯했다.

베를린에 있는 동안 내 몸이 가볍다고 느꼈다. 어디로든 잘 달려갈 수 있을 것만 같고 점프도 높이 할 수 있을 것만 같았다. 실제 체중과는 상관이 없었다. 어쩌면 이 도시에 발붙이고 사는 이들에게 의지하며 체류하고 있기 때문일지도 몰랐다. 그들과 연결되어 있는 동안 공포와 긴장을 자주 까먹었다.

다 뛰고 부부의 집으로 돌아오면 산뜻한 해가 집 안에 들었다. 늦잠을 자는 일이 드문 한은 심보다 먼저 스멀스멀 거실로 걸어 나오곤 했다. 간밤의 취기와 흥분에 비해 아침 인사는 서먹서먹했다. 잘 잤어? 응… 잘잤어. 둘 중 누가 웃어버려도 이상하지 않은 그런 몇 마디를 웃지 않은 채 주고받은 뒤 우리는 부엌일을 나눠 했다. 이 집의 부엌 전담은 한이었다. 심은 부엌 이외 구역의 청소를 담당했다. 부엌일이 갈수록 싫어져서, 그리고 최근엔 손목을 다쳐서 더더욱 부엌에 안 간다고 심은 말했다. 자동으로 한의 요리 실력이 늘고 있었다. 그는 언젠가 심이 해주었던 끔찍한 요리를 회상하며 말했다.

음식을 받아들고 조금 상처받았었어. 이걸… 정말, 나 먹으라고 준 건가 하고…

두 사람이 막 웃었다. 그녀는 잘하는 일과 못하는 일 사이의 갭이 컸다. 극단적인 면모들이 심의 몸 안에 여기저기 자리 잡고 있었다. 심의 음감과 리듬감과 발성과 노래에서 나는 재주를 타고난 사람의 기운을 느꼈다. 살면서 그녀는 음악과 친하기도 싸우기도 화해하기도 화해하지 못하기도 했을 테지만, 어쨌든 재능이란 건 언제나 좀 압도적인 데가 있었다.

그 집의 거실에서 심은 나에게 노래를 알려주었다. 정확히는 내가 이미 가진 소리를 그동안 보내지 않았던 부위로 보내보는 연습이었다. 정수리와 뒤통수를 울리는 소리를 낼 수 있다는 걸 난생 처음 배웠다. 내 소리의 울림이 이렇게 커질 수 있다니 신기했다. 심은 말했다. 이제 혼자서도 얼마든지 할 수 있다고. 마음에 달린 거니까. 정신이 신체를 자주 컨트롤하니까.

마음에 달렸다는 말은 믿기 조금 어려웠는데 한 순간도 내 몸으로 살아보지 않은 심이 잠깐의 코치를 해준 것만으로도 내게서 다른 소리가 난다면 정말 스스로 다시 해낼 수 있는 일일지도 몰랐다. 심이 인도해주는 대로 따라서 소리를 내는 동안 가슴과 목과 귓구멍과 정수리와 뒤통수가 시원해지는 걸 느꼈다. 노래를 통한 커다란 해소감에 관해 심은 이야기했다. 그녀처럼 목소리를 익숙한 도구로 사용할 수 있다면 황홀한 쾌감에 자주 도달할 수 있을 것 같았다.

다 배우고 나서는 다시 책상으로 돌아와 노트북을 켜고 마감해야 할 글들을 썼다. 이달에는 청탁받은 원고들이 많았다. 한의 기타 연습 소리를 들으며 글을 마감했다. 현란한 연주였다. 그러자 내가 새삼스럽게 느껴졌다. 어째서 글쓰기라는 도구를 선택한 건가. 기타와 시타르를 다루는 한과 목소리를 갈고닦는 심의 집에 머무는 동안 나는 간혹 다시 태어나는 상상을 했다. 다시 태어나면 글은 쓰지 말아야지. 노래를 부르고 춤을 추는 사람이 되어야지. 그런 다짐을 하며 그날 써야 할 것들을 썼다.

마감이 없는 날에는 베를린을 둘러보러 혼자 외출했다. 하루는 자연사 박물관의 입구까지 갔다가 되돌아왔다. 많은 정보를 수용할 자신이 오늘은 없다는 걸 매표소 앞에서 깨달았기 때문이다. 박물관에 가는 대신 베를린 외곽에 있는 혼탕 사우나에 찾아갔다. 유토피아의 모양을 하고 있는 그곳에서 발가벗고 두 시간을 잤다. 햇볕과 풀밭과 호수와 나무그늘과 사우나와 나체들 속에서 아무 꿈도 꾸지 않고 잠 속에 머물렀다. 눈을 떴을 때 뭔가 중요한 부분이 회복되었다고 느껴졌다. 살면서 몇 번 만날까 말까 한 양질의 잠이었다.

혼탕 사우나에서 받은 기운을 몸에 지닌 채 다시 부지런히 베를린을 돌아다녔다. 어느 저녁에는 심과 한과 허와 나. 넷이 모여 연어를 먹었다. 해산물이 귀한 독일에서 연어란 흔치 않은 메뉴였다. 식후에 그들은 담배 한 개비를 나눠 피웠다. 하나를 혼자 피우는 사람은 나뿐이었다. 가장 애연가여서일 수도 있었지만 유럽의 비싼 담배 가격이 아직 실감나지 않아서일 수도 있었다. 맛있는 음식과 술과 담배를 나누고, 또 다른 곳으로 떠날 짐을 싼 뒤 매트리스에 누웠다. 이상한 기분이 들었다.

실은 이런 식의 만남에 익숙하지 않기 때문이다. 일주일을 내내 붙어지내다가 다시 멀리 떨어지는 것. 언제 다시 만날지 모르는 것. 종종 연락을 주고받는 것도 무용하게 느껴질 만큼 멀리 떨어진 장소에서 각자의 삶을 사는 것. 꼭 만난 적 없는 것처럼. 마치 우리가 함께 놀았던 며칠이 몇 편의 꿈인 것처럼.

베를린 공항에서 파리로 넘어가는 수속을 홀로 밟는데 내 가방에서 그들 집의 열쇠를 발견했다. 편하게 출입하라고 부부가 준 스페어 키였다. 몰락과 재기는 어느 곳에서나 가능한 일이었으나, 베를린에 직접 갔기 때문에 들을 수 있는 이야기들이 있었다. 이곳에 살림을 푼 사람들의 이야기. 그럼에도 언제까지나 이방인의 정체성을 가질 사람들의 이야기. 이방인들이 만난 이방인들의 이야기. 동시에 연인들의 것이기도 한 이야기. 어쩐지 나는 이 도시에 다시 오게 될 것 같았다.

2018.07.29.日

69.
베이비 베이비

1.

독일에서 산 레고 두 박스를 품에 안고 프랑스에 내렸다. 하나는 숲 속이 배경인 레고 세트였고 다른 하나는 도로가 배경인 레고 세트였다. 그들에게 이미 레고가 있을 것인가? 당연히 있을 것이다. 그런데 레고 선물을 또 추가해도 되는가? 물론이다. 레고의 세계에서 '지나치게 많다'는 개념은 있을 수 없다. 아무리 많은 부품도 필연적으로 모자라다. 끝없이 풍부해질 수 있으므로.

커다란 여행 가방을 들고 탑승한 파리의 지하철은 꼭 나쁜 사고가 일어날 것만 같은 장소였다. 오래되고 더럽고 음침했고 어디선가 오줌냄새가 났다. 지하철이 한참 달리다가 갑자기 멈춰도 아무도 놀라지 않았다. 언제 다시 출발할지 모르는 차내에 앉아 진땀을 흘리며 그저 기다릴 뿐이었다. 빵빵한 냉방 시스템이란 서울이나 일본의 지하철에서나 흔한 일인 듯했다. 숙소에 도착하자 중년의 아랍계 여자가 나를 반겼다. 그녀는 다섯 평짜리 작은 집을 구석구석 소개하며 각종 식기와 침구의 위치와 욕실 사용법을 일러주었다. 옆에는 그녀를 쫄래쫄래 따라다니는 어린 남자애가 있었다. 아이는 수줍은 불어로 내게 자꾸 말을 걸었다. 미안하다고, 불어를 못한다고 영어로 대답했다. 아이의 여름방학을 맞아 두 사람이 시골로 며칠 놀러가는 사이 내가 이 집을 빌리기로 했다. 둘은 이제 떠나야 하는데 아이는 내 관심을 받고 싶은지 자동차 장난감을 자꾸만 새로 꺼내오고 있었다. 먼지 쌓인 기차 모형은 흐르는 물로 박박 씻어서 내 손에 쥐어주기까지 했다. 아이가 반짝이는 눈으로 내게 늘어놓는 것들을 구경하다가 그녀의 얼굴로 시선을 돌리고 말했다.

I hope someday I will raise a child.

그러자 그녀가 oh… 하고 탄식했다. 심지어 이렇게 덧붙였다.

No way…

우리는 동시에 막 웃었다. 혼자여서 이렇게 자유로운 네가 자발적으로 육아를 선택한다니 말이 되냐는 얼굴로 그녀가 날 봤다.

How terrible this is…

복잡한 얼굴로 그녀가 말했다. 나는 덧붙였다.

In the future. In the far future.

그녀는 여전히 염려스러운 얼굴이었다. 노 웨이라는 말이 너무 단호해서 자꾸 웃음이 나왔다. 아이가 엄마의 손을 잡았다. 엄마는 자기 몫의 짐과 아이 몫의 짐을 양 어깨에 메고 아이 손을 이끌고 집을 떠났다. 나는 혼자 집에 남아 짐을 풀었다.

2.

낯선 대중교통을 타고 뱅센 공원에 찾아갔다. 들판 위에서 한낮을 즐기는 파리 사람들이 도처에 있었다. 어느 나무 그늘 밑에 내가 아는 얼굴의 여자가 선글라스를 끼고 돗자리 위에 앉아 있었다. 내가 멀리서부터 신나게 손을 흔들자 선글라스 아래로 드러난 그녀 입꼬리가 슬쩍 올라갔다. 드디어 왔냐, 하는 표정이었다. 내 여행의 종착지에 있는 그녀, 곽언니의 돗자리에 당도하자 그녀는 나를 위한 담배를 말아주었다. 비싸고 맛 없는 유럽 시판 담배의 대안으로 직접 연초와 종이와 필터를 사서 몇 달간 담배를 말아 피우다보니 언니는 어느새 담배 말기의 장인이 되어 있었다. 곽언니가 말아놓은 롤링 타바코는 거의 기계가 찍은 공산품의 모양이었다. 그간 사서 피운 담배랑은 비교도 안 되게 맛있었다.

돗자리 주변으로는 일곱 살 남자애 단이와 곤이가 공을 들고 뛰어다녔다. 곽언니가 낳은 쌍둥이 형제였다. 언니는 나보다 열다섯 살이 많았다. 번역가인 그녀가 아이들을 데리고 파리에 온 지는 이제 반 년이 되었다. 일란성 쌍둥이인 아이들의 얼굴은 나에게 완전히 똑같게 보였다. 도대체 곽언니는 둘을 어떻게 분간하는 걸까.

엄마가 오늘 예쁜 이모 온다고 했지? 슬아 이모한테 인사해.

곽언니가 나를 가리키며 아이들에게 소개했다.

뛰어놀던 단이와 곤이는 멈춰선 채 심드렁한 표정을 지었다. 아이들은 머리가 짧은 여자를 별로 좋아하지 않는 경향이 있었다. 이럴 줄 알았던 나는 가방을 뒤적거렸다. 독일에서 사온 레고는 이들을 위한 것이었다. 선물이라며 내밀자 그들은 내 옆으로 와서 무릎을 꿇고 앉았다. 둘 중 누가 숲속 레고 세트를 가지고 누가 도로 레고 세트를 가질 것인지는 자연스럽게 정해졌다. 어차피 나중에는 공동의 장난감이 될 터였다.

애들이 레고를 조립하는 사이 언니와 나는 밀린 이야기를 나누었다. 공원에는 사람이 많았다. 소풍 짐을 싸서 놀러 나온 가족들과 데이트하러 온 연인들과 술 마시고 담배 피우는 친구들이 우리 주변 돗자리에서 각자 편안한 자세로 쉬고 있었다. 대화 도중 아이들은 끊임없이 곽언니에게 무언가를 물었다. 엄마, 이건 뭐야? 엄마, 저건 왜 그러는 거야? 곽언니는 내게 말을 하던 와중에도 자주 멈추고 아이들에게 대답을 해주었다. 레고를 다 조립하자 아이들은 나무를 타러 가자고 했다. 공원에는 그들이 좋아하는 나무가 있었다. 좋아하는 나무에 도착하기까지 단이와 곤이는 서로 의견이 분분했다.

이쪽 길이야!

아니야, 저쪽 길이야!

곽언니는 말이 없었다. 지독한 길치였기 때문이다. 그녀는 그저 아이들이 신었던 인라인 스케이트와 헬맷이 담긴 가방과 도시락 가방과 자기 책이 담긴 가방을 양 어깨에 주렁주렁 지고 뒤따를 뿐이었다. 아이들은 엄마와 나를 이끌고 나무로 데려갔다. 그리고 자신이 얼마나 높이까지 오를 수 있는지 보여주었다. 나는 조심해, 조심해, 라고 말하며 같이 나무에 올랐다. 나무에 오른 게 얼마만인가 싶었다. 막상 오르니 되게 신났다. 커다랗고 튼튼해서 안심하고 오르기 좋았다. 내가 자꾸만 더 높은 곳으로 팔과 다리를 뻗자 이번엔 아이들이 앞다투어 말했다.

조심해요.

맞아요. 가지가 부러질 수도 있어요.

알았어. 조심할게.

나는 멋쩍어하며 내려왔다. 땅에 내려온 우리는 같이 공을 차기 시작했다. 그러다 공이 호수로 날아가서 물에 빠졌다. 아이 둘은 울상을 지었다. 연두색 공이 호수 위를 속절없이 떠갔다. 내가 입수해서 건져주면 좋을 텐데 수심이 깊고 물이 탁했다. 아이들은 곽언니에게 쪼르르 달려가 '엄마…' 하고 울먹거렸다. 언니는 곤란한 표정으로 웃었다. '어쩜 좋냐~' 하며 물끄러미 호수를 바라보았다.

그때 마침 한 무리의 프랑스 젊은이들이 배를 타고 노를 저으며 다가왔다. 우리는 조금 애처로운 눈빛으로 그들을 바라보았다. 그들은 우리를 바라보다가 이내 호수 가운데에 둥둥 떠다니는 연두색 공을 발견하고는 웃었다. 그러더니 공을 향해 배를 몰았다. 노를 저어

공 가까이에 다다랐을 때 기다란 노로 공을 힘껏 쳐서 물가로 보내주었다. 공은 물 위를 둥둥 떠서 우리에게 다가왔다. 다시 공을 손에 쥔 쌍둥이들의 어깨를 매만지며 곽언니가 말했다.

호수가 근처에 있을 때에는 공을 조심히 차야 해.

공원 관리인처럼 보이는 남자가 우리 돗자리 앞에 등장했다. 그가 불어로 무언가를 말하자 곽언니는 고개를 끄덕였다. 이제 공원이 문을 닫는 시간이니 자리를 파하라는 얘기랬다. 짐을 싸고 돗자리를 접었다. 아이들은 레고 부품을 챙겨서 가방에 넣었다. 아직 해가 쨍쨍했다. 어두워지기까지 세 시간은 더 남아있었다. 공원 출구로 걷는 길에 쌍둥이 중 하나가 물었다.

엄마. 공원 문은 왜 여섯 시에 닫는 거야?

곽언니가 대답했다.

그러기로 약속한 거야.

왜 그런 약속을 했어?

공원을 관리하는 사람들도 밤에는 쉬어야 하니까.

쌍둥이 중 다른 하나가 말했다.

우리는 한국에서 왔으니까 프랑스 사람들이 정한 거에 참견하고 그러면 안 돼.

내가 끼어들었다.

아니야, 참견해도 돼. 많이 해도 돼.

아이들은 잠자코 있다가 손목시계를 보며 말했다.

슬아 이모! 이제 여섯 시가 넘었으니까 사람들한테 인사할 때는 봉수아(Bonsoir)라고 해야 돼요.

맞아요. 그게 저녁 인사거든요.

알았어. 꼭 그렇게 말할게. 발음을 다시 한 번 알려줄래?

둘은 번갈아가며 내게 말해주었다.

봉수아.

봉수아!

얼굴도 똑같은데 내뱉는 단어마저 비슷해서 나는 아직도 둘 중 누가 단이이고 곤이인지 분간하지 못했다.

3.

곽언니네 집으로 가는 길에는 간단히 저녁 장을 보았다. 스위스와 이탈리아와 독일이 그랬듯 이 나라에도 편의점이라는 게 거의 없어서 밤이 되기 전에 필요한 것을 미리 사두어야 했다. 그나마 늦게까지 문 여는 건 아랍 마트였다. 내 나라에 편의점이 무지막지하게 많다는 게 좀 이상하게 느껴졌다. 여기엔 24시간 영업하는 상점도 야간 노동자도 별로 없었다.

곽언니와 아들들이 함께 사는 집은 곽언니가 여지껏 살아본 집 중 가장 좁았다. 집값이 어마어마한 파리에서 그나마 선택할 수 있었던 최선이었지만 말이다. 세 사람이 공유하는 암묵적인 규칙들이 이 집 곳곳에서 작동했다. 아니나 다를까 이곳엔 이미 장독대만 한 레고 상자가 있었는데, 레고를 가지고 논 뒤에는 다시 상자에 담아야 한다는 걸 아이들은 인지하고 있었다. 그러지 않으면 레고 부품 조각을 밟아서 발바닥이 무지 아플 수도 있기 때문이다. 조립식 팽이는 팽이 판에서만 돌려야 했다. 마룻바닥에 돌리면 마루가 상할 수도 있고 아랫집에서 시끄러울 수도 있기 때문이다. 저녁 이후로는 쿵쾅거리며 뛰어다녀서는 안 됐다. 여러 사람이 같이 사는 주택이기 때문이다.

그리고 자기가 먹은 밥그릇은 자기가 부엌에 가져다놔야 돼요.

맞아요. 그거는 당연한 거래요.

곽언니가 주방에서 저녁을 준비하는 동안 아이들은 내게 일러주었다. 그러고는 자기에게 중요한 모든 소품을 내 앞에 가져와 늘어놓기 시작했다. 단이가 프랑스 학교에서 만든 에펠탑 모형, 곤이가 연습장에 그린 사자 그림, 단이가 가진 팽이 중 가장 센 것, 곤이가 만든 레고 건물 중 가장 멋진 것. 그것들은 엄마인 곽언니와 두 형제 사이에서 이미 지겹도록 공유된 것들이었으나 나에게는 처음 소개되는 것들이었다. 손님이자 이방인인 나에게 형제가 늘어놓는 구구절절한 역사 이야기는 끝날 기색이 보이지 않았다.

한바탕 설명을 들은 뒤 나는 단이가 그리던 연습장에 색연필로 그림을 그렸다. 곽언니가 밥을 하면서 아들들에게 설명했다.

얘들아. 엄마가 말했지. 슬아 이모는 만화를 그리는 사람이기도 해.

둘 중 한 명이 내게 물었다.

이모는 무슨 만화를 그려요?

데뷔작인 〈숏컷〉을 떠올리며 대답했다.

나는 조금 야한 만화를 그려.

뭐가 야해요?

내 만화에는 사람들이 옷을 안 입고 나와.

다른 한 명이 잠시 생각하다가 물었다.

그게 왜 야해요?

나는 머리를 한 방 맞은 것 같았다. '옷을 안 입었다'에서 바로 '야하다'로 직결되는 관념이 이들에게는 아직 생성되지 않은 것이다. 그것이 몹시 부럽기도 했다. 나는 정정했다.

사실 야하지는 않아! 귀여운 것에 더 가까워.

또 다른 한 명이 다시 물었다.

그런데 왜 옷을 안 입혀요?

옷을 그리기가 너무 어려워서 안 그렸어. 나는 그림을 잘 못 그리거든. 하지만 너희를 보니까 너희 모습을 그리고 싶어진다. 잠시만 가만히 있으면 금방 그려볼게.

그러자 아이들은 옷장에 가서 각자의 캡틴 아메리카 옷과 스파이더맨 옷을 입고 나왔다. 머리부터 발끝까지 이어지는 히어로 슈트였다. 그런 옷이 세상에 있는 줄도 몰랐던 나는 앞에 아이를 하나씩 세워두고 빠르게 초상화를 그리기 시작했다. 잠시 가만히 있어야 보고 그릴 수 있는데 아이는 종이 위에 자신이 어떻게 그려지고 있는지 확인하기 위해 자꾸만 몸을 움직였다. 스케치를 다 하고는 각자에게 종이를 넘겼다.

색칠은 너희가 직접 해. 하고 싶은 대로 칠해 봐.

아이들은 자신의 모습이 그려진 종이를 받아들고 색을 칠하기 시작했다. 이때는 단이와 곤이가 전혀 비슷하지 않았다. 곤이가 테두리 선을 잔뜩 침범하며 무심하고 자유롭게 색칠하는 동안 단이는 아주 유심히 선 안을 채우고 있었다. 선을 넘지 않도록 주의하면서. 최대한 예쁘고 깔끔하게.

단이야. 너 색칠을 정말 꼼꼼하게 하는구나!

내가 단이 뒤에서 말하자 그 애가 종이에 칠하던 파란색이 갑자기 진해졌다. 단이 손에 힘이 들어간 것이었다. 진해진 파란색을 보고 나는 조금 겁을 먹었다. 칭찬은 이렇게나 즉각적으로 효과가 나타나는 거였다. 아이를 뿌듯하게도 하지만 경직되게도 만들었다.

나와 아이가 거실을 난장판으로 만들며 노는 동안 곽언니가 저녁을 다 차렸다. 레고며 색연필을 주섬주섬 치우고 식탁에 모였다. 곽언니네 집에는 김치가 있었다. 2주에 한 번씩 아시아 마트에 가서 배추와 온갖 재료를 사온 뒤 절이고 양념에 버무린댔다. 한 번에 많이 해놓으면 좋겠지만 김치 냉장고가 없어서 언니는 2주마다 그 일을 한다. 김장 자체보다 재료를 사는 일이 더 수고롭게 느껴진다고 언니는 말했다. 너무 고단할 것 같아서 김치 따위 그냥 안 담그면 안 되냐고 말하고 싶었는데, 김치를 맛보는 순간 너무 맛있어서 그 말이 쏙 들어갔다. 곽언니와 아이들에게도 살맛 나는 맛일 거였다. 아이들은 일곱 살인데도 벌써 성인의 양으로 밥을 먹었다. 언니가 아이들을 위해 푼 밥은 내 것보다 넉넉했다.

밥상에서 나와 이야기를 나누는 동시에 아이들의 수많은 질문을 접수받고 가장 적절한 대답을 생각해내는 곽언니의 멀티 플레이가 계속 이어졌다. 이 세 명이 하루에 주고받는 대화의 양에 나는 놀라버렸다. 40대 여자와 일곱 살 남자들은 온종일 끝없는 수다를 이어갔다. 나는 아이들에게 불어를 알려달라고 했다.

2주 동안 지내는데 어떤 말부터 배워야 될까?

내가 묻자 둘 중 한 명이 말했다.

일단 봉주르를 알아야 돼요.

봉주르. 알았어.

다른 한 명이 말했다.

그리고 메르시를 알아야 돼요.

메르시. 알았어. 내가 까먹지 않게 좀 적어 줄래?

아이들은 포스트잇을 들고 와 커다랗고 못 생긴 글씨로 다음과 같이 적었다.

멕시 : 고마워

사바 : 겐찬아

주마뻴 스라 : 내 이름은 스라

빠흘르빠형새 : 불어 할주몰라요

다 적고 나에게 건네며 단이가 덧붙였다.

일단 이것만이라도 말해요.

고마워. 난 이걸 들고 다니며 파리를 여행할게. 이것만 믿는다!

내가 대답하자 곤이가 덧붙였다.

사실 그것만 말하면 모자라요. 그래도 아직 못하니까 그거라도 말해요.

알았어!

나는 순순히 포스트잇을 챙겼다. 정말로 여기 있는 말만 말한다면 내 인격은 매우 바보처럼 보일 것이었다. 고맙고요, 괜찮고요, 제 이름은 슬아입니다. 프랑스어는 할 줄 모릅니다… 이런 말들을 엉성한 불어로 내뱉는 내 모습을 상상하자 웃음이 나왔다. 그 포스트잇이 너무 사랑스럽고 소중해서 나는 아이들을 꼭 껴안았다. 정수리에서 고소한 냄새가 났다. 정수리 위치는 벌써 내 배꼽을 넘었다.

너희는 금방 내 키보다 훌쩍 커질 것 같아.

내가 말하자 단이가 의아하다는 듯이 물었다.

그럴 일은 인생에서 없을 것 같은데요?

왜?

우리가 커지는 동안 슬아 이모도 커지잖아요.

옆에서 곽언니가 푸하하 웃고는 일러주었다.

슬아 이모는~ 더 이상 커지지 않는단다~

왜 엄마? 하고 곤이가 물었다.

이모는 키가 멈춰버렸거든. 저게 다 자란 키야. 엄마가 더 이상 커지지 않는 것처럼.

아이들은 잠자코 들었다.

나는 그들에게 뽀뽀를 받고 싶은 나머지 뻔뻔하게 물어봤다.

너희 비쥬 할 줄 알아? 프랑스 사람들은 인사할 때 비쥬를 한다던데 나는 어떻게 하는지 모르겠더라.

둘 중 한 명이 무심하게 말했다.

볼에 뽀뽀를 세 번 하면 돼요.

그래? 한 쪽 볼에 세 번 연속으로 하면 돼?

다른 한 명이 대답했다.

아뇨. 번갈아가면서요,

헷갈린다. 한 번 나한테 보여줘.

그러자 곤이가 귀찮다는 듯이 내게 다가와 나의 오른쪽 왼쪽 그리고 오른쪽 볼에 쪽, 쪽, 쪽 하고 뽀뽀했다.

이렇게요.

알았어!

곤이 볼에서는 아기 냄새가 심하게 났다. 마음이 이상해졌다.

밤이 깊어지고 곽언니가 아이들을 재우러 들어간 사이 나는 설거지를 하고 그 집에서 나왔다. 설거지를 하는 동안 언니의 일상이 말도 안 되게 느껴졌다. 이 모든 집안일과 육아와 번역 일과 알바를 어떻게 혼자서 병행한단 말인가. 그게 가능하기는 한가. 버스를 타고 내 숙소로 돌아가는 길에도 계속 의아했다. 1인분의 인생도 힘들게 굴러가는데 곽언니는 어떻게 해내는 걸까. 그걸 내 미래로 만들 수 있을지 자신이 없었다.

4.

숙소에서 혼자 자는 새벽에는 간간이 남들의 섹스 소리가 들려왔다. 파리는 한여름에도 서울보다 덜 덥고 덜 습했다. 그래서인지 에어컨이 있는 집이 드물었고 모두들 창문을 활짝 열고 지냈다. 그 창문을 통해 누군가들의 신음소리가 새어나왔다. 신음소리는 너무도 다양했다. 쾌감을 참지 못하는 소리들을 들으며 자다 깨다 잤다.

아침이 오면 어느 도시에서나 그랬듯 달리기를 하러 나갔다. 파리 중심을 흐르는 운하 옆 도로를 달렸다. 러너들은 나 말고도 많았다. 뛰면서 지나친 어느 건물의 발코니에는 알몸으로 난간에 기대어 담배 피우는 여자와 남자가 있었다. 그 나른한 모습은 어느 날의 나와 애인의 모습과도 닮았다. 이탈리아에서 노년의 커플들을 자주 목격했다면 파리에서는 젊은 연인들을 자주 보았다.

개인적인 시간을 보내다가도 웬지 아이들이 또 보고 싶어서 곽언니네 집에 다시 찾아갔다. 애들은 곽언니와 함께 바느질을 하고 있었다. 곰돌이 모양으로 자른 천 두 장의 테두리에 실을 감아서 인형을 직접 만드는 중이었다. 놀랍게도 이 일곱 살 남자애 두 명은 균일한 간격으로 박음질을 할 줄 알았다. 이들이 곽언니의 자식들이라는 게 실감났다.

여자 스탠드업 코미디언인 해나 개츠비의 무대가 떠올랐다. 마이크 하나밖에 없는 무대에 혼자 선 그녀는 이렇게 말하고 있었다.

> 성별에 관해서 다들 과하게 흥분해요. 특히 성별이 제대로 된 분들 말이에요. 여러분이 가장 이상해요. 지나칠 정도로 과잉 반응 한다고요. (…) 남자가 치마 입는 게 그렇게 이상할 일인가요? 머리숱도 없는 아기한테 분홍 머리띠를 씌우는 게 더 이상하죠. (…) 이건 어때요? 옛날부터 자행됐던 남녀의 선 긋기를 없애는 거예요. 7살이나 10살이 될 때까지 그들을 같은 편이라고 말해주는 거죠. 남성과 여성이 차이점보단 공통점이 많다는 거 알고 계셨나요? 아마 대부분 모를 걸요. 차이점에만 집중하니까요. 남성과 여성의 차이점이라니, 퍽이나 다르겠어요. 차라리 개를 비교하세요. 다들 남녀가 서로 다른 행성에서 왔다고 떠들죠. 화성에서 온 여자와 남자 똘똘이에서 온 여자라나 뭐라나…

그녀는 자신이 레즈비언임을 밝히며 이렇게 말하기도 했다.

> 일주일 계획을 세운다 해도 그렇게 레즈비언다운 계획은 많지 않죠. 저는 레즈비언보단 요리사에 가까울 정도로 요리를 많이 해요. 그런데 요리사 코미디언이라고 소개된 적이 한 번이라도 있나

요? (…) 레즈비언이라는 말도 저와 어울리지 않아요. 이제야 얘기하는데요, 저라는 사람은 지쳤어요. 정말 지쳤어요. (I identify… as tired. I'm just tired.)

해나 개츠비의 말들을 떠올리며 나는 두 남자애의 아득한 미래를 상상했다. 성별이 그들에게 어떤 영향을 끊임없이 미치며 살아갈지. 성별에 의해 억압당하지 않고 성별로써 억압하지도 않는 주체가 되는 게 과연 가능이나 할지. 성별에만 국한되지 않은 정체성을 잘 확립해갈 수 있을지. 그 와중에 곤이는 팬티를 거꾸로 입고 있었다. 앞쪽 부분에 와 있어야 할 작은 고추 주머니가 항문 뒤에 대롱대롱 매달린 채였다. 아직 온몸의 모든 부위가 작아서인지 딱히 불편해보이지도 않았다. 바느질 중인 아이들에게 곽언니가 말했다.

중요한 사실 알려줄까?

쌍둥이가 각자 한 번씩 물었다.

뭔데?

뭔데?

인형 만드는 그 천 말이야, 너희가 어렸을 때 기저귀로 쓰던 천이야.

그러자 둘은 인상을 쓰고 웃으며 칭얼댔다

아! 뭐야~

이거 진짜로 기저귀야? 아! 진짜~

그래~ 너희 똥오줌을 받던 천이라니까.

곽언니가 웃으며 덧붙였다.

그래도 그 천, 품질은 최고야.

엄마. 품질이 뭔데?

어떤 물건이 얼마나 좋은지 말하는 단어야.

인형을 다 만들고 나서는 공원에 가기로 했다. 공원으로 찾아가는 길에는 과일 가게에 들러 체리를 샀다. 사실 딱히 사려던 건 아닌데. 과일 가게 아저씨가 애들 입에 달콤한 체리를 하나씩 쏙 넣어주었고 그 과육의 당도에 애들 눈이 번쩍 뜨여버린 바람에 사지 않을 수 없었다. 애들은 작은 소리로 아저씨에게 인사했다. 멕시, 멕시.

여느 때처럼 길치인 곽언니 대신 아이들이 앞장섰다. 곤이가 말했다.

엄마. 내가 지름길을 알려줄게.

단이가 물었다.

지름길이 뭐야?

곽언니가 대답했다.

더 빨리 가는 길을 말하는 거야.

아이들의 양손에는 꽝꽝 얼린 생수통이 들려 있었다. 곽언니가 냉동실에 얼려놨던 것을 쥐여준 것이다. 목이 마른데 아직 녹지 않아서 물통에 입을 대도 물이 나오지 않자 아이들은 얼음을 깨기 위해 그걸 통째로 길바닥에 던졌다. 꽝! 꽝! 하고 힘껏 던지자 통 속에 있던 얼음이 바사삭 깨져갔다. 아이들은 마구 웃으며 계속 던지고 주웠다. 그러면서 걸었다. 농구공을 드리블하듯 생수통을 박살내가며. 어느새 그들 손바닥이 쭈글쭈글해졌다.

너희들 손이 퉁퉁 불었어. 물 묻은 병을 하도 만져서 그래.

그들 중 한 명이 대답했다.

맞아요. 목욕할 때도 이렇게 돼요.

다른 한 명도 거들었다.

물이 묻으면 피부가 불어요.

생수통에 있는 물을 꿀꺽꿀꺽 비우고 쉴새없이 떠들고 뛰며 공원을 향해 찾아가는 아이들 뒤로 곽언니가 있었다. 어깨에 짐을 진 채 아이들의 질문에 대답하며 걸었다. 언니의 어깨와 목과 허리는 꼿꼿했다. 젊고 날씬한 뒷모습이었다. 지름길을 찾아준다던 곤이는 이상한 방향으로 우리를 안내하고 있었다. 다시 바른 길로 접어들어야 했으나 곽언니도 헷갈려보였다.

나는 마치, 무척 헐거운데 예민한 조이스틱을 쥐고 자동차 경주 게임을 하는 기분으로 아이들을 따라갔다. 그들은 빠르고 시끄럽게 폭주하고 있었다. 아주 살짝만 움직여도 방향이 확확 틀어져버려서 짜릿하고 두려웠다. 그들의 관심 방향은 시시때때로 급변했다. 함께 걷는 동안 내 주변은 빈틈이 없었다. 너무 많은 말과 너무 많은 소리와 너무 많은 움직임과 너무 많은 정보들에 나는 난데없이 졸음이 왔다. 1인분의 삶만 살아본 나의 뇌에 과부하가 걸린지도 몰랐다.

아이들은 자전거 주차장 난간에 매달린 뒤 각종 위험한 자세를 취해보기도 했다. 곽언니가 위험하다고 주의를 주면 한결 안전해 보이는 포즈로 바꿔 앉았다.

엄마. 이렇게 앉는 건 괜찮아?

그래. 그 정도는 괜찮아.

괜찮다는 허락을 받으면 오기가 생기는지 다시 좀 더 위험해 보이는 자세로 바꿨다.

엄마. 이 자세는 어때? 위험해?

좀 위험해.

그럼 이건? 이렇게 하는 건 어때?

엄마. 나 좀 봐봐. 이건 돼?

이 산책길에서 형제의 존재 증명은 1초도 멈추지 않고 계속되었다. 다시 앞다퉈 질주하는 아이들을 뒤따라가며 곽언니가 말했다.

엄마들이 잘 믿지 못하는 신화가 있어. 조앤 롤링이 카페에 유모차 세워놓고 해리포터 썼다는 이야기. 나로선 그게 정말 불가능해 보여.

우리는 그저 웃었다. 이곳에서 내가 목격한 곽언니는 끝없고 쉴 새 없는 대답자였다. 자식들이 건네는 모든 질문에 대한 답변인이자 세상에 대한 대변인. 본인도 아직 낯선 세계에 관해 최선을 다해 쉬운 언어로 설명하는 사람. 그러면서 친절하고 적절한 어휘가 폭발적으로 늘어나버린 사람.

5.

오래 전 곽언니는 내가 다닌 중학교의 글쓰기 선생님이었다. 내가 글 쓰는 사람이 된 것에는 그녀 지분이 3할 정도 있다는 걸 그녀는 알까? 알면 아마도 부담스러워 할 것이었다. 그러나 그녀가 어린 나에게 어떤 글들을 소개해주었는지, 그리고 내가 쓴 것을 얼마나 다정하게 해석해주었는지 나는 지금도 죄다 기억하고 있다. 언니는 바로 앞에 놓인 아이를 키우느라 이제 다 까먹었을지도 모른다. 자기도 모르는 사이 많은 이들을 생생하게 살리며 살아온 것도 모르고 지금 닥친 수많은 질문에 열심히 대답하는 중이었다. 지치지도 않고 좋은 대답을 고안하느라 바빴다.

어렵게 도착한 공원에는 단이와 곤이 말고도 많은 아이들이 있었다. 학교에 가면 흑인 형아들이 잘해준다고 아이들은 말했다. 그러나 지금은 여름 방학이었고, 오후의 여가 시간을 책임지는 건 온전히 곽언니의 몫이었다. 곽언니가 모처럼 돗자리에서 멍을 때릴 수 있도록 나는 아이들 옆에 바짝 붙어 노는 모습을 살폈다. 단이와 곤이는 집에서 챙겨온 근사한 팽이를 꺼내보았다. 백인 아이들이 몰려와 그 팽이를 구경했다. 그중 한 여자애가 단이의 팽이를 홀랑 집어 들었다. 금색 단발머리의 아이였다. 단이는 불안한 얼굴로 그 애에게 손을 뻗으며 이렇게 물었다.

보꾸와? 보꾸와?

왜, 어째서, 나의 팽이를 가져가는 거냐고 말하고 싶었던 것 같다.

옆에 있던 곤이가 단이를 나무랐다.

걔가 잠깐만 가지고 노는 건데 너는 그게 그렇게 싫니.

그러자 단이는 어물쩡거렸다.

내가 말했다.

진짜로 가져가버리지는 않도록 단이가 잘 지켜보면 될 거야.

단이는 고개를 끄덕였다. 이내 곤이는 공을 차러 갔다. 나는 곽언니의 돗자리로 갔다. 단이는 팽이를 지켜보다가 구름 사다리에 매달리러 갔다.

그사이 단이의 팽이가 없어졌다. 한눈 판 동안 누가 가져가버린 것이다.

팽이를 잃어버리고 터벅터벅 집에 돌아온 저녁, 단이는 심란해 보였다. 아빠가 한국에서 보내준 지 일주일도 안 된 장난감이기 때문이다. 자신의 부주의로 잃어버린 것이라 대놓고 땡깡을 피울 수도 없었다. 일곱 살은 이미 염치라는 걸 익힌 나이였다. 곽언니가 새우를 넣고 만든 크림 리조또를 나눠 먹으며 나는 둘에게 물었다.

너희 엄마 뱃속에 같이 들어있을 때 기억 나?

아뇨.

아니요오.

한 번 기억해 봐. 그때 같이 따뜻한 물속에 있었잖아.

오래 돼서 기억이 안 나요.

아기들은 아직 기억을 못해요.

만약 사는 게 너무 힘들면, 다시 엄마 뱃속으로 들어가버리면 어떨까?

내가 묻자 아이들은 곽언니의 배를 바라보았다.

들어가는 입구가 어딘데요?

너희가 나왔던 데로 다시 들어가면 되지 않을까?

거기가 어딘데요?

옆에 있던 곽언니가 대답했다.

오줌 구멍 옆에 또 다른 구멍이 있어.

아이들은 알쏭달쏭한 얼굴이 되었다.

밤이 되자 아이들은 스스로 샤워를 하고 잠옷을 입었다. 평소라면 곽언니는 이때쯤 아이들에게 책을 읽어줄 것이다. 그들이 함께 완독한 책은 수십 권도 넘었다. 그들은 마법천자문 시리즈를 특히 사랑했다. 그 만화를 42권까지 읽어주면서 보낸 숱한 밤들을 나는 그저 짐작만 해볼 뿐이었다. 칸 구석에 있는 효과음까지 놓치지 않고 죄다 소리 내며 낭독하는 곽언니의 모습을. 푸슉 푸슉 콱 쾅 버럭! 침을 튀며 열연하면 까르르 웃다가 잠드는 아이들을. 아이들은 침대에 누워 곽언니를 부르고 있었다.

엄마. 왜 안 와?

언니는 아이들에게 다가가 나지막이 말했다.

얘들아. 오늘은 슬아 이모랑 아주 오래 이야기를 나누고 싶어. 이모를 언제 또 다시 만날지 모르거든. 몇 년이 걸릴 수도 있어.

둘 중 하나가 칭얼댔다.

그래도 재워주면 안 돼?

다른 하나가 다독였다.

야. 하루 정도는 우리끼리 자자.

둘은 침대에 엎드려 노트북을 켜고 좋아하는 애니메이션을 시청하기 시작했다. 이내 쌕쌕거리는 숨소리가 들려오자 곽언니는 침실의 불을 살짝 꺼주었다.

부엌 식탁에 앉아 작은 스탠드를 켜고 곽언니와 나는 주거니 받거니 수다를 떨었다. 끝나지 않을 것만 같은 대화였다. 레이먼드 카버와 미란다 줄라이와 토니 모리슨과 제사 크리스핀과 권여선과 정혜윤과 황정은과… 그리고 우리 일상의 관해. 우리들의 부모에 관해. 돈벌이와 슬픔과 기쁨과 분노와 자책에 관해. 우리가 자주 빠지고

마는 함정에 관해. 지금 쓰는 글의 아쉬움에 관해. 앞으로 쓰고 싶은 글에 관해. 최근에 읽었던 기사와 칼럼에 관해. 그리고 아이들에 관해. 생을 채우는 모든 요소들 중 생각나는 대로 닥치는 대로 마구마구 이야기 나눴다.

그러다가도 침묵이 흘렀다.

곽언니랑 얘기하니까 정말 좋다! 하고 속으로 생각했다.

그 때 곽언니가 입을 열고 말했다.

너랑 얘기하니까 행복하다 야.

창문으로 밤바람이 솔솔 새어들어왔다. 그때 침실 문이 끼익 하고 열리더니, 둘 중 하나가 졸린 눈으로 걸어나와 곽언니에게 옷을 건네고는 다시 들어갔다. 새벽이라 추울지도 모르는 엄마에게 가디건을 걸쳐주러 나온 거였다. 그 애는 아마 단이였을 것이다.

곤이와 단이의 얼굴은 미묘하게 달랐다. 차이를 명확히 설명할 수 없지만, 다른 것을 조금은 알 수 있었다. 더 더듬거리며 말하는 애가 단이였다. 어, 어, 음, 음, 하고 주춤거리면서 문장을 완성하는 애. 단이보다 음성의 데시벨이 아주 살짝 낮은 애가 곤이였다. 곤이는 나에게 살가운 몸짓을 좀 더 자주 했다. 길을 걸을 때 좀 더 뒤쳐지는 애는 단이였다. 곤이가 곽언니 옆에 찰싹 달라붙어 가는 동안 단이는 길가에 있는 포스터를 보다가 조금 더 늦게 따라갔다. 더 자주 토라지는 쪽도 단이였다.

이 미세한 차이를 알기까지 일주일이 걸렸다. 그 애들의 근거가 되는 디테일들. 그러나 계속 변하기도 하는 디테일들. 끊임없이 업데이트되는 디테일들. 누군가를 계속 힘차게 살게 만드는 그 디테일들. 살과 피부와 머리카락과 음성과 이빨과 뺨과 정수리 냄새의 디테일들. 빼도 박도 못할 사랑의 근원들.

그런 걸 아주 조금 알 것 같았다. 하지만 이제는 귀국하기 하루 전이었다.

쌍둥이의 얼굴을 겨우 분간할 수 있게 된 날, 침대에 누운 세 사람의 규칙적인 숨소리를 뒤로 하고 내 숙소로 돌아와 짐을 쌌다.

나는 여전히 네 개의 나라에 관해 아는 게 별로 없었다. 선명한 건 그 나라에 살림을 풀고 사는 사람들의 얼굴들뿐이었다. 도시들은 친구와 오빠와 언니와 아이들의 얼굴로 기억되었다. 제네바에서나 밀라노에서나 베를린에서나 파리에서나 이토록 클로즈업밖에 없는 나의 여행, 광각 렌즈로 촬영된 장면 같은 건 없는 나의 여행이 끝나가고 있었다.

2018.08.07.火

[7월호 연재를 마치며]

안녕하세요. 이슬아입니다. 여행지에서 쓴 네 편의 긴 원고를 모두 발송한 뒤 메일드립니다. 7월호 연재가 마무리되었습니다. 이달에는 일간 연재에 비해 발송이 불규칙적이었고 대지각도 두 번이나 있었습니다. 기다리시게 해서 무척 죄송합니다.

매 회당 에이포 용지로 열네 장쯤 되는 글들을 쓰며 저의 부족함을 많이 깨달았던 한 달이었습니다. 분량이 길어지면서 글의 호흡과 이음새가 자주 엉성해졌다고 느낍니다. 보내고 나서도 맘에 들지 않는 부분이 많아 스스로에게 자꾸 아쉬웠습니다. 덜 쓰면서도 더 잘 전하는 법을 아직 잘 모르겠습니다. 새로운 달에는 다시 일간 연재 호흡으로 돌아가겠지만, 제 글쓰기의 이런저런 부족함들을 극복해 볼 수 있는 수업들을 수강하면서 연재를 하려고 합니다.

한여름에 태어난 저는 사계절 중 여름을 가장 좋아해왔는데요. 올해를 기점으로 여름을 좋아한다는 말을 하기가 무척 어려워질 것 같습니다. 이렇게 무거운 더위 속에서 모두들 안녕하신지 모르겠습니다. 고된 계절에도 제 글을 읽어주셔서 고맙습니다. 이 달에 읽어주셨던 분들이 다음 달에도 읽어주시기를 희망하며 연재를 마칩니다.

2018.08.08

이슬아 드림

2018년 8월

70.
미용 생활

내 집 앞에는 '빠리 미용실'이 있다. 30년 전부터 사람들의 머리카락을 만져온 원장님이 운영하는 곳이다. 간판 밑에 '할머니 파마 전문'이라는 팻말이 붙어 있는 곳이기도 하다. 서너 평 남짓한 그 미용실에서 홀로 바삐 일하시는 원장님의 눈은 영명하다. 내가 별말 없이 의자에 앉으면 그녀는 가운을 휙 둘러주고는 빠른 가위질을 시작한다. 뒷덜미와 귀 위쪽에 난 머리칼을 바리깡으로 과감하게 밀어주는 날도 있다. 컷트 가격은 늘 만 원 이하다. 겨우 몇천 원을 받고 머리를 잘라주는 미용실을 2018년에는 거의 찾아볼 수 없기 때문에 나는 빠리 미용실의 단골 손님이 되었다.

간판을 볼 때마다 원장님이 파리에 관해 어떤 추억이나 느낌을 가지고 있는지 궁금했으나 아직 물어보지 못했다. 우리 엄마보다 열 살 많은 원장님은 과거에 혹시 파리에 간 적이 있었을까. 아니면 파리라는 말에 낭만과 용기를 심어준 누군가나 무언가가 있었을까. 마침 파리에서 돌아온 참인 나는 이번에 머리를 자르러 가면 원장님께 물어봐야겠다고 다짐했다.

그런데 빠리 미용실의 문은 웬일로 닫혀 있었다. 원장님이 서해로 휴가를 가셨댔다. 여름의 한복판이었다. 일주일에 하루만 쉬며 30년간 일해온 원장님도 며칠씩 가게 문을 닫는 폭염의 계절이 바로 지금이었던 것이다. 여행하는 동안 한껏 덥수룩해진 나의 컷트 머리를 오늘 안에 꼭 손봐야겠다고 다짐했던 나는 오랜만에 다른 미용실에 찾아가기로 했다.

최근 머리를 손질한 건 베를린에서였다. 베를린 변두리의 한 미용실에 들어가자 미용사들도 손님들도 모두 어쩐지 터키 여자들이었다. 그녀들은 영어를 할 줄 몰랐고 나는 독일어와 터키어를 할 줄 몰랐다. 손가락으로 내가 자르고 싶은 기장을 열심히 설명했지만 터키에서 온 미용사나 한국에서 온 나나 불안한 건 마찬가지였다.

미용실에서 필요한 언어란 얼마나 구체적이면서도 미묘한가. 앞머리는 가볍게 쳐주세요, 귀밑은 칼단발로 쳐주세요, 층은 내지 말아주세요, 목덜미는 바리깡으로 마무리 해주세요… 모국어도 영어도 통하지 않는 외국인끼리 그런 말들을 정확히 주고받는 건 불가능해 보였다.

체념한 채로 터키 여자의 손길에 모든 걸 맡긴 결과 내 머리는 시골집에서 조부모 손에 키워지는 여섯 살배기 어린아이의 것과 비슷해졌다. 만화영화 〈반딧불이의 묘〉에 등장하는 세츠코의 머리와도 흡사했다. 터키 미용사는 영어를 할 줄 몰랐으나 정확히 쏘리에 해당하는 표정을 짓고 있었다.

아무래도 상관없던 나는 세츠코 머리로 한동안을 지냈다. 이번에 새롭게 하고 싶은 머리는 살면서 한 번도 해보지 않은 것이었다. 그것은 아주 심한 곱슬머리였다. 이 욕망은 예전에 본 애플의 광고에서부터 출발했다. 스파이크 존즈 감독이 제작한 환상적인 광고에는 가수 에프케이에이 트윅스가 나온다. 홈팟에서 흘러나온 음악에 맞춰 움직이는 그 여자의 몸놀림이랑 표정이 너무 아름다워서 매일매일 떠오를 지경이었다. 바로 그녀처럼 심하게 곱슬거리는 머리를 하고 싶었다. 그을린 피부에 빠글거리는 흑발.

하지만 그녀와 나는 다른 인종이었다. 흑인과 황인은 타고난 모질이 아예 다른데 과연 내가 그녀와 같은 머리에 성공할 수 있을 것인가.

처음 보는 미용실에 입장하자 연분홍색 남방을 입은 중년 남자 원장님이 나를 반겼다. 나는 그에게 에프케이에이 트윅스의 사진을 보여주며 말했다.

이 여자처럼 흑인의 곱슬머리 같은 파마 해주세요.

그는 너무도 반가운 표정으로 대답했다.

자기가 들어올 때부터 생각했어. 이런 머리 해주고 싶다고.

정말요?

내가 기뻐하며 묻자 원장님은 자신 있는 표정으로 고개를 끄덕였다.

내가 잘 알아, 이런 스타일. 자기한테 딱 어울려.

미용실에서 자기라고 호명되는 것은 흔한 일이었다. 원장님은 직원들을 시켜 가장 얇은 파마 롤을 가져오도록 했다. 세 사람이 내 뒤에 서서 쫀쫀하게 머리를 마는 동안 나는 가운을 두른 채 멀뚱멀뚱 앉아 있었다.

원장님은 직원들에게 지시했다.

세게 말아요. 아주 그냥 씨게 말아버려.

그러자 직원들은 정말이지 거센 손놀림으로 빡빡하게 롤을 말기 시작했다. 두피가 지끈지끈 아팠지만 뷰티풀 컬리 헤어를 위해 끙끙 하고 참았다. 원장님이 말했다.

딱 보니까 자기는 개성 있는 스타일로 가야 돼.

나는 그저 웃었다.

자신이 처음으로 개업한 미용실의 이름이 뭔지 아느냐고 그는 내게 물었다.

뭔데요?

개성 시대야, 개성 시대.

나는 개성에 관한 그의 오래된 열망이 웃겨서 막 웃었다.

그게 몇 년 전이에요?

30년 전이야. 내가 지금은 늙어가지고 개성이 많이 사라졌지만 젊었을 때는 정말 눈에 띄는 스타일이었어.

나는 뒤를 돌아보고 말했다.

지금도 정말 눈에 띄세요!

물론 진심이었다. 원장님의 강렬한 이목구비와 패턴 가득한 연분홍 남방은 누가 봐도 잊을 수 없을 것 같았다. 그는 몇 가지 미용상식을 나에게 설명해주었다.

흑인들의 곱슬머리는 시작부터 달라. 동양인들은 모공의 길이 직선으로 나 있지만 흑인들은 모공부터가 꼬불꼬불하게 꼬여 있거든. 모발이 두피 속에서 자랄 때부터 스프링처럼 꼬인 길을 통과하기 때문에 그렇게 심한 곱슬머리가 나오는 거지.

나는 신기해하며 들었다.

그럼 제 머리는 어떻게 그렇게 만들 수 있어요?

원장님은 그냥 자신의 기술을 믿으라고 말하고는 직원들에게 다시 한번 명령했다.

이빠이 세게 말아버려요.

내 머리통 전체에 자잘한 롤이 점점 더 추가되는 와중에 그는 자신이 젊었을 적 파리를 여행하며 얼마나 많은 인종의 머리를 만져봤는지 이야기하기 시작했다. 다양하게 보고 만져야 미용사의 역량도 늘어난다고 강조했다.

그래야 개성이라는 게 생겨요.

원장님의 길고 긴 개성 찬양을 들으며 나는 잠시 꾸벅꾸벅 졸았다. 한 시간 반 뒤 중화와 샴푸를 마치고 다시 의자에 앉았을 때 뒤에서 겨우 웃음을 참는 듯한 직원들의 표정을 거울을 통해 볼 수 있었다.

거울 속 내 머리는 정확히 우리 친할머니와 외할머니의 머리와 똑같았다. 빠리 미용실의 할머니들과도 같은 스타일이었다. 여섯 살의 머리에서 예순 살의 머리로 점프해버린 내 모습이 감당되지 않아서 그날 내내 거울을 못 봤다.

다음 날 나를 목격한 나의 친구 양은 말했다.

네 머리는 마치 큰 내기에서 진 사람이 벌칙으로 어쩔 수 없이 한 머리 같아. 일반인이라면 그런 머리는 절대 돈 주고 하지 않을 거야.

나는 곱슬머리 속에 손가락을 집어넣고 한숨을 쉬었다.

그러자 양이 빈정거리며 덧붙였다.

물론 너는 일반인이 아니지~

일반인이 아니면 뭔데?

너는 〈일간 이슬아〉의 이슬아지~ 팔로워도 1만 명이나 되잖아~

나를 한껏 조롱한 뒤 양은 어디선가 볼펜과 연필을 가져와 내 머리에 꽂기 시작했다. 거의 열두 자루가 꽂힐 지경이었다. 잘하면 내 파마 머릿속에 오만 원짜리 비상금도 숨길 수 있을 것 같았다.

2018.08.20.月.

71.
낯선 신체

내 귀는 아주 작다. 복희는 내 귀를 볼 때마다 아홉 살 이후로 귀의 발육이 멈춘 것 같다고 말했고, 류와 울은 뭐랄까 구워 먹음직스러운 귀라고 말했다. 한입 크기의 야들야들한 피부와 연골. 이 작은 귀 두 짝을 얼굴 양옆에 달고 살아간다.

무수한 소리와 음악과 말과 진동이 여기로 흘러들어왔다. 입을 닫고 있을 때에도 귀는 언제나 별수 없이 열려 있었다. 잘 듣거나 오래 듣는 능력과 귀의 크기는 상관이 없는 듯하다. 가끔 애인의 커다란 귀를 만지작거리다가 내 작은 귀로 손을 옮기면 이상한 느낌이 든다. 아 참, 이게 나지, 하고 새삼스러워진다. 내 것이지만 손가락이나 발가락처럼 움직일 수는 없는 부위.

간혹 귀를 움직일 줄 아는 애들이 있었다. 그런 애들은 높은 확률로 팔꿈치에 혀를 댈 수도 있었다. 귀를 움직일 줄도 모르고 팔꿈치에 혀도 안 닿는 나는 그들이 교실 뒤에서 아이들의 이목을 끄는 걸 구경했다. 그들은 몸장난의 레퍼토리가 나보다 많았다. 몸을 자유자재로 가지고 노는 건 신기한 일이다. 자기 신체의 구석구석을 익히 알고 컨트롤할 수 있는 사람의 모습은 넋 놓고 보게 된다. 무용수와 마술사들을 볼 때 그렇다.

내 몸이 내 몸 같지 않을 때가 종종 있다. 춤을 출 때도 내 몸뚱아리가 낯설고 처음 자보는 사람의 몸을 만질 때도 내 손이 낯설다. 남을 낯설어하기도 바쁜 와중에 새삼 내 손이 낯설어서 당황하게 된다.

스스로가 가장 낯설었던 건 약간의 거식증을 앓았을 때다. 작년 어느 시기에는 밥만 먹으면 구역질이 나왔다. 구역질은 보름 넘게 이어졌다. 음식을 게워내기도 했고 토할 음식이 없어서 헛구역질만 거듭되기도 했다. 거울을 보면 얼굴이 흙빛이었다. 의지와 상관없이 음식을 토해내는 위가 도무지 이해되지 않았다. 구역질을 매일 하다 보니 목울대가 찢어질 것 같이 뻐근하여 말을 하기도 어려웠다. 아무래도 식도에 염증이 생긴 것 같았다. 위의 문제라기보다는 목의 문제처럼 느껴지기도 했다.

어떤 끼니도 양껏 먹지 못한 채로 몇 주를 보내다가 집 근처 내과에 갔다. 동네의 할머니 할아버지들 사이에서 40분을 기다렸다. 접수대 옆 의자에서 꾸벅 꾸벅 졸다가 진료실에 입장했다.

거기엔 할아버지뻘의 의사 선생님이 앉아 계셨다. 선생님은 내 목구멍을 유심히 들여다보신 뒤 배 이곳저곳을 한참동안 신중히 누르셨다. 선생님의 얼굴이 조금 걱정스럽게 변했다. 그는 아주 천천히 창밖을 향해 고개를 돌리면서 이렇게 말했다.

어떻게 하면 좋을까…?

심장이 덜컹했다. 얼마나 심각한 것일까. 사실 나도 모르는 새에 지금까지 커다란 병을 키워왔던 거 아닌가. 역시 담배를 피우지 말았어야 했나. 아니면 매주 사 마신 편의점 와인이 문제인가. 그간의 생활 습관을 돌아보며 초조하게 선생님의 얼굴을 바라보았다. 그는 다시 나에게로 고개를 돌리더니 차분하게 말했다.

내가 보기엔… 장기에는 전혀 문제가 없는데. 어쩌지요?

나는 얼떨떨한 기분으로 되물었다.

아무 문제가 없다고요?

선생님은 고개를 끄덕였다.

민망하고도 석연치 않았다. 아무 문제가 없는데 어째서 밥만 먹으면 구역질이 나오고 뭔가를 토하는 것인가.

선생님은 심인성 질환이라고 간단히 설명했다. 심인성이라는 단어는 아주 많은 단어들을 포섭하는 말이었으나 아무 것도 해결 못하는 말이기도 했다. 그는 나를 지긋이 바라보며 다정하게 말했다.

사는 게 쉽지 않죠. 그래도 어쩌겠어. 마음을 굳게 먹는 수밖에…

나는 뭐라고 대답해야 할지 몰라 그냥 고개를 끄덕였다. 사실 내가 하고 싶은 건 마음을 굳게 먹는 게 아니라 잔뜩 풀어지는 것이었다. 가능하다면 진짜로 망하지는 않는 선에서 마구 망가지고 싶었다. 이루고 싶은 것도 지키고 싶은 것도 많아 노심초사한 인생에서 아주 잠깐씩 비밀스럽게 엉망이 되고 싶었다. 그건 어떻게 가능할까. 가능하기나 할까. 선생님은 진료비를 받지 않고 나를 돌려보냈다.

이후에도 한동안 구역질과 토를 하다가 우연한 계기로 증상이 완화되었다.

낯선 사람이랑 섹스를 하던 도중이었다. 상대가 위에 올라탄 채 한 손을 뻗어 내 목에 얹었다. 숨이 완전히 막힐 만큼 꽉 조른 것은 아니었지만 아주 강한 손길이었다. 쾌감과 약간의 통증이 내 몸을 덮쳤다. 점점 더 세게 조여와서 호흡이 어려웠다. 동시에 엄청나게 짜릿하고 시원했다. 폭력적인 모양이지만 진짜 폭력은 아닌 어떤 것. 암묵적으로 합의된 몸장난 같은 것. 압도적인 힘 아래에서 똑바로 위를 쳐다보며 커다란 통쾌함을 느꼈다.

다음 날부터 구역질이 멈췄다.

어째서인가.

이 일은 아직도 나에게 미스터리로 남아 있다.

어쩌면 그 섹스와는 쥐뿔 상관없을지도 모르지만 가끔은 내 몸보다 더 낯선 남의 몸이 예기치 않은 열쇠가 되기도 했다.

내 몸은 무얼하고 있는 걸까. 허리를 세우고 손을 움직여 타자를 치고 있는 지금 이 순간에도 내 몸은 내 의지와 상관없이 가동되고 있다. 심장이 뛰고 소화를 시키고 소리를 듣고 피가 돌고 아주 느린 속도로 노화하는 등의 수많은 일들. 내 꺼인듯 내 꺼 아닌 내 꺼 같은 나. 어제의 나를 오늘의 나라고 믿을 수 있는 근거들을 가끔은 까먹게 된다. 오늘의 내가 미래로도 연결될지 모르겠는 것이다. 영원히 내 몸을 알다가도 모를 게 분명하다.

2018.08.21.火

[구독자 분들께]

안녕하세요. 이슬아입니다. 〈일간 이슬아〉를 구독해주시는 여러 분께 인사드립니다. 제 글에 시간과 돈과 마음을 내어주시는 것에 늘 감사한 마음입니다.

오늘은 죄송한 공지를 드리기 위해 메일을 씁니다. 태풍 솔릭이 북상하고 있는 가운데 제 몸이 성치 않아서 양해를 구하고 싶습니다. 천재지변은 아직 일어나지 않았으나 일종의 인재지변으로 무척 고단한 하루였습니다. 오늘은 도저히 글을 완성할 수 없을 것 같아 이렇게 죄송한 메일을 적습니다.

반년간의 연재를 통틀어 이러한 공지를 쓰는 것은 오늘이 처음인데요, 내일인 금요일에는 평소대로 글 한 편을 발송하겠습니다. 매주 다섯 편의 글을 보내기로 하였고 그것은 꼭 지키고 싶은 규칙입니다. 오늘 휴재한 원고는 일요일 밤에 보충하여 발송하려고 합니다.

이번 주에만 평일 하루를 쉬고 주말에 한 편을 보내드리는 방식으로 연재를 할 텐데, 이해해주실 수 있을까요? 부디 너그러운 마음으로 하루치 원고를 천천히 기다려주시기를 부탁드립니다. 한 달에 스무 편의 원고를 발송한다는 약속은 변함 없을 것입니다.

수상하고 무겁고 습한 바람이 내내 부는 날이었는데 다들 어떤 하루를 보내셨을까요. 이 시간이면 늘 부끄럽고 미숙한 글 한 편을 보낸 뒤 한숨 돌리곤 했는데 오늘은 완성된 원고를 보내지 못해서 마음이 무겁습니다! 내일은 꼭 새 수필을 완성하여 찾아뵙겠습니다.

2018.08.23.

망원동에서 사랑을 담아, 이슬아 드림

72.
산부인과

종종 떠올리는 이론이 있다. 일부 진화심리학자들이 주장하는 이야기라는데 많은 학자들이 거부하는 이론이기도 하다. 예컨대 이런 것이다.

한 연구에 따르면 고대 수렵채집인 무리의 여자들은 임신 중일수록 여러 남자들과 성관계를 하도록 애를 썼다고 한다. 당시 사람들은 아기가 생기는 것이 자궁에 한 남자의 정자가 아니라 여러 남자의 정자가 축적되기 때문이라고 믿어서다. 현대 발생학이 발달하기 전에는 사람들이 한 명의 남자에 의해 아기가 생기는지 아니면 많은 남자에 의해 생기는지를 판별할 확실한 증거가 없었다. 아주 오래 전의 여자는 자신의 아기가 최고의 사냥꾼일 뿐 아니라 최고의 이야기꾼, 최강의 전사, 그리고 기타 여러 훌륭한 자질을 고루 물려받을 수 있도록 임신 중일 때 활발한 성교를 했다는 이야기다. 이 논쟁적인 이론은 유발 하라리의 책 『사피엔스』에 적혀 있다.

얼마나 믿을 만한 이야기인지 모르겠으나 이 내용을 읽을 때마다 놀라곤 한다. 그 이론 속의 사람들이 상당히 긍정적이라고 느끼기 때문이다. 여러 남자의 최악의 기질만을 물려받을 가능성에 관한 걱정은 없었을지 궁금하다.

어쨌든 현재로선 그 누구의 유전자와도 결합하고 싶지 않아서 나는 피임을 하고 산부인과에 다니며 지낸다. 집 근처 산부인과에 가면 따뜻한 색의 조명이 켜져 있고 잔잔한 클래식 음악이 흘러나온다. 로비의 소파에는 여자들이 앉아 있다. 아주 간혹 여자를 따라온 남자가 앉아 있기도 하는데 그 남자들은 어쩐지 대체로 안절부절한 표정이다. 뭔가 켕기는 게 있는 듯 죄 지은 얼굴이다.

소파 맞은편에는 접수와 수납이 이루어지는 카운터가 있다. 접수카드에 나의 인적사항을 적고 아픈 곳이나 검사받고 싶은 항목을 적는 동안 간호사는 나에게 마지막 생리 시작일을 묻는다. 내가 날짜를 대답하면 다음으로 이어지는 그녀의 질문은 이것이다.

가장 최근에 관계하신 게 언제시죠?

이 질문을 처음 들었던 날 나는 너무 당황하고 말았다. 정직하게 대답하려면 오늘 아침이라고 말해야 했는데 조금 부끄러워서 "어젯밤이요…"라고 대답했다. 이제와 생각해보니 오늘 아침에 한 거나 어젯밤에 한 거나 아주 최근이라는 점은 똑같은데 왜 그렇게 말했나 모르겠다. 쫄보는 거짓말의 스케일도 이렇게 작은 거다. 마지막 섹스 시기에 관한 대답은 웬만하면 종이에 적어서 내고 싶은데 내가 다니는 산부인과의 경우 매번 로비에서 구두로 물어본다.

로비에서 조금 창피하긴 하지만 그래도 나는 이 산부인과에 다닌다. 의사 선생님이 너무나 친절하기 때문이고 지난 반년간의 내 자궁과 난소와 난포와 질 상태가 상세히 기록되어 있기 때문이다. 산부인과의 의자들은 악명이 높다. 다리를 쫙 벌려서 가랑이 사이를 훤히 보여주는 구조라 앉을 때마다 불편한 기분이 든다. 이런 자세로 대면하는 사람은 세상에 한 명이면 족할 것 같아서 이 산부인과의 선생님을 내 주치의로 삼자고 다짐했다. 이런 나의 다짐을 그녀는 아직 모를 것이다.

이곳에서 여러 검사와 진료를 받았다. 자궁 경부암 검사, 성병 검사, 질염 검사, 자궁 초음파 검사, 방광염 치료 등. 그리고 각종 피임법에 관한 상담을 받았다. 콘돔만으로는 안심할 수 없고 피임약 복용을 하면 응급실에 실려갈 만큼 부작용이 심해서였다.

많이 번거로우시죠?

의사 선생님이 다정하게 물었고 나는 고개를 세차게 끄덕였다.

네! 번거롭고 부담스러워요.

우리는 콘돔도 피임약도 아닌 피임법을 모색해보았다. 선생님은 나에게 임플라논 시술을 제안하며 말했다.

임플라논 삽입하면 흡연을 못 하시는데, 괜찮으세요?

아뇨… 안 괜찮을 것 같아요.

선생님은 좀 더 고민하시더니 루프 삽입 시술을 제안하셨다. 자궁 안에 피임 장치를 넣어 수정란이 착상되는 걸 막는 피임 방법이었다. 흡연자도 할 수 있었다.

집에 돌아와 루프 시술에 관해 공부해보고 여러 후기들을 읽어보았다. 복희와 웅이와 애인과 이야기를 충분히 나눠본 뒤 시술을 받기로 결심했다. 저렴한 시술비는 아니었지만 향후 3년 동안 임신 가능성에 대한 불안이 없을 거라고 생각하면 충분히 지불할 수 있는 돈이었다.

시술을 받기로 한 어느 봄날에는 애인과 같이 산부인과에 갔다. 로비에서는 다시 마지막 섹스가 언제인지를 물었고 나는 이번엔 거짓말 하지 않고 대답했다. 소파에 앉아 내 이름이 불리길 기다리는 동안 애인은 물을 떠다주고 손을 주물러주었다. 개는 나보다 표정이 더 굳어 있었는데 시술이 아플까 봐 무척 걱정스러운 듯했다. 진료실에는 혼자 들어갔다. 나는 선생님의 손을 잡고 말했다.

최대한 안 아프게 넣어주세요!

그럴게요! 라고 선생님이 대답했다. 여느 때처럼 무시무시한 의자 위에 앉아 M자 모양으로 다리를 벌렸다.

시술은 겨우 2분 동안 진행되었다. 짧고 간단한 시술이었는데, T자 모양의 작은 기구를 질을 통해 깊숙히 넣어 자궁까지 넣는 그 과정은 한 마디로 존나게 아팠다. 그런 통증은 살면서 처음이었다. 세상에는 정말 다양한 고통이 있었다. 맘 편한 섹스를 위해서 이만큼의 통증과 비용을 감수하는 난 아무래도 미친 년인 것 같았다.

정말 잘 참으시네요. 수고하셨어요.

선생님이 수술 장갑을 벗으며 말했다.

로비로 어기적 어기적 걸어나가자 애인이 초조한 얼굴로 일어섰다. 약을 처방받고 걔 손을 잡고 집에 갔다. 몸이 회복되자 나는 이렇게 외칠 수 있었다.

이제 몇 년간 아무도 날 임신시킬 수 없다!

이야기를 들은 여자 친구들은 부러운 표정을 지었다.

너 이제 무적이구나! 라는 말도 덧붙였다.

임신 가능성이 차단되었다는 게 너무 기뻐서 나는 의사 선생님에게 뭔가 선물을 드리고 싶었다. 서점에 찾아가 내가 좋아하는 만화책을 골랐다. 『사랑은 혈투』라는 제목의 만화였다. 그 책은 내가 아는 연애의 내밀한 장면들로 가득했다. 산부인과에서 그녀와 나는 연애나 사랑 얘기 말고 질과 자궁에 관한 이야기를 나누지만 그러는 대부분의 원인은 이 책의 장면들처럼 혈투같은 사랑 때문이지 않나. 책을 사고 선생님에게 줄 카드를 썼다. 산부인과 의사에게 편지를 쓰는 것은 난생 처음이어서 뭐라고 써야 할지 잘 모르겠는 기분이 들었다. 그녀가 나에게 해준 것들을 기억하며 짧게 적었다.

선생님. 제 질과 자궁과 난소를 살펴봐주시고 다정하게 상담해주시고 검사와 치료를 해주시고 자궁 안에 루프도 삽입해주셔서 감사합니다. 앞으로도 잘 부탁드려요. 건강하시면 좋겠어요. 저도 건강할게요.

늦봄의 점심 시간, 어디선가 배달 온 찌개 냄새가 나는 선생님의 진료실에서 책과 카드를 건네드렸다. 선생님은 너무 깜짝 놀라며 내가 건넨 것을 받으셨다. 그녀는 곧장 만화를 펴서 찬찬히 읽어보시더니 이렇게 말했다.

이 만화는 너무 슬픈데요…!

그 순간 뭔가 안심이 되었다. 이 만화의 슬픔을 바로 알아보는 사람이 내 산부인과 주치의라는 사실이 좋았다. 애인이 바뀌어도 주치의는 바뀌지 않을 거라고 예감했다.

2018.08.24.金.

73.
돈 테잌 미 홈

존 덴버의 오래된 히트송을 들을 때마다 나는 속해본 적도 없는 고향의 이미지를 떠올린다. 흙먼지 날리는 시골길을 거쳐서 장엄한 산맥과 강줄기와 숲이 있는 마을에 도착할 것 같은. Country roads, Take me home. To the place I belong.

그러나 내 고향으로 가는 길에 컨트리 로드는 없다. 기름때 잔뜩 묻은 아스팔트 도로나 바닥에 얼기설기 깔린 벽돌이 내가 속한 동네의 길이었다. 거기 사는 어린이들은 높은 확률로 호흡기 질환을 앓았다. 나에게 고향은 축농증의 동네로 기억된다. 코로 숨 쉬어본 적이 거의 없는 동네. 매연과 쇠냄새와 드릴과 용접 소리의 동네. 남자 노동자와 남자 상인들의 동네. 자동차 부품 상가로 유명한 그 동네를 그리워하는 일은 거의 없다.

떠난 지 오래되었지만 가끔 그 동네에 간다. 할아버지와 할머니는 여전히 그곳에 살고 있기 때문이다. 얼마 전 할아버지가 우리 모두를 불렀다. 손주들에게 점심을 사주고 싶으니 시간 내서 모두 모이라는 것이었다. 마포구에서 지내던 나와 동생과 사촌 형제들은 동대문구 답십리의 한 횟집에 집합했다. 장성한 우리 네 명은 할아버지 앞에서 개별자가 아니라 손주들이라는 하나의 단위로 존재했다.

스끼다시로 꽉 찬 테이블 한 편에는 할머니와 할아버지가 앉았고 맞은 편에는 네 명의 손주가 나란히 앉았다. 이미 많이 먹고 있었는데 할아버지는 자꾸만 더 많이 먹으라고 했다. 일인당 2만 원이 넘는 식사였다. 할아버지 같은 짠돌이가 쉽게 지출하는 금액이 아니었다. 왜 이렇게 비싼 밥을 사주시는 거냐고 내가 묻자 할아버지는 대답했다.

행복해지려고 그러지.

그때 그가 행복해 보였던가? 잘 모르겠다. 옆에 앉은 할머니는 일부러 헛기침을 하다가 뜬금없이 딴 얘기를 시작했다. 할아버지와는 달리 행복이랄지 사랑이랄지 인생이랄지, 그런 커다랗고 중요해 보이는 단어는 절대 입에 담지 않는 사람이었다. 그녀 입에서 나온 이야기는 수영장에 같이 다니는 할머니 친구의 손주가 하버드에 입학했다는 말이었다. 그 기념으로 할머니의 친구는 수영장 동료들에게 크게 한 턱을 쐈다. 할머니는 친구에게 밥을 얻어먹으며 남의 손주 자랑을 잔뜩 듣고 돌아왔다.

그게 바로 지금 그녀가 조바심 나는 얼굴로 우리를 쳐다보는 이유일 터였다. 넷 중 하버드 같은 데 입학한 사람은 없었다. 애초에 대학에 진학한 사람은 나뿐이었다. 할머니는 나를 보며 말했다.

너도 뭐, 작가 그런 거 아녀.

나는 일단 그렇다고 대답했다.

무슨 작가라고 말하면 되냐고 할머니가 물었다. 그녀의 친구에게 설명할 구체적인 정보가 필요했던 것이다.

글 쓰고 만화 그리는 사람이라고 말하면 된다고 나는 대답했다. 네 책은 어디서 볼 수 있냐고 할머니가 물었다. 안타깝게도 나는 아직 출간한 책이 없었다.

아직은 인터넷에서만 활동하는 작가라고 알려주세요.

뭐? 이태원?

아니, 이태원이 아니고 인터넷요.

인터넷에서 활동한다는 개념을 어떻게 할머니가 이해하도록 설명할 수 있을까. 그냥 나중에 책이 나오면 할머니에게 꼭 여러 권 드리겠다고, 그때 친구들한테 나눠주고 자랑하셔도 된다고 말했다.

옆에 있던 할아버지는 그저 손주들의 사지가 멀쩡하다는 것에 감사한다고 말했다. 손주들은 그저 묵묵히 회를 먹었다. 우리는 조부모보다 가난했다. 이만큼 스끼다시가 풍성한 횟집에 올 일은 잘 없었다.

접시가 다 비자 할아버지는 모자를 챙겨 쓰고 계산을 하러 나갔다. 할머니는 숄 같은 걸 어깨에 두르고 주섬주섬 신발을 신었다. 남자애들은 담배를 피우러 나갔다. 내 흡연은 할아버지가 모르는 일이어서 난 담배를 참고 그가 쓴 영국식 베레모를 구경했다. 조부모들의 키는 날이 갈수록 작아져서 나처럼 아담한 사람도 내려다봐야 했다. 할아버지의 모자는 그의 마음속에 영국 신사에 대한 로망이 있음을 보여주었다.

집에 들렀다 가라고 할머니가 말했다. 집에는 과일이 있을 것이었다. 할머니 할아버지의 뒷모습을 보며 네 명의 손주가 따라 걸었다. 두 사람은 키가 작은데 우리보다 훨씬 걸음이 빨랐다. 우스울 정도로 빠른 걸음이었다. 걷다가 무학성 캬바레를 지나쳤다. 답십리에서 자동차 부품 상가만큼이나 유명한 곳이었다. 이 동네는 낮 동안 남자 노동자와 상인들의 일터였다가 해가 지면 중년과 노년의 유흥장소로 변했다. 그곳에서 태어나 자라면서 나는 동대문구의 어른들이 어떤 옷차림을 하고 그곳에 놀러나오는지를 매일 밤 보았다. 예전에 내 형제들은 갓 성인이 되었을 무렵 재미삼아 무학성 캬바레에 가본 적이 있는데 입구에서 출입을 거절당했다. 나이가 충분히 많지 않아서였다. 20대는 그 건물에 들어갈 수 없었다. 그 안에서 어떤 일이 벌어지는지 우린 아직도 모른다.

캬바레 바로 건너편 조부모의 집에서는 익숙한 사람 냄새가 났다. 옛날에 우리도 같이 살았던 곳이었다. 할아버지는 마이와 모자를 벗어놓고 화장실에 갔다. 내가 어렸을 때 그는 종종 자신의 오줌발이 얼마나 센지 자랑했다. 앉은 자리에서 맥주 피쳐 세 병을 연이어 마시고는 아주 길고 세찬 소변을 보러가는 사람이었다. 한 번은 그가 오줌을 너무 길게 싸길래 스탑워치로 시간을 재본 적도 있다. 1분이 넘었다. 나는 그게 가능한 일인지 아직도 믿기지가 않는다.

할아버지가 옛날부터 자주 사용했던 표현은 '사랑의 보자기'였다. 그는 뭐든지 사랑의 보자기로 감싸면 다 해결된다고 주장하곤 했다.

그럴 리가 있나. 나는 사랑의 보자기론의 성공 사례와 실패 사례를 대략 기억했다. 그처럼 가족에 대한 애정과 소유욕과 체력이 너무 흘러넘치는 사람이 저지르는 실수라는 게 있었다. 사랑은 절대 정확히 합의될 수 없는 무엇인데 그 옆에 보자기라는 말까지 붙이다니 나는 그가 좀 무지막지하게 느껴졌다.

한편 오래 전 그가 나에게 퍼부어준 전폭적인 애정과 관심을 기억하기도 했다. 이제는 내가 필요로 하지 않는 사랑이었다. 그게 나한테 필요 없다는 것을 할아버지는 나보다 늦게 알아챘던 것 같다. 이후 그에게 내가 필요한 정도도 서서히 옅어졌다.

남자애들이 옥상으로 다시 담배를 피우러 올라간 사이 어느새 또 나만 혼자 할아버지 옆에 남았다. 그는 나를 작은 옷방으로 데려갔다. 옷방에는 그의 서예 도구들이 정갈하게 놓여 있었다. 책상 아래에는 붓글씨가 적힌 종이들이 무릎 높이까지 쌓여 있었다.

매일매일 조금씩 썼어.

할아버지가 설명했다.

나는 종이를 들추며 그가 하루하루 쌓아나갔을 한자과 한글들을 구경했다. 어쨌든 우리는 뭘 매일 반복하는 사람들이구나. 집을 둘러보니 그가 키우는 화분들에서는 역시나 광이 나고 있었다. 거의 조화처럼 부자연스러워 보일만큼 윤기가 흐르는 풀잎들이었다.

이 집에 올 때면 할아버지가 무언가를 지극정성으로 아끼는 모습을 꼭 확인한다. 예전에 그는 화분을 아끼고 돌보는 것과 비슷한 손놀림으로 손주들을 만지고 입히고 씻기고 먹이고 재웠다. 내가 한참 속했던 곳이다.

그러나 더는 속하고 싶지 않은 곳이기도 했다. 우린 각자 나이가 들고 있었고 그건 사랑과 정으로 대충 무마해온 것들이 줄어든다는 의미이기도 했다. 일상을 사는 리듬과 규칙도 날이 갈수록 각자 달라져왔다. 자주 본다면 아마 자주 싸울 것이었다. 그래서인지 그가 우리를 우리의 고향으로 호출하는 일이 이제는 잦지 않았다.

2018.08.26.日.

74.
취급 주의

네 명이 둘러앉은 연녹색 식탁을 기억한다. 나의 친구 울의 집이었다. 또 다른 친구 류와 돌핀 그리고 내가 거기에 있었다. 울이 뭉근하게 끓여 놓은 닭고기 스튜를 나눠 먹으며 저녁을 보냈다. 오랜만에 만난 사람들이 그간의 일들 중 몇 가지를 말해보는 자리였다.

네 명은 모두 다르게 지냈지만 글을 썼거나 쓰고 있거나 쓸 예정이라는 점이 비슷했다. 쓰는 글의 종류와 분량과 빈도와 결은 모두 달랐다. 우리 중 시를 쓰는 사람은 돌핀뿐이었다. 시에 관해 아는 게 별로 없는 류와 울과 나는 돌핀에게 이런저런 질문을 했다. 돌핀이 듣는 시 수업과 그곳에 모이는 시들에 관해. 돌핀의 대답을 듣는 동안 우리는 시라는 게 뭔지 더 알쏭달쏭해지면서도 더 궁금해지고 언젠가 써보고 싶은 기분이 되었다.

그러자 돌핀이 지금 시를 써보자고 제안했다. 주제를 하나 주고 류와 울과 내가 각자의 시를 즉석으로 써보는 거였다.

우리는 시작도 하기 전에 피곤해지고 말았다. 못 쓰면 너무 창피할 것 같았기 때문이다. 누군가가 너무 잘 쓸 가능성을 방지하기 위해, 즉흥 시 쓰기의 제한 시간을 10분으로 두자고 내가 제안했다. 10분은 아무리 엉망인 시의 초고라도 용서받을 수 있는 시간 같았다.

우리 중 한 명이 제안한 그 날의 주제는 '개안'이었다. 개안이라니, 개안이라니… 눈을 뜨다… 깨닫다… 시력을 되찾다… 음… 어쩌지… 뭘 쓰지… 우리가 긴장된 표정으로 메모지와 볼펜을 준비하자 돌핀이 시간을 재기 시작했다.

서로의 긴 글은 자주 보았지만 시를 보여준 적은 한 번도 없는 사이였다. 완성한 글은 보았어도 글을 쓰는 과정은 목격한 적이 없었다. 성인이 되어서 처음으로 시를 쓰는 장면을 서로에게 들키는 중이었다. 두근대고 곤란했다. 류와 울과 나의 미간에 주름이 생겼다. 머리를 쥐어짜며 뭔가를 쓰는 우리의 모습을 돌핀은 옅은 미소를 지으며 바라보았다.

10분이 다 지나갔다. 끝나기가 무서운 10분이자 끝나서 다행인 10분이었다.

류가 먼저 낭독을 했다.

10분 만에 이런 걸 쓰다니. 뭐야 이 녀석!

다 듣고 박수를 치며 생각했다.

두 번째로는 울이 낭독을 했다.

뭐야 이 녀석도 얄밉잖아!

박수를 치며 한숨을 쉬었다.

마지막으로 나의 차례였다.

10분 동안 한 사람밖에 생각이 안 났다. 이야기를 듣거나 볼 때는 울지 않고 꼭 자기가 이야기의 줄거리를 누군가한테 다시 말할 때 우는 사람. 노래를 들으면서 운 적은 없지만 부르면서 운 적은 있는 사람.

제목을 말할 때 목소리가 떨려서 내 시를 내 입으로 읽는 건 유치원 때 이후로 처음임을 알았다.

취급 주의

너는 태어나보니 비디오 대여점의 아들이어서
인생을 영화로 예습했다 영화들이 일러주길 세상은 흥미진진하고
위험천만하댔다

이제 너는 웬만해선 잘 놀라지 않는 어른
영활 보며 울었던 적은 한 번도 없다
맞고 울어본 적도 가난해서 울어본 적도
버려져서 울어본 적도 히치콕 타란티노
공드리 짐자무쉬 이냐리투 알모도바르
잔인할 때나 슬플 때나 무서울 때나 너는 언제나
우아한 관객

영화 얘길 들려달라고 조르자 너는 갱 영화의 톰 하디를
흉내 낸다.
개가 코피 흘리며 이렇게 말해
사실 난 아주 연약하다고
암 쏘 프레자일

프레자일을 발음하다가 너는
갑자기 엉엉 운다

다 읽자 나머지가 박수를 쳐주었다. 쳐봤자 세 사람 뿐이어서 박수소리는 크지 않았다. 뭔가 후련해서 으하하 하고 웃었다.

우리가 쓴 게 시인지 뭔지는 모르겠으나 10분만에 뭔가를 써서 민망하고 후련하고 기분이 좋았다. 시에 관해 노력해본 적 없는 우

리가 처음으로 시 비슷한 뭐라도 써본 날이었다. 산문을 쓸 때에는 맘 편히 더했던 말들을 시를 쓸 때에는 자꾸만 빼야 해서 어려웠다. 거듭된 뺄셈 뒤 남은 말들이 정말 필요한 것인지 알 수 없었다.

자신의 감상을 말해주는 돌핀의 목소리를 듣는 동안 나는 술을 빠르게 마셔버렸다. 돌핀이 뭐라고 했는지는 잘 기억나지 않고 그저 다정한 목소리만 머리에 남았다. 돌핀을 자주 만난다면 시 비슷한 것을 몇 편 더 쓸 용기가 날지도 몰랐다.

다음으로는 돌핀의 가방에서 나온 시 세 편을 들었다. 우리가 쓰고 난 다음에 그것들을 들어서 너무 다행이라고 생각했다. 쓰기 전에 들었다면 부끄러워서 한 글자도 못 썼을 것이다. 미래에는 돌핀의 시가 담긴 시집을 서점에서 만날 거라고 예감했다.

시가 뭔지 여전히 모르겠지만 10분만에 시를 써보려고 애썼던 그날을 종종 기억한다. 혼자라면 절대 안 할 일을 떠밀려서 해본 많은 날들 중 하나였다. 시의 일 중 하나는 부상당한 이들을 돌보는 것이라고 존 버거가 그랬는데 정말일까. 시를 떠올릴 때면 취약하고, 부서지기 쉽고 잃기 쉬운, 어떤 것들을 생각하게 된다. 그래서 정말 잘 다뤄야만 하는, 주의 깊게 취급해야 하는 어떤 것.

2018.08.27.月.

75.
말보다 앞서는 몸

자정 넘어 마감을 한 뒤 뛰러 나가는 밤이 잦은데 오늘 밤엔 비가 쏟아져서 못 나가겠다. 매일 많은 사람을 만나고 예기치 못한 곳에서 온갖 피드백을 듣는 요즘에는 달리기가 더욱 중요해졌다. 달리는 동안에는 내 몸뚱이랑 숨소리랑 스쳐가는 풍경만 실감 났다. 내 딴에 빠르게 달린대도 강 너머 큰 건물 하나를 지나치기까지는 생각보다 오랜 시간이 걸렸다. 하지만 별 생각없이 숨을 쉬고 다리를 자꾸 내딛다보면 어느새 내 뒤로 가 있는 풍경이기도 했다.

잘 혼자가 되려고 달리기를 해왔다. 글쓰기나 달리기나 누가 대신해줄 수 없다는 점이 비슷했다. 슬픔을 길 위에 버려가며 달렸던 날에는 몸에 있던 독기가 빠지는 것 같았다. 달리는 건 누구에게도 침범받지 않고 누구에게도 기대지 않는 영역이었다.

그러다 최근에 몇 번 하마랑 같이 달리게 되었다. 혼자 달리는 것도 좋지만 가끔은 하마랑도 달려보고 싶다고 예전부터 생각했는데 실현되기까지 몇 달이 걸렸다. 우선 하마가 자신의 운동화를 우리 집에 가져다 놓기로 마음먹기까지 무려 두 달이 걸렸다. 실제로 가져오는 데는 하루가 걸렸다.

이제 운동화가 있으니 바로 오늘 밤에 달리면 되겠다!

내가 말하자 하마는 달릴 때 입을 만한 옷이 마땅찮댔다. 생각해 보니 하마는 막 입을 수 있는 반바지나 티가 별로 없었다.

그럼 오늘 달리기용 상하의를 사러 가자!

내가 말하자 그는 생각해보겠다고 했다.

다음 날 나는 제안해보았다.

오늘 달리기 옷 사러 갈까?

하마는 음… 하고 잠시 뜸을 들이더니 알았다고 했다. 내가 바로 외출할 준비를 시작하자 그는 불안한 표정으로 물었다.

진짜 가는 거야?

물론이지.

나는 지체하지 않고 대답했다.

옷 가게로 가는 길에 하마는 빵이 먹고 싶다고 했다. 우리는 크리스피 도넛 가게에 들어갔다. 군것질을 즐기지 않는 나는 어쩌다 먹을 일이 있어도 심사숙고하여 딱 한 개를 고르는 편인데, 하마는 먹고 싶은 맛의 빵이나 과자를 두세 개씩 집어드는 경우가 많았다. 걔가 나보다 과감해지는 순간이었다. 하마의 쟁반에는 각각 다른 맛의 도넛이 세 개나 놓여 있었다. 그가 빵의 쾌락에 고취되어 얼떨결에 달리기 복장 쇼핑도 뚝딱 해버리기를 바라며 나는 내 몫의 미니 도넛 한 개를 먹었다.

옷 가게에서는 하마에게 맞는 사이즈의 저렴하고 만만한 상하의를 골랐다. 계산을 하고 나온 하마에게 설레는 마음으로 외쳤다.

이제 드디어 오늘은 뛸 수 있겠다!

하마가 당황스러운 표정으로 물었다.

당장 오늘부터 뛰는 거야?

당연하지!

그치만 오늘은 옷을 샀잖아.

그래서 어쨌다는 건지 나는 이해할 수 없었다. 그는 마치 중요한 일과는 하루에 하나로 족하다는듯 말하고 있었다. 달리기 복장을 사는 것 정도는 나에게 있어서 중요한 일과 축에 끼지도 않는다는 얼굴로 대응했다.

언젠가 하마와 하마의 친구 휘가 이런저런 잡담을 나누던 와중에, 돈을 모아서 일본 여행을 가보면 어떨까 하는 이야기가 나왔다. 둘은 이런저런 계획을 세우며 여행 계획을 구체화시키는 대화를 이어나갔다. 그러다 하마가 휘에게 말했다.

슬아도 같이 가자고 할까?

나의 친구이기도 한 휘가 대답했다.

그래도 좋겠지.

하지만 잠시 후 하마가 불안한 표정으로 고개를 저었다.

아니야… 슬아한테 얘기하면… 진짜로 가게 된단 말야.

그러자 휘도 불안한 표정이 되었다.

으… 진짜…?

하마는 버겁다는듯 말했다.

어… 걔가 얼마나 빨리 일을 진행하는데… 슬아를 끼면 뭔가가 진짜로 실행돼버려…

휘도 버겁다는 듯 말했다.

으으… 안 돼…

훗날 그 얘기를 전해 들은 나는 어처구니가 없었다. 그럴 거면 애초에 여행 얘기는 왜 그렇게 오래 한 건데. 하마와 휘는 어떤 점에서 아주 비슷했다. 무엇가를 실제로 하는 것과 별개로, 무언가를 하기로 마음먹는 데만 이렇게나 오랜 시간이 걸리는 사람들도 세상에 있다는 것을 하마를 만나며 배웠다. 넌 너무 느려. 나는 하마에게 자주 말했다. 넌 너무 빨라. 하마는 나에게 자주 말했다. 세 계절을 친하게 지내는 동안 하마는 전보다 아아주 조금 더 활기찬 이가 된 것 같기도 했다. 나는 전보다 아아주 조금 덜 다그치는 이가 된 것 같기도 했다.

중요한 것은 하마의 달리기 복장을 구매한 날 밤 결국 우리가 뛰러 나갔다는 점이다.

온갖 이유로 미루고 엄살을 피웠지만 사실 하마는 많은 군인들이 그랬듯 매일 아침 달려본 역사가 있었다. 짧은 반바지에 넉넉한 민소매 티를 입은 하마의 모습은 조금 새로웠다. 여름이 물러가고 있었다. 가을이 섞인 밤바람이 한강에 불었다.

슬렁슬렁 조금 뛰자고 나는 말했다. 오랜만에 달리는 하마가 달리기에 질려버릴까 봐 당부한 거였다. 예전에 난 5km에서 10km 사이를 뛰었지만 요즘에는 딱 3km 정도만 뛰는 터였다.

하지만 막상 같이 뛰기 시작하니 하마는 꽤나 잘 뛰었다. 각자의 에어팟을 끼고 각자의 노래를 들으며 나란히 달렸다. 하마의 보폭은 넓어서 나는 부지런히 발을 내딛어야 했다. 딱히 힘들지 않길래 우리는 기세를 몰아쳐서 4km를 힘차게 뛰었다.

다 뛰고 걸어오는 길에 한강 공원에 설치된 음수대에 입을 대고 물을 꿀꺽꿀꺽 마셨다. 누가 먼저랄 것도 없이 맛없다는 표정을 지었다. 그치만 무척 상쾌해서 자주 하늘을 바라보게 되었다.

하마는 하늘에 넓게 퍼진 구름이 꼭 바다 같다고 말했다. 구름이 가리지 않아서 더 검고 푸른 곳은 꼭 대륙 같다고 했다. 어쩌다 비행기에서 내려다 본 바다의 표면이 꼭 하늘처럼 보이듯이, 땅이랑 하늘은 가끔 비슷한 질감으로 느껴질 때가 있었다.

상하의가 온통 땀에 흠뻑 젖은 채 집으로 걸어오는 길에 우리는 괜히 어깨동무를 해보기도 했다. 그럴 땐 어쩐지 우리의 관계를 절친이라고 부르고 싶어졌다. 하마같은 친구랑 달리니까 깜깜하고 외진 한강의 숲길이 하나도 안 무서웠다.

같이 샤워를 하고 뽀송뽀송한 이불에 누웠다. 달리고 나면 언제나 그렇듯 우리 몸은 기분 좋게 소진되어서 금방 잠에 들 수 있었다.

말 없이도 맑고 충만한 마음이었다.

2018.08.28.火.

76.
동창과 유흥

지하로 이어진 계단을 통해 준코노래타운에 입장하자 젖은 새우깡 냄새가 났다. 몇 년 만에 만난 동창 다섯 명과 함께였다. 우리는 2005년부터 2009년까지 같은 중고등학교에 다녔다. 기숙학교였으니 다녔다는 말보다 같이 살았다는 말이 더 적절하겠다.

여섯 명 중 준코노래타운에 관해 아예 모르는 것은 혜뿐이었다. 그녀는 고등학교 졸업 직후 파리로 넘어가서 지금까지 7년간 유학생활을 하고 있기 때문에 한국의 호프집이나 노래방 같은 유흥의 장소가 익숙하지 않았다.

준코노래타운이란 노래방과 룸술집을 합친 버전과 같다고 친절하게 설명해준 것은 김이었다. 그는 우리 중 가장 흔쾌하고 긍정적인 태도로 이 만남에 임했다. 오늘 로데오 거리에서 제일 행복한 사람은 자신이라고 외치기까지 했다. 그는 전역을 4개월 앞둔 군인이었고 왜소했던 고등학교 때와는 달리 이제는 온몸이 근육으로 빵빵했다. 김의 친절한 설명에 혜는 고개를 끄덕였다. 오랜만에 한국에 돌아와서인지 그녀는 들뜬 포즈로 모두를 대했다.

한편 이 모임의 또 다른 남자인 남은 바로 내일 훈련소에 들어가야 하는 신세였다. 남이 입대 직전이라는 사실이 우리를 무리해서 모이게 한 걸지도 몰랐다. 오늘 낮에 미용실에 들렀다 온 남의 머리통은 키위 껍질과 흡사했다.

두 남자애들은 복귀와 입대라는 너무 하기 싫은 일을 코앞에 둬서인지 오늘의 모든 일들을 유독 소중히 여기는 듯 보였다.

반면 나머지 세 여자애들은 비교적 시큰둥해 보였다.

컷트머리의 원은 영화제 일을 마치고 이곳저곳을 여행하다가 이 자리에 나왔다. 긴 생머리의 봄은 오랫동안 입원해 있다가 조금 회복하고 이 자리에 나왔다. 뽀글머리의 나는 마감을 하다가 이 자리에 나왔다. 우리도 서로가 반갑긴 했지만 김과 남처럼 유난스럽게 애정을 고백할 만큼은 아니었다. 게다가 준코노래타운은 우리가 20대 후반이 된 후로 더 이상 가지 않는 장소 중 하나였다.

노래방 테이블 왼편에는 건조한 여자애 세 명이 앉았고, 오른편에는 들뜬 남자애 두 명과 여자애 한 명이 나란히 앉았다.

안주와 소주와 맥주를 시키고 모두가 담배를 피우는 사이 먼저 노래를 시작한 것은 김이었다. 옛날부터 뭐든지 먼저 하기를 주저하지 않았던 그가 선곡한 첫 번째 노래는 김건모의 〈아름다운 이별〉이었다. 김은 노래를 꽤 했다. 군부대 안에 있는 노래방에 자주 간댔다. 한때 그는 홍대 라이브 클럽에 자주 서는 밴드맨이었으나 이제는 관둔 지 몇 년 됐다.

밴드할 때보다 더 나은데? 그때 이렇게 잘하지 그랬냐.

한때 그와 같은 밴드의 멤버였던 남이 말했고 김은 그냥 웃었다.

다음으로 남이 나와서 부른 노래는 한영애의 〈따라가면 좋겠네〉였다. 남은 노래를 못 했으나 춤이 너무 이상하고 웃겨서 보는 맛이 있었다. 옆에서는 김이 적절하고 성실하게 탬버린을 쳐주었다. 오랫동안 가깝게 한 배를 탔었으나 이제는 아닌 두 남자애의 음주가무를 물끄러미 바라보았다.

아무도 노래를 부르지 않는 동안 우리는 옛날 얘기를 아주 많이

했다. 중학교 학예회를 회상하다가 에스지워너비와 브라운아이드걸스의 노래를 부르는 식이었다. 한 노래를 여러 파트로 나눠 부를 때 담당했던 각자의 화음을 아직도 기억한다는 게 이상했다.

고등학교 졸업 전야제 때 원과 봄과 혜와 나를 비롯한 여자애들은 다같이 박지윤의 〈성인식〉에 맞춰 춤을 췄다. 지금 생각해보면 끔찍한 아이디어였다. 〈성인식〉 다음으로는 투피엠의 〈heartbeat〉를 췄는데 정말이지 격렬한 안무였다. 애틋하고도 부끄러운 기억을 너무 많이 공유했기 때문에 우리는 자주 만나기 피곤한 사람들이었다.

대화의 시간이 지나가고 잠시 마가 뜨자 다음으로 무대에 오른 것은 파리에서 온 혜였다. 남자애들은 그녀에게 샹송을 불러보라고 했다. 혜가 우물쭈물대다가 찾은 것은 에디트 피아프의 〈Non, je ne regrette rien〉이었다. 그 곡이 노래방에 있다는 사실에 모두가 놀라고 말았다. 파리 유학 중인 동창이 준코노래타운에서 그 노래를 완창하는 장면 같은 건 생전 처음 봐서 모두 엄청 많이 웃었다. 원과 봄과 나도 각자의 애창곡을 한 곡씩 불렀으나 혜가 부른 샹송만큼 웃기고 강렬할 수는 없었다.

김은 나와 함께 부를 듀엣곡을 예약했다. 〈사랑보다 깊은 상처〉였다. 우리는 드라마 〈커피 프린스 1호점〉이 한반도를 휩쓸던 무렵에 서로를 오해한 덕분에 잠깐 사귀었는데 둘 다 쫄보 중딩이라서 손만 잡다가 드라마가 종영하기도 전에 헤어졌다. 이후 그 일은 서로를 수치스럽게 만들고 싶을 때에만 언급되었고 각자 자신의 연애를 열심히 하며 10년을 보냈다. 이제 나는 박정현으로서 김은 임재범으로서 열창하고 있었다. 후렴에서 김이 나에게 손을 내밀고 뚫어져라 쳐다보며 '너 떠난 후 너의 미소 볼 수 없지만' 한 뒤에 내가 '항상 기억할게 너의 그 모든 걸' 하고 받는 와중에 나머지들이 깩깩대며 웃었다.

이런저런 노래와 각자의 썰이 계속 이어졌고 그것들은 죄다 속도가 빨랐다. 테이블 위로 쉴 새 없는 노래와 대화가 지나갔는데 뭐든지 심하게 웃긴 느낌이었다. 그렇게까지는 안 웃겨도 되는데 다들 서로를 웃기는 데에 혈안이 된 것 같았다. 평소보다 많이 웃느라 볼이 너무 아팠다. 볼의 고통 때문에 나중에는 인상을 쓰면서 웃게 되었다. 그 정도의 웃김은 거의 고통에 가까웠다. 하지만 지금 혼자서 다시 생각해보면 죄다 별로 안 웃긴 것들이었다.

2차 찜닭집에서 백세주를 여러 병 비우고 온 터라 이미 다들 취기가 돌고 있던 중에 3차인 이곳에서 부르고 먹고 마시고 피우다보니 이상한 흥분감이 모두에게 돌았다. 우리는 서로의 최근 근황을 잠시 까먹고 중학생들처럼 놀았다. 누군가는 치아 교정을 시작하고 누군가는 교정을 끝내고 누군가는 자궁경부암 수술을 받고 누군가는 카드빚을 지고 누군가는 대학원에 가고 누군가는 군대에 가는 요즘이었으나 오늘은 모두 흘러간 유행가나 부르며 세 시간을 보내고 있었다. 얘기하기 시작하면 할 말이 너무 많아서 알량한 유흥으로 뒤덮어버리는 만남일 수도 있었다. 우리 중 몇 명이 말했다.

엉망진창이잖아.

엉망진창이네.

엉망진창이야.

엉망진창이라니까.

이제는 모두의 힘이 빠진 뒤였다. 집에 가자, 하고 누군가가 말했다. 그 와중에 김이 또 어떤 노래를 예약했다. 〈이등병의 편지〉였다. 이제 노래라면 지겹다는 듯 봄이 말렸다.

야, 그만해. 그만해.

구슬픈 하모니카 반주가 나오기가 무섭게 원이 취소 버튼을 눌렀다. 각자 주섬주섬 가방을 챙겼다. 방값과 술값과 안주값을 6등분해서 나눈 뒤 지상으로 올라왔다. 바깥 역시 시끄럽고 어수선한 시내였으나 준코노래타운의 공기보다는 상쾌했다.

모두가 서로를 한 번씩 포옹했다. 각자와 나누고 싶었던 이야기는 어쩌면 한마디도 못했다는 걸 각자를 껴안을 때에야 알았다. 여섯 명이 동시에 만나는 건 이렇게나 버거운 일이었다. 한국식 유흥의 허무함을 안고 모두 자신의 집으로 돌아갔다.

2018.08.29.水.

77.
탐이가 있는 삶

아침마다 예기치 못한 고통에 신음하며 잠에서 깬다. 탐이가 내 명치를 밟아대기 때문이다. 배가 고프니까 당장 사료를 달라는 뜻인데 내가 밥을 안 주고 잤냐 하면 절대 그렇지 않다. 늘 적당량의 사료를 주고 잠드는데도 이른 아침마다 그는 내 명치를 꾹꾹 밟아댄다. 강제로 일찍 기상하는 게 너무 귀찮아서 몇 번은 아주 많은 양의 사료를 주고 자보기도 했는데 얼마나 주든간에 그는 새벽 내내 다 먹어치우고 아침엔 나를 짓밟으며 깨운다. 태어난 지 4년째인 탐이는 6킬로그램에 육박하는 뚱뚱한 고양이다. 웬만한 볼링공보다 무거운 그의 발길질은 위협적이다.

너무 피곤해서 이불을 벗어나기 싫을 때면 그가 아무리 명치를 세게 밟아도 자는 척을 한다. 그럼 그는 내 귀에다 대고 소리를 지른다. '꺄- 꺄아-'라고 옮겨 적는 게 적당하겠다. 나랑 같이 사는 고양이는 어쩐지 '야옹' 하고 우는 법이 없다. 꺄- 하고 울거나 악- 하고 울거나 왜- 하고 운다. 가끔은 음망? 음마앙? 하고 울기도 한다.

어떻게 울든 다 쌩 까고 자는 척을 하면 그는 펄쩍 점프하여 책상에 올라간다. 그러고는 책상에 있는 볼펜과 파우치와 라이터와 핸드폰 등을 하나씩 바닥에 떨어뜨린다. 부스럭, 부스럭, 쾅, 쾅, 철푸덕… 물건들이 처참하게 바닥으로 추락하는 소리에도 불구하고 나는 계속 자는 척을 한다.

그럼 그는 책꽂이로 올라간다. 천장에 닿을 만큼 높은 책꽂이에도 잘만 도달한다. 책꽂이 윗부분에 자리를 잡고 앞발을 아래로 뻗어서 윗칸에 꽂힌 책들을 하나 하나 떨어뜨리는 거다. 촤르륵, 촤르륵, 퍽, 퍽… 아끼는 책들이 높은 곳에서 바닥으로 추락하는 소리를 들으며 나는 눈을 뜬다. 내가 눈뜨는 걸 보면 그는 다시 나에게로 다가와 소리를 지른다.

꺄 – 꺄 – 외 – 왜 –

안 일어나고 뭐하냐고, 지금 장난하냐고 나를 꾸짖는 것 같다.

나는 별수 없이 일어난다. 한숨을 쉬며 사료통으로 느리게 걸어가는 동안 그는 전속력으로 돌진하여 이미 사료통 앞에 도착해 있다. 밥그릇에 사료를 덜어주면 마치 며칠을 굶은 것처럼 허겁지겁 냠냠쩝쩝 먹는다.

옆에 앉아서 그 모습을 물끄러미 바라보다가 나는 아무래도 이름을 잘못 지은 것 같다고 생각한다. 4년 전에 그는 너무 작고 야윈 아기 고양이였다. 털도 회색이어서 고양이라기보다는 꼭 쥐 같았다. 집에 데려왔는데 잘 걷지도 못하고 먹지도 못하고 자주 아팠다. 이렇게 여린 몸으로는 성묘가 될 수 없을 듯했다. 더 잘 먹어서 튼튼해졌으면 하는 마음으로 탐할 탐(貪) 자를 써서 그를 '탐'이라고 부르기 시작했다. 식탐은 삶의 관한 의지이기도 하니 말이다.

그의 탐욕은 몸집과 함께 무럭무럭 자라났다. 수의사 선생님은 탐이의 몸무게가 5kg을 넘으면 비만에 접어든다며 식단 조절을 하라고 권유했다. 적당량의 사료만 주기 위해 부단히 노력했으나 탐이는 양껏 먹지 않으면 나를 마구 밟는 습관이 있다.

막상 사료를 다 먹고 배가 불러진 뒤에는 나를 거들떠보지도 않는다. 포만감이 지속되는 동안엔 그가 어디에 있는지 알기 어렵다. 고양이의 개인 생활을 어찌 짐작이나 하겠는가. 작은 방이 세 개 있는 나의 집 어느 구석에 그가 자리잡았을지, 누워 있을지 엎드려 있을지 창밖을 내다보고 있을지 매일 새롭게 탐색해야 한다.

마감을 하다가 다음 문장을 뭐라고 쓸지 모르겠을 때면 나는 잠시 넋 놓고 있다가 탐이를 부른다.

탐이야.

그의 기분이 좋을 경우 옆방에서부터 발자국 소리가 들려온다. 포도젤리 같은 탐이의 발바닥이 장판에 교차로 맞닿는 소리이다. 나에게 도착하면 펄쩍 뛰어 내 무릎으로 올라와 엉덩이를 쳐든다. 얼마나 쳐드냐면 항문이 생생히 보일 만큼이다. 엉덩이를 쓰다듬어 달라는 몸짓이다. 그는 자신이 무척 작고 귀여운 존재라고 인지하는 것 같다. 그러지 않고서야 이렇게나 거리낌 없이 자신의 온몸을 남의 몸 위에 올릴 수는 없을 테다.

그의 기분이 그저 그럴 경우 아무리 목 놓아 불러도 나에게 오지 않는다. 직접 찾아가야 하는 거다. 그는 높은 확률로 침실의 이불 옆이나 옷방의 어두컴컴한 구석에 누워서 약간 코를 골며 자고 있다. 곤히 자던 탐이에게 조심스레 다가가 껴안으면 그의 온몸은 뜨겁다. 잠든 사람이 대부분 그렇듯 동물도 자는 동안 체온이 올라가는 모양이다. 회색 털로 뒤덮인 뚱뚱한 몸에 귀를 가져다대면 심장 박동소리가 들려온다.

화분에 물을 주는 날이면 탐이는 조금 신이 난다. 내가 여덟 개의 화분을 죄다 화장실로 옮겨놓는 동안 그는 나를 졸졸 따라다닌다. 마침내 샤워기로 모든 화분에 물을 듬뿍듬뿍 주면 그는 내 옆에 서서 물줄기가 떨어지는 모양을 한껏 바라본다. 동체시력이 좋은 그에게 샤워기에서 나오는 물이 얼마나 생생하게 보일지 궁금하다. 물을 다 주고 나면 화분들 위로 젖은 흙냄새가 올라오는데 탐이는 꼬리를 경쾌하게 흔들며 그 사이를 돌아다니다가 잎사귀에 묻는 물을 한참 핥아먹는다. 자기 물그릇에 물을 가득 채워놨는데도 풀잎에 묻는 물방울을 더 선호하는 게 이상하고 웃기다.

탐이가 하는 말 중 단 한 마디만이라도 정확히 알아들을 수 있다면 어떨까. 그 한 마디를 미리 정해야 한다면 그것은 '아프다'는 말일 것이다. 어떤 식으로든 그가 아프다는 걸 표현했는데 내가 바로 알아주지 못할까 봐 자주 두렵기 때문이다.

내 엄마 복희는 탐이를 보고 나에게 말했다.

'하루에 5분만 말하는 고양이'라는 제목의 동화가 있다면 어떨까?

복희 말을 듣고 그 5분간 탐이는 무슨 말을 할지 생각해보았다. 아마 많은 요청과 잔소리를 할 것이다. 욕망으로 가득 찬 고양이니까. 5분이 매일 모자랄 것이다. 5분의 말하기 시간이 다가올 때마다 기다렸다는듯 속사포처럼 말을 늘어놓을지도 모른다.

그러다 어떤 날은 그 5분 동안에도 아무 말도 하지 않을 거라는 예감이 든다. 누구에게나 아무 말도 하고 싶지 않은 날이 있는 것처럼. 그리고 사실 언어가 아니더라도 우리는 몸으로 많은 말을 하며 살아가고 있으니까.

2018.08.30.木.

78.
의지의 문제

월요일을 맞이하여 정신의학과에 갔다. 집 밖은 흐리고 선선했다. 가을 아침의 공기였다. 마을버스를 타고 병원 앞에 내렸다. 로비에는 사람이 많았다. 다들 무료한 얼굴로 스마트폰을 든 채 대기 중이었다. 인쇄소에서 제본해온 원고를 읽으며 내 차례가 오기를 기다렸다. 열흘 안에 추천사를 쓰기로 한 책의 교정본인데 그 원고 뭉텅이의 초반부에는 어느 여섯 살 남자애의 이야기가 적혀 있었다.

남자애는 어릴 적 친구 집에 놀러갔다가 마당 한쪽에 핏빛으로 물든 함지박과 바가지를 보았다. 친구네 엄마가 포도주를 담그는 날이었던 것이다. 설탕을 하도 타서 포도주인지 포도주스인지 구분이 안 가는 술을 담가 마시던 시절이었다. 이미 불콰해진 친구 엄마는 마시지 않겠다는 여섯 살 남자애를 무릎에 눕히고는 강제로 포도주를 한 대접 먹였다. 그러고는 온몸으로 자지러지게 웃었다.

싫다는 얘기도 제대로 못하고 타의로 포도주를 들이킨 남자애는 비틀거리며 집에 돌아갔다. 사실 제대로 돌아오지는 못했고 어느 집 문턱에 앉아 꾸벅꾸벅 졸다가 기억이 끊겼다. 깨어보니 집이었고 그 후 이틀을 꼬박 앓았다. 그사이 남자애의 엄마는 친구네 엄마를 찾아가 대판 싸웠다. 여섯 살 애한테 술을 먹이고 혼자 집에 보냈으니 그럴 만도 했다. 그런데 친구 엄마는 욕을 먹으면서도 웃었다고 했다.

남자애는 이틀간 앓으면서 똑같은 꿈을 반복해서 꾸었다. 어떤 꿈을 꾸었는지, 책의 본문을 그대로 옮겨적고 싶다.

> 등장인물은 나 혼자고 배경이랄 만한 것도 없다. 비단을 깔아 놓은 듯 매끄러운 바닥을 엉덩이로 하염없이 미끄러지다가 자갈밭처럼 울퉁불퉁한 바닥을 엉덩이를 쿵쿵쿵 찧으며 달려가는 꿈이었다. 비단길이었다가 자갈밭이었다가 다시 비단길이었다가 자갈밭이었다가.
>
> 꿈은 말하고 있었다. 네 삶은 비단길이었다가 자갈밭이었다가 다시 비단길이었다가 자갈밭일 것이다. 아니, 꿈이 전할 말은 이런 것이 아니었을까. 삶은 엉덩이다. 알겠느냐?

> 삶은 엉덩이다. 엉덩이에서 시작해서 엉덩이로 끝난다. 그 사이는 어딘가 엉덩이를 붙일 만한 곳을 마련하느라 애쓰는 시간일 뿐. 엉덩이 말고 더 필요한 것이 있을까? 머리? 삶을 기만하는 그것? 가슴? 나를 기만하는 그것?

이슬아님 들어오세요.

나는 원고를 덮고 소파에서 엉덩이를 뗀 뒤 난생 처음으로 정신과 진료실에 입장했다.

어디가 불편해서 오셨어요?

안경을 쓴 남자 의사 선생님이 물었다.

나는 지하철이나 엘리베이터에 탑승하는 게 날이 갈수록 힘들다고 대답했다. 문이 닫히기만 하면 숨이 잘 안 쉬어지고 잘은 모르겠지만 폐소공포증이 있는 것 같다고. 요즘엔 전철로 겨우 두 정거장

이동하는 것도 버거워졌다. 엘리베이터는 혼자 있을 땐 절대 안 타게 되었다.

또 다른 증상으로는 반복적인 구토였다. 한동안 잠잠했던 구역질이 요즘엔 밥만 먹으면 올라왔다. 내시경 검사를 해보면 나의 위는 꼭 아기의 것처럼 깨끗하댔는데 아침저녁으로 아주 조금씩 토하는 일이 계속되고 있었다.

선생님은 고개를 빠르게 끄덕이며 음, 음, 하고 추임새를 넣었다. 그가 익히 아는 것에 관해 듣는 것 같았다. 이런 이야기를 듣는 게 지겹도록 익숙한 얼굴이었다.

무슨 일을 하시나요?

그가 물었다.

나는 조금 고민하다가 작가라고 대답했다.

선생님은 또 빠르게 고개를 끄덕였다. 음, 음… 그는 내 앞에 뇌 구조 모형을 가져다주며 이야기를 시작했다.

폐소공포증은 장기간 약을 복용해야 돼요. 우리 뇌에는 위험을 감지했을 때 신호를 보내는 알람이 있어요. 일종의 이멀전시 버튼인 거죠. 사람에 따라 특정한 상황이나 장소에서 이 버튼이 유독 자주 눌리는 사람이 있는데 이건 항불안제로 조금 잠잠하게 할 수 있어요.

꼭 약을 먹어야 하나요? 전철이나 엘리베이터나 공용화장실 같은 곳만 빼면 아주 불편하지는 않은데요.

약을 먹어야 합니다. 전철을 못 타는 게 정상이라고 할 수는 없거든요.

다른 방법은 없을까요? 예를 들어 전철 안에서 숨 안 쉬어지고 죽을 것 같은 기분이 들 때, 특정한 생각을 해서 빠져나오는 방법이랄지… 혼자 전철 타면 호흡이 어렵지만 아는 사람이랑 같이 타면 아무렇지도 않거든요. 순식간에 괜찮아지기도 하는 증상이라 해결

방법이 생각보다 간단하다는 느낌도 들어서요. 뭐라고 해야 하지, 불안이랑 공포에서 잘 탈출하는 생각의 경로를 혹시 알려주실 수 있을까 해서…

선생님이 웃었다.

그런 방법은 없습니다.

그는 검지와 중지 손가락을 피며 말했다.

브이 해보세요.

나는 그를 따라 브이 모양으로 손가락을 만들어보았다. 우리는 잠깐 서로를 향해 브이를 하고 있었다.

선생님은 다시 말했다.

이번에는 위장을 움직여 보세요.

네? 어떻게요?

못 움직이시겠죠? 아니면 지금 당장 땀을 흘려보세요.

나는 가만히 있었다. 땀은 한 방울도 나지 않았다.

선생님이 말했다.

의지의 문제가 아니에요. 자율신경계는 마음 먹는다고 컨트롤할 수 있는 게 아니라는 거죠. 숨이 안 쉬어지고 공포가 덮칠 때 생각을 바꿔 먹는다고 해서 갑자기 괜찮아지기는 어려워요. 약의 도움을 받아봅시다.

나는 결국 알겠다고 했다.

그런데요 선생님, 폐소공포증은 왜 생기는 건가요?

선생님은 차트를 빠르게 적으며 대답했다.

저희도 원인은 모릅니다.

왜 주어가 복수인 것인지 궁금했다. 의사들 전반을 대표하는 대답일지도 몰랐다. 나는 주섬주섬 가방을 들고 일어났다. 빨리 일어나야 할 것 같은 분위기였다. 선생님은 내 이야기를 듣는 중에도 계속 서두르고 있었고 로비엔 기다리는 환자가 많았다.

약을 처방받고 병원에서 나오자 폭우가 내렸다. 항불안제 한 알을 꿀꺽 삼키고 나의 친구 울에게 전화를 걸었다. 울은 꽤 전부터 항불안제를 처방받아왔으니까. 그녀는 항불안제로 통증이 완화되는 효과를 보았으나 약에 의존하며 지내는 것은 번거롭고 불안한 일이라고 말했다.

우리가 극도의 불안과 스트레스를 느끼는 장소는 아주 달랐다. 울은 백화점 같이 크고 사람 많은 건물을 못 견뎠다. 반면 나는 좁고 폐쇄된 공간을 못 견뎠다. 걔는 건물이 클수록 나는 건물이 작을수록 살짝 미쳤다.

우린 정말 다르다! 근데 같은 약을 처방받는 게 신기하다! 하며 웃었다. 우리는 자신이 언제 미치는지를 탐구하며 살아가는 중일지도 몰랐다.

폭우 속에서 비를 맞으며 오늘의 업무들을 처리하러 이곳저곳을 돌아다녔다. 인쇄소에도 가고 서점에도 가고 우체국에도 가고 종이 판매처에도 갔다. 홍대와 합정과 상수와 망원동을 돌며 해야 할 일을 지체 없이 처리했다. 세 개의 출판사 편집자님들과 해야 할 통화도 미루지 않고 했다. 그 와중에 빗물 때문에 신발이 다 젖었다. 그치만 건실하고 꼼꼼한 하루였다. 이토록 멀쩡하기도 한 나에게 항불안제는 어떤 영향을 미칠까? 비단길이었다가 자갈밭이기도 한 인생에 도움이 될지 궁금했다.

2018.09.03.月.

79.
우리들과 증언들

세기말 무렵엔 하루에 두세 번씩 116으로 전화를 걸었다. 지금이 몇 시인지 누가 말해도 믿을 수 없었기 때문이다. 핸드폰 말고 집 전화기만 있던 때였다. 우리 집엔 열한 명의 식구가 살았는데 시간을 물어볼 때마다 모두가 조금씩 다르게 대답했다. 내가 서둘렀으면 하는 할머니는 꼭 10분 빠르게 말했고 내가 더 잤으면 하는 엄마는 꼭 5분 느리게 말했다. 히스테리컬한 삼촌은 대답을 안 했고 할아버지는 분침과 초침을 헷갈렸다. 남자 형제들은 장난삼아 시곗바늘을 마구 돌려놓을 때가 있었기 때문에 거실에 걸린 벽시계 또한 믿을 수 없었다. 그럴 때마다 나는 수화기를 들고 116을 눌렀다. 익숙한 신호음이 들려왔다. '뚜. 뚜. 뚜. 뚜. 뚜…' 정확히 1초 간격으로 신호가 울리는 와중에 여자 아나운서가 이렇게 말했다. '다음 시각은 오전 일곱 시 십칠 분 이십 초 입니다. 뚜. 뚜. 뚜. 뚜. 땡－' 그리고 다시. '다음 시각은 오전 일곱 시 십칠 분 삼십 초 입니다. 뚜. 뚜. 뚜. 뚜. 땡－' 수화기를 귀에 꾹 눌러댄 채 10초 간격으로 반복되는 안내 메시지를 듣고 나서야 겨우 현재 시각을 믿었다. 그것은 정확한 팩트로 다가와 내게 커다란 안심을 주었다. 가족들이 시간을 이상하게 알려줄 때마다 나는 아니라고 내가 116에 전화해서 다 들어봤다고 항변

할 수 있었다.

새천년이 밝은 다음에도 기질은 딱히 달라지지 않았고 나는 의심도 불안도 많은 초등학생이 되었다. 2학년 때 우리 집에 같은 반 여자애가 놀러 왔는데 신발장에서 신발을 벗자 그 애 양말에 구멍이 뚫려 있었다. 내 방에서 노는 내내 그 구멍 사이로 튀어나온 엄지발가락이 눈에 띄었지만 모른 척하고 내 서랍 속 물건들을 보여주었다. 여러 잡동사니들 중 내가 제일 아끼는 건 손에 쏙 들어가는 크기의 모래시계였다. 혼자 있을 때면 레몬색의 고운 입자가 위에서 아래로 스스스 떨어지는 광경을 넋 놓고 바라보곤 했다. 친구에게 이건 3분짜리 모래시계라고 알려주었다. 색종이도 접고 레고도 조립하며 한참 놀았다. 중간에 엄마가 간식을 한 번 가져다주었고 친구는 해가 지고 나서야 돌아갔다. 현관에서 배웅을 하고 방에 돌아와 정리를 하는데 모래시계가 없었다.

온 서랍과 방 구석구석을 다 뒤져보았지만 어디에도 모래시계는 없었고 내 가슴은 쿵쾅댔다. 거실로 나가 엄마에게 말했다. 내가 제일 좋아하는 모래시계가 없어졌고 아무래도 그 애가 훔쳐 간 것 같다고 말하면서 울었다. 엄마는 왜 그렇게 생각하냐고 물었다. 그 애가 떠나기 전엔 분명히 있었는데 떠나자마자 갑자기 사라졌기 때문이라고 대답했다. 엄마는 그것만으로 의심할 수는 없다며 같이 더 찾아보자고 말했다. 나는 계속 울면서 걔는 양말에 막 구멍도 뚫려 있었다고 말했다. 저번에 직접 들었는데 걔는 주공아파트에 살고 총 다섯 남매라서 부모님이 신경을 못 써주는 형편이라고도 말했다. 맨날 같은 옷을 입고 학교에 오며 준비물을 안 가져올 때가 대부분이라는 말도 덧붙였다. 엄마는 단호한 표정으로 그것 때문에 걔가 모래시계를 훔쳤다고 생각할 수는 없는 거라고 대답했다. 나는 분하기도 하고 부끄럽기도 해서 눈물을 닦았다. 무엇 하나 분명한 어조로 말할 수가 없었다. 증거가 없었기 때문이다.

3학년 어느 가을날엔 운동회를 했다. 옆 반을 상대로 단체 줄다리기를 했다. 막상 줄을 잡으니 남자애들이나 여자애들 모두 승부욕이 생겼다. 호루라기 소리와 함께 두꺼운 밧줄이 양쪽으로 팽팽해졌고 모두의 발밑에서 모래바람이 일었다. 그러나 어쩐지 우리 쪽이 열세였다. 안간힘을 쓴 채 상대편 쪽으로 질질 끌려갔다. 꽤 많이 끌려가서 거의 패배라고 봐야 했다. 체육 선생님이 경기의 승패를 가르는 손짓을 하려던 바로 그 순간에 내 앞에 있던 여자애가 모래에 미끄러져 뒤로 넘어졌다. 걔가 넘어지자 나도 넘어지고 내 뒤에 있는 애도 넘어지고 도미노처럼 끝에 있는 애까지 다 넘어졌다. 선생님은 그때 상대편을 향해 승리의 손짓을 보여주었고 우리 반은 아- 하고 탄식했다. 넘어진 애들은 인상을 쓰고 모래를 털며 내 앞에 있던 여자애에게 신경질을 냈다. 너 때문에 망했잖아. 목소리가 큰 애들은 그 여자애 주위를 둘러싸고 야유하기 시작했다. 왜 넘어지고 난리야. 덩치도 큰 게 왜 약한 척하냐고. 여자애는 굳은 표정이 되었다.

그 앨 향한 분노의 크기와 속도가 무서워서 나는 한 발짝 옆으로 피했다. 사실 그 애 잘못이 아니란 건 바로 뒤에 있던 내가 제일 잘 알고 있었다. 걔가 넘어지지 않았어도 어차피 우리가 질 줄다리기였다. 나는 당당하게 무리 속에 끼어들어서 걔 때문에 진 건 아니라고 말하고 싶었지만 겁나서 안 했다. 나 아닌 다른 사람을 위한 증언은 아주 버거운 일이었다. 목소리가 큰 애들은 무서웠고 나랑 그 여자애가 그리 친한 것도 아니었다. 생각해보면 걔는 아무랑도 안 친했다. 꾹 다문 입술로 놀림이나 비난을 들을 때가 많았다. 애들은 한바탕 화를 낸 뒤 교실로 들어갔고 걔는 밧줄 옆에 혼자 남았다. 나는 겨우 그쪽으로 걸어갔다. 입을 다문 걔한테, 내가 봐서 아는데 정확히는 네 잘못이 아닌 것 같다고 했다. 걔 입술이 못난 모양으로 변하더니 눈에서 눈물이 뚝뚝 떨어졌다. 우는 모습을 처음 봐서 당황스러웠고 맘 한 켠이 조금 아린 듯도 했지만 어색해서 먼저 교실로 들어갔다.

증언자 없이 살기엔 초등학교는 특히 더 가혹한 곳이었던 것 같다. 순식간에 쏟아지는 비난으로부터 스스로를 지켜낼 힘이 하나도 없기 때문이다. 크지 않은 교실에서도 의심하고 의심받는 사건들이 자주 일어났다. 유치원 때 나를 지배했던 현재 시각에 대한 의심은 단순하고 명쾌한 편에 속했다. 어디에도 전화해볼 수 없는 문제들뿐이었고 분명한 어조로 말할 수 있는 일은 갈수록 줄어들었다. 힘이 센 아이들은 의심을 당당하게 드러냈다. 정확한 증거를 가졌거나 혹은 증거 없이도 맞장구 쳐줄 친구들을 가진 경우였다. 나는 그런 걸 가졌을 때도 있었고 아무것도 없었을 때도 있었다. 겁이 많아서 주로 나를 위한 증언만 했다.

누구에 대해 무엇을 얼마큼 알고 있는지에 따라 권력의 양이 결정되었던 순간들을 생각하면 아찔한 심정이 된다. 초등학교 아이들 사회를 배경으로 한 영화 〈우리들〉에서 그 정보들은 서로를 할퀴는 재료로 쓰이기도 한다. 상대방에 대한 소문을 많이 들을수록, 약점을 많이 발견할수록 총알을 넉넉히 장전해가는 것만 같다. 다른 애들은 아직 모르는데 나만 알고 있는 정보일수록 더욱 치명적인 한 발이 된다. 열한 살 무렵의 선이와 지아와 보라가 싸우면서 내뱉는 말들은 그런 것들이다. 너 문방구에서 색연필 훔쳤다며. 너 전에 다니던 초등학교에서 왕따였다며. 너희 엄마 이혼했다며. 너 영국에는 가본 적도 없는데 거짓말 한 거라며. 너희 아빠 알코올 중독자라며. 내가 다 봤다고, 내가 다 들었다고 그들은 말한다. 그리고 옆에 있는 애들에게 동의를 구한다. 너도 봤지. 너도 들었지. 증언자가 많을수록 상대방은 돌파구가 사라진다. 피구를 하다가 내가 금 밟은 걸 봤다는 사람이 많으면 내가 할 수 있는 말은 그저 '아니야, 안 밟았어' 밖에 없다. 금을 밟지 않았다는 걸 증언해줄 사람이 아무도 없다면 별

수 없이 아웃이다.

〈우리들〉이 각종 증언들에 관한 영화처럼 보였던 건 그래서다. 영화는 피구 씬으로 시작해서 피구 씬으로 끝난다. 오프닝에서 금을 밟았다고 의심받는 사람은 선이고, 엔딩에서 의심받는 사람은 지아다. 모두가 지아에게 금을 밟았으면 나가라고 소리치는 와중에 선이는 처음으로 다른 종류의 증언을 한다.

"한지아 금 안 밟았어. 내가 다 봤어."

그 순간 선이는 이 영화에서 가장 특별한 증언자가 된다. 누구도 단죄하지 않는 유일한 증언이기 때문이다. 사실 선이는 지아가 금을 밟았는지 아닌지 정확히 모른다. 일단 지지한 것이다. 곤란한 순간으로부터 지아를 구원하는 순간 선이의 얼굴에는 언뜻 기쁨이 스쳐간다. 직접 보거나 직접 들은 사실 없이도, 훔치거나 훔치지 않았다는 정확한 증거 없이도, 우선 믿고 그 앨 살리는 일을 그녀가 했기 때문이다. 당신이 틀리거나 잘못하지 않았음을 믿는 일. 앞으로도 잘못하지 않을 것임을 믿는 일. 아니면 그걸 잘못이라고 여기지 않는 일. 혹은 그 모든 잘못에도 불구하고 지지하는 일.

한 평론집의 책머리에는 '삶의 어느 법정에서건 나는 그녀를 위해 증언할 것'이라는 문장이 적혀 있다. 도대체 얼마큼 믿는 것일까. 얼마큼 아는 것일까. 얼마큼 사랑하는 것일까. 나는 누구에게 그 말을 해줄 수 있을까. 누가 나에게 그 말을 해줄 수 있을까. 금 안 밟았다고, 내가 다 봤다고 말해주는 화면 속 여자애의 얼굴을 영영 잊을 수 없을 것 같다. 속거나 지거나 당하지 않기 위해 증거를 확보하느라 바빴던 내 유년기도 참 고단했는데, 아무런 무기도 방패도 없이 증언자로 나서기까지 그 애가 견뎠을 온갖 서러움들은 감히 헤아리지도 못하겠다.

2018.09.04.火.

80.
양의 부활

월요일, 나의 친구 양은 마치 부활한 예수처럼 회사에 출근했다. 지난 주 평일에 구두로 해고 통보를 받았다가, 다시 일하라는 제의를 주말에 문자로 받았기 때문이다. 그만 나오라는 말도 다시 나오라는 말도 간단했다.

양이 해고되던 날 뭐라고 위로할지 몰라서 일단 나는

야! 잘 됐어!

라고 말해버렸다. 그 회사는 야근이 잦으나 야근 수당이 없었으며 봉급도 적었기 때문이다. 그곳의 열악한 노동조건에 관해 양이 종종 하소연하던 터였다. 안 좋은 곳에서 그만 일하게 되었으니 어쨌든 다행이라고 내가 주절대자 양은 말했다.

싫어하는 상대에게 거절받는 것만큼 좆같은 일도 없어.

나는 딱히 반박하기도 어려워서 가만히 있었다. 며칠 뒤 다시 일하라는 문자가 양에게 도착했을 때 나는 인상을 쓰며 만류했다.

사람 가지고 장난해? 그렇게 성의없게 해고했다가 다시 나오라니. 그냥 다시 가지 마.

양은 어깨를 으쓱하며

글쎄,

라고 말했다. 취직한 이후 양은 글쎄 라는 말을 자주 내뱉었다. 글쎄, 글쎄다… 글쎄… 그건 양의 사무실에 있는 이사님의 말버릇이 옮은 것이랬다. 만약 회사를 그만둔다면 그녀는 곧바로 다른 일터를 알아봐야 했다. 하지만 다른 곳에서 양을 써줄지는 모르는 일이었다. 수많은 입사지원에서 떨어지며 지냈던 암흑의 시기가 또 다시 도래할지도 몰랐다. 그런 시기에도 양이 살아가는 데에는 계속 비용이 들 터였다. 나갈 돈은 많은데 들어오는 돈이 없다는 건 공포스러운 일이었다. 그녀는 덤덤하게 말했다.

별수 없이 계속 일하게 되겠지. 한 번 차였어도 고개 숙이고 다시 출근하겠지.

어느새 양은 차선들만 남은 상황에 익숙해져 있었다. 최선의 선택지가 놓인 상황 같은 건 웬만해선 없다는 사실에 놀라지도 않았다.

그리하여 다시 출근한 사무실에는 노동 조건의 니은도 꺼내기 어려운 분위기가 감돌았다. 해고와 번복의 과정에서 회사가 양에게 암시한 것은 언제라도 그들이 양을 자를 수 있다는 사실이었다. 월요일 근무 중에 양은 나에게 카톡을 하나 보냈다.

예수도 부활할 때 이렇게 좆같았을까.

카톡창에서 우리는 그저 키읔을 남발하며 웃었다. 그것 말고는 딱히 할 말이 없었다. 나는 할 말이 없을 때마다 양의 재능들을 서둘러 떠올리곤 했다. 그녀만 할 수 있는 말이나 그녀만 쓸 수 있는 글을 생각하며 자꾸 미래를 말했다. 양아. 너는 장래에 꼭 스탠드업 코미디언이 되어야 해. 양아. 너는 장래에 꼭 책을 내야 해.

그럼 양은 진짜 어이없다, 어이없어, 하며 웃었다. 웬만한 건 죄다 찬성하고 예찬한다며 내 말을 신뢰하지 않았다. 그녀는 웬만한 건 죄다 반대하고 괄시하는 편이었다. 대표적으로 자기 자신에게 그렇게 했다. 그녀의 자조는 밥 먹듯 잦았다. 이번 생은 글렀다는 말을 종종 했다. 내 말처럼 훌륭한 사람이 되려면 자신은 아마 다시 태어나야 하는 수밖에 없댔다.

오늘은 퇴근한 양과 함께 저녁을 먹었다. 우리 집 근처 일본 식당에 가서 스키야끼를 한 냄비 시켰다. 나는 간헐적 깍쟁이라 각자 한 그릇 먹는 식사를 선호하는데 양이 굳이 스끼야끼를 먹어야겠대서 그러기로 한 거였다. 우리는 밥을 각자 한 공기씩 시키고 샐러드를 더 달라고 하고 모듬채소를 한 접시 추가했다. 꽉 찬 냄비 속에서 보글보글 끓는 소고기와 채소와 버섯과 두부를 건져 달걀물에 담가 먹었다. 그러자 우리 안에서 뭔가가 회복되어가는 게 실시간으로 확인되었다. 어설픈 위로의 말보다 훨씬 나았다.

그러고선 카페로 가 각자의 글을 썼다. 쓰거나 고쳐서 완성해야 할 글이 있는 삶과 없는 삶은 조금 달랐다. 글을 쓰는 건 고된 일이지만 자신의 쓸모를 찾는 데에 도움이 되는 일이기도 했다. 쓰는 동안 우리는 우리가 각자 고유한 사람들임을 잠깐 기억해냈다.

각자의 노트북을 바라보다가 양은 나에게 말했다.

요즘 네가 자주 아픈 건 너무 많은 사람들에게 너무 많은 말을 듣기 때문일지도 몰라. 나쁜 의지를 담은 말은 실제로 몸을 아프게 한대. 진짜로 때리는 것처럼.

나는 내 메일함에 쌓인 여러 통의 피드백들을 떠올렸다. 양은 또 말했다.

너는 나와는 달리 언제나 최선의 선택을 하며 살아가잖아. 그치만 가끔 너도 등잔 밑이 어두울 수 있으니까 말이야. 네가 알지만 까먹을 수도 있는 사실들을 나는 귀찮아도 계속 말해줄 수밖에 없어.

나는 조금 울고 싶어졌다. 그치만 자기 코가 석 자인 애가 나에게 열심히 위로를 건네는 게 어이없기도 했다. 양은 잠시 후 이렇게 말했다.

우리가 만약 원피스의 세계관 속에 있다면 나는 네 배에 꼭 오르고 싶은 사람이야.

어쩌지, 하는 생각이 들었다. 루피 같은 주인공의 기질이 내게는 없기 때문이다. 지금부터라도 무지 노력해야겠다는 생각이 들었다. 양처럼 시니컬한 사람도 합류하고 싶은 시공간의 일원이 되도록. 서로를 매번 다시 새롭게 알아봐서, 계속 다시 태어나게 하는 주인공들처럼.

그러고선 우리는 다시 각자의 노트북 화면을 보았다. 서로 무슨 글을 쓰거나 고치는 중인지는 몰랐다. 그저 언젠가 완성할 거라는 사실만 알았다.

2018.09.05.水.

81.
호기심 미해결

초등학생 10명에게 내가 어느 날 내준 글감은 이것이었다.

예전에는 궁금했으나 이제는 궁금하지 않은 것.

그들이 살아온 10년쯤의 생에서 어떤 호기심들이 발생하고 해결되어왔는지 궁금해서 건넨 글감이었다. 어느새 그들 마음 속에서 시큰둥해진 질문들이 무엇인지도 궁금했다.

칠판에 글감을 적은 지 이삼십 분만에 10살 최가희는 나에게 원고지를 들고왔다. 이 글을 보관하고 있는 사람은 이 세상에서 나뿐인데 혼자만 알기는 아까우니까 통째로 옮겨 적어보겠다. 띄어쓰기를 고쳐준 것 빼고는 토씨 하나 틀리지 않았다.

예전엔 궁금했지만 지금은 궁금하지 않은 것 – 최가희

나는 지금 10살이다. 내가 6~7살 때 유치원에서 꼭 알고 싶었던 것이 있다. 그게 뭐였냐면 내가 어떻게 태어나는지 알고 싶었다. 그땐 정자와 난자, 그리고 내가 어떻게 나오는지도 몰랐을 때이다.

하지만 지금은 안다. 정자와 난자가 만나면 아기가 생기고, 아기는 엄마가 힘을 주어 천천히 머리부터 나오는 것도 알고 있다.

그리고 나는 한 번 영어로 된 자막 영화를 유치원에서 봤는데 '저게 뭔 말이지?' 하고 생각했다. 그러다가 선생님한테 처음으로 영어를 배운 날, '그거는 영어였구나!' 하고 알 수 있었다.

그리고 TV에서 (5살 때) 아기가 죽 같은 밍밍한 것만 먹어서 '밥과 맛있는 게 얼마나 많은데 어떻게 저걸 먹지?'라고 생각했다. 5살이 끝나갈 때쯤에 알았다. 아기들은 치아가 약해서 이유식만 먹는다고…

또 나는 글이라는 것도 몰랐다. 지금은 '그 쉬운 한글을 몰랐다니…'라는 생각을 한다.

또 이 세상은 왜 사회라 하는지 몰랐다. 근데 사실 그건 아직도 모른다.

이처럼 궁금한 것이 많았다.

'정말 모르겠는데…'라고 생각했지만 살다보면 곧 알게 된다는 것도 알게 되었다. 아직도 모르는 게 많지만 나중에는 다 알 수 있을 것 같다. (끝)

최가희는 이 글을 제출하고 새초롬하게 자기 자리로 돌아갔다. 나는 늘 그녀의 표정이 10살 치고도 아주 여유만만하다고 느껴왔는데 그럴 수밖에 없는 이유를 이 글에서 조금 발견한 것 같았다. '살다보면 곧, 다 알게 된다는 것을 알게 된' 자의 의연함이었던 것이다. 그녀는 마치 세월의 파도 위에서 편안하게 힘을 빼고 누워 둥둥 떠가는 것처럼 보였다.

그런데 정말로 살다보면 다 알게 될까. 그럴 리가 없을 뿐더러 그러고 싶지도 않다. 어떤 앎은 너무나 버겁기 때문이다.

지난 27년간 그나마 확실하게 알아온 것은 내 몸과 마음의 체력과 용량인데 파악해본 결과 너무 많은 양의 정보를 수용할 경우 고장이 난다는 것을 알게 되었다. 누군가를 처음 만날 때 나는 늘 질문이 많은 쪽이었다. 진짜로 궁금해서이기도 했고 이 만남에 성의를 표하고 싶어서이기도 했다.

그러나 요즘에는 어쩐지 질문을 아끼게 된다. 어떤 대답은 내가 감당할 수 없는 이야기일지도 모르기 때문이다. 누구에게나 아주 많은 양의 이야기가 있을 것이다. 그중 어떤 것은 너무 슬프거나 아프거나 안타까워서 듣는 이에게 자동으로 책임이 부여되는 이야기일지도 모른다.

'이야기를 들은 자의 업보'라는 게 있다고 나의 스승 어딘은 말했다.

몸과 마음에 자주 탈이 나는 요즘엔 혹여나 얼떨결에 그런 업보를 떠안게 될까 봐 두려워하며 질문 전에 숨을 고른다. 어떤 호기심은 미해결로 둔 채 면죄부를 얻고 싶은 것이다. 10살 최가희의 글은 '나중에는 다 알 수 있을 것 같다'라고 끝이 났는데 27살 나의 글은 '내 몸이 감당할 수 있을 만큼만 알고 싶다'라고 끝이 나려고 한다.

하지만 그럼에도 불구하고 참을 수 없는 질문이 있다.

그래서 보게 되고 알게 되고 믿게 되는 대답이 있다.

그럴 때마다 혹시 나는 이러려고 태어난 게 아닐까 싶어진다. 세상의 수많은 이야기들 중 어떤 게 하필 나에게 접속된다면 분명 이유가 있을 거라고 믿게 된다. 그럼 별수 없이 더 알려는 사람이자 계속 알려는 사람이 되고 만다.

2018.09.06.木.

82.
픽션의 불발

서로 만나본 적 없는 두 사람이 나란히 있는 장면을 상상해본다. 인물에 관해 허위 사실을 쌓는 연습을 해보고 싶기 때문이다. 이 또한 필연적으로 실패로 끝나겠지만 그래도 시도해보겠다.

이 글 속에서 처음 마주보도록 만들 이들은 복희와 어딘이다. 둘은 1967년에 태어난 여자들이라는 공통점이 있다. 한 사람은 내 엄마이고 다른 한 사람은 내 스승이다. 복희는 내가 발생했을 때부터 나를 키웠고 어딘은 내가 17살일 때부터 글쓰기를 가르쳤다. 나는 두 사람과 긴밀한 관계를 맺어왔으나 둘은 서로를 만난 적이 없다.

어떤 행사, 이를테면 내 첫 책의 조촐한 출간 기념회 같은 자리에서 두 사람이 서로를 마주친다면 복희는 어색해하며

어딘님…!

이라고 그녀를 불러볼 것이다. 복희는 어딘처럼 예명으로 서로를 호명하는 집단에 소속되어본 적이 없다. 내가 어딘을 어딘 선생님이 아닌 그저 어딘이라고만 부르는 것도 늘상 이상하게 생각해왔을 테다. 초면인데 차마 이름만 부를 수는 없어서 복희는 어딘의 이름 뒤에 '님'자를 붙일 가능성이 높다. 약간 쩔쩔매며

어딘님, 안녕하세요~

해놓고 혼자 웃을 것 같다. 웃으면서 어딘의 양손을 덥썩 잡을 수도 있다.

복희의 작고 따뜻한 손길에 덥썩 붙들려버린 어딘은 조금 놀라지만 많이 당황하지는 않은 얼굴로

복희 씨, 안녕하세요!

하고 반갑게 나의 엄마를 부를지도 모른다. 어쩌면

복희 씨를 드디어 뵙네요.

라고 말할 수도 있다. 어딘을 처음 만났을 때부터 내가 복희에 관한 글을 허구한 날 써서 글쓰기 수업에 들고 갔기 때문이다. 나 때문에 어딘은 복희의 일부 면모들을 기억해왔다. 그것들 중 어떤 것들은 틀린 정보일 수도 있다. 내가 복희를 오해하고 쓴 글도 허다하기 때문이다. 비록 틀린 정보라 할지라도 복희의 디테일을 어딘은 조금 알고 있다.

동갑이지만 너무 다른 역사를 가진 두 사람이 첫 인사를 나눴다. 두 사람의 얼굴은 웃음기를 머금고 있다. 이제 어떤 장면이 이어질 것인가?

그걸 모르겠다. 나는 늘 여기서부터 한 발짝도 못 나가곤 한다. 이래서 소설 쓰기도 늘 시원찮은 것이다. 초조해져서 물을 떠온다. 물을 꿀꺽꿀꺽 들이키며 생각한다. 사랑하는 사람들을 데리고 픽션을 연습하는 게 문제일지도 모른다고. 절대 틀리고 싶지 않기 때문에 망설이느라 상상이 어디로도 뻗어나가지를 못하는 것이다.

또 다른 문제는 두 사람이 연결되어야 할 당위성이 뭔지를 내가 아직 모른다는 것이다. 어째서 지난 10년 간 두 사람은 실제로 만난 적이 없는가. 그야 딱히 만날 구실이 없었기 때문이다. 어딘은 많은 학생들을 만나고 많은 나라를 여행하고 많은 책을 읽고 많은 글을 쓰고 많은 강의를 듣고 많은 강의를 했다. 복희는 많은 식구들 속에서 많은 밥을 하고 옷이 잔뜩 쌓인 옷 가게에서 많은 손님을 맞이하

고 많은 수다를 듣고 많은 노가다를 했다.

많은 일을 하고 많은 말을 주고 받으며 52년을 살아왔다는 점은 비슷하지만 둘은 너무 다른 필드에서 살아왔다. 같은 고등학교의 같은 반이었대도 둘은 다른 그룹의 친구였을 가능성이 높다. 어딘이 시위에 나가는 대학생이었을 때 복희는 자동차 부품 상가의 경리였다. 어딘이 작가이자 교사가 되는 동안 복희는 대가족의 며느리이자 아내이자 엄마가 되며 새천년을 맞이했다. 세기말에 태어난 내가 무럭무럭 자라서 어딘을 찾아가 글쓰기 수업을 듣지 않았다면 둘은 서로의 이름조차 영영 모르고 살았을 것이다.

이제 둘은 서로의 이름을 알지만 나라는 공통분모 말고 또 어떤 화제로 대화를 나눌 수 있을지, 나는 아직 잘 상상되지 않는다. 그리하여 내 마음 속에서 어딘과 복희는 첫 인사 이후 잠시 손을 잡아본 채 그대로 멈춰 있다.

빈약한 내 상상 속에서 두 인물은 갑자기 종이인형처럼 납작해진다. 나는 조급하게 둘을 번갈아보며 외친다. 어딘이 얼마나 재밌는 사람인데! 복희가 얼마나 재밌는 사람인데! 그런다고 인물들이 입체성을 얻지는 못한다. 아무리 재밌는 두 인물이라도 적절한 시공간이 없으면 생생해질 도리가 없다. 둘은 여전히 어정쩡하게 정지되어 있다. 좋은 전개를 생각하지 못한다면 아마 내 책 얘기를 조금 하다가 적당한 타이밍에 서로 돌아설 것이다. 그런 정도의 만남은 둘의 인생에서 숱하게 많았을 것이다. 이만큼 써놓은 글은 좋은 이야기의 재료가 되기엔 턱없이 불충분하다. 그들이 무슨 이야기를 할까? 어떻게 움직일까? 그들을 안다고 생각했는데 글을 쓸 때마다 사실 별로 아는 게 없음을 알게 된다. 예상되지 않는 것에 관해 쓰려고 할 때마다 나는 커다란 두려움을 느낀다.

이것은 내가 픽션 쓰기를 시도할 때마다 실패해온 패턴이다. 이런 반복은 정말이지 그만하고 싶어서 부끄러운 실패의 과정을 기록해놓는다. 미슬이는 최소한 다르게라도 실패하기를 바라기 때문이다.

2018.09.10.月.

83.
타국의 우리

이탈리아의 공항에서 복희를 기다리던 밤이었다. 충청남도 공주 출신인 복희가 인천 공항에서 비행기를 타고 프랑크푸르트를 경유하여 리나테 공항으로 날아오고 있었다. 그녀로선 이례적인 일이었다. 나는 멀뚱멀뚱 서서 복희를 기다렸다. 혹시 아무리 기다려도 복희가 오지 않을까 봐, 그 문에서 쏟아져 나오는 수많은 사람들 중에서 오직 복희만 없을까 봐, 초조해하며 문을 바라보았다. 수많은 사람들이 나를 스쳐갔다.

한참만에 자동문 사이로 키가 작고 얼굴이 동그란 여자가 백팩을 멘 채 걸어나왔다. 얼굴이 노래진 복희였다. 14시간짜리 비행이었으니까 안색이 변할 만도 했다. 경유라는 걸 혼자서 처음 해본 그녀로서는 난관이 많은 여정일 터였다. 몇 주 만에 다시 만난 복희를 꼭 끌어안았다. 복희의 살냄새가 났다. 따뜻한 온도의 냄새였다. 어떻게 여기까지 잘 왔냐고 묻자 그녀는 말도 말라는 얼굴을 했다. 공항 안에서 환승하는 길을 잃어서 누군가에게 물어봐야 할 때마다 그녀는 모르는 여자를 조심스레 붙잡고 익스큐즈 미, 하며 말을 걸었다고 했다.

마이 퍼스트 베이비… 인 유럽… 쉬 이즈 씩… 쉬 이즈 헐트…

쉬 미스 미… 아이엠… 고잉 투… 데얼…

(내 첫째 딸이 유럽에 있는데 아파요. 그 애는 나를 보고 싶어해요. 그래서 나는 그 애가 있는 곳으로 가고 있어요.)

그런 말들을 늘어놓으며 길을 물어봤다는 얘기였다. 복희 또래의 타국 여자들이 친절히 길을 알려주었댔다. 복희식 영어가 통한다니 신기했다.

마구잡이로 영어를 구사하는 복희. 그리고 타지에서 공황장애 증상을 겪는 나. 이 두 사람이 이탈리아에서 며칠을 지내보기로 했다. 거리에는 아기도 많고 노인도 많았다. 그게 이 도시의 건강함을 의미한다고 복희는 말했다. 바지에 셔츠를 넣어 입은 남자들과 길에서 딥키스를 하는 연인들이 자주 보였다. 휴일 아침 밀라노의 커다란 두오모 아래 그늘은 중고책을 들고 나와 파는 사람들로 붐볐다.

우리는 각자의 가방을 메고 바레나라는 시골 마을로 찾아갔다. 탁 트인 경관의 꼬모 호수로 유명한 동네였다. 바레나 역에 내리자마자 복희가 말했다.

여긴 꼭 우리나라의 청평 같네!

청평은 복희와 웅이의 신혼여행지이기도 했다. 바레나는 청평보다 더 호화롭게 아름다웠다. 주로 백인들이 여름 휴가를 즐기기 위해 찾는 관광지였다. 얄밉고 수상할 만큼 빈틈없이 아름다운 그 동네에 짐을 풀고, 한 레스토랑에 들어갔다. 큰 맘 먹고 들어간 고급 레스토랑이었다.

복희는 영어와 이탈리아어로 적힌 메뉴를 거의 이해하지 못했지만 매번 돋보기 안경을 끼고 메뉴판을 살폈다. 살피기만 하고 결정하지는 못했다. 자기 언어가 없는 곳에서 결정이라는 건 매번 부담스러운 일이었다. 나는 랍스터를 얹은 파스타와 breaded veal이라는 메뉴를 주문하자고 복희에게 말했다. breaded가 뭔지 몰랐는데 직원에게 물어보니 빵가루를 입혔다는 뜻이랬다. 한마디로 그건 송아지

까스였다. 호화로운 식당의 친절한 웨이터는 우리에게 고급 접시들을 내어주었다. 곧이어 주문한 음식이 나왔고 우리는 그것들을 우물우물 먹었다.

그런데 음식을 씹는 내내 복희는 어쩐지 심드렁한 표정을 지었다. 내가 맛 없냐고 묻자 복희는 아니라고 괜찮다고 했다. 그러나 복희에게 만족감을 주기엔 턱없이 부족한 끼니인 듯했다. 복희식 파스타와 복희식 튀김은 훨씬 더 맛있기 때문이다. 카운터에서 금발의 지배인에게 비싼 밥값을 지불하며 나는 잊고 있던 사실 하나를 떠올렸다. 복희가 좋아하는 식당은 한국에서 찾기도 무지 어렵다는 것. 그녀는 값싸고도 정성스러운 식당만을 좋아했는데 그런 곳은 흔치 않았다. 망원시장 한복판에 있는 닭곰탕 집 정도가 다였다. 그래서인지 복희는 매번 자기 손으로 끼니를 지으며 살았다.

내가 호수에서 수영을 하는 동안 복희는 마을을 한 바퀴 돌고 오겠다 했다. 그녀는 어딜 가나 마을을 돌아가게 하는 생태계를 살피는 자였다. 한 시간 동안 작은 마을 구석구석을 훑어보고 온 복희는 말했다.

여기는 아름다운 마을이야.

복희가 아름답다고 느낀다니 기뻐서 나는 맞장구를 쳤다.

그치? 산이랑 호수도 근사해.

응. 그런데…

그런데?

복희는 너무 의아하다는 표정으로 마저 말했다.

이 마을에는 어떤 특산물도 없어. 과일 가게에 있는 것도 죄다 딴데서 트럭으로 싣고 온 오래된 것들이더라구!

서울에서부터 14시간 날아온 내 엄마는 이 낯선 마을에서 식재료가 어떻게 유통되고 공급되는지부터 궁금해하는 사람이었다. 나는 복희를 바라보았다. 슈퍼에 있는 과일이며 채소가 싱싱한 게 하나도 없고 다 오래된 것들이더라고 그녀는 덧붙였다.

이 마을은 어쩐지 가짜 같아. 그냥 아름다운 세트장 같아!

그러더니 복희는 다음 날부터 몸살을 앓기 시작했다. 내가 아파서 복희가 날아온 건데 막상 만나고나니 나는 쌩쌩해지고 그녀가 아팠다. 복희는 주로 자기가 직접 한 밥으로 기력을 회복하며 살아왔는데 이 마을에서는 그럴 수가 없었다. 나는 아픈 복희를 데리고 이웃 마을로 옮겨갔다. 커다란 시장과 마트가 있는 동네였다.

이탈리아의 대형마트에서 복희는 잠시 아픔을 잊었다. 식재료의 상태와 시세를 구경하느라 정신이 생생히 살아났던 것이다. 싸고 좋은 고기와 채소가 많은 곳이었다. 거기서 복희는 이틀간 숙소에서 해먹을 식재료를 골랐다. 한국에 없는 양념은 어떻게 보완해서 요리할 것인가. 그건 복희에게 아주 즐거운 고민처럼 보였다. 부엌에서의 재능과 창의력과 연륜을 십분 발휘할 기회였다.

한편 장보기에 관심이 없던 나는 심드렁하게 담배나 사러 갔는데 어떤 털복숭이 남자가 바지 속에 손을 넣고 따라오기 시작했다. 옆에 있던 복희의 눈동자가 커다래졌다. 그녀는 내게 겁먹지 말라고 읊조렸다. 하지만 정작 본인이 겁먹은 얼굴이었다. 복희가 작고 뜨거운 손으로 날 붙잡은 채로 멈춰 있자 남자는 주변을 맴돌다가 사라졌다. 하루이틀도 아닌 일이었다.

마트에서 사온 식재료를 들고 숙소로 돌아갔다. 이웃마을에서 우리는 어쩌다보니 함락당한 성 같은 집에 머물게 되었다. 숙소의 주인은 키가 크고 잘 생겼지만 어쩐지 허당같고 말이 많은 이탈리아 남자였다. 쿠바 시트콤 〈원데이앳어타임〉에 나오는 슈나이더와 흡사한 외모였다. 건물을 가진 백인 남자라는 점도 비슷했다. 처음 그를 따라 숙소로 들어가는데 그는 자신의 집이 정말 판타스틱하다고 내내 자랑을 했다.

얼마나 판타스틱한데?

내가 시큰둥하게 묻자 그는 마치 12세기 궁전 같은 집이라고 대답했다. 나는 코웃음을 쳤다.

하지만 도착해보니 그의 말은 하나도 과장이 아니었다. 그가 가진 건물은 집이라기보다는 작은 성에 가까웠고 복희와 나는 그중 하나의 방에 짐을 풀게 되었다. 방과 방 사이의 복도가 너무 길어서 침실에서 부엌까지 마흔 발자국이나 걸어야 했다. 복희는 이게 웬 사치냐며 어안이 벙벙한 얼굴을 했다. 이런 방이 겨우 50유로라는 사실이 믿겨지지 않아서 재차 확인했는데 정말이었다.

복희랑 오기엔 좀 아까운 곳이라고 나는 생각했다. 가장 좋은 건 나의 남동생 찬이랑 오는 거였다. 찬이를 포함한 내 친구들 여덟 명가량을 데려오면 더욱 좋을 터였다. 찬이라면 이 궁전을 최대한 활용해서 끝장나게 재밌게 노는 방법을 금방 고안할 게 분명했다. 이야기를 상상하기 좋은 성이었기 때문이다.

하지만 찬이는 저 멀리 한국의 합정동에서 돈을 벌고 있을 테지. 복희와 나는 버려진 호화 궁전에서 이탈리아산 식재료로 끼니를 해먹으며 저녁을 보냈다. 엄마와의 여행이란 지루하고 안온하다고 생각했다.

해가 지자 새로운 사람들이 옆 방에 짐을 풀러 왔다. 폴란드 부부였다. 그들은 우리가 설거지를 마친 공동 부엌에서 이제 막 저녁을 차렸다. 나는 그 옆에서 노트북으로 원고를 마감했고 복희는 뭘 할지 모르는 채로 집을 살폈다. 텔레비전을 시청하지 않는 밤이 익숙하지 않은 거였다.

폴란드 부부는 천천히 식사를 마치고 난 뒤에도 식탁에 마주앉아 서로를 뚫어지게 바라보며 나지막한 대화를 나눴다. 그들의 숨에서 와인 냄새가 묻어나왔다. 복희와 나는 눈길을 주고 받았다.

(엄마. 이 사람들 행복해 보이지?)

(응. 정말 그렇다!)

하는 무언의 대화였다.

그들은 복희와 나에게 와인을 몇 잔 나눠주었다. 인터넷 채팅에서 만나 재혼한 40대 부부였다. 남자는 폴란드의 인쇄소 직원이고 여자는 은행원인데 2주간의 달콤한 휴가를 이탈리아에서 보내는 중이었다. 셋이서 많은 영어 문장을 주고받는 동안 복희는 옆에서 미소를 지으며 그저 들었다. 중간에 몇 번이나 뭔가를 말하려다가 말았다.

폴란드 부부와의 대화 자리가 끝나고 방으로 돌아왔을 때 복희는 침대에 드러누워서 몇 마디를 읊조렸다.

아이… 해피… 폴티…

라고 하며 뒤늦게 영어 문장을 연습하고 있었다.

엄마. 뭐라고 말하고 싶어?

내가 묻자 복희가 대답했다.

나는 40대 때 제일 행복했다고 말하고 싶어.

그러고서 복희는 혼자서 한참 영어로 중얼거렸다.

아이… 워스 해피. 앤… 마인드…이즈 영 앤 뷰티풀… 벋… 웬 아이 피프티… 서든리… 겟 펫… 마인드… 올드…

(40대 때가 제일 행복했어요. 내 마음은 젊고 아름다웠어요. 그런데 50대가 되자 갑자기… 나는 뚱뚱해지고 마음도 지쳤어요.)

나는 복희의 혼잣말이 웃기고도 슬펐는데 울기엔 좀 뭐해서 막 웃었다. 복희는 날 보더니 갑자기 핸드폰을 켜서 구글 번역기에 대고 소리내어 이렇게 말했다.

그녀는 나의 기쁨이자 애물단지다.

하지만 번역기는 제대로 알아듣지 못했다. 복희는 다시 힘주어 말했다.

그녀는, 나의, 기쁨이자, 애물단지다!

번역기는 어쩐지

쉬 이즈 마이 조이

라고만 대답했다.

나는 웃으며 말했다.

누가 엄마 마음을 다 알겠어!

복희를 꼭 껴안았다. 타국에서의 밤이 깊어갔다.

2018.09.11.火.

84.
꿈 거래

나의 친구 양에게 꿈을 팔았다. 간밤의 꿈이 아무래도 범상치 않았기 때문이다. 잠에서 깨어 정신을 차린 뒤 꿈의 내용을 카톡으로 브리핑했다.

〈양아. 나 네가 등장하는 길몽을 꾼 것 같아. 꿈에서 네가 나왔는데 살이 뒤룩뒤룩 찌더니 아주 큰 덩치로 부풀더라고. 얼마큼 부풀었냐면 거의 인어공주에 나오는 우르술라만큼이었어. 미소를 짓고 위엄 있게 앉아서 많은 사람들을 맞이하고 있었어. 네 앞에는 성대한 음식으로 꽉 찬 식탁도 있었어. 뭔가 경사스러운 잔치 같았어.〉

양은 거두절미하고 대답했다.

〈그 꿈 사야겠다.〉

얘도 꿈과 기와 미신을 어느 정도 믿는 부류였으므로 거래는 아주 수월할 듯했다. 나 역시 이 꿈을 양에게 꼭 팔아야겠다고 생각하던 참이었다. 그녀한테서 대가를 안 받아도 전혀 상관없지만 만약 내가 맨입으로 꿈을 말해주기만 한다면 그 꿈의 길조가 양에게 다 전해지지 않을 터였다. 이 꿈이 가진 행운을 온전히 양의 것으로 토스하고 싶어서 나는 판매 의사를 확실히 내비쳤다.

양은 뭐가 필요하냐고 물어봤다. 그녀는 바쁘고 월급도 넉넉한 편이 아니기 때문에 그냥 카카오톡 선물하기 메뉴에서 커피 쿠폰이나 받으면 적절할 것 같았다.

〈요즘 시대엔 랜선으로도 꿈 거래는 유효하다고 봐.〉

내가 말하자 양은 그래도 만나서 줘야하는 거 아니냐고 물었다. 「XXX홀릭」이라는 만화에서는 그랬다면서. 그녀는 꿈을 사러 직접 오겠다고 말했다.

해가 지자 나는 마감할 장비들을 들고 매일 가는 다방에 갔다. 매일 앉는 자리에서 양을 기다렸다. 퇴근한 양은 뚜벅뚜벅 성큼성큼 걸어서 다방 문을 열고 들어왔다. 흰 티와 흰 바지를 입고 목에는 빨간 스카프를 맨 모습이었다.

뭐 마실래?

내가 메뉴판을 주며 물었다. 양은 고심하는 표정으로 대답했다.

여기 진저비어 맛있더라. 근데 말이지, 내가 돈이 없어서 시킬 수가 없어.

그러더니 그녀는 손을 번쩍 들고 외쳤다.

사장님! 여기 물 주세요. 그냥 물이나 한 잔 주세요!

나는 다급히 양의 손을 부여잡으며 내가 사주겠다고 말했다. 양은 오늘만은 그럴 수 없다고 말했다. 그녀가 꿈을 사기로 한 날이기 때문이다.

근데 왜 맥주 한 잔 마실 돈도 없어? 내 꿈은 무슨 돈으로 사려고?

아니 내가 안 그래도 네 꿈이랑 교환하려고, 오는 길에 스카프 가게에 들르지 않았겠냐. 너한테 스카프를 사주고 싶었거든.

그런데?

그런데 거기에 너한테 어울리는 게 없는 거야.

그래?

응. 근데 나한테 어울리는 건 있더라고.

그래서?

그래서 내 꺼만 샀지.

나는 그제야 양에 목에 걸린 빨간색 스카프를 자세히 보고 물었다.

싸지 않아 보이는데?

양은 미간을 찌푸리고 끄덕거리며 대답했다.

싸지 않았지. 싸지 않았어…

그러나 너무 어울려서 어쩔 수 없었다는 표정이었다.

아무튼 그래서 돈이 똑 떨어져버렸는데, 너한테 뭘 줄 수 있을까 생각하다가 이걸 발견했어.

양은 자신의 백팩을 뒤적이더니 봉투 하나를 꺼냈다. 열어보니 문화 상품권 두 장이 들어 있었다.

너는 책을 자주 사니까, 이걸로 결제하면 딱 좋잖아! 이게 또 어떻게 얻은 문화 상품권이냐면…

이어진 양의 썰에 의하면 그녀는 학부생이었을 때 마음이 너무 힘들어서 교내 상담 센터에서 상담을 받았는데, 상담만 받은 게 아니라 상담 후기를 써달라는 요청 또한 받았다. 웬만한 일에 최선을 다하는 양은 온 마음을 다해 후기를 적어보았다. 그것을 제출하자 센터에서는 양에게 문화 상품권 2만 원을 주었던 것이다. 한마디로 글 써서 번 돈이었다. 대학 졸업하기 전부터 지갑에 챙기고 다녔는데 이제야 쓸 일이 생겼다며 양은 기뻐했다.

그 상품권 2만 원으로 꿈을 거래하기로 우리는 합의를 보았다. 때마침 사장님이 양에게 와인 한 잔을 서비스로 주었다. 양은 넙죽 받아마셨다. 그사이 나는 판매할 꿈의 제목을 정했다. '뚱땡이 양의 성대한 식탁'이 적절할 것 같았다. 꿈해몽의 세계에서는 살이 찌는 것과 풍요로운 식탁과 손님이 많은 것 모두 길한 상징이었다.

아무튼 이 꿈은 진짜 확실하다는 거야!

나는 여느 때처럼 호언장담했다. 뭐가 확실하다는 건지도 모르면서.

알겠어!

라고 양은 대답했다. 뭘 알겠다는 건지 알 수 없었다.

그리하여 나는 양과 두 손을 맞잡았다. 길몽이 내 손에서 양의 손으로 잘 전해지라고 꽤나 세게 붙잡고 있었다. 양에게 럭키를 빌며 꿈을 파는 과정이었다. 자신의 오줌으로 서라벌 시내를 잠기게 한 꿈을 사고 팔았던 신라 여자 두 명은 꿈 값을 비단 한 필로 정했다는데 우리에게 비단 같은 건 없었다. 대신 양은 나에게 문화 상품권이 든 봉투를 넘겼다. 꿈 거래가 간단히 끝났다.

상품권은 내가 예상했던 것보다 더 큰 가격이어서, 양에게 내가 진저비어를 한 잔 사주기로 했다. 양은 넙죽 받아마셨다. 나는 말로만 꿈을 판 게 자꾸 충분치 않은 기분이 들었다. 그래서 메모지를 꺼내 장면을 그리기 시작했다. 꿈 속에서 본 양의 모습과 그녀를 둘러싼 풍요로운 것들을 채워넣었다. 양은 진저비어를 마시며 내 그림을 보았다.

그걸 양에게 주자 그녀는 메모지를 반으로 접고 또 접었다. 그제야 본 종이의 뒷면에는 이런 광고 문구가 인쇄되어 있었다. '대출! 이제 그만 고민하세요! 높은 대출 문턱, 스마트하게 책임지겠습니다! 월이자 2% 이내!'

양은 4분의 1 크기로 작아진 종이를 자기 지갑에 쏙 넣었다. 행운이 늘 함께하도록 말이다. 지갑 안에는 또 다른 종이가 있었다. 뭐냐고 묻자 양이 꺼내어 보여주었다. 쪽지 모양으로 접혔던 자국이 종이에 남아 있었다. 어느 시집에서 뜯은 페이지 같았다. 페이지 위에 적힌 건 이장욱의 시였다. 시의 제목은 「동사무소에 가자」. 전문은 이러했다.

동사무소에 가자

왼발을 들고 정지한 고양이처럼

외로울 때는

동사무소에 가자

서류들은 언제나 낙천적이고

어제 죽은 사람들이 아직

떠나지 못한 곳

동사무소에서 우리는 전생이 궁금해지고

동사무소에서 우리는 공중부양에 관심이 생기고

그러다 죽은 생선처럼 침울해져서

짧은 질문을 던지지

동사무소란

무엇인가

동사무소는 그 질문이 없는 곳

그 밖에 모든 것이 있는 곳

우리의 일생이 있는 곳

그러므로 언제나 정시에 문을 닫는

동사무소에 가자

두부처럼 조용한 오후의 공터라든가

그 공터에서 혼자 노는 사람의 방향을

자꾸 생각하게 될 때

어제의 경험을 신뢰할 수 없거나

혼자 잠들고 싶지 않을 때

왼발을 든 채

궁금한 표정으로
우리는 동사무소에 가자

동사무소는 간결해
시작과 끝이 무한해
동사무소를 나오면서 우리는
외로운 고양이 같은 표정으로
왼손을 들고
왼발을 들고

그 시가 인쇄된 페이지의 한 구석에는 볼펜으로 적은 몇 문장이 있었다. 어떤 이가 양에게 쓴 것이었다. 양, 너 때문에 여름을 무사히 났다고. 무엇을 선물해야 할지 아직 몰라 우선 이 시를 너에게 준다고. 나는 내가 알지 못하는 양의 시간을 생각했다. 내가 모르는 사이 어떤 이를 보필하며 여름을 보낸 것이었다.

양은 시가 적힌 종이를 다시 꾹꾹 접어 지갑에 넣었다. 양의 카드와 양의 주민등록증과 양의 지폐와 양의 동전과 함께, 두 장의 종이가 지갑 속에 있었다. 내가 판 꿈보다 그 시가 더 확실하게 양의 인생을 수호할 것 같았다.

2018.09.13.木.

85.
소진된 하루

연재의 마지막 날이다. 아침에 눈을 뜨며 생각했다.

오늘만 쓰면 당분간 쉰다!

몸을 일으켜서 필라테스 학원에 갔다.

부은 눈으로 운동을 하고 있으면 선생님이 내 엉덩이를 찔러보고는 말했다. 슬아씨 너무 무리 안 하시네요. 엉덩이에 힘 빡 주세요. 나는 찔린 기분으로 눈을 질끈 감고 힘을 줬다. 선생님은 더 할 수 있다고, 더, 더, 더 힘을 줘보라고 말했다. 나는 속으로 외쳤다.

더는 못해요!

다음으로 하고 싶은 말은 이것이었다.

엉덩이 운동도 복근 운동도 달리기도 글쓰기도 돈벌이도 사랑도 우정도 공부도 독서도 더는 못하겠어요!

진심인가? 다시 생각해보니 진심은 아닌 것 같았다. 그래도 쓰는 것을 잠깐 멈출 때가 되었다는 것만은 확실했다. 나는 무리하는 게 싫었다. 웬만하면 뭐든지 살살 하고 싶었다. 하지만 시작한 이상 도무지 살살 할 수 없는 일들이 대부분이었다.

운동을 한 뒤 아침을 먹고 나의 책상에 앉아 교정을 봤다. 출판사에서 1교를 본 원고를 점검하는 것이었다. 볼펜을 들고는 예전에 그린 만화와 쓴 글을 수정해나가는 과정이 조금 괴로웠다. 창피한 부분이 많아서다. 작년에 쓴 게 이렇게 부끄러운 것을 보니 요즘 쓴 것들도 내년이 되면 분명 부끄러워지겠지. 그런 일을 매일같이 하다니. 나 혼자만 본 게 아니라 수많은 구독자에게 공유하기까지 하다니. 미래에 다가올 후회의 양을 생각하다가 정신이 아득해졌다.

교정을 마친 원고를 들고 카페로 갔다. 문학동네의 편집자님께 드려야 하기 때문이었다. 약속 시간보다 10분 일찍 도착해서 기다리는데 어쩐지 약속 시간이 지나도 편집자님이 보이지 않았다.

늦으실 리가 없는데…

지각을 일삼는 나와는 달리 그녀가 늦은 적은 한 번도 없었기 때문이다. 혹시 몰라서 내가 어제 그녀에게 보낸 카톡을 다시 살펴보았다.

살펴보니 나는 약속한 장소와 다른 곳에 앉아 있었다. 어이없게도 장소를 착각한 것이었다. 편집자님께서는 역시나 약속한 장소에 일찍이 도착해 나를 기다리고 계셨다. 나는 스스로에게 욕을 하며 교정지를 들고 열심히 뛰었다. 약속 장소에 헥헥대며 도착해보니 편집자님께서는 여느 때처럼 온화한 얼굴로 앉아서 원고를 보고 계셨다. 교정지를 주고받으며 다음 달에 출간 될 책에 관해 이런저런 상의를 했다. 그 분이랑 만나면 늘 얘기가 잘 안 끊겼고 시간이 금방 갔다.

그렇지만 편집자님이 떠나고 난 테이블에서 나는 늘 멍하니 앉아 있게 되었다. 출판이란 역시 너무도 두려운 일이기 때문이었다. 이 출판으로 인해 미슬이가 무엇을 후회하게 될지 현슬이는 다 알 수가 없었다.

미래를 걱정하기에는 다음 일정이 코앞에 다가왔다. 4주 전부터 수강하기 시작한 소설 수업이었다. 그 수업에서는 여러 소설들을 읽고 비평했으며 수강생들은 8주 안에 자신의 소설 한 편을 완성해야 했다. 내가 쓰는 픽션은 아직 갈 길이 멀었다. 하지만 3주 뒤엔 어떤 식으로든 완성되어 있을 터였다. 일간 수필 연재를 이어온 6개월 동안 늘 소설로 도망치고 싶었기 때문에 잘 해보고 싶다.

수업이 끝나니 저녁이었다. 함께 수업을 들은 나의 친구 조개랑 잠시 같이 걸었다. 맑고 느린 조개 목소리를 하염없이 들으며 수다를 떨고 싶었으나 각자에게 다음 일정이 있어서 금방 헤어졌다. 헤어지고 혼자 걸으며 두 개의 문장을 떠올렸다. 며칠 전 독자 중 한 사람으로부터 받은 메일에 적힌 것이었다.

> 해가 지날수록 한 사람 한 사람, 자신의 세계로 모시는 일에는 품이 많이 드는 것 같아요. 이미 모셔온 이들을 대접하기에도 손이 많이 가죠.

그건 꼭 내가 쓴 문장인 것만 같았다. 올해의 내 심정과 똑같았기 때문이다. 나는 내가 이미 모셔온 이들을 생각했다. 그들에게 잘하기 위해서라도 나는 튼튼하고 싶었고 그러려면 저녁밥을 먹어야 했다. 혼자서 식당에 들어가 닭볶음탕을 시켰다. 먹고 나서 잠시 벽을 바라보다가 일하러 카페에 갔다. 해가 완전히 지고 가랑비가 내렸다.

가장 먼저 시급히 처리해야 할 일은 추천사 원고 마감이었다. 좋아하는 작가의 책에 짧은 추천사를 쓰기로 했는데 나는 그 책의 원고를 그저 감명 깊게 읽기만 하느라 뭐라고 추천해야 할지 말을 준비하지 못했다. 좋은 게 왜 좋은지 잘 말하는 것은 어려운 일이었다. 그리고 마감 일자는 어제였다. 데드라인을 어겼으니 더 잘 써야 한다는 부담을 가지고 나는 뜬금없이 친구인 울에게 전화를 걸었다.

울아. 내가 지금부터 이 책이 왜 좋은지 설명해볼 테니 설득되는지 한 번 들어봐.

그리고선 어버버 말을 늘어놓았는데 울은 설득된다고, 잘 쓸 수 있을 거라고 말해주었다.

전화를 끊고 추천사를 쓰는데 친구 댐이에게 전화가 왔다. 곧 출간될 나의 책에 관한 추천사를 그녀에게 부탁했으나 답이 없던 참이었다. 댐이는 약간 지친 목소리로 말했다.

슬이야. 네 글에 관한 추천사를 잘 쓸 수 있다면 얼마나 좋겠니. 근데 내가 2018년에 장담한 것들 중 지킨 게 하나도 없거든.

자기 글을 기다리되 진짜로 기다리지는 말라는 뉘앙스였다. 평소 같았으면 무조건 써달라고 졸랐을 테지만 지금 나 역시 다른 사람 글의 추천사로 애를 먹고 있었기 때문에 열렬히 조르지는 못했다.

다시 노트북 앞으로 돌아와 추천사를 어떻게든 다 썼다. 그러고는 오늘의 수필을 시작했다. 하루 한 편씩 글을 쓰는 동안 나 빼고 모든 게 다 빠르게 느껴졌다. 세상이 시간이 인생이 죄다 빨랐다. 그래서인지 반년 사이 나는 긴 글을 꽤 빠르게 쓸 수 있게 되었는데 그게 좋은 일인지 아닌지 잘 모르겠다.

그저 깜냥이 안 되는 일들을 동시다발적으로 처리해왔다는 느낌만 확실했다. 언제 푹 꺼질지 모르는 불안한 대지를 성큼성큼 밟으며 걸어가는 것 같았다. 발을 헛디뎌서 갑자기 쑥 파묻혀도 안 이상할 것 같았다. 매일 아침 메일함을 열 때마다 누구에게서 어떤 말이 와 있을지 몰랐다. 이런 불안과 함께 지내는데 어째서 크게 미치지 않을 수 있었던 걸까. 그것은 시덥잖은 농담들 때문일지도 몰랐다.

요즘은 난방도 냉방도 필요 없는 계절이라 온 집의 창문을 활짝 열고 얇은 커튼만 쳐둔 뒤 발가벗고 지낸다. 집 안에서는 웬만하면 옷을 입지 않는 나를 보고 하마는 이 집을 채운 원목 가구의 색과 내 피부색이 비슷하다며 꼭 보호색 같다고 말했다.

네가 알몸으로 장판이랑 책장 사이에 가만히 누워 있잖아? 그럼 난 이 집에서 너를 못 찾을 수도 있어.

우리는 낄낄대고 웃었다. 두 번 생각해보면 그렇게 웃기지는 않은 농담일 텐데 굳이 두 번 생각할 필요는 없어서 웃기만 했다.

가장 소중한 이야기들은 아직 쓰여지지 않았다. 그걸 안 썼고 앞으로도 안 쓸 것이기 때문에 나는 무사한 듯했다.

지금은 밤이 깊었고 하마는 잔다. 나는 혼자 남아 글을 완성하고 있다. 다 쓰면 나도 잘 것이다. 아니, 너무 신나서 당장은 못 잘지도 모른다. 혼자 편의점 와인을 마실지도 모른다. 오늘 뭘 썼는지 어제랑 그저께는 뭘 썼는지 까먹으려고 노력하면서 남은 기력을 다 소진하고 나서야 두 발 뻗고 잘 잘지도 모른다.

2018.09.14.金.

[8월호 연재를 마치며]

안녕하세요, 이슬아입니다. 이번 달 연재의 마지막 원고를 발송하고 메일드립니다.

망했다, 망했어… 라고 자주 읊조리며 글을 쓴 한 달이었습니다. 이야기가 빈약한 날에도 어쨌든 한 편을 완성해야 한다는 게 아주 두려웠는데요. 지각도 잦고 이야기가 시시한 날도 잦아서 부끄럽고 아쉬웠습니다. 여섯 달이나 반복해도 쉬워지기는커녕 갈수록 어려워지는 일이란 걸 알게 되었습니다.

펑크 내지 않고 연재를 마쳐서 일단 다행이지만 이제는 시간을 좀 가진 뒤 더 좋은 것을 쓰고 싶습니다. 3월부터 시작한 연재를 반년간 이어왔는데 오늘 이후로 당분간 일간 연재를 쉬려고 합니다. 한 글자도 안 쓰고 읽기만 하며 지내면 좋겠습니다. 초겨울까지는 간간이 출퇴근을 하고, 사놓고 안 읽은 책들과 사기로 다짐한 책들을 읽고, 저의 책을 만들고, 고장 난 심신을 회복하는 시기가 될 것 같습니다.

시월에는 저의 책 두 권이 출판됩니다. 한 권은 출판사 문학동네와 함께 만드는 책이고 다른 한 권은 제가 셀프로 독립 출판하는 책입니다. 완성되면 알려드리겠습니다. 제 인생의 첫 출판이 망하지 않도록 마음과 돈을 보태주신다면 정말 정말 좋겠습니다.

제가 보낸 백여섯 편의 수필을 읽어주셔서 감사합니다. 창간호인 3월호부터 지금까지 쭉 읽어주신 독자분들께는 특히 더 감사한 마음입니다. 덕분에 제가 성실해질 기회를 가질 수 있었어요. 머지않은 미래에 다시 일간 연재로 찾아뵐 수 있기를 소망합니다. 고맙습니다.

2018.09.14.

이슬아 드림

쓰기에
관한
쓰기

이토록 아슬아슬한 연재 노동

자정이 다가올수록 심장이 빨리 뛴다. 열두 시가 지나기 전에 오늘의 수필을 발송해야 하기 때문이다. 폭풍처럼 몰아치는 불안과 조바심을 달래며 급하게 글을 완성해가는 와중에 열한 시 오십 분 무렵 구독자들 중 몇 명으로부터 다이렉트 메시지가 도착한다. 오늘 글 안 보내시느냐고, 하루가 거의 끝나가는데 아직 수필이 안 도착해 있다고, 혹시 휴재냐고, 펑크 내시는 거냐고.

나는 진땀을 흘리며 답장을 보낸다. 지금 메일 발송하는 중이라고, 곧 도착할 거라고, 펑크 내는 일은 없을 것이며 기다려주셔서 매우 감사하다고. 마치 짜장면 이제 막 출발했다고 말하는 중국 음식집 사장님처럼 위기를 모면한 뒤 마지막 문단을 수정한다. 글의 마지막은 왜 이렇게 어려운가. 아니, 글의 도입부도 이만큼 어렵지. 그러고 보면 중반부도 만만찮게 어렵잖아. 그냥 글쓰기 자체가 겁나게 어려운 거야… 으아아아! 혼돈 속에서 완성한 수필을 메일 창에 붙여넣고 구독자들의 명단에서 메일 주소를 긁어 온 뒤 재빠른 손놀림으로 발송 작업을 한다. 마지막 독자에게 보내기 버튼을 클릭하고 나면 딱 자정이다. 하마터면 지각할 뻔했다. 나의 평일은 날마다 이렇게 끝난다.

밤이 되기 전에 미리 써놓으면 더할 나위 없이 좋겠지만 낮에는 낮의 업무들이 있다. 게다가 마감이 코앞에 닥치지 않으면 어떠한 긴장감도 느껴지지 않으므로 미리 써놓는 일은 잘 일어나지 않는다. 나처럼 게으른 영혼은 돈이 걸린 약속이 없을 경우 웬만해선 한 줄도 안 쓰기 마련이다. 해가 지고 나서야 심장이 슬슬 쫄깃해져서는 뭐라도 쓰기 시작하는 것이다.

자정 직전 급하게 마무리한 글을 자정 직후 다시 읽어볼 때마다 착잡한 심정이다. 마감할 때는 알아채지 못했던 아쉬운 부분들이 속속들이 보인다. 담배를 들고 마음을 진정시키며 차분히 다시 읽어보지만 역시 별로인 부분이 너무 많아 책상을 쾅쾅 치고 후회를 한다. 도대체 왜 이런 문장을 쓴 거냐고 과슬이(과거의 슬아)를 탓한다. 이미 여러 독자에게 보내버린 글이니 이제 와 어쩔 수도 없다. 그럴 때마다 이 생각을 한다. 미슬이(미래의 슬아)에겐 내일이 있다, 내일도 있으니까, 내일은 더 잘 쓰자! 하지만 막상 내일이 되어도 미슬이는 자정 직전에 정신없이 글을 마감하고 있다. 사실 미슬이는 그리 믿을 만한 인물이 아니다.

하지만 미래의 나를 믿지 않으면 이 일을 계속해나갈 수가 없다. 일간 수필 연재는 너무나 두려운 일이기 때문이다. 학자금 대출 2500만 원을 갚기 위해 시작한 〈일간 이슬아〉 프로젝트를 네 달째 이어가고 있다. 월 구독료 1만 원을 받고 평일 동안 매일 한 편의 수필을 구독자의 메일로 직접 발송한다. 주말에는 쉰다. 잡지사나 신문사나 출판사나 어떤 웹 플랫폼도 거치지 않고 개인적으로 구독자를 모집했다. 페이스북과 블로그와 인스타그램을 통해 내 창작물을 구경해온 이들 중 대부분이 구독자가 되어주었다. 선불로 돈을 내고 내 글을 기다려주는 사람들이 있다. 그들에 대해 아는 거라곤 이름과 메일 주소뿐이지만 나는 그들 덕분에 매일 뭐라도 쓴다. 학자금 대출도 갚아나간다.

자기소개를 할 때면 나를 가내 수공업자라고 말하고 싶다. 집에서 손으로 뭔가를 쓰거나 그려서 플랫폼에 납품하거나 소비자에게 직접 판매하기 때문이다. 친구는 내가 매일 하는 일이 숙련된 버거 조립과 비슷하다고 말했다. 별다른 기복 없이 담담하고 빠르게 수제 버거를 조립하는 사람처럼 글을 쓴다는 것이다. 나는 원체 쉽게 웃고 쉽게 우는 일희일비적 인간이었으나 〈일간 이슬아〉 연재를 시작한 이후로는 딱히 들뜨지도 가라앉지도 않는 정서가 유지되고 있다. 그래야 매일 쓸 수 있고 오래 쓸 수 있을 것이다. 두려움을 달래며 내가 아는 아름다움에 대해 날마다 쓴다. 아름다워서 혼자 알기 아까운 이야기들을 가공하고 편집하여 옮겨 적는다.

아무도 청탁하지 않은 글을 셀프로 연재하며 살아가고 있다. 아슬아슬한 일이지만 가능한 한 오래오래 계속하고 싶다. 누가 나를 고용해주기를 기다리지 않고도 독립적으로 작가 생활을 이어갈 수 있다니 다행스럽다. 계속하기 위해서라도 몸도 마음도 튼튼하고 싶다. 튼튼하고 싶어서 매일 달리기를 하고 물구나무를 서고 뭔가를 읽고 뭐라도 쓴다. 오늘은 어제보다 조금이라도 나은 것을 쓸 수 있을 거라는 희망을 가지고 날마다 용기를 낸다.

2018.06.

남과 나

“남의 슬픔이 나의 슬픔처럼 느껴질 때 작가의 글쓰기는 겨우 확장된다”라고 스승은 말했다. 나밖에 모르는 데다가 심지어 가끔은 나조차도 잘 모르겠는 내가 어떻게 확장된 글을 쓸 수 있을까. 모르겠기에 처음에는 자신에게 머무는 글만 썼다. 글 속에 주로 등장하는 사람은 과슬이와 미슬이였다. 현재란 끊임없이 지나가버려서 손에 쥘 수가 없으니 현슬이는 가끔씩만 등장했다. 과거와 현재와 미래의 자신에 관해 아주 많이 쓴 결과, 내 얘기가 몹시 지겨워지고 말았다.

그제서야 설레고도 두려운 마음으로 타인들에 관해 쓰기 시작했다. 혼자 알기 아까운 주변의 일화와 장면과 대사를 기록했다가 편집하고 가공하여 글 속으로 데려왔다. 놀라운 타인들, 슬픈 타인들, 우스운 타인들, 아픈 타인들, 사랑하는 타인들을. 많이 사랑해서 열심히 애써도 그들에게 정확히 도달한 글은 한 번도 못 썼다. 완벽한 이해란 유니콘과 비슷한 것일지도 몰랐다. 타인에 관해 잘 쓴다는 게 얼마나 불가능한지, 어째서 필연적인 실패로 끝날 수밖에 없는지 매번 다시 배웠다. 그런 날이면 내가 영영 나라는 사실이 답답해져서 남들이 쓴 책을 필사적으로 꺼내 읽게 되었다.

어느 책에서 롤랑 바르트는 더 이상 자기 자신에 대해서 말하지 않고 사랑하는 타인들에 관해 말하는 것을 구조 활동이라고 말했다. 그가 말한 구조 활동이란 무엇일까. 영영 도달하지 못할 것을 알면서도 멈추지 않고 이해해보기 위해 애쓰는 일일지도 몰랐다. 당신에 관해 틀리지 않은 문장을 쓰기 위해 가능한 한 섬세해지는 것, 성실하고 예리하게 보고 듣고 기억하는 것, 당신이 직접 말하지 않아서 비어 있는 이야기도 조심스레 가늠해보는 것. "우리는 이야기를 하는 사람일 뿐만 아니라 이야기 자체이기도 하다"라고 조너선 사프란 포어는 썼다. 이뿐만 아니라 "우리는 자신이 한 이야기에 영향을 받는 존재"라고 정혜윤은 썼다. 나는 놀라고 말았다. 내가 쓴 이야기가 나를 바꿔놓을 수도 있다는 사실에.

그렇다면 나는 더 잘해보고 싶었다. 무엇을 쓸지 어떻게 쓸지 어디로 유통할지 더 고민해보고 싶었다. 쓰고 싶은 이야기가 소중할수록 어떤 문장을 쓸지보다도 어떤 문장을 쓰지 말아야 할지를 골똘히 생각하며 쓰는 나를 발견했다.

그렇게 쓴 글을 나의 독자들이 읽는다. 자정 즈음에 수신되자마자 바로 읽는 사람도 있지만 다음 날 아침에 출근하면서 읽는 사람이 가장 많다. 한 달간 모았다가 프린트해서 읽는 사람도 있다. 어떤 날에는 반응이 뜨겁고 어떤 날에는 차갑다. 재미없다는 피드백이 곧바로 날아오기도 한다. 구독자 중 일부는 내 글의 오류와 문제점들을 꼼꼼히 지적한다. 나에게 필요한 비평들은 잘 기억해두었다가 다음 글을 쓸 때 곰곰이 떠올리곤 한다. 같은 실수를 또 하고 싶지 않아서.

한편 글과 상관없는 말들도 메일함에 쌓인다. 외모에 관한 평가나 브라자를 안 하고 다닌다는 점에 관한 조롱들이다. 그런 문장들은 금방 잊어버린다. 하찮은 이야기가 나를 함부로 바꿔놔서는 안 되기 때문이다. 그런가 하면 내가 보낸 것보다 훨씬 아름다운 글을 답장으로 보내는 이들도 있다. 사람들은 내 글을 읽고 자신 역시 글을 쓰고 싶어졌다고 자주 말했다. 그 모든 피드백에 일일이 답장을 적는 대신 그저 감사해하며 매일의 원고를 썼다. 피드백이 나의 메일함에만 쌓이는 건 다행이었다. 호평도 혹평도 나만 볼 수 있으니 공개적인 장소에 댓글이 쌓이는 것보다 안심이다.

보이지 않는 독자들의 품에서 자라고 있는 기분이 간혹 든다. 월 1만 원씩 구독료를 선불로 내고 내 글을 읽어주는 이들. 내가 변하거나 안 변하는 것을 지켜봐주는 이들. 돈도 주고 칭찬도 주고 비난도 주는 이들. 언제 떠날지 모르는 이들. 진짜로 의지할 수는 없는 이들. 아무도 내 글을 대신 써줄 수 없고 이것은 너무도 혼자의 일이다. 독자가 건네는 말에 쉽게 행복해지거나 쉽게 불행해지지 않도록 나는 더 튼튼해지고 싶다. 나약하지 않아야 자신에게 엄격할 수 있기 때문이다. 가끔 휘청거리면서도 좋은 균형 감각으로 중심을 찾으며 남과 나 사이를 오래 걷고 싶다.

2018.07

원고료에 관한 생각들

글의 값어치를 어떻게 매기면 좋을지 아직 잘 모르겠다. 음식 장사를 한다면 재료값에 나의 인건비를 적절히 더해서 팔 것 같은데, 글을 쓰고 나서는 얼마를 받아야 적절한 것인지 알쏭달쏭하다. 글 한 편에 내가 들인 시간과 몸과 마음은 어떤 기준으로 셈하여 돈으로 환산하면 좋을까? 아직도 모르겠다. 몰라도 공짜로 기고할 수는 없었다. 돈을 받지 않고는 오랫동안 지속할 힘을 내기가 어렵기 때문이다. 잘하고 싶은 일과 돈벌이가 최대한 따로 놀지 않는 일상을 언젠가는 살아보고 싶었다. 내 창작물에 대한 돈을 받는 것부터 성공해야 했다. 부끄럽고 민망해도 원고료를 확인하고 챙겼다.

원고 청탁서에 적혀 있는 고료의 평균은 얼마쯤인가. 신문이나 잡지나 인터넷 매체에서 제안하길 200자 원고지 기준 1매당 1만 원 정도가 일반적이었다. 만약 기고만으로 생계를 유지하려면 한 달에 최소 10개의 청탁을 받아야 했는데 나에게 그렇게 많은 청탁이 올 리가 없었다. 한 달에 한 번 오는 청탁도 금쪽같이 반가웠다. 데뷔한 이래로 5년간 웬만하면 거절하지 않고 썼다. 글을 보낸 이후 한두 달 뒤에 약속한 대로 원고료를 입금해주는 곳도 있었지만, 하염없이 지급이 늦어지거나 말없이 얼렁뚱땅 주지 않는 곳도 있었다. 편집부에 연락하여 돈을 언제쯤 줄 수 있느냐고 묻는 것은 피차 민망한 일이다. 민망하고 속상한 일을 미연에 방지하기 위해 나는 원고 청탁 메일을 엄격하게 읽는 사람이 되었다. 고료가 얼마이며 지급일이 언제인지 명시되어 있지 않으면 청탁을 수락하지 않았다. 매체에서 나에게 마감일을 알리듯 고료 지급일도 정확히 알려야 한다고 생각했다. 십몇 만 원을 한 달이고 두 달이고 목 빠지게 기다리는 건 서럽기 때문이다. 부끄러움을 무릅쓰고 이렇게 답장하곤 했다.

'제 글을 읽어주시고 반가운 청탁서를 보내주셔서 고맙습니다. 그런데 제게 고료로 얼마를 주실 것인지 궁금합니다. 언제 주실 것인지도 궁금하고요. 알려주실 수 있을까요? 그래야 글을 쓸지 말지 결정할 수 있을 것 같습니다. 참고로 저는 200자 원고지 1매 기준 1만 원 밑으로는 집필 노동을 하지 않습니다. 1매당 최소한 1만 원을 받고 일하는 게 제 동료 작업자들과 저 스스로에 관한 예의라고 생각합니다.'

그러다 올해부터는 직접 연재를 하기 시작했다. 올지 안 올지 모르는 청탁과 언제 입금될지 모르는 원고료를 기다리다가는 작가로 생계 유지하는 미래는 평생 안 올 것 같아서다. 〈일간 이슬아〉는 평일에 매일 한 편의 글을 써서 구독자에게 직접 메일을 보내는 프로젝트다. 한 달에 20편을 보내고 월 구독료 만 원을 받으니까 글 한 편에 500원인 셈이다. 포장마차에서 파는 어묵 한 꼬치보다 저렴한 가격이지만 내 글이 어묵만큼의 기쁨인지 잘 모르겠다. 어묵보다 감동적인 날도 있고 아닌 날도 있을 거라고 생각한다. 한 달에 한 번씩 이달의 구독자를 모집하는 포스터를 만들어 올리고 구글 설문지를 통해 신청을 받는다. 매일 한 편을 완성하기 위해 글을 쓰는 것도 커다란 일과이지만, 그 외의 잡무를 처리하는 데도 오랜 시간을 쓴다. 구독자를 모집하고 관리하고 각종 문의에 답변하고 수금하고 명단을 정리하고 동료들의 글을 받고 편집하고 입금해주는 등의 일들.

메일함은 마치 나의 업장 같다. 많은 질문과 인사와 항변과 비난과 다정과 제안이 매일매일 도착하는 장소다. 쌓인 메일에 답장만 하다가 하루가 다 가버리는 날도 있다. 그런 일을 할 때면 스스로가 사무직 종사자처럼 느껴지기도 한다. 한 명에게 1만 원씩을 받고 연결되어 있는 이 관계에 관해 나는 여전히 배우는 중이다.

구독 신청서에 자신의 일상을 조금 적어주는 이들이 있다. 지난달에 충치 치료를 하느라 돈이 쪼들려서 구독을 한 달 쉬었는데 너무 아쉬웠다는 사람, 여름방학 동안 공장에서 알바한 돈으로 〈일간 이슬아〉의 과월호를 구입한다는 사람, 혹은 월급이 5일 뒤에 들어오는데 5일만 기다려줄 수 있는지 묻는 사람, 신청해놓고 구독료 입금을 못했는데 글이 도착해서 놀랐다며 지금이라도 서둘러 1만 원을 보내겠다고 하는 사람, 이달의 커피 두 잔을 포기하고 내 글을 구독한다는 사람, 그 밖에도 여러 사람의 이야기가 적힌 신청서 내역이 매달 쌓여간다.

나는 1만 원이라는 돈이 각자에게 얼마나 다를 수 있는지 새삼 알게 된다. 그리고 내가 알지 못하는 수신자들의 하루와 일주일과 한 달을 상상한다. 자정 즈음에 글을 발송해도 3초 만에 나의 글을 열어보는 누군가의 밤과, 숨 막히는 지하철을 타고 출근하며 내가 보낸 메일을 열어보는 누군가의 아침을 생각한다. 나에게 선불로 1만 원을 준 이들의 생을. 그들과 나는 재미있는 방식으로 연결되어 있다.

2018.08

이야기가 빈약한 날의 글쓰기

예전에 본 이야기 하나를 떠올린다. 도서관에 가던 중 뚱뚱한 회색 고양이 한 마리를 발견하고 무작정 따라가는 중학생 여자애가 주인공인 애니메이션이다. 고양이를 따라가면 어쩐지 새롭고 재밌는 일을 마주할 것 같은 예감이 든다. 고양이는 한 번도 가보지 않은 길로 그녀를 안내하더니 어느새 홀연히 사라지고 만다. 신나게 따라가다가 맥이 빠져버린 주인공은 실망한 목소리로 중얼댄다.

'에이, 모처럼 이야기가 시작될 것 같았는데!'

흥미로운 마음으로 쫓던 무언가가 사실 딱히 대단한 일이 아니었음을 알게 된 주인공은 다시 갈 길을 간다. 심드렁한 얼굴이다.

언젠가 나도 그런 얼굴로 어딘가를 걸었던 것 같다. 일상에서 뭔가 그럴듯한 이야기가 시작되는 경우도 흔치 않지만, 흥미진진하게 전개되고 완성되는 경우는 그보다 더 희귀할 테다. 그치만 애니메이션 속에서는 주인공이 심드렁한 얼굴로 걷는 그 순간조차 이야기의 기승전결에 속한다. 왜냐하면 그건 완성된 만화니까. 완성된 이야기는 대체로 어떤 포만감을 약속한다. 지브리 스튜디오에서 제작한 이 만화라면 더더욱 의심할 것도 없다.

그런가 하면 삶의 경우는 어떨까. 삶은 어떤 포만감을 나에게 주고 있나. 삶이 완성된다는 것은 무엇일까. 그게 가능하기나 할까. 이야기가 시작될 것 같았으나 그저 시작에서만 그친 일들이 내 인생에는 아주 많다.

세계는 시간과 공간으로 이루어져 있고 누구나 날마다 어떤 일을 겪는다. 모두가 어딘가에서 크고 작은 자리를 차지한 채로 하루하루 자라고 늙어가고 죽어간다. 별일이 없는 시간이나 아무것도 안 하며 흘려보낸 시간을 겪었다고 해도 시간과 함께라는 것만은 엄연한 사실이다. 시간을 겪고 나면 누구에게나 이야기가 생길까? 아마 그럴 것이다.

하지만 날마다 완성할 만한 이야깃거리가 있는 삶은 없을 거라고 생각한다. 어떤 사람은 모든 일상이 이야기라고 말했던 것도 같은데 나는 잘 모르겠다. 일상의 모든 것을 이야기로 칠 수도 있겠으나, 그것들을 자기 마음 속에만 품고 살아가는 것과 글로 써서 누군가에게 보여주는 것은 아예 다른 일이다. 모든 일상을 이야기화하는 건 무척 위험한 일로 느껴진다. 그럼 이야기를 성급하게 완성할 가능성이 높다. 또는 어떤 순간 속에 있을 때 시간의 속도대로 온전히 체험한다기보다는 마음이 먼저 미래에 도착해서 이야기가 어떻게 전개되어올지를 기다리게 되기도 한다. 독자를 상정한 채로 인생을 겪는 건 뭔가 이상한 일이다.

사실 나는 가장 소중한 순간에 대해서라면 한 글자도 쓰고 싶지 않다. 그저 나 혼자의 일로 혹은 나와 함께 그 순간을 겪은 상대와의 일로만 남도록 두고 싶은 것이다.

문제는 그런 내가 일간 수필 연재를 하고 있다는 점이다. 자기 무덤을 스스로 판 연재 노동자는 매일 뭐라도 한 편씩 완성하며 지낸다. 뭐라도 쓰자고 약속했지만 그렇다고 정말 아무거나 쓸 수는 없다. 읽는 이가 돈과 시간을 들일 만한 것을 쓰고 싶어서 매일 저녁 하얀색 화면을 마주하고 두려움을 느낀다.

두려움 때문에 한 문장도 나아가지 못하는 날이면 나는 위에서 말했던 애니메이션을 본다. 콘도 요시후미 감독의 〈귀를 기울이면〉이다. 아무도 안 시켰는데 글을 쓰기 시작하는 중학생 여자애가 등장한다. 세상에는 그런 사람들이 있다. 자발적으로 책상에 앉아 뭔가를 쓰는 이들. 남의 책들을 참고해가며 자기 문장을 쌓아가는 이들. 도대체 어째서일까. 잘 설명 못하겠는데 나 역시 그랬다. 좋아하는 사람이 생길 때마다 더 많은 책을 만나게 된다는 점도 비슷하다. 주인공은 쓰는 것에서 그치지 않고 자기 문장으로 노래를 부르기도 한다. 이런 가사다.

> 외톨이를 두려워하지 않고 살아가자고 꿈을 꾸었어
> (ひとりぼっち おそれずに いきようと ゆめ みてた)
> 쓸쓸함을 억누르고 강한 자신을 지켜나가자
> (さみしさ おしこめて つよい じぶんを まもっていこ)

주인공의 노래가 너무 서툴고도 맑아서 난 이 장면을 볼 때마다 웃는다. 그런데 웃는 동안 왜 마음이 조금 아픈 것인가. 그녀와 내가 비슷한 약함을 공유하고 있기 때문이다. 이 사람도 외톨이를 두려워하지 않고 살아가자고 다짐하는구나. 이 사람도 글을 쓰면서 자신을 지켜나가는구나. 그녀의 모습을 몇 번이나 다시 보면서 나는 글쓰기가 나를 해치는 일보다는 살리는 일에 더 가깝다는 걸 기억해낸다. 그러고는 뭐라도 쓰기 시작한다. 빈약한 이야기라도 안 쓰는 것보다는 낫다고 믿으면서 쓰기 시작한다. 계속 쓰면서 나아지는 것 말고는 다른 방법을 모르기 때문이다.

2018.09

일간 이슬아
혹은 이슬아
그리고 슬아
에
관하여

김선아
양다솔
류한경
이다울
이랑
요조
어딘
무나
담
하마

〈일간 이슬아〉를 추천하며

김선아(돌핀킴)

오랜 시간 가까이 지낸 누군가와의 첫 만남을 기억하기란 생각보다 쉽지 않은 일이다. 하지만 슬아와의 첫 순간은 둘 중 한 명의 부고를 듣게 되는 그 날에도 서로 가장 먼저 떠올리리라 확신할 수 있을 만큼 강렬했는데, 과슬이가 내게 무려 남자친구가 되어달라며 다가왔기 때문이다. 아쉽게도 나는 남자친구 같은 것은 되어줄 수가 없는 성별의 사람이었고, 덕분에 우리는 좋은 친구로서 미래를 기약할 수 있었다. 그리고 내게 슬아의 첫인상은 자신의 실수를 한탄하는 죄스러운 표정과 더할 나위 없이 사려 깊은 사과를 건네는 현명하고 용감한 목소리, 다정한 호기심과 섬세한 질문 같은 것들로 남게 되었으며, 그로부터 몇 해의 시간이 흐른 지금도 그에 대한 나의 인식은 크게 달라지지 않은 것 같다.

슬아는 자신과 주변의 이야기를 들려줄 때마다 스스로의 경솔함을 경계하는 말을 덧붙이거나 앞세우곤 했다. 처음에는 우리의 첫 만남 때문이라고 생각했으나, 머지않아 그것이 나와의 대화에서만 꺼내지는 말들이 아님을 알게 되었다. 자신과 타인을 대함에 있어 안일하거나 섣부른 태도를 취하지는 않았는지 끊임없이 점검하고 반성하는 일은 얼마나 고되고 번거로운가. 한 인간의 삶에 수많은 레이어가 켜켜이 쌓여 있음을 알고, 그 한 겹 한 겹을 진정으로 이해하고자 노력하는 이가 아니고서는 지속해나가기 어려운 태도일 것이라 감히 짐작해본다. 창작자에게 유심함이란 작품이 후져짐을 막아주는 소중한 무기인 동시에 창작자 자신의 살을 향해 겨눈 칼날이기도 하다. 부분적으로나마 정직하게 일상을 드러내야 하는 장르인 수필의 영역에서라면, 실오라기 하나 걸치지 않은 몸으로 그 칼을 대면해야 하는 처지일 수밖에 없을 것이다. 어떠한 허구도 은유도 창작자를 보호하지 못하기 때문이다. 게다가 매일매일 불특정 다수에게 돈을 받고 창작물을 발송하겠다는 약속을 한 상태라면? 나는 정말이지 그 입장을 상상도 하기 싫다.

그런데 그 일을 이슬아가 해냈다. 해내고 있다. 너 무언가를 해냈구나! 하고 말한다면 슬아는 몹시 심란한 표정을 지으며 안절부절못할 것임이 분명하나, 어쨌든 해냈음에는 틀림없다. 아프고, 부끄럽고, 아쉽다는 말을 연재의 말미마다 보태오면서도, 반년간 글로써 누군가를 무해하게 울리고 웃겼다. 그 누군가는 바로 나인데, 공사가 다망하여 서 있기도 힘든 상태로 귀가했던 어느 날에는 요가 매트 위에 누워 유럽에서 날아온 수필을 읽으며 씻으러 갈 힘을 내기도 했고, 사랑이 부재하여 몸에 바람이 스미던 날에는 앤 카슨의 시로 이어지는 연애담 덕분에 체온이 조금 올라가기도 했다. 나의 혈육에게서 찾아볼 수 없는 유머를 글 속에서 발견했을 때에는 없었던 희망이 돋아나기도 했고 내가 모르는 이들의 생활을 그의 유심하고 따뜻한 시선을 통해 들여다봄으로써 함께하는 듯 덜 외로워지기도 했다. 그밖에도 얼마나 많은 나의 평일 아침들이 〈일간 이슬아〉 덕분에 무사했는지를 자랑하자면 거짓말 조금 보태서 〈일간 이슬아〉 3개월치만큼의 분량은 필요할 것이다.

매일의 마감, 매일의 발송 버튼, 돌아오는 수많은 말들을 감당하기란 퍽 고단한 일처럼 보인다. 하지만 슬아를 몹시 사랑함에도 나는 그 짓을 말리기보다 계속해나가기를 독려하고 싶은데, 그것은 슬아가 주기적으로 화분에 물을 주고 매일 아침 청소기를 돌리고 또 물구나무를 설 줄 아는 사람이기 때문이다. 많은 것을 알기 때문에 곧잘 모를 수 있는 사람이기 때문이다. 그런 사람이 쓴 글은 세상에 이로울 것 같기 때문이다. 그리고 그의 등록금 대출이 무사히 상환되기를 바라기 때문이다.

매체 없는 연재가 단행본으로 출간되기까지 소리 없이 앓았을 슬아에게, 깊은 축하와 응원을 전한다.

매일의 小偉人

양다솔(시민단체 아이돌)

어릴 적엔 위인전을 많이 읽었다. 그들의 인생에는 너무나 아무렇지 않게 엄청난 고난이 등장한다. 귀가 들리지 않는다던가, 주변이 적들로 가득하다든가, 찢어지게 가난하다던가…. 그리고 그들은 위인이란 말에 걸맞게 그것을 마치 책장을 넘기듯 아무렇지 않게 넘겨버린다. 하여 위인을 닮고자 나 또한 그래 보려 했다. 그러나 오늘 단 하루의 고난조차 쉬이 넘겨지지 않았다. 어제의 짐이 오늘로 이어지고, 또 내일로 이어졌다. 내가 읽었던 위인전 위에는 먼지가 앉았다. 그래서 오늘 하루를 잘 보내는 위대함에 대해 생각하게 되었다. 어쩌면 우리가 쓸 수 있는 것은 오늘 하루에 대한 이야기다. 아직 나의 긴 연대기는 끝나지 않았기 때문에, 매일 태어나고 죽는 오늘에 대해 말할 수밖에 없다.

그러나 대관절 글 쓸 팔자는 아닌 것 같다고 내 신세를 한탄할 때면 문득 이슬아가 떠오르곤 했다. 그러고 보면 그녀가 매일같이 마감을 앞둔 삶을 산다는 게 정말 이상한 일이 아닐 수 없다. 물론 나, 양은 단지 그녀의 친구라는 이유만으로 뭇 사람의 부러움을 한 몸에 받는 죄 많은 여자다. 그럼 나는 언제나처럼 "이슬아는 가까이서 볼수록 멋져!"라고 말하곤 했다.

별안간 그런 그녀에게 다른 감정을 느끼기 시작했다. 언제부터였을까. 잘 놀다가도 오후 10시 정도가 지나면 급격히 수척해진 얼굴로 곧잘 말을 더듬고 담배만 뻐끔거리는 그녀를 보았을 때였을까. 사람들이 그녀에게 보내는 찬사만큼이나 다른 수많은 이야기가 그녀 한 사람에게 쏟아지고 있다는 사실을 알았을 때였을까. 그녀처럼 건강하고 규칙적인 사람이 어느 순간부터 이유 모를 몸의 이상증세를 겪기 시작했을 때, 그즈음이었던 같기도 하다. 아픈 소식이나 슬픈 소식은 주변 사람들에게 잘 알리지 않는 그녀가 응급실에서 보내온 일간을 받았을 때, 분명 그때였던 것 같다. 슬아야. 어디서 짠 내가 나지 않니?

이슬아가 내 친구가 아니었다면 〈일간 이슬아〉를 보며 이렇게 생각했을 것이다. 어떤 미친 사람이 하루에 한 편씩 글을 완성해내야 하는 개미지옥으로 자신을 밀어넣었나! 그러나 내가 그의 친구임을 기억해낸 나는 곧 이렇게 생각할 것이다. 재주 많은 내 친구는 어찌하여 방구석에 처박혀 매일 글을 쓰는 사람이 되었나. 모름지기 진정한 친구라면 이렇게 말해야 할 것 같았다. "슬아야, 그만둬!"

그럼에도 내 친구 이슬아는 나를 만날 때마다 이렇게 말했다. "다솔아 너는 꼭 글을 써야 해. 너는 꼭 책을 내야 해." 그러면 나는 쓸데없는 소리 말라며 고개를 숙였다. 그 말의 어떤 것도 나에게 과분하게 느껴졌기 때문이다. 그런 과분한 말 몇 마디에 기대어 매번 다시 글로 돌아왔고 이 추천사까지 쓰게 되었다.

그런 그녀에게 고맙기도 하고 안 고맙기도 하다. 누군가는 늦게까지 야근에 시달리고 누군가는 고독에 사무치고 누군가는 배고픔에 굶주리는 여느 날 이슬아는 어디선가 궁둥이를 붙이고 그날의 글을 완성했을 것이다. 별다른 이유가 없는 여느 때에도 그녀는 이른 아침부터 하루를 열고, 학교에도 직장에도 가지 않지만 누웠던 자리를 가지런히 정돈할 것이다. 그러고서 청소기를 밀 때는 평소보다

신이 나는 노래를 틀 것이다. 주변의 식물은 마르지 않게 할 것이고, 고양이 탐이의 배는 부르게 할 것이다. 살짝 땀이 날 정도로 몸을 움직여주고, 간소하게 밥을 먹을 것이다. 그러고 나면 그녀는 서재에 앉을 것이다. 가까운 곳에서부터 먼 곳까지, 옛날부터 지금에 이르기까지 수많은 이야기로 가득한 그녀의 책장 앞에 오랫동안 앉아 있을 것이다. 어떤 기쁜 날에도, 조금 슬픈 날에도 그랬을 것이다. 어떤 사람이 그녀의 인생에 들어와도 그녀의 하루는 그렇게 시작되었을 것이고, 어떤 일을 겪고 난 후에도, 그 자리로 돌아왔을 것이다. 가장 위대한 것이 가장 하루에 맞게 그녀의 오늘에 녹아 있을 것이다. 절대 미리 절망하거나 기대하는 법 없이, 가볍고 산뜻하게 뚜벅뚜벅 걷는 걸음을 멈추지 않을 것이다. 그녀의 위에는 결코 먼지가 쌓이지 않을 것이다. 그것이 예쁘게 양장 제본된 옛날 위인전보다 이슬아의 이야기가 더 힘이 있는 이유다. 지금, 이 순간 딱 오늘치의 처참함을 위대하게 이겨나가는 작은 위인의 이야기가 누구에게나 필요하다.

각각의 짠 내가 진동하는 와중에 그녀의 일간이 누군가에게 받을 수 있는 따뜻한 과분함으로 전해졌을 거라고 감히 생각해본다. 딱 한 걸음 더, 딱 하루 더 잘해볼 수 있을 만큼의 힘. 누군가에게 말할 수 없는 슬픈 일이 있을 때도, 매일 똑같이 지옥 같은 출근길에도, 너무나 혼자라고 느껴지는 밤에도 말없이 묻는 꿋꿋한 안부처럼 찾아왔을 것이다. 열두 시가 지나고 신데렐라처럼 짠 내의 마법이 풀리면 그녀는 신이 나서 쉽게 잠자리에 들지 못했을 것이다. 언제나처럼 나는 그녀의 글을 읽느라 잠들지 못했을 것이다.

되돌아오는 문장들

류한경(영어&사진 노동자, 애견인)

추정하기로 2016년 2월 23일은 내가 이슬아를 처음 만난 날이니 중요한 날이긴 한데 날짜를 기억할 정도로 중요하진 않다. 이슬아를 두 번째로 만난 날이야말로 내게 무척 각별한데, 그 날은 5월 3일이다. 밤 아홉 시쯤 나는 슬아의 집으로 놀러갔다. 당시 그녀는 세븐일레븐이 자리한 건물의 맨 윗층에 살고 있었다. 나는 닭다리 너겟이라는 빨간 포장의 과자를 술안주로 사들고 갔다. 그녀는 이런 거 먹는 사람은 처음 본다며 아연실색했다. 정말이지 대놓고 아연실색했는데 나는 그게 좀 좋았다.

우리는 어둑한 조명으로 밝혀진 방에서 와인 한 병을 까고는 바닥에 앉은 채 이야기를 나눴다. 탐이와 나의 개 봉만이에 대해서. 이전의 연애들과 앞으로의 연애들에 대해서. 우리 각자의 간략한 역사에 대해서. 그러나 이런 이야기들은 흐릿해진 지 오래다. 구체적인 단어는 물론, 나눴던 이야기들의 대략적인 윤곽조차도 그려지지 않는다. 시간은 흘렀고 인간은 망각의 동물인데 나 역시 인간이니 슬아를 알아온 시간들 중 어떤 것, 어쩌면 많은 것을 잊었을 것이다.

그런데도 5월 3일은 내게 중요한 날로 남아 있다. 그녀가 내게 현재 나의 연인인 이다울을 소개해주어야겠노라고 엄포를 놓은 날이기 때문만은 아니다. 그날이 중요한 것은, 무엇보다 슬아가 어떤 유심하고 다정한 시선으로 나를 봐줬기 때문이다. 그녀가 내게 해준 이제는 흐릿해진 말들, 그 이상의 무언가가 아직 내게는 남아 있다. 살짝 입꼬리를 올린 표정과 감정을 숨기지 않는 제스처, 사려깊은 목소리의 톤. 그리고 거기서 비롯된, 내가 꽤나 높은 정확도로 이해받고 있다는 느낌. 나는 지금 뭔가 내 인생에서 굉장히 특별한 사람을 만나고 있다는 느낌. 슬아와 친구가 되지 않는다면 나는 두고두고 후회할 것임을 직감한 경험이 내게 남아 있는 것이다.

그 후로 우리는 자주 만나며 공부를 하고 이야기를 나눴다. 내가 그녀와 친구들에게 영어를 가르쳐주는 중간중간 우리들은 애써 참고 있던 이야기들을 풀어내기에 바빴다. 공부를 하는 중간에 10분 쉬기로 했던 게 한두 시간을 넘기기 일쑤였다.

나와 그녀가 좀 더 소수의 인원으로 만나거나 둘이서 만날 땐 주로 최근에 읽은 책들과 쓴 글들에 대해 이야기를 나눴다. 나는 친구들끼리 글을 쓰고 피드백을 주고받는 합평 자리에서도 그녀가 하는 이야기들을 많이 접할 수 있었다. 한 번, 나는 그녀가 자신이 서술하는 대상에 대해 중립적이지 않고 이미 호의를 전제로 깔고 서술한다고 말한 적 있다. 슬아는 수긍도 반성도 빨라서 심각한 표정으로 금세 맞장구를 쳤다. 그때 당시 나는 그녀가 편한 글을 쓴다고 생각했다. 편한 글이어선 안 되는 이유가 뭔지도 모르면서, 좋은 글이란 무엇인지에 대해서 역시 아무것도 모르면서, 나는 그런 오만한 나의 생각에 매몰되어 있었다.

그녀가 〈일간 이슬아〉의 연재를 시작하고 나서, 나는 그녀의 글을 정기적으로 받게 되었다. 읽고선 아주 좋지는 않았던 에피소드, 가슴께가 조여오고 눈물이 찔끔 날 정도로 좋았던 에피소드도 있었다. 하지만 나는 종종 슬아가 쓴 어떤 문장에서 튕겨져 나와 읽기를 그만둔 적이 있었다. 그녀가 타인에게 접속한 듯이 보이는 문장을 쓰기 위해, 어쩌면 쓰나 마나 한 문장을 일부러 쓴다고 느낄 때가 있었다. 예컨대 다음과 같은 문장이다.

> 울과 함께 사는 류가 해야 할 일은 그보다 훨씬 더 많고 촘촘할 것이다. 아픈 본인인 울이 해야 할 일은 그보다도 더 많고 끝없을 것이다. —「도망치는 건 부끄럽지만 도움이 된다 (中)」, 182쪽

글 속에 내가 등장인물로 등장하니 박장대소하며 읽긴 했지만, 한편으론 나와 다울의 어떤 중요한 부분은 정작 건드리지 못하는 것이 조금은 못마땅했다. 어쩌면 나와 다울이 슬아의 글에 묘사된 당사자라 느끼는 지점일지도 모르겠지만, 나는 그녀가 도망가는 글쓰기를 한다고 느꼈다. 다울과 나의 일상이 어떤 분투로 이루어져 있는지에 대한 문장이 위와 같은 식으로 일단 종결되는 것은 불편했던 것이다. 물론 글의 분량과 무게감 등등의 여러 요인들을 고려하였을 때 슬아가 우리를 묘사한 방법은 최선일지도 몰랐다. 그럼에도, 나는 그녀가 도망가는 글쓰기를 한다고 느꼈다. 다울과 나의 일상적이고 아주 구체적인 분투로부터.

그러다가 얼마 전 나는 슬아의 글을 다시 읽었다. 그런데 처음 고른 에피소드에서 눈물이 찔끔 나고 말았다. 어렸을 적의 슬아도, 어른이 된 슬아도 느껴지는 글이었고, 슬아가 자라난 어머니 복희의 품이며 슬아가 아이에게 내어줄 품까지도 상상이 가는 글이었다.

> 곤이와 단이의 얼굴은 미묘하게 달랐다. 차이를 명확히 설명할 수 없지만, 다른 것을 조금은 알 수 있었다. (…) 곤이가 곽언니 옆에 찰싹 달라붙어 가는 동안 단이는 길가에 있는 포스터를 보다가 조금 더 늦게 따라갔다. 더 자주 토라지는 쪽도 단이였다.
>
> 이 미세한 차이를 알기까지 일주일이 걸렸다. 그 애들의 근거

가 되는 디테일들. 그러나 계속 변하기도 하는 디테일들. 끊임없이 업데이트되는 디테일들. 누군가를 계속 힘차게 살게 만드는 그 디테일들. 살과 피부와 머리카락과 음성과 이빨과 뺨과 정수리 냄새의 디테일들. 빼도 박도 못할 사랑의 근원들.

—「베이베 베이비」, 436쪽

이 글을 읽고 나서, 나는 누군가에 대해 자세히 생각하는 슬아의 모습을 잊고 있었다는 사실을 깨달았다. 기특하고 영리한 아이들을 생각하고, 어머니 복희와 아버지 상웅을 생각하고, 친구 양을 생각하고, 다울과 나를 생각하는 슬아의 모습이 글에서 떠올랐다. 그리고 내가 슬아를 두 번째로 만났을 때의 밤 역시 떠올랐다. 나도 못 알아보는 나의 어떤 모습을 그녀가 알아봐준, 늦봄의 어느 밤을. 그 이래로 슬아는 글쓰기에 대한 내 가치관에 어느샌가 조금씩 영향을 끼쳐왔다. 내가 가진 염세를 조금씩, 조금씩 깨부수어왔다.

나는 내가 때때로 거부감을 느꼈던 그녀의 어떤 문장들이 있노라고 썼다. 하지만 이제 와 생각해보면 그것은 피한 흔적이 아니라, 실은 시선을 떼지 않으려 했다가 잠시 나가떨어진 흔적일 뿐인지도 모르겠다. 도망갔으면 아예 되돌아오지도 않았을 것이니까. 도망이란 것은 그런 것이니까. 그러니 그녀가 솔직하게 적어내는 문장들은, 도망치기 위한 문장이 아니라 되돌아온 흔적으로서의 문장일지도 모르겠다.

그리고 그녀는 되돌아와 이렇게 훌륭한 글을 쓴다.

〈일간 이슬아〉 추천사

이다울(지망생 지망생)

내가 코미디에 일가견이 있는 것은 아니지만 이슬아는 기본적으로 시트콤 라이프를 살고 있는 것처럼 보인다. 중요한 것은 그렇게 보인다는 것이다. 물론 그녀의 인생에는 신파도 있고 서스펜스도 있고 스릴러도 있고 몇 백만 관객을 동원할 감동 실화도 있을 것이다. 그러나 본인의 인생을 어떻게 번역하여 전달하는가에 따라 그 장르는 조금씩 달라진다. 그녀는 언젠가 데이팅 어플을 통해 명백히 위험한 남자를 만나러 나간 적이 있다. 내가 그녀의 집에서 자고 있던 어느 날 밤이었고 그녀는 다음 날 이른 아침 집으로 돌아왔다. 조금 수척한 얼굴로 돌아온 그녀가 지난 밤 어떤 위험에 처했는지 이야기할 때, 나는 금세 정신이 아득해지고 말았다. 그런데 정작 그녀는 얼마나 빠른 속도로 트렌치 코트 안에 자신의 맨 몸을 숨겼으며 얼마나 빠른 속도로 택시에 탑승했는지 그 놀라움을 증명하는 것에 힘을 쏟고 있었다. 그녀는 이야기를 시작할 때 종종 '놀라운 일 한 개' 를 말할 것이라고 호언장담을 한다. 시트콤에서 돋보이는 과장과 과잉의 미학은, 그녀를 키운 어른들로부터 이미 전수받은 것이었다. 〈일간 이슬아〉를 시작한 지 2주째에, 그녀는 이렇게 썼다.

> 나를 낳고 키운 어른들의 기질은 대체로 결핍보다는 과잉에 가까웠다. 식탐이든 성욕이든 표정이든 정서든 말이든 간에 모자

라기보다는 넘쳤다. —「잉태」, 47쪽

위의 이야기가 그다지 설득력을 갖추지 못한다면 질문해볼 수 있을 것이다. 그녀는 〈순풍산부인과〉 혹은 〈하이킥〉 시리즈와 같이 3대 가족과 함께 생활한 바 있는가? 그렇다. 그녀는 양면테이프 집의 딸로, 답십리 골목의 3층짜리 가정집에서 조부모와 부모, 남동생 그리고 작은엄마, 작은아빠 등과 함께 가족생활을 한 바 있다. 답십리의 그 골목은 자동차 부품을 파는 상인들이 많았다. 이슬아는 그 골목의 상인들로부터 '기지배' 소리를 수도 없이 들었고 그들이 하는 거친 농담에 지지 않고 대꾸를 했다. 어린이 이슬아는 조금 〈지붕뚫고 하이킥〉의 빵꾸똥꾸 캐릭터와 닮은 것 같다. 그렇다면 보지 않은 사람은 있어도 누구나 한 번쯤 들어봤을 법한 미국 시트콤 〈프렌즈〉 시리즈와 같이 카우치가 있는 셰어하우스에서 생활한 바 있는가? 그렇다. 그곳은 마포구 서교동에 있는 한 빌딩이었고 카우치는 물론 그 카우치 앞에서 작은 파티가 열리기도 했다. 그녀의 룸메이트는 기자 생활을 하고 있는 훤칠한 남자와 작고 유명한 클럽을 운영하며 종종 디제잉을 하는 남자였다. 그들은 그녀가 방에 틀어박혀 연재 중인 만화를 그리고 있을 때면 문을 두드려 이렇게 말하곤 했다. "슬아야, 너 혹시 예술하니? 시대가 어느 때인데 예술을 하니?"

이제 그녀가 시트콤 라이프를 살고 있다는 말에 어느 정도 설득력이 갖추어졌다고 생각한다. 나는 유년기부터 청소년기까지 〈순풍산부인과〉, 〈안녕, 프란체스카〉, 〈하이킥〉 시리즈, 〈감자별〉 그리고 윤성호 감독의 모든 짧은 웹 시트콤을 보는 것에 가장 긴 시간을 쏟았다. 내가 시트콤에 감탄했던 것은 매회 새로운 좌충우돌이 벌어지는 것과 조금 유치해서 덜 식상한 로맨스, 이마를 딱 칠 만한 풍자에 있었다. 그리하여 이슬아가 매일 수필 한 편을 연재하겠다는 사실을 밝혔을 때, 그녀의 시트콤 라이프가 활자화되는 것에 대한 기대를 품지 않을 수 없었다. 주말을 제외한 평일에 매일 연재하는 시스템 또한 대다수 시트콤의 것과 닮아 있었다.

물론 시트콤과 같은 인생을 산다고 해서 시트콤을 잘 쓸 것이라는 보장은 없다. 실제로 그녀가 손으로 쓰는 수필은 입으로 전하는 이야기보다 호흡이 느긋하고 그녀 삶에 벌어지는 좌충우돌 그 자체를 전면으로 내세우지 않는다. 궁금한 질문에 답을 조금 해보는 날이 있는가 하면 누군가를 위해 조용히 기도하는 날이 있다.

하지만 비교적 느긋한 호흡 속에서도 왕왕 시끌벅적한 소리가 들려온다. 특히 그녀 글 속에 등장하는 인물들은 소리 없이 순탄한 인물이라기보다 좌충우돌이라는 말의 한자 그대로 좌로도 우로도 자꾸만 부딪히는 인물에 가깝다. 수필에 등장하는 많은 인물 중 내게 가장 깊은 인상을 주는 인물은 그녀의 조부모와 부모다. 향자와 한우 그리고 복희와 웅.

이슬아의 할머니 향자는 본인에 관한 이야기를 할 때면 자꾸만 마른 기침을 한다. 질문이 많은 손녀 앞에서 그녀는 입을 꾹 다물곤 한다. 그러나 그녀는 3대가 모여 사는 집 현관에 누가 자전거를 대는지, 열한 식구 중 누가 2층 계단을 밟는지를 발걸음 소리만으로 정확히 안다.

할아버지 한우와 손녀 슬아의 등산 에피소드는 할아버지 한우가 황학동과 동대문, 신당동을 돌며 손녀에게 사줄 '도이터 운동화'를 결국 찾아냈다는, 큰 목소리의 자랑으로 시작된다. 등산 에피소드의 막바지에 할아버지 한우가 저 멀리 폭포에서 묵묵히 슬아의 똥 묻은 바지를 벅벅 빠는 장면은 잊을 수 없다.

농담에 성공하고픈 '오유인'이자 한때는 아마추어 하키 선수였고 한때는 벽난로 시공업자였으며 한 때는 산업 잠수사였던, 살며 직업을 열다섯 개쯤 가진 슬아의 아버지 웅. 그는 앙골라에서도 한국에서도 잠수복을 입고 물속 깊이 들어가 용접을 하거나 콘크리트를 옮겼다. 물 위로 올라갈 때면 '너무너무 빨리 올라가고 싶다는 생각'뿐인 그는 마음만큼 빨리 올라갈 수 없다. 그렇지 않으면 잠수병을 앓을 수 있기 때문이다. 그는 한 주먹 한 주먹씩 수면 위로 천천히 물 위를 오른다.

이 수필집에 가장 많이 등장하는 인물이 있다면 그것은 아마 슬아의 어머니 복희일 것이다. 그녀는 글 속에서 가장 많이 웃는 인물이자 우는 인물이다. 그리고 나를 가장 많이 웃기기도 울리기도 한다. 자기소개를 부탁한다는 친환경 쿠킹 클래스 면접관 앞에서 오십몇 년의 세월이 무색해지도록 말문이 막혀버린 복희. 그때 나는 조금 눈물이 났다.

잠시 다른 이야기를 해보려고 한다. 나는 요즘 어린 시절과는 달리 미국 코미디에 몰두하고 있는 중이다. 넷플릭스라는 거대한 서양의 신문물 때문이다. 침대 위에서 그곳에 업로드되는 많은 종류의 코미디물을 섭렵하고 있다. 가장 최근 보고 있는 작품은 〈보잭 홀스맨〉이라는 코미디 애니메이션이다. 보잭은 말 인간으로, 한때 아주 잘 나가던 시트콤 배우였다. 지금은 한물간 보잭이 한 토크쇼에 나와 이렇게 말한다.

"인생은 요도를 걷어차이는 고통이라 종일 요도를 걷어차이다 드디어 집에 오면 착하고 호감 가고 정 많은 이들에 대한 방송이 보고 싶죠. 시트콤에선 어떤 일이 벌어져도 30분 후면 다 괜찮아지니까요."

나는 보잭의 말이 시트콤에 대한 정확한 통찰이라고 생각한다. 누군가로부터 꽁지가 빠지게 달리고 그 와중에 하수구 같은 곳에 빠져도 다음 에피소드에서는 아무 일 없었다는 듯 푸른 하늘과 가정주택이 오프닝 쇼트로 등장한다. 나는 이 이야기를 이슬아의 수필에 대입시켜보고자 한다. 이슬아의 모든 글에 착하고 호감 가고 정 많은 이들이 등장한다고 이야기하는 것은 아니다. 다만 이슬아의 수필에서는 불안하고 위태로운 세계를 연속적으로 목격하기가 조금 어렵다는 점이다. 그런데 내가 아는 그녀는 사실, 불안이 많아 종종 잠에 들지 못한다. 불안이 많아 엘리베이터에서 숨을 잘 쉬지 못한다. 왜인지 자꾸만 구역질을 한다. 그런데 어째서 그녀의 글에는 불안과 불행에서 우리를 안심시켜줄 구석이 항상 등장하는 것일까? 나는 얼마 전 그녀가 내게 했던 말을 기억한다. 공포영화 예고편을 보고 상상력이 증폭되어 거의 매일 밤 잠을 이룰 수 없던 그녀는 어머니 복희에게 그 사실을 전했다. 그러자 어머니 복희는 그녀에게 이렇게 말했다고 한다.

"너의 그 무시무시한 상상 속에서도 분명 우스운 구석이 있을 거야. 그것을 찾아보자."

아마 그녀의 세계는 이렇게 균형을 찾아가고 있는 것이 아닐까?

이슬아의 첫 번째 단행본에 축하를 보낸다. 이슬아에게는 억천만 겁의 무궁무진한 사랑을 보낸다.

사는 동안 즐겁게

이랑(이야기 제조업자)

슬아의 글을 받아 읽을 때마다 그와 같은 나이였을 때의 나와 내 친구들, 그리고 그들과 자주 함께 머무르던 공간이 떠오르곤 한다. 나와 내 친구들은 무언가가 되기 위해 애를 쓰고 있었고 무언가가 되기 위해 준비하는 모습을 서로 열심히 봐주곤 했다. 우리가 자주 함께 머물던 공간에서 시인이 되려는 친구는 시를 쓰고 읽었고, 사귀던 애는 그림을 그렸고, 나는 기타를 치며 어제 본 드라마 내용을 불러(=들려)주었다. 한쪽에 세워놓은 비디오 카메라로 서로를 찍고 다시 돌려보며 배가 찢어지게 웃고 내내 즐거워했다. 그때 그 영상을 많은 사람들이 볼 기회가 있었다면 그들은 우리만큼 웃을 수 있었을까.

〈일간 이슬아〉를 읽다 보면 당시 나와 내 친구들이 찍고 돌려보며 웃었던 영상에서 내가 슬아로, 내 친구들이 그의 친구들로 바뀐 버전을 보는 것 같다. 그들이 머무는 공간. 그들이 입는 옷, 그들의 대화가 슬아의 글 속에서 늘 또렷하게 보이고 들린다. 그와 그들의 모습을 나와 또 어딘가에서 구독자들은 재미나게 보고 있을 테지만, 때때로 이들의 삶을 이렇게 또렷이 지켜봐도 좋은 것일까 하는 생각도 든다. 최근 읽은 〈일간 이슬아〉에서 그의 삶에 나타난 불안의 징

후들을 보며 더욱 그런 생각이 들었다.

나는 슬아가 안전하고 즐겁기를 바란다. 그의 실수를 기다려줄 수 있는 관계가 영원히는 아닐지라도 되도록 오래 그의 곁에 머물기를 바란다. 이야기의 힘은 생각보다 크고, 퍼져나가는 속도는 생각보다 빠르기에 슬아처럼 자신의 이야기를 생생하게 전하는 사람이 지게 될 (뭔지는 모르겠으나 아무튼 크고 무거운 뭔가의) 무게가 그를 아프게 하지 않길 바란다.

나와 내 친구들은 이제 무언가로 불리는 직업을 갖게 되었고, 그로 인해 자주 만나지도 자주 함께 웃지도 못한다. 슬아와 그의 친구들은 항상 많이 웃고 그 때문에 배가 자주 아팠으면 좋겠다. 사는 동안 즐겁게. 건강하고 씩씩하게.

이슬아의 꽁무니를 좇기에 앞서

요조(홍대여신을 제외한 모든 것)

최근에 나는 자존감이 높은 사람이 되었다.

친구가 알려주었다. 너는 자존감이 높은 사람이라고.

내가 무엇을 했던가.

다만 나는 귀찮아했을 뿐이다. 뭐가 귀찮았냐면 내가 자존심이 낮다는 사실이 귀찮았다.

나의 자존감은 낮은 지 아주 오래다. 마찬가지로 이것은 오래된 불만이기도 했다.

그런데 얼마 전부터 큰 서점에 갈 때마다 어디를 둘러봐도 자존감을 높여주겠다는 책이 눈에 띄었다.

허니버터칩 열풍이 불었을 때가 생각났다. 먹기도 전에 질려버리는 기분도.

자존감의 자 자도 느끼해서 떠올리기 싫었다.

자존감 아 그냥 좀 낮으면 안 되는 거야?

나는 이렇게 생각하기 시작했고 실제로 몇 번 이런 말을 내뱉기도 했다.

그때 친구가 알려준 것이다.

자존감이 낮은 너를 받아들였으니 너는 자존감이 높은 거다.

'성질 더러운 너를 받아들였으니 너는 성질이 깨끗한 거다' '돈이 없는 너를 받아들였으니 너는 돈이 많은 거다. 그러므로 계산도 네가 해야 한다.' 우리는 친구의 말을 패러디하면서 그날 재미있게 놀고 헤어졌다. 찝찝함은 계속 남았다.

내 귀찮음 때문에 얼결에 자존감이 높아져버렸다니. 함정에 빠진 것 같았다.

왜냐하면, 나는 '귀찮음'을 가장 두려워하기 때문이다.

귀찮음에 휩싸이는 순간 모든 것이 빠른 속도로 무너질 것만 같기 때문이다. 내 음악도, 내 책방도, 내 아름다움과 젊음도, 부모님을 향한 효도도, 애인을 향한 사랑도, 친구들을 향한 우정도.

그래서 이슬아의 글을 애독한다. 아니, 이슬아의 삶을 애독하는 것에 더 가까울지도 모른다.

그는 결코 귀찮아하지 않는다. 못하는 것을 알고 잘하려고 하는 것, 잘하는 것을 계속 잘 하는 것, 하기 싫은 것을 하지 않는 것, 만나는 사람들의 빛나는 순간을 포착하며 계속 이것저것 물어보고 듣는 것….

나는 이 뜨거운 애를 최대한 곁에 두고 오래오래 그 열을 쬐면서 살고 싶다. 그러면 나도 '귀찮음'으로부터 언제나 안전할 것 같다.

나는 앞으로 최대한 훌륭한 사람들을 따라 하고 흉내 내면서 살고 싶다고 공공연하게 말하고 다닌다.

내가 점점 이슬아와 너무 비슷해지더라도 부디 나를 욕하지 말아주길 바란다.

조용한 혁명, 아직은 아무도 모르는

김현아 / 어딘

(작가, 〈그녀에게 전쟁〉 〈그곳에 가면 그 여자가 있다〉

〈나의 여행 이력서〉 등을 씀)

"안 돼, 너무 힘들어, 다시 생각해 봐."

〈일간 이슬아〉 기획을 들었을 때 내가 한 첫 말이다. 글을 써본 인간이라면, '마감'이라는 것을 해본 인간이라면, 누구나 비슷한 반응을 했을 것이다. 이슬아는 회의를 마치고 나오는 중이었고 나는 회의를 하러 들어가는 길이라 긴 이야기를 나눌 수는 없었다. 일을 끝내고 집으로 돌아오는 중에 문득 박경리 선생을 비롯한 당대의 쟁쟁한 작가들이 신문 연재를 했다는 사실이 떠올랐다. 카톡을 보냈다.

〈생각해보니 신문연재 하던 작가들이 있었다. 그것도 일간이었지. 멧집이 생기는 작업이었고 그만큼 혹독했지만 그래서 대하소설 같은 대작이 나오기도 했다. 너무 소진된다는 느낌이 아니라면 하고 싶은대로 언제까지 해도 좋겠다는 생각으로 바뀌었다.〉

첫 글을 받아보고서야 나는 이것이 혁명의 시작임을 알았다. 아직은 아무도 모르는. 기존의 작가와 독자의 관계를 사뿐히 배반하며 글이 직거래되는 현장, 은 소슬하고 오롯했다. 중간 유통망을 모두 제거하고 이토록 정면으로 이토록 성큼 마주하다니. 작가와 독자가.

위험하지만 매혹적인 실험이며 모색이었다.

본격적으로 〈일간 이슬아〉를 받아보고서는 아이쿠야, 했다. 신문 연재는 소설이었다. 전체 줄거리가 있고 구성이 있고 등장인물이 있고 사건이 있고, 그러니 작가도 그에 맞추어 예측 가능한 이야기의 길을 만들어가면 되는데 〈일간 이슬아〉는 매일매일 완전히 다른 종류의 글을 써야 하는 일이었다. 즉 신문 연재 소설이 무엇을 쓸 것인가는 정해두고, 어떻게 쓸 것인가를 고민하는 일이라면 〈일간 이슬아〉는 무엇을, 어떻게 쓸 것인가를 두고 날마다 속을 태워야 하는 작업이었다. 치과, 카페, 집, 교실, 일본, 스위스, 다양한 공간에서 가족, 애인, 친구, 학생, 외국인 등등 무수한 인물들이 등장했다. 재미있는 건 아무런 연관이 없을 거 같던 시공간이 연재가 진행되며 차츰 마을을 이루고, 따로 존재하던 인물들이 관계를 맺으며 인연을 만들어 가는 것이었다. 그 세계, 이슬아가 재현하고 해석하고 뒤집는 그 세계에는 간간하게도 '지금 여기 이곳의 표정'이 있었다. 명징하고 섬세한.

연재가 중반쯤 접어들 때 이슬아는 일주일에 한 번 친구들의 글을 보내겠다고 공지했다. 연재가 지치고 힘들어서라기보다는 자신의 주변에 글 쓰는 동지들이 있는데 그들의 글이 매우 훌륭해 함께 읽고 싶다는 맥락에서였다. 오호라, 그것은 〈일간 이슬아〉가 개인 매체가 아니라 젊고 용감한 글쟁이들의 플랫폼으로 도약하는 순간이었다. 더불어 이슬아가 좋은 글을 선별하고 다듬어내는 편집자로서의 자질을 모색하고 실험하는 일이기도 했다. 자신의 일을 사랑하고 확장하는 사람, 이번에도 여전히.

〈일간 이슬아〉가 연재되는 동안 특별한 일이 없는 한 매일 아침

이슬아의 글을 읽었다. 메일을 열면 어김없이 와 있는 글이 신통하고 신기했다. 고요하고 평화로운 상태에서 그녀가 새벽에 보내온 따끈따끈한 글을 읽노라면 어린 시절의 풍경이 떠오르곤 했다. 유년의 뜰에는 신문과 병우유가 있다. 가장 먼저 일어난 엄마는 신문은 마루에 올려두고 병우유는 더운 물을 끓이는 찜솥에 담가 따듯하게 데웠다. 눈을 비비고 나와 잉크냄새가 마르지 않은 신문을 펼치면 세상이 훅, 열렸다. 한자가 중간중간 섞인 세로쓰기 신문을 한 장 한 장 넘기다보면 삽화가 그려진 연재 소설이 나왔다. 반쯤 엎드려서 이야기를 따라가다보면 적절하게 데워져 고소하고 부드러운 우유를 건네주었다. 엄마, 마악 세수를 한 매끈한 피부의 엄마, 젊은 날의 엄마. 신문과 우유는 모란이 피어나던 봄의 마당 위로, 소나기가 내리던 여름의 마당 위로, 펄펄 눈이 내리던 겨울의 마당 위로, 낙엽이 지던 가을의 마당 위로 배달되어 왔다. 〈일간 이슬아〉는 그 모든 것을 싣고 내게로 왔다.

미래의 독자에게

–〈일간 이슬아〉를 읽는 또 다른 방법

무나(독자)

먼저 〈일간 이슬아〉에 대해 전해 들은 말들 중에서 인상적이었던 일화 두 가지를 소개하고자 한다.

첫 번째는 유럽 여행을 마치고 돌아온 이슬아 씨를 사석에서 즉흥적으로 만났을 때, 집으로 돌아가는 길에서 슬아 씨가 연재의 어려움을 토로하며 전한 이야기다. 정말 예측 불가능한 독자 반응 메일이 날마다 쏟아진단다. 가령, "슬아 씨! 유럽에선 브래지어를 착용하세요!" 같은 훈계형 날선 반응을 보이는 독자 메일이라든지, "그렇게 살지 마세요!"로 요약되는 설교도 있다고 했다.

두 번째는 내 친구가 직접 〈일간 이슬아〉를 읽고 전한 소감이다. 재밌고 좋더라. 하지만 내가 만약 이슬아 씨의 얼굴을 모르고 글을 봤더라면 어땠을까, 그런 아쉬움? 궁금증이 남았어. 그 말의 의미가 무엇인지 친구는 내게 구체적으로 설명하지 않았다. 메일로 투고하는 참견쟁이들이 그렇게 나타났다는 사실은 그만큼 한편으로 〈일간 이슬아〉의 슬아를 구체적인 타인으로 느끼고, 마주한 독자들이 많았다는 뜻이다. 흥미로운 것은 "글을 이렇게 쓰세요"가 아니라 "삶을 이렇게 사세요"라는 식의 반응이다. 그만큼 〈일간 이슬아〉가 창조한 슬아와 슬아의 친구들이 매력적이고 생생했단 것이겠지. 그렇다면 내 친구의 반응은 무슨 의미일까? 실제 작가를 만나지 않았다면 글을 객관적으로 오롯이 감상하고 평가할 수 있었을 것이란 말인가?

인용한 반응들 모두 〈일간 이슬아〉의 장르가 수필이며 글에 담긴 슬아가 실제 인간 이슬아 씨와 거의 같을 것이란 전제를 의심없이 받아들였다는 점에서만큼은 유사해 보인다. 학자금을 갚기 위해 주 5일 매일 수필 한 편을 편당 500원에 한 달간 단돈 1만 원에 보낸다는 발상의 창시자. 자기 모습을 연출할 줄 알며 일상을 하나의 스타일로 선보일 줄 아는 20대 창작자. 아무도 청탁해주지 않는다면 내 스스로 길을 개척하겠다! 〈일간 이슬아〉의 이슬아를 두고 논의되는 말들이다.

여기서 조금 더 나아가든, 멈추든 그녀를 소개하고 소비하는 작업은 현재 비슷한 양태를 보인다. 그렇게 말하기가 쉽기 때문이다. 말하기가 쉬운 건 그만큼 이슬아 씨의 매력이 눈에 띄게 잘 드러나는 덕분이기도 하고. 하지만 과연 〈일간 이슬아〉를 읽는다고 그 안에서 작가 이슬아를 만날 수 있을까? 〈일간 이슬아〉의 소재는 이슬아 씨의 생활에서 나온 것이지만, 그렇다고 우리가 이슬아 개인을 알 수 있을까? 이슬아는 〈일간 이슬아〉의 슬아와 일치할까?

일기를 써본 사람이라면 누구나 안다. 방금 쓴 문장이 나를 배반한다는 사실을. 편지를 쓰고 자고 일어난 다음 날, 어제의 글을 본 사람은 발견한다. 내 '진짜' 생각, '진짜' 하고 싶었던 말이 이게 아니었다는 점을. 시간이 흘러 자기가 썼던 글을 다시 읽게 된 사람은 혼란에 빠진다. 이게 정말 내가 썼던 게 맞나? 부끄럽든 생경하든 자기가 쓴 글을 읽는 사람은 각자 다른 반응을 보인다. 그러한 반응들은 근본적으로 글을 쓰는 목소리의 타자성과 연관을 맺는다. 이 목소리는 내 목소리가 아니라는 것. 다시 말해, 나 자신이면서 내가 아닌 목소리라는 사실을 글을 써본 이들은 누구나 경험하게 된다는 것이다. 하물며, 얼굴도 모르는 다수의 독자를 대상으로 편지를 발송하는 사람의 글은 어떠할지!

과장을 조금 보태자면 나는 이슬아가 매번 어떤 거짓말을 요술처럼 꾸며낼까 기대하며 제목을 클릭했다. 〈일간 이슬아〉를 재독할 사람들에게 권하고 싶은 독서법은 모든 문장을 의심하며 뜯어보라는 것이다. 어떻게 그녀가 자신의 일상을 편집하고 선택했을지, 어떤 말들을 고르고 위장했을지 상상해보자. 그때 우리는 어느 틈에선가 불안해하며 웃으며 한편으로 도망가고 또 한편에서는 다가오는 이슬아 씨의 꼬리를 슬그머니 볼 수 있을지도 모른다.

〈일간 이슬아〉의 슬아는 이슬아 씨의 삶과 그녀의 구독자들 사이에서 태어나 움직이는 분신이다. 연재하는 횟수가 늘어날수록 분신 슬아도 함께 성장해간다. 그리고 그 곁에는 매달 구독하고 응원하며 성장을 매일 지켜본 사람들이 있다. (〈일간 이슬아〉의 후반부에 이르면 슬아의 기원도 밝혀진다. 작자는 '픽션의 불발'이라고 한숨 쉬지만 이것은 물론 솔직하면서 반어적인 표현이다. 그러나 그 이상을 여기서 다 논하지는 않을 것이다. 앞으로 읽어나갈 독자들의 즐거움의 몫을 빼앗아서는 안될 테니.)

과거와 미래 사이에서 우리가 겪는 수많은 경험들. 이슬아는 남에게 털어놓기 쉽지 않은 일상의 틈새를 포착하여, 따뜻하고 용감한 언어로 엮어간다. 부끄러운 일들도 다른 이들과 나누면 이상하게 위로가 되고, 서로의 용기와 슬픔과 기쁨으로 변한다. 그리하여 순간순간 느꼈던 슬아의 마음은 매일밤 '우리'의 경험이 된다. 〈일간 이슬아〉의 슬아가 아니라면 보이지 않았을 시간들이, 비로소 전해지고 존재하게 되는 것이다. 〈일간 이슬아〉가 한 인간의 사적인 이야기 모음집에 그치지 않을 수 있는 비결은 기본적으로 이슬아가 몸의 감각을 몸의 언어로 쓰고 있기 때문이다. 이때 슬아는 몸을 지닌 모든 사람들을 대신하여 움직이고 이야기를 전해주는 존재다. 매일 전송되는 이 한 편의 글에는 웃고 울고 느끼고 화내고 불안해하는 몸의 말들이 가득하다. 이토록 사랑스럽고 소중한 말을 어떻게 거부할 수 있을까.

〈일간 이슬아〉의 작자는 미래의 슬아를 의식하며, 과거의 슬아를 풀어놓는다. 기억은 문장 안에서 현재가 되며, 새로운 독자와의 만남을 통해 끝없이 그 현재를 확장해나간다. 읽는 사람마다 자기만의 슬아를 만나고(만들고), 그녀와 대화를 나눌 수 있는 기회. 먼저 〈일간 이슬아〉를 만난 독자로서, 미래의 독자들에게 그 만남의 기회를 기꺼이 추천한다. 물론, 언젠가 한때 자기 자신이었던 사람이 쓴 글을 다시 펼쳐 볼 미래의 독자, 미슬 씨에게도 이 책을 권하고 싶다. 부끄럼 없이 따뜻하게 〈일간 이슬아〉를 안아주기를! 이토록 아름다운 시간의 고백이 당신에게서 나왔다고. 부디 이 책이 오래도록 성실하게 좋은 글을 쓸, 창작자의 탄생을 기쁨으로 맞이하는 자리가 되길 바라며.

〈일간 이슬아〉 추천사

담(이슬아 친구)

〈일간 이슬아〉를 구독하지 않기로 결정한 것은 슬아가 〈일간 이슬아〉의 티저 포스터를 내게 보내오던 날의 일이었다. 우리는 언제나 그렇듯이 저마다 심란한 사랑과 학업과 생업으로 바쁘던 중이었고, 슬아만큼 내가 그에게 느껴온 감탄과 피곤의 역사를 잘 아는 인물도 드물었기 때문에, 나는 혹시 내가 구독료는 내는데 구독은 안 하는 독자 같은 게 될 수는 없는지 물었다. 솔직히 말해 아주 자신이 있었던 것 같다. '지켜보는 마음이 지칠만큼 탁월할 거니까'라니, 이 얼마나 다정하고도 낭만적인 미구독 사유란 말인가? 누구보다 나의 질투를 쳐주는 그가 잘 헤아리겠지. 그런데 〈일간 이슬아〉가 시작한 지 나흘만이었을까, 슬아가 내게 한 편의 구독자 메일과 그간 연재했던 네 편의 수필을 한꺼번에 보내왔다. 뜨겁게 울리는 전화기 때문에 놀란 가슴을 채 진정시키기도 전에 그는 말했다.

"야… 시발… 내가 너가 하는 연극 다 보러 갔지…! 나도 안 갈 수도 있었는데… 너는 그런데 구독료는 내겠다는 그런 말이나 하고… 정말… 시발… 너도 읽어!"

아무튼 그날부터 나는 〈일간 이슬아〉의 구독자가 되었다. 심신에 누적된 피로가 얼마건 친구된 도리를 잊어서야 되겠냐는 벗의 호령에는 아주 조리가 있었거니와, 감히 한 번 더 대꾸를 했다가는 큰일이 날 기세로 그가 나를 몰아붙인 덕이다.

〈일간 이슬아〉의 인기는 예상대로, 또 예상외로 심상치 않았다. 도처에서 〈일간 이슬아〉의 동료 구독자들이 나타났다. 예기치 못한 자리에서 내게 이슬아 작가에 대한 팬심을 전달해오는 사람도 많았다. 나는 글에 관한 피드백에 대해서는 신기하고도 기쁜 마음으로 기꺼이 그의 전령을 자처하였으나, 작가와의 친분이 영 시큰둥하고 불편하게 느껴지는 날도 없지는 않았다. 그렇게 재미있고도 젊은 삶의 근처에 있다는 것은 어떤 기분인지 물으며 눈을 빛내는 사람들 앞에서 나는 많이 머뭇거렸다. 글 너머의 손과 얼굴에 대한 사적인 호기심이야 누구에게라도 참기 어려운 것이니까 넘어가도록 하자. 문제는 다른 데 있었다. 그가 전혀 재미있지도 젊지도 않다는 사실을 알려야 할 것인가? 알린다면 어떻게 알려야 할 것인가?

첫째, 그는 별로 재미있는 사람이 못 된다. 슬아는 고통받는 나를 위해 우리 집으로 택시를 타고 달려오거나 밤을 새워 술을 마셔주지 않는다. 내가 즉흥적으로 망원에 들리고 싶은 날 그는 꼭 무슨 일정이 있으며, 한 번의 손님 초대 뒤에 기력을 소진하고는 책을 읽다가 전화를 받지 않는 일도 부지기수다. 식당에 가도 새로운 음식을 시도하기보다는 잘 아는 음식을 시켜 반쯤 먹으며, 너무 차가운 물은 속이 아파 마시지 않는다. 대신 그는 매일 달리고, 읽고, 쓴다. 그런 반복적인 생활이 몸에도 영향을 미치는지, 놀라운 재미와 변칙으로 가득하던 그의 체형 또한 바뀌었다. 여전히 아름답지만, 전보다 중립적인 몸으로.

둘째, 그는 젊은 것과도 무관하다. 그는 많은 어른들을 참고하고 존경하고 그들의 의견을 신경쓰며 지낸다. 만성적인 위장병의 소유자로서 '무쇠도 씹어 먹을 나이' 같은 것은 안 적이 없으며, 내일이 없는 사람처럼 섹스를 하기에는 자궁이 자주 아프다. 그의 취향 또

한 젊은이다운 가능성과 여백으로 차 있지 않다. 그는 자기가 좋아하는 것과 싫어하는 것에 대한 안정적인 이해를 바탕으로 집을 정돈하고 옷을 고른다. 그리고 일찍 잔다. 슬아는 내가 아는 한 헤어질 때 가장 미련 없는 턴을 하는 인물이다. 자정도 되기 전인데. 내가 얼마나 덜 취했는지 모르지도 않을 거면서, 탐탁치 못한 지지배. 그런 그의 어디에서 청춘의 속성을 찾을 것인가? 우주가 젊은이의 앞길에만 준비해주는 변칙성? 그녀는 심한 팔자론자다. 또는 무슨 일을 저지르든 용서받을 수 있다는 자신감? 그런 걸 가지기엔 우린 이미 너무 많은 사과와 후회를 하며 살고 있고, 그런 후에도 끝내 용서받지 못할 수도 있다는 체념을 단련한 지 오래다. 도리어 그는 좋은 어른의 한 사례이자 연습생에 가깝다. 단정하지 않는, 확신할 수 없어 유보하는, 실패하고 반성하는, 그래도 얼른 멋진 할머니에 가까운 무엇이 되어보려는.

그러므로 〈일간 이슬아〉의 훌륭함은 그 자신이 타고난 매력이나, 누구나 한번쯤 위치하게 되는 생의 한 단계가 가진 일반적 성격으로부터 곧바로 따라나오지 않는다. 적어도 〈일간 이슬아〉를 기점으로 그렇다. 그가 매일 한 편의 글을 써서 배달하겠다고 결심했을 때, 나는 동료로서 이 프로젝트의 상상도 못할 무게를 걱정했으나, 또한 오래된 독자로서 그의 이야기들을 내가 잘 알고 있다는 점이 걱정스러웠다. 그의 친구들이 독자로서 복희, 상웅과 맺어온 관계의 역사는 그가 이야기 상인이 되고 싶다는 생각을 처음 가졌던 시점까지 거슬러 올라간다. 그러나 나는 그러한 걱정이 기우였음을 금세 알게 되었다. 이야기꾼으로서 그가 가진 인프라에 익숙한 사람들에게도 〈일간 이슬아〉의 의미는 남달랐다. 그의 글들이 대개 좋았기 때문이기도 하지만, 그가 정말로 '매일 쓴다'는 것이 〈일간 이슬아〉 전체를 관통하는 안정적인 주제로 자리잡았기 때문이다.

그의 글이 내용상으로 몇 개의 정해진 카테고리를 오가면서, 완성도 면에서 어느 정도의 부침을 가지고 연재되는 동안에도, 그의 이야기들은 작가-노동자로서의 정체성이라는 하나의 주제 아래서 만큼은 단단히 묶인다. 그가 사랑하는 인물들을 소진시키는 속도와 방식이 우려스러운 날도 없지 않았으나, 다음 날이면 그는 스스로도 아쉬운 바로 그 속도와 방식에 대해서 써버렸다. 나는 태평양을 건너 대서양을 건너 인도양을 건너서라도 보고 싶은 이에게 달려가고야 마는 구시대적 심장을 가지고 그의 글을 읽는다. 또는 가난한 핵가족의 구성원으로서의 내가 가진 성질과 가난한 대가족의 구성원으로서의 그의 성질이 얼마나 다른지를 자주 흥미로워하며 읽는다. 그러나 무엇보다 매주 거의 똑같은 코멘트를 육십 명의 학생에게 반복해야 하는 입시 학원의 노동자로서 그의 글을 읽는다. 예술의 언저리에 있으면서 동시에 생활인으로서 기능해야 하는 많은 작업자 중 한 명으로서 읽는다.

그는 편당 500원으로 명시된 백여 편의 수필 내내 그의 '작가되기'를 우직하고 집요하게 노출시켜왔다. 그리고 그의 훈련은 끝내 '작가란 무엇인가'라는 질문에 대하여 단순하고도 분명한 계보를 가진 모델을 제시한다. 작가란 그저 매일 쓰는 사람이라는 것. 어떤 작가들은 설명할 수 없는 영감의 샘으로부터 이야기를 길어올릴 뿐이라고 알려져 있다. 써내는 족족 소설이 되는 마술적 사건들 사이에서 피할 수 없는 소명을 가지고 태어나는 작가들도 있다. 그러나 때론 짜장면을 배달하듯이 글을 써내게 된다며 웃는 그의 앞에서, 예술가에 대한 어떤 관념들은 머쓱해진다. 물론 그도 예술가에 대한 어떤 관념들을 무척 서먹해한다. 하지만 개인적으로 가장 멋진 대가들의 자의식에는 그처럼 산뜻한 면이 있어야 하는 법이라고 믿는다.

그와 친구가 된 이래로 내가 맡은 주된 업무는 그를 가장 정확하게 칭찬하는 일이었다. 아직까지 나의 칭찬이 그녀에게 유효하고 중요하다는 전제 하에서, 올해는 무엇보다 그녀가 타고나지 않은 것들만 골라 칭찬하고 싶다. 새해에는 흥미로운 인물들 안에서 자라나 또한 흥미로운 사건들에 휘말리게 되는 운명을 그의 축복이나 재능으로 말하는 사람들이 적어지기를 바란다. 나아가 작가님의 모든 수필이 실화인지 묻는 불쾌한 눈동자들도 덜 마주하게 되기를 바란다. 대신 그가 얼마나 지루하고 정갈하고 담백한 사람인지 알려진다면 좋겠다.

참고로 아직 덧니가 있던 시절의 그는 내가 다정스런 말을 하면 아주 사랑스럽고도 인상적인 미소를 지을 수 있었다. 이제 그는 그렇게 웃지는 못한다. 오랜 인내를 통해 단정하고 어엿한 이를 가지게 되었기 때문이다. 그에 비하면 아직 어엿한 무엇도 가지지 못한 친구가 문득 그 얼굴을 그리워하며 글을 써내렸다는 사실을 그가 알아준다면 좋겠다.

일간
이야기
글 그림 하마
슬아가 포착한 순간은
이야기로 만들어진다.
내게서 포착한 순간들도
물론 등장했었다.
정말 괜찮은 사람
같아 보이는 군
여러번…
이슬아씨 맞으시죠?
… 점점 불안해진다.
손전등 같은 슬아의
글이 비출 때마다
할아버지..
나는 특별한 사람이
된 것 같았으나,
곧 나는 조명 없는 내 모습을
다시 기억해냈다.
앞으로는 내 얘기를 너무
자주 쓰진 않았으면 좋겠어
가장 소중한 이야기들은
아직 쓰여지지 않았다.
그걸 안 썼고 앞으로도
안 쓸 것이기 때문에
나는 무사한 듯했다.
-소진된 하루-
섬세하고 다정한 거리 두기
마저 정제되어
있음을 느꼈을 때,
이것은 엄연히 이야기라는
슬아의 말에 동의했다.
이야기된 삶은 현실에
비하면 안전하다.
현실의 진동은
멀미를 유발한다.
나는 어느새 슬아의
묘사를 받아들였다.
개좋다
쓰이는 삶들을
그려보기도 했다
"오늘의 일간 이슬아는
왠지 슬펐다. 아이를 낳지
않으려는 나와 산다는 것이
외로운 일이라는 사실
사이의 거리는 너무 멀어서
생각이 많아졌다."
이 독자의 결심은 변하지 않을
것이다. 그녀를 결심하게
만든 문제의 근본도 쉽게
해결되지 않을 것이다.
그러나 그녀는 완고하게
정한 태도에 대해, 다시 한번
생각 해보게 되었다.
슬아의 '이야기'가
현실을 조금
진동시키기도 했다.
어떤 이에게는 여전히
이야기로만 다가오진
않을지도 모른다.
글에서 많이 봤어요.
슬아의 글이
수필인 이상 말이다.
이제 소설도 쓸거라고!

일간 이슬아 수필집

이슬아 지음

초판 1쇄 발행 2018년 10월 15일
초판 28쇄 발행 2024년 6월 10일

펴낸곳 헤엄 출판사
펴낸이 이슬아
등록 2018년 12월 3일 제2018-000316호
팩스 050-7993-6049
전화 010-9921-6049
전자우편 hey_uhm_@naver.com

디자인 이슬아
편집 최진규
표지 사진 이다울
로고 디자인 하마
제작, 제책 세걸음

ISBN 979-11-965891-0-3 03810